T0018110

UNA REVELACIÓN BRUTAL

Sobre la autora

Louise Penny (Toronto, 1958) comenzó trabajando como periodista y locutora radiofónica para la Canadian Broadcasting Corporation. Debutó en 2005 con *Naturaleza muerta*, con la que consiguió el favor del público, el aplauso de la crítica y multitud de premios. Las trece novelas que ha escrito del ciclo dedicado al inspector jefe Armand Gamache y la localidad de Three Pines han sido traducidas a veinticinco idiomas y han merecido seis Agatha Awards y seis Anthony Awards, entre otros muchísimos premios y distinciones. Además, sus últimos títulos se han situado en los primeros puestos de la lista de libros más vendidos de *The New York Times*. En 2013 fue nombrada Miembro de la Orden de Canadá por su contribución a difundir la cultura del país.

Títulos publicados

Una revelación brutal – Enterrad a los muertos
El juego de la luz – Un bello misterio
Un destello de luz

LOUISE PENNY

UNA REVELACIÓN BRUTAL

Traducción del inglés de
Ana Herrera Ferrer

A la SPCA de Monteregie, para la prevención de la crueldad en el trato a los animales, y a todas las personas que tocan las «campanas del cielo».

Y a Maggie, que finalmente entregó todo su corazón.

UNO

—¿Todos? ¿Los niños también? —Los restallidos del fuego que crepitaba en el hogar acallaron su exclamación entrecortada—. ¿Masacrados?

—Peor.

Entonces se hizo el silencio. Y en aquella pausa cobraron vida todas las cosas que podían ser peores que una masacre.

—¿Y están cerca?

Un escalofrío le recorrió la espalda al imaginar que algún ser horrendo reptaba por el bosque. Que se acercaba a ellos. Miró alrededor, casi convencido de que descubriría unos ojos rojos al acecho tras las oscuras ventanas. O por los rincones, o debajo de la cama.

—Por todas partes. ¿No has visto la luz que brilla en el cielo por la noche?

—Creía que era la aurora boreal.

Los tonos fluctuantes de rosa, verde y blanco que flotaban ante las estrellas parecían un ser vivo, creciente, lleno de resplandor. Y cada vez más cercano.

Olivier Brulé bajó la vista, incapaz de seguir sosteniendo la mirada, lunática y atormentada, del hombre que tenía enfrente. Llevaba mucho tiempo oyendo aquella historia y diciéndose que no era real. Era sólo un mito, una leyenda que se contaba y se repetía e iba adornándose cada vez más. Junto al fuego de un hogar como aquél.

Sólo era un cuento. No hacía daño a nadie.

Sin embargo, en aquella cabaña de troncos escondida en lo más agreste de Quebec, parecía algo más. Hasta Olivier empezaba a creérsela. Quizá porque era evidente que el ermitaño lo hacía.

El viejo estaba sentado en su butaca a un lado del hogar de piedra, y Olivier al otro. Este último contempló aquel fuego que llevaba más de un decenio encendido. Una vieja llama a la que no se permitía morir, que susurraba y crepitaba en la chimenea y alumbraba con su luz tenue la cabaña de troncos. Removió un poco las ascuas con el sencillo atizador de hierro y las chispas ascendieron por la chimenea. En la oscuridad, al reflejar la llama, los objetos brillantes titilaban como la luz de las velas.

—Ya falta poco.

Los ojos del ermitaño destellaban como un metal a punto de alcanzar su punto de fusión. Estaba inclinado hacia delante, como solía hacer cuando se relataba aquella historia.

Olivier examinó la habitación. Punteaban la oscuridad unas velas vacilantes que arrojaban sombras fantásticas, tenebrosas. La noche parecía haberse colado por las rendijas que quedaban entre los troncos para aposentarse en la cabaña, acurrucada en los rincones y escondida bajo la cama. Muchas tribus nativas creían que el mal vivía en las esquinas y por eso sus viviendas tradicionales eran redondas. A diferencia de aquellas casas cuadradas que les había dado el gobierno.

Olivier no creía que el mal viviese en las esquinas. Claro que no. Al menos, no a plena luz del día. En cambio, sí creía que en los rincones oscuros de la cabaña se agazapaban cosas que sólo conocía el ermitaño. Cosas que aceleraban los latidos del corazón de Olivier.

—Sigue —dijo intentando que su voz sonara firme.

Era tarde y Olivier todavía tenía veinte minutos de camino por el bosque para volver a Three Pines. Hacía aquel mismo recorrido cada quince días y lo conocía muy bien, incluso a oscuras.

Sólo a oscuras. La relación entre ellos dos sólo existía después del anochecer.

Se estaban tomando un té negro. Olivier sabía que se trataba de la variedad Orange Pekoe, una exquisitez reservada para el huésped más apreciado del ermitaño. Su único huésped.

En cualquier caso, era la hora de los cuentos. Se acercaron más al fuego. Estaban a principios de septiembre y un hálito de aire frío se había extendido con la noche.

—¿Por dónde iba? Ah, sí. Ya me acuerdo.

Olivier apretó las manos con más fuerza todavía en torno a la taza humeante.

—La fuerza terrible lo ha destruido todo a su paso. El Viejo Mundo y el Nuevo. Todo arrasado. Excepto...

—¿Excepto qué?

—Un pueblecito diminuto sigue intacto. Está escondido en un valle, por eso el ejército macabro no lo ha visto aún. Pero lo verá. Y cuando eso ocurra, su gran líder se pondrá a la cabeza del ejército. Es enorme, más alto que cualquier árbol, y va vestido con una armadura hecha de piedras, conchas puntiagudas y huesos.

—El Caos...

La palabra susurrada desapareció en la oscuridad y buscó un rincón donde acurrucarse. Y esperó.

—El Caos. Y las Furias. Enfermedad, Hambruna, Desesperación. Como un enjambre. Buscando. Y no van a detenerse. Jamás. Hasta que lo encuentren.

—Lo que les robaron.

El ermitaño asintió con una expresión sombría, como si estuviera presenciando la matanza, la destrucción. Como si viese a hombres, mujeres y niños huir de aquella fuerza cruel y desalmada.

—Pero ¿qué era? ¿Qué podría ser tan importante para justificar la destrucción absoluta con tal de recuperarlo?

Olivier tuvo que esforzarse para no apartar los ojos de aquel rostro surcado por las arrugas y dirigirlos a la oscuridad. Al rincón, a aquel objeto metido en un humilde saquito de lona de cuya presencia ambos eran conscientes. Pero el ermitaño pareció leer sus pensamientos y Olivier vio que una sonrisa malévola se instalaba en la cara del viejo. Y luego desaparecía.

—No es el ejército quien quiere recuperarlo.

Ambos vieron entonces la cosa que se cernía tras el terrible ejército. Aquello a lo que hasta el Caos temía. Lo que llegaba precedido por la Desesperación, la Enfermedad, la Hambruna. Con un único objetivo: encontrar lo que se le había arrebatado a su amo.

—Es peor que una masacre.

Hablaban en voz baja, apenas entre susurros. Como conspiradores de una causa ya perdida.

—Cuando el ejército finalmente encuentre lo que anda buscando, se detendrá. Y se hará a un lado. Y entonces llegará lo peor que pueda imaginarse.

Se hizo de nuevo el silencio. Y en aquel silencio cobró vida lo peor que podía imaginarse.

Fuera, una manada de coyotes se puso a aullar. Tenían acorralado a algún animal.

No es más que un mito, se tranquilizó Olivier. Sólo un cuento. Miró de nuevo hacia las brasas para no ver el terror reflejado en el rostro del ermitaño. Luego consultó su reloj inclinando el cristal hacia el hogar hasta que la esfera brilló, anaranjada, y le mostró la hora. Las dos y media de la madrugada.

—Se acerca el Caos, viejo amigo, y nadie puede detenerlo. Ha tardado mucho, pero ya está aquí.

El ermitaño asintió con los ojos empañados y llorosos, a saber si por el humo del hogar o por alguna otra razón. Olivier se echó hacia atrás, sorprendido al notar que le dolía todo el cuerpo pese a tener tan sólo treinta y ocho años, y se dio cuenta de que se había mantenido en tensión mientras escuchaba aquel relato espantoso.

—Lo siento mucho. Se ha hecho tarde y Gabri estará preocupado. Tengo que irme.

—¿Ya?

Olivier se levantó, accionó la bomba para echar agua fría en el fregadero de esmalte y enjuagó la taza en él. Luego se volvió hacia la sala.

—Volveré pronto. —Sonrió.

—Voy a darte una cosa... —dijo el ermitaño mirando a su alrededor.

La mirada de Olivier se dirigió hacia el rincón donde se encontraba el saquito de lona. Sin abrir. Cerrado con un trozo de cordel.

El ermitaño soltó una risita.

—Quizá algún día, Olivier. Pero hoy no.

Se acercó a la repisa de la chimenea, tallada a mano, cogió un objeto muy pequeño y se lo tendió al hombre rubio y atractivo.

—Por las provisiones.

Señaló las latas, el queso, la leche, el té, el café y el pan que había encima del mostrador.

—No, no, ni hablar. Faltaría más —dijo Olivier, aunque ambos sabían que era una farsa y que al final aceptaría el pequeño obsequio—. *Merci* —añadió Olivier, ya en la puerta.

En el bosque se oía el ruido frenético de los pasos de alguna criatura condenada que salía corriendo para huir de su destino y de los coyotes que la perseguían para cumplirlo.

—Ten mucho cuidado —advirtió el anciano, al tiempo que echaba un vistazo al cielo nocturno. Luego, antes de encajar la puerta, susurró una única palabra que fue devorada al instante por el bosque. Olivier se preguntó si después de cerrar, apoyado en la cara interior de la puerta —que era gruesa, aunque tal vez no lo suficiente—, el ermitaño se santiguaría y murmuraría alguna oración.

Y se preguntó si el anciano se creería de verdad la historia del antiguo y macabro ejército encabezado por el Caos, que se agazapaba tras las Furias. Inexorable, imparable. Cercano.

Y tras él, algo más. Algo innombrable.

Y se preguntó si el ermitaño creería en la oración.

Olivier encendió la linterna y escudriñó la oscuridad. Los troncos grises de los árboles se apiñaban en torno a él. Dirigió el haz de luz aquí y allá, en busca del estrecho camino en el frondoso bosque de finales del verano. En cuanto lo encontró, se apresuró a seguirlo. Cuanto más aceleraba el paso, más lo atenazaba el miedo; y cuanto más temor sentía, más deprisa corría, hasta que terminó por avanzar a trompicones, perseguido por oscuras palabras en los bosques oscuros.

Por fin salió de entre los árboles y se detuvo, tambaleante; apoyó las manos en las rodillas flexionadas para recuperar el aliento. Luego, al incorporarse poco a poco, miró hacia abajo, al pueblo que se levantaba en el valle.

Three Pines dormía, como siempre. En paz consigo y con el mundo. Sin saber lo que ocurría a su alrededor. O quizá lo supiera todo, pero en cualquier caso había elegido la paz. Una luz tenue brillaba en algunas ventanas. En las casas humildes y viejas, las cortinas estaban corridas. El dulce aroma de las primeras chimeneas encendidas del otoño subió flotando hasta él.

Y en el mismísimo centro del pequeño pueblecito de Quebec se alzaban tres grandes pinos, como vigías.

Olivier estaba a salvo. Y entonces se tocó el bolsillo.

El regalo. El diminuto pago. Se lo había dejado.

Maldiciendo, Olivier se volvió y miró hacia el bosque, que ya se había cerrado tras él. Y pensó de nuevo en la pequeña bolsa de lona en el rincón de la cabaña. El objeto que el ermitaño había hecho oscilar ante su rostro como una provocación, como una promesa. El objeto que ocultaba aquel hombre oculto.

Olivier estaba cansado, harto y furioso consigo mismo por haberse olvidado la baratija. Y furioso con el ermitaño por no haberle dado la otra cosa. La que creía haberse ganado ya.

Tras un instante de duda, dio media vuelta para sumergirse de nuevo en el bosque y notó que el miedo crecía otra vez en él y alimentaba su rabia. Y cuando echó a andar, y luego a correr, lo persiguió una voz que iba azuzándolo. Que lo empujaba a avanzar.

«Ha llegado el Caos, viejo amigo.»

DOS

—Cógelo tú.

Gabri tiró de las mantas hacia arriba y se quedó quieto. Sin embargo, el teléfono seguía sonando y, a su lado, Olivier estaba totalmente ausente. Gabri vio que la llovizna golpeaba el cristal y notó que la húmeda mañana dominical iba instalándose en su dormitorio. Pero debajo del edredón se estaba cómodo y caliente, y no tenía ninguna intención de moverse.

Tocó a Olivier.

—Despierta.

Nada, sólo un ronquido.

—¡Fuego!

Nada todavía.

—¡Ethel Merman!

Nada. Por Dios, ¿estaría muerto?

Se inclinó hacia su compañero y se fijó en su bonito cabello, que ya clareaba, extendido sobre la cara y encima de la almohada. Con los ojos cerrados, pacífico. Gabri aspiró el aroma de Olivier, almizclado, ligeramente sudoroso. Pronto se ducharían y los dos olerían a jabón Ivory.

El teléfono volvió a sonar.

—Es tu madre —susurró Gabri al oído de Olivier.

—¿Qué?

—Coge el teléfono. Es tu madre.

Olivier se incorporó esforzándose por abrir los ojos, amodorrado, como si emergiera de un túnel muy largo.

—¿Mi madre? Pero si murió hace años...

—Si hay alguien capaz de volver de la tumba para joderte es ella.

—Quien me está jodiendo eres tú...

—Más quisieras. Pero contesta a la llamada.

Olivier estiró un brazo por encima de la montaña que representaba la figura de su compañero y cogió el teléfono.

—*Oui, allô?*

Gabri volvió a meterse en la cama calentita, y luego miró la hora en el reloj digital. Las seis cuarenta y tres. Domingo por la mañana. En el puente del Día del Trabajo.

¿A quién se le ocurría llamar a aquellas horas?

Se incorporó y miró a su compañero a la cara, examinándolo como haría un pasajero con el rostro de un auxiliar de vuelo durante el despegue. ¿Parecía preocupado? ¿Asustado?

Vio que la expresión de Olivier pasaba de una preocupación relativa al asombro, y luego, al instante, sus rubias cejas se hundieron y toda la sangre desapareció de su rostro.

«Dios mío —pensó Gabri—. Vamos a estrellarnos.»

—¿Qué pasa? —vocalizó, sin emitir ningún sonido.

Olivier escuchaba en silencio. Pero su agraciado rostro era bastante elocuente. Había ocurrido algo terrible.

—¿Qué ha pasado? —susurró Gabri.

Atravesaron el parque a todo correr, con los impermeables ondeando al viento. Myrna Landers, en lucha con su enorme paraguas, salió a su encuentro y corrieron juntos hacia el *bistrot*. Ya amanecía, y el mundo era gris y húmedo. Apenas unos pocos pasos los separaban del establecimiento, pero llegaron con el cabello apelmazado y la ropa empapada. Sin embargo, por una vez, ni a Olivier ni a Gabri les importó. Patinaron hasta detenerse bruscamente junto a Myrna en el exterior del edificio de ladrillos.

—He llamado a la policía. Llegarán pronto —dijo ella.

—¿Estás segura?

Olivier miró a su amiga y vecina. Era grande y gorda, estaba toda mojada y llevaba unas botas de goma amarilla, un impermeable verde lima y un paraguas rojo en la mano. Parecía una pelota de playa que hubiera estallado en mil pedazos. Pero la verdad es que nunca la había visto tan seria. Estaba segura, desde luego.

—He entrado para comprobarlo —contestó.

—Ay, Dios mío... —susurró Gabri—. ¿Y quién es?

—No lo sé.

—¿Cómo es posible que no lo sepas? —preguntó Olivier. Y luego miró por las ventanas con parteluces de su *bistrot* colocándose las esbeltas manos en torno a la cara para tapar la débil luz de la mañana. Myrna alzó su paraguas de un rojo intenso para protegerlo.

El aliento de Olivier empañó la ventana, pero le dio tiempo a ver lo que Myrna también había visto. Había alguien en el interior. Tumbado en el suelo de pino antiguo. Boca arriba.

—¿Qué pasa? —preguntó Gabri estirándose para mirar por encima del hombro de su compañero.

Pero la cara de Olivier le dijo todo lo que necesitaba saber. Gabri se concentró en la enorme negra que tenía a su lado.

—¿Está muerto?

—Peor.

Se preguntó qué podía ser peor que la muerte.

Myrna era lo más parecido a un médico que tenían en aquel pueblo. Había ejercido como psicóloga en Montreal hasta que un exceso de historias tristes y una pizca de sentido común se habían combinado para impulsarla a dejarlo. Había cargado su coche con la intención de viajar por ahí unos cuantos meses antes de establecerse en algún sitio. Cualquier lugar que le apeteciera.

Cuando apenas llevaba una hora conduciendo desde Montreal, se había detenido en Three Pines para entrar en el *bistrot* de Olivier a tomar un *café au lait* y un *croissant* y ya no había vuelto a marcharse. Tras descargar el equipaje, había alquilado la tienda contigua y el apartamento del piso superior para montar una librería de viejo.

La gente entraba a buscar libros y conversación. Le llevaban sus historias, algunas encuadernadas y otras de memoria. Ella sabía que algunas eran reales y otras ficticias. Aunque no se las creyera todas, las respetaba por igual.

—Deberíamos entrar —sugirió Olivier—. Para asegurarnos de que nadie toca el cuerpo. ¿Estás bien?

Gabri había cerrado los ojos, pero entonces volvió a abrirlos y ya parecía más sereno.

—Sí, estoy bien. Es la impresión. Pero no sé quién es.

Y Myrna vio en su cara el mismo alivio que había sentido ella al entrar la primera vez. Aunque lo sintieran, era mucho mejor que el muerto fuera un desconocido que un amigo querido.

Al entrar en el *bistrot* iban bien juntos, como si el muerto pudiera levantarse de golpe para agarrar a uno de ellos y llevárselo. Avanzaron poco a poco hacia él y lo miraron con fijeza, mientras algunas gotas de lluvia se les desprendían de la cabeza y de la nariz hacia las ropas gastadas del hombre y formaban un charco en el suelo de anchos tablones. Luego Myrna los apartó un poco con suavidad.

Así se sentían los dos hombres: se habían despertado aquel fin de semana festivo en su cómoda cama, en su cómoda casa, en su cómoda vida, y de repente se encontraban como asomados a un precipicio.

Los tres se alejaron sin hablar, mirándose con los ojos muy abiertos.

Había un muerto en el *bistrot*.

Y no sólo muerto: peor.

Mientras esperaban a la policía, Gabri hizo café y Myrna se quitó el impermeable y se sentó junto al ventanal a contemplar el día neblinoso de septiembre. Olivier preparó la leña en los dos hogares de piedra, uno a cada extremo de la sala, con sus vigas a la vista, y los encendió. Atizó con vigor uno de los fuegos y notó el calor a través de la ropa húmeda. Estaba entumecido, y no sólo por aquel frío insidioso.

Al encontrarse de pie ante el muerto, Gabri había murmurado:

—Pobrecillo.

Myrna y Olivier habían asentido. Lo que veían era un anciano con ropas raídas que les devolvía la mirada. Tenía el rostro blanco, una expresión de sorpresa en los ojos y la boca ligeramente abierta.

Myrna había señalado la parte de atrás de la cabeza. El charquito de agua se estaba tiñendo de color rosa. Gabri se había inclinado un poco más hacia él, con timidez, pero Olivier no se había movido.

Lo que lo tenía subyugado y anonadado no era la nuca destrozada del muerto, sino la parte delantera. El rostro.

—*Mon Dieu*, Olivier, a este hombre lo han asesinado. Ay, Dios mío...

Olivier seguía mirándolo a los ojos.

—Pero ¿quién es? —había susurrado Gabri.

Era el ermitaño. Muerto. Asesinado. En el *bistrot*.

—No lo sé —había respondido Olivier.

El inspector jefe Armand Gamache recibió la llamada justo cuando Reine-Marie y él terminaban de recoger la mesa después del *brunch* del domingo. En el comedor de su apartamento del *quartier* de Outremont, en Montreal, se oía a su segundo al mando, Jean Guy Beauvoir, y a su hija, Annie. No hablaban. Nunca hablaban. Discutían. Sobre todo, cuando la mujer de Jean Guy, Enid, no estaba presente para parar los golpes. Pero Enid tenía que organizar unos cursos de la escuela y se había disculpado por no asistir al *brunch*. Jean Guy, por otra parte, nunca rechazaba una invitación a comer gratis. Aunque tuviera un coste. Y el coste siempre era Annie.

Habían empezado con el zumo de naranja recién exprimido, para continuar con los huevos revueltos y el brie, y seguir con la fruta fresca, los *croissants* y las *confitures*.

—Pero ¿cómo puedes defender el uso de los aturdidores? —preguntó Annie desde el comedor.

—Otro *brunch* estupendo, *merci*, Reine-Marie —dijo David.

Se acercó al fregadero con los platos que llevaba del comedor y besó en la mejilla a su suegra. Era de mediana estatura y su pelo oscuro ya empezaba a ralear. Tenía treinta años, unos pocos más que su mujer, Annie, aunque a menudo parecía más joven que ella. Su rasgo principal, pensaba a menudo Gamache, era su vivacidad. Nada exagerado, pero estaba lleno de vida. Al inspector jefe le había caído bien desde el momento en que su hija los presentó, cinco años antes. A diferencia de otros jóvenes a los que Annie había llevado a casa, sobre todo abogados como ella, aquel joven no había intentado competir con el jefe en plan machito. A Gamache no le interesaba aquel juego. Tampoco lo impresionaba. Lo que sí lo impresionó fue la reacción de David al conocer a Armand y Reine-Marie Gamache. Les dedicó una sonrisa bien abierta, una sonrisa que parecía llenar toda la habitación, y dijo, con toda sencillez:

—*Bonjour*.

No se parecía en nada a ningún otro hombre de los que interesaban a Annie. David no era un erudito, no era un atleta, no era increíblemente guapo. No estaba destinado a convertirse en el próximo primer ministro de Quebec ni en el director de su bufete de abogados.

No, David era abierto y amable, sencillamente.

Ella se casó con él, y Armand Gamache estuvo encantado de llevar a su única hija del brazo al altar, entre él y Reine-Marie. Y de ver que aquel hombre tan bueno se casaba con su hija.

Porque Armand Gamache sabía lo que era no ser bueno. Conocía la crueldad, la desesperación y el horror. Y sabía lo poco apreciada y lo valiosa que era aquella virtud, la bondad.

—¿Preferirías que les pegáramos directamente un tiro a los sospechosos?

En el comedor, la voz de Beauvoir había subido de volumen y tono.

—Gracias, David —dijo Reine-Marie al tiempo que cogía los platos que éste le entregaba.

Gamache tendió a su yerno un trapo de cocina limpio y empezaron a secar mientras Reine-Marie fregaba.

—Bueno —dijo David volviéndose hacia el inspector jefe—, ¿crees que los Habs tienen alguna oportunidad de ganar la copa este año?

—¡No! —chilló Annie—. Lo que quiero es que aprendáis a detener a alguien sin tener que hacerle daño o matarlo. Lo que quiero es que de verdad veáis a los sospechosos como lo que son. Sospechosos. No como criminales infrahumanos a los que se puede pegar, electrocutar o disparar.

—Creo que sí —contestó Gamache mientras ofrecía un plato a David para que lo secara y él mismo cogía otro—. Me gusta ese portero nuevo, y me parece que la delantera ha madurado. Definitivamente, éste es su año.

—Pero su debilidad sigue siendo la defensa, ¿no crees? —preguntó Reine-Marie—. Los canadienses siempre se concentran demasiado en el ataque...

—Intenta arrestar a un asesino armado. Me gustaría ver cómo lo haces. Eres... eres... —farfullaba Beauvoir.

La conversación de la cocina se detuvo y todos se quedaron escuchando a ver qué decía a continuación. Aquella discusión tenía lugar en cada *brunch*, cada Navidad, Acción de Gracias, cumpleaños. Las palabras apenas cambiaban. Cuando no era por los aturdidores, discutían por las guarderías, o la educación, o el medio ambiente. Si Annie decía blanco, Beauvoir decía negro. Llevaban así doce años, desde el ingreso del inspector Beauvoir en el departamento de homicidios de la Sûreté du Québec, a las órdenes de Gamache. Se había convertido en miembro del equipo y de la familia.

—¿Qué soy?

—¡Una picapleitos patética!

Reine-Marie hizo una seña hacia la puerta de atrás de la cocina, que daba a un balconcito metálico y a la salida de incendios.

—¿Vamos...?

—¿Nos escapamos? —susurró Gamache con la esperanza de que lo dijera en serio, aunque ya sospechaba que no era así.

—¿Qué tal si vas y les pegas un tiro, Armand? —preguntó David.

—Creo que Jean Guy desenfunda más rápido que yo —respondió el inspector jefe—. Me daría primero.

—Bueno —respondió su mujer—, aun así, podrías intentarlo.

—¿Picapleitos? —repitió Annie con una voz llena de desdén—. Fantástico. Eres un idiota fascista.

—Supongo que podría usar un aturdidor... —comentó Gamache.

—¿Fascista yo? ¿Fascista? —Jean Guy Beauvoir casi chillaba.

En la cocina, el pastor alemán de Gamache, *Henri*, se incorporó en su lecho y levantó la cabeza. Tenía las orejas enormes, cosa que hacía pensar a Gamache que quizá no fuera de pura raza, sino un cruce entre pastor alemán y antena parabólica.

—Uf... —resopló David.

Henri se hizo un ovillo en su cama y fue bastante evidente que, de haber podido, David se habría unido a él.

Los tres contemplaron con melancolía el día lluvioso y fresco de principios de septiembre. Puente del Día del Trabajo en Montreal. Annie dijo algo ininteligible. En cambio, la respuesta de Beauvoir quedó perfectamente clara:

—Que te den.

—Bueno, creo que el debate está a punto de terminar —comentó Reine-Marie—. ¿Más café? —Señaló la cafetera exprés.

—*Non, pas pour moi, merci* —dijo David con una sonrisa—. Y por favor, tampoco le sirvas a Annie.

—Idiota —murmuró Jean Guy al entrar en la cocina.

Cogió un paño de cocina del estante y se puso a secar un plato con furia. Gamache pensó que iba a borrar el dibujo de la marca India Tree.

—Dígame que es adoptada...

—No, es hecha en casa. —Reine-Marie pasó el plato siguiente a su marido.

El cabello oscuro de Annie se asomó un momento a la cocina y luego desapareció.

—Que te den a ti.

—Qué encanto —dijo Reine-Marie.

De sus dos hijos, Daniel era el que más se parecía a su padre. Alto, serio, erudito. Era amable, bueno y fuerte. Al nacer Annie, Reine-Marie pensó, quizá con lógica, que aquella hija se parecería más a ella. Era cálida, inteligente, brillante. Con un amor tan fuerte hacia los libros que se había hecho bibliotecaria y había acabado dirigiendo un departamento en la Biblioteca Nacional de Montreal.

Pero Annie los había sorprendido a los dos. Era aguda, competitiva, divertida. Y también muy intensa en todo lo que hacía y sentía.

Tendrían que habérselo imaginado. De recién nacida, Armand la llevaba a dar interminables paseos en coche para intentar tranquilizarla cuando lloraba. Le cantaba, con su grave voz de barítono, canciones de los Beatles y de Jacques Brel. Y *La Complainte du phoque en Alaska*, de Beau Dommage. Era la canción favorita de Daniel, un lamento conmovedor. En cambio, con Annie no tenía el menor efecto.

Un día, después de sujetar con el cinturón a la niña chillona en el asiento del coche, arrancó el motor sin recordar que llevaba puesta una vieja cinta de los Weavers.

Cuando empezaron a cantar en falsete, la niña se calló.

Al principio le había parecido un milagro. Sin embargo, después de cien vueltas a la manzana oyendo la risa de la niña y a los Weavers cantando «*Wimoweh, a wimoweh*», Gamache echó de menos los viejos tiempos y empezó a tener ganas de ponerse a chillar él también. Pero, mientras ellos cantaban, la pequeña leona dormía.

Annie Gamache se convirtió en su cachorro de león. Y al crecer, en una auténtica leona. Pero a veces, mientras paseaban juntos tranquilamente, contaba a su padre sus temores, sus decepciones y las penas cotidianas de su joven vida. Y el inspector jefe Gamache sentía el deseo de abrazarla para librarla de la necesidad de hacerse la valiente a todas horas.

Era así de intensa porque tenía miedo. De todo.

El resto del mundo la veía como una leona noble y fuerte. Él miraba a su hija y veía a Bert Lahr, el León Cobarde. Pero nunca se lo diría a ella. Ni a su marido.

—¿Podemos hablar? —preguntó Annie a su padre, ignorando a Beauvoir.

Gamache asintió y le pasó el trapo de cocina a David. Recorrieron el pasillo y llegaron al cálido salón, lleno de libros bien ordenados y colocados en los estantes, o amontonados bajo las mesas y junto al sofá en pilas no tan ordenadas. *Le Devoir* y *The New York Times* se encontraban sobre la mesita de centro, y en la chimenea ardía un fuego pequeño. No las llamas rugientes de un fuego invernal, sino una llama suave, casi líquida, de principios de otoño.

Hablaron unos minutos de Daniel, que vivía en París con su mujer y su hija y que esperaba otra hija a finales de aquel mismo mes. Hablaron de David, su marido, y de su equipo de hockey, a punto de empezar otra temporada invernal.

Gamache se dedicaba, sobre todo, a escuchar. No estaba seguro de si Annie tenía algo concreto que contarle o simplemente quería charlar. *Henri* entró trotando en la habitación y dejó caer la cabeza en el regazo de Annie. Ella le masajeó las orejas entre gruñidos y gemidos del animal. Al final, éste se echó junto al fuego.

Justo entonces sonó el teléfono. Gamache hizo como si no lo oyera.

—Es el de tu despacho, creo —dijo Annie.

Se lo imaginaba sonando en el antiguo escritorio de madera, junto al ordenador y el cuaderno, en aquella habitación llena de libros, con sus tres sillas y su olor a sándalo y agua de rosas.

Daniel y ella solían sentarse en aquellas sillas de madera giratorias y cada uno hacía dar vueltas al otro hasta que terminaban casi mareados; entretanto, su padre permanecía tranquilamente sentado en su butaca. Y leía. O a veces se limitaba a mirarlos.

—A mí también me lo parece.

Volvió a sonar el teléfono. Era un sonido que todos conocían muy bien, distinto del de otros aparatos. Era el timbre que anunciaba una muerte.

Annie parecía incómoda.

—Que esperen —dijo él tranquilamente—. ¿Querías decirme algo?

—¿Lo cojo? —preguntó Jean Guy, asomado a la entrada del salón. Sonrió a Annie, pero enseguida desvió la mirada hacia el inspector jefe.

—Por favor. Ahora mismo voy.

Se volvió hacia su hija, pero para entonces David ya se había unido a ellos y Annie había adoptado de nuevo su actitud pública. No era demasiado distinta de la privada. Sólo un poquito menos vulnerable, quizá. Y su padre se preguntó brevemente, mientras David se sentaba y cogía la mano de su esposa, por qué necesitaba adoptar aquella actitud pública en presencia de su marido.

—Ha habido un asesinato, señor —susurró el inspector Beauvoir. Apenas se había adentrado en la habitación.

—*Oui* —respondió Gamache mirando a su hija.

—Ve, papá.

Sacudió una mano en el aire no para echarlo de ahí, sino para liberarlo de la necesidad de quedarse con ella.

—Ya iré. ¿Te gustaría salir a dar un paseo?

—Está lloviendo a cántaros —dijo David riendo.

Gamache quería mucho a su yerno, de verdad, pero a veces no se daba cuenta de nada. Annie también se echó a reír.

—Sí, papá, ni siquiera *Henri* querría salir con este tiempo.

Henri se levantó de repente y corrió a buscar su pelota. Las palabras fatídicas, «Henri» y «salir», se habían combinado para desatar una fuerza imparable.

—Bueno —dijo Gamache mientras el pastor alemán volvía retozando a la habitación—. Tengo que ir a trabajar.

Dirigió a Annie y David una mirada cargada de significado, luego volvió a mirar a *Henri*. Ni siquiera a David se le podía escapar lo que quería decir.

—Vaya por Dios... —murmuró el joven, de buen talante, y, tras levantarse del cómodo sofá, Annie y él fueron a buscar la correa de *Henri*.

• • •

Cuando el inspector jefe Gamache y el inspector Beauvoir llegaron a Three Pines, las fuerzas locales habían acordonado el *bistrot* y la gente del pueblo se arremolinaba al amparo de los paraguas para contemplar el viejo edificio de ladrillo. El escenario de tantas comidas, bebidas y celebraciones, y ahora también de un crimen.

Beauvoir iba bajando con el coche por el ligero promontorio que llevaba al pueblo cuando Gamache le pidió que parara un momento a un lado.

—¿Qué pasa? —le preguntó el inspector.

—Sólo quiero echar un vistazo.

Los dos hombres se quedaron sentados en el coche bien caldeado contemplando el pueblo a través del arco perezoso de los limpiaparabrisas. Frente a ellos se encontraba el parque comunal, con su estanque y un banco, sus parterres con rosas y hortensias, polemonios de floración tardía y malvarrosas. Y al final del mismo, como anclándolo al suelo junto con el pueblo, se erguían los tres altos pinos.

La mirada de Gamache vagó hacia los edificios que abrazaban el parque. Había casas de campo hechas de tablas, pintadas de blanco y desgastadas, con porches amplios y sillas de mimbre. Había también diminutas casitas de piedra, construidas siglos atrás por los primeros pobladores, que desbrozaron la tierra y arrancaron las piedras del suelo. Pero la mayoría de los hogares en torno a la zona verde estaban hechos de ladrillos de un leve tono rosáceo, construidos por colonos leales a la corona británica que huían de la revolución estadounidense. Three Pines se encontraba a pocos kilómetros de la frontera de Vermont y, si bien en el presente el afecto y la amistad dominaban las relaciones con Estados Unidos, en aquella época no era así. Los fundadores del pueblo estaban desesperados por encontrar refugio, huyendo de una guerra en la que no creían.

El inspector jefe alzó la mirada por Du Moulin, y allí, en la ladera de la colina que se levantaba al salir del pueblo, vio la blanca capillita anglicana de Saint Thomas.

Gamache volvió a mirar hacia la pequeña multitud que, refugiada bajo los paraguas, charlaba, señalaba con el dedo y observaba con atención. El *bistrot* de Olivier estaba justo en el centro del semicírculo de tiendas. Cada negocio lindaba con el siguiente. Estaba la tienda de monsieur Béliveau, luego la panadería de Sarah, luego el *bistrot* de Olivier y finalmente la librería de Myrna, donde vendía libros nuevos y de ocasión.

—Vamos —ordenó Gamache con una inclinación de cabeza.

Beauvoir esperaba la orden y el coche comenzó a deslizarse lentamente hacia delante. Hacia los sospechosos apiñados, hacia el asesino.

Sin embargo, una de las primeras lecciones que Beauvoir había recibido de su jefe al ingresar en el célebre departamento de homicidios de la Sûreté du Québec era que para atrapar a un asesino no hay que ir hacia delante. Hay que ir hacia atrás. Hacia el pasado. Ahí era donde empezaba el crimen, donde empezaba el asesino. Algún acontecimiento, quizá olvidado hacía mucho por todos los demás, se había alojado en el interior del homicida. Y había empezado a enconarse.

Lo que mata no se ve, había advertido el jefe a Beauvoir. Por eso es tan peligroso. No es una pistola, ni un cuchillo, ni un puño. No es algo que veas venir. Es una emoción. Rancia, descompuesta. A la espera de una oportunidad para golpear.

El coche fue avanzando despacio hacia el *bistrot*, hacia el cadáver.

—*Merci* —dijo Gamache un minuto después, cuando un oficial de la policía local les abrió la puerta del *bistrot*. El joven estuvo a punto de dar el alto al desconocido, pero dudó.

A Beauvoir le encantaba aquello. La reacción de los policías locales al darse cuenta de que aquel hombre grandote, de cincuenta y tantos años, no era un curioso más. Para los policías jóvenes, Gamache se parecía a sus padres. Tenía cierto aire de distinción. Siempre llevaba traje, o americana y corbata con pantalones de franela gris, como aquel día.

Solían fijarse también en el bigote, bien recortado y canoso. Su pelo oscuro encanecía ya en torno a las orejas, donde se rizaba ligeramente hacia arriba. En días lluviosos como aquél, el jefe llevaba una gorra que se quitaba al entrar bajo techo y, al hacerlo, los jóvenes oficiales veían su calvicie incipiente. Y por si no bastara con aquello, también se fijaban en los ojos de aquel hombre. Todo el mundo se fijaba en ellos. En sus ojos, de un marrón muy oscuro, en su mirada pensativa, inteligente... y algo más. Algo que distinguía al famoso jefe de homicidios de la Sûreté du Québec de cualquier otro oficial de alto rango.

Su mirada era amable.

Aquélla era su fuerza, como bien sabía Beauvoir, y al mismo tiempo su debilidad.

Gamache sonrió al asombrado oficial que se encontraba frente al policía más célebre de Quebec. Le tendió una mano y el joven agente se quedó mirándola un momento antes de ofrecer también la suya.

—*Patron* —dijo.

—¡Ah, esperaba que fueras tú! —Gabri atravesó la habitación corriendo y pasó junto a los oficiales de la Sûreté agachados al lado de la víctima—. Hemos preguntado si la Sûreté podía enviarte a ti, pero parece que no es normal que los sospechosos pidan a un oficial determinado. —Abrazó al inspector jefe y luego se volvió hacia la sala, llena de agentes—. ¿Lo ven? Es verdad que lo conozco. —Luego susurró a Gamache—: Creo que sería mejor que no nos besáramos.

—Muy sensato.

Gabri parecía cansado y agobiado, pero tranquilo. Iba despeinado, pero aquello no era nada fuera de lo corriente. Detrás de él, más callado, casi eclipsado, se encontraba Olivier. También muy despeinado. Y eso sí era muy poco habitual. Además, parecía exhausto y tenía ojeras.

—Está llegando el forense, jefe. —La agente Isabelle Lacoste se acercó a saludarlo. Llevaba una falda sencilla y un jersey ligero y, a saber cómo, había conseguido que ambas prendas parecieran elegantes. Como la mayoría de las quebequesas, era menuda y segura de sí misma—. Veo que es la doctora Harris.

Todos miraron por la ventana y la multitud se separó para abrir paso a una mujer con un maletín de médico.

A diferencia de la agente Lacoste, la doctora Harris había conseguido que su falda sencilla y su jersey ligero tuvieran un aspecto desaliñado. Pero cómodo. Y en un día horrible como aquél, aquella comodidad resultaba muy deseable.

—Bien —dijo el jefe, volviéndose hacia la agente Lacoste—. ¿Qué sabemos?

Lacoste condujo a Gamache y al inspector Beauvoir hasta el cadáver. Se arrodillaron, un acto ritual que habían repetido cientos de veces. Era sorprendentemente íntimo. No tocaron el cuerpo, pero se inclinaron hasta quedar muy cerca, más cerca de lo que habían estado de nadie en la vida, salvo de algún ser querido.

—La víctima ha recibido un golpe desde atrás con un objeto romo. Algo limpio, duro y estrecho.

—¿Un atizador de chimenea? —preguntó Beauvoir mirando hacia los hogares que Olivier había encendido.

Gamache miró también. La mañana era húmeda, pero no demasiado fría. No hacía falta ningún fuego. De todos modos, lo más probable era que no los hubieran encendido en busca de calor, sino de consuelo.

—Si ha sido un atizador, debía de estar limpio. La forense lo examinará más de cerca, claro está, pero en la herida no hay señales aparentes de suciedad, cenizas, madera, nada.

Gamache miraba con atención el agujero de la cabeza de aquel hombre. Escuchaba a su agente.

—Entonces, ¿no hay arma? —preguntó Beauvoir.

—Todavía no. Seguimos buscando, claro.

—¿Quién era?

—No lo sabemos.

Gamache apartó los ojos de la herida y miró a la mujer, pero no dijo nada.

—No llevaba carnet de identidad —continuó la agente Lacoste—. Hemos buscado en sus bolsillos, pero no hay nada. Ni siquiera un *kleenex*. Y nadie lo conoce. Es un hombre blanco, de unos setenta y tantos años, diría yo. Delgado, pero no desnutrido. Metro setenta, o setenta y dos.

Años antes, cuando empezaba a trabajar en homicidios, a la agente Lacoste le había parecido extraño hacer un catálogo de las cosas que el jefe podía ver perfectamente por sí mismo. Pero él les había enseñado a todos a hacerlo y, por lo tanto, ella cumplía. Sólo años más tarde, al ser ella quien formaba a otras personas, había comprendido el valor del ejercicio.

Servía para asegurarse de que ambos se fijaban en lo mismo. Los policías eran tan falibles y subjetivos como cualquier otra persona. Se les escapaban ciertas cosas, malinterpretaban otras. La catalogación reducía la probabilidad de que aquello sucediera. Aunque también podía llevarlos a redoblar el error.

—Nada en las manos, y diría que tampoco en las uñas. Sin hematomas. No parece que haya habido lucha.

Se incorporaron.

—El estado de la sala lo confirma.

Miraron alrededor.

Nada fuera de su sitio. Nada volcado. Todo limpio y ordenado.

Era una sala muy apacible. Los fuegos encendidos a ambos lados del *bistrot*, con sus vigas a la vista, disipaban la penumbra del día. Su luz arrancaba destellos al suelo de madera pulida, oscurecido por años de humo y por las pisadas de los granjeros.

Ante cada fuego había un sofá y grandes butacas acogedoras, con el tapizado desvaído. Unas cuantas sillas antiguas se agrupaban en torno a las mesas de madera oscura del comedor. Frente a los ventanales —salientes y con parteluz—, tres o cuatro sillones de orejas esperaban a la gente del pueblo, que acudía allí a tomar humeantes *café au lait* y *croissants*, o whiskies, o vinos de borgoña. Gamache sospechaba que a los arremolinados bajo la lluvia les habría sentado bien un trago de algo fuerte. Desde luego, a Olivier y Gabri les hacía buena falta.

El inspector jefe Gamache y su equipo habían estado muchas veces en el *bistrot*, para disfrutar de la comida junto al fuego en invierno o tomarse una bebida fría tranquilamente en la *terrasse* en verano. Casi siempre hablando de asesinatos. Pero nunca con un cadáver de verdad a su lado.

Sharon Harris se sumó a ellos, se quitó el impermeable húmedo, sonrió a la agente Lacoste y estrechó la mano del inspector jefe con solemnidad.

—Doctora Harris —dijo él con una leve inclinación de cabeza—. Siento mucho haber tenido que molestarte este puente.

En realidad, ella estaba en su casa, sentada en un sillón y cambiando de canal en el televisor en busca de alguien que no le echara un sermón, cuando sonó el teléfono. Le había parecido una bendición divina. En cambio, en aquel momento, al ver el cadáver, supo que aquello tenía muy poco que ver con Dios.

—Todo tuyo —dijo Gamache.

A través de las ventanas veía a la gente del pueblo, todavía allí, esperando alguna noticia. Un hombre alto y guapo, de cabello canoso, se inclinaba para escuchar lo que decía una mujer bajita con el pelo alborotado. Peter y Clara Morrow. Residentes del pueblo y artistas. Tiesa como un palo junto a ellos y mirando el *bistrot* sin parpadear, estaba Ruth Zardo. Y su pata, que también tenía un aspecto bastante arrogante. Ruth llevaba un sueste que relucía bajo la lluvia. Clara estaba diciéndole algo, pero ella no le prestaba atención. Ruth Zardo, como Gamache sabía perfectamente, era una buena pieza, una vieja borracha y amargada. Pero daba la casualidad de que también era su poeta favorita. Clara habló de nuevo y, en esa ocasión, Ruth sí le contestó. A través del cristal, Gamache entendió perfectamente lo que le decía:

—Vete a la mierda.

Gamache sonrió. Aunque un cadáver en el *bistrot* suponía una gran novedad, algunas cosas no cambiaban nunca.

—Inspector jefe...

El saludo procedía de una voz familiar, grave y cantarina. Al volverse vio a Myrna Landers cruzar la sala pisando fuerte con sus botas de color amarillo intenso. Llevaba un pantalón de chándal rosa con los bajos remetidos en las botas.

Era una mujer de color, en todos los sentidos del término.

—Myrna. —La saludó con una sonrisa y la besó en ambas mejillas. Algunos de los agentes locales de la Sûreté lo miraron sorprendidos, porque no se esperaba que el inspector jefe besara a los sospechosos—. ¿Qué haces aquí cuando todos los demás están fuera? —Y señaló por la ventana.

—Lo he encontrado yo —dijo ella, y su rostro adquirió una expresión grave.

—¿Ah, sí? Lo siento... Debes de haberte llevado un buen susto. —La guió hacia una silla junto al fuego—. Imagino que ya habrás prestado declaración...

Ella asintió.

—Me la ha tomado la agente Lacoste. Pero me temo que no tengo mucho que decir.

—¿Te apetece un café o un té caliente?

Myrna sonrió. Ella se lo había ofrecido a él muy a menudo. Siempre tenía un hervidor de agua burbujeando en su estufa de leña para servir un té a quien lo quisiera. Y ahora se lo ofrecían a ella. Y comprendió lo reconfortante que resultaba.

—Té, por favor.

Mientras ella tomaba asiento junto al fuego para entrar en calor, el inspector jefe Gamache fue a pedir una tetera a Gabri y volvió. Se sentó en el sillón y se inclinó hacia delante.

—¿Qué ha ocurrido?

—Salgo cada mañana a dar un largo paseo.

—¿Eso es nuevo? No sabía que tuvieras esa costumbre.

—Pues sí... Desde la primavera, vamos. Al cumplir los cincuenta decidí que debía ponerme en forma... —Se interrumpió con una sonrisa abierta—. O, al menos, cambiar un poco de forma. Prefiero parecer una pera en vez de una manzana. —Se dio unas palmaditas en la barriga—. Aunque sospecho que por naturaleza tiendo a ser el huerto entero.

—¿Acaso hay algo mejor que un huerto? —respondió él con una sonrisa, y luego se miró también la cintura—. Tampoco es que yo sea un retoño. ¿A qué hora te levantas?

—Pongo el despertador a las seis y media y salgo a las siete menos cuarto. Esta mañana acababa de salir cuando he visto que la puerta de Olivier estaba entornada, de modo que he entrado y lo he llamado. Me sorprendía, porque Olivier no suele abrir hasta más tarde los domingos.

—Pero no estabas asustada.

—No. —Pareció sorprendida por el comentario—. Ya me iba, cuando lo he visto.

Myrna estaba de espaldas a la sala y Gamache no miró más allá, hacia el cuerpo. Por el contrario, le sostuvo la mirada y la animó a seguir con una inclinación de cabeza, sin decir nada.

Llegó el té y, aunque era evidente que deseaba unirse a ellos, Gabri tuvo —a diferencia de David, el yerno de Gamache— la intuición suficiente para captar las señales no verbales. Dejó en la mesa la tetera, dos tazas de porcelana con sus platillos, leche, azúcar y un platito con galletas de jengibre, y se fue.

—Al principio creí que era una pila de ropa que habían dejado los camareros anoche —dijo Myrna cuando Gabri estuvo lejos—. La mayoría son muy jóvenes y nunca se sabe. Pero luego me he fijado mejor y he visto que era un cadáver.

—¿Un cadáver?

La elección de aquella palabra daba por hecho que no podía tratarse de un cuerpo aún con vida.

—Me he dado cuenta al momento de que estaba muerto. He visto unos cuantos muertos, ¿sabes?

Gamache lo sabía.

—Estaba exactamente tal como puedes verlo ahora.

Myrna se quedó mirando mientras Gamache servía el té. Le hizo saber por gestos que sí quería leche y azúcar y luego cogió su taza, con una galleta.

—Me he acercado mucho, pero no he tocado nada. No creía que lo hubieran asesinado. Al principio, no.

—Entonces, ¿qué creías?

Gamache sujetaba la taza entre sus grandes manos. El té era fuerte y aromático.

—Creía que le había dado un ataque o un infarto. Algo repentino, por la expresión de la cara. Parecía asombrado, pero no daba la impresión de haber pasado miedo ni dolor.

Era una buena forma de expresarlo, pensó Gamache. La muerte había pillado a aquel hombre por sorpresa. Pero a casi todos les pasa lo mismo, incluso a los más ancianos y enfermos. Casi nadie espera morir, en realidad.

—Entonces me he fijado en la cabeza.

Gamache asintió. Era difícil no verlo. No la cabeza en sí, sino lo que faltaba en ella.

—¿Lo conocías?

—No lo había visto nunca. Y, de haberlo visto, creo que lo recordaría.

Gamache tuvo que darle la razón. Parecía un vagabundo. Y aunque se los puede ignorar fácilmente, resultan difíciles de olvidar. Armand Gamache depositó la delicada taza en el delicado platillo. Seguía dándole vueltas al asunto que lo había preocupado en cuanto recibió la llamada y se enteró del crimen en el *bistrot* de Three Pines.

¿Por qué allí?

Miró rápidamente a Olivier, que hablaba con el inspector Beauvoir y la agente Lacoste. Estaba tranquilo y sereno. Sin embargo, no podía ignorar que todo aquello tenía muy mala pinta.

—Y entonces, ¿qué has hecho?

—He llamado a emergencias y luego a Olivier, y después he salido a esperarlos.

A continuación le contó lo que había ocurrido hasta la llegada de la policía.

—*Merci* —dijo Gamache, y se incorporó.

Myrna cogió su té y se unió a Olivier y Gabri al otro lado de la sala. Se quedaron de pie los tres juntos, ante la chimenea.

En aquella sala, todo el mundo sabía quiénes eran los tres sospechosos principales. Es decir: todo el mundo menos los tres sospechosos principales.

TRES

La doctora Sharon Harris se puso de pie, se sacudió la falda y dedicó una vaga sonrisa al inspector jefe.

—No ha sido muy fina la cosa —anunció.

Gamache miró al hombre muerto.

—Parece un vagabundo —dijo Beauvoir al tiempo que se agachaba para examinarle la ropa. Llevaba prendas ajadas y mal combinadas.

—Debía de vivir a salto de mata —dijo Lacoste.

Gamache se arrodilló y volvió a mirar de cerca la cara del hombre. Estaba muy estropeada y arrugada. Una cara como un almanaque del sol, el viento y el frío. Un rostro curtido. Gamache frotó suavemente la mejilla del muerto con el pulgar para apreciar el tacto de la barba. Iba afeitado, pero, si se la hubiese dejado crecer, habría sido blanca. El cabello era totalmente canoso y lo llevaba cortado de cualquier manera. Un trasquilón por aquí, otro por allá.

Gamache tomó una mano de la víctima, como si estuviera consolándola. La sujetó un momento, luego le dio la vuelta, con la palma hacia arriba. Luego, con lentitud, la frotó con la suya.

—Fuera quien fuese, trabajaba duro. Tiene callos. La mayoría de los vagabundos no trabajan.

Gamache negó con un parsimonioso movimiento de cabeza. «¿Quién eres? ¿Y por qué estás aquí? En el bar, en este pueblo...»

Muy pocas personas en el mundo conocían siquiera la existencia de aquel pueblo. Y muchas menos lo habían encontrado.

«Pero tú sí que lo encontraste —pensó Gamache sin soltar todavía la fría mano del hombre—. Encontraste el pueblo y encontraste la muerte.»

—Lleva muerto entre seis y diez horas —dijo entonces la doctora—. A partir de la medianoche, pero antes de las cuatro o cinco de la madrugada.

Gamache se quedó mirando la nuca de aquel hombre y la herida que lo había matado.

Era terrible. Parecía un solo golpe asestado con un objeto de extrema dureza. Y en un estado de furia también extrema. Sólo la ira brinda esa fuerza. La fuerza capaz de pulverizar un cráneo. Y todo lo que protege.

Todo lo que conformaba la identidad de aquel hombre estaba guardado en su cabeza. Alguien lo había destrozado. Con un golpe brutal y decisivo.

—No hay demasiada sangre.

Gamache se levantó y contempló al equipo de la policía científica, que iba abriéndose en abanico y recogía pruebas en la enorme sala. Una sala ahora violada. Primero por el crimen y ahora por ellos. Los huéspedes no deseados.

Olivier estaba de pie, calentándose junto al fuego.

—Ése es el problema —confirmó la doctora Harris—. Las heridas en la cabeza sangran mucho. Tendría que haber mucha sangre, mucha más.

—Quizá la hayan limpiado —dijo Beauvoir.

Sharon Harris se agachó de nuevo hacia la herida y luego volvió a incorporarse.

—Con la fuerza del golpe, la hemorragia ha tenido que ser masiva e interna. Y la muerte, casi instantánea.

Era la mejor noticia que podía oír Gamache en la escena de cualquier crimen. Él era capaz de sobrellevar la muerte. Incluso el asesinato. Lo que lo alteraba era el sufrimiento. Y había visto mucho. Unos asesinatos terribles. Era un enorme alivio encontrar uno rápido y contundente. Casi humano.

Una vez oyó decir a un juez que la forma más humanitaria de ejecutar a un prisionero era decirle que era libre. Y entonces matarlo.

Gamache se había negado a aceptarlo, había discutido, incluso protestado. Pero al final, exhausto, había llegado a convencerse.

Mirando el rostro de aquel hombre supo que no había sufrido. El golpe en la nuca significaba que probablemente ni siquiera lo hubiera visto venir.

Era casi como morir mientras duermes.

Pero no igual.

Lo metieron en una bolsa y se llevaron el cadáver. Los hombres y mujeres que estaban fuera se echaron a un lado con expresión sombría para dejarlos pasar. Los hombres se quitaron las gorras empapadas y las mujeres se quedaron mirándolo, con los labios apretados y expresión triste.

Gamache se apartó del ventanal y se unió a Beauvoir, que estaba sentado con Olivier, Gabri y Myrna. La policía científica se había trasladado a las habitaciones traseras del bar, el comedor privado, la sala del personal, la cocina. La sala principal ahora parecía casi normal. Excepto por las preguntas que flotaban en el aire.

—Siento que haya ocurrido todo esto —dijo Gamache a Olivier—. ¿Cómo estás?

Olivier expulsó el aire con fuerza. Parecía exhausto.

—Creo que todavía estoy atontado. ¿Quién era? ¿Lo sabéis?

—No —respondió Beauvoir—. ¿Alguien había informado de la presencia de un desconocido por la zona?

—¿Informado? —preguntó Olivier—. ¿A quién?

Los tres volvieron las miradas perplejas hacia Beauvoir. El inspector había olvidado que Three Pines no tenía policías, ni semáforos, ni aceras, ni alcalde. El departamento de bomberos voluntarios lo llevaba la poeta vieja y demente, Ruth Zardo, y antes de llamarla a ella muchos habrían escogido perecer en las llamas.

Allí ni siquiera tenían delitos menores. Sólo asesinatos. En aquel pueblo, si alguna vez se cometía un acto ilegal, tenía que ser el peor de los crímenes posibles.

Y allí estaban, con otro cadáver más. Al menos, los anteriores tenían nombre... Aquél parecía haber caído del cielo, y encima de sus cabezas.

—Es un poco peor en verano, ¿sabes? —dijo Myrna sentándose en el sofá—. Tenemos más visitas. Familias que vienen de vacaciones, universitarios que vuelven a casa. Éste es el último puente. Después, todo el mundo se va a casa.

—El fin de semana de la Feria del Condado de Brume —apuntó Gabri—. Acaba mañana.

—Bien —dijo Beauvoir, a quien no le importaba en absoluto la feria—. Así que Three Pines se vacía después de este fin de semana. Pero esos visitantes de los que hablas... ¿son amigos y familiares?

—En su mayor parte —respondió Myrna al tiempo que se volvía hacia Gabri—. A tu *bed & breakfast* sí llegan algunos desconocidos, ¿verdad?

Él asintió.

—Cuando la gente se queda sin sitio en sus casas, soy un buen recurso.

—Lo que quería decir —dijo un exasperado Beauvoir— es que las personas que visitan Three Pines en realidad no son desconocidas. No sé si me habéis entendido bien.

—Aquí «entendemos» a la perfección —dijo Gabri.

Aquello provocó una sonrisa incluso en el rostro cansado de Olivier.

—A mí me contaron no sé qué de un desconocido —dijo Myrna—, pero no hice demasiado caso.

—¿Quién te habló de él?

—Roar Parra —respondió la mujer de mala gana. Se sentía como una chivata, y a nadie le gusta esa sensación—. Lo oí hablar con el Viejo Mundin y La Esposa de que había visto a alguien en el bosque.

Beauvoir tomó nota por escrito. No era la primera vez que oía hablar de los Parra. Eran una familia checa importante. En cambio... ¿El Viejo Mundin y La Esposa? Tenía que ser broma. Beauvoir apretó los labios y miró a Myrna sin sonreír. Ella le devolvió la mirada, también muy seria.

—Sí —dijo Myrna leyéndole los pensamientos. No era demasiado difícil. Hasta una tetera podría haberlos leído—. Así se llaman.

—¿El Viejo y La Esposa? —repitió. Ya no estaba enfadado, pero sí perplejo. Myrna asintió—. ¿Cómo se llaman en verdad?

—Así —dijo Olivier—. El Viejo y La Esposa.

—Vale, acepto Viejo. Es posible. Pero nadie mira a una recién nacida y decide llamarla La Esposa. Bueno, eso creo...

Myrna sonrió.

—Tienes razón. Es que estoy tan acostumbrada que no lo había pensado nunca. No tengo ni idea de cómo se llama.

Beauvoir se preguntó qué especie de mujer patética permitiría que la llamaran La Esposa. Realmente, tenía incluso cierta resonancia bíblica, al estilo del Antiguo Testamento.

Gabri sirvió unas cervezas, unas Coca-Colas y puso un par de cuencos de frutos secos en la mesa. Fuera, la gente del pueblo se había ido por fin a casa. El día era húmedo y deprimente, pero dentro estaban cómodos y calentitos. Casi podían olvidar que aquélla no era una reunión social. Los agentes de la policía científica parecían haberse esfumado sin dejar rastro y sólo se hacían notar cuando sonaba un roce o algún murmullo. Como si fueran roedores o fantasmas. O inspectores de homicidios.

—Contadnos qué pasó anoche —pidió el inspector jefe Gamache.

—Esto era un manicomio —dijo Gabri—. El último puente del verano, así que vino todo el mundo. La mayoría estaban cansados porque habían pasado el día en la feria. No querían cocinar. Siempre ocurre lo mismo el fin de semana del Día del Trabajo. Estábamos preparados.

—¿Eso qué quiere decir? —preguntó la agente Lacoste, que acababa de unirse a ellos.

—Había contratado personal extra —dijo Olivier—. Pero todo salió bien. La gente estaba muy tranquila y cerramos a la hora habitual. Hacia la una de la madrugada.

—¿Y qué pasó entonces? —preguntó Lacoste.

La mayoría de las investigaciones de asesinatos parecían complejas, pero en realidad eran muy sencillas. Se trataba simplemente de preguntar «¿y qué pasó entonces?» una y otra vez, una y otra vez. Escuchar las respuestas también ayudaba.

—Yo suelo cuadrar la caja y dejo la limpieza para el personal del turno de noche, pero los sábados es distinto —dijo Olivier—. Después de cerrar, el Viejo Mundin viene, nos entrega las cosas que ha restaurado durante la semana y aprovecha para recoger cualquier mueble roto. No tarda mucho, y lo hace mientras los camareros y el personal de la cocina terminan de limpiar.

—Espera un momento... —lo interrumpió Beauvoir—. ¿Mundin viene los sábados a medianoche? ¿Por qué no los domingos por la mañana o en cualquier otro momento más razonable? ¿Por qué a esas horas de la noche?

A Beauvoir, que tenía olfato para las cosas secretas y era astuto, le parecía algo furtivo.

Olivier se encogió de hombros.

—Es una costumbre, supongo. Cuando empezó a hacer ese trabajo todavía no estaba casado con La Esposa, de modo que venía un rato los sábados por la noche. Cuando cerrábamos, él se llevaba los muebles. No vimos motivo alguno para cambiar.

En un pueblo donde casi nada cambiaba, parecía normal.

—De modo que Mundin se llevó los muebles. ¿Y qué pasó entonces? —preguntó Beauvoir.

—Que me fui.

—¿Eras el último que quedaba aquí?

Olivier dudó.

—No, en realidad no. Como habíamos tenido tanta gente, quedaban cosas por hacer. Los chicos son buenos. Responsables.

Gamache se limitaba a escuchar. Lo prefería así. Sus agentes hacían las preguntas y aquello le daba libertad para observar y para oír lo que se decía, cómo se decía y qué se omitía. Y en aquel momento percibía que en la voz tranquila y solícita de Olivier se había colado un tono defensivo. ¿Se ponía a la defensiva por su propia conducta? ¿O quizá pretendía proteger a su personal ante el temor de que pudieran ser tomados por sospechosos?

—¿Quién fue el último en irse? —preguntó el agente Lacoste.

—El joven Parra —dijo Olivier.

—¿El joven Parra? —preguntó Beauvoir—. ¿Como el Viejo Mundin?

Gabri hizo una mueca.

—Claro que no. No se llama «Joven». Eso sería muy raro. Se llama Havoc.

Beauvoir entornó los ojos y fulminó a Gabri con la mirada. No le gustaba que se burlaran de él y sospechaba que era precisamente eso lo que estaba haciendo aquel hombretón de modales suaves. Entonces miró a Myrna, pero vio que ella no se reía, sino que asentía.

—Así se llama. Roar le puso a su hijo Havoc.*

Jean Guy Beauvoir lo anotó, aunque no parecía muy convencido y, desde luego, no le hacía ninguna gracia.

—¿Era normal que cerrase él? —preguntó Lacoste.

Era una pregunta crucial, y tanto Gamache como Beauvoir lo sabían, pero pareció que Olivier no se daba cuenta.

—Sí, desde luego.

Gamache y Beauvoir intercambiaron una mirada. Ahora ya tenían algo. El asesino debía disponer de llave propia. Un mundo lleno de sospechosos acababa de experimentar una reducción espectacular.

—¿Puedo ver vuestras llaves? —preguntó Beauvoir.

Olivier y Gabri rebuscaron en los bolsillos para sacarlas y tendérselas al inspector. Pero también apareció una tercera. Se volvió y contempló el juego de llaves que pendía de la enorme mano de Myrna.

---

* *Roar* significa «rugido». *Havoc*, «caos», «confusión». *(N. de la t.)*

—Las tengo por si me quedo encerrada fuera de casa o por si hay alguna urgencia.

—*Merci* —dijo Beauvoir, con algo menos de confianza que antes—. ¿Se las habéis prestado a alguien recientemente? —preguntó a Olivier y Gabri.

—No.

Beauvoir sonrió. Buena noticia.

—Excepto al Viejo Mundin, claro. Había perdido la suya y la necesitaba para hacer otra copia.

—Y a Billy Williams —le recordó Gabri a Olivier—. ¿Te acuerdas? Normalmente usa la que está debajo de la maceta que hay delante, pero no quería tener que agacharse cuando llega cargado con la leña. Se la llevó para hacer más copias.

Beauvoir hizo una mueca, incrédulo.

—¿Por qué os molestáis en cerrar? —preguntó al final.

—Por el seguro —dijo Olivier.

«Bueno, a alguien van a subirle la prima», pensó Beauvoir. Miró a Gamache y negó con la cabeza. En realidad, todos se merecían que los asesinaran mientras dormían. Sin embargo, ironías de la vida, los que terminaban asesinados eran los que instalaban alarmas y se encerraban con llave. Según la experiencia de Beauvoir, Darwin estaba totalmente equivocado. Los más fuertes no sobreviven. Los mata la estupidez de sus vecinos, que siguen dando tumbos por ahí, sin darse cuenta.

CUATRO

—¿Y no lo has reconocido? —preguntó Clara mientras cortaba un poco de pan recién hecho de la panadería de Sarah.

La amiga de Myrna sólo podía referirse a una persona. Myrna negó con la cabeza, se puso a cortar tomates para la ensalada y luego volvió a las chalotas, recién cogidas del huerto de Peter y Clara.

—¿Olivier y Gabri no lo conocían? —preguntó Peter, que estaba trinchando un pollo asado en la barbacoa.

—Qué raro, ¿verdad? —Myrna se detuvo un instante y miró a sus amigos.

Peter, alto, canoso, elegante y meticuloso. Y junto a él su mujer, Clara. Bajita, regordeta, con el pelo oscuro y alborotado, con migas de pan repartidas por él, como si fueran estrellas. Tenía los ojos azules y normalmente llenos de sentido del humor. Pero aquel día no.

Clara negaba con la cabeza, perpleja. Un par de migas cayeron al mostrador. Las recogió, ausente, y se las comió. Ahora que ya iba disminuyendo la conmoción inicial del descubrimiento, Myrna estaba segura de que todos pensaban lo mismo.

Era un asesinato. El muerto era un desconocido. Pero ¿lo era el asesino?

Y seguramente todos llegaran a la misma conclusión. Improbable.

Había intentado no pensarlo, pero no hacía más que darle vueltas. Cogió una rebanada de baguete y la mordió.

El pan estaba caliente, la miga, blanda y aromática, y la corteza exterior, crujiente.

—Por el amor de Dios... —dijo Clara, y agitó el cuchillo señalando el trozo de pan a medio comer que tenía Myrna en la mano.

—¿Quieres un poco? —le ofreció Myrna.

Las dos mujeres se quedaron de pie junto a la encimera, comiendo pan recién hecho. Cualquier otro domingo habrían ido a comer al *bistrot*, pero aquel día, con el cadáver y todo eso, no les parecía bien. De modo que Clara, Peter y Myrna habían ido a la casa contigua, al piso de Myrna. La puerta de su tienda, en la planta baja, estaba equipada con una alarma por si entraba alguien. En realidad no era una alarma, sino una campanilla que repicaba cuando se abría la puerta. A veces Myrna bajaba, a veces no. Casi todos sus clientes eran del pueblo y todos sabían el dinero que debían dejar junto a la caja registradora. Por otra parte, si alguien necesitaba tanto un libro de segunda mano que era capaz de robarlo, a Myrna le parecía bien que lo hiciera.

La mujer notó un escalofrío. Miró por toda la habitación a ver si se había dejado una ventana abierta y entraba el aire fresco y húmedo del exterior. Contempló los muros de ladrillo visto, las gruesas vigas y la serie de grandes ventanas industriales. Se acercó a comprobarlo, pero todas estaban bien cerradas, excepto una que tenía abierta una rendija pequeña para que entrase algo de aire fresco.

Al volver, detuvo sus pasos sobre la tarima de madera de pino, junto a la estufa panzuda de leña que había en el centro de la gran sala. Las ascuas crepitaban en su interior. Levantó una tapa redonda y metió otro trozo de leña.

—Ha tenido que ser horrible para ti —dijo Clara, que se acercó a Myrna.

—Sí que lo ha sido. Ese pobre hombre ahí tirado... Al principio no le he visto la herida.

Clara se sentó con Myrna en el sofá que quedaba frente a la estufa. Peter les llevó dos whiskies y luego se retiró discretamente a la zona de la cocina. Desde allí podía verlas y escuchar su conversación, pero sin intervenir.

Vio que las dos mujeres se mantenían cercanas, bebían, hablaban en voz baja. Íntima. Le daba envidia. Peter se apartó y fue a remover la sopa de cheddar y manzana.

—¿Qué opina Gamache? —preguntó Clara.

—Parece tan desconcertado como nosotros. Es decir, en serio... —Myrna se volvió hacia Clara—: ¿Qué hacía un desconocido en el *bistrot*? ¿Muerto?

—Asesinado —puntualizó Clara, y las dos se quedaron pensativas un momento.

Al fin, Clara volvió a hablar:

—¿Ha dicho algo Olivier?

—Nada. Estaba pasmado.

La otra mujer asintió. Conocía aquella sensación.

La policía estaba ante sus puertas. Pronto entrarían en sus hogares, en sus cocinas y dormitorios. En sus cabezas.

—No puedo ni imaginar lo que pensará Gamache de nosotros —comentó Myrna—. Cada vez que aparece por aquí, hay un cadáver.

—Todo pueblo de Quebec tiene una vocación —dijo Clara—. Algunos hacen quesos, otros vino, otros cacharros de barro. Nosotros producimos cadáveres.

—Los que tienen vocaciones son los monasterios, no los pueblos —señaló Peter riendo. Puso unos cuencos de sopa de aroma exquisito sobre la larga mesa de refectorio de Myrna—. Y nosotros no producimos cadáveres.

Aunque, en realidad, no estaba tan seguro.

—Gamache es el jefe de homicidios de la Sûreté —recordó Myrna—. Debe de ocurrirle cada dos por tres. De hecho, lo más probable sería que se llevara una buena sorpresa si no apareciese ningún cuerpo.

Myrna y Clara se reunieron con Peter en la mesa y, mientras las mujeres hablaban, él pensó en el hombre que dirigía la investigación. Era peligroso, y Peter lo sabía. Peligroso para quienquiera que hubiese matado a aquel hombre de la casa contigua. Se preguntó si el asesino sabría qué tipo de persona iba tras él. Al mismo tiempo, se temió que el asesino lo supiera ya, y demasiado bien.

• • •

El inspector Jean Guy Beauvoir recorrió con la vista su nuevo Centro de Operaciones y aspiró el olor. Con cierta sensación de sorpresa, se dio cuenta de que el aroma le resultaba familiar, incluso apasionante.

Olía a emoción, olía a caza. Olía a largas horas recomponiendo rompecabezas ante ordenadores que echaban humo. Olía a trabajo en equipo.

En realidad olía más bien a diésel y a humo de leña, a abrillantador y a cemento. Estaba de nuevo en la antigua estación de ferrocarril de Three Pines que la compañía Canadian Pacific Railway había abandonado décadas atrás, dejando que se deteriorase. El Departamento de Bomberos Voluntarios de Three Pines la había ocupado a continuación siguiendo el simple procedimiento de colarse y confiar en que nadie se diera cuenta. Y así había sido, efectivamente, porque la CPR ya ni siquiera recordaba la existencia de aquel pueblo. De modo que ahora la pequeña estación servía de refugio de sus camiones de bomberos, sus voluminosos trajes y su equipo. Las paredes conservaban los paneles de madera machihembrada, empapelados con carteles turísticos de paisajes de las Rocosas y diagramas de técnicas de salvamento. Consejos de seguridad antiincendios, listas con los turnos rotatorios de los voluntarios y antiguos horarios del ferrocarril se repartían el espacio, junto con un cartel enorme que anunciaba a la ganadora del Premio de Poesía del Gobernador General. Desde allí, una loca los miraba fijamente a perpetuidad.

La misma que, también en carne y hueso, clavaba en él su mirada enloquecida.

—¿Qué cojones haces aquí? —El ánade que llevaba a su lado también lo observaba.

Ruth Zardo. Probablemente la poeta más importante y respetada del país. Y su pata, *Rosa*. Beauvoir sabía que cuando el inspector jefe Gamache la miraba veía a una poeta de mucho talento. En cambio, él sólo veía algo indigesto.

—Ha habido un asesinato —contestó con la esperanza de que su voz sonara llena de dignidad y autoridad.

—Ya sé que ha habido un asesinato. No soy idiota.

Junto a ella, la pata meneó la cabeza y movió las alas.

Beauvoir había llegado a acostumbrarse a verla con el ave y ya no lo sorprendía. De hecho, aunque nunca lo habría admitido, lo aliviaba ver que *Rosa* todavía estaba viva. Sospechaba que la mayoría de los seres vivos no duraban demasiado junto a aquella vieja loca.

—Tenemos que usar otra vez este edificio —anunció, y se apartó de las dos.

Ruth Zardo, a pesar de su edad avanzada, su cojera y su carácter endemoniado, había sido elegida jefa del departamento de bomberos voluntarios. Con la esperanza, imaginaba Beauvoir, de que algún día pereciese entre las llamas. Aunque igual no ardía...

—¡No! —La anciana golpeó el suelo de cemento con su bastón. *Rosa* no saltó, pero Beauvoir sí dio un respingo—. No puede ser.

—Lo siento, madame Zardo, pero lo necesitamos y vamos a usarlo.

Ya no sonaba tan cortés. Los tres se miraron y la única que parpadeó fue *Rosa*. Beauvoir sabía que aquella loca sólo podía triunfar si se ponía a recitar sus versos sombríos e ininteligibles. Nada rimaba. Nada tenía sentido. Lo acogotaría al momento. Pero también sabía que, entre todos los habitantes del pueblo, era precisamente de ella de quien menos cabía esperar aquel recital. Daba la sensación de que sentía algo de vergüenza, o incluso cierto bochorno, por sus creaciones.

—¿Qué tal va la poesía? —le preguntó, y vio que ella vacilaba.

La mujer tenía el pelo corto, casi esquilado, blanco y lacio, y lo llevaba más bien aplastado, como si necesitara proteger su cuero cabelludo blanquecino. El cuello era esquelético y flácido, y su alta figura, quizá recia en otro tiempo, ahora parecía flojear. Pero era su única debilidad aparente.

—He visto en alguna parte que pronto sacará un libro nuevo.

Ruth Zardo retrocedió ligeramente.

—El inspector jefe está aquí también, como ya sabrá. —Ahora su voz sonaba amable, razonable, cálida. La vieja reaccionaba como si estuviera ante Satán—. Sé que se muere de ganas de hablar con usted de ese asunto. No tardará en llegar. Se está aprendiendo sus versos de memoria.

Ruth Zardo dio media vuelta y se alejó.

Lo había conseguido. La había expulsado. La bruja estaba acabada, o al menos se había retirado.

Se puso a trabajar para establecer allí el cuartel general. Encargó unos escritorios y el equipo de comunicaciones, ordenadores e impresoras, escáneres y faxes. Tableros y rotuladores olorosos. Colocaría un tablero justo encima del cartel de aquella vieja poeta loca y despectiva. Y escribiría sobre el crimen encima de su cara.

El *bistrot* estaba tranquilo.

Los agentes de la policía científica se habían ido ya. La agente Isabelle Lacoste estaba arrodillada en la zona donde habían encontrado el cuerpo, tan concienzuda como siempre. Estaba asegurándose de que no se perdía absolutamente ninguna pista. Por lo que veía el inspector jefe Gamache, Olivier y Gabri no se habían movido: seguían sentados en el sofá viejo y descolorido, frente a la enorme chimenea, cada uno absorto en su propio mundo, mirando el fuego, hipnotizados por las llamas. Se preguntó qué estarían pensando.

—¿Qué estáis pensando? —Gamache se acercó a ellos y se sentó a su lado, en un sillón grande.

—Yo pensaba en el muerto —respondió Olivier—. Me pregunto quién era. Me pregunto qué estaba haciendo aquí y si tenía familia. Si alguien lo echaba de menos.

—Yo pensaba en el almuerzo —confesó Gabri—. ¿Alguien tiene hambre?

Desde el otro lado de la sala, la agente Lacoste levantó la vista.

—Yo sí.

—Yo también, *patron* —dijo Gamache.

Cuando empezaron a sonar las ollas y sartenes que Gabri movía en la cocina, Gamache se inclinó hacia delante. Olivier y él se habían quedado solos. Olivier lo miraba inexpresivo, pero el inspector jefe conocía de sobra aquella mirada. De hecho, es casi imposible permanecer inexpresivo por completo. A menos que se intente a propósito. Para el inspector jefe, una cara inexpresiva implicaba una mente frenética.

Desde la cocina llegó el aroma inconfundible del ajo y la voz de Gabri, que entonaba una canción tabernaria de marineros borrachos.

—Gabri piensa que ese hombre era un vagabundo. ¿Qué opinas tú?

Olivier recordó los ojos vidriosos, la mirada fija. Y recordó también su última visita a la cabaña.

«Se acerca el Caos, viejo amigo. Ha tardado mucho, pero ya está aquí.»

—¿Qué otra cosa podía ser?

—¿Por qué crees que lo habrán matado aquí, en tu *bistrot*?

—Pues no lo sé. —Olivier pareció hundirse—. Me he estrujado los sesos intentando imaginar la razón. ¿Por qué iba alguien a matar a un hombre aquí? No tiene sentido...

—Sí lo tiene.

—¿Ah, sí? —Olivier se echó hacia delante—. ¿Cuál?

—No lo sé. Pero lo averiguaré.

Olivier miró a aquel hombre formidable y tranquilo que de repente parecía llenar toda la sala sin levantar siquiera la voz.

—¿Lo conocías?

—Ya me lo has preguntado —saltó Olivier, y luego se contuvo—. Lo siento, pero es que es verdad, ¿sabes? Resulta bastante molesto. No, no lo conocía.

Gamache se quedó mirándolo. Ahora Olivier tenía la cara roja, muy sonrojada. Pero ¿sería de rabia, por el calor del fuego o porque acababa de decirle una mentira?

—Alguien lo conocía —aseguró Gamache al fin, echándose hacia atrás y dando a Olivier la sensación de que se aliviaba en parte la presión. Ya tenía espacio para respirar.

—Pero Gabri y yo no. —Olivier tenía la frente contraída y Gamache pensó que estaba preocupado de verdad—. ¿Qué hacía aquí?

—¿Con eso de «aquí» te refieres a Three Pines o al *bistrot*?

—A los dos.

Pero Gamache se dio cuenta de que Olivier acababa de mentir. Se refería al *bistrot*, aquello era obvio. En una investigación por asesinato la gente siempre miente. Si la primera víctima de la guerra es la verdad, las primeras víctimas de una investigación criminal son las mentiras de la gente. Las que se cuentan a sí mismos, las que se cuentan entre ellos. Las pequeñas mentiras que les permiten salir de la cama las mañanas frías y oscuras. Gamache y su equipo iban a la caza de esas mentiras y las desenmascaraban. Hasta que desaparecían los pequeños cuentos que se contaban para facilitar la vida cotidiana. Y la gente se quedaba desnuda. El truco estaba en distinguir las fabulaciones importantes del resto. Aquélla parecía pequeña. En cualquier caso, ¿qué sentido tenía?

Gabri se acercó con cuatro platos humeantes en una bandeja. Al cabo de unos minutos estaban sentados junto a la chimenea, comiendo *fetuccini* con gambas y vieiras salteadas con ajo y aceite de oliva. Había pan recién hecho y se sirvieron unas copas de vino blanco seco.

Mientras comían hablaron del puente del Día del Trabajo, de las diferencias entre castaños reales y castaños de Indias. De la vuelta al cole de los niños y de que cada vez anochecía más temprano.

No había nadie más en el *bistrot*, aparte de ellos. Sin embargo, al inspector jefe le parecía atestado. Repleto de todas las mentiras que se habían contado ya, más las que se estaban tramando y aún esperaban su turno.

CINCO

Después de comer, mientras la agente Lacoste se ocupaba de los preparativos para que pudieran alojarse aquella noche en el *bed & breakfast* de Gabri, Armand Gamache fue paseando lentamente en la dirección opuesta. La llovizna se había detenido de momento, pero la niebla se agarraba a los bosques y colinas que circundaban el pueblo. La gente salía de sus hogares para hacer recados o trabajar en sus jardines. Fue recorriendo la carretera fangosa y, tras doblar a la izquierda, pasó por el puente de piedra que se extendía sobre el río Bella Bella.

—¿Tienes hambre?

Gamache abrió la puerta de la antigua estación de ferrocarril y mostró la bolsa de papel marrón que llevaba en una mano.

—Estaba desfallecido, *merci!*

Beauvoir casi se abalanzó sobre él, cogió la bolsa y sacó un bocadillo grande de pollo, brie y pesto. También había una Coca-Cola y pastelitos.

—¿Y usted? —preguntó Beauvoir, vacilando antes de llevarse a la boca el maravilloso bocadillo.

—Ah, ya he comido —se limitó a responder el jefe tras decidir que en realidad no valía la pena describir su comida a Beauvoir.

Los hombres acercaron un par de sillas a la estufa panzuda y compararon sus notas mientras el inspector comía.

—Hasta ahora —dijo Gamache—, no tenemos ni idea de quién era la víctima, quién lo ha matado, por qué estaba en el *bistrot* y cuál es el arma homicida.

—¿Todavía no hay rastro del arma?

—No. La doctora Harris cree que ha sido una barra de metal o algo semejante. Era lisa y dura.

—¿Un atizador de chimenea?

—Quizá. Hemos cogido el de Olivier para hacerle pruebas. —El jefe hizo una pausa.

—¿Qué pasa? —preguntó Beauvoir.

—Me resulta un poco raro que Olivier encendiera las dos chimeneas. Llueve, pero no hace tanto frío. Y hacer eso antes que nada, justo después de encontrar un cadáver...

—¿Cree que el arma pudo ser uno de esos atizadores? ¿Y que Olivier encendió los dos fuegos para poder usarlos? ¿Para quemar las pruebas que pudiera haber en ellos?

—Sí, es posible —contestó el jefe con voz neutra.

—Haremos que los examinen —dijo Beauvoir—. Pero, si uno resulta ser el arma, no significa que lo usara Olivier. Cualquiera pudo haberlo cogido para pegarle a ese hombre.

—Cierto. Pero el que ha encendido las chimeneas esta mañana y ha usado el atizador ha sido él.

Estaba claro que, como inspector jefe, debía considerar sospechoso a todo el mundo. Pero también estaba claro que no le hacía ninguna gracia.

Por señas, Beauvoir hizo pasar a unos hombres altos que se asomaban a la puerta. Había llegado el equipo del Centro de Operaciones. Apareció Lacoste y se reunió con ellos junto a la estufa.

—He hecho una reserva para todos nosotros en el *bed & breakfast*. Por cierto, me he encontrado con Clara Morrow. Estamos invitados a cenar esta noche.

Gamache asintió. Le parecía bien. Podían averiguar muchas más cosas en una reunión social que en cualquier interrogatorio.

—Olivier me ha dado los nombres de las personas que trabajaron anoche en el *bistrot*. Voy a salir a entrevistarlos —informó la agente—. Y también hay equipos registrando el pueblo y los alrededores en busca del arma homicida, fijándose sobre todo en atizadores y cosas parecidas.

El inspector Beauvoir acabó de comer y fue a dirigir la instalación del Centro de Operaciones. La agente Lacoste se marchó a hacer las entrevistas. Una parte de Gamache no soportaba ver partir a los miembros de su equipo. Les advertía una y otra vez que no olvidaran a qué se dedicaban y a quién estaban buscando. A un asesino.

El inspector jefe había perdido ya a un agente, años atrás, a manos de un asesino. No quería perder a ninguno más. Pero no podía protegerlos a todos en todo momento. Como a Annie, al final tenía que dejarlos partir.

Era la última entrevista del día. Hasta entonces, la agente Lacoste había hablado con cinco personas que habían trabajado en el *bistrot* la noche anterior y siempre había obtenido las mismas respuestas. No, no había ocurrido nada fuera de lo normal. El local había estado lleno toda la noche, ya que era sábado y además en pleno puente del Día del Trabajo. Las clases empezaban el martes, y todos los que estaban por allí de vacaciones volverían a Montreal el lunes. O sea, al día siguiente.

Cuatro de los camareros volvían a la universidad después del paréntesis veraniego al día siguiente. No resultaban de mucha ayuda, pues al parecer sólo se habían fijado en una mesa llena de chicas atractivas.

La quinta camarera resultó un poco más útil, porque no se había limitado a fijarse en las tetas de las chicas. En cualquier caso, según todos los testigos había sido una noche normal, aunque muy ajetreada. Nadie había mencionado ningún cadáver, y Lacoste pensaba que incluso los chicos obsesionados por las tetas habrían reparado en algo así.

Fue en coche a casa del último camarero, el joven que había quedado oficialmente a cargo del local al marcharse Olivier. El que había echado un último vistazo a la sala y había cerrado.

La casa estaba apartada de la carretera principal, al final de un camino largo de tierra. Los arces se alineaban a ambos lados del sendero y, aunque todavía no habían adquirido sus vivos colores otoñales, unos pocos empezaban a mostrar ya brotes rojos y anaranjados. Al cabo de unas pocas semanas, como Lacoste sabía muy bien, aquella entrada tendría un aspecto espectacular.

La agente salió del coche y se quedó mirando la casa, asombrada. Tenía delante un bloque de cemento y cristal. Parecía tan fuera de lugar allí como una tienda de campaña en mitad de la Quinta Avenida. No pegaba. Al dirigirse hacia la casa, se dio cuenta de algo más. El edificio la intimidaba, y se preguntó por qué sería. Sus gustos personales eran más bien tradicionales, pero no retrógrados. Le encantaban el ladrillo visto y las vigas, pero no le gustaban nada las cosas abigarradas, aunque había desistido de la pretensión de tener una casa bonita cuando llegaron los niños. En aquellos momentos, si conseguía pasar por una habitación sin pisar algo que emitiese un pitido ya era un triunfo.

Aquella casa, desde luego, sí era un triunfo. Pero ¿sería un hogar?

Le abrió la puerta una mujer de mediana edad, robusta, que hablaba un buen francés, aunque acaso algo remilgado. Lacoste se sorprendió y se percató de que había dado por hecho que en aquella casa, toda ángulos rectos, iba a encontrar gente huesuda.

—¿Señora Parra?

La agente Lacoste enseñó su identificación. La mujer asintió, sonrió cálidamente y se apartó a un lado para dejarla entrar.

—*Entrez.* Es por lo que ocurrió en lo de Olivier —dijo Hanna Parra.

—*Oui.* —Lacoste se agachó para quitarse las botas embarradas.

Siempre le parecía muy extraño y poco digno. El equipo de investigación de homicidios de la Sûreté du Québec, famoso en todo el mundo, entrevistando a los sospechosos en calcetines...

La señora Parra no le dijo que no hacía falta. Pero sí le entregó unas zapatillas que sacó de una caja de madera, llena de calzado revuelto, que tenía al lado de la puerta. Una nueva sorpresa para la agente Lacoste, convencida de que en aquella casa encontraría limpieza y orden. Y rigidez.

—He venido a hablar con su hijo.

—Havoc.

Havoc, confusión. Al inspector Beauvoir le había parecido un nombre divertido, pero a la agente Lacoste no le hacía ninguna gracia. Y, extrañamente, parecía cuadrar bien en aquel lugar tan frío y tenso. ¿Qué otro sitio podía contener la confusión?

Antes de salir había investigado un poco a los Parra. Sólo unos apuntes, pero le resultaban útiles. La mujer que le mostraba el camino para salir del recibidor era concejala del Ayuntamiento de Saint-Rémy, y su marido, Roar, hacía de guarda en algunas fincas grandes de la zona. Tras huir de Checoslovaquia a mediados de los ochenta, habían llegado a Quebec y se habían establecido en las afueras de Three Pines. De hecho, en la zona había una comunidad checa amplia e influyente, compuesta por fugitivos, gente que no dejaba de desplazarse hasta que encontraba lo que iba buscando: libertad y seguridad. Hanna y Roar Parra se habían detenido al llegar a Three Pines.

Y una vez allí, habían engendrado a Havoc.

—¡Havoc! —exclamó su madre, dejando que los perros salieran mientras ella llamaba hacia el bosque.

Al cabo de unos cuantos gritos más, apareció un joven bajo y recio. Tenía la cara sonrojada por el trabajo intenso y llevaba alborotado el pelo, oscuro y rizado. Sonrió y Lacoste entendió que los demás camareros del *bistrot* no habían tenido ni la menor oportunidad con las chicas. Seguro que aquel muchacho se las llevaba a todas. Como también le estaba robando el corazón a ella, echó cuentas a toda prisa. Ella tenía veintiocho y él veintiuno. Al cabo de veinticinco años aquello no importaría demasiado, aunque su marido y sus hijos quizá no estuvieran demasiado de acuerdo.

—¿Qué se le ofrece? —Se agachó y se quitó las botas de lluvia verdes—. Ah, ya, debe de ser por el hombre que han encontrado muerto en el *bistrot* esta mañana. Lo siento. Tendría que haberme dado cuenta.

Mientras hablaba, entraron en una cocina espléndida, que no se parecía a ninguna de las que Lacoste había visto en la vida real. En lugar de la disposición clásica en forma de U, inevitable según la experiencia de Lacoste, allí toda la cocina estaba alineada a lo largo de una pared, al fondo de una sala muy luminosa. Había una sola encimera de cemento muy larga, electrodomésticos de acero inoxidable, estantes abiertos en la pared con platos de un blanco inmaculado alineados en un orden estricto. Los armarios bajos eran de laminado oscuro. Parecía muy retro y muy moderna a la vez.

No había isla en aquella cocina, sino una mesa de comedor de cristal esmerilado y lo que parecían unas sillas *vintage* de teca frente a la encimera. Lacoste se sentó en una de ellas y la encontró sorprendentemente cómoda; se preguntó si serían antiguas, traídas de Praga. Pero habría sido raro que aquella gente hubiese pasado la frontera con unas sillas de teca.

En el otro extremo de la sala se alzaba una pared compuesta por entero de ventanales de cristal que iban del techo al suelo y hasta se extendían por los costados ofreciendo una vista espectacular de campos, bosques y una montaña que quedaba más allá. Se veía la aguja blanca de una iglesia y una nubecilla de humo en la distancia. El pueblo de Three Pines.

En la zona del salón, junto a los enormes ventanales, había dos sofás encarados, con una mesa baja entre ellos.

—¿Té? —le preguntó Hanna, y Lacoste asintió.

Aquellos dos miembros de la familia Parra parecían encajar muy poco en aquel entorno casi estéril y, mientras esperaban a que hirviera el agua, Lacoste se preguntó por el miembro que faltaba. El padre, Roar. Quizá la dura marca angular de la casa se correspondiera con él. ¿Era el padre quien anhelaba la fría certeza, las líneas rectas, las habitaciones casi vacías, los estantes despejados?

—¿Sabe quién era el muerto? —preguntó Hanna mientras colocaba una taza de té frente a la agente Lacoste.

También puso un plato blanco con galletas en la inmaculada mesita.

Lacoste le dio las gracias y cogió una. Era esponjosa y estaba caliente; sabía a pasas y a avena, con un toque de azúcar moreno y canela. Sabía a hogar. Observó que la taza de té tenía el dibujo de un muñeco de nieve sonriente que saludaba con la mano, vestido con un traje rojo. Bonhomme Carnaval. Un personaje de los festejos anuales de Carnaval de la ciudad de Quebec. Dio un sorbo. El té era fuerte y dulce.

Como la propia Hanna, sospechó Lacoste.

—No, no sabemos todavía quién era —respondió.

—Se dice que no ha sido muerte natural —prosiguió Hanna, vacilante—. ¿Es verdad?

Lacoste recordó el cráneo del hombre.

—No, no ha sido natural. Lo han asesinado.

—Dios mío... —dijo Hanna—. Qué espanto... ¿Y no tienen ni idea de quién lo ha hecho?

—Pronto lo averiguaremos. Por ahora, quiero saber algo más de anoche. —Se volvió hacia el joven que estaba sentado frente a ella.

Justo entonces, en la puerta de atrás sonó una voz que hablaba en un idioma que Lacoste no comprendió, pero que imaginó que sería checo. Un hombre bajo y cuadrado entró en la cocina sacudiendo su gorra de lana contra el abrigo.

—Roar, ¿puedes hacer eso en el recibidor? —Hanna se dirigió a él en francés. Pese al tono de ligera reprimenda, estaba claro que se alegraba de verlo—. Ha venido la policía. Por lo del cadáver.

—¿Qué cadáver? —Roar también pasó al francés, con un ligero acento. Parecía preocupado—. ¿Dónde? ¿Aquí?

—No, papá, aquí no. Han encontrado un cadáver en el *bistrot* esta mañana. Un muerto.

—¿Quieres decir asesinado? ¿Anoche asesinaron a alguien en el *bistrot*?

Su incredulidad era manifiesta. Como su hijo, era recio y musculoso. Tenía el pelo rizado y oscuro, pero, a diferencia de Havoc, lucía algunas canas. Lacoste calculó que ya no le faltaría mucho para los cincuenta.

Se presentó.

—Ya la conozco —dijo él, con mirada aguda y penetrante. La dureza de sus ojos azules resultaba desconcertante—. Ya había estado usted en Three Pines antes.

Lacoste se dio cuenta de que tenía buena memoria para las caras. La mayoría de la gente recordaba al inspector jefe Gamache, algunos quizá también al inspector Beauvoir. Sin embargo, pocos la recordaban a ella o a los demás agentes.

Aquel hombre sí.

Se sirvió un té y se sentó. También parecía algo fuera de lugar en aquella habitación inmaculada. Y sin embargo, estaba totalmente a gusto. Parecía un hombre capaz de encontrarse a gusto en casi cualquier lugar.

—¿No sabía lo del muerto?

Roar Parra dio un bocado a la galleta y negó con la cabeza.

—Llevo todo el día trabajando en el bosque.

—¿Con esta lluvia?

Él lanzó un resoplido.

—¿Qué pasa? Nadie se muere por un poco de lluvia.

—Pero por un golpe en la cabeza sí.

—¿Así es como lo han matado? —Lacoste asintió, y Parra siguió hablando—: ¿Quién era?

—Nadie lo sabe —contestó Hanna.

—Pero a lo mejor usted sí —dijo Lacoste.

Sacó una foto de su bolsillo y la puso boca abajo en la mesa, dura y fría.

—¿Yo? —dijo Roar con otro resoplido—. Ni siquiera sabía que hubiera muerto alguien.

—Pero dicen que vio a un desconocido en el pueblo este verano.

—¿Quién le ha dicho eso?

—No importa. Alguien lo oyó decirlo. ¿Acaso era un secreto?

Parra dudó.

—En realidad no. Sólo fue una vez. O dos, quizá. Nada importante. Fue una tontería, me pareció ver a un tipo.

—¿Una tontería?

Él le dedicó una sonrisa repentina, la primera desde su llegada, y el gesto transformó su cara severa. Era como si se hubiera roto una costra. Las arrugas le surcaron las mejillas, y por un momento se le iluminaron los ojos.

—Créame, es una tontería. Y sé lo que son las tonterías porque tengo un hijo adolescente. Se lo contaré, pero es absurdo. Hay nuevos propietarios en la antigua casa Hadley. La compró una pareja hace unos meses. Están haciendo reformas, y me contrataron para que les construyera un granero y les desbrozara algunos caminos. También querían que les limpiara el jardín. Un buen trabajo.

Ella sabía que la vieja casa Hadley era una casona laberíntica y abandonada de la época victoriana, situada en la colina que se alzaba por encima de Three Pines.

—Me pareció ver a alguien en el bosque. Un hombre. Ya había notado como si alguien me mirase cuando trabajaba por allí, pero creía que eran imaginaciones mías. Es fácil en un sitio así. A veces me daba la vuelta deprisa, para ver si realmente había alguien, pero nunca pillaba a nadie. Excepto una vez.

—¿Qué ocurrió?

—Pues que desapareció. Lo llamé e incluso me adentré un poco en el bosque corriendo tras él, pero ya había desaparecido. —Parra hizo una pausa—. Quizá no hubiera nadie, a fin de cuentas.

—Pero usted no lo cree, ¿verdad? Usted cree que realmente había alguien.

Parra la miró y asintió.

—¿Lo reconocería si lo viera? —preguntó Lacoste.

—Quizá.

—Tengo una foto del muerto, se la hemos hecho esta mañana. Igual le impresiona un poco... —le advirtió.

Parra asintió y ella volvió la foto boca arriba. Los tres la miraron con intensidad y luego negaron con la cabeza. Ella dejó la foto en la mesa, junto a las galletas.

—¿Todo fue normal anoche? ¿Nada fuera de lo corriente? —preguntó a Havoc.

Lo que siguió fue la misma descripción que habían proporcionado ya los demás camareros. Mucho trabajo, muchas propinas, sin tiempo para pensar.

¿Desconocidos?

Havoc se quedó pensando un momento y luego negó. No. Algunos veraneantes, gente que pasaba el fin de semana, pero ningún extraño.

—¿Y qué hiciste cuando se fueron Olivier y el Viejo Mundin?

—Recogí los platos, di una vuelta rápida, apagué las luces y cerré.

—¿Estás seguro de que cerraste con llave? Esta mañana han encontrado la puerta abierta.

—Estoy seguro. Siempre cierro.

Una nota de temor había asomado a la voz del guapo joven, pero Lacoste sabía que era normal. La mayoría de la gente, aunque sea inocente, siente miedo cuando la interrogan los detectives de homicidios. Sin embargo, había notado algo más.

Su padre lo había mirado y luego había apartado la vista rápidamente. Y Lacoste se preguntaba quién era en realidad Roar Parra. Ahora trabajaba en el bosque. Cortaba hierba, arreglaba jardines. Pero... ¿a qué se dedicaba antes? Muchos hombres se sentían atraídos por la tranquilidad de los jardines sólo después de haber conocido la brutalidad de la vida.

¿Acaso Roar Parra había conocido algún tipo de horror? ¿Lo había creado él mismo?

SEIS

—¿Inspector jefe? Soy Sharon Harris.

—*Oui*, doctora Harris —contestó Gamache, al teléfono.

—No he hecho aún la autopsia completa, pero en el trabajo preliminar he encontrado un par de datos.

—Dime. —Gamache se inclinó hacia el escritorio y acercó su bloc de notas.

—No había marcas de identificación en el cuerpo, ni tatuajes, ni cicatrices de ninguna operación. Ya te he pedido un análisis de la dentadura.

—¿Qué tal tenía los dientes?

—Pues es interesante. No estaban tan mal como esperaba. Supongo que no iba muy a menudo al dentista y había perdido un par de molares por alguna enfermedad de las encías, pero, en conjunto, no estaban mal.

—¿Se cepillaba?

Sonó una risa breve.

—Increíble, pero sí. También se pasaba hilo dental. Había un poco de retracción de las encías, algo de placa, pero se cuidaba la dentadura. Incluso hay pruebas de algún arreglo. Empastes en algunas caries, una endodoncia.

—Cosas caras...

—Efectivamente. Este hombre tuvo dinero en algún momento.

No era vagabundo de nacimiento, pensó Gamache. Pero es que nadie lo es.

—¿Puedes decirme en qué época se hizo esos arreglos?

—Yo diría que hace al menos veinte años, a juzgar por el desgaste y los materiales utilizados, pero he enviado una muestra al dentista forense. Mañana sabremos algo.

—Hace veinte años... —murmuró Gamache echando las cuentas y anotando números en su libreta—. Ese hombre tenía unos setenta y pico. Eso significa que cuando le hicieron los arreglos debía de tener unos cincuenta y tantos. Y luego pasó algo. Perdió el trabajo, tal vez fue la bebida, una crisis nerviosa... Ocurrió algo que lo empujó por el precipicio.

—Sí le ocurrió algo —concedió la doctora Harris—, pero no a los cincuenta años, sino más bien cuando tenía treinta y tantos o cuarenta.

—¿Hace tanto tiempo?

Gamache revisó sus notas. Había escrito «*20 ans*» y lo había rodeado con un círculo. Estaba confuso.

—Es lo que quería contarte, jefe —siguió la forense—. En este cuerpo hay algo que no encaja.

Gamache irguió la espalda para incorporarse y se quitó las gafas de media luna que usaba para leer. Beauvoir lo vio desde el fondo de la sala y se acercó al escritorio del jefe.

—Adelante —dijo Gamache, al tiempo que, con una inclinación de cabeza, daba permiso a Beauvoir para sentarse. Luego apretó una tecla del teléfono—. He puesto el altavoz. El inspector Beauvoir está también aquí.

—Estupendo. Bien, me ha llamado la atención que este hombre, que parecía un vagabundo, se cepillara los dientes e incluso se pasara el hilo dental. Pero la gente sin techo hace cosas muy raras. A menudo están mal de la cabeza, como sabéis, y pueden tener determinadas obsesiones.

—Aunque no suele ser con la higiene —puntualizó Gamache.

—Cierto. Era raro. Entonces, al desnudarlo, he visto que estaba limpio. Se había dado un baño o una ducha recientemente. Y el pelo, aunque desmelenado, estaba limpio también.

—Hay centros de reinserción —dijo Gamache—. Tal vez estuviera en alguno. Aunque un agente ha llamado a todos los servicios sociales locales y no lo conocían.

—¿Cómo lo sabes? —La forense raramente interrogaba al inspector jefe Gamache, pero sentía curiosidad—. No sabemos cómo se llama, y seguramente su descripción se corresponda con la de muchos vagabundos.

—Eso es cierto —admitió Gamache—. Lo describió como un hombre delgado, viejo, de unos setenta años, con el pelo blanco, los ojos azules y la piel curtida. Ningún albergue de esta zona tiene constancia de que haya desaparecido alguien que encaje con esa descripción. Pero les mandaremos a alguien con una foto.

Se produjo un silencio al otro lado de la línea.

—¿Qué pasa?

—Tu descripción no es correcta.

—¿Qué quieres decir?

Gamache lo había visto muy bien, tan claro como todos los demás.

—No era un anciano. Eso es lo que quería decirte. Sus dientes nos han dado la clave; luego he seguido investigando. Sus arterias y vasos sanguíneos tienen muy pocas placas, y casi no hay arterioesclerosis. No tenía la próstata dilatada, y tampoco había señales de artritis. Yo diría que tenía cincuenta y tantos años.

«Mi edad», pensó Gamache. ¿Era posible que aquel despojo tirado en el suelo tuviera la misma edad que él?

—Y no creo que fuera un sin techo.

—¿Por qué no?

—En primer lugar, iba demasiado limpio. Se cuidaba mucho. No es que pudiera servir de modelo para la revista *GQ*, claro está, pero no todos tenemos el aspecto del inspector Beauvoir.

Éste se puso un poquito ufano.

—Exteriormente aparentaba setenta años, pero por dentro estaba en buenas condiciones físicas. Y luego he examinado su ropa. También estaba limpia. Y arreglada. Era ropa vieja y gastada, pero *propre*.

Era una palabra quebequesa que ya nadie usaba apenas, salvo algunos ancianos. Pero allí cuadraba bien. *Propre*. Nada sofisticado. Nada a la moda. Pero correcto, limpio y presentable. La propia palabra tenía cierta dignidad desgastada.

—Aún tengo trabajo pendiente, pero esto es lo que he descubierto por ahora. Te lo mandaré todo por correo electrónico.

—*Bon*. ¿Puedes adivinar qué tipo de trabajo tenía? ¿Cómo se mantenía en forma?

—¿Quieres decir a qué gimnasio estaba apuntado? —Se oyó la sonrisa en la voz de la forense.

—Sí, eso —dijo Gamache—. Si corría o levantaba pesas. ¿Iba a clase de *spinning* o quizá de Pilates?

Entonces la forense se echó a reír.

—Me atrevería a decir que no caminaba demasiado, pero sí que levantaba pesos. Tenía la parte superior del cuerpo ligeramente más tonificada que la inferior. Pero tendré presente el asunto a medida que avance.

—*Merci, docteur* —dijo Gamache.

—Una cosa más —intervino Beauvoir—. El arma del crimen. ¿Tienes alguna pista más? ¿Alguna idea?

—Estoy a punto de llegar a esa parte de la autopsia, pero he echado un vistazo y mi impresión sigue siendo la misma. Utensilio romo.

—¿Un atizador de chimenea? —preguntó Beauvoir.

—Puede ser. He visto algo blanquecino en la herida. Podría ser ceniza.

—Mañana por la mañana el laboratorio nos mandará los resultados del análisis de los atizadores —dijo Gamache.

—Ya os informaré cuando tenga algo más que deciros.

La doctora Harris colgó justo cuando la agente Lacoste regresaba.

—Está despejando. Tendremos una puesta de sol preciosa.

Beauvoir la miró, incrédulo. Se suponía que debía estar registrando Three Pines en busca de pistas, intentando encontrar el arma del crimen y al asesino, interrogando a sospechosos, y... ¿lo primero que salía de su boca era un comentario sobre la puesta de sol?

Vio que el jefe se dirigía hacia una ventana mientras bebía un sorbo de café. Se volvió y sonrió.

—Muy bonita.

Habían instalado una mesa de juntas en medio del Centro de Operaciones, con una serie de escritorios y sillas colocados en semicírculo en torno a uno de sus extremos. En cada escritorio había un ordenador y un teléfono. Se parecía un poco a la distribución de Three Pines, con la mesa de juntas como parque comunal del pueblo y los escritorios en el lugar de las tiendas. Era un diseño antiguo, de probada eficacia.

Un joven agente del destacamento local de la Sûreté rondaba por allí, indeciso. Parecía que quería decir algo.

—¿Necesitas algo? —le preguntó el inspector jefe Gamache.

Los demás agentes del destacamento local levantaron la vista. Algunos intercambiaron sonrisas cómplices.

El joven se cuadró.

—Me gustaría colaborar en su investigación.

Se hizo un silencio mortal. Hasta los técnicos dejaron lo que los mantenía ocupados, como hace la gente cuando está a punto de presenciar una terrible calamidad.

—¿Cómo dices? —preguntó el inspector Beauvoir adelantándose—. ¿Qué acabas de decir?

—Que me gustaría colaborar.

A aquellas alturas, el joven agente ya veía el camión que se le venía encima y notaba que su vehículo derrapaba, fuera de control. Se había dado cuenta de su error demasiado tarde.

Se había dado cuenta, pero se mantuvo firme, ya fuera por exceso de pánico o por exceso de valor. Era difícil saberlo. Tras él, cuatro o cinco agentes grandotes se cruzaron de brazos y no hicieron ademán de querer ayudarlo.

—¿No se supone que has de preparar los escritorios y conectar las líneas telefónicas? —preguntó Beauvoir acercándose más al agente.

—Así es. Ya está hecho. —Su voz era más fina, más débil, pero seguía hablando.

—¿Y qué te hace pensar que puedes ayudar?

Detrás de Beauvoir estaba el inspector jefe Gamache, que observaba en silencio. El joven agente miraba al inspector mientras respondía a sus preguntas, pero luego sus ojos regresaban a Gamache.

—Conozco la zona. Conozco a la gente.

—Ellos también.

Beauvoir señaló hacia el muro de policías que se encontraban detrás del agente.

—Si necesitásemos ayuda, ¿por qué deberíamos elegirte a ti?

Aquello pareció desanimarlo y se quedó callado. Beauvoir agitó una mano para despedir al agente y se alejó.

—Porque yo lo he pedido —dijo entonces el agente al inspector jefe.

Beauvoir se detuvo y se volvió en redondo, incrédulo.

—*Pardon? Pardon?* Esto es un homicidio, no un colegio donde hay que pedir permiso al profesor. ¿Perteneces a la Sûreté, por cierto?

No era una mala pregunta. El agente parecía tener unos dieciséis años y el uniforme le venía enorme, aunque se había hecho un obvio esfuerzo por arreglarlo y ajustarlo. Él delante y sus *confrères* detrás recordaban a una representación gráfica de la evolución humana, en la que el agente joven ocupaba el camino de la extinción.

—Si has terminado tu tarea, por favor, vete de aquí.

El joven asintió, se volvió para dirigirse de nuevo a su trabajo, se topó con el muro de oficiales y se detuvo. Luego dio un rodeo para sortearlos, contemplado por Gamache y su equipo de homicidios. Lo último que vieron del joven oficial antes de volverse fue su espalda y un cuello sometido a un rabioso sonrojo.

—Venid conmigo, por favor —dijo Gamache a Beauvoir y Lacoste, que tomaron asiento en la mesa de juntas.

—¿Qué opináis? —preguntó Gamache en voz baja.

—¿Del cadáver?

—Del chico.

—¡No, otra vez no! —exclamó Beauvoir, exasperado—. Si nos hace falta alguien, en homicidios ya tenemos oficiales excelentes. Si están ocupados con algún caso, nos queda la lista de espera. Agentes de otras divisiones que se mueren por entrar en homicidios. ¿Por qué hacer experimentos con un chico del quinto pino? Si necesitamos a otro investigador, llamemos a uno del cuartel general.

Era su argumento clásico.

La división de homicidios de la Sûreté du Québec era el destino más prestigioso de la provincia. Quizá de todo Canadá. Trabajaban en los peores crímenes, en las peores condiciones. Y trabajaban con el mejor, el más respetado y el más famoso de todos los investigadores: el inspector jefe Gamache.

Entonces, ¿por qué iban a quedarse con las sobras?

—Podríamos, ciertamente —admitió el jefe.

Pero Beauvoir sabía que no lo harían. Gamache había encontrado a Isabelle Lacoste sentada ante la puerta de la oficina de su superintendente, a punto de ser despedida de la división de tráfico. Para asombro de todos, le había propuesto que se uniera a él.

Había encontrado al propio Beauvoir reducido a custodiar pruebas en el destacamento de la Sûreté situado en Trois Rivières. Todos los días, el inspector Beauvoir —entonces todavía agente Beauvoir— sufría la ignominia de ponerse el uniforme de la Sûreté y luego sentarse en la jaula del archivo de pruebas. Y allí se quedaba. Como un animal. Había tocado tanto las narices a sus colegas y jefes que ya no tenían otro sitio donde meterlo. Solo. Rodeado de objetos inanimados. Todo el día en silencio excepto cuando otros agentes acudían a dejar o recoger algo. Ni siquiera lo miraban a los ojos. Se había vuelto intocable. Innombrable. Invisible.

Pero el inspector jefe Gamache sí lo vio. Un día, en plena investigación de un caso, fue a llevar una prueba al archivo y allí se encontró a Jean Guy Beauvoir.

Aquel agente, aquel hombre a quien nadie quería, era entonces el segundo en la cadena de mando de homicidios.

Sin embargo, Beauvoir tenía la certeza de que hasta el momento Gamache había tenido suerte, sencillamente, con unas pocas y notables excepciones. La realidad era que los agentes sin experiencia probada eran peligrosos. Cometían errores. Y los errores en la investigación de homicidios conducían a la muerte.

Se volvió y miró con aversión al agente joven y esbelto. ¿Sería aquél el que acabaría por meter la pata? ¿Por cometer el error tremendo que conduciría a otra muerte? «Puedo ser yo quien cargue con las consecuencias», pensó Beauvoir. O peor aún. Miró a Gamache, que estaba a su lado.

—¿Por qué él? —susurró Beauvoir.

—Parece agradable —comentó Lacoste.

—Como la puesta de sol —dijo Beauvoir con desdén.

—Como la puesta de sol —repitió ella—. Ha aguantado bien ahí, solo.

Hubo un silencio.

—¿Y qué? —preguntó Beauvoir.

—No encaja en el grupo. Míralo.

—¿Tiene que elegir siempre al más débil de la camada? ¿Para el departamento de homicidios? Por el amor de Dios, señor... —suplicó a Gamache—. Esto no es la Sociedad Protectora de Animales.

—Ah, ¿no te lo parece? —dijo Gamache, con una sonrisita.

—Este equipo, este caso, requieren a los mejores. No tenemos tiempo para enseñar a nadie. Y, francamente, parece que necesite ayuda hasta para atarse los zapatos.

Era cierto, Gamache tenía que admitirlo, al joven agente se lo veía torpe. Pero en él había algo más.

—Nos lo quedamos —dijo el jefe a Beauvoir—. Sé que no lo apruebas y comprendo tus motivos.

—Entonces, ¿por qué lo acepta, señor?

—Porque lo ha pedido —respondió Gamache poniéndose en pie—. Y los demás no.

—Pero se unirían a nosotros al instante —protestó Beauvoir levantándose también—. Todo el mundo lo haría.

—¿Qué virtud le pides a un miembro de nuestro equipo? —preguntó Gamache.

Beauvoir pensó.

—Quiero a alguien listo y fuerte.

Con una inclinación de cabeza, Gamache señaló hacia el joven.

—¿Y cuánta fuerza crees que ha necesitado para hacer algo así? ¿Cuánta fuerza crees que necesita para venir a trabajar todos los días? Casi tanta como tú en Trois Rivières, o tú —añadió, volviéndose hacia Lacoste— en el departamento de tráfico. Quizá los demás quieran unirse a nosotros, pero nadie más ha tenido la ocurrencia o el valor de pedirlo. Nuestro joven amigo sí ha tenido ambas cosas.

«Nuestro —pensó Beauvoir—. Nuestro joven amigo.» Lo miró, al otro lado de la sala. Solo. Enrollando cables con mucho cuidado para colocarlos en una caja.

—Valoro tu juicio, ya lo sabes, Jean Guy. Pero tengo una intuición muy fuerte en este caso.

—Lo comprendo, señor. —Y era verdad—. Sé que es importante para usted. Pero no siempre acierta.

Gamache miró a su inspector y Beauvoir se echó atrás, temeroso de haber ido demasiado lejos. De haber confiado demasiado en su relación personal. Pero el jefe sonrió.

—Por suerte, te tengo a ti para avisarme cuando cometo un error.

—Creo que está cometiendo uno ahora mismo.

—Tomo nota. Gracias. Por favor, invita al joven a unirse a nosotros.

Beauvoir cruzó la habitación con paso resuelto y se detuvo ante el joven agente.

—Ven conmigo —dijo.

El agente se enderezó. Parecía preocupado.

—Sí, señor.

Tras ellos, un oficial soltó una risita. Beauvoir se detuvo y se volvió hacia el joven policía que lo seguía.

—¿Cómo te llamas?

—Paul Morin. Soy del destacamento de Cowansville de la Sûreté, señor.

—Agente Morin, por favor, siéntate a la mesa. Nos gustaría que nos ayudaras en esta investigación criminal.

Morin parecía asombrado. Pero no tanto como los fortachones que seguían detrás de él. Beauvoir se volvió y echó a andar despacio hacia la mesa de conferencias. Aquello le había gustado.

—Informes, por favor —dijo Gamache, y echó un vistazo al reloj. Eran las cinco y media.

—Están empezando a llegar los resultados de algunas pruebas que hemos recogido esta mañana en el *bistrot* —dijo Beauvoir—. Había sangre de la víctima en el suelo y entre algunas maderas de la tarima, aunque no demasiada.

—La doctora Harris nos hará un informe detallado pronto —añadió Gamache—. Cree que la falta de sangre se explica por una hemorragia interna.

Beauvoir asintió.

—Tenemos el informe de su ropa. Todavía nada que lo identifique. Llevaba ropa vieja pero limpia, y en su momento fue de buena calidad. Jersey de lana merino, camisa de algodón, pantalones de pana.

—A lo mejor se había puesto lo mejor que tenía —sugirió la agente Lacoste.

—Sigue —dijo Gamache, inclinándose hacia delante y quitándose las gafas.

—Bueno... —Ella se detuvo a ordenar sus pensamientos—. Supongamos que iba a reunirse con alguien importante. Sería normal que se duchara, se afeitara y hasta se cortara las uñas.

—Y quizá consiguió ropa limpia —dijo Beauvoir, siguiendo la idea—. A lo mejor en una tienda de ropa usada o en alguna organización benéfica.

—Hay una en Cowansville —intervino el agente Morin—. Y otra en Granby. Puedo comprobarlo.

—Bien —respondió el inspector jefe.

El agente Morin miró al inspector Beauvoir, que asintió para dar su aprobación.

—La doctora Harris no cree que el hombre fuera un vagabundo en el sentido clásico de la palabra —dijo el inspector jefe Gamache—. Aparentaba unos setenta años, pero ella está convencida de que más bien rondaba los cincuenta.

—No me diga... —dijo la agente Lacoste—. ¿Qué le pasó?

Aquélla era la cuestión, claro, pensó Gamache. ¿Qué le había ocurrido? En la vida, para envejecerlo dos décadas. Y en la muerte.

Beauvoir se levantó y se acercó a las hojas de papel en blanco que estaban clavadas en la pared. Cogió un rotulador, lo destapó y lo olisqueó en un gesto instintivo.

—Repasemos los acontecimientos de anoche.

Isabelle Lacoste consultó sus notas y les contó sus entrevistas con el personal del *bistrot*.

Empezaban a ver lo que había ocurrido la noche anterior. Mientras escuchaba, Armand vio el *bistrot* animado, lleno de gente del pueblo que comía algo o tomaba una copa el puente del Día del Trabajo. Hablaban de la Feria del Condado de Brume, de los concursos hípicos y de ganado, de la tienda de artesanía. Celebraban el final del verano y se despedían de la familia y los amigos. Vio salir a los rezagados y a los jóvenes camareros que recogían todo, apagaban los fuegos, fregaban los platos. Luego, se abría la puerta y entraba el Viejo Mundin. Gamache no sabía qué aspecto podía tener el Viejo Mundin, de modo que se imaginó un personaje sacado de un cuadro de Brueghel el Viejo. Un campesino risueño y encorvado. Al entrar en el *bistrot*, mientras quizá un joven camarero lo ayudaba a meter las sillas arregladas, Mundin y Olivier conversaban un momento. El dinero cambiaba de manos y Mundin se iba con nuevos objetos que necesitaban reparación.

Y luego ¿qué?

Según los interrogados por Lacoste, los camareros se fueron poco después de Olivier y Mundin. Sólo quedó una persona en el *bistrot*.

—¿Qué opinas de Havoc Parra? —preguntó Gamache.

—Parecía sorprendido por lo que había pasado —contestó Lacoste—. Aunque podía estar fingiendo, claro. Es difícil saberlo. Pero su padre me contó algo interesante. Me confirmó lo que habíamos oído decir. Que vio a alguien en los bosques.

—¿Cuándo?

—A principios del verano. Estaba trabajando en la antigua casa Hadley para los nuevos propietarios y le pareció ver a alguien por ahí.

—¿Le pareció o lo vio? —preguntó Beauvoir.

—Le pareció. Lo persiguió, pero el tipo se esfumó.

Se quedaron callados un momento y luego habló Gamache:

—Havoc Parra dice que él cerró y se fue a la una de la madrugada. Seis horas más tarde, Myrna Landers, que había salido a dar una vuelta, encontró el cadáver. ¿Por qué iban a asesinar a un desconocido en Three Pines, y en el *bistrot*?

—Si es verdad que Havoc cerró, entonces el asesino tiene que ser alguien que sabía dónde encontrar una llave —dijo Lacoste.

—O que tenía una —dijo Beauvoir—. ¿Sabéis lo que me intriga? Me intriga por qué el asesino dejó el cuerpo ahí.

—¿Qué quieres decir? —preguntó Lacoste.

—Bueno, pues que no había nadie. Estaba oscuro. ¿Por qué no llevárselo al bosque? No había que ir muy lejos, sólo unos metros. Los animales se habrían encargado de él y lo más probable es que nadie lo hubiera encontrado. No nos habríamos enterado de que se había cometido un crimen.

—¿Y por qué crees que dejaron el cuerpo? —preguntó Gamache.

Beauvoir pensó un momento.

—Creo que alguien quería que lo encontrasen.

—¿En el *bistrot*? —preguntó Gamache.

—En el *bistrot*.

SIETE

Olivier y Gabri atravesaban paseando el parque comunal. Eran las siete de la tarde y las luces empezaban ya a brillar en las ventanas, excepto en el *bistrot*, que estaba vacío y oscuro.

—Joder... —llegó un gruñido a través de las oscuridad—. Los mariquitas andan sueltos.

—*Merde!* —exclamó Gabri—. La idiota del pueblo se ha escapado de su desván.

Ruth Zardo se acercó a ellos cojeando, seguida por *Rosa*.

—He oído decir que por fin has matado a alguien con el puñal de tu ingenio —dijo Ruth a Gabri, siguiéndole el paso.

—En realidad, cuentan que leyó un poema tuyo y le estalló la cabeza —dijo el hombre.

—Eso habría sido genial —aseguró Ruth al tiempo que se colocaba entre ellos y entrelazaba sus brazos con los de ambos. Así, avanzaron unidos hacia la casa de Peter y Clara—. ¿Cómo estáis? —les preguntó, bajito.

—Bien —respondió Olivier sin mirar hacia el *bistrot* oscuro mientras pasaban por delante.

El *bistrot* era su hijo, su creación. Le había entregado lo mejor de sí mismo. Sus mejores antigüedades, sus mejores recetas, grandes vinos. Algunas noches se quedaba detrás de la barra del bar y fingía limpiar vasos mientras escuchaba las risas y miraba a la gente que había acudido a

73

su *bistrot*. Y que eran felices de estar allí. Se sentían como en su casa, y él también.

Hasta entonces.

¿Quién iba a querer acudir a un sitio donde se había cometido un crimen?

¿Y si averiguaban que en realidad él conocía al ermitaño? ¿Y si averiguaban lo que había hecho? No. Mejor no decir nada y ver lo que ocurría. Bastante mal estaban ya las cosas.

Interrumpieron el paseo al llegar a casa de Peter y Clara. Dentro vieron a Myrna colocando uno de sus exuberantes arreglos florales en la mesa de la cocina, ya puesta para cenar. Clara alababa su belleza y su arte. No alcanzaban a oírla, pero era evidente que le encantaba. En el salón, Peter echaba un tronco más al fuego.

Ruth dejó de contemplar la amable escena doméstica y volvió la vista hacia el hombre que tenía a su lado. La vieja poeta se inclinó a susurrarle al oído para que ni siquiera Gabri pudiera oírla.

—Dale tiempo. Todo irá bien. Ya lo sabes, ¿no?

Se volvió de nuevo para ver, dentro de la casa iluminada, cómo Clara abrazaba a Myrna mientras Peter entraba en la cocina y exclamaba también al ver las flores. Olivier se agachó un poco para plantarle un beso en la mejilla, vieja y fría, y le dio las gracias. Pero sabía que se equivocaba. No tenía la misma información que él.

El Caos había llegado a Three Pines. Se les venía encima y estaban a punto de verse despojados de cualquier noción de seguridad, calidez o amabilidad.

Peter había preparado bebidas para todos, excepto para Ruth, que ya se había servido sola y bebía whisky de un vaso lleno, sentada en medio del sofá, mirando el fuego. *Rosa* merodeaba por la sala sin que nadie le prestara atención. Ni siquiera *Lucy*, la golden retriever de Peter y Clara, se fijaba ya en *Rosa*. La primera vez que la poeta apareció con la pata, ellos habían insistido en que la dejase fuera, pero el animal había organizado tal escándalo que se habían visto obligados a dejarla entrar, con tal de que se callara.

—*Bonjour.*

Una voz profunda y familiar resonó en el recibidor.

—Dios mío, no habréis invitado a Clouseau, ¿verdad? —preguntó Ruth a la sala vacía. Vacía salvo por *Rosa*, que corrió a refugiarse a su lado.

—Es precioso —dijo Isabelle Lacoste mientras entraban desde el recibidor a la espaciosa cocina.

La larga mesa de madera estaba preparada para la cena con cestitos de pan recién cortado, mantequilla, jarras de agua y botellas de vino. Olía a ajo, a romero y a albahaca, todo ello fresco, del jardín. Y en el centro había un ramo precioso de malvarrosas y rosas trepadoras blancas, clemátides, guisantes de olor y fragantes polemonios rosa.

Se sirvieron más bebidas y los invitados pasaron al salón, donde iban dando vueltas para probar el brie, tierno y cremoso, o el paté de caribú con naranja y pistacho untado en pan de baguete.

En el otro extremo de la sala, Ruth interrogaba al inspector jefe.

—Supongo que no sabes quién era el muerto.

—Me temo que no —dijo Gamache sin alterarse—. Todavía.

—¿Y sabes con qué lo mataron?

—*Non.*

—¿Alguna idea de quién pudo ser?

Gamache negó con la cabeza.

—¿No sabes por qué ocurrió en el *bistrot*?

—Pues no —admitió él.

Ruth lo fulminó con la mirada.

—Sólo quería asegurarme de que sigues tan incompetente como siempre. Es bueno saber que se puede confiar en algunas cosas.

—Me alegro de merecer su aprobación —dijo Gamache, y le dedicó una ligera inclinación de cabeza antes de alejarse hacia la chimenea. Recogió el atizador y lo examinó.

—Es un atizador de chimenea —dijo Clara, que apareció a su lado—. Se usa para atizar el fuego.

Lo miraba con una sonrisa en la cara. Él se dio cuenta de que debía de tener un aspecto algo extraño sujetando aquella larga pieza de metal y mirándola muy de cerca, como si no hubiese visto una igual en toda su vida. La dejó. No tenía sangre. Un alivio.

—Me han contado que inauguras exposición dentro de unos meses. —Se volvió hacia ella sonriendo—. Debe de ser emocionante.

—Si meterte un taladro de dentista por la nariz es emocionante, pues sí.

—¿Tan horrible es?

—Bueno, ya sabes... Sólo es una tortura.

—¿Has acabado todos los cuadros?

—Están todos hechos, sí. Son una mierda, claro, pero al menos están terminados. Denis Fortin en persona vendrá a discutir cómo colgarlos. Tengo pensado un orden concreto. Si él no está de acuerdo, tengo un plan. Ponerme a llorar.

Gamache se echó a reír.

—A mí me sirvió para ser inspector jefe.

—Te lo dije —susurró Ruth a *Rosa*.

—Tu arte es maravilloso, Clara. Ya lo sabes... —dijo Gamache, apartándola de los demás.

—¿Qué sabrás tú? Sólo has visto un ejemplo. Quizá los demás cuadros no valgan nada. Me pregunto si cometí un error al empezar a pintar por números.

Gamache hizo una mueca.

—¿Te gustaría verlos? —preguntó Clara.

—Me encantaría.

—Estupendo. ¿Después de la cena? Tienes una hora para practicar eso de: «Dios mío, Clara, son las mejores obras de arte que jamás haya producido un ser humano en el mundo entero.»

—¿Hacer la pelota? —Gamache sonrió—. Así me hice inspector.

—Eres un hombre del Renacimiento.

—Veo que a ti tampoco se te da mal.

—*Merci*. Hablando de tu trabajo, ¿tienes idea de quién es el muerto? —Ella había bajado la voz—. Le has dicho a Ruth que no, pero ¿es cierto?

—¿Crees que le habría mentido? —preguntó él. «Pero, claro, ¿por qué no?», pensó. «Todo el mundo lo hace»—. ¿Me estás preguntando si nos falta poco para resolver el crimen?

Clara asintió.

—Es difícil saberlo. Tenemos algunas pistas, algunas ideas. Es difícil averiguar por qué mataron a ese hombre sin saber quién es.

—¿Y si no lo averiguáis nunca?

Gamache miró a Clara. ¿Había algo raro en su voz? ¿Un mal disimulado deseo de que nunca averiguasen quién era el muerto?

—Eso dificulta nuestro trabajo —reconoció—, pero no lo imposibilita.

Su voz, aunque relajada, sonó momentáneamente seria. Quería que la mujer supiera que resolverían aquel caso, de una manera u otra.

—¿Estuvisteis en el *bistrot* anoche?

—No. Fuimos a la feria con Myrna. Cenamos fatal, patatas fritas, hamburguesas y algodón de azúcar. Nos subimos en unas cuantas atracciones, vimos el concurso de talentos locales y luego volvimos. Quizá Myrna sí pasara por allí, pero nosotros estábamos cansados.

—Sabemos que el muerto no era del pueblo. Parece ser que era un desconocido. ¿Habíais visto a algún desconocido por aquí?

—Vienen mochileros y gente que viaja en bici —dijo Clara. Bebió un trago de vino tinto y se quedó pensando—. Pero la mayoría son jóvenes. Y tengo entendido que éste era viejo.

Gamache no le dijo lo que le había contado la forense aquella misma tarde.

—Roar Parra ha dicho a la agente Lacoste que había visto a alguien acechando en el bosque este verano. ¿Te suena?

La observó con atención.

—¿Acechando? ¿No suena un poco melodramático? No, no he visto a nadie, y Peter tampoco. Me lo habría contado. Y pasamos mucho tiempo fuera, en el jardín. Si hubiera habido alguien, lo habríamos visto.

Hizo una seña hacia su jardín, ahora oscuro, pero Gamache sabía que era grande y que bajaba suavemente hacia el río Bella Bella.

—El señor Parra no lo vio aquí —dijo Gamache—. Lo vio allí.

Y señaló hacia la antigua casa Hadley, que estaba en la colina, por encima de ellos. Los dos cogieron sus copas y salieron al porche. Gamache llevaba pantalón de franela gris, camisa, corbata y chaqueta. Clara llevaba un jersey, y la verdad es que no sobraba. A principios de septiembre las noches ya eran más largas y frescas. En torno al pueblo brillaban las luces en todas las casas, incluso en la de la colina.

Se quedaron mirándola un rato en silencio.

—He oído decir que la han vendido —dijo Gamache al fin.

Clara asintió. Les llegaba el murmullo de conversaciones desde el salón, cuya luz se filtraba hasta allí de tal modo que Gamache alcanzaba a ver la cara de Clara de perfil.

—Hace unos meses —dijo ella—. ¿Qué día es hoy? ¿El Día del Trabajo? Yo diría que la vendieron en julio y han estado renovándola desde entonces. Una pareja joven. O al menos de mi edad, o sea, que a mí me parecen jóvenes.

La mujer se echó a reír.

A Gamache le resultaba difícil ver la antigua casa Hadley como un edificio más de Three Pines. En primer lugar, no parecía pertenecer al pueblo. Parecía el fiscal, el mirón de la montaña, que los observaba a todos desde arriba. Los juzgaba. Los acosaba. Y a veces atrapaba a algún habitante del pueblo y lo mataba.

Allí habían ocurrido cosas horribles.

A principios de año, él y su esposa, Reine-Marie, habían acudido allí para ayudar a los del pueblo a pintar y reparar aquel edificio, convencidos de que todo merece una segunda oportunidad. Incluso las casas. Y con la esperanza de que alguien la comprase.

Y alguien la había comprado.

—Sé que contrataron a Roar para que trabajara en el jardín —dijo Clara—. Para que lo desbrozara. Incluso construyó un granero y empezó a abrir de nuevo los caminos. Debía de haber cincuenta kilómetros de caminos de herradura en esos bosques en tiempos de Timmer Hadley. Llenos de malas hierbas, claro. Mucho trabajo para Roar.

—Dice que vio al desconocido en el bosque mientras trabajaba. Que se sentía observado, pero sólo una vez consiguió ver a alguien. Quiso correr tras él, pero el hombre desapareció.

La mirada de Gamache se trasladó de la antigua casa Hadley a Three Pines. Los chicos jugaban al fútbol americano sin placajes en el parque del pueblo, estirando hasta el último minuto sus vacaciones de verano. Desde los vecinos sentados en los porches de sus casas, disfrutando del anochecer, llegaban algunas palabras sueltas. El tema principal de conversación, sin embargo, no sería el punto de maduración de los tomates, el frío que empezaba a hacer por las noches o la necesidad de acarrear la leña para el invierno.

En aquel pueblo amable se había colado algo malsano. Palabras como «asesinato», «sangre», «cadáver», flotaban en el aire de la noche, y también algo más. El leve aroma a agua de rosas y sándalo que emanaba del hombre alto y tranquilo, de pie junto a Clara.

Dentro, Isabelle Lacoste se estaba sirviendo otro whisky con agua de la bandeja de las bebidas, encima del piano. Examinaba la habitación. Una estantería cubría toda la pared, repleta de libros, sólo interrumpida por una ventana y la puerta que daba al porche, por la que veía al jefe y a Clara.

Al otro lado del salón, Myrna estaba charlando con Olivier y Gabri, mientras Peter trabajaba en la cocina y Ruth bebía frente a la chimenea. Lacoste había estado antes en casa de los Morrow, pero sólo para hacerles algunas preguntas. Nunca como invitada.

Era tan cómoda como había imaginado. Se veía volviendo a Montreal con su marido y convenciéndolo de que vendieran su casa, sacaran a los niños del colegio, dejaran sus empleos y se trasladaran allí. Buscarían una casita justo al borde del parque y encontrarían trabajo en el *bistrot* o en la librería de Myrna.

Se dejó caer en una butaca y contempló a Beauvoir, que llegaba de la cocina con un trozo de pan con paté untado en una mano y una cerveza en la otra, y se dirigía hacia el sofá. El hombre se detuvo de repente, como si algo lo hubiera repelido, cambió de dirección y salió fuera.

Ruth se levantó y fue cojeando hasta la bandeja de las bebidas con una mueca malévola en la cara. Una vez relleno su vaso de whisky, volvió al sofá como un monstruo marino que se deslizase de nuevo bajo la superficie a la espera de otra víctima.

—¿Tienes idea de cuándo podremos volver a abrir el *bistrot*? —preguntó Gabri cuando él, Olivier y Myrna se unieron a la agente Lacoste.

—Gabri... —dijo Olivier, irritado.

—¿Qué? Sólo lo pregunto...

—Ya hemos hecho todo lo necesario —contestó la agente a Olivier—. Podéis abrir cuando queráis.

—No podéis tener cerrado demasiado tiempo —dijo Myrna—. Nos moriremos todos de hambre.

Peter sacó la cabeza y anunció:

—¡La cena!

—Aunque puede que no de inmediato —añadió Myrna mientras se dirigían hacia la cocina.

Ruth se levantó del sofá y fue hacia la puerta del porche.

—¿Estáis sordos? —gritó a Gamache, Beauvoir y Clara—. La cena se enfría. Entrad.

Beauvoir notó que se le contraía el recto al pasar a toda prisa a su lado. Clara siguió a Beauvoir hacia la mesa, pero Gamache se quedó un poco más.

Tardó un momento en darse cuenta de que no estaba solo. Ruth se encontraba de pie junto a él, alta, rígida, apoyada en su bastón, con reflejos de luz y profundas arrugas en el rostro.

—Qué extraño regalo para Olivier, ¿no te parece?

La vieja voz, aguda y cascada, se abrió paso entre las risas que llegaban desde el parque.

—¿Perdón? —Gamache se volvió hacia ella.

—El muerto. Ni siquiera tú puedes ser tan lerdo. Alguien le ha hecho esto a Olivier. Es codicioso y holgazán, y probablemente también bastante débil, pero no ha matado a nadie. Entonces... ¿por qué alguien ha decidido cometer un crimen en su *bistrot*?

Gamache enarcó las cejas.

—¿Cree que alguien eligió el *bistrot* a propósito?

—Bueno, no habrá sido por casualidad. El asesino decidió matar en el *bistrot* de Olivier. Le regaló el cadáver a Olivier.

—¿Para cargarse a la vez un hombre y un negocio? —preguntó Gamache—. ¿Como quien da pan blanco a un pez de colores?

—Vete a la mierda —dijo Ruth.

—«Nada de lo que te di te parecía suficiente» —citó Gamache—. «Era como dar pan blanco a un pez de colores.»

Junto a él, Ruth Zardo se puso tensa, y luego, con un largo gruñido, acabó su propio poema.

> *Comen y se atiborran, y su gula los mata,*
> *y flotan en el estanque, panza arriba,*
> *con cara de asombro,*
> *haciéndonos culpables,*
> *como si su mortal glotonería*
> *no fuera culpa suya.*

Gamache escuchó el poema, uno de sus favoritos. Miró hacia el *bistrot*, oscuro y vacío una noche en que habría podido estar abarrotado de vecinos.

¿Tendría razón Ruth? ¿Habría elegido alguien el *bistrot* a propósito? Pero aquello significaba que Olivier estaba implicado de alguna manera. ¿Lo habría provocado él mismo? ¿Algún habitante del pueblo odiaba tanto al vagabundo como para matarlo y a Olivier como para hacerlo allí? ¿O acaso el vagabundo no era más que un instrumento oportuno? ¿Un pobre hombre que se había equivocado de lugar? ¿Usado como arma contra Olivier?

—¿Quién cree que podría hacerle algo así a Olivier? —le preguntó a Ruth.

Ella se encogió de hombros y se volvió para irse. La vio ocupar su sitio entre sus amigos, todos ellos moviéndose de maneras que los demás reconocían, y ahora también él.

¿Y el asesino?

OCHO

La cena iba llegando a su fin. Habían comido mazorcas de maíz con mantequilla dulce, hortalizas frescas del huerto de Peter y Clara, y un salmón entero a la barbacoa de carbón. Los invitados charlaban cordialmente mientras se iban pasando el pan recién hecho y se servían ensalada.

El exuberante arreglo floral de Myrna, hecho con malvarrosas, guisantes de olor y polemonios, ocupaba el centro de la mesa, de modo que tenían la sensación de cenar en un jardín. Gamache oía a Lacoste preguntar a sus compañeros de cena por los Parra y luego, sin solución de continuidad, por el Viejo Mundin. El inspector jefe se preguntó si se darían cuenta de que estaban interrogándolos.

Beauvoir charlaba con sus vecinos sobre la Feria del Condado de Brume y los visitantes. Frente a Beauvoir estaba sentada Ruth, que lo miraba ceñuda.

Gamache se preguntaba por qué, aunque podía afirmarse que Ruth no tenía prácticamente ninguna otra expresión.

Gamache se volvió hacia Peter, que servía rúcula, escarola y tomates maduros recién cogidos.

—Cuentan que se ha vendido la antigua casa Hadley. ¿Habéis visto a los nuevos propietarios?

Peter le pasó el cuenco de la ensalada, de madera de raíz.

—Sí, los hemos visto. Los Gilbert. Marc y Dominique. La madre de él también vive con ellos. Han venido de la ciudad de Quebec. Creo que era enfermera o algo así. Jubilada hace tiempo. Dominique se dedicaba a la publicidad en Montreal, y Marc era corredor de bolsa. Ganó un dineral y se retiró antes de que el mercado se echara a perder.

—Un hombre afortunado.

—Un hombre listo —dijo Peter.

Gamache se sirvió ensalada. Aspiró el aroma del delicado aliño de ajo, aceite de oliva y estragón fresco. Peter sirvió sendas copas de vino para ellos dos y pasó la botella hacia el otro lado de la larga mesa. Gamache se preguntaba si el comentario de Peter no encerraría una pulla, algo oculto. Al decir «listo», ¿quería decir «astuto», «sagaz», «perspicaz»? No, Gamache tuvo la sensación de que Peter quería decir lo que había dicho. Era un halago. Peter Morrow raramente insultaba a nadie, pero tampoco solía prodigarse en lisonjas. Y sin embargo, parecía impresionado por aquel Marc Gilbert.

—¿Los conocéis bien?

—Han venido a cenar unas cuantas veces. Una pareja muy agradable.

Tratándose de Peter, casi era un comentario cariñoso.

—Es curioso que con todo ese dinero hayan querido comprar la antigua casa Hadley —dijo Gamache—. Llevaba abandonada un año o más. Podrían haber comprado cualquier otra vivienda de por aquí.

—A nosotros también nos sorprendió un poco, pero decían que querían empezar de cero, un lugar que pudieran hacer suyo. Prácticamente han desmontado la casa. Además, tiene mucha tierra, y Dominique quiere caballos.

—Roar Parra les ha desbrozado los senderos de herradura, según me cuentan.

—Sí, un trabajo lento.

Mientras hablaba, la voz de Peter había ido bajando hasta convertirse en un susurro, de modo que los dos hombres se inclinaban en busca de la cercanía del otro como dos conspiradores.

Gamache se preguntó qué conspiración sería aquélla.

—Es mucha casa para tres personas. ¿Tienen hijos?

—Pues no.

La mirada de Peter recorrió la mesa y luego volvió a Gamache. ¿A quién había mirado exactamente? ¿A Clara? ¿A Gabri? Era imposible decirlo.

—¿Han hecho amigos en la comunidad?

Gamache se echó hacia atrás y habló en un tono normal, cogiendo un poco de ensalada.

Peter volvió a mirar hacia la mesa y bajó más aún la voz.

—No exactamente.

Antes de que el inspector jefe pudiera seguir preguntándole, Peter se levantó y empezó a recoger los platos. En el fregadero se volvió y se quedó mirando a sus amigos, que charlaban. Estaban cerca. Tan cerca que podían tocarse unos a otros, cosa que hacían de vez en cuando.

Y Peter en cambio no podía. Se quedó aparte, mirando. Echaba de menos a Ben, que en tiempos había vivido en la casa Hadley. Peter jugaba allí de niño. Conocía perfectamente sus rincones y recovecos. Todos los sitios terroríficos poblados de fantasmas y arañas. Pero ahora otras personas vivían allí y lo habían convertido en algo distinto.

Pensando en los Gilbert, Peter notó que el corazón se le animaba un poquito.

—¿En qué piensas?

Peter se sobresaltó al ver que Armand Gamache estaba a su lado.

—En nada importante.

El policía cogió la batidora de manos de Peter y echó un poco de nata para montar y unas gotas de vainilla en el cuenco helado. La puso en marcha y se inclinó hacia Peter, con la voz casi ahogada por el ruido del utensilio, apenas audible para cualquiera que no fuese su compañero.

—Háblame de la antigua casa Hadley y la gente que vive allí.

Peter dudó, pero sabía que Gamache no lo dejaría en paz. Y no iba a encontrar un momento de mayor discreción que aquél. Peter habló, y sus palabras resultaron confusas e ininteligibles para cualquiera que estuviera a más de un palmo de distancia.

—Marc y Dominique planean abrir un hostal de lujo y un *spa*.

—¿En la antigua casa Hadley?

El asombro de Gamache era tan completo que casi hizo reír a Peter.

—No es el mismo lugar que tú recuerdas. Tendrías que verlo ahora. Es fantástico.

El inspector jefe se preguntaba si una capa de pintura y nuevos electrodomésticos podrían exorcizar todos los demonios, y si la Iglesia católica lo sabría.

—Pero no todo el mundo está de acuerdo con esa idea —continuó Peter—. Han entrevistado a unos cuantos trabajadores de Olivier y les han ofrecido empleo con salarios mejores. Olivier ha logrado conservar a la mayor parte de su personal, pero tiene que pagarles más. Prácticamente, ni se hablan.

—¿Marc y Olivier? —preguntó Gamache.

—No pueden estar en la misma habitación.

—Eso ha de ser incómodo en un pueblo tan pequeño.

—Pues no, en realidad no.

—Entonces, ¿por qué hablamos en voz baja? —Gamache apagó la batidora y habló en tono normal.

Peter, aturullado, miró de nuevo hacia la mesa.

—Mira, yo sé que Olivier lo superará, pero, por ahora, es mucho más fácil no sacar el tema.

Peter tendió a Gamache un bizcocho que éste cortó por la mitad, y el anfitrión colocó por encima fresas laminadas con su jugo rojo y brillante.

Gamache vio que Clara se levantaba y Myrna se iba con ella. Olivier se acercó y encendió la cafetera.

—¿Puedo hacer algo? —preguntó Gabri.

—Sí, ven, pon la nata. En el pastel, Gabri —puntualizó Peter mientras su invitado se acercaba a Olivier con una cucharada de nata montada.

Pronto se formó una pequeña línea de montaje de hombres que preparaban los pasteles de fresas. Cuando acabaron, se dispusieron a llevar el postre a la mesa, pero se detuvieron en seco.

Allí, iluminadas por las velas, estaban las obras de Clara. O al menos tres lienzos grandes apoyados sobre unos caballetes. Gamache se sintió aturdido de repente, como si hubiera viajado hacia atrás en el tiempo y hubiese vuelto a la época de Rembrandt, Da Vinci o Tiziano, una etapa en la que el arte tenía que contemplarse a la luz del día o de las velas. ¿Así fue como se vio por primera vez la Mona Lisa? ¿La Capilla Sixtina? ¿A la luz de las velas? Como si fueran dibujos rupestres...

Se secó las manos en un paño de cocina y se acercó a los tres caballetes. Vio que los otros invitados hacían lo mismo, atraídos por los cuadros. En torno a ellos parpadeaban las velas, arrojando más luz de lo que Gamache hubiera esperado, aunque era posible también que los cuadros de Clara produjeran su propia luz.

—Tengo más, claro, pero éstos serán las piezas centrales de la exposición de la galería Fortin.

Pero en realidad nadie la escuchaba. Más bien admiraban los caballetes. Gamache retrocedió un momento para contemplar mejor la escena.

Tres retratos, de tres mujeres ancianas, le devolvían la mirada.

Uno era de Ruth, estaba claro. Era el que había captado la atención de Denis Fortin. El que lo había impulsado a hacer aquella oferta extraordinaria de una exposición para ella sola. El que tenía en ascuas al mundo del arte, desde Montreal a Toronto, desde Nueva York a Londres, por el nuevo talento, el tesoro que se había encontrado oculto en los Cantones del Este de Quebec.

Y allí lo tenían, ante ellos.

Clara Morrow había pintado a Ruth como una Virgen María anciana y olvidada. Furiosa, demente, la Ruth del retrato estaba llena de desesperanza y amargura. Por la vida que había quedado atrás, por las oportunidades desaprovechadas, por las pérdidas y traiciones reales e imaginarias, creadas y causadas. Se agarraba a un chal rústico y azul con las manos descarnadas. El chal se había deslizado sobre el hombro huesudo para dejarlo al descubierto, con la piel colgante, como algo sujeto con clavos y vacío por dentro.

Y sin embargo el retrato era radiante y llenaba la habitación desde un diminuto punto de luz. En los ojos. La

Ruth amargada y loca miraba hacia la distancia, a algo muy lejano que se iba acercando. Más imaginario que real.

La esperanza.

Clara había captado el momento en el que la desesperación se convertía en esperanza. El momento en el que empezaba la vida. De alguna manera, había conseguido captar la gracia.

Gamache se quedó sin habla y notó que algo le quemaba los ojos. Parpadeó y se apartó, como para protegerse la vista de algo tan brillante que podía cegarlo. Vio que los presentes también miraban hacia allí, con los rostros suavizados por la luz de las velas.

El siguiente retrato era de la madre de Peter, sin duda. Gamache la había conocido, y cuando la conocías, no podías olvidarla. Clara la había pintado mirando directamente al observador. No hacia la distancia, como Ruth, sino a algo muy cercano. Demasiado cercano. Su pelo blanco, sujeto en un moño flojo, la cara como una telaraña de líneas suaves, como si una ventana acabara de romperse pero no hubiesen caído aún los añicos. Era blanca y rosa, saludable, encantadora. Tenía una sonrisa tranquila y amable que llegaba hasta sus tiernos ojos azules. Gamache casi percibía el olor a polvos de talco y a canela. Y sin embargo, aquel retrato le producía una enorme intranquilidad. Y entonces lo vio. El giro sutil de la mano de la mujer, hacia fuera. La forma en que los dedos parecían salir del cuadro. Dirigirse hacia él. Tuvo la impresión de que aquella encantadora anciana iba a tocarlo. Y si lo hacía, sentiría una pena como no había sentido en su vida. Conocería aquel lugar vacío donde no existía nada, ni siquiera el dolor.

Era repulsiva, y sin embargo no podía evitar sentirse atraído hacia ella, como el borde del abismo atrae a las personas que padecen vértigo.

Y no sabía quién era la tercera anciana. Nunca la había visto, y se preguntó si sería la madre de Clara. Había en ella algo vagamente familiar.

La miró de cerca. Clara pintaba el alma de la gente, y él quería saber qué contenía la de aquel retrato.

La mujer parecía feliz. Con la cara vuelta y una sonrisa en la boca, miraba algo con gran interés. También llevaba un chal, éste viejo, basto, de lana roja. Daba la impresión de ser una persona acostumbrada a la riqueza pero empobrecida de repente. Y sin embargo, no parecía darle demasiada importancia.

Interesante, pensó Gamache. Se dirigía hacia un lugar, pero miraba hacia otro. Hacia atrás. Le transmitía una abrumadora sensación de anhelo. Se dio cuenta de que no deseaba más que acercar una butaca al retrato, servirse un café y quedarse mirándolo el resto de la velada. El resto de su vida. Era seductor. Y peligroso.

Apartó la vista con mucho esfuerzo y encontró a Clara de pie en la oscuridad, observando a sus amigos mientras ellos contemplaban sus creaciones.

Peter también miraba, con una expresión de orgullo total.

—*Bon Dieu* —dijo Gabri—. *C'est extraordinaire.*

—*Félicitations*, Clara —dijo Olivier—. Dios mío, son buenísimos. ¿Tienes más?

—¿Quieres saber si te he pintado a ti? —preguntó ella con una carcajada—. *Non, mon beau.* Sólo a Ruth y a la madre de Peter.

—¿Y ésta quién es? —Lacoste señaló hacia el cuadro que tanto había mirado Gamache.

Clara sonrió.

—No te lo digo. Tienes que adivinarlo.

—¿Soy yo? —preguntó Gabri.

—Sí, Gabri, eres tú —dijo Clara.

—¿De verdad?

Había tardado demasiado en fijarse en la sonrisa de la pintora.

Lo curioso, pensó Gamache, es que podría haber sido Gabri. Miró de nuevo el retrato a la suave luz de las velas. No física, sino emocionalmente. Allí había felicidad. Pero también había algo más. Algo que no encajaba del todo con Gabri.

—¿Y cuál soy yo? —preguntó Ruth, que se acercó cojeando a los cuadros.

—Vieja borracha —dijo Gabri—. Es éste.

Ruth miró a su doble exacta.

—No lo veo. Se parece más a ti.

—Zorrón —murmuró Gabri.

—Mariposón —masculló ella a su vez.

—Clara te ha pintado como si fueras la Virgen María —explicó Olivier.

Ruth se acercó y negó con la cabeza.

—¿Virgen? —susurró Gabri a Myrna—. Es obvio que la jodienda mental no cuenta.

—Hablando de eso... —Ruth miró a Beauvoir—. Peter, ¿tienes un trozo de papel? Siento que se me está ocurriendo un poema... ¿Qué te parece, sería demasiado fuerte poner las palabras «gilipollas» y «mierdoso» en la misma frase?

Beauvoir esbozó una mueca de dolor.

—Sí, cierra los ojos y piensa qué tal te suenan —aconsejó Ruth a Beauvoir, que las encontraba a todas luces malsonantes.

Gamache se dirigió a Peter, que seguía mirando las obras de su mujer.

—¿Qué tal?

—¿Me preguntas si quiero coger una navaja, rajar estos cuadros, hacerlos trizas y luego quemarlos?

—Algo por el estilo.

Era una conversación que ya habían mantenido en alguna ocasión anterior, cuando quedó claro que pronto Peter podría verse obligado a ceder su lugar como mejor artista de la familia, del pueblo y de la provincia a su esposa. El hombre se había esforzado por asimilar todo aquello, no siempre con éxito.

—No podría frenarla aunque lo intentara —dijo Peter—. Y no quiero intentarlo.

—Hay cierta diferencia entre no frenarla y apoyarla activamente.

—Estos cuadros son tan buenos que no puedo seguir negándolo —admitió Peter—. Me tiene admirado.

Se quedaron mirando a la mujercita regordeta que observaba con ansiedad a sus amigos, aparentemente desconocedora de la maestría de las obras que había creado.

—¿Estás trabajando en algo? —Gamache señaló hacia la puerta cerrada del estudio de Peter.

—Siempre. Es un tronco.

—¿Un tronco?

Era difícil que aquello resultara seductor. Peter Morrow era uno de los artistas de más éxito del país, y había llegado a ello tomando objetos corrientes de la vida cotidiana y pintándolos con un detalle abrumador, hasta el punto de que ya no resultaban reconocibles. Tomaba una imagen muy de cerca, luego ampliaba una parte y la pintaba.

Sus obras parecían abstractas. A Peter le producía una enorme satisfacción saber que no lo eran. Eran la realidad llevada al extremo. Tan real que nadie la reconocía. Y ahora le había tocado el turno a un tronco. Lo había cogido de la pila que se encontraba junto a la chimenea, y lo esperaba en su estudio.

Se sirvió el postre, y luego café y coñac. La gente fue disgregándose, Gabri se puso a tocar el piano, Gamache siguió pegado a los cuadros. Sobre todo al de la mujer desconocida, que miraba hacia atrás. Clara se le acercó.

—Dios mío, Clara, son las mejores obras de arte que jamás haya producido un ser humano en el mundo entero.

—¿Lo dices en serio? —preguntó ella con fingida seriedad.

Él sonrió.

—Son maravillosas, de verdad. No tienes nada que temer.

—Si eso fuera cierto, yo no sería artista.

Gamache señaló con un gesto la pintura que había estado contemplando.

—¿Quién es?

—Pues... alguien que conozco.

Gamache esperó, pero al ver que Clara se mostraba extrañamente reservada decidió que en realidad no le importaba. Ella se alejó y Gamache siguió admirándolo. Y mientras estudiaba el retrato, éste cambió. O quizá fuera un efecto de la luz incierta. Sin embargo, cuanto más lo miraba, más tenía la sensación de que Clara había añadido algo al cuadro. El de Ruth retrataba a una mujer amargada que encuentra la esperanza, pero aquél también contenía lo inesperado.

Una mujer feliz que veía, a corta y media distancia, cosas que brindaban placer y consuelo. Pero daba la sensación de que sus ojos acababan de percibir la presencia de algo más y se concentraban en ello. Algo lejano todavía, pero que empezaba a acercarse.

Gamache bebió un trago de coñac y siguió observando. Y de manera gradual pudo poner nombre a lo que aquella mujer apenas empezaba a sentir.

Miedo.

NUEVE

Los tres policías de la Sûreté se despidieron y echaron a andar por el parque. Eran las once en punto de una noche oscura por completo. Lacoste y Gamache se detuvieron a contemplar el cielo nocturno. Beauvoir, que iba unos pasos por delante, como siempre, se dio cuenta finalmente de que iba solo y se detuvo también. De mala gana levantó la vista y se sorprendió al ver tantas estrellas. Las palabras de despedida de Ruth volvieron a su memoria.

«"Jean Guy" y "te mordí" riman, ¿verdad?»

El inspector tenía problemas.

Justo entonces se encendió una luz por encima de la tienda de Myrna, en su vivienda. La vieron moverse de un lado a otro mientras se preparaba un té y ponía unas cuantas galletas en un plato. Luego se apagó la luz.

—Acabamos de verla servirse una bebida y poner unas galletas en un plato —dijo Beauvoir.

Los otros se preguntaron por qué les estaba contando algo tan evidente.

—Está oscuro. Para hacer algo dentro de una casa hace falta luz —dijo Beauvoir.

Gamache pensó en aquella serie de frases obvias, pero fue Lacoste la primera que se percató.

—El *bistrot*, anoche... ¿No tendría que haber encendido la luz el asesino? Y si lo hizo, ¿cómo es que no lo vio nadie?

Gamache sonrió. Tenían razón. Una luz en el *bistrot* habría llamado la atención, sin duda.

Miró a su alrededor para ver desde qué casa era más probable que hubiesen visto algo. Pero las casas se abrían en abanico a partir del *bistrot* como si fueran alas. Ninguna de ellas tenía una visión perfecta, excepto la que quedaba justo enfrente. Se volvió para mirar. Allí estaban los tres majestuosos pinos del parque. Ellos sí que habrían visto a un hombre arrebatarle la vida a otro. Pero de frente al *bistrot* había algo más. De frente y en lo alto.

La antigua casa Hadley. Quedaba un poco lejos, pero de noche, con la luz encendida en el *bistrot*, era posible que los nuevos propietarios hubiesen presenciado el crimen.

—Existe otra posibilidad —añadió Lacoste—. Que el asesino no encendiera la luz. Que supiera que podían verlo.

—¿Quieres decir que usara una linterna? —preguntó Beauvoir imaginando al asesino allí, la noche antes, encendiendo una linterna para ver por dónde iba.

Lacoste negó.

—También habrían podido verlo desde fuera. No creo que corriese siquiera ese riesgo.

—Así que dejó las luces apagadas —dijo Gamache sabiendo adónde los conducía aquello—. Porque no necesitaba las luces. Porque sabía perfectamente por dónde andaba, aun a oscuras.

El día siguiente amaneció radiante y fresco. El sol volvía a dar algo de calor y Gamache se quitó el jersey enseguida mientras paseaba por el parque, antes de desayunar. Unos cuantos niños, levantados antes que los padres y abuelos, improvisaban una sesión de pesca de ranas en el estanque. No le prestaron atención y él pudo darse el gusto de observarlos desde lejos y seguir con su paseo solitario y pacífico. Saludó con la mano a Myrna, que paseaba también por su cuenta y ya casi coronaba la colina.

Era el último día de las vacaciones de verano y, aunque ya habían pasado decenios desde su época escolar, todavía notaba aquella sensación, la mezcla de tristeza por el fin del verano y de emoción por ver de nuevo a sus compañeros. La ropa nueva, comprada después de haber crecido durante las vacaciones. Los lápices nuevos, afilados una y otra vez, y el olor de las virutas. Y las libretas nuevas. Siempre extrañamente emocionantes. Intactas. Sin errores todavía. Sólo contenían promesas y posibilidades.

Al iniciar una investigación sentía algo muy parecido. ¿Habría algún tachón ya en sus libretas? ¿Habrían cometido algún error?

Iba pensando en eso mientras daba la vuelta al parque, poco a poco, con las manos cogidas a la espalda y la mirada clavada en la lejanía. Dio unas vueltas más sin prisas y luego entró a desayunar.

Beauvoir y Lacoste ya estaban allí, con sendos espumosos *café au lait* ante ellos. Se levantaron al verlo entrar y él los mandó sentarse por señas. De la cocina surgía un aroma de beicon curado con sirope de arce, huevos y café. Apenas se había sentado cuando Gabri salió de la cocina con unos platos con huevos Benedic, fruta y magdalenas.

—Olivier acaba de irse al *bistrot*. No está seguro de si abrirá hoy o no —anunció el hombre grandote, que aquella mañana se parecía bastante a Julia Child y hablaba igual que ella—. Yo le he dicho que abra, pero ya veremos. Le he señalado que perdería dinero si no lo hace. Eso suele funcionar. ¿Una magdalena?

—*S'il vous plaît* —dijo Isabelle Lacoste, y cogió una.

Parecían hongos nucleares. La agente echaba de menos a sus hijos y a su marido, pero le sorprendía que al parecer aquel pueblo fuera capaz de tapar incluso un hueco de aquel tamaño. Por supuesto, si se meten las magdalenas suficientes, hasta el hueco más grande acaba tapado, al menos durante un tiempo. Ella estaba dispuesta a intentarlo.

Gabri llevó a Gamache su *café au lait* y, cuando se fue, Beauvoir se inclinó hacia delante.

—¿Qué plan tenemos hoy, jefe?

—Hemos de comprobar los antecedentes. Quiero saberlo todo de Olivier y quiero saber también quién puede guardarle rencor.

—*D'accord* —dijo Lacoste.

—Y los Parra. Investigad aquí y en la República Checa.

—Lo haremos —dijo Beauvoir—. ¿Y usted, qué va a hacer?

—Yo tengo una cita con una vieja amiga.

Armand Gamache subió la colina que conducía fuera de Three Pines. Llevaba la chaqueta de *tweed* al hombro y le iba dando patadas a una castaña. El olor de las manzanas dulces y cálidas impregnaba el aire. Todo estaba maduro, exuberante, pero al cabo de pocas semanas llegaría una escarcha asesina. Y todo aquello desaparecería.

A medida que se acercaba, la antigua casa Hadley iba aumentando de tamaño. Hizo de tripas corazón para enfrentarse a ella. Se preparó para las oleadas de dolor que emanaban de la casa, listas para derramarse y sacudir a quien tuviera el grado de estupidez suficiente para acercarse.

Sin embargo, o bien sus defensas eran mejores de lo que esperaba o algo había cambiado.

Gamache se detuvo en una zona donde daba el sol y se encaró a la mansión. Era una casona victoriana vieja y laberíntica, rematada con pequeñas torres, tejas de madera como escamas, amplias galerías colgantes y barandillas negras de hierro forjado. Su pintura reciente brillaba al sol, y la puerta delantera era de un rojo vivo y alegre. No era un rojo sangriento, sino más bien el clásico de la Navidad. O de las cerezas. O de las crujientes manzanas otoñales. El sendero, desbrozado de zarzas, tenía un enlosado compacto. Notó que los setos estaban bien recortados, los árboles podados, toda la madera seca retirada. Obra de Roar Parra.

Y Gamache se dio cuenta, para su sorpresa, de que estaba plantado ante la antigua casa Hadley con una sonrisa. Y de que tenía verdaderas ganas de entrar.

Abrió la puerta una señora de setenta y tantos años.

—*Oui?*

Tenía el pelo de un gris metálico, bien cortado. Apenas llevaba maquillaje, sólo un poquito en los ojos, que lo miraron con curiosidad primero, y luego reconocimiento. Sonrió y abrió más la puerta.

Gamache le enseñó su identificación.

—Siento molestarla, señora. Me llamo Armand Gamache y pertenezco a la Sûreté du Québec.

—Ya lo he reconocido, señor. Por favor, entre. Soy Carole Gilbert.

Lo hizo pasar al vestíbulo con modales amables y elegantes. Gamache había estado antes allí. Muchas veces. Pero estaba casi irreconocible. Como un esqueleto provisto de músculos, nervios y piel nuevos. La estructura seguía allí, pero todo lo demás había cambiado.

—¿Conoce esta casa? —le preguntó ella observándolo.

—La conocía —respondió él volviéndose para mirarla a los ojos.

Ella le sostuvo la mirada con firmeza, pero sin retarlo. Como haría la dueña de un castillo, confiada del lugar que ocupaba y sin necesidad de probarlo. Se mostraba amistosa y cálida, y parecía muy observadora, pensó Gamache. ¿Qué había dicho Peter? ¿Que había sido enfermera en tiempos? Debía de ser muy buena. Las mejores son muy observadoras. No se les pasa nada.

—Ha cambiado muchísimo —dijo él.

La mujer asintió mientras lo invitaba a pasar más adentro. Él se limpió las suelas en la zona alfombrada para proteger el suelo de madera brillante y la siguió. El vestíbulo daba paso a un salón grande, con mosaico blanco y negro recién colocado en el suelo. Una escalinata impresionante se alzaba ante ellos, y unas arcadas conducían a diversas habitaciones. En su última visita, todo aquello estaba en ruinas, sumido en el abandono. Parecía que la casa, disgustada, se hubiera replegado sobre sí misma. Había cosas rotas, el papel de la pared colgaba desgarrado, la tarima del suelo estaba levantada, los techos combados. En cambio, ahora veía un bonito ramo de flores colocado encima de una mesa muy pulida, en el centro del vestíbulo, llenándolo de fragancia. Las paredes estaban pintadas de un color muy sofisticado, entre beis y gris. Era alegre, cálido y elegante. Como la mujer que se encontraba frente a él.

—Todavía estamos trabajando en la casa —dijo ella mientras lo conducía por las arcadas hacia la derecha. Bajaron un par de escalones y luego entraron en el enorme salón—. Y digo «estamos», pero en realidad son mi hijo y mi nuera quienes lo hacen. Y los trabajadores, claro. —Lo dijo con una risita modesta—. El otro día se me ocurrió la tontería de preguntar si podía hacer algo, me dieron un martillo y me dijeron que tirara un tabique. Le di a una tubería de agua y a un cable eléctrico.

Su risa era tan espontánea y contagiosa que Gamache se rió también.

—Voy a hacer té. Me llaman la mujer del té. ¿Quiere un poco?

—*Merci, madame.* Muy amable por su parte.

—Avisaré a Marc y a Dominique de que está aquí. Es por lo del pobre hombre del *bistrot*, supongo, ¿verdad?

—Sí.

Parecía apenada, pero sin preocupación. Como si aquello no tuviera nada que ver con ella. Y Gamache pensó que ojalá fuera así.

Mientras esperaba, examinó la habitación y fue avanzando hacia las ventanas que iban del techo al suelo, por las que entraba el sol a raudales. La sala estaba amueblada con sofás y sillones que parecían una invitación a la comodidad. Estaban tapizados con telas caras que les daban un aspecto moderno. Había un par de sillas Eames a ambos lados de la chimenea. Era una combinación acertada del mundo contemporáneo y el antiguo. Quienquiera que hubiese decorado aquella sala tenía buen ojo.

Las ventanas estaban flanqueadas por unas cortinas de seda hechas a medida que llegaban hasta el suelo de madera. Gamache sospechaba que las cortinas casi nunca se cerraban. ¿Por qué ocultar aquella vista?

Era espectacular. Desde su posición en la colina, la casa dominaba el valle. Se veía el río Bella Bella serpentear a través del pueblo y salir por la siguiente montaña hacia el valle vecino. En la cima de la montaña, los árboles estaban cambiando de color. Ya era otoño allí arriba. Pronto, los tonos rojos, castaños y anaranjados desfilarían ladera abajo para dejar el bosque entero en llamas. Qué lugar tan privilegiado para contemplar aquel espectáculo. Y otros.

De pie ante la ventana, vio que Ruth y *Rosa* pasaban por el parque y la vieja poeta tiraba pan seco, o tal vez piedras, a las otras aves. Vio a Myrna trabajando en el huerto de Clara y a la agente Lacoste, que pasaba por el puente de piedra para dirigirse al improvisado Centro de Operaciones, en la antigua estación de ferrocarril. La vio detenerse en el puente y contemplar el manso fluir del agua. Se preguntó qué estaría pensando. Luego ella continuó. Otros vecinos salían a hacer sus recados matutinos, o bien trabajaban en sus jardines, o se sentaban en los porches a leer el periódico y tomarse un café.

Desde allí se veía todo. Incluido el *bistrot*.

El agente Paul Morin había llegado antes que Lacoste y estaba tomando notas junto a la puerta de la estación de ferrocarril.

—Anoche pensaba en el caso —dijo. Se quedó mirándola mientras abría la puerta y luego la siguió al interior de la sala oscura y helada. Ella encendió la luz y se encaminó a su escritorio—. Creo que el asesino debió de encender las luces del *bistrot*, ¿no le parece? Yo intenté ir a oscuras por mi casa a las dos de la madrugada, anoche, y no se veía nada. Estaba negro, negro. Tal vez en la ciudad la luz de las farolas entre por las ventanas, pero aquí no. ¿Cómo sabía el asesino a quién estaba matando?

—Si había citado allí a la víctima, supongo que lo tenía bastante claro. Mató a la única persona que había en el *bistrot*, aparte de él mismo.

—Ya se me ha ocurrido —señaló Morin, acercando la silla a su escritorio—. Pero el asesinato es una cosa muy seria. Uno no quiere equivocarse. Fue un golpe fuerte en la cabeza, ¿verdad?

Lacoste tecleó su contraseña en el ordenador. El nombre de su marido. Estaba segura de que Morin, ocupado en repasar sus notas mientras seguía hablando, no se había fijado.

—No creo que sea tan fácil como parece —continuó él, muy serio—. También lo intenté anoche. Le di unos golpes a un melón con un martillo.

Ella le prestó toda su atención. No sólo porque quería saber lo que había ocurrido, sino porque cualquiera que se levantara a las dos de la madrugada para golpear un melón en la oscuridad merecía atención. Quizá incluso atención médica.

—¿Y?

—La primera vez solamente lo rocé. Tuve que darle varias veces antes de acertar. Un buen follón.

Morin se preguntó, brevemente, qué pensaría su novia cuando se levantara y viera la fruta con todos aquellos agujeros. Le había dejado una nota, pero no estaba seguro de que sirviese de mucho.

«Lo he hecho yo —había escrito—. Un experimento.»

Quizá tuviera que haber sido más explícito.

Pero el significado estaba claro para la agente Lacoste. La mujer se recostó en la silla y se quedó pensativa. Morin tuvo el sentido común de guardar silencio.

—¿Qué opinas, entonces? —preguntó ella al fin.

—Creo que tuvo que encender la luz. Pero habría sido muy arriesgado. —Morin no parecía satisfecho—. Es absurdo. ¿Por qué matarlo en el *bistrot* cuando unos pocos metros más allá hay unos bosques tan densos? Podrías matar a cientos de personas allí y nadie se daría cuenta. ¿Por qué hacerlo donde no puedes esconder el cadáver y encima corres el riesgo de que te vean?

—Tienes razón —concedió Lacoste—. Es absurdo. El jefe piensa que tiene algo que ver con Olivier. Quizá el asesino eligiese el *bistrot* a propósito.

—¿Para implicarlo?

—O para arruinar su negocio.

—Quizá fuera el propio Olivier —dijo Morin—. ¿Por qué no? Es el único que sabe moverse ahí dentro sin luz. Y tenía llaves...

—Todo el mundo tiene llaves del local. Parece que hay juegos de llaves repartidos por todo el pueblo, y encima Olivier guarda uno debajo de la maceta de la puerta principal —explicó Lacoste.

Morin asintió. No parecía sorprendido. Era lo habitual en el campo, al menos en los pueblos pequeños.

—Ciertamente, es el principal sospechoso —prosiguió Lacoste—. Pero ¿por qué mataría a alguien en su propio *bistrot*?

—Quizá lo pillara por sorpresa. Quizá el vagabundo entrase por las buenas, y Olivier lo encontrara y lo matara en una pelea —dijo Morin.

Lacoste se quedó callada, esperando a ver si el chico conseguía elaborar aquella posibilidad solo. Morin juntó las manos y apoyó la cara en ellas, con la mirada perdida en el vacío.

—Pero era en plena noche. Si hubiera visto a alguien en el *bistrot*, habría llamado a la policía, o al menos despertado a su compañero, ¿no? Olivier Brulé no me parece el tipo de hombre capaz de agarrar un bate de béisbol y meterse solo en una pelea.

Lacoste espiró y miró al agente Morin. Si la luz le daba de una manera determinada, iluminándole la cara, aquel joven flacucho parecía idiota. Pero estaba claro que no lo era.

—Yo conozco a Olivier —dijo Lacoste—, y juraría que estaba asombrado por lo que había encontrado. Estaba conmocionado. Es difícil fingir algo así, y estoy segura de que no lo hacía. No. Ayer por la mañana, al despertarse, Olivier Brulé no esperaba encontrar un cadáver en su *bistrot*. Pero eso no significa que no esté implicado. Aunque sea de manera involuntaria. El jefe quiere que averigüemos todo lo posible sobre él. Dónde nació, de dónde procede, su familia, su educación, a qué se dedicaba antes de venir aquí. Quién puede guardarle rencor. A quién puede haber cabreado.

—Esto es algo más que un cabreo...

—¿Cómo lo sabes? —preguntó Lacoste.

—Bueno, yo me cabreo de vez en cuando, pero no voy por ahí matando gente.

—No, tú no. Pero supongo que eres una persona equilibrada, excepto por el incidente del melón... —Sonrió y él se puso colorado—. Mira, es un gran error juzgar a los demás por nosotros mismos. Una de las primeras cosas que se aprenden con el inspector jefe Gamache es que las reacciones de los demás no son las nuestras. Y las de un asesino son todavía más raras. Este caso no empezó con el golpe en la cabeza. Empezó años atrás, con otro tipo de golpe. A nuestro asesino le ocurrió algo que nosotros podríamos considerar insignificante, trivial incluso, pero que a él lo destrozó. Un acontecimiento, un desaire, una discusión a la que casi todo el mundo restaría importancia con un encogimiento de hombros. Los asesinos no. Ellos van rumiando; se lo guardan todo, guardan resentimientos. Y esos resentimientos van creciendo. Los asesinatos responden a emociones. Emociones que se vuelven malignas y se desatan. Recuérdalo. Y nunca des por hecho que sabes lo que piensa otra persona, y mucho menos lo que siente.

Era la primera lección que le había dado el inspector jefe Gamache, y ahora ella la pasaba a su propio *protégé*. Para encontrar a un asesino sigues las pistas, sí. Pero también las emociones. Las que apestan, las infectas y pútridas. Sigues el cieno. Y ahí, acorralada, encuentras a tu presa.

Había otras lecciones, muchas más. Ya se las iría enseñando.

Eso iba pensando al cruzar el puente. Pensaba y le preocupaba. Esperaba ser capaz de traspasar a aquel joven la suficiente sabiduría, las herramientas necesarias para capturar a un asesino.

—Nathaniel —dijo Morin al tiempo que se levantaba para encaminarse a su ordenador—. ¿Es el nombre de su marido o de su hijo?

—De mi marido —contestó Lacoste un poco desconcertada. Al final, sí lo había visto.

Sonó el teléfono. Era la forense. Quería hablar con el inspector jefe Gamache urgentemente.

DIEZ

A petición del inspector jefe, Marc y Dominique Gilbert estaban enseñándole la casa y acababan de detenerse frente a una habitación que Gamache conocía muy bien. Había sido el dormitorio principal de la antigua casa Hadley, la habitación de Timmer Hadley.

Allí habían ocurrido dos crímenes.

Miró la puerta cerrada, con su capa reciente de pintura de un blanco deslumbrante, y se preguntó qué habría detrás. Dominique abrió la puerta de par en par y la luz del sol salió a raudales. Gamache no pudo ocultar su sorpresa.

—Cambiada, ¿eh? —dijo Marc Gilbert, sin duda complacido con aquella reacción.

La habitación era sencillamente asombrosa. Habían quitado todos los adornos y cachivaches añadidos a lo largo de varias generaciones. Las molduras ornamentadas, la oscura repisa de la chimenea, los cortinajes de terciopelo que impedían el paso de la luz con el peso del polvo acumulado, del temor, de los reproches victorianos. Todo había desaparecido. También aquella pesada cama de cuatro postes, de tan mal agüero.

Habían devuelto a la habitación su estructura básica, líneas limpias que ponían de relieve sus proporciones elegantes. Las cortinas tenían rayas anchas de verde salvia y gris, y dejaban pasar la luz. Cada ventana tenía en su dintel superior una vidriera. Original. De más de un siglo de antigüedad. La luz derramaba colores juguetones por la habitación. Los suelos, recién barnizados, brillaban. La cama, de tamaño extra, tenía un cabecero tapizado y sábanas blancas, sencillas y frescas. Habían preparado un fuego en el hogar, dispuesto para el primer huésped.

—Tiene baño propio —dijo Dominique.

Era alta y grácil. De cuarenta y tantos años, pensó Gamache; llevaba unos vaqueros, una camisa blanca sencilla y el pelo rubio suelto. Transmitía un aire de tranquila confianza en sí misma y de bienestar. Tenía las manos manchadas de pintura blanca y llevaba las uñas cortas.

Junto a ella, Marc Gilbert sonreía, feliz de enseñar su creación. Y Gamache sabía mejor que nadie que la resurrección de la antigua casa Hadley era un acto de creación.

Marc también era alto, por encima del metro ochenta. Un poco más alto que Gamache, y unos diez kilos más ligero. Llevaba el pelo corto, casi afeitado, como si se estuviera quedando calvo. Sus ojos eran de un azul alegre y penetrante y tenía una actitud cordial, enérgica. Sin embargo, así como su mujer parecía relajada, Marc Gilbert estaba algo tenso. No nervioso, sino más bien ansioso por gustar.

«Quiere mi aprobación —pensó Gamache—. No es tan raro, si tenemos en cuenta que me están enseñando un proyecto muy importante para ellos.»

Dominique le mostró el baño, con sus baldosas de cristal color aguamarina, bañera tipo *spa* y zona de ducha aparte. Estaba orgullosa de su trabajo, pero no parecía necesitar que Gamache lo alabara demasiado.

En cambio, su marido sí.

Fue fácil darle lo que quería. Gamache estaba impresionado de verdad.

—Y la semana pasada instalamos esta puerta —dijo Marc.

Abrió una puerta del baño y salieron a una terraza. Daba a la parte trasera de la casa, a los jardines y el campo que había detrás.

Había una mesa con cuatro sillas.

—He pensado que os apetecería —dijo una voz detrás de ellos.

Marc corrió a coger la bandeja de manos de su madre. Había colocado en ella cuatro vasos de té helado y unos bollitos.

—¿Nos sentamos?

Dominique indicó la mesa y Gamache apartó una silla para Carole.

—*Merci* —dijo la señora, y se sentó.

—Por las segundas oportunidades —propuso el inspector jefe.

Levantó su vaso de té helado y, mientras brindaban, los observó. A las tres personas atraídas hacia aquella casa triste, violada, abandonada. Que le habían insuflado una nueva vida.

Y la casa les había devuelto el favor.

—Bueno, aún hay mucho por hacer —apuntó Marc—. Pero vamos avanzando.

—Esperamos recibir nuestros primeros huéspedes para Acción de Gracias —dijo Dominique—. Si Carole se dignara mover el *derrière* y trabajara un poquito... Pero se ha negado a cavar unos agujeros para los postes de la valla, o a echar cemento.

—A lo mejor esta tarde —repuso Carole Gilbert riendo.

—He visto que tienen algunas antigüedades. ¿Las han traído de su casa? —preguntó Gamache.

Carole asintió.

—Hemos puesto algunas de nuestras pertenencias, pero aun así hemos tenido que comprar muchas cosas.

—¿A Olivier?

—Algunas. —Era la respuesta más seca que había recibido hasta el momento. Esperó un poco más—. Le compramos una alfombra preciosa —añadió Dominique—. La que está en el vestíbulo delantero, creo.

—No, está en el sótano —la contradijo Marc con voz cortante.

Intentó suavizar el tono con una sonrisa, pero no funcionó demasiado bien.

—Y unas cuantas sillas, creo —dijo Carole rápidamente.

Aquello suponía una centésima parte de los muebles de la casona laberíntica. Gamache bebió un sorbo de té, mirándolos a los tres.

—Encontramos las demás cosas en Montreal —aclaró Marc—. En la calle Notre Dame. ¿La conoce?

Gamache asintió y oyó a Marc explicar sus recorridos por la famosa calle, repleta de tiendas de anticuarios. Algunas no eran más que simples almonedas, pero en otras tenían cosas realmente bonitas, antigüedades muy valiosas.

—El Viejo Mundin nos restaura algunas cosas que compramos en saldos de mudanzas. ¡No se lo diga a los huéspedes! —exclamó Dominique, risueña.

—¿Por qué no le han comprado más cosas a Olivier?

Las mujeres se concentraron en los bollos y Marc jugueteó con el hielo de su bebida.

—Sus precios nos parecen un poco altos, inspector jefe —respondió Dominique al fin—. Habríamos preferido comprarle las cosas a él, pero...

Aunque la respuesta ya flotaba en el aire, Gamache guardó silencio. Al final habló Marc.

—Íbamos a comprarle mesas y camas. Habíamos hecho todos los arreglos, y entonces descubrimos que quería cobrarnos el doble de lo que había pedido por ellas en un principio.

—Bueno, Marc, tampoco lo sabemos seguro... —intervino su madre.

—Casi seguro. Bueno, el caso es que cancelamos el pedido. Ya puede imaginarse cómo le sentó eso.

Dominique había guardado silencio durante toda la conversación. Entonces habló:

—Yo sigo creyendo que deberíamos haber pagado, o haber hablado con él tranquilamente de este asunto. Es nuestro vecino, al fin y al cabo.

—No me gusta que me timen —dijo Marc.

—A nadie le gusta —concedió Dominique—, pero hay formas mejores de manejarlo. Quizá deberíamos haber pagado, sencillamente. Mira lo que ha pasado ahora.

—¿Qué ha pasado? —preguntó Gamache.

—Bueno, Olivier es una persona importante en Three Pines —contestó Dominique—. Si lo haces enfadar, pagas el pato. No nos sentimos demasiado cómodos en el pueblo y estamos seguros de que no somos bien recibidos en el *bistrot*.

—Me han contado que hablaron con el personal de Olivier.

Marc enrojeció.

—¿Quién le ha contado eso? ¿Ha sido Olivier? —saltó.

—¿Es verdad?

—¿Y qué, si lo es? Él les paga un sueldo prácticamente de esclavos.

—¿Aceptó alguien venirse con ustedes?

Marc dudó y luego admitió que no.

—Pero sólo porque él les subió el sueldo. Al menos les hicimos ese favor...

Dominique los miraba mientras hablaban, incómoda, y entonces cogió la mano de su marido.

—Estoy segura de que también fue por lealtad a Olivier. Parece que les cae bien.

Marc resopló y refrenó su ira como pudo. Aquel hombre, se dio cuenta Gamache, no estaba acostumbrado a no salirse con la suya. Su mujer por lo menos entendía que todo aquello tenía mala pinta y se esforzaba por parecer razonable.

—Ahora va hablando mal de nosotros por todo el pueblo —dijo Marc, sin cejar.

—Ya se le pasará —intervino Carole mirando a su hijo con preocupación—. Esa pareja de artistas han sido agradables.

—Peter y Clara Morrow —especificó Dominique—. Sí. Me caen bien. Ella dice que le gustaría montar a caballo cuando lleguen los animales.

—¿Y cuándo será eso? —preguntó Gamache.

—Hoy mismo.

—*Vraiment?* Será muy agradable para ustedes. ¿Cuántos?

—Cuatro —dijo Marc—. Purasangres.

—En realidad, creo que has cambiado un poco de idea, ¿no? —Carole se volvió hacia su nuera.

—¿Ah, sí? Pensaba que querías purasangres —dijo Marc a Dominique.

—Sí, pero luego he visto algunos caballos de caza y me han parecido más apropiados para alguien que vive en el campo. —Miró a Gamache de nuevo—. No es que piense ir de caza. Es una raza de caballo.

—Que se usa para saltar —dijo él.

—¿Monta usted?

—Antes me gustaba, aunque no a ese nivel. Ahora llevo años sin subirme a un caballo.

—Pues tiene que venir... —propuso Carole, aunque todos sabían que era casi imposible que se embutiera en unos pantalones de montar y se subiera a un caballo. Pero él sonrió al imaginar lo que haría Gabri con una invitación semejante.

—¿Cómo se llaman? —preguntó Marc.

Dominique dudó y su suegra saltó:

—Es difícil acordarse, ¿verdad? Pero ¿no había uno que se llamaba *Trueno*?

—Sí, es verdad. *Trueno, Soldado, Troyano* y... ¿cómo era el otro?

Se volvió hacia Carole.

—*Relámpago*.

—¿De verdad? ¿*Trueno* y *Relámpago*? —preguntó Marc.

—Son hermanos —dijo Dominique.

Terminados los tés y reducidos a migas los bollitos, se levantaron para entrar de nuevo en la casa.

—¿Por qué se han mudado aquí? —inquirió Gamache mientras bajaban a la planta principal.

—*Pardon?* —preguntó Dominique.

—¿Por qué se han mudado al campo, y a Three Pines en particular? No es un sitio fácil de encontrar, precisamente.

—Nos gusta.

—¿No quieren que los encuentren? —preguntó Gamache. Había sentido del humor en su voz, pero su mirada era incisiva.

—Buscábamos paz y tranquilidad —respondió Carole.

—Buscábamos un desafío —dijo su hijo.

—Buscábamos un cambio. ¿Te acuerdas? —Dominique se volvió hacia su marido y luego de nuevo hacia Gamache—. Los dos teníamos trabajos muy importantes en Montreal, pero estábamos cansados. Quemados.

—Eso no es del todo cierto... —protestó Marc.

—Bueno, casi... No podíamos seguir así. No queríamos seguir así.

Y lo dejó ahí. Comprendía que Marc no quisiera aceptar lo que había ocurrido. El insomnio, los ataques de pánico. Tener que parar el coche en la autopista de Ville Marie para recuperar el aliento. Tener que arrancar casi las manos del volante. Estaba perdiendo los papeles.

Había ido a trabajar así un día tras otro. Semanas, meses. Un año. Hasta que al final reconoció ante Dominique cómo se sentía. Se fueron a pasar un fin de semana fuera, el primero desde hacía años, y hablaron.

Aunque ella no tenía ataques de pánico, sí que sentía algo. Un vacío creciente. Una sensación de futilidad. Cada mañana se despertaba y tenía que convencerse de que lo que hacía importaba. Publicidad.

Cada vez era más difícil vender.

Entonces Dominique recordó algo enterrado y olvidado desde hacía mucho tiempo. Un sueño que tenía desde la niñez. Vivir en el campo y tener caballos.

Quería llevar un hostal. Acoger a los demás, mimarlos. No tenían hijos, y sentía una fuerte necesidad de cuidar a alguien. Así que dejaron Montreal, dejaron las exigencias de unos trabajos demasiado estresantes, de unas vidas demasiado superficiales. Y llegaron a Three Pines, con los bolsillos repletos de dinero, para curarse. Y luego curar a los demás.

Ciertamente, habían curado la herida de aquella casa.

—Vimos un anuncio de esta propiedad en la *Gazette* un sábado, vinimos en coche y la compramos —dijo Dominique.

—Dicho así, parece muy sencillo —comentó Gamache.

—En realidad lo fue, en cuanto decidimos lo que queríamos.

Y, mirándola, Gamache se lo creyó. Ella sabía algo muy poderoso, algo que la mayoría de la gente nunca llegaba a averiguar: que las personas labran su destino.

Eso la hacía formidable.

—¿Y usted, señora? —Gamache se volvió a Carole Gilbert.

—Ah, yo llevaba ya un tiempo jubilada.

—En Quebec, supongo.

—Exacto. Dejé el trabajo y me trasladé después de la muerte de mi marido.

—*Désolé*.

—No tiene importancia. Fue hace muchos años. Pero cuando Marc y Dominique me invitaron a venir aquí, me pareció divertido.

—¿Era usted enfermera? Sería muy útil en un *spa*.

—Espero que no... —Se rió—. No creo que tengas intención de herir a nadie, ¿verdad? —preguntó a Dominique—. Si he de ayudarlos yo, que Dios los proteja.

Regresaron lentamente hasta el salón y el inspector jefe se detuvo junto a las ventanas que iban del techo al suelo. Luego se volvió hacia la sala.

—Gracias por la visita. Y por el té. Pero tengo que hacerles algunas preguntas.

—Sobre el crimen del *bistrot* —dijo Marc, y se acercó un poco más a su mujer—. Me parece tan fuera de lugar en este pueblo, un crimen...

—Sí, eso parece, ¿verdad? —dijo Gamache, y se preguntó si alguien les habría contado la historia de su propio hogar. Probablemente no constara en la ficha del agente de la propiedad inmobiliaria—. Bueno, para empezar, ¿han visto ustedes a algún desconocido rondando por aquí?

—Todo el mundo es desconocido para nosotros —contestó Carole—. A estas alturas conocemos a la mayoría de la gente del pueblo, al menos de vista, pero este fin de semana esto estaba lleno de personas que no habíamos visto nunca.

—Ese hombre debía de ser fácil de reconocer. Parecía un vagabundo.

—Pues no, yo no he visto a nadie así —dijo Marc—. ¿Y tú, mamá?

—A nadie.

—¿Dónde estuvieron ustedes la noche del sábado y a primera hora de la mañana del domingo?

—Marc, creo que tú te fuiste a la cama el primero. Suele ser así. Dominique y yo nos quedamos viendo el telediario en Radio Canadá y luego también subimos.

—Hacia las once, ¿verdad? —preguntó Dominique.

—¿Se levantó alguno de ustedes por la noche?

—Yo sí —respondió Carole—. Un momento. Para ir al baño.

—¿Por qué nos pregunta todo esto? —quiso saber Dominique—. El asesinato tuvo lugar abajo, en el *bistrot*. No tiene nada que ver con nosotros.

Gamache se volvió y señaló hacia la ventana.

—Se lo pregunto por esto.

Miraron por la ventana. Abajo, en el pueblo, había gente cargando maletas en algunos coches. Abrazos de despedida y gritos para llamar a los niños que, remolones, seguían correteando por el parque. Una mujer joven subía a paso rápido hacia ellos por la rue du Moulin.

—Éste es el único lugar de Three Pines con vistas a todo el pueblo, y sólo desde aquí se ve de frente el interior del *bistrot*. Si el asesino encendió las luces, podrían haberlo visto.

—Nuestros dormitorios dan a la parte de atrás —señaló Dominique.

Gamache ya se había fijado en eso.

—Cierto. Pero esperaba que alguno de ustedes sufriera de insomnio.

—Lo siento, inspector jefe. Dormimos como troncos, aquí por la noche todo está muerto.

Gamache no comentó que los muertos de la antigua casa Hadley nunca habían descansado bien.

Justo entonces sonó el timbre y los Gilbert se sobresaltaron un poco, ya que no esperaban a nadie. Pero Gamache sí. Había observado el progreso de la agente Lacoste subiendo por el parque y por la rue du Moulin.

Había pasado algo.

—¿Puedo hablar con usted en privado? —preguntó Isabelle Lacoste al jefe tras las presentaciones de rigor.

Los Gilbert se retiraron. En cuanto los vio desaparecer, la agente Lacoste se volvió hacia Gamache.

—Ha llamado la forense. A la víctima no la mataron en el *bistrot*.

ONCE

Myrna llamó a la puerta del *bistrot* y, a continuación, la abrió.

—¿Estáis bien? —preguntó, proyectando la voz suave hacia la zona de luz mortecina.

Era la primera vez, desde que vivía en Three Pines, que veía el *bristrot* a oscuras durante el día. Olivier abría incluso el día de Navidad.

El dueño del establecimiento estaba sentado en una butaca, con la mirada perdida. Volvió la cara hacia ella y sonrió.

—Estoy bien.

—¿BIEN? ¿Como en el verso de Ruth? ¿Barrido, Inseguro, Egocéntrico y Neurótico?

—Más o menos.

Myrna se sentó frente a él y le ofreció una taza de té que le llevaba desde su librería. Fuerte, caliente, con leche y azúcar. Canadiense, marca Red Rose. Nada de moderneces.

—¿Quieres hablar?

Se sentó despacio, contemplando a su amigo. Conocía su rostro y había visto los diminutos cambios que había ido experimentando a lo largo de los años. Le habían aparecido patas de gallo en los ojos, el cabello rubio y fino había empezado a clarear. Lo que no había cambiado, al menos según su parecer, era lo invisible, pero no por ello menos obvio: su amabilidad, su buen corazón. Era el primero en llevar sopa a alguien que estuviese enfermo o visitarlo en el hospital. En leer en voz alta a cualquiera que estuviera débil o cansado o demasiado agotado para hacerlo solo. Gabri, Myrna y Clara organizaban a los vecinos para ayudar en cualquier cosa y, cuando llegaban, encontraban a Olivier ya allí.

Y ahora les tocaba a ellos ayudarlo.

—No sé si quiero volver a abrir.

Myrna bebió un poco de té y asintió.

—Es comprensible. Estás dolido. Tiene que haber sido un golpe terrible verlo aquí. Para mí lo fue, y eso que no estaba en mi casa.

«No tienes ni idea», pensó Olivier. No dijo nada, pero se puso a mirar por la ventana. Vio al inspector jefe Gamache y a la agente Lacoste, que bajaban por la rue du Moulin desde la antigua casa Hadley. Rogó que siguieran adelante. Que no entraran. Con sus miradas penetrantes y sus preguntas afiladas.

—No sé si debería venderlo, irme a otro sitio.

Aquello sorprendió a Myrna, pero no lo demostró.

—¿Por qué? —le preguntó con amabilidad.

Él negó con la cabeza y se miró las manos, que reposaban en el regazo.

—Todo está cambiando. Todo ha cambiado ya. ¿Por qué no pueden ser las cosas como antes? Se llevaron mis atizadores de la chimenea, ¿sabes? Creo que Gamache piensa que fui yo.

—Seguro que no. Olivier, mírame —le dijo con tono enérgico—. No importa lo que piense. Nosotros sabemos la verdad. Y tú has de saber una cosa... Te queremos. ¿Crees que venimos aquí todos los días sólo por la comida?

Él asintió y sonrió levemente.

—¿O sea, que no es por los *croissants*? ¿Por el vino tinto? ¿Ni siquiera por el pastel de chocolate?

—Bueno, sí, vale. A lo mejor por el pastel sí... Mira, venimos aquí por ti. Tú eres la atracción del local. Te queremos, Olivier.

Olivier levantó la mirada hacia ella. Hasta entonces no se había dado cuenta de que temía que su afecto fuera condicional. Era el propietario del *bistrot*, el único de la ciudad. A todos les gustaba porque era cálido y acogedor. Por la comida y la bebida. Hasta ahí llegaba lo que sentían por él. Lo querían por lo que les daba. Por lo que les vendía.

Sin el *bistrot*, para ellos no era nada.

¿Cómo podía saber Myrna algo que él ni siquiera se había reconocido a sí mismo? Mientras la miraba, ella sonrió. Llevaba uno de aquellos caftanes tan llamativos que solía ponerse. Para su cumpleaños, que ya se acercaba, Gabri le había hecho uno de invierno, de franela. Olivier se la imaginaba en su tienda como una bola enorme y cálida de franela.

El mundo, que llevaba unos días asfixiándolo, aflojó un poquito su presa.

—Vamos a la Feria del Condado de Brume. Es el último día. ¿Qué dices? ¿Te interesan el algodón de azúcar, la gaseosa con sabor a vainilla y las hamburguesas de búfalo? He oído decir que esta tarde Wayne exhibe su camada de lechones. Sé que te gustan mucho los cerditos.

Una vez, sólo una vez, durante la feria anual del condado él les había pedido que fueran al puesto de los cerdos a ver a las crías. Y había pasado a ser el tipo de los cerditos para siempre. De todos modos, no le importaba que lo llamaran así. Era verdad, le gustaban los cerdos. Tenía mucho en común con ellos, sospechaba. Y sin embargo, negó con la cabeza.

—No estoy de humor, me temo. Pero id vosotros. Traedme un animal de peluche.

—¿Quieres que te haga compañía? Podría quedarme...

Sabía que lo decía de verdad. Pero necesitaba estar solo.

—Gracias, pero estoy Barrido, Inseguro, Egocéntrico y Neurótico.

—Bueno, mientras te encuentres bien... —dijo Myrna al tiempo que se levantaba. Después de ejercer varios años como psicóloga, sabía cuándo escuchar a los demás. Y cuándo dejarlos solos.

Olivier vio a través del ventanal que Myrna, Peter, Clara, Ruth y la pata *Rosa* se metían en el coche de los Morrow.

Lo saludaron y él les devolvió el gesto, alegremente. En vez de agitar la mano en el aire, Myrna se limitó a despedirse con una inclinación de cabeza. Él dejó caer la mano, la miró a los ojos y la imitó.

La había creído cuando le había dicho que todos lo querían. Pero también sabía que en realidad el hombre al que afirmaban querer no existía. Era una ficción. Si conociesen al auténtico Olivier, lo echarían a patadas de sus vidas y tal vez incluso del pueblo.

Mientras el coche subía resoplando colina arriba, hacia la Feria del Condado de Brume, oyó de nuevo aquellas palabras. Las de la cabaña escondida entre los bosques. Notó el olor a humo de leña, a hierbas secas. Y vio al ermitaño. Sano. Vivo. Asustado.

Y oyó de nuevo el cuento. Que no era simplemente un cuento, como bien sabía Olivier.

Había una vez un Rey de la Montaña que vigilaba un tesoro. Lo enterró muy hondo, y le hizo compañía durante milenios. Los demás dioses estaban celosos y furiosos, y le advirtieron que si no compartía su tesoro con ellos harían algo terrible.

Pero el Rey de la Montaña era el más poderoso de los dioses, de modo que se rió, sin más, sabiendo que los otros no podían hacerle nada. No había ataque que no pudiera repeler, y hasta devolver con doble fuerza. Era invencible. Se preparó para el ataque. Lo esperó. Pero nunca llegó.

No pasó nada. Nunca.

Ni un proyectil, ni un venablo, ni un caballo de guerra, ni un jinete, ni un perro, ni un ave. Ni una semilla lanzada por el viento. Ni siquiera el viento.

Nada. Nunca.

El silencio fue lo primero que le afectó, y luego el tacto.

Nada lo tocaba. Ni una brisa rozaba su superficie rocosa. Ni una sola hormiga trepaba por él, ni un solo pájaro se posaba, ni un solo gusano horadaba en él un túnel.

No sentía nada.

Hasta que un día llegó un joven.

Olivier se obligó a regresar al *bistrot*, con el cuerpo tenso y los músculos fatigados. Se había clavado las uñas en las palmas de las manos.

¿Por qué?, se preguntó por millonésima vez. ¿Por qué lo había hecho?

Antes de salir para ir a ver a la forense, el inspector jefe se dirigió al papel pegado en la pared de su Centro de Operaciones. El inspector Beauvoir había escrito con mayúsculas en tinta roja:

¿QUIÉN ERA LA VÍCTIMA?
¿POR QUÉ LO MATARON?
¿QUIÉN LO MATÓ?
¿CUÁL FUE EL ARMA DEL CRIMEN?

Con un suspiro, el inspector jefe añadió dos líneas más:

¿DÓNDE LO MATARON?
¿POR QUÉ LO TRASLADARON?

Hasta el momento, en su investigación habían encontrado más preguntas que respuestas. Pero de ahí era de donde venían las respuestas, precisamente. De las preguntas. Gamache estaba algo perplejo, aunque no del todo insatisfecho.

Jean Guy Beauvoir ya estaba esperándolo cuando llegó al hospital de Cowansville, así que los dos entraron juntos, bajaron la escalera y se dirigieron al sótano, donde se guardaban los archivos y los muertos.

—He llamado en cuanto me he dado cuenta de lo que estaba viendo —dijo la doctora Harris, después de saludarlos.

Los llevó hasta la sala de autopsias, muy iluminada por fluorescentes. El muerto estaba desnudo encima de una camilla de acero. Gamache deseó que le hubieran echado una manta por encima. Parecía helado. Y efectivamente, lo estaba.

—Hubo algo de hemorragia interna, pero no la suficiente. Esta herida —añadió al tiempo que indicaba la nuca de la víctima, hundida— tuvo que dejar empapada de sangre la superficie en la que cayó el cuerpo.

—Casi no había sangre en el suelo del *bistrot* —recordó Beauvoir.

—Lo mataron en otro sitio —dijo la forense con certeza.

—¿Dónde? —preguntó Gamache.

—¿Quieres una dirección?

—Si no te importa... —respondió el inspector jefe con una sonrisa.

La forense le sonrió también.

—No lo sé, desde luego, pero sí que he averiguado algunas cosas que podrían resultar interesantes.

Se encaminó hacia la mesa de análisis, donde se encontraban algunos frascos etiquetados. Tendió uno al inspector jefe.

—¿Recuerdas aquellos fragmentos blancos que dije que había visto en la herida? Pensé que podían ser de ceniza. O de hueso, o quizá incluso caspa. Bueno, pues no era ninguna de esas cosas.

Gamache tuvo que ponerse las gafas para ver el diminuto fragmento blanco que se encontraba en el interior del frasco. Luego, leyó la etiqueta.

«Parafina encontrada en la herida.»

—¿Parafina? ¿Una especie de cera?

—Sí, normalmente se llama así, cera parafina. Tal vez sepas que es un material muy anticuado. Se usaba para hacer velas, pero luego lo sustituyeron por otros tipos de ceras más estables.

—Mi madre lo usa todavía para hacer conservas —dijo Beauvoir—. Se funde encima del bote y así queda sellado, ¿verdad?

—Así es —respondió la doctora Harris.

Gamache se volvió hacia Beauvoir.

—¿Y sabes dónde estaba tu madre el sábado por la noche?

El inspector se echó a reír.

—Al único que amenaza con partirle la crisma es a mí. No representa amenaza alguna para la sociedad en su conjunto.

Gamache devolvió el frasco a la forense.

—¿Tienes alguna teoría?

—Estaba tan hundido en la herida que, o bien se encontraba ya en la cabeza del hombre antes de que lo mataran, o procede del arma del crimen.

—¿Un bote de conservas? —preguntó Beauvoir.

—Cosas más raras se han usado... —dijo Gamache, aunque no se le ocurría ninguna.

El inspector negó con la cabeza. Tenía que ser un anglosajón. ¿Quién si no podía convertir un bote de pepinillos en vinagre en un arma?

—¿De modo que no fue un atizador? —preguntó Gamache.

—A menos que estuviera muy limpio, no. No había restos de ceniza. Sólo eso. —Señaló el frasco—. Y hay algo más. —La doctora Harris acercó una silla de laboratorio a la mesa de trabajo—. En la parte trasera de su ropa hemos encontrado esto. Muy débil, pero presente.

Le tendió a Gamache el informe del laboratorio y señaló una línea determinada. Gamache leyó.

—Poliuretano acrílico y óxido de aluminio... ¿Qué es?

—Varathane —respondió Beauvoir—. Acabamos de arreglar los suelos de casa. Se usa para sellarlo después de lijarlo.

—No sólo para los suelos —añadió la doctora Harris, volviendo a coger el frasco—. Se usa en muchos artículos de madera. Aparte de la herida en la cabeza, el hombre se encontraba en buena forma. Podría haber vivido veinticinco o treinta años más.

—Veo que había comido pocas horas antes de que lo mataran —dijo Gamache leyendo el informe de la autopsia.

—Vegetariano. Orgánico, creo. Lo he mandado analizar —explicó la forense—. Una comida vegetariana muy sana. No es lo que suelen comer los vagabundos.

—Alguien pudo invitarlo a cenar y luego matarlo —dijo Beauvoir.

La doctora Harris dudó.

—Lo he pensado y, sí, es una posibilidad.

—¿Pero? —añadió Gamache.

—Pero parece que este hombre comía siempre así. No era algo ocasional.

—Así que, o bien se hacía él mismo la comida y había decidido comer sano —propuso Gamache—, o bien otros cocinaban para él y eran vegetarianos.

—Eso es —dijo la forense.

—No veo alcohol ni drogas. —En aquel momento era Beauvoir quien examinaba el informe.

La doctora Harris asintió.

—No creo que fuera un sin techo. No sé si alguien cuidaba a este hombre, pero, desde luego, él sí se cuidaba.

«Qué epitafio más maravilloso —pensó Gamache—. Se cuidaba.»

—Quizá fuera un «apocalíptico» —sugirió Beauvoir—. Ya sabes, uno de esos chiflados que se van de la ciudad y se esconden en los bosques pensando que el mundo se va a acabar.

Gamache se volvió para mirar al inspector. Era una idea interesante.

—Estoy desconcertada, la verdad —admitió la forense—. Se ve que le dieron un solo golpe, definitivo, en la parte de atrás de la cabeza. Eso ya es poco habitual. Acertar con un solo golpe... —La doctora Harris negó con la cabeza mientras sus palabras quedaban suspendidas en el aire—. Normalmente, la persona que consigue hacer acopio del valor suficiente para dar un porrazo a alguien y matarlo está sometida a una gran emoción. Es algo tormentoso. Están histéricos, no pueden parar. Dan muchos golpes. Uno solo, como en este caso...

—¿Qué te dice eso? —preguntó Gamache sin dejar de observar el cráneo hundido.

—Que no fue un arrebato de pasión. —La doctora se volvió hacia él—. Hubo pasión, sí, pero también era algo planeado. Quien lo hizo estaba furioso. Pero controlaba su furia.

Gamache levantó las cejas. Aquello era raro. Extremadamente raro. Y desconcertante. Era como intentar domi-

nar una manada de sementales salvajes, coceando y enca-
britados, con los ollares dilatados y agitando los cascos.

¿Quién era capaz de controlar algo así?

Su asesino.

Beauvoir miró al jefe y el jefe miró a Beauvoir. Aquello
no tenía buena pinta.

Gamache volvió a examinar el cadáver que yacía en la
fría camilla. Si era un apocalíptico, su estrategia no había
funcionado. Si aquel hombre temía el advenimiento del fin
del mundo, no se había alejado lo suficiente, no se había
adentrado lo bastante en las tierras vírgenes canadienses.

El fin del mundo había dado con él.

DOCE

De pie junto a su suegra, Dominique Gilbert miraba hacia el camino de tierra. De vez en cuando tenían que apartarse a un lado porque de Three Pines salía algún coche lleno de gente que se dirigía a la feria, en su último día, o regresaba temprano a la ciudad para evitar las horas punta.

Ellas no miraban hacia Three Pines, sino hacia el otro lado. Hacia la carretera que conducía a Cowansville. Y a los caballos.

A Dominique todavía le sorprendía haber olvidado tan por completo su sueño de la niñez. Sin embargo, tal vez no fuera tan sorprendente, porque también había soñado que se casaría con Keith, de la familia Partridge, y que descubrían que ella era la hija pequeña de la familia Romanov. Su fantasía de tener caballos había desaparecido con todos los otros sueños improbables, reemplazada por reuniones de trabajo y citas con clientes, gimnasios y ropa cada vez más cara. Hasta que al final el vaso quedó colmado y se volcó, y todos los ascensos y vacaciones y tratamientos de *spa* se volvieron absolutamente irrelevantes. Pero en el fondo de aquel vaso, lleno de objetivos y triunfos, quedaba una última gota.

Su sueño. Un caballo propio.

De niña había montado. Con la melena al viento y las riendas de cuero ligeras en las manos, se sentía libre. Y a salvo. Las pasmosas preocupaciones de una niñita muy seria, olvidadas.

Años más tarde, cuando la insatisfacción se había convertido en desesperanza, cuando su espíritu se fue cansando, cuando apenas podía levantarse de la cama por las mañanas, el sueño había reaparecido. Como la caballería, como la Policía Montada del Canadá, que acudía a rescatarla al galope.

Los caballos la salvarían. Aquellas criaturas magníficas, tan llenas de amor a sus jinetes que atacaban en plena batalla con ellos, entre explosiones, terror, aullidos de hombres y de armas. Si su jinete les decía que avanzaran, allá iban.

¿A quién no le encantaría algo así?

Dominique se había despertado una mañana sabiendo lo que había que hacer. Por su cordura. Por su alma. Tenían que abandonar sus trabajos, comprar una casa en el campo. Y criar caballos.

En cuanto compraron la antigua casa Hadley y Roar empezó a trabajar en el granero, Dominique fue a buscar sus caballos. Había pasado meses investigando la raza perfecta, el temperamento perfecto. La altura, el peso, incluso el color. ¿Crin blanca, pinto? Todas las palabras de su niñez volvían a ella. Los retratos arrancados de calendarios y sujetos con cinta adhesiva a la pared, junto al cartel de Keith Partridge. El caballo negro cuatralbo, el potente semental gris, erguido sobre las patas traseras, el caballo árabe, noble, digno, fuerte.

Finalmente, Dominique se había decidido por cuatro cazadores magníficos. Altos, brillantes, dos zainos, uno negro y otro todo blanco.

—Creo que he oído un camión... —dijo Carole cogiéndole la mano a su nuera y apretándosela ligeramente, como si fuera una rienda.

Divisaron un camión. Dominique alzó una mano para saludar. El vehículo redujo la velocidad, luego siguió las indicaciones de la mujer para entrar en el patio y se detuvo junto a las caballerizas, totalmente nuevas.

Mientras sacaban a los cuatro caballos del camión, sus cascos resonaron en la rampa de madera. Cuando estuvieron todos en el patio, el conductor se acercó a las mujeres, arrojó un cigarrillo al suelo y lo aplastó bajo la suela.

—Tiene que firmar aquí, madame. —Y le tendió la carpeta.

Dominique la cogió, firmó sin apartar apenas la mirada de los caballos y luego entregó una propina al conductor.

Él la aceptó y después miró a las dos mujeres apabulladas y a los caballos.

—¿Están seguras de que quieren quedárselos?

—Estoy segura, sí, gracias —contestó Dominique con más confianza de la que sentía.

Ahora que estaban allí de verdad, ahora que el sueño era una realidad, se daba cuenta de que no sabía qué hacer con un caballo. Y mucho menos con cuatro. El conductor pareció compadecerse.

—¿Quiere que se los meta en los establos?

—No, es igual. Ya podemos nosotras. *Merci*.

Quería que se fuera rápidamente. No quería que presenciara sus dudas, su torpeza, su ineptitud. Dominique Gilbert no estaba acostumbrada a cometer errores, pero sospechaba que estaba a punto de familiarizarse con aquella sensación.

El conductor maniobró con el camión vacío y se alejó. Carole se volvió hacia Dominique y le dijo:

—Bueno, *ma belle*, sospecho que no lo haremos peor que sus anteriores propietarios.

Mientras el camión se dirigía de vuelta a Cowansville, vieron fugazmente una palabra escrita en la puerta trasera: *Abattoir*. Con unas letras muy gruesas y negras, de modo que no podía caber duda alguna de que procedía del matadero. A continuación, las dos mujeres se volvieron hacia los cuatro patéticos animales que tenían al lado. Apelmazados, con los ojos nublados y el lomo hundido, los cascos descuidados y el pelaje cubierto de barro y de llagas.

—«Campanas en el cielo sonarían» —susurró Carole.

Dominique no sabía nada de las campanas celestiales, pero la cabeza sí le resonaba como una de ellas. ¿Qué narices había hecho? Se adelantó con una zanahoria y se la ofreció al primer caballo, una yegua destrozada llamada *Buttercup*. El animal dudó, nada acostumbrado a la amabilidad. Luego dio unos pasos hacia Dominique y, con unos labios grandes y elocuentes, le cogió la zanahoria de la mano.

Dominique había cancelado la compra de los magníficos cazadores y había decidido comprar unos caballos destinados al matadero. Si esperaba que la salvaran, lo mínimo que podía hacer era salvarlos ella primero.

Al cabo de una hora y media, Dominique, Carole y los cuatro caballos estaban todavía ante las cuadras. Pero ya se había unido a ellas un veterinario.

—En cuanto los haya lavado, tendrá que ponerles esto en las llagas. —Ofreció a Dominique un cubo de ungüento—. Dos veces al día, mañana y tarde.

—¿Se pueden montar? —preguntó Carole sujetando el ronzal del caballo más grande. Íntimamente sospechaba que en realidad no se trataba de un caballo, sino de un alce. Se llamaba *Macaroni*.

—*Mais oui*. Las animo a que lo hagan. —Caminaba en torno a ellos de nuevo, tocando con sus manos grandes y firmes a los pobres animales—. *Pauvre cheval* —susurró al oído de la vieja yegua, *Buttercup*. Se le había caído casi toda la crin y tenía el rabo ralo y el pelaje desaliñado—. Necesitan ejercicio, buena comida y agua. Pero lo que necesitan sobre todo es atención.

El veterinario meneó con pena la cabeza al acabar el examen.

—La buena noticia es que ninguno de ellos tiene nada tan grave como para morirse. Los han dejado pudrirse en campos fangosos y en cuadras muy frías. No los han cuidado nunca. Están abandonados. Excepto éste. —Se acercó al caballo alto con los ojos nublados, que reculó. El veterinario esperó y se acercó de nuevo con calma, emitiendo sonidos conciliadores, hasta que el animal se tranquilizó—. A éste lo han maltratado. Ya se ve. —Señaló las cicatrices que tenía en los flancos—. Tiene miedo. ¿Cómo se llama?

Dominique consultó la factura del matadero y luego miró a Carole.

—¿Qué pasa? —preguntó la anciana, acercándose a mirar también la factura—. Oh —dijo. Y luego miró al veterinario—. ¿Se le puede cambiar el nombre a un caballo?

—Normalmente diría que sí, pero a éstos no. Necesitan algo de continuidad. Están acostumbrados a su nombre. ¿Por qué?

—Éste se llama *Marc*.

—He oído cosas peores —dijo el veterinario mientras recogía su instrumental.

Las dos mujeres intercambiaron una mirada. De momento, Marc, no el caballo, sino su marido, no tenía ni idea de que Dominique había cancelado la compra de los cazadores en favor de aquellos inadaptados. Seguramente no le haría ninguna gracia. Esperaba que no se diese cuenta y que, si les ponía nombres fuertes y masculinos como *Trueno* o *Soldado*, quizá no le importase. Pero, sin duda, sí que se daría cuenta de que tenían un caballo viejo, medio ciego y lleno de cicatrices llamado *Marc*.

—Móntelos en cuanto pueda —dijo el veterinario desde su coche—. Salga a pasear sólo al paso al principio, hasta que recuperen las fuerzas. —Dedicó a las dos mujeres una cálida sonrisa—. Ya verán, todo irá bien. No se preocupen. Son unos caballos muy afortunados.

Y se alejó.

—*Oui* —dijo Carole—, hasta que nos equivoquemos de lado al atar la silla.

—Creo que la silla va en medio... —dijo Dominique.

—*Merde!* —exclamó Carole.

La Sûreté había salido en busca de sangre. Si la víctima no había muerto en el *bistrot*, entonces la habían matado en otro sitio, y tenían que encontrar la escena del crimen. Se había derramado sangre, y bastante, además. Aunque el asesino hubiera tenido dos días para limpiarla, la sangre mancha mucho. La sangre es persistente. Sería casi imposible borrar por completo las huellas de un crimen tan brutal. Registraron todas las casas, locales, cobertizos, graneros, garajes y casetas de perro de Three Pines y alrededores. Jean Guy Beauvoir coordinó toda la operación y envió equipos de oficiales de la Sûreté por el pueblo y por los campos de alrededor. Él seguía instalado en el Centro de Operaciones y recibía sus informes, los guiaba y de vez en cuando les echaba una reprimenda. Su paciencia se iba agotando a medida que llegaban los informes negativos.

Nada.

Nada que revelara el verdadero escenario del crimen o el arma homicida. Ni siquiera en la antigua casa Hadley, en cuyos suelos nuevos no se encontró ni una gota de sangre. Habían llegado ya las pruebas del laboratorio de los atizadores de Olivier, que confirmaban que ninguno de los dos era el arma del crimen. El arma seguía por ahí, en alguna parte.

Sí encontraron las botas que había perdido Guylaine, y una bodega en el sótano de la casa de monsieur Béliveau, abandonada tiempo atrás, pero en la que aún se guardaban sidra y conservas de remolacha. Había un nido de ardillas en el desván de Ruth, algo que tal vez fuera de esperar, y unas semillas sospechosas en el vestidor de Myrna, que resultaron ser de malvarrosa.

Nada.

—Ampliaré la zona de búsqueda —dijo Beauvoir al jefe por teléfono.

—Quizá sea buena idea —reconoció Gamache. Pero no parecía convencido.

Por el receptor, Beauvoir oía campanas, música y risas. Armand Gamache estaba en la feria.

La Feria del Condado de Brume tenía algo más de un siglo de antigüedad y atraía a gente de todo el distrito. Como la mayoría de las ferias, empezó como lugar de reunión para los granjeros, para exhibir su ganado, vender sus productos de otoño, hacer negocios y ver a sus amigos. Se hacían concursos en un granero y exposiciones de artesanía en otro. Se vendían tartas en los largos pasillos de las naves abiertas y los niños hacían cola para comprar regaliz y caramelos de sirope de arce, palomitas de maíz y donuts recién hechos.

Era la última celebración del verano, el puente hacia el otoño.

Armand Gamache pasó junto a las atracciones y los vendedores ambulantes, y consultó su reloj. Ya era hora. Se dirigió hacia un campo, a un lado de los graneros, donde se había reunido una multitud para el concurso de lanzamiento de botas de lluvia.

Se quedó mirando al borde del campo mientras niños y adultos formaban una fila. El joven que estaba a cargo los colocó bien, les dio a cada uno una vieja bota de caucho y, echándose hacia atrás, levantó el brazo. Y lo mantuvo en alto.

La tensión era casi insoportable.

Luego, como un hacha, lo dejó caer.

La gente de la fila levantó el brazo al unísono y lo lanzó hacia delante, y entre gritos de ánimo por parte de los mirones, una nube de botas de lluvia salió volando.

Gamache supo en aquel mismo instante por qué había encontrado un hueco tan bueno en un lado del campo. Al menos tres botas fueron en su dirección.

Se volvió, encorvó la espalda y, en un gesto instintivo, alzó un brazo para protegerse la cabeza. Las botas aterrizaron a su alrededor con una serie de ruidos sordos, pero ninguna le dio.

El joven que estaba a cargo corrió hacia él.

—¿Se encuentra bien?

El sol arrancaba brillos rojizos de su cabello castaño rizado. Moreno de cara, tenía los ojos de un azul intenso. Era asombrosamente guapo y parecía muy disgustado.

—No tendría que haberse puesto ahí... Daba por hecho que se apartaría.

Trataba a Gamache con el tono de alguien convencido de hallarse en presencia de una estupidez inconmensurable.

—Ha sido culpa mía —admitió Gamache—. Lo siento. Busco al Viejo Mundin.

—Soy yo.

Gamache miró al joven guapo y sonrojado.

—Y usted es el inspector jefe Gamache. —El joven le tendió una mano, grande y encallecida—. Lo he visto por

Three Pines. ¿No participó su mujer en el baile de zuecos del día de Canadá?

Gamache no podía apartar la vista de aquel joven tan luminoso y lleno de vigor. Asintió.

—Ya me parecía. Yo era uno de los violinistas. ¿Me estaba buscando?

Detrás del Viejo Mundin empezaba a formarse una nueva fila de gente que miraba en su dirección. Echó un vistazo hacia allá, pero parecía relajado.

—Me gustaría hablar con usted, cuando tenga un momento.

—Claro. Un par de lanzamientos más y ya podré irme. ¿Quiere probar?

Ofreció a Gamache una de las botas que habían estado a punto de arrancarle la cabeza.

—¿Qué he de hacer? —preguntó el inspector jefe al tiempo que cogía la bota y seguía a Mundin hasta la fila.

—Es un lanzamiento de botas de lluvia —dijo el Viejo Mundin riendo—. Estoy seguro de que será capaz de imaginárselo.

Gamache sonrió. Quizá no fuera su día más brillante. Ocupó su lugar junto a Clara y vio que el viejo Mundin corría a lo largo de la fila hasta una guapa joven y un niño que debía de tener unos seis años. Se arrodilló y ofreció una bota pequeña al niño.

—Es Charles —explicó Clara—. Su hijo.

Gamache miró de nuevo. Charles Mundin también era muy guapo. Se echó a reír y se encaró hacia el lado contrario, hasta que, con paciencia, sus padres lograron colocarlo bien. El Viejo Mundin besó a su hijo y volvió corriendo hacia la fila.

Charles Mundin, observó Gamache, tenía síndrome de Down.

—Preparados —exclamó Mundin levantando el brazo—. Listos...

Gamache agarró su bota y atisbó de reojo a Peter y a Clara, que, en la fila, miraban hacia delante con gran concentración.

—¡Ya!

Gamache echó atrás el brazo y notó que la bota le pegaba en la espalda. Luego, al lanzar el brazo adelante, la bota enfangada se le resbaló entre los dedos. Salió desviada y cayó a un lado, apenas medio metro más allá.

Clara tampoco agarró bien la bota y, aunque la lanzó con más fuerza, salió casi vertical en el aire.

—¡Cuidado! —chilló todo el mundo, y, como un solo hombre, se echaron atrás, intentando ver dónde caía la bota, cegados por el sol.

Le cayó a Peter. Por suerte, era una botita de niño, de color rosa, y rebotó en él sin efecto alguno. Detrás de Gamache, Gabri y Myrna cruzaban apuestas a propósito de qué excusa se inventaría Clara y cuánto tardaría en ponerla.

—Diez dólares a que dice que la bota estaba mojada —dijo Myrna.

—No, eso ya lo dijo el año pasado. ¿Qué tal: «Peter se ha metido debajo»?

—Hecho.

Clara y Peter llegaron a su lado.

—¿Te puedes creer que me han dado una bota mojada otra vez?

Gabri y Myrna se desternillaban, y Clara, con una sonrisa abierta, miró a Gamache a los ojos. Un billete cambió de manos. Ella se acercó al inspector jefe y susurró:

—El año que viene diré que Peter se ha metido debajo. Apuesta algo.

—¿Y si no le das?

—Siempre le doy... —dijo ella muy seria—. Se mete debajo, ya sabes.

—Eso dicen.

Myrna saludó hacia el otro extremo del campo, por donde se acercaba Ruth cojeando con *Rosa* a su lado. Ruth le enseñó el dedo corazón. Charles Mundin, al verlo, imitó el gesto y se lo dedicó a todos.

—¿Ruth no participa en el lanzamiento de botas de lluvia? —preguntó Gamache.

—Demasiado divertido —contestó Peter—. Ha venido a buscar ropa de niño en el granero de los artesanos.

—¿Por qué?

—Quién sabe por qué hace las cosas Ruth —respondió Myrna—. ¿Has avanzado algo con la investigación?

—Bueno, hemos averiguado algo importante —dijo Gamache, y todo el mundo se apiñó aún más a su alrededor. Hasta Ruth se acercó—. La forense dice que ese hombre no murió en el *bistrot*. Lo mataron en otro sitio y lo llevaron allí.

Les llegaba con toda claridad el ruido de las casetas de la feria y la voz de los feriantes que prometían enormes muñecos de peluche a quien lograse darle a un patito de hojalata. Empezaron a sonar las campanas para convocar a las distintas competiciones, y el presentador anunció que estaba a punto de iniciarse el concurso hípico. En cambio, el público de Gamache guardaba silencio. Hasta que por fin habló Clara:

—Es una buena noticia para Olivier, ¿no?

—¿Quieres decir que eso lo hace menos sospechoso? —dijo Gamache—. Supongo que sí. Pero plantea muchas preguntas.

—Como, por ejemplo: cómo metieron el cadáver en el *bistrot* —dijo Myrna.

—Y dónde lo mataron —añadió Peter.

—Estamos registrando el pueblo. Casa por casa.

—¿Cómo? —preguntó Peter—. ¿Sin nuestro permiso?

—Tenemos órdenes judiciales —dijo Gamache, sorprendido por la vehemente reacción de Peter.

—Aun así, es una violación de nuestra intimidad. Sabíais que íbamos a volver, así que podíais haber esperado.

—Quizá, pero he decidido no hacerlo. No se trataba de una visita de cortesía y, francamente, vuestros sentimientos son algo secundario.

—Al parecer, nuestros derechos también.

—No, eso no es cierto —objetó el inspector jefe con firmeza. Cuanto más se acaloraba Peter, más calmado estaba Gamache—. Hemos obtenido órdenes judiciales. Me temo que vuestro derecho a la intimidad acabó cuando alguien mató a una persona en vuestro pueblo. No somos nosotros quienes han violado vuestros derechos, sino el asesino. No lo olvidéis. Os conviene ayudarnos, y eso implica apartaros a un lado y dejarnos hacer nuestro trabajo.

—Dejar que registréis nuestros hogares —dijo Peter—. ¿A ti cómo te sentaría?

—Tampoco me gustaría nada —admitió Gamache—. ¿A quién le gustaría? Pero supongo que lo comprendería. Esto no ha hecho más que empezar, ¿sabes? Seguro que irá a peor. Y antes de que acabe, sabremos dónde está escondido todo.

Miró con seriedad a Peter.

El artista vio la puerta cerrada de su estudio. Imaginó a los oficiales de la Sûreté abriéndola. Encendiendo la luz. Entrando en su espacio más privado. El lugar donde conservaba su arte. El lugar donde guardaba su corazón. Su último trabajo estaba allí, bajo una sábana. Oculto. Protegido de cualquier mirada crítica.

Sin embargo, unos desconocidos habían abierto la puerta, habían levantado el velo y lo habían visto todo. ¿Qué pensarían?

—De momento no hemos encontrado nada, excepto las botas que había perdido Guylaine, creo.

—Ah, así que las habéis encontrado —exclamó Ruth—. La vieja zorra me acusó de habérselas robado.

—Las encontramos escondidas en el seto entre tu casa y la de ella —dijo Gamache.

—Fíjate —comentó Ruth.

Gamache vio que los Mundin estaban de pie a un lado del campo, esperándolo.

—Perdonadme.

Se dirigió rápidamente hacia la pareja joven y el niño, se reunió con ellos y fueron juntos hasta el puesto que había montado el Viejo Mundin. Estaba lleno de muebles hechos a mano. Las elecciones de una persona resultan siempre reveladoras en opinión de Gamache. Mundin había decidido hacer muebles, muebles finos. El ojo experto de Gamache examinó mesas, armarios y sillas. Era un trabajo concienzudo, meticuloso. Todas las junturas tenían encajes de cola de milano, sin clavos; los detalles estaban bellamente incrustados y los acabados eran muy delicados. Impecables. Un trabajo como aquél requería tiempo y paciencia. Y el joven carpintero, por mucho que ganase, no cobraría nunca lo que en verdad valían aquellas mesas, sillas y cajoneras.

Y sin embargo, el Viejo Mundin había decidido hacerlo a pesar de todo. Nada habitual para un joven, en aquellos tiempos.

—¿Cómo podemos ayudarlo? —preguntó La Esposa con una sonrisa cálida.

Tenía el pelo muy oscuro y lo llevaba corto. Ojos grandes y pensativos. Llevaba superpuestas diversas capas de ropa, de aspecto cómodo y bohemio al mismo tiempo. La típica mujer maternal, pensó Gamache, casada con un carpintero.

—Tengo algunas preguntas que hacerles, pero hábleme de sus muebles. Son muy bonitos.

—*Merci* —dijo Mundin—. Paso la mayor parte del año haciendo piezas para venderlas en la feria.

Gamache pasó su enorme mano por la superficie pulida de una cajonera.

—Un acabado precioso. ¿Con parafina?

—No, no queremos que se incendie. —El Viejo se rió—. La parafina es muy inflamable.

—¿Varathane entonces?

El bello rostro del Viejo Mundin se contrajo en una sonrisa.

—Usted nos confunde con Ikea... Sería muy fácil —se burló—. No, usamos cera de abeja.

«Usamos», pensó Gamache. Hacía sólo unos minutos que conocía a aquella joven pareja, pero estaba claro que se trataba de un equipo.

—¿Y venden mucho en la feria? —preguntó.

—Ya sólo nos queda esto —contestó La Esposa señalando las pocas y exquisitas piezas que los rodeaban.

—Habrán desaparecido al final de la feria, esta noche —puntualizó el Viejo Mundin—. Y tendré que ponerme a trabajar otra vez. El otoño es la mejor época del año para meterse en los bosques y encontrar madera buena. La mayor parte de la ebanistería la hago en invierno.

133

—Me gustaría ver su taller.

—Cuando quiera.

—¿Puede ser ahora?

El Viejo Mundin miró a su visitante y Gamache le sostuvo la mirada.

—¿Ahora?

—¿Hay algún problema?

—Bueno...

—No te preocupes, Viejo —dijo La Esposa—. Yo vigilaré el puesto. Ve.

—¿Le importa si nos llevamos a Charles? —preguntó el Viejo a Gamache—. La Esposa no puede vigilarlo y atender a los clientes a la vez.

—Por favor, que venga —contestó Gamache tendiendo la mano al chico, que se la cogió sin dudar un segundo.

El inspector jefe notó una pequeña punzada en el corazón al darse cuenta de lo precioso que era y siempre sería aquel niño. Un niño que vivía en un estado de confianza perpetuo.

Y lo difícil que les resultaría a sus padres protegerlo.

—Estará bien —aseguró Gamache a La Esposa.

—Ah, eso ya lo sé, el que me preocupa es usted —repuso ella.

—Lo siento —dijo Gamache, y le tendió la mano para saludarla—. No sé cómo se llama.

—En realidad me llamo Michelle, pero todo el mundo me llama La Esposa.

Su mano era recia y callosa, como la de su marido, pero tenía una voz refinada, llena de calidez. Le recordaba un poco la de Reine-Marie.

—¿Por qué? —le preguntó él.

—Empezó como una broma entre nosotros y la cosa cuajó. El Viejo y La Esposa. Por alguna razón, nos cuadra.

Y Gamache estuvo de acuerdo. Cuadraba bien a aquella pareja que parecía vivir en un mundo propio, con sus propias y hermosas creaciones.

—Adiós. —Charles dedicó a su madre el nuevo saludo del dedo corazón.

—Viejo... —lo riñó ella.

—No he sido yo —protestó él.

Pero Gamache tomó nota de que no traicionaba a Ruth.

El Viejo metió a su hijo en el coche y lo sujetó, y luego salieron del aparcamiento.

—¿Se llama realmente «Viejo»?

—Me han llamado «Viejo» toda la vida, pero mi verdadero nombre es Patrick.

—¿Y cuánto tiempo hace que vive aquí?

—¿En Three Pines? Unos pocos años... —Se detuvo a pensarlo un momento—. Dios mío, once años. No me lo puedo creer. Olivier fue la primera persona a la que conocí.

—¿Y qué piensa la gente de él?

—No sé qué pensará la gente, pero sí tengo clara mi opinión. A mí Olivier me cae bien. Siempre ha sido bueno conmigo.

—¿No ha sido así con todo el mundo? —Gamache había notado el matiz.

—Hay gente que desconoce el valor de sus propiedades. —El Viejo Mundin se concentraba en la carretera y conducía con mucho cuidado—. Y hay también mucha gente que sólo quiere armar jaleo. No les gusta que les digan que ese baúl que ellos creen antiguo en realidad es sólo viejo y carece de valor. Les fastidia mucho. Pero Olivier sabe lo que hace. Mucha gente ha montado tiendas de antigüedades por aquí, pero pocos conocen de verdad el negocio. Olivier sí.

Tras guardar un momento de silencio mientras contemplaban el campo, Gamache dijo:

—Siempre me he preguntado de dónde sacarán sus antigüedades los marchantes.

—La mayoría tienen agentes que se dedican a acudir a subastas o a entablar relaciones con la gente de la zona. Sobre todo con ancianos que podrían estar interesados en vender. Por aquí, si alguien llama a su puerta un domingo por la mañana, es más probable que se trate de un agente en busca de antigüedades que de un testigo de Jehová.

—¿Olivier tiene agente?

—No, lo hace él mismo. Trabaja mucho para conseguir sus cosas. Y sabe lo que vale dinero y lo que no. Es bueno. Y justo, casi siempre.

—¿Casi siempre?

—Bueno, tiene que sacar beneficio, y muchas de las piezas que consigue requieren arreglos. Me trae a mí los muebles viejos para que los restaure. Y la verdad es que dan mucho trabajo.

—Supongo que usted no cobra en realidad lo que vale...

—Bueno, el valor siempre es un concepto relativo. —El Viejo lanzó una mirada a Gamache mientras sorteaba baches por la carretera—. Me encanta lo que hago y, si cobrara una tarifa razonable por horas, nadie compraría mis piezas y Olivier no me contrataría para restaurar las cosas tan bonitas que encuentra. Así que me compensa cobrar menos. Vivo bien. No me quejo.

—¿Alguien se ha enfadado mucho con Olivier?

El Viejo siguió conduciendo en silencio y Gamache pensó que tal vez no lo había oído. Pero al fin contestó:

—Una vez, hace un año. La anciana madame Poirier, allá arriba, en la carretera de la Montaña, había decidido trasladarse a una residencia de ancianos en Saint-Rémy. Olivier llevaba unos cuantos años rondándola como un moscón. Cuando llegó el momento, se lo vendió casi todo a él. Allí obtuvo unas piezas preciosas.

—¿Le pagó un precio justo?

—Según a quién se pregunte. Ella quedó muy contenta. Olivier también.

—¿Quién se enfadó, entonces?

El Viejo Mundin no dijo nada. Gamache esperó.

—Sus hijos. Dijeron que Olivier la había acosado, que se había aprovechado de una mujer vieja y solitaria.

El Viejo Mundin entró en una granja pequeña. Las malvarrosas trepaban por la pared y el jardín estaba lleno de rubequias y rosales clásicos. A un lado de la casa había un huerto bien cuidado y ordenado.

La furgoneta se detuvo y Mundin señaló un granero.

—Ése es mi taller.

Gamache desató el cinturón de Charles del asiento infantil. El niño se había quedado dormido, y Gamache lo llevó en brazos de camino al granero.

—¿Decía que Olivier hizo un descubrimiento inesperado en casa de madame Poirier?

—Le pagó una cantidad fija por todo lo que ya no necesitara. Ella decidió lo que quería conservar y le vendió el resto. —El Viejo Mundin se detuvo ante la puerta del granero y se volvió hacia Gamache—. Había un lote de seis sillas Chippendale. Valían unos diez mil cada una. Yo lo sé porque trabajé en ellas, pero creo que Olivier no se lo dijo a nadie más.

—¿Y usted?

—No. Le sorprendería lo discreto que tengo que ser en mi trabajo.

—¿Sabe si Olivier le dio a madame Poirier algún dinero extra?

—No.

—Pero sus hijos se enfadaron.

Mundin asintió brevemente y abrió la puerta del granero. Entraron en un mundo distinto. Los complejos aromas de finales de verano en la granja desaparecieron. Ya no se apreciaba el ligero olor a estiércol, a hierba cortada, a heno, a hierbas secadas al sol.

Allí sólo olía a una cosa: a madera. A madera recién serrada. A madera antigua. A madera de todos los tipos imaginables. Gamache miró las paredes, donde se acumulaban las tablas de madera listas para convertirse en muebles. El Viejo Mundin pasó una mano por un tablero basto.

—Ya sé que cuesta verlo, pero aquí debajo hay madera de raíz. Hay que saber qué buscar. Las pequeñas imperfecciones. Es curioso, pero las imperfecciones en el exterior implican que debajo se oculta algo espléndido.

Miró a los ojos a Gamache. Charles se agitó ligeramente y el inspector jefe puso una enorme mano en la espalda del niño para tranquilizarlo.

—Me temo que no sé demasiado de madera, pero parece que usted tiene de varios tipos, ¿no? ¿Por qué?

—Distintas necesidades. Uso arce, cerezo y pino para el trabajo de interiores. Cedro para el exterior. Ese de ahí es cedro rojo. Mi favorito. Ahora no parece gran cosa, pero una vez tallado y pulido... —Mundin hizo un gesto elocuente.

Gamache vio dos sillas en una plataforma. Una estaba boca abajo.

—¿Del *bistrot*? —Se acercó a ellas.

Efectivamente, una tenía un brazo roto y a la otra se le movía una pata.

—Las recogí el sábado por la noche.

—¿Le parece bien que hablemos de lo que ocurrió en el *bistrot* delante de Charles?

—Creo que sí. No sé si lo entenderá o no. En cualquier caso, me parece bien. Ya sabe que no va con él.

Gamache deseó que otra mucha gente fuera capaz de hacer semejante distinción.

—Usted estuvo allí la noche del asesinato.

—Cierto. Voy todos los sábados a recoger los muebles estropeados y les llevo las cosas que he restaurado. Siempre igual. Llegué justo después de la medianoche. El último cliente se iba ya y los chicos empezaban a limpiar.

«Los chicos», pensó Gamache. Y sin embargo, no eran mucho más jóvenes que aquel hombre. Pero el Viejo realmente parecía... eso, viejo.

—Pero no vi ningún cadáver.

—Es una lástima, nos habría venido muy bien. ¿Le llamó la atención algo fuera de lo corriente?

El Viejo Mundin se puso a pensar. Charles se despertó y quiso escabullirse. Gamache lo dejó en el suelo del granero, y allí cogió un trozo de madera y empezó a darle vueltas.

—Lo siento. Ojalá pudiera ayudarlo, pero me pareció una noche de sábado como cualquier otra.

Gamache también cogió un taco de madera y le quitó suavemente el serrín.

—¿Cómo empezó a restaurar los muebles de Olivier?

—Ah, fue hace años. Me dio una silla para que la arreglara. Llevaba años en un granero y él acababa de trasladarse al *bistrot*. Bueno, tiene que entender...

A continuación soltó un apasionado monólogo sobre los muebles antiguos de pino de Quebec. La pintura a la caseína, los horrores del decapado, el peligro de destrozar una bonita pieza al restaurarla... La dudosa frontera entre devolver la utilidad a una pieza y hacerle perder su valor.

Gamache escuchaba, fascinado. Lo apasionaba la historia de Quebec y, por extensión, las antigüedades de la zona, los llamativos muebles hechos por los pioneros en los largos meses de invierno cientos de años antes. Habían conseguido que los muebles de pino fueran tanto prácticos como bonitos, volcándose en la tarea. Cada vez que Gamache tocaba una mesa antigua o un viejo armario, se imaginaba al *habitant* que le había dado forma, había lijado la madera y la había trabajado una y otra vez con sus manos encallecidas. Y había creado algo hermoso.

Hermoso y duradero, gracias a personas como el Viejo Mundin.

—¿Qué lo trajo a Three Pines? ¿Por qué no se fue a una ciudad más grande? Allí habría más trabajo, seguro, en Montreal, o incluso en Sherbrooke.

—Nací en la ciudad de Quebec y, aunque podría parecer que allí hay muchísimo trabajo para un restaurador de antigüedades, para un joven que empieza resulta difícil. Me trasladé a Montreal, a una tienda de antigüedades en Notre Dame, pero supongo que no estoy hecho para vivir en la gran ciudad. Así que decidí ir a Sherbrooke. Me monté en el coche, me dirigí hacia el sur y me perdí. Y acabé parando en Three Pines para preguntar el camino en el *bistrot*. Pedí un *café au lait*, me senté y la silla se rompió. —Se echó a reír, igual que Gamache—. Me ofrecí a repararla, y así empezó todo.

—Ha dicho que lleva aquí once años. Debía de ser muy joven cuando se fue de la ciudad de Quebec.

—Dieciséis. Me fui cuando murió mi padre. Pasé tres años en Montreal, luego aquí. Conocí a La Esposa, tuvimos a Charles. Monté un pequeño negocio.

Aquel joven había hecho mucho en aquellos once años, pensó Gamache.

—¿Qué tal estaba Olivier el sábado por la noche?

—Como siempre. El Día del Trabajo siempre hay mucho jaleo, pero él parecía relajado. Suponiendo que sea capaz de relajarse. —Mundin sonrió. El cariño era evidente en sus palabras—. Me ha parecido entender que al final el hombre no fue asesinado en el *bistrot*.

Gamache asintió:

—Estamos intentando averiguar dónde lo mataron. De hecho, mientras usted estaba en la feria, mi gente ha registrado toda la zona, incluyendo su casa.

—¿Ah, sí? —Estaban en la puerta del granero y Mundin se volvió a mirar hacia la oscuridad—. O bien son muy buenos, o realmente no han hecho nada. Es imposible saberlo.

—De eso se trata.

Sin embargo, el inspector jefe notó que, a diferencia de Peter, el Viejo Mundin no parecía preocupado en lo más mínimo.

—Bueno, ¿y por qué matar a alguien en un sitio y luego llevarlo a otro? —preguntó Mundin casi para sí mismo—. Entiendo que alguien quiera deshacerse de un cadáver, especialmente si lo ha matado en su casa, pero ¿por qué llevarlo al local de Olivier? Parece muy raro, pero supongo que el *bistrot* es un sitio muy céntrico. Quizá simplemente les pareció lo más práctico.

Gamache dejó pasar aquella frase. Ambos sabían que no era cierto. En realidad, el *bistrot* era un lugar muy poco práctico para dejar un cadáver. Y aquello preocupaba a Gamache. El asesinato no había sido un accidente, y la colocación del cadáver tampoco.

Alguien muy peligroso se paseaba entre ellos. Alguien que parecía feliz, atento, incluso amable. Pero todo era un engaño. Una máscara. Gamache sabía que cuando encontrase al asesino y le arrancara la máscara, la piel saldría también. La máscara se había convertido en el hombre. El engaño era total.

TRECE

—Nos lo hemos pasado muy bien en la feria. Te he traído esto.

Gabri cerró la puerta y encendió las luces del *bistrot*. Ofreció a Olivier un león de peluche. Éste lo miró y lo sostuvo suavemente en el regazo.

—*Merci*.

—¿Has oído la noticia? Gamache dice que no mataron al hombre aquí. Y van a devolvernos nuestros atizadores. Yo quiero que me devuelvan mi atizador, ¿tú no? —preguntó en tono socarrón.

Pero Olivier no respondió.

Gabri se movió por la habitación en penumbra para encender las lámparas y luego preparó el fuego en una de las chimeneas de piedra. Olivier seguía sentado en la butaca, mirando por la ventana. Gabri suspiró, cogió dos cervezas y se unió a él. Bebieron juntos, comieron unos anacardos y miraron hacia fuera, al pueblo, ya tranquilo a última hora del día y al final del verano.

—¿Qué estás viendo? —preguntó Gabri al fin.

—¿Qué quieres decir? Lo mismo que tú.

—No, no puede ser. Lo que yo veo me hace feliz. Y tú no estás nada feliz.

Gabri estaba acostumbrado al carácter de su compañero. Olivier era el más callado, el contenido. Podía parecer que Gabri era el más sensible, pero ambos sabían que en realidad lo era Olivier. Sentía las cosas con mucha mayor

141

profundidad y se las guardaba dentro. Gabri llevaba en sus carnes las heridas de la vida, mientras que Olivier las conservaba en la médula, profundas, tal vez incluso mortales.

Pero también era el hombre más bueno que Gabri había conocido y eso que, por decirlo con claridad, había conocido a unos cuantos. Antes de Olivier. Todo había cambiado al posar los ojos en aquel hombre esbelto, rubio, tímido.

Gabri había perdido su considerablemente grande corazón.

—¿Qué pasa? —Se inclinó hacia delante y cogió las delgadas manos de Olivier—. Cuéntame.

—Es que ya no es divertido —dijo Olivier al final—. Quiero decir... ¿por qué iba a tomarme la molestia...? Nadie querrá volver. ¿Quién quiere comer en un restaurante donde se ha encontrado un cuerpo?

—Como dice Ruth, todos somos cuerpos, a fin de cuentas.

—Estupendo. Lo pondré en el rótulo.

—Bueno, así al menos no discriminas. Muertos, casi muertos. Todos son bienvenidos. Podría ser un buen lema.

Gabri notó que a Olivier le temblaban las comisuras de los labios.

—*Voyons*, ha sido una gran noticia que la policía diga que no lo mataron aquí. Eso lo cambia todo.

—¿Tú crees?

Olivier lo miró, esperanzado.

—¿Sabes lo que pienso en realidad? —Gabri estaba muy serio—. Creo que no importa. Peter, Clara, Myrna... ¿Tú crees que dejarían de venir si a ese pobre hombre lo hubieran matado aquí? ¿Los Parra? ¿Monsieur Béliveau? Vendrían aunque apareciese una montaña de cadáveres. ¿Y sabes por qué?

—¿Porque les gusta?

—Porque les gustas tú. Te quieren. Mira, Olivier, tienes el mejor *bistrot*, la mejor comida, el lugar más cómodo. Es fantástico, y tú eres fantástico. Todo el mundo te quiere. ¿Y sabes qué?

—¿Qué? —preguntó Olivier, en tono gruñón.

—Eres el hombre más encantador y más guapo del mundo.

—Sí, porque tú lo digas...

Olivier se sentía otra vez como un niño pequeño. Mientras otros niños corrían por ahí cogiendo ranas y palos y saltamontes, él buscaba tranquilidad. Afecto. Recogía palabras y actos, incluso de desconocidos, y rellenaba con ellos un agujero que iba creciendo.

Había funcionado. Un tiempo. Luego ya no le bastaron las palabras.

—¿Te ha dicho Myrna que me digas esto?

—Claro. No es verdad, es sólo una enorme mentira que hemos tramado Myrna y yo. Pero ¿qué narices te pasa?

—No lo entenderías.

Gabri siguió la mirada de Olivier hacia el otro lado de la ventana. Y monte arriba. Suspiró. Ya habían pasado antes por aquello.

—No podemos hacer nada respecto a ellos. Quizá simplemente deberíamos...

—¿Simplemente qué? —saltó Olivier.

—¿Estás buscando una excusa para estar triste? ¿Es eso?

Aun tratándose de Olivier, era una reacción poco razonable. Lo habían tranquilizado por lo del cadáver, le habían asegurado que todo el mundo seguía queriéndolo. Sabía que Gabri no huiría de su lado. ¿Qué problema tenía, entonces?

—Oye, quizá deberíamos darles una oportunidad. ¿Quién sabe? Quizá incluso nos vengan bien su hostal y su *spa*.

No era eso lo que Olivier quería oír. Se levantó de golpe y casi tumbó la silla. Notaba brotar la ira en el pecho. Era como un superpoder. Lo hacía invencible. Fuerte. Valiente. Brutal.

—Si quieres hacerte amigo suyo, vale. ¿Por qué no te vas a la mierda?

—No quería decir eso. Quería decir que no podemos hacer nada con lo de esa gente, así que quizá podríamos ser amigos.

—Parece que estemos en el parvulario. Quieren arruinarnos. ¿No lo entiendes? Cuando llegaron todo era muy bonito, pero luego decidieron robarnos los clientes, incluso el personal. ¿Crees que alguien va a quedarse a dormir en tu horterada de *bed & breakfast*, pudiendo alojarse allí?

Olivier tenía la cara llena de manchas rojas. Gabri las vio extenderse por el cuero cabelludo, a través del pelo rubio que clareaba.

—¿Qué dices? No me importa si viene o no viene gente, ya lo sabes. No necesitamos el dinero. Sólo lo hago por diversión.

Olivier hizo un esfuerzo por controlarse. Por no dar aquel paso que lo llevaría demasiado lejos. Los dos hombres se fulminaron con la mirada, el espacio entre ellos latía con fuerza.

—¿Por qué? —dijo Olivier finalmente.

—¿Por qué qué?

—Si no mataron aquí a ese hombre, ¿por qué lo dejaron aquí?

Gabri notó que su ira se alejaba, disipada por la pregunta.

—La policía me lo ha dicho hoy —dijo Olivier con voz casi monótona—: Mañana hablarán con mi padre.

«Pobre Olivier», pensó Gabri; al fin y al cabo, sí que tenía un motivo de preocupación.

Jean Guy Beauvoir se bajó del coche y miró la casa de los Poirier, al otro lado de la carretera.

Estaba destartalada y necesitaba bastante más que una capa de pintura. El porche estaba inclinado, los escalones parecían poco sólidos y faltaban algunos tablones de la pared lateral.

Beauvoir había estado en muchos sitios como aquél en el Quebec rural. En ellos vivía una generación que había nacido allí mismo. Clotilde Poirier probablemente bebiera café de una cafetera desportillada que su madre ya había usado y durmiera en el mismo colchón en que había sido concebida. Las paredes estarían cubiertas de flores secas y cucharas enviadas por parientes que habían viajado a lugares exóticos como Rimouski, o Chicoutimi, o Gaspé. Y habría una silla, una mecedora, junto a la ventana, junto a la estufa de leña. En ella habría una manta de lana a cuadros algo sucia y con unas cuantas migas. Y después de quitar la mesa, tras desayunar, Clotilde Poirier se sentaría allí a contemplar la vista.

¿Qué esperaría? ¿A un amigo? ¿Un coche que le resultara conocido? ¿Otra cuchara?

¿Estaría mirando en aquel preciso momento?

El Volvo de Armand Gamache apareció por encima de la colina y se detuvo detrás de Beauvoir. Los dos hombres se quedaron allí, mirando la casa un momento.

—He averiguado algo sobre el Varathane —dijo Beauvoir pensando lo bien que le irían a aquella casa unos trescientos o cuatrocientos litros de aquel producto—. Los Gilbert no lo usaron cuando hicieron su reforma. He hablado con Dominique. Dice que querían ser tan ecológicos como fuera posible. Después de lijar el suelo le aplicaron aceite de tung.

—Así que el Varathane de la ropa del muerto no venía de la antigua casa Hadley —concluyó el jefe, decepcionado. Le había parecido una pista prometedora.

—¿Por qué estamos aquí? —preguntó Beauvoir mientras ambos se volvían a examinar la casa que iba hundiéndose poco a poco y la camioneta oxidada del jardín.

Había recibido una llamada del jefe diciendo que se encontraría allí con él, pero no le había dicho por qué. Gamache explicó lo que le había contado el Viejo Mundin sobre Olivier, madame Poirier y sus muebles. Sobre todo, lo de las sillas Chippendale.

—¿Así que los hijos pensaban que Olivier la había timado y, por extensión, a ellos también? —preguntó Beauvoir.

—Eso parece. —Llamó a la puerta.

Al cabo de un momento les llegó del otro lado una voz quejumbrosa:

—¿Quién es?

—El inspector jefe Gamache, madame. De la Sûreté du Québec.

—No he hecho nada malo.

Gamache y Beauvoir intercambiaron una mirada.

—Tenemos que hablar con usted, madame Poirier. Es sobre el cadáver encontrado en el *bistrot* de Three Pines.

—¿Y qué?

Era muy difícil llevar a cabo un interrogatorio a través de un par de centímetros de madera desconchada.

—¿Podemos entrar? Nos gustaría hablar con usted sobre Olivier Brulé.

Abrió la puerta una mujer anciana, pequeña y delgada. Los miró enfurruñada, luego se volvió y rápidamente se metió en la casa. Gamache y Beauvoir la siguieron.

Estaba decorada tal como había imaginado el inspector. O no decorada, en realidad. Las cosas se habían colgado de las paredes según habían ido llegando a lo largo de las generaciones, de modo que aquellos muros eran como una excavación arqueológica. Cuanto más se adentraban en la casa, más recientes eran los artículos. Flores enmarcadas, mantelitos individuales plastificados, crucifijos, cuadros de Jesús y la Virgen María, y sí, cucharas, todas ellas colocadas ante el desvaído papel pintado de la pared, estampado de flores.

Sin embargo, la casa estaba limpia, impecable, y olía a galletas. Había fotos de nietos, quizá incluso de bisnietos, en todos los estantes y encima de las mesas. La de la cocina tenía puesto un mantel a rayas descolorido, limpio y bien planchado. Y en el centro había un jarrón adornado con las últimas flores del verano.

—¿Té? —La mujer alzó un cazo que había encima de los fogones. Beauvoir lo rechazó, pero Gamache aceptó. La anciana volvió con tazas de té para todos—. Bueno, ustedes dirán.

—Tenemos entendido que Olivier le compró unos cuantos muebles —dijo Beauvoir.

—Unos cuantos no. Me los compró todos. Gracias a Dios. Me dio más de lo que me habría dado nadie, digan lo que digan mis hijos.

—No hemos hablado todavía con ellos.

—Ni yo tampoco. Desde que vendí esas cosas. —Aunque no parecía preocupada—. Qué codiciosos son todos. Están esperando que me muera para poder heredar.

—¿Cómo conoció a Olivier? —preguntó Beauvoir.

—Llamó a la puerta un día. Se presentó. Me preguntó si tenía algo que quisiera vender. Las primeras veces lo eché. —Sonrió al recordarlo—. Pero tenía algo... Seguía viniendo. Así que al final lo invité a entrar, sólo para tomar el té. Venía una vez al mes a tomar el té y luego se iba.

—¿Cuándo decidió venderle sus cosas? —preguntó el inspector.

—Ya llego a ese punto —le soltó la mujer, y Beauvoir empezó a valorar el esfuerzo que le había supuesto a Olivier conseguir aquellos muebles.

—Hubo un invierno especialmente largo. Mucha nieve. Y frío. Decidí que ya estaba harta, que lo vendía todo y me iba a Saint-Rémy, a la residencia nueva. Así que se lo dije a Olivier, y fuimos recorriendo la casa. Le enseñé todas las porquerías que me habían dejado mis parientes. Armarios viejos, cajoneras... Cosas de pino, grandes. Pintadas de unos colores bastante feos. Azules, verdes. Había intentado rascarles la pintura a algunas, pero no quedaban bien.

Beauvoir oyó que el jefe, a su lado, aspiraba aire con fuerza, pero aquélla fue su única muestra de sufrimiento. Después de haber pasado años con Gamache, conocía bien su pasión por las antigüedades y sabía que nunca jamás hay que rascar la pintura vieja. Es como quitarle la piel a un ser vivo.

—¿Así que le enseñó todo aquello a Olivier? ¿Y qué dijo él?

—Dijo que me compraría el lote entero, incluido lo que había en el granero y el desván, sin verlo siquiera. Había unas mesas y sillas que llevaban allí desde antes de mis abuelos. Iba a mandarlo todo al vertedero, pero mis hijos, que son unos perezosos, nunca venían para ayudarme. Así que, la verdad, se lo tenían bien merecido. Se lo vendí todo a Olivier.

—¿Recuerda cuánto sacó?

—Lo recuerdo exactamente. Fueron tres mil doscientos dólares. Lo suficiente para pagar todo esto. De Sears.

Gamache miró las patas de la mesa. De madera prefabricada. Había una mecedora tapizada frente al televisor nuevo y una vitrina oscura, de contrachapado, con platos decorativos.

Madame Poirier también miraba con orgullo el contenido de aquella habitación.

—Vino unas semanas más tarde, y ¿saben lo que me había comprado? Una cama nueva. Con el colchón todavía envuelto en plástico. Me la instaló y todo. Aún viene a veces. Es un hombre agradable.

Beauvoir asintió. Un hombre agradable que había pagado a aquella anciana una fracción mínima de lo que valían sus muebles.

—Pero usted no está en la residencia... ¿Por qué?

—Cuando compré los muebles nuevos, esta casa me pareció distinta. Más mía. Me gustó otra vez.

Los acompañó hasta la puerta y Beauvoir se fijó en el felpudo. Desgastado, pero seguía allí. Se despidieron y se dirigieron a casa del hijo mayor, un kilómetro y medio más allá, en la misma carretera. Un hombre grandote, con barriga y barba de varios días, les abrió la puerta.

—¡Policía! —exclamó mientras los hacía pasar.

Tanto la casa como él olían a cerveza, sudor y tabaco.

—¿Claude Poirier? —preguntó Beauvoir.

Era una simple formalidad. ¿Quién iba a ser aquel hombre si no? Andaba cerca de los sesenta, y los aparentaba. Antes de dejar el Centro de Operaciones, el inspector se había ocupado de documentarse bien sobre la familia Poirier para saber a qué iban a enfrentarse.

Pequeños delitos. Borracheras, alborotos. Hurtos en tiendas. Fraude a la seguridad social.

Eran de los que se aprovechan, hurgan en las faltas ajenas y señalan a los demás. Aquello no quitaba que a veces pudieran tener razón. Como, por ejemplo, con Olivier. Los había estafado.

Después de presentarse, Poirier les endilgó su larga y triste perorata habitual. Beauvoir tuvo que hacer grandes esfuerzos para que se centrara en Olivier, tan larga era la lista de gente que le había jugado malas pasadas a aquel hombre. Incluida su propia madre.

Finalmente, los dos investigadores salieron de aquella casa con olor a rancio y respiraron con fuerza el aire fresco de la tarde.

—¿Crees que ha sido él? —preguntó Gamache.

—Tiene la rabia suficiente —dijo Beauvoir—, pero, a menos que pudiera transportar un cuerpo al *bistrot* usando los botones de su mando a distancia, creo que podemos tacharlo de la lista de sospechosos. No lo veo levantando el culo de ese apestoso sofá suyo durante mucho rato.

Se dirigieron a sus coches. El jefe hizo una pausa.

—¿Qué está pensando? —preguntó Beauvoir.

—Recordaba lo que nos ha dicho la señora Poirier. Estaba a punto de llevar todas esas antigüedades al vertedero. ¿Te lo imaginas?

El joven ya veía que a Gamache la simple idea le producía dolor físico.

—Pero Olivier las salvó —continuó el jefe—. Es curioso cómo son las cosas. A lo mejor no le dio a la señora Poirier el dinero justo, pero sí que le dio afecto y compañía. ¿Qué precio podemos ponerle a eso?

—Bueno, entonces, ¿puedo comprarle el coche? Le pago con veinte horas de mi compañía.

—No seas cínico. Un día serás anciano y estarás solo, y entonces verás.

Mientras seguía el coche del jefe de vuelta a Three Pines, Beauvoir se lo pensó y estuvo de acuerdo en que Olivier había salvado las preciosas antigüedades y había pasado mucho tiempo con la refunfuñona anciana. Sin embargo, podía haber hecho lo mismo y luego pagar un precio justo a la señora.

Pero no lo hizo.

Marc Gilbert miró al caballo llamado *Marc*. El caballo *Marc* miró a Marc Gilbert. Ninguno de los dos parecía complacido.

—¡Dominique!

Marc llamó desde la puerta del establo.

—¿Sí? —dijo ella en tono animoso desde el otro lado del jardín.

Había alimentado la esperanza de que Marc tardara unos cuantos días en encontrar los caballos. En realidad había esperado que no llegara a verlos nunca. Pero aquel deseo pertenecía al mismo territorio que el sueño de convertirse en la señora de Keith Partridge. Improbable, en el mejor de los casos.

Y ahora se lo encontraba con los brazos cruzados en la penumbra del establo.

—¿Qué es esto?

—Son caballos —contestó ella. Aunque, todo hay que decirlo, sospechaba que *Macaroni* tal vez fuera un alce.

—Ya lo veo, pero ¿de qué raza? No son cazadores, ¿verdad?

Dominique dudó. Durante un instante se preguntó qué ocurriría si decía que sí. Pero supuso que Marc, aunque no era experto en caballos, no se lo creería ni por asomo.

—No, son mejores.

—¿Cómo que mejores?

Las frases de él eran cada vez más cortas, cosa que nunca era buena señal.

—Bueno, son más baratos.

Vio que aquel comentario tenía un leve efecto apaciguador. Así que pensó que podía contarle toda la historia.

—Los he comprado al matadero. Iban a matarlos hoy.

Marc dudó. Ella vio que luchaba contra su ira. No por deshacerse de ella, sino más bien para aferrarse a ella.

—Quizá hubiera un buen motivo para que fueran a... ya sabes.

—Sacrificarlos. No, el veterinario los ha visto y dice que están bien, o que lo estarán.

El establo olía a desinfectante, jabón y medicamentos.

—Quizá físicamente, pero no me dirás que ése está bien. —Marc hizo una seña hacia *Marc*, el caballo, que dilató los ollares y resopló—. Ni siquiera está limpio. ¿Por qué?

¿Por qué su marido tenía que ser tan observador?

—Bueno, nadie ha podido acercarse a él... —Y entonces tuvo una idea—. El veterinario dice que necesita un toque muy especial. Sólo dejará que se le acerque alguien muy excepcional.

—¿De verdad?

Marc miró de nuevo al caballo y caminó hacia él. *Marc*, el caballo, retrocedió. El hombre tendió la mano. El caballo echó las orejas atrás y Dominique apartó a su marido justo en el momento en que *Marc* le lanzaba un bocado.

—Ha sido un día muy largo y está desorientado.

—Hum... —dijo su esposo saliendo con ella del establo—. ¿Y cómo se llama?

—*Trueno*.

—*Trueno*... —repitió Marc pronunciando el nombre en voz alta—. *Trueno*... —repitió como si ya estuviera montando al animal y arreándolo.

Carole los saludó en la puerta de la cocina.

—Bueno —dijo a su hijo—. ¿Qué tal los caballos? ¿Cómo está *Marc*?

—Estoy bien, gracias. —La miró extrañado y aceptó la bebida que ella le ofrecía—. ¿Cómo está Carole?

Detrás de él, Dominique hacía frenéticas señas a su suegra, que se rió y estuvo a punto de decir algo cuando vio los movimientos de su nuera y se calló.

—Bien, bien. ¿Te han gustado los caballos?

—Gustar es una palabra muy grande. Caballos también, me temo.

—A todos nos costará un poco acostumbrarnos los unos a los otros —dijo Dominique.

Aceptó el whisky que le ofrecía Carole y dio un trago. Luego salieron por las grandes puertas acristaladas hacia el jardín.

Mientras las dos mujeres hablaban, más amigas que suegra y nuera, Marc iba mirando las flores, los árboles maduros, las verjas recién pintadas de blanco, los campos que se extendían más allá. Pronto los caballos, o lo que fueran, podrían salir a pastar por allí.

Una vez más tuvo aquella sensación de vacío, aquel ligero desgarrón, mientras el abismo se ampliaba.

Dejar Montreal había sido un trauma para Dominique, y a su madre le había resultado difícil abandonar la ciudad de Quebec. Las dos dejaban amigos atrás. Pero, aunque Marc fingió que lo sentía mucho, asistió a las fiestas de despedida y aseguró que echaría mucho de menos a todo el mundo, la verdad era que no era así.

No podía echar de menos algo que nunca había formado parte de su vida. Recordaba aquel poema de Kipling que tanto gustaba a su padre y que éste le había enseñado. Aquel verso en particular: «Si todos los hombres cuentan para ti, pero ninguno demasiado.»

Y era cierto que no contaban. A lo largo de cuarenta y cinco años, ni un solo hombre había contado demasiado.

Tenía muchos colegas, conocidos, compinches. Era un comunista emocional. Todo el mundo contaba por igual para él, pero nadie demasiado.

«Serás un hombre, hijo mío.» Así terminaba el poema.

Pero Marc Gilbert, escuchando la tranquila conversación y mirando hacia los campos fértiles, interminables, estaba empezando a preguntarse si sería suficiente. Incluso si era cierto.

Los policías se reunieron en torno a la mesa de juntas y Beauvoir destapó su rotulador rojo. El agente Morin estaba empezando a comprender que aquel pequeño «pop» era como un disparo de salida. En el breve tiempo que llevaba en homicidios había llegado a aficionarse al olor de aquel rotulador y a aquel sonido característico.

Se sentó en su silla, un poco nervioso, como siempre, pensando que podía decir alguna estupidez. La agente Lacoste había contribuido a ello. Mientras reunían toda la documentación para la reunión, al ver que le temblaban las manos, le había susurrado que quizá fuera mejor que, por esta vez, se limitara a escuchar.

Él la había mirado, sorprendido.

—¿Y no pensarán que soy un idiota? ¿Que no tengo nada que decir?

—Créeme, si te limitas a escuchar, no puedes perder este trabajo. Ni ningún otro. Relájate, deja que hoy hable yo, y mañana ya veremos. ¿De acuerdo?

Él la miró, entonces, intentando adivinar cuáles podían ser sus motivos. Sabía que todo el mundo los tenía. Algunos derivaban de la simple amabilidad, otros no. Y él llevaba en la Sûreté el tiempo suficiente para saber que a la mayoría de los que trabajaban en la famosa fuerza policial no los guiaba el simple deseo de ser amables.

Todo era brutalmente competitivo, y más todavía la lucha por entrar en homicidios. El destino más prestigioso. Y la oportunidad de trabajar con el inspector jefe Gamache.

Él era un recién llegado y apenas empezaba a situarse. Un movimiento en falso y saldría disparado por la puerta. Se olvidarían de él al instante. No pensaba permitirlo. Y sabía, por instinto, que aquél era un momento fundamental. ¿Era totalmente sincera la agente Lacoste?

—Bien, ¿qué tenemos?

Beauvoir estaba ante el papel enganchado en la pared, junto a un mapa del pueblo.

—Sabemos que la víctima no fue asesinada en el *bistrot* —dijo Lacoste—. Pero todavía no sabemos dónde lo mataron ni quién era.

—Ni por qué lo llevaron allí —apuntó Beauvoir.

Informó de su visita a los Poirier, madre e hijo. Luego Lacoste les contó lo que ella y Morin habían averiguado de Olivier Brulé.

—Tiene treinta y ocho años. Hijo único. Nacido y criado en Montreal. El padre era ejecutivo del ferrocarril, y la madre, ama de casa, ya fallecida. Un entorno acomodado. Fue al colegio de Notre Dame de Sion.

Gamache levantó las cejas. Era una escuela católica privada de élite. Annie había ido allí también, años después de Olivier, para aprender de las rigurosas monjas. Su hijo Daniel se había negado a asistir porque prefería las escuelas públicas, menos estrictas. Annie había aprendido lógica, latín, a resolver problemas. Daniel, a liar porros. Los dos se habían convertido en adultos honrados y felices.

—Olivier tiene un máster en administración de empresas por la Universidad de Montreal y trabajó en la Banque Laurentienne —continuó la agente Lacoste, leyendo sus notas—. Llevaba clientes de categoría, de grandes empresas. Al parecer, con mucho éxito. Y lo dejó.

—¿Por qué? —preguntó Beauvoir.

—No lo sé con seguridad. Tengo una reunión en el banco mañana, y también he concertado una cita con el padre de Olivier.

—¿Y su vida personal? —intervino Gamache.

—He hablado con Gabri. Empezaron a vivir juntos hace catorce años. Gabri es un año más joven. Treinta y siete. Era instructor físico en el gimnasio YMCA local.

—¿Gabri? —se extrañó Beauvoir recordando al hombre gordo y blando.

—Puede pasarle a cualquiera —dijo Gamache.

—Cuando Olivier se fue del banco, dejaron el piso que tenían en Montreal y se trasladaron aquí, se hicieron cargo del *bistrot* y se instalaron a vivir en el piso superior, aunque entonces no era un *bistrot*, sino una ferretería.

—¿Ah, sí? —preguntó Beauvoir.

No se podía imaginar el local de otra manera. Intentó ver palas de nieve, pilas y bombillas colgando de las vigas expuestas, o colocadas ante las dos chimeneas. Y no lo consiguió.

—Pero escuchad esto... —Lacoste se inclinó hacia delante—. Lo he encontrado hurgando en los registros de la propiedad. Hace diez años, Olivier compró no sólo el *bistrot*, sino también el *bed & breakfast*. Y la cosa no quedó ahí. Lo compró todo. La tienda de comestibles, la panadería, su *bistrot* y la librería de Myrna.

—¿Todo? —preguntó Beauvoir—. ¿El pueblo es suyo?

—Casi. No creo que lo sepa nadie más. Hablé con Sarah, en su panadería, y con monsieur Béliveau, el de la tienda. Dicen que ellos alquilan sus locales a un tipo de Montreal. Contratos a largo plazo, a un precio razonable.

Mandan sus cheques a una empresa registrada sólo con un número.

—¿Olivier es una empresa numerada? —preguntó Beauvoir.

Gamache estaba muy atento a todo aquello, escuchando con interés.

—¿Cuánto pagó? —preguntó Beauvoir.

—Setecientos veinte mil dólares por todo el lote.

—Dios mío... —dijo el inspector—. Es una buena tajada... ¿De dónde sacó el dinero? ¿Una hipoteca?

—No. Pagó en efectivo.

—Dices que su madre murió; a lo mejor fue una herencia.

—Lo dudo —repuso Lacoste—. Murió hace cinco años, pero lo miraré cuando vaya a Montreal.

—Sigue la pista del dinero —dijo Beauvoir.

Era un tópico en las investigaciones criminales, sobre todo en las de asesinato. Y de repente resultaba que la pista del dinero era bien larga. Beauvoir acabó de escribir en las hojas que tenía en la pared y luego les habló de lo que había averiguado la forense.

Morin escuchaba, fascinado. De modo que era así como se investigaban los asesinatos. Nada de pruebas de ADN, ni placas de Petri, escáneres ultravioleta o cualquier otra cosa que pudiera encontrarse en un laboratorio. Todo aquello ayudaba, desde luego, pero aquél era el auténtico laboratorio. Miró a la otra persona que se encontraba frente a él en la mesa y que se limitaba a escuchar, sin decir nada.

El inspector jefe Gamache apartó sus ojos de color castaño oscuro del inspector Beauvoir durante un momento y miró al joven agente. Y le sonrió.

La agente Lacoste se encaminó hacia Montreal poco después de que acabase la reunión. El agente Morin se fue a su casa y Beauvoir y Gamache regresaron al pueblo dando un lento paseo, cruzando el puente de piedra. Pasaron ante el *bistrot*, que estaba a oscuras, y se encontraron a Olivier y a Gabri en la amplia terraza del *bed & breakfast*.

—Os he dejado una nota —dijo Gabri—. Como el *bistrot* está cerrado, vamos a salir todos a cenar, estáis invitados.

—¿En casa de Peter y Clara otra vez? —preguntó Gamache.

—No. En casa de Ruth —contestó Gabri, y fue recompensado con miradas de asombro.

Era como si alguien hubiera apuntado con un arma a los dos oficiales de la Sûreté. El inspector jefe Gamache parecía sorprendido, pero Beauvoir parecía aterrorizado.

—Quizá deberías ponerte una coquilla... —susurró Gabri al inspector mientras subían los escalones del porche.

—Bueno, pues yo no voy ni aunque me maten. ¿Y usted? —preguntó Beauvoir una vez dentro.

—¿Estás de broma? ¿Despreciar la oportunidad de ver a Ruth en su hábitat natural? No me lo perdería por nada del mundo.

Veinte minutos después, el inspector jefe se había duchado, había llamado a Reine-Marie y se había puesto unos pantalones, una camisa azul con corbata y una chaqueta de pelo de camello. Encontró a Beauvoir en el salón con una cerveza y una bolsa de patatas fritas.

—¿Seguro que no cambia de opinión, *patron*?

Era tentador. Gamache tenía que admitirlo. Pero negó con la cabeza.

—Dejaré una vela encendida en la ventana —dijo Beauvoir cuando vio irse al jefe.

La casa de madera de Ruth estaba un par de puertas más allá, frente al parque. Era diminuta, con un porche delante y dos gabletes en el segundo piso.

Gamache había estado antes en aquella casa, pero siempre con la libreta, haciendo preguntas. Nunca como invitado. Al entrar, todas las miradas se volvieron hacia él y todos se le echaron encima. La primera en llegar fue Myrna.

—Por el amor de Dios, ¿has traído la pistola?

—No tengo.

—¿Cómo que no tienes?

—Son peligrosas. ¿Para qué la quieres?

—Para pegarle un tiro. Intenta matarnos. —Myrna cogió a Gamache por la manga y señaló a Ruth, que circulaba entre sus invitados con un delantal de volantitos, cargada con una bandeja de plástico de color naranja chillón.

—En realidad —dijo Gabri—, pretende secuestrarnos y llevarnos a 1950.

—Probablemente, la última vez que recibió a alguien —remató Myrna.

—¿Entremeses, majete? —Ruth vio a su nuevo invitado y se dirigió hacia él.

Gabri y Olivier se encararon mutuamente:

—Va por ti.

Pero, increíblemente, en realidad se refería a Gamache.

—Acabáramos —dijo Ruth, con un forzado acento británico.

Rosa la seguía con sus andares de pata.

—Ha empezado a hablar así en cuanto hemos llegado —dijo Myrna apartándose de la bandeja y tirando una pila de suplementos del *Times Literary*.

Gamache veía galletitas saladas deslizándose por la bandeja naranja, untadas con algo marrón que esperaba que fuese mantequilla de cacahuete.

—Recuerdo haber leído algo de esto —continuó Myrna—. La gente habla con acentos raros después de sufrir un daño cerebral.

—¿Ser poseído por el demonio se considera un daño cerebral? —preguntó Gabri—. Esta mujer tiene el don de lenguas...

—¡Recarámbanos! —exclamó Ruth.

Sin embargo, lo más extraño de aquella sala no eran las lámparas de canasto, los muebles de teca, la amable y británica Ruth con su sospechoso ofrecimiento, ni tampoco los sofás cubiertos de libros y periódicos y revistas, igual que la alfombra verde de pelo largo. Era la pata.

Rosa llevaba un vestido.

—Ha metido la pata —dijo Gabri—. Literalmente.

—Nuestra querida *Rosa*.

Ruth había soltado las pastitas con mantequilla de cacahuete y ahora ofrecía palitos de apio rellenos de queso.

Gamache la miró y se preguntó si tendría que hacer un par de llamadas. Una a la Sociedad Protectora de Animales, otra al hospital psiquiátrico. Pero ni *Rosa* ni Ruth parecían preocupadas. A diferencia de sus invitados.

—¿Quieres una? —Clara le ofreció una bola cubierta de algo que parecían semillas.

—¿Qué es? —preguntó él.

—Creemos que es sebo, para los pájaros —dijo Peter.

—¿Y por qué me lo ofreces a mí? —preguntó Gamache.

—Bueno, alguien debería comérselo. Si no, se ofenderá. —Con una inclinación de cabeza, Clara señaló a Ruth, que desaparecía en la cocina—. Y a nosotros nos da miedo.

—*Non, merci.* —Sonrió y se fue a buscar a Olivier.

Al pasar por delante de la cocina, miró hacia dentro y vio a Ruth abriendo una lata. *Rosa* estaba de pie encima de la mesa, mirándola.

—Bueno, vamos a abrir esto —murmuraba ella—. ¿Deberíamos olerlo? ¿Qué te parece?

A la pata no le parecía nada. Ruth olió la lata una vez abierta, de todos modos.

—Bastante buena.

La vieja poeta se secó las manos en un paño de cocina, luego levantó el borde del vestido de *Rosa* para colocar bien una pluma erizada y la alisó.

—¿Puedo ayudarla? —preguntó Gamache desde la puerta.

—Vaya, qué amable.

Gamache hizo una mueca esperando que ella le arrojase un cuchillo. Pero la mujer se limitó a sonreír y le tendió un plato de olivas rellenas con trocitos de mandarina en almíbar. Él lo cogió y volvió a la fiesta. Lógicamente, lo saludaron como si se hubiera unido al lado oscuro. Agradeció mucho que Beauvoir no estuviera viendo a Ruth más loca que una cabra y más inglesa de lo habitual, a *Rosa* con un vestido y a él mismo ofreciendo una comida que casi con toda seguridad podía matar o dejar inválido al idiota que se la comiera.

—¿Olivas? —preguntó a Olivier.

Los dos hombres miraron el plato.

—Si la oliva es para Olivier... ¿yo soy un mandarín? —preguntó Gabri.

—Deja de hacer el gilipollas —le soltó Olivier.

Gabri abrió la boca, pero al ver las miradas de advertencia en todos los rostros, volvió a cerrarla.

Peter, un poco apartado de la conversación y sosteniendo el vaso de agua que Ruth le había ofrecido, sonrió. Era más o menos lo mismo que Clara le había respondido a él cuando le dijo que el registro policial le parecía una violación.

—¿Por qué? —le había preguntado ella.

—¿A ti no te ha pasado? Todos esos desconocidos mirando tus cuadros...

—¿Eso no se llama «exposición»? Esta tarde los ha mirado más gente que en el resto de mi carrera. Que vengan más policías. Ojalá traigan sus talonarios. —Clara se echó a reír y fue evidente que no le daba ninguna importancia. Pero se dio cuenta de que Peter sí se la daba—. ¿Qué pasa?

—El cuadro no está listo para que lo vean.

—Mira, Peter, lo dices como si esto tuviera algo que ver con tu arte.

—Es que lo tiene.

—Están intentando encontrar a un asesino, no a un artista.

Y así quedó la cosa, como la mayoría de las verdades incómodas entre ellos.

Gamache y Olivier se alejaron del grupo y se dirigieron a un rincón tranquilo.

—Tengo entendido que compraste tu edificio hace unos años.

Olivier enrojeció un poco, sorprendido por la pregunta. Instintiva y furtivamente, examinó la sala para asegurarse de que nadie podía oírlos.

—Pensé que era una buena inversión. Había ahorrado algo de dinero de mi trabajo, y el negocio aquí era bueno.

—Debía de serlo. Pagaste casi tres cuartos de millón de dólares.

—Supongo que hoy en día valdrá un millón.

—Podría ser. Pero pagaste en efectivo. ¿Tan bien te iban los negocios?

Olivier echó una mirada en torno, pero no había nadie cerca. Aun así, bajó la voz:

—El *bistrot* y el *bed & breakfast* van muy bien, al menos de momento, pero la sorpresa estaba en las antigüedades.

—¿Y eso?

—Mucho interés por el pino de Quebec y muchos hallazgos.

Gamache asintió.

—Hemos hablado con los Poirier esta tarde.

La expresión de Olivier se endureció.

—Mira, lo que dicen no es cierto. Yo no engañé a su madre. Ella quería vender. Estaba desesperada por vender.

—Ya lo sé. Hemos hablado también con ella. Y con los Mundin. Los muebles debían de estar en muy mal estado.

Olivier se relajó un poco.

—Así era. Años en graneros y desvanes húmedos y congelados... Hubo que echar a los ratones. Algunos estaban tan combados que casi no podían repararse. Daban ganas de llorar.

—La señora Poirier nos ha dicho que fuiste a su casa más adelante y le regalaste una cama nueva. Eso fue muy amable por tu parte.

Olivier bajó la mirada.

—Sí, bueno, quería darle las gracias.

La conciencia, pensó Gamache. Aquel hombre tenía una conciencia enorme y terrible que se esforzaba por mantener bajo control una enorme y terrible codicia.

—Has dicho que el *bistrot* y el *bed & breakfast* van bien por ahora. ¿Qué querías decir?

Olivier miró por la ventana un momento y luego a Gamache otra vez.

—Hola, hola, la cena está lista —dijo Ruth.

—¿Qué hacemos? —susurró Clara a Myrna—. ¿No podemos salir corriendo?

—Demasiado tarde. O Ruth o la pata nos cogerían, seguro. Lo único que podemos hacer es arrodillarnos y rogar para que se haga de día. Si ocurre lo peor, hacernos los muertos.

Gamache y Olivier se levantaron, los últimos en acudir a cenar.

—Supongo que sabes lo que están haciendo en la antigua casa Hadley... —Como Gamache no respondía, Olivier continuó—: Han desmantelado el edificio casi del todo y están convirtiéndolo en hostal y balneario. Diez salas de masajes, clases de yoga y de meditación. Harán tratamientos de *spa* y retiros para empresas. Habrá gente por todas partes. Arruinarán Three Pines.

—¿Three Pines?

—Vale —saltó Olivier—, el *bistrot* y el *bed & breakfast*.

Se unieron a los demás en la cocina y se sentaron a la mesa de jardín de plástico de Ruth.

—¡Cuerpo a tierra! —advirtió Gabri mientras Ruth colocaba un cuenco frente a cada uno de ellos.

Gamache miró el contenido de su cuenco. Podía distinguir unos melocotones de lata, beicon, queso y ositos de goma.

—Son todas las cosas que me gustan —dijo Ruth sonriendo.

Rosa estaba sentada a su lado en un nido de toallas, con el pico hundido bajo la manga de su vestido.

—¿Whisky? —preguntó Ruth.

—Por favor.

Seis comensales ofrecieron sus vasos y Ruth sirvió un whisky a cada uno... en el plato de la cena.

Unos tres siglos y muchas vidas después, se fueron, tambaleándose en la noche tranquila y fresca.

—¡Hasta más ver! —los despidió Ruth. Pero Gamache se animó al oír, justo cuando se cerraba la puerta—: Cabrones.

CATORCE

Al regresar al *bed & breakfast* se encontraron a Beauvoir esperándolos. Más o menos. Se había quedado dormido en su asiento. Junto a él había un plato con migas y un vaso de leche con cacao. En la chimenea resplandecían unas ascuas moribundas.

—¿Lo despertamos? —preguntó Olivier—. Parece tan en calma...

El rostro de Beauvoir estaba vuelto hacia un lado y le caía un ligero hilillo de baba. Su respiración era fuerte y regular. Sostenía en el pecho, con una mano encima, el pequeño león de peluche que Gabri le había traído a Olivier de la feria.

—Como un bebé policía —dijo Gabri.

—Eso me recuerda algo... Ruth me ha pedido que le diera esto al inspector.

Olivier le tendió a Gamache un papelito. El jefe lo cogió y, tras declinar su oferta de ayuda, se quedó mirando cómo los dos hombres subían la escalera ya con escasa energía. Eran las nueve en punto.

—Jean Guy... —susurró Gamache—. Despierta.

Se arrodilló y tocó el hombro del policía más joven. Beauvoir se despertó sobresaltado, con un ronquido, y el león cayó de su pecho al suelo.

—¿Qué pasa?

—Ya es hora de irse a la cama.

Beauvoir se incorporó.

—¿Qué ha pasado?

—No ha muerto nadie.

—Eso ya es un logro en Three Pines.

—Olivier me ha dicho que Ruth quería darte esto.

Gamache le tendió la nota. Beauvoir se frotó los ojos, desdobló el papel y lo leyó. Luego, negando con la cabeza, se lo pasó a su jefe.

A lo mejor hay en todo esto
algo que me he perdido.

—¿Qué quiere decir? ¿Es una amenaza?

Gamache frunció el ceño.

—No tengo ni la menor idea. ¿Por qué te escribe a ti?

—¿Estará celosa? A lo mejor es que está loca, simplemente. —Pero ambos sabían que aquel «a lo mejor» era muy generoso—. Y hablando de locuras... ha llamado su hija.

—¿Annie? —Gamache se preocupó de inmediato y fue a coger instintivamente su teléfono móvil, aunque sabía a la perfección que no funcionaba en el pueblo ni en el valle.

—No pasa nada. Sólo quería hablar con usted por un problema de trabajo. Nada grave. Quería dejarlo.

—Maldita sea, a lo mejor quería hablar de eso conmigo ayer, cuando nos llamaron.

—Yo no me preocuparía. Ya me he ocupado yo.

—No creo que decirle que se muera pueda considerarse como «ocuparse».

Beauvoir se echó a reír, se agachó y recogió el león de peluche.

—La verdad es que hay motivos para que en su familia la llamen «la leona». Es terrible.

—La llamamos así porque es cariñosa y apasionada.

—¿Y se come a los hombres?

—Todas las cualidades que odias en ella las admiras en los hombres —afirmó Gamache—. Es lista, defiende aquello en lo que cree. Dice lo que piensa y no se arredra ante los bravucones. ¿Por qué la provocas siempre? Cada vez que vienes a comer y está ella, acaba en pelea. Ya me estoy cansando de ese asunto.

—Vale, me esforzaré más. Pero es que es muy pesada.

—Y tú también. Tenéis mucho en común. ¿Qué problema tenía en el trabajo?

Gamache se sentó al lado de Jean Guy.

—Ah, le han asignado a otro abogado con menos experiencia un caso que quería ella. Hemos hablado un rato. Estoy casi seguro de que al final no acabará matando a todos los del despacho.

—Bien por mi chica.

—Y ha decidido no dejarlo. Le he dicho que lamentaría tomar una decisión precipitada.

—¿Ah, sí? ¿Eso le has dicho? —preguntó Gamache con una sonrisa—. Don impulsivo fue a hablar...

—Bueno, alguien tenía que darle un buen consejo. —Beauvoir se rió—. Sus padres están bastante locos, ¿sabe?

—Eso dicen. Gracias.

Era un buen consejo. Y Beauvoir lo sabía. Parecía satisfecho.

Gamache miró su reloj. Las nueve y media. Fue a coger el teléfono de Gabri.

Mientras Gamache hablaba con su hija, Beauvoir acariciaba con aire ausente el león que tenía en la mano.

A lo mejor hay en todo esto
algo que me he perdido.

Aquél era el principal temor en una investigación por asesinato. Perderse algo. El inspector jefe Gamache había montado un departamento brillante. Casi doscientos hombres en total, seleccionados de uno en uno, investigando crímenes en toda la provincia.

Pero su equipo, y Beauvoir lo sabía, era el mejor.

Él era el sabueso. El que iba por delante, dirigiendo.

La agente Lacoste era la cazadora. Decidida, metódica.

¿Y el inspector jefe? Armand Gamache era su explorador. El que iba allí donde los demás se negaban a ir o no podían ir. O tenían demasiado miedo para ir. A lo más salvaje. Gamache encontraba los abismos, las cavernas y las fieras que se escondían en ellas.

Durante mucho tiempo, Beauvoir había creído que Gamache lo hacía porque no tenía miedo a nada. Pero había acabado por darse cuenta de que el inspector jefe tenía muchos miedos. Que aquélla era su fuerza. Que sabía reconocerlos en los demás. Era el miedo, más que nada, lo que impulsaba el puño o el cuchillo. O el golpe en la cabeza.

¿Y el joven agente Morin? ¿Qué aportaría al equipo? Beauvoir tuvo que admitir que el joven ya le caía mucho mejor. Pero aquello no le impedía constatar su inexperiencia. Hasta el momento, Beauvoir el sabueso olía claramente el miedo en aquel caso.

Pero el miedo procedía de Morin.

Beauvoir dejó al jefe en el salón hablando con su hija y subió al piso superior. Mientras caminaba, tarareaba una antigua canción de los Weavers y esperaba que Gamache no viera el animal de peluche que llevaba agarrado.

Cuando monsieur Béliveau llegó para abrir su tienda al día siguiente, ya tenía a un cliente esperando. El agente Paul Morin se levantó del banco situado en el porche y se presentó al anciano tendero.

—¿Qué desea? —preguntó monsieur Béliveau mientras abría la puerta.

No era frecuente que alguien de Three Pines necesitara tanto sus productos como para estar esperándolo. Pero aquel joven no era del pueblo, claro.

—¿Tiene usted parafina?

La cara seria de monsieur Béliveau se iluminó con una sonrisa.

—Tengo de todo.

Paul Morin, que nunca había estado en la tienda, miró a su alrededor. Los estantes de madera oscura estaban llenos de latas colocadas con esmero. Había sacos de comida de perro y pienso para pájaros apoyados en la parte baja del mostrador. Por encima de los estantes se veían cajas antiguas con juegos de backgammon. Damas, Serpientes y Escaleras, Monopoly. Había cuadernos para pintar siguiendo los números y rompecabezas colocados en pilas ordenadas. A lo largo de una pared se encontraban los frutos secos, y en la otra vio pintura, botas, comederos para pájaros...

—Ahí está, al lado de los frascos de conservas. ¿Tiene intención de hacer conservas? —preguntó entre risas.

—¿Vende usted mucha? —preguntó Morin.

—¿En esta época del año? A duras penas consigo mantener el *stock*.

—¿Y esto? —Señaló una lata—. ¿Vende muchas de éstas?

—Unas cuantas. Pero la mayoría de la gente va al Canadian Tire, en Cowansville, para comprar ese tipo de cosas, o a las tiendas de artículos de construcción. Yo sólo tengo un poco por si acaso.

—¿Cuándo fue la última vez que vendió parafina? —preguntó el joven agente mientras pagaba lo que había comprado. En realidad no esperaba ninguna respuesta, pero creía que debía preguntarlo.

—En julio.

—¿Ah, sí? —Morin sospechaba que tenía que ensayar más la expresión de «interrogatorio»—. ¿Cómo es posible que se acuerde?

—Porque es mi trabajo. Llegas a conocer las costumbres de la gente. Y cuando compran algo fuera de lo corriente, como esto —levantó la lata antes de meterla en la bolsa de papel—, me doy cuenta. En realidad, me la compraron dos personas. Parece que está muy solicitada últimamente.

El agente Paul Morin salió de la tienda de monsieur Béliveau con sus artículos y con mucha información inesperada.

La agente Isabelle Lacoste empezó el día con un interrogatorio muy directo. Apretó el botón y el ascensor la llevó hasta el piso superior de la torre de la Banque Laurentienne, en Montreal. Mientras esperaba, echó un vistazo a la bahía en una dirección y a Mont Royal en la otra, con su cruz enorme. Espléndidos edificios de cristal se apiñaban en todo el centro de la ciudad, reflejando el sol y las aspiraciones y logros de aquella notable ciudad francesa.

A Isabelle Lacoste siempre le sorprendía sentirse tan orgullosa cuando veía el centro de Montreal. Los arquitectos habían conseguido hacerlo impresionante y encantador a la vez. Los habitantes de Montreal nunca volvían la espalda al pasado. Los quebequeses, en cambio, sí, para bien o para mal.

—Pase, por favor. —La recepcionista sonrió y señaló una puerta que acababa de abrirse.

—*Merci.*

La agente Lacoste entró en un despacho bastante grande donde un hombre de mediana edad, esbelto y atlético, la esperaba de pie tras su escritorio. El hombre dio la vuelta, con una mano tendida, y se presentó como Yves Charpentier.

—Tengo parte de la información que me ha pedido —dijo en un francés muy culto.

A Lacoste le encantaba poder hablar su idioma con ejecutivos importantes. Su generación era capaz de hacerlo. Pero había oído hablar a sus padres y abuelos, y sabía lo suficiente de historia reciente para entender que, si la escena se hubiese desarrollado treinta años antes, probablemente aquel hombre sólo hablaría inglés. Ella también hablaba inglés a la perfección, pero no se trataba de eso.

Aceptó el café que le ofrecían.

—Es un poco delicado —dijo monsieur Charpentier cuando su secretaria se fue y se cerró la puerta—. No quiero que piense que Olivier Brulé era un criminal, y nunca valoramos siquiera la posibilidad de denunciarlo.

—¿Pero...?

—Los primeros años estuvimos muy contentos con él. Me temo que tendemos a dejarnos impresionar por los beneficios, y él nos proporcionaba muchos. Se movía con rapidez. A la gente le caía bien, especialmente a sus clientes. Muchas personas de este negocio pueden ser insustanciales, pero Olivier era buena gente. Tranquilo, respetuoso... Era un alivio tratar con él.

—¿Pero...? —repitió Lacoste con la esperanza de que su leve sonrisa quitara hierro a su insistencia. Monsieur Charpentier sonrió a su vez.

—Faltó dinero de la empresa. Un par de millones. —Esperó una respuesta, pero ella se limitaba a escuchar—. Se llevó a cabo una investigación discreta. Mientras tanto, siguió desapareciendo dinero. Al final la pista nos llevó hasta dos personas. Una de ellas era Olivier. Yo no podía creerlo, pero después de un par de interrogatorios, lo reconoció.

—¿Es posible que estuviera encubriendo al otro empleado?

—Lo dudo. Francamente, el otro empleado, aunque era listo, no lo era tanto como para montar aquello.

—Para hacer un desfalco no hace falta demasiado cerebro. Yo diría que hay que ser más bien tonto.

Monsieur Charpentier se rió.

—Estoy de acuerdo, pero es que no me he explicado bien. Faltaba dinero de una cuenta de la compañía, pero no lo habían robado. Olivier nos enseñó lo que había hecho. El rastro. Parece que seguía ciertas actividades en Malasia, vio lo que pensaba que eran unas oportunidades de inversión fantásticas y se las indicó a su jefe, que no las aceptó. Así que Olivier lo hizo por su cuenta, sin autorización. Todo estaba allí. Había conservado la documentación con el propósito de entregarla junto con los beneficios. Y tenía razón: aquellos tres millones de dólares se habían convertido en veinte.

Fue entonces cuando Lacoste reaccionó, no verbalmente, pero su expresión hizo que Charpentier asintiera.

—Exacto. El chico tenía olfato para el dinero. ¿Dónde está ahora?

—¿Lo despidieron? —preguntó Lacoste sin responder a la pregunta.

—Se fue. Todavía estábamos pensando qué hacer con él. Los ejecutivos estaban indecisos. A su jefe casi le da un ataque, quería colgarlo de lo más alto del edificio. Tuvimos que explicarle que no hacemos ese tipo de cosas. Ya no.

Lacoste se rió.

—¿Algunos de ustedes querían conservarlo?

—Es que se le daba muy bien su trabajo...

—Que era hacer dinero. ¿Está convencido de que iba a devolverlo?

—Ha dado usted con el problema... La mitad lo creíamos, la mitad no. Al final Olivier dimitió, se había dado cuenta de que había perdido nuestra confianza. Cuando se pierde eso, bueno...

«Bueno —pensó la agente Lacoste—. Bueno, bueno.»

Y ahora Olivier estaba en Three Pines. Pero, como todo aquel que se traslada, se había llevado a sí mismo consigo.

«Bueno, bueno.»

Los tres agentes de la Sûreté estaban reunidos en torno a la mesa del Centro de Operaciones.

—Bien, ¿qué tenemos? —preguntó Beauvoir, plantado una vez más junto a las hojas de papel enganchadas en las paredes. En lugar de respuestas, a las preguntas allí escritas se habían añadido dos más:

¿DÓNDE LO MATARON?
¿POR QUÉ LO TRASLADARON?

Negó con la cabeza. Daba la impresión de que avanzaban en la dirección equivocada. Hasta las pocas cosas que parecían posibles en aquel caso, como que los atizadores fueran las armas del crimen, se habían quedado en nada.

No tenían nada.

—En realidad sabemos muchas cosas —apuntó Gamache—. Sabemos que al hombre no lo mataron en el *bistrot*.

—Eso nos deja sólo el resto del planeta por eliminar —dijo Beauvoir.

—Sabemos que la parafina y el Varathane han representado algún papel. Y sabemos que Olivier tiene algo que ver.

—Pero ni siquiera sabemos quién era la víctima.

Beauvoir subrayó aquella pregunta en su hoja de papel, lleno de frustración. Gamache dejó transcurrir un momento antes de volver a hablar:

—No. Pero lo sabremos. Al final lo sabremos todo. Es un rompecabezas, y al final la imagen completa nos quedará clara. Sólo debemos tener paciencia. Y persistencia. Necesitamos información de los antecedentes de otros posibles sospechosos. Los Parra, por ejemplo.

—Ya tengo la información que me pidió —intervino el agente Morin cuadrando los delgados hombros—. Hanna y Roar Parra llegaron a mediados de los ochenta. Como refugiados. Pidieron asilo y se les concedió. Ahora son ciudadanos canadienses.

—¿Todo legal? —preguntó Beauvoir con pesar.

—Todo legal. Un hijo, Havoc, de veintiún años. La familia está muy involucrada con la comunidad checa de aquí. Han apadrinado a algunas personas.

—Bien, bien. —El inspector agitó la mano—. ¿Algo interesante?

Morin miró sus exhaustivas notas. ¿Qué consideraría importante aquel hombre?

—¿Has encontrado algo de antes de que vinieran aquí? —preguntó Gamache.

—No, señor. He llamado a Praga, pero no hay muy buenos archivos de esa época.

—De acuerdo. —Beauvoir cerró el tapón del rotulador con un chasquido—. ¿Algo más?

El agente Morin depositó una bolsa de papel marrón sobre la mesa de juntas.

—Esta mañana he pasado por la tienda del pueblo y he comprado esto.

Sacó de la bolsa una barra de cera de parafina.

—Monsieur Béliveau me ha dicho que todo el mundo le compra parafina, sobre todo en esta época del año.

—Eso no nos sirve de mucho —señaló Beauvoir, que volvió a sentarse.

—No, pero esto quizá sí. —Sacó una lata de la bolsa. En la etiqueta ponía «Varathane»—. Vendió dos latas como ésta a dos personas en julio. Una a Gabri y la otra a Marc Gilbert.

—¿Ah, sí? —Beauvoir le quitó de nuevo el tapón al rotulador.

La agente Lacoste, como todos los nacidos en Montreal, conocía Habitat, el extraño y exótico complejo de viviendas creado para la Expo del 67. Aquellos edificios fueron considerados vanguardistas en su momento, y todavía lo eran. Estaban en Cité du Havre, en el río San Lorenzo, y eran un tributo a la creatividad y la imaginación. Una vez visto, Habitat no se olvida. En lugar de un edificio cuadrado o rectangular para alojar a la gente, el arquitecto había diseñado cada habitación en un bloque separado, como un cubo alargado. Parecía un montón de bloques de construcción infantiles revueltos, apilados unos encima de otros, uno conectaba con el de encima, otros con los de abajo, otros con los de al lado, de modo que la luz del día penetraba en el edificio y todas las habitaciones estaba iluminadas por el sol. Y todas las habitaciones tenían una vista espectacular, ya fuera del gran río o de la magnífica ciudad.

Lacoste nunca había estado en un piso de Habitat, pero ahora iba a entrar en uno. Jacques Brulé, el padre de Olivier, vivía allí.

—Adelante —dijo el hombre, sin sonreír, al abrir la puerta—. Ha dicho usted que se trataba de mi hijo, ¿no?

Monsieur Brulé no se parecía en nada a su hijo. Tenía el pelo espeso y oscuro y era muy robusto. Tras él, Lacoste vio los brillantes suelos de madera, la chimenea de pizarra y los enormes ventanales que daban al río. El piso estaba decorado con gusto y con dinero.

—¿Podríamos sentarnos?

—¿Podría ir usted al grano?

Permanecía junto a la puerta, impidiéndole el paso. No le permitía adentrarse más en su hogar.

—Como le he comentado por teléfono, estoy en el departamento de homicidios. Estamos investigando un asesinato en Three Pines. —El hombre seguía inexpresivo—. Donde vive su hijo. —Él asintió entonces con una sola inclinación de cabeza. Lacoste continuó—: Encontraron un cadáver allí, en el *bistrot*.

La agente no había nombrado el *bistrot* intencionadamente. El padre de Olivier esperó, sin mostrar ningún tipo de reconocimiento, ni alarma, ni preocupación alguna.

—El *bistrot* de Olivier —dijo al fin.

—¿Y qué quiere de mí?

Aunque en los casos de asesinato no era inusual encontrarse con familias fracturadas, la agente no había contado con ello en esta ocasión.

—Me gustaría saber más de Olivier, de su educación, su entorno, sus intereses.

—Se ha equivocado de progenitor. Tendría que preguntarle a su madre.

—Lo siento, pero pensaba que había muerto.

—Así es.

—Por teléfono me dijo que su hijo fue a Notre Dame de Sion. Un colegio muy bueno, me han dicho. Pero sólo llega hasta sexto. ¿Dónde estuvo después?

—Creo que fue a Loyola. ¿O era Brébeuf? No me acuerdo...

—*Pardon?* ¿Estaban separados su esposa y usted?

—No, nunca me habría divorciado.

Fue el momento en que se mostró más vivaz. Lo había inquietado más la sugerencia del divorcio que la muerte, o incluso que el asesinato. Lacoste esperó. Y esperó. Al final, Jacques Brulé habló:

—Yo pasaba mucho tiempo fuera, por mi carrera.

Pero la agente Lacoste, que no dejaba de saber a qué escuela iban sus hijos por dedicarse a perseguir asesinos, sabía que aquello no era explicación ni excusa.

—¿Se metía en líos? ¿Peleas? ¿Algo?

—¿Olivier? No, nunca, en absoluto. Era un chico muy normal. Alguna tontería, pero nada grave.

Era como entrevistar a un malvavisco, o como preguntarle a un vendedor por unos muebles de comedor. Monsieur Brulé parecía a punto de referirse a su hijo como «eso» a lo largo de la conversación.

—¿Cuándo fue la última vez que habló con él?

No estaba segura de que aquello viniese a cuento, pero quería saberlo.

—No lo sé.

Tenía que haberlo supuesto. Cuando se iba, él la llamó.

—Dígale que le mando saludos.

Lacoste se detuvo ante el ascensor, apretó el botón y miró al hombre alto que estaba de pie enmarcado por la puerta, bloqueando toda la luz que ella sabía que inundaba su apartamento a raudales.

—A lo mejor podría decírselo usted mismo. Incluso visitarlo. ¿Conoce a Gabri?

—¿Gabri?

—Gabriel. Su pareja.

—¿Gabrielle? Nunca me ha hablado de ella.

El ascensor llegó, y ella entró en el cubículo preguntándose si monsieur Brulé sabría siquiera dónde estaba Three Pines. Le intrigaba aquel hombre que ocultaba tantas cosas.

Pero estaba claro que su hijo también lo hacía.

A última hora de la mañana Olivier estaba en su *bistrot*, en la puerta principal. No sabía si abrirlo o no. Si dejar entrar a la gente. Quizá la multitud consiguiera acallar la voz que resonaba en su cabeza. La voz del ermitaño. Y aquella historia terrible que los ligaba a los dos. Incluso en la muerte.

El joven apareció al pie de la montaña, ahora yerma. Como todos los demás habitantes de la región, había oído aquellas historias. De niños malos a los que llevaban allí como sacrificio para el espantoso Rey de la Montaña.

Buscó huesos diminutos en el suelo polvoriento, pero no había nada. Ni vida. Ni muerte siquiera.

Cuando estaba a punto de irse, oyó un suspiro leve. Se había levantado la brisa donde antes no se movía nada. La notó en la nuca, y sintió que su piel estaba cada vez más fría y que se le erizaba el vello. Miró hacia abajo, al valle fértil y verde, los densos bosques y los tejados de paja, y se preguntó cómo había podido ser tan idiota de subir hasta allí. Solo.

—No —oyó decir al viento—. No... —el joven se volvió— vayas. No te vayas —decía aquel gemido.

QUINCE

Los tres investigadores abandonaron el Centro de Operaciones juntos, pero se separaron en el parque. Beauvoir se apartó del jefe y el agente Morin, que iban a interrogar una vez más a Olivier y Gabri, mientras que él se dirigía a la antigua casa Hadley.

El inspector se sentía bastante envalentonado. Los Gilbert habían mentido. Dominique le había dicho el día anterior que nunca habían usado Varathane. Se había mostrado muy satisfecha al decirle lo «ecologistas» que eran. Pero ahora tenían pruebas de que habían comprado al menos un bote de medio litro de aquel producto.

Sin embargo, el brío especial de sus pasos se debía a la curiosidad, o incluso el ansia, por ver qué habían hecho los Gilbert en la antigua casa Hadley.

Gamache intentó abrir la puerta del *bistrot* y se sorprendió al comprobar que no estaba cerrada con llave. Aquella misma mañana, mientras se comía el desayuno consistente en *pain doré*, fresas y plátanos cortados, sirope de arce y beicon, Gabri había reconocido que no sabía cuándo Olivier abriría de nuevo el *bistrot*.

—A lo mejor nunca —dijo—. Y entonces, ¿qué haremos? Tendré que empezar a coger huéspedes de pago.

—No estaría mal, ya que tienes un *bed & breakfast* —dijo Gamache.

—Cualquiera diría que es una ventaja, ¿verdad? Pero me lo impide una pereza extrema.

Y sin embargo, cuando Gamache y el agente Morin entraron en el *bistrot*, allí estaba Gabri detrás de la barra, limpiándolo todo. Y de la cocina llegaba el aroma de unos buenos guisos.

—¡Olivier! —llamó Gabri saliendo de detrás de la barra—. ¡Han venido nuestros primeros clientes desde el crimen! —exclamó.

—¡Gabri, por lo que más quieras! —oyeron decir en la cocina, y resonó el golpe de un cacharro. Un momento después apareció Olivier abriendo la puerta batiente—. Ah, sois vosotros.

—Sí, sólo nosotros, me temo. Queremos hacerte algunas preguntas. ¿Tienes un momento?

Olivier parecía estar a punto de decir que no, pero cambió de opinión y señaló un asiento junto a la chimenea. Una vez más, el fuego ardía en ella. Y les habían devuelto los atizadores.

Gamache miró al agente Morin. Éste abrió mucho los ojos. No esperaría el inspector jefe que fuese él quien llevara el interrogatorio... Pero el tiempo iba pasando y nadie decía nada.

Morin se devanó los sesos. «No seas demasiado contundente. —Aunque en realidad le parecía difícil que el problema fuera precisamente aquél—. Que el sospechoso baje la guardia.» Gabri le sonreía, secándose las manos en un delantal y esperando. «De momento, vamos bien —pensó Morin—. Parece que el numerito del agente idiota está funcionando. Lo único es que no es un numerito...»

Sonrió a los dos hombres y siguió devanándose los sesos. Hasta entonces, tan sólo había entrevistado a conductores que superaban el límite de velocidad en la Autopista 10. No le pareció necesario preguntar a Gabri si tenía o no licencia para conducir.

—¿Es sobre el crimen? —preguntó Gabri intentando ayudar.

—Sí, claro, eso es —dijo al fin Morin—. En realidad no sobre el mismo crimen, sino más bien sobre un asunto de menor importancia que ha surgido.

—Por favor —dijo Olivier indicando una silla—, sentaos.

—No es nada, en realidad —aseguró Morin mientras se sentaban todos—. Es sólo un cabo suelto. Nos gustaría saber por qué compraron ustedes Varathane a monsieur Béliveau en julio.

—¿Lo compramos? —Olivier miró a Gabri.

—Sí, fui yo. Teníamos que restaurar la barra, ¿te acuerdas?

—¿Quieres dejar ya eso? Me gusta la barra como está —protestó Olivier—. Envejecida.

—Yo estoy envejecido, y es horroroso. ¿Te acuerdas de cuando la compramos, de cómo brillaba?

Miraron la larga barra de madera, con la caja registradora y botes con caramelos de regaliz surtidos, gominolas y pipas también de regaliz. Detrás había unos estantes con botellas de licor.

—Es por el ambiente —dijo Olivier—. Aquí todo ha de ser viejo o parecerlo. No lo digas. —Levantó una mano como para evitar la respuesta de Gabri a aquellas palabras, y luego se volvió hacia los policías—. Siempre estamos en desacuerdo en esto. Cuando vinimos aquí, esto era una ferretería. Todos los rasgos originales habían sido destruidos o estaban tapados.

—Las vigas estaban escondidas debajo de una especie de aislante para techos —explicó Gabri—. Incluso habían arrancado las chimeneas y usaban el hueco para almacenar cosas. Tuvimos que contratar a un cantero para que volviera a construirlas.

—¿Ah, sí? —preguntó Gamache, impresionado. Los dos hogares de leña parecían originales—. Pero ¿qué me decís del Varathane?

—Sí, Gabri. ¿Qué pasa con el Varathane? —preguntó Olivier.

—Bueno, iba a limpiar la barra, volver a lijarla y luego darle una capa, pero...

—¿Pero?

—Esperaba que quizá pudiera hacerlo el Viejo Mundin. Él sabe. Y le encantaría.

—Olvídate. Nadie va a tocar esa barra.

—¿Dónde está la lata que le compraron a monsieur Béliveau? —preguntó el agente Morin.

—Está en nuestro sótano, en casa.

—¿Puedo verla?

—Si quiere... —Gabri miró a Morin como si estuviera loco.

Jean Guy Beauvoir no podía creer lo que estaba viendo. Y aún le costaba más creerse algo que le parecía menos tangible. Estaba disfrutando de su visita guiada por la antigua casa Hadley. Hasta el momento, Marc y Dominique Gilbert le habían enseñado los magníficos dormitorios, con chimeneas y televisores de pantalla plana, con bañeras tipo *spa* y duchas de vapor. Con mosaico de cristal reluciente. Con cafetera para hacer expresos en todas las habitaciones.

Esperando a los primeros huéspedes.

Y ahora estaban en la zona de balneario, en el piso inferior, con su luz amortiguada, sus colores suaves y sus aromas relajantes, incluso en aquel momento. Los productos estaban desempaquetados, en espera de que los colocaran en unos estantes aún por construir. En aquella zona, aunque era igual de espectacular que el resto del edificio, el trabajo estaba más atrasado.

—Un mes más, creemos —decía Marc—. Esperamos que lleguen nuestros primeros huéspedes para el puente de Acción de Gracias. Precisamente estábamos discutiendo si poner un anuncio en los periódicos.

—A mí me parece demasiado pronto, pero Marc cree que podría hacerse. Ya hemos contratado a la mayor parte del personal. Cuatro masajistas terapéuticos, un instructor de yoga, un entrenador personal y un recepcionista. Y eso sólo para el *spa*.

Los dos parloteaban, emocionados. A Enid le habría encantado, pensó Beauvoir.

—¿Cuánto cobran por pareja?

—Una noche en el hostal y un tratamiento curativo en el *spa* cada uno saldría a partir de trescientos veinticinco dólares —contestó Marc—. Eso en una habitación estándar, a mediados de semana, pero incluyendo también desayuno y comida.

A Beauvoir ninguna de las habitaciones le parecía estándar. Pero tampoco lo era el precio. ¿Cuánto podían costar realmente aquellas cremas? Aunque quizá fuese un buen regalo para el aniversario... Olivier y Gabri lo matarían, pero a lo mejor ni siquiera se enteraban... Enid y él podían quedarse allí. En el hostal. Sin bajar a Three Pines. ¿Para qué salir de allí, en realidad?

—Cada uno —puntualizó Marc, mientras apagaba las luces y subían la escalera.

—¿Cómo dice?

—Trescientos veinticinco dólares por persona. Impuestos aparte —dijo Marc.

Beauvoir se alegró de que, al ir detrás de ellos, no pudieran verle la cara. Así que sólo los ricos tenían derecho a curarse...

De momento, en cualquier caso, no había visto ni rastro del Varathane. Miró los suelos, los mostradores, las puertas, y alabó los acabados para deleite de los Gilbert. Pero también buscaba el brillo de marras. Aquel brillo fuera de lo común.

Nada.

En la puerta principal dudó si preguntárselo directamente, pero no quería mostrar sus cartas todavía. Paseó un poco por el exterior, observando el césped bien cortado, los jardines recién plantados, los árboles con sus tutores, resistentes.

Todo aquello reconfortaba su sentido del orden. Así era como tenía que ser el campo. Civilizado.

Roar Parra dobló la esquina de la casa empujando una carretilla. Al ver a Beauvoir se detuvo.

—¿Qué desea?

El inspector se presentó y miró el estiércol de caballo que llevaba en la carretilla.

—Más trabajo para usted, supongo.

Echó a andar al paso de Parra.

—Me gustan los caballos. Es bonito ver que han vuelto. La anciana señora Hadley también tenía caballos. Los establos se derrumbaron y los caminos están llenos de maleza.

—Dicen que los nuevos propietarios le han encargado que los abra otra vez.

Parra gruñó.

—Mucho trabajo. Bueno, mi hijo me ayuda cuando puede, y me gusta. Se está tranquilo en el bosque.

—Menos cuando hay desconocidos merodeando por ahí.

Beauvoir vio que Parra adoptaba una expresión de cautela.

—¿A qué se refiere?

—Bueno, le dijo a la agente Lacoste que había visto a un desconocido desapareciendo en el bosque. Pero no era el muerto. ¿Quién cree que era?

—Seguro que me equivoqué.

—Vaya, ¿por qué dice eso ahora? En realidad no lo cree, ¿no?

Por una vez, Beauvoir miró con verdadera atención al hombre. Estaba cubierto de sudor, de tierra y de estiércol. Era robusto y musculoso. Sin embargo, no tenía en absoluto aspecto de estúpido. De hecho, a Beauvoir le pareció que aquel hombre era muy inteligente. ¿Por qué había mentido, pues?

—Estoy harto de que la gente me mire como si dijera que me han abducido unos extraterrestres. Aquel tipo estaba ahí en un momento dado, luego desapareció. Lo busqué, pero no había nada. Y no, desde entonces no he vuelto a verlo.

—A lo mejor se ha ido.

—A lo mejor.

Caminaron en silencio. El aroma almizclado del heno recién cortado y del estiércol dominaba el aire.

—Dicen que los nuevos propietarios son muy ecologistas. —Beauvoir lo comentó como si fuera un reproche, una tontería. Otra bobada de moda entre los chiflados de la ciudad—. Supongo que no le dejarán usar pesticidas ni fertilizantes.

—Me niego a usarlos. Se lo dije desde el principio. He tenido que enseñarles a hacer compost e incluso a reciclar. No estoy seguro de que supieran lo que era. Y siguen usando bolsas de plástico para los comestibles, ¿se lo puede creer?

Beauvoir, que también las usaba, negó con la cabeza. Parra volcó el estiércol en una pila humeante y se volvió hacia Beauvoir, riendo.

—¿Qué? —preguntó el inspector.

—Ahora son más papistas que el papa. Aunque eso no tiene nada de malo, claro. Ojalá todo el mundo fuera igual de ecologista.

—Eso significa que en todas esas renovaciones no habrán usado nada tóxico, como el Varathane.

El hombre recio se rió de nuevo.

—Querían hacerlo, pero se lo impedí. Les hablé del aceite de tung.

Beauvoir notó que su optimismo se desvanecía. Dejó a Roar Parra revolviendo el montón de compost, volvió a la casa y llamó al timbre. Ya era hora de preguntar directamente. Abrió la puerta madame Gilbert, la madre de Marc.

—Me gustaría hablar otra vez con su hijo, si no les importa.

—Por supuesto, inspector. ¿Quiere entrar?

Era amable y simpática. A diferencia de su hijo. Bajo los modales agradables y amistosos del hombre, de vez en cuando asomaba cierta condescendencia, la noción de que él tenía mucho y otros tenían menos. Y de alguna manera, aquello los disminuía.

—Lo espero aquí. Es un pequeño detalle.

Cuando ella se fue, Beauvoir se quedó en la entrada, admirando la pintura blanca reciente, los muebles pulidos, las flores del pasillo, un poco más allá. Aquella sensación de orden y calma y bienvenida. En la antigua casa Hadley. Apenas podía creerlo. A pesar de todos los defectos de Marc Gilbert, aquello tenía que reconocérselo. La luz entraba a raudales por la ventana del vestíbulo y se reflejaba en los suelos de madera.

Brillantes.

DIECISÉIS

Cuando volvieron madame Gilbert y Marc, el inspector Beauvoir había levantado la alfombra que cubría aquella zona y estaba examinando el suelo del pequeño vestíbulo.

—¿Qué ocurre? —preguntó ella.

Beauvoir levantó la vista desde el lugar donde estaba arrodillado y les indicó por señas que se quedaran donde estaban. Luego volvió a agacharse.

El suelo llevaba una capa de Varathane. Estaba muy suave, duro, claro y brillante. Excepto una pequeña mancha. Se levantó y se sacudió las rodillas.

—¿Tiene usted un teléfono inalámbrico?

—Voy a buscarlo —dijo Marc.

—Quizá a su madre no le importe... —Beauvoir miró a Carole Gilbert, que asintió y se fue.

—¿Qué pasa? —preguntó el hombre inclinándose y mirando el suelo.

—Ya sabe usted lo que pasa, monsieur Gilbert. Ayer su mujer dijo que no habían usado Varathane, que intentaban ser lo más ecológicos posible. Pero no es verdad.

Marc se echó a reír.

—Tiene usted razón. Usamos Varathane aquí. Pero eso fue antes de saber que se podía usar algo mejor. Y entonces lo dejamos.

Beauvoir miró a Marc Gilbert. Ya oía a Carole volver con el teléfono, taconeando por los suelos de madera.

—Yo uso Varathane —dijo el inspector—. No estoy tan preocupado por el medio ambiente como ustedes, supongo. Sé que tarda un día entero en secarse. Pero no se endurece del todo hasta al cabo de una semana por lo menos. Este Varathane no lo pusieron hace meses. No lo usaron sólo al principio, ¿verdad? Esto lo hizo la' semana pasada.

Al final Gilbert se puso nervioso.

—Mire, le di una capa de Varathane una noche, cuando todos los demás dormían. Fue el viernes pasado. Es una madera muy buena, y aquí se va a desgastar más que en ningún otro lugar del hostal, así que decidí usarlo. Pero sólo ahí. En ningún otro sitio. Ni siquiera creo que Dominique y mi madre lo sepan.

—¿No usan esta puerta a menudo? Al fin y al cabo, es la entrada principal.

—Normalmente aparcamos a un lado y usamos la puerta de la cocina. Nunca la delantera. Pero nuestros huéspedes sí que la usarán.

—Aquí tiene el teléfono.

Carole Gilbert había reaparecido. Beauvoir le dio las gracias y llamó al *bistrot*.

—¿Está ahí el inspector jefe Gamache, *s'il vous plaît*? —preguntó a Olivier.

—*Oui?* —Oyó la profunda voz del jefe.

—He encontrado algo. Creo que será mejor que venga. Y traiga un equipo de la policía científica, por favor.

—¿Policía científica? ¿Qué significa eso? —preguntó Marc, irritado.

Pero Beauvoir ya había dejado de responder a sus preguntas.

Al cabo de unos minutos llegaron Gamache y Morin. Beauvoir les señaló el suelo pulido y la pequeña marca de rozadura que estropeaba aquel brillo perfecto.

Morin tomó fotografías, y luego, con los guantes y unas pinzas, empezó a tomar muestras.

—Las enviaré al laboratorio de Sherbrooke inmediatamente.

Morin se fue y Gamache y Beauvoir se volvieron hacia los Gilbert. Dominique acababa de llegar a casa con algunas provisiones y se reunió con ellos.

—¿Qué ocurre? —preguntó.

Estaban todos de pie en el gran salón, apartados de la entrada, con su cinta amarilla de la policía y su alfombra enrollada.

Gamache estaba muy serio, y toda apariencia de afabilidad había desaparecido de su semblante.

—¿Quién era el muerto?

Tres personas asombradas le devolvieron la mirada.

—Ya se lo hemos dicho —contestó Carole—. No lo sabemos.

Gamache asintió lentamente.

—Sí, me lo dijeron. Y también me dijeron que no habían visto a nadie que encajase con su descripción, pero sí que lo habían visto. Al menos uno de ustedes. Y uno de ustedes también sabe exactamente lo que nos dirá el laboratorio.

Se miraron todos.

—El muerto estuvo aquí, tirado en su vestíbulo, encima de un Varathane que todavía no se había endurecido. Se le pegó al jersey. Y, a su vez, su suelo tiene pegado un fragmento de su jersey.

—¡Eso es ridículo! —exclamó Carole mirando a Gamache y luego a Beauvoir. Ella también podía cambiar de aspecto, y la elegante hacendada se había convertido de repente en una mujer formidable, de ojos enfurecidos y duros—. Salgan de nuestra casa inmediatamente.

Gamache hizo una ligera reverencia y, para el asombro de Beauvoir, se volvió y se dispuso a irse mirando a su subalterno.

Ambos salieron por el camino de tierra hacia Three Pines.

—Bien hecho, Jean Guy. Investigamos esa casa dos veces y dos veces lo pasamos por alto.

—¿Y por qué nos vamos, entonces? ¿No deberíamos estar allí interrogándolos?

—Quizá. Pero el tiempo juega a nuestro favor. Uno de ellos sabe que tendremos pruebas, probablemente antes de que acabe el día. Dejemos que se vaya cociendo. Créeme, no les he hecho ningún favor.

Y Beauvoir, al pensarlo, comprendió que era verdad.

Justo antes de almorzar, Marc Gilbert llegó al Centro de Operaciones.

—¿Puedo hablar con usted? —preguntó a Gamache.

—Puede hablar con todos nosotros. Ya no hay más secretos, ¿verdad, monsieur Gilbert?

Marc se enfurruñó, pero se sentó en la silla que le indicaban. Beauvoir hizo una seña a Morin para que se uniera a ellos con su libreta.

—He venido voluntariamente, se habrá dado cuenta —dijo Marc.

—Sí, me he dado cuenta —concedió Gamache.

Marc Gilbert había bajado a pie a la antigua estación de ferrocarril, despacio. Dándole vueltas y más vueltas a lo que iba a contarles. Sonaba bien cuando se lo decía a los árboles y las piedras y los patos que volaban hacia el sur. Ahora no estaba tan seguro.

—Mire, ya sé que esto suena ridículo... —Empezó diciendo lo que se había prometido no decir. Intentó concentrarse en el inspector jefe, no en aquel hurón que tenía por ayudante ni en el chico idiota que tomaba notas—. El caso es que me encontré el cuerpo allí tirado. No podía dormir, así que me levanté. Iba a la cocina a hacerme un bocadillo cuando lo vi. Echado allí, junto a la puerta delantera.

Se quedó mirando a Gamache, que lo contemplaba con los ojos castaños muy tranquilos, interesado. Ni acusador, ni incrédulo. Se limitaba a escuchar.

—Estaba oscuro, por supuesto, así que encendí la luz y me acerqué. Pensé que quizá fuera un borracho que había subido la colina haciendo eses desde el *bistrot*, que había visto nuestra casa y sencillamente se había acomodado allí.

Tenía razón, sonaba ridículo. Pero el jefe no dijo nada.

—Iba a pedir ayuda, pero no quería preocupar a Dominique ni a mi madre, así que me acerqué más al hombre. Entonces le vi la cabeza...

—Y comprendió que había sido asesinado —dijo Beauvoir, que no se creía ni una sola palabra.

—Eso es. —Marc dedicó una mirada agradecida al inspector, hasta que vio la mueca escéptica y entonces miró de nuevo a Gamache—. No podía creerlo.

—Así que un hombre apareció asesinado en su casa, en medio de la noche... ¿No había cerrado usted la puerta? —preguntó Beauvoir.

—Normalmente lo hacemos, pero estamos recibiendo muchos paquetes y, como nosotros nunca entramos por ahí, supongo que se nos olvidó.

—¿Y qué hizo usted, monsieur Gilbert? —preguntó Gamache con una voz tranquilizadora, moderada.

Marc abrió la boca, la cerró y se miró las manos. Se había prometido a sí mismo que cuando llegase a aquella parte no bajaría ni apartaría la vista. Que no parpadearía siquiera. Pero estaba haciendo las tres cosas.

—Pensé un rato, luego cogí al hombre y lo bajé al pueblo. Al *bistrot*.

Ya estaba.

—¿Por qué? —preguntó Gamache.

—Iba a llamar a la policía; de hecho, tenía el teléfono en la mano —dijo, y levantó su mano vacía hacia ellos como si aquello fuese una prueba—, pero entonces me puse a pensar. En todo el trabajo que habíamos hecho. Estábamos tan cerca, tan cerca... Vamos a abrir dentro de poco más de un mes, ¿sabe? Y me di cuenta de que todo aquello saldría en los periódicos. ¿Quién quiere relajarse en un hostal y *spa* en el que acaban de matar a alguien?

A Beauvoir le daba mucha rabia admitirlo, pero tuvo que estar de acuerdo. Especialmente, con esos precios.

—¿Así que lo dejó usted en el *bistrot*? —preguntó—. ¿Por qué?

Entonces Gilbert se volvió hacia él.

—Porque no quería dejarlo en casa de ninguna otra persona. Y sabía que Olivier guardaba la llave bajo una maceta, junto a la puerta principal. —Percibió su escepticismo, pero siguió adelante de todos modos—. Cogí al muerto, lo dejé en el suelo del *bistrot* y me volví a casa.

Llevé una alfombra de la zona del *spa* para cubrir el sitio donde había estado el tipo. Sabía que nadie la echaría de menos abajo. Demasiado jaleo.

—Este momento es peligroso —dijo Gamache mirando a Marc—. Podemos acusarlo de obstrucción, de vejaciones a un cadáver, de entorpecer la investigación.

—De asesinato —completó Beauvoir.

—Tiene que contarnos toda la verdad. ¿Por qué llevó el cuerpo al *bistrot*? Podría haberlo dejado en el bosque.

Marc suspiró. No creía que fueran a insistir tanto en ese punto.

—Lo pensé, pero había muchos niños en Three Pines pasando el puente, y no quería que lo encontrase ninguno de ellos.

—Qué noble —dijo Gamache con calma—. Pero no era probable que ocurriese tal cosa, ¿verdad? ¿Suelen los niños jugar en el bosque alrededor de su casa?

—A veces. ¿Usted habría corrido el riesgo?

—Yo habría llamado a la policía.

El jefe dejó que aquella frase fuera calando. Que despojara a Marc Gilbert de sus pretensiones de haber actuado noblemente. Y lo dejase expuesto ante ellos. A un hombre que, en el mejor de los casos, había obrado sin escrúpulos. Y en el peor, había asesinado.

—La verdad —dijo Gamache casi en un susurro.

—Llevé el cuerpo al *bistrot* para que la gente pensara que había muerto allí. Olivier nos ha tratado fatal desde que llegamos.

—Así que usted se vengó dejándole un cadáver, ¿no? —preguntó Beauvoir.

Se le ocurrían varias personas a las que querría dejarles un muerto en casa. Pero nunca lo había hecho. Aquel hombre sí. Estaba claro lo mucho que odiaba a Olivier. Con un odio de una intensidad rara y sorprendente. Y una gran determinación.

Marc Gilbert se miró las manos, luego miró por la ventana, desplazó la vista por las paredes de la antigua estación de ferrocarril. Finalmente, su mirada descansó en el hombre alto que tenía delante.

—Sí, eso hice. No tendría que haberlo hecho, ya lo sé.
—Negó con la cabeza, como maravillándose ante su propia estupidez. Luego levantó de repente la vista, mientras se hacía el silencio. Sus ojos eran claros y brillantes—. Espere un momento... No creerán que yo maté a ese hombre, ¿verdad?

Los demás no dijeron nada.

Gilbert miró a uno y luego al otro. Incluso miró al agente tonto, que tenía el bolígrafo levantado.

—¿Por qué iba a hacerlo? Ni siquiera sé quién es.

Ellos siguieron sin decir nada.

—Es verdad. No lo había visto nunca.

Finalmente, Beauvoir rompió el silencio:

—Y sin embargo, ahí estaba, en su casa. Muerto. ¿Por qué iba a estar en su casa el cadáver de un desconocido?

—¿Lo ve? —Gilbert tendió las manos hacia Beauvoir—. ¿Lo ve? Por eso no llamé a la policía. Porque sabía que iban a pensar esto. —Se cogió la cabeza con las manos, como si intentara contener sus pensamientos embarullados—. Dominique va a matarme. Ay, Dios mío... Ay, Señor...

Se le encorvaron los hombros, y la cabeza le quedó colgando, abatida por el peso de lo que había hecho y de lo que estaba todavía por llegar. Justo entonces sonó el teléfono. El agente Morin fue a cogerlo.

—Sûreté du Québec.

La voz del otro extremo habló apresuradamente y sonaba ahogada.

—*Désolé* —dijo Morin, afligido porque sabía que estaba interrumpiendo el interrogatorio—. No lo entiendo... —Todo el mundo lo miraba. Se puso rojo e intentó escuchar con más atención, pero seguía sin entender lo que le decían. Luego lo oyó y le cambió el color de la cara—. *Un instant.*

Tapó el auricular.

—Es madame Gilbert. Hay un hombre en sus tierras. Lo ha visto en el bosque, en la parte de atrás. —Morin escuchó de nuevo al teléfono—. Dice que se está acercando a la casa. ¿Qué debemos hacer?

Los tres hombres se pusieron en pie.

—Ay, Dios mío, me habrá visto salir y sabe que están solas —dijo Marc.

Gamache cogió el teléfono.

—Madame Gilbert, ¿está cerrada su puerta trasera? ¿Puede ir a mirarlo ahora mismo? —Esperó—. Bien. ¿Dónde está ahora? —Escuchó, luego se dirigió hacia la puerta, con el inspector Beauvoir y Marc Gilbert corriendo tras él—. Estaremos allí dentro de dos minutos. Coja a su suegra y enciérrense en un baño del piso de arriba. El que me enseñó el otro día. Sí, el de la terraza. Cierre las puertas, cierre las cortinas. Quédese allí hasta que nosotros vayamos a sacarla.

Beauvoir había puesto el coche en marcha y Gamache subió en él y cerró de un portazo. Le tendió el teléfono de nuevo a Morin.

—Quédate aquí. Y usted también.

—Yo voy —dijo Gilbert, intentando abrir la puerta del pasajero.

—Usted quédese aquí y hable con su mujer. Tranquilícela. Nos está retrasando, monsieur.

La voz de Gamache sonaba intensa, enfurecida.

Gilbert cogió el teléfono de Morin mientras Beauvoir pisaba a fondo el acelerador. Pasaron por el puente de piedra, dieron la vuelta al parque y subieron por Du Moulin. Se detuvieron a escasa distancia de la antigua casa Hadley. Habían tardado menos de un minuto. Salieron del coche deprisa y en silencio.

—¿Lleva pistola? —susurró Beauvoir mientras corrían, agachados, hasta la esquina de la casa.

Gamache negó con la cabeza. «Pues vaya», pensó Beauvoir. A veces le daban ganas de pegarle un tiro al jefe él mismo.

—Son peligrosas —explicó Gamache.

—Y por eso es probable que él sí lleve. —Beauvoir señaló con la cabeza hacia la parte de atrás de la finca.

Gamache levantó la mano y Beauvoir guardó silencio. El jefe señaló hacia un lado de la casa, luego desapareció por la esquina opuesta. Beauvoir pasó corriendo ante la puerta principal y se encaminó hacia el extremo más alejado. Ambos se dirigían a la parte trasera, donde Dominique había visto al hombre.

Pegado a la pared y manteniéndose agachado, Gamache fue avanzando. Había que ir rápido. El desconocido ya llevaba allí al menos cinco minutos, sin que nadie lo interrumpiera. A aquellas alturas, tal vez ya estuviera dentro. En un minuto podían ocurrir muchas cosas, y no digamos en cinco.

Pasó por detrás de un arbusto y se dirigió al extremo más alejado de la casa grande y vieja. Vio algo que se movía. Un hombre. Grande. Con sombrero, guantes y un chaquetón. Estaba cerca de la casa, cerca de la puerta trasera. Si llegaba a entrar, se les complicaría mucho la tarea. Había muchos sitios donde esconderse. Estaría mucho más cerca de las mujeres.

Mientras el inspector jefe miraba, el hombre echó un vistazo alrededor y luego se acercó a las puertas acristaladas de la cocina.

Gamache se apartó del muro.

—¡Alto ahí! —ordenó—. ¡Sûreté du Québec!

El hombre se detuvo. De espaldas a Gamache, le resultaba imposible saber si llevaba pistola. Pero tampoco el inspector jefe veía si el hombre iba armado.

—Quiero verle las manos —dijo Gamache.

No hubo ningún movimiento. El inspector jefe sabía que aquello no era buena señal. Estaba listo para lanzarse a un lado si el hombre se volvía y disparaba. Sin embargo, los dos aguantaron quietos. Y entonces el hombre se volvió con rapidez.

Gamache, adiestrado y experto, sintió que el tiempo se detenía y el mundo se desvanecía por entero, de tal modo que lo único que existía era aquel hombre que se volvía frente a él. Su cuerpo, sus brazos. Sus manos. Y gracias al giro del cuerpo, Gamache alcanzó a ver que llevaba algo agarrado en la mano derecha.

El policía se tiró al suelo.

Al momento, el hombre cayó también, pues Beauvoir se le había echado encima. Gamache corrió hacia ellos y sujetó la mano del intruso contra el suelo.

—Llevaba algo en la mano, ¿lo ves? —preguntó.

—Lo tengo —dijo Beauvoir, y Gamache levantó al hombre hasta ponerlo de pie.

Ambos lo miraron. Se le había caído el sombrero y llevaba el pelo gris muy despeinado. Era alto y delgado.

—¿Qué demonios están haciendo? —preguntó el hombre.

—Está usted invadiendo una propiedad privada —dijo Beauvoir al tiempo que tendía lo que el hombre llevaba en la mano a Gamache, que lo miró. Era una bolsa. De cereales para el desayuno. Y delante llevaba un sello de un hotel de lujo.

Manoir Bellechasse.

El inspector jefe miró al hombre más de cerca. Le resultaba familiar. El hombre le devolvió la mirada, furioso, imperioso.

—¿Cómo se atreve? ¿No sabe quién soy?

—La verdad —dijo Gamache— es que sí.

Después de llamar a Morin, Marc Gilbert fue liberado y apareció en su casa al cabo de unos minutos, sin aliento por la carrera. Le habían dicho que su mujer y su madre estaban a salvo, pero se sintió aliviado al comprobarlo por sí mismo. Las besó y las abrazó a las dos y luego se volvió hacia Gamache.

—¿Dónde está? Quiero verlo.

Estaba claro que «verlo» era un eufemismo.

—El inspector Beauvoir está con él en el establo.

—Bien —dijo Marc, y se dirigió hacia la puerta.

—Marc, espera... —Su madre corrió tras él—. Quizá deberíamos dejarle esto a la policía.

Carole Gilbert todavía parecía asustada. Y con razón, pensó Gamache, al recordar al hombre que estaba en el establo.

—¿Bromeas? Ese hombre ha estado espiándonos, quizá algo peor...

—¿Qué quieres decir con «algo peor»?

Gilbert dudó.

—¿Qué nos estás ocultando? —preguntó su mujer.

Él lanzó una mirada a Gamache.

—Creo que pudo matar a aquel hombre y dejar su cuerpo en nuestra casa. Como amenaza. O quizá quería matar a alguien de la familia. Igual creyó que el desconocido era uno de nosotros. No lo sé. Pero primero aparece el cadáver, luego ese hombre pretende entrar. Alguien está intentando hacernos daño. Y quiero averiguar por qué.

—Espera. Espera un momento... —Dominique había levantado las manos para detener a su marido—. ¿Qué estás diciendo? ¿Que el cadáver estuvo aquí? —Miró hacia el vestíbulo—. ¿En nuestra casa? —Miró a Gamache—. ¿Es cierto? —Volvió a mirar a su marido—. ¿Marc?

Él abrió la boca y volvió a cerrarla. Luego respiró hondo.

—Sí, estuvo aquí. La policía tenía razón. Yo lo encontré cuando me levanté por la noche. Me asusté e hice una tontería.

—¿Llevaste el cuerpo al *bistrot*?

Dominique estaba tan estupefacta como si un ser amado acabara de abofetearla. La madre de Marc lo miraba como si se hubiese orinado en el comedor del Château Frontenac. Él conocía bien esa mirada desde que, de niño, se orinó en el comedor del Château Frontenac.

La mente de Gilbert examinó todo el asunto a la velocidad del relámpago, rebuscando en los rincones oscuros de la historia alguien a quien culpar. Seguro que no era culpa suya. Seguro que a su mujer se le escapaba algún factor. Seguro que no había hecho nada tan estúpido como para merecer la reprobación que ahora veía en el rostro de su esposa.

Pero sabía bien que sí.

Dominique se volvió hacia Gamache.

—Tiene mi permiso para pegarle un tiro.

—*Merci, madame*, pero para pegárselo necesitaría más que eso. Un arma de fuego, por ejemplo.

—Qué lástima —dijo ella, y miró a su marido—. ¿Cómo se te ocurre?

Marc contó a su mujer, igual que se lo había contado a los policías, los motivos que entonces le habían parecido tan obvios, tan deslumbrantemente claros, a las tres de la madrugada.

—¿Lo hiciste por el negocio? —dijo Dominique cuando él acabó—. Si nuestro plan de negocio incluye ir por ahí tirando cadáveres, es que algo falla.

—Bueno, no formaba parte de ningún plan, exactamente —trató de defenderse él—. Y sí, cometí un error terrible, pero ¿no hay una cuestión más importante? —Por fin había encontrado algo, acurrucado en uno de aquellos rincones oscuros. Algo que desviaría la atención—. Sí, yo me llevé el cuerpo. Pero ¿quién lo trajo aquí?

Obviamente, ellas se habían quedado tan pasmadas ante su confesión que ni siquiera habían pensado en ello. Pero Gamache sí. Porque había observado algo más en el suelo pulido con Varathane. El brillo, la imperfección. Y la falta absoluta de sangre. Beauvoir también se había dado cuenta. Por mucho que Gilbert hubiese frotado, nunca habría conseguido eliminar toda la sangre. Habrían quedado restos.

Pero no había nada. Sólo un poco de pelusa del jersey del hombre muerto.

No, Gilbert quizá hubiese matado a aquel hombre, pero desde luego no lo había hecho ante su puerta principal. El hombre ya estaba muerto cuando lo colocaron allí.

Gilbert se incorporó.

—Ése es uno de los motivos por los que quiero ver al hombre que ha intentado entrar en casa. Creo que tiene algo que ver con esto.

Su madre se puso de pie y lo tocó en un brazo.

—Creo que debes dejárselo a la policía, de verdad. Es muy posible que ese hombre sea un loco.

Miró a Gamache, pero el inspector jefe no tenía intención de evitar que Marc Gilbert se enfrentase al intruso. Más bien lo contrario. Quería ver qué ocurría.

—Venga conmigo —dijo a Marc, y luego se volvió hacia las mujeres—. Pueden venir ustedes también, si quieren.

—Pues sí, yo voy —aceptó Dominique—. Quizá tú deberías quedarte —propuso a su suegra.

—No, yo también voy.

Mientras se aproximaban al establo, los caballos levantaron la vista desde el campo. Beauvoir, que no los había visto antes, casi se detuvo en seco. No había visto muchos caballos en la vida real. En el cine sí. Y aquéllos no se parecían a los caballos que salen en las películas. Pero, claro, tampoco la mayoría de los hombres se parecen a Sean Connery ni la mayoría de las mujeres a Julia Roberts. Sin embargo, aun teniendo en cuenta la selección natural, aquellos caballos tenían una pinta... extraña. Uno de ellos ni siquiera parecía un caballo. Se acercaron lentamente; uno incluso caminaba de lado.

Paul Morin, que había visto muchos caballos, dijo:

—Bonitas vacas.

Dominique Gilbert no le prestó atención. Pero se sentía fascinada por los caballos. Ahora que su vida parecía desarmarse de repente, la calma de los caballos la atraía. Así como su sufrimiento, pensó. No, no su sufrimiento, sino su contención. Si ellos habían podido aguantar una vida entera de malos tratos y dolor, ella soportaría cualquier golpe que le deparase el establo. Mientras los demás pasaban a su lado, Dominique se detuvo, volvió hacia el cercado y allí se puso de pie encima de un cubo y se inclinó por encima de la valla. Los caballos, todavía tímidos, retrocedieron. Pero *Buttercup*, grande, torpe, fea y llena de cicatrices, se adelantó. *Buttercup* apoyó con suavidad su frente amplia y plana en el pecho de Dominique, como si fuera su sitio natural. Como si fuera la clave de todo. Y ella, mientras se alejaba en pos de los demás para enfrentarse a la sombra que se veía de pie en el establo, aspiró el olor a caballo que desprendían sus manos. Y notó una presión agradable entre los pechos.

Al entrar en la oscuridad del establo, sus ojos tardaron un poco en adaptarse. Luego, la sombra se hizo sólida, firme. Humana. Ante ellos apareció un anciano alto, esbelto, elegante.

—Me habéis hecho esperar —dijo la oscuridad.

Marc, cuya vista no era tan buena como pretendía, sólo distinguía la silueta del hombre. Pero las palabras y la voz le dijeron más que suficiente. Notó que la cabeza le daba vueltas y alargó una mano. Su madre, de pie junto a él, se la tomó y la apretó con fuerza.

—¿Madre? —susurró.

—Todo va bien, Marc —dijo el hombre.

Pero Marc sabía que no era verdad. Había oído rumores de la antigua casa Hadley, de los fantasmas que vivían allí. Le encantaban aquellas historias porque gracias a ellas nadie más había querido comprar la casa, y ellos la habían conseguido tirada de precio.

Tirada por el fango. Efectivamente, allí había algo turbio. La antigua casa Hadley había producido un fantasma más.

—¿Papá?

DIECISIETE

—¿Papá?

La mirada de Marc iba de aquella sombra, más oscura que la penumbra del establo, a su madre. La voz era inconfundible, imborrable. Aquella voz profunda y tranquila que transmitía la censura con una ligera sonrisa, de modo que el niño, el chico, el hombre, nunca había sabido en realidad a qué atenerse. Aunque lo sospechaba.

—Hola, Marc.

La voz tenía un dejo de humor, como si aquello fuera divertido de algún modo. Como si el pasmo de Marc fuese un motivo de regocijo.

El doctor Vincent Gilbert salió del establo, y de entre los muertos, y avanzó hacia la luz.

—¿Mamá? —Marc se volvió hacia la mujer que tenía al lado.

—Lo siento mucho, Marc. Ven conmigo. —Empujó a su hijo único hacia el sol y lo hizo sentar en una paca de heno. Él notó que le pinchaba el culo, era incómodo.

—¿Puedes darle algo de beber? —pidió Carole a su nuera, pero Dominique, con las manos en la cara, parecía casi tan anonadada como su marido.

—¿Marc? —dijo Dominique.

Beauvoir miró a Gamache. Si no iban a hacer más que repetir sus nombres, tenían para rato.

Dominique se rehízo y volvió hacia la casa con un andar rápido que terminó en carrera.

—Lo siento, ¿te he sorprendido?

—Claro que lo has sorprendido, Vincent —soltó Carole—. ¿Cómo crees que debe de sentirse?

—Pensaba que se alegraría.

—Tú nunca piensas.

Marc se quedó mirando a su padre, luego se volvió hacia su madre.

—Me dijiste que había muerto.

—A lo mejor exageré un poco.

—¿Muerto? ¿Le dijiste que estaba muerto?

Ella se volvió de nuevo hacia su marido.

—Estuvimos de acuerdo en que le diríamos eso. ¿Estás senil o qué?

—¿Yo? ¿Yo? ¿Tienes idea de lo que ha sido de mi vida mientras tú jugabas al bridge?

—Sí, abandonaste a tu familia y...

—¡Basta! —dijo Gamache, y levantó una mano. No sin esfuerzo, los dos se callaron y lo miraron—. Que quede bien claro esto —dijo Gamache—. ¿Este hombre es su padre?

Marc dirigió al fin una larga y dura mirada al hombre que estaba de pie junto a su madre. Estaba más viejo, más delgado. A fin de cuentas, habían pasado casi veinte años. Desde que desapareció en la India. O al menos eso le había dicho su madre. Unos años más tarde, le explicó que ya lo daban por muerto oficialmente y le preguntó si le parecía que debían celebrar algún acto conmemorativo en recuerdo suyo.

Marc no había dedicado ni un minuto a pensárselo. No. Tenía cosas mucho mejores que hacer que ayudar a preparar un acto conmemorativo para un hombre que había estado ausente toda su vida.

Y así había acabado todo. El Gran Hombre, porque aquello era lo que era el padre de Marc, había pasado al olvido. Marc nunca hablaba de él, nunca pensaba en él. Cuando conoció a Dominique y ella le preguntó si su padre era «aquel» Vincent Gilbert, él dijo que sí, que era él. Pero que había muerto. Perdido en algún agujero oscuro de Calcuta, o Bombay, o Madrás.

—Pero ¿no es un santo? —le preguntó entonces Dominique.

—Sí, claro. San Vincent. El que levantaba a los muertos y enterraba a los vivos.

Ella no había vuelto a preguntar.

—Tomad.

Dominique había vuelto con una bandeja y unos vasos y varias botellas, porque no estaba segura de lo que requería la ocasión. Nunca, en todas las reuniones de juntas directivas que ella había presidido, ni en todas las comidas de negocios que había ofrecido, ni en todos los arbitrajes a los que había asistido, había surgido nada como aquello. Un padre. Resucitado. Pero obviamente no reverenciado.

Dejó la bandeja de las bebidas encima de un tronco, se llevó las manos a la cara, inhaló con suavidad el almizclado perfume de los caballos y notó que se relajaba. Dejó caer las manos, aunque sin bajar la guardia. Tenía instinto para detectar los problemas, y aquél era de los gordos.

—Sí, es mi padre —dijo Marc, y luego se volvió de nuevo hacia su madre—. ¿Así que no está muerto?

Era una pregunta curiosa, pensó Gamache. No había dicho «¿está vivo?», sino «¿no está muerto?». No parecía lo mismo.

—Me temo que no.

—Estoy aquí, ¿sabes? —intervino el doctor Gilbert—. Te estoy oyendo.

Sin embargo, todo aquello, más que desalentarlo, parecía hacerle gracia. Gamache sabía que el doctor Vincent Gilbert sería un enemigo formidable. Y deseó que aquel Gran Hombre, porque le constaba que lo era, no fuese también al mismo tiempo un hombre malvado.

Carole tendió un vaso de agua a Marc y cogió uno ella misma; después se sentó en el heno a su lado.

—Tu padre y yo estuvimos de acuerdo en que nuestro matrimonio había terminado hace mucho tiempo. Él se fue a la India, como sabes bien.

—¿Por qué me dijiste que había muerto? —preguntó Marc.

De no haberlo hecho él, lo habría preguntado Beauvoir. Él siempre había pensado que su familia era un poco rarita. Nunca un susurro, nunca una conversación tranquila. Todo estaba lleno de energía y de movimiento. Voces que se alzaban, gritos, chillidos. Siempre se chillaban unos a otros, se metían los unos en las vidas de los otros. Era un follón. Ansiaba la calma, la paz, y la había encontrado en Enid. Sus vidas eran relajadas, tranquilas, nunca iban demasiado lejos ni se acercaban demasiado.

Tenía que llamarla, por cierto.

Pero, por rara que fuera su familia, no era nada comparada con aquello. De hecho, aquél era uno de los grandes consuelos de su trabajo. Al menos su familia salía ganando en la comparación con personas que se mataban las unas a las otras de verdad y no se limitaban sólo a pensarlo.

—Me pareció más fácil —dijo Carole—. Era más feliz como viuda que como divorciada.

—Pero ¿y yo? —preguntó Marc.

—Pensaba que sería más fácil también para ti. Más fácil pensar que tu padre había muerto.

—¿Cómo pudiste pensar algo así?

—Lo siento. Me equivoqué —reconoció su madre—. Pero tenías veinticinco años y nunca habías estado muy unido a tu padre. Realmente pensé que no te importaría.

—¿Y entonces lo mataste?

Vincent Gilbert, silencioso hasta el momento, se echó a reír.

—Bien dicho.

—Vete a la mierda —le soltó Marc—. Me ocuparé de ti dentro de un momento. —Cambió de postura en la paca de paja, que pinchaba. Su padre era un verdadero grano en el culo.

—Él estuvo de acuerdo, por mucho que ahora diga lo contrario. No podría haberlo hecho sin su cooperación. A cambio de su libertad, accedió a hacerse el muerto.

Marc se volvió hacia su padre.

—¿Es verdad eso?

Vincent Gilbert tenía ya un aspecto menos regio, menos seguro.

—No era yo mismo. No estaba bien. Me había ido a la India a encontrarme a mí mismo y me pareció que la mejor forma de hacerlo era dejar atrás mi antigua vida, por completo. Convertirme en un hombre nuevo.

—¿Así que yo ya no existía para ti? —preguntó Marc—. Vaya maravilla de familia. ¿Y dónde has estado?

—En el Manoir Bellechasse.

—¿Veinte años? ¿Has estado en un hostal de lujo los últimos veinte años?

—Bueno, no. Llevo todo el verano yendo y viniendo. Te he traído eso. —Señaló el paquete que estaba en un estante, en el establo—. Es para ti —dijo a Dominique. Ella lo cogió.

—Granola —dijo—. Del Bellechasse. Gracias.

—¿Granola? —preguntó Marc—. ¿Vuelves de entre los muertos y traes cereales para el desayuno?

—No sabía lo que necesitarías —contestó su padre—. Oí decir a tu madre que te habías comprado una casa aquí y por eso he venido a verla, de vez en cuando.

—Así que tú eres el hombre que vio Roar Parra en los bosques —dijo Dominique.

—¿Roar Parra? ¿Roar? ¿Estáis de broma? ¿Es esa especie de trol? ¿Ese hombre moreno y recio?

—Ese hombre tan agradable que ayuda a tu hijo a poner en marcha todo esto, querrás decir... —intervino Carole.

—Digo lo que quiero decir.

—¿Queréis parar, por favor? —Dominique fulminó a los padres de Marc con la mirada—. Portaos bien.

—¿Por qué estás aquí? —preguntó finalmente Marc.

Vincent Gilbert dudó y se sentó en una paca de heno que tenía a mano.

—Me he mantenido en contacto con tu madre. Ella me habló de tu matrimonio. De tu trabajo. Parecías feliz. Pero luego me dijo que habías dejado el trabajo y te habías trasladado al culo del mundo. Yo quería asegurarme de que estabas bien. No soy un idiota integral, ¿sabes? —dijo Vincent Gilbert con una expresión sombría en el rostro bello y aristocrático—. Sé que es un golpe para ti. Lo siento. No debí dejar que tu madre lo hiciera.

—*Pardon?* —dijo Carole.

—El caso es que no habría contactado nunca contigo, pero entonces encontraron ese cuerpo, y apareció la policía, y pensé que a lo mejor necesitabas mi ayuda.

—Ah, sí, ¿qué pasa con el cuerpo? —preguntó Marc a su padre, que se quedó mirándolo sin decir nada—. ¿Eh?

—¿Qué? Espera un momento... —Vincent Gilbert miró a su hijo, luego a Gamache, que lo observaba con interés, y luego de vuelta a su hijo. Se echó a reír—. No lo dirás en serio... ¿Crees que tengo algo que ver con eso?

—¿Has sido tú? —preguntó Marc.

—¿De verdad esperas que te conteste a eso?

El hombre afable que tenían delante no se limitó a irritarse, sino que se puso como una furia. Ocurrió tan deprisa que hasta Gamache se quedó de piedra por la transformación. Al hombre culto, civilizado, ligeramente divertido, de repente lo desbordó una rabia tan enorme que lo devoró por completo y luego se derramó y se tragó a todos los demás. Marc había despertado al monstruo, tal vez porque ya no recordaba su existencia, o quizá porque quería comprobar si seguía allí. Y tuvo su respuesta. Marc se quedó de pie, inmóvil, y su única reacción fue abrir más los ojos de una manera reveladora.

Y aquellos ojos abiertos le contaron una historia a Gamache. En ellos vio al niño pequeño, al chico, al joven, asustado. Sin saber nunca qué encontraría en su padre. ¿Sería el padre cariñoso, amable y cálido hoy? ¿O el que le arrancaba el pellejo a su hijo? Con una mirada, con una palabra. Dejando al niño desnudo y avergonzado. Sabiéndose débil y ansioso, estúpido y egoísta. De modo que el chico había desarrollado un caparazón externo para soportar aquellos ataques. Pero, aunque es verdad que ese caparazón protege a las almas tiernas, Gamache lo sabía muy bien, pronto deja de cumplir esa función y más bien se convierte en un problema. Porque, si bien el duro caparazón exterior prevenía las heridas, también impedía el paso de la luz. Y dentro, el alma pequeña y aterrorizada se convertía en otra cosa, completamente distinta, nutrida tan sólo por la oscuridad.

Gamache miró a Marc con interés. Había azuzado al monstruo que tenía delante y éste, efectivamente, se había despertado con un ataque de rabia. Pero ¿habría despertado también al monstruo que él mismo llevaba dentro? ¿O acaso ése ya estaba despierto desde tiempo atrás?

Alguien había dejado un cadáver ante su puerta. ¿Había sido el padre? ¿El hijo? ¿Otra persona?

—Yo sí espero que conteste, monsieur —dijo Gamache volviéndose hacia Vincent Gilbert para sostenerle la dura mirada.

—Doctor —exigió Gilbert con voz fría—. No voy a permitir que se me menoscabe. Ni a usted ni a nadie. —Miró de nuevo a su hijo y luego al inspector jefe.

—*Désolé* —dijo Gamache, con una mínima reverencia y sin apartar ni un momento sus profundos ojos castaños de aquel hombre rabioso. La disculpa pareció enfurecer todavía más a Gilbert, al poner en evidencia que uno de ellos tenía la fuerza suficiente para soportar el menosprecio, pero el otro no.

—Háblenos del cadáver —repitió Gamache como si estuvieran enfrascados en una conversación agradable.

Gilbert le dirigió una mirada cargada de odio. De reojo, el inspector jefe notó que *Marc*, el caballo, se aproximaba desde los campos. Parecía una montura idónea para un demonio: huesudo, cubierto de estiércol y de llagas. Con un ojo enloquecido, el otro ciego.

Atraído, supuso Gamache, por algo que a fin de cuentas le resultaba familiar: la rabia.

Los dos hombres se miraron. Al final Gilbert resopló con desdén y alzó una mano para despreciar a Gamache y su pregunta por triviales. El monstruo se retiraba a su cueva.

En cambio, el caballo se acercaba cada vez más.

—No sé nada de eso. Pero pensé que pintaba mal para Marc, así que quise estar aquí por si me necesitaba.

—¿Por si te necesitaba para qué? —preguntó su hijo—. ¿Para que dieras un susto de muerte a todo el mundo? ¿No podías llamar a la puerta, sencillamente, o escribir una carta?

—No sabía que fueras tan sensible.

Tras el latigazo, la diminuta herida, el monstruo sonrió y se apartó. Pero *Marc* ya había aguantado bastante. Pasó la cabeza por encima de la valla y mordió a Vincent Gilbert en el hombro. *Marc* el caballo, claro está.

—¿Qué demonios...? —Gilbert chilló y se retiró de un salto al tiempo que se llevaba una mano al hombro lleno de baba.

—¿Qué, va a arrestarlo? —preguntó Marc a Gamache.

—¿Va a denunciarlo usted?

Marc miró a su padre, luego a la criatura ruinosa que se encontraba tras él. Negra, desdichada, probablemente medio loca. Y Marc, el hombre, sonrió.

—No. Vuélvete al mundo de los muertos, papá. Mamá tenía razón. Es mucho más fácil.

Se dio la vuelta y entró en la casa.

—Vaya familia... —comentó Beauvoir.

Volvían andando al pueblo. El agente Morin se había adelantado hacia el Centro de Operaciones y ellos habían dejado a los Gilbert devorándose entre sí.

—De todos modos, parece que en este caso hay una especie de equilibrio —añadió.

—¿Qué quieres decir? —preguntó Gamache.

A lo lejos, por la izquierda, vio salir de casa a Ruth Zardo, seguida por *Rosa*, que llevaba puesto un jersey. Gamache había escrito una nota de agradecimiento por la cena, la noche anterior, y había aprovechado su paseo matinal para dejársela en el buzón. Comprobó que la cogía, la miraba y se la guardaba en el bolsillo de la chaqueta de punto, vieja y raída.

—Bueno, un hombre muere y otro vuelve a la vida.

Gamache sonrió y se preguntó si era un intercambio justo. Ruth los vio justo cuando Beauvoir se fijaba en ella.

—Corra —susurró al jefe—. Yo lo cubriré.

—Demasiado tarde, chico. La pata nos ha visto.

Y efectivamente, aunque Ruth parecía conformarse con fingir que no los veía, *Rosa* avanzaba hacia ellos contoneándose a una velocidad alarmante.

—Parece que le gustas... —dijo Ruth a Beauvoir mientras cojeaba detrás de la pata—. Lo cual demuestra que tiene cabeza de chorlito.

—Madame Zardo... —Gamache la saludó con una sonrisa, Beauvoir la miró con odio.

—He oído decir que ese tal Gilbert dejó el cadáver en el *bistrot* de Olivier. ¿Por qué no lo habéis arrestado?

—¿Ya lo sabe? —preguntó Beauvoir—. ¿Quién se lo ha dicho?

—¿Y quién no? Lo sabe todo el pueblo. Bueno, ¿qué? ¿Vais a arrestar a Marc Gilbert o no?

—¿Acusado de qué? —preguntó Beauvoir.

—Pues de asesinato, para empezar. ¿Estás loco?

—¿Loco yo? ¿Quién anda por ahí con una pata con jersey?

—¿Y qué quieres que haga? ¿Que la deje congelarse cuando llega el invierno? ¿Qué clase de hombre eres?

—¿Yo? Hablando de locuras, ¿qué es esa nota que hizo que me pasara Olivier de su parte? No recuerdo qué decía, pero, desde luego, no se entendía nada.

—Ah, ¿te parece que no? —La arrugada y vieja poeta lanzó un gruñido.

—«Quizá haya algo en todo esto que me he perdido.» Gamache citó el verso, y Ruth volvió hacia él su mirada fría.

—Era un mensaje privado para él. No iba dirigido a ti.

—¿Y qué significa, madame?

—Tienes que averiguarlo. Y éste también.

Hundió la mano en el otro bolsillo y sacó otro trocito de papel pulcramente doblado. Se lo tendió a Beauvoir y se dirigió al *bistrot*.

Antes de cerrar del todo la mano, Beauvoir contempló el perfecto cuadrado blanco que tenía en la palma.

Los dos hombres se quedaron mirando a Ruth y *Rosa* cruzar el parque. En el extremo más alejado, vieron que alguien entraba en el *bistrot*.

—Está loca, desde luego —afirmó Beauvoir mientras los dos se dirigían al Centro de Operaciones—. Pero tiene razón en lo que ha preguntado. ¿Por qué no hemos arrestado a nadie? Entre el padre y el hijo podríamos haber pasado toda la tarde llenando hojas de arresto.

—¿Con qué fin?

—Hacer justicia.

Gamache se echó a reír.

—Me había olvidado de eso. Muy bueno.

—No, señor, de verdad. Podemos acusarlos de un montón de delitos, desde allanamiento hasta asesinato.

—Los dos sabemos que a la víctima no la asesinaron en ese vestíbulo.

—Pero eso no significa que Marc Gilbert no lo matara en algún otro sitio.

—¿Y lo dejó en su propia casa para luego volver a cogerlo y llevárselo al *bistrot*?

—Pudo haberlo hecho el padre...

—¿Por qué?

Beauvoir pensó en ello. No podía creer que aquella familia no fuera culpable de nada. Y el asesinato parecía muy propio en su caso. Aunque lo más probable habría sido que se mataran entre ellos.

—Quizá quisiera hacer daño a su hijo —propuso Beauvoir.

Pero no acababa de cuadrarle. Hicieron una pausa en el puente de piedra que pasaba por encima del río Bella Bella, y el inspector miró hacia un lado, pensativo. El sol parecía rebotar en la superficie del agua y el inspector jefe se quedó momentáneamente hipnotizado por aquel movimiento.

—Quizá sea al revés —empezó a decir como quien avanza a tientas—. A lo mejor Gilbert quería volver a estar presente en la vida de su hijo pero necesitaba una excusa. Si se tratara de cualquier otra persona lo encontraría ridículo, pero ese hombre tiene su ego y, al parecer, eso le impidió algo tan sencillo como llamar a la puerta y disculparse. Necesitaba una excusa. Me lo imagino matando a un vagabundo, a alguien a quien consideraba muy por debajo de él. Y a quien podía usar para sus propios fines.

—¿Y qué fines serían ésos? —preguntó Gamache mirando también las claras aguas que pasaban por debajo de ellos.

Beauvoir se volvió hacia el jefe y se fijó en los reflejos de la luz que jugueteaban en el rostro del hombre.

—Reunirse con su hijo. Pero necesitaba que lo viera como un salvador, no sólo como un padre holgazán que volvía a la familia con el rabo entre las piernas.

Gamache se volvió hacia él, interesado.

—Sigue.

—Así que mata a un vagabundo, a un hombre a quien nadie echará de menos, lo deja en el vestíbulo de su hijo y espera a que estallen los fuegos artificiales imaginándose que podrá volver y asumir de nuevo el mando de la familia cuando ésta necesite ayuda.

—Pero Marc trasladó el cuerpo y él se quedó sin excusa —dijo Gamache.

—Hasta ahora. El momento de su aparición es interesante. Descubrimos que el cadáver estuvo en la antigua casa Hadley y, una hora más tarde, aparece papá.

Gamache asintió con los ojos entornados y reparó de nuevo en el fluir del agua del río. Beauvoir conocía bien al jefe y sabía que iba avanzando muy despacio en el caso, eligiendo el camino entre piedras resbaladizas, intentando discernir un camino oscurecido por el engaño y el tiempo.

Beauvoir desdobló el papel que tenía en las manos.

Donde me dejen quedo, hecha
de piedra y de ingenuos deseos:

—¿Quién es Vincent Gilbert, señor? Me ha dado la sensación de que lo conocía...

—Es un santo.

Beauvoir se echó a reír, pero se detuvo al ver el rostro serio de Gamache.

—¿Qué quiere decir?

—Hay gente que lo cree.

—A mí me ha parecido un gilipollas.

—Es lo más difícil del proceso. Separar ambas cosas.

—¿Cree de verdad que es un santo? —Beauvoir casi tenía miedo de preguntarlo.

Gamache sonrió de repente.

—Voy a dejarte aquí. ¿Qué te parece comer en el *bistrot* dentro de media hora?

Beauvoir miró el reloj. Las doce treinta y cinco.

—Perfecto.

Se quedó mirando cómo se alejaba el jefe a paso lento por el puente para regresar a Three Pines. Luego bajó la mirada para ver el resto de lo que había escrito Ruth:

> *que la deidad que mata por placer*
> *cure también,*

Alguien más estaba observando a Gamache. Dentro del *bistrot*, Olivier miraba por la ventana mientras oía los gratos sonidos de las risas y la caja registradora. El local estaba a tope. El pueblo entero, toda la comarca había acudido a su establecimiento a comer, a buscar noticias, a cotillear. A enterarse de los últimos acontecimientos dramáticos.

La antigua casa Hadley había escupido otro cuerpo y lo había arrojado al *bistrot*. O al menos su propietario, vaya. Cualquier sospecha sobre Olivier se había esfumado, la mancha había desaparecido.

A su alrededor Olivier oía a la gente hablar, especular sobre Marc Gilbert. Su estado mental, sus motivos. ¿Sería él el asesino? Pero una cosa no se debatía, desde luego, de aquello no había duda.

Gilbert estaba acabado.

—¿Quién va a querer alojarse ahí? —oyó que preguntaba alguien—. Parra dice que han invertido una fortuna en la casa Hadley, y ahora pasa esto...

Todos estaban de acuerdo. Era una lástima. Era inevitable. El nuevo hostal y *spa* se había arruinado antes de abrir siquiera. Olivier miró por la ventana mientras Gamache se acercaba poco a poco al *bistrot*. Ruth apareció junto a Olivier.

—Imagina que te persigue... —dijo contemplando la aproximación inexorable del jefe inspector— ése.

Clara y Gabri pasaron como pudieron entre la multitud y se reunieron con ellos.

—¿Qué miráis? —preguntó Clara.

—Nada —dijo Olivier.

—A él. —Ruth señaló a Gamache, aparentemente sumido en sus pensamientos, pero sin dejar de avanzar. Sin prisa, pero también sin titubeos.

—Debe de estar encantado —dijo Gabri—. Dicen que Marc Gilbert mató a ese hombre y lo trajo aquí, al *bistrot*. Caso cerrado.

—Entonces, ¿por qué Gamache no lo arresta? —preguntó Clara tras beber un sorbo de cerveza.

—Gamache es idiota —sentenció Ruth.

—He oído decir que Gilbert asegura que se encontró el cuerpo en su casa —dijo Clara—. Ya muerto.

—Claro, como si eso pasara todos los días —contestó Olivier.

Sus amigos decidieron no recordarle que era exactamente lo que le había ocurrido a él.

Clara y Gabri volvieron a empujones hacia la barra para buscar más bebidas.

Los camareros sudaban la gota gorda. Tendría que pagarles un plus, decidió Olivier. Algo para compensar los dos días de salario perdidos. Fe. Gabri siempre le decía que tuviera fe, que confiara en que las cosas saldrían bien.

Y la verdad era que habían salido bien. A la perfección.

Junto a él, Ruth golpeaba rítmicamente con su bastón en el suelo de madera. Era más que molesto. Resultaba incluso amenazador. Suave, pero imparable. Tap, tap, tap, tap.

—¿Un whisky?

A ver si así paraba. Pero la mujer siguió tiesa como un palo, con el bastón arriba y abajo, sin detenerse. Tap, tap, tap. Entonces Olivier entendió qué ritmo seguían aquellos golpes.

El inspector jefe Gamache seguía acercándose, despacio, con parsimonia. Y a cada paso que daba correspondía un golpe del bastón de Ruth.

—Me pregunto si el asesino sabe lo terrible que es el hombre que está persiguiéndolo... —comentó Ruth—. Casi me da pena y todo. Debe de sentirse atrapado.

—Fue Gilbert. Gamache lo arrestará pronto.

Pero los golpes del bastón de Ruth coincidían con los violentos latidos del pecho de Olivier. Éste se quedó mirando cómo se aproximaba Gamache. Luego, milagrosamente, el inspector jefe pasó de largo. Y Olivier oyó sonar la campanilla de la puerta de Myrna.

—Así que hay jaleo en la antigua casa Hadley...

Myrna sirvió un café a Gamache y se acercó a él, junto a las estanterías.

—Pues sí. ¿Quién te lo ha contado?

—¿Y quién no? Todo el mundo lo sabe. Fue Marc Gilbert quien llevó el cadáver al *bistrot*. Pero la gente no tiene ni idea de si lo mató él o no.

—¿Qué teorías circulan?

—Bueno... —Myrna dio un sorbo al café y observó a Gamache, que iba desplazándose a lo largo de las hileras de libros—. Algunos creen que sin duda fue él y que llevó el cuerpo al *bistrot* para vengarse de Olivier. Todo el mundo sabe que no se llevan bien. Pero los demás creen que si de verdad tenía esa intención habría matado al hombre en el propio *bistrot*. ¿Por qué matarlo en otro sitio y luego trasladarlo?

—Pues dímelo tú. Tú eres la psicóloga.

Gamache dejó de repasar los estantes y se volvió hacia Myrna.

—Lo era.

—Pero la sabiduría no se jubila.

—¿Nadie puede volver a gatas al paraíso?

Se acercaron con sus cafés a las butacas que había junto a la ventana saliente, se sentaron y se quedaron bebiendo mientras Myrna pensaba. Al fin dijo:

—Parece improbable.

Ni ella misma podía considerar satisfactoria su respuesta.

—¿Te gustaría que el asesino fuera Marc Gilbert? —preguntó Gamache.

—Pues sí, la verdad, que Dios me perdone. No lo había pensado antes, en realidad, pero ahora que existe la posibilidad, pues bueno, sería conveniente.

—¿Porque es un desconocido?

—Por desafuero —dijo Myrna.

—¿Cómo?

—¿No conoces esa expresión, inspector jefe?

—Me suena, sí. Se usa para señalar algo fuera de lugar, exagerado. Pero también para denominar un acto violento contra la ley. Supongo que un asesinato entra en esa categoría.

—No me refería a eso. ¿Sabes de dónde viene la expresión? —Gamache negó con la cabeza y ella sonrió—. Forma parte de los típicos conocimientos ocultos que coleccionamos las libreras. Viene de los tiempos medievales. Las fortalezas estaban rodeadas de murallas de piedra. Todos las hemos visto, ¿no?

Gamache había visitado muchos castillos y fortalezas antiguos, casi todos ya en ruinas, pero lo que recordaba con más viveza eran las ilustraciones de luminosos colores de aquellos libros que devoraba en su infancia. Las torres con arqueros vigilantes, la piedra de las almenas, las gigantescas puertas de madera. El foso y el puente. Intramuros había un patio. Cuando los atacaban, los aldeanos se refugiaban en el interior, alzaban el puente y cerraban sus portones gigantescos. Dentro, estaban todos a salvo. O eso esperaban.

Myrna tenía una mano extendida y trazaba círculos en la palma.

—Todo rodeado de muros que ofrecían protección. Dentro regían los fueros, que eran leyes o privilegios especiales. Si alguien estaba «des-aforado» es que se le había privado de ese fuero o exención.

—Es decir, que estaba expuesto, que había perdido toda su protección...

—El desaforado está fuera, es un extraño —dijo Myrna—. Una amenaza.

Cerró lentamente la mano. Como mujer negra, sabía muy bien lo que significaba carecer de protección. Había vivido siempre fuera de la muralla hasta que se trasladó a Three Pines. Ahora ella estaba dentro y le tocaba el turno a Gilbert.

Aunque estar «dentro» no le resultara tan cómodo como siempre había imaginado.

Gamache se bebió el café y la contempló. Era interesante que todo el mundo pareciera saber lo del traslado del cuerpo por parte de Marc Gilbert y, en cambio, nadie se hubiera enterado de que el otro Gilbert había resurgido de entre los muertos.

—¿Qué estabas buscando ahora mismo? —preguntó ella.

—Un libro llamado *Ser*.

—¿*Ser*? ¿Es el que trata del hermano Albert y la comunidad que creó? —La mujer se levantó y se acercó a la estantería—. Ya hemos hablado de eso alguna vez.

Cambió de dirección y se encaminó hacia el extremo más alejado de la librería.

—Lo hablamos, sí, hace años. —Gamache la siguió.

—Ahora me acuerdo. Les regalé un ejemplar al Viejo Mundin y a La Esposa cuando nació Charles. El libro está agotado, creo. Es una lástima, porque es muy bueno.

Estaban en la sección de libros de segunda mano.

—Ah, sí, aquí está. Me queda uno. Tiene algunas páginas con la esquina doblada, pero eso siempre pasa con los mejores libros.

Ofreció el delgado volumen a Gamache.

—¿Puedo dejarte aquí? Clara y yo hemos quedado en el *bistrot* para comer.

Armand Gamache se instaló en su butaca y empezó a leer a la luz del sol que entraba por la ventana. Sobre un gilipollas. Y un santo. Y un milagro.

Jean Guy Beauvoir llegó al atestado *bistrot* y, después de pedir una cerveza a un Havoc muy agobiado, se coló entre la multitud. Captó fragmentos de conversaciones sobre la feria, sobre lo horrible que había sido el jurado aquel año, de verdad, peor que nunca. Del tiempo. Pero sobre todo oyó hablar del muerto.

Roar Parra y el Viejo Mundin estaban sentados en un rincón con un par de hombres más. Levantaron la vista y saludaron a Beauvoir con una inclinación de cabeza, pero no se movieron de sus benditos asientos.

El inspector escudriñó la sala en busca de Gamache, aunque sabía que no estaba allí. Se había dado cuenta nada más entrar. Al cabo de unos minutos consiguió una mesa. Un minuto después, el inspector jefe se unió a él.

—¿Mucho trabajo, señor?

Beauvoir quitó unas migas de galleta de la camisa del jefe.

—Siempre. ¿Y tú?

Gamache pidió un refresco de jengibre y dedicó toda su atención a su subalterno.

—He buscado en Google a Vincent Gilbert.

—¿Y...?

—He encontrado esto. —Beauvoir abrió su cuaderno—. Vincent Gilbert. Nacido en la ciudad de Quebec en 1934, en el seno de una importante familia francófona. El padre era miembro de la Asamblea Nacional, la madre pertenece a la élite francófona. Licenciado en Filosofía por la Universidad Laval y luego en Medicina por McGill. Especializado en genética. Se hizo famoso al crear una prueba para el síndrome de Down *in utero*. De modo que se pudiera averiguar cuanto antes y administrar tratamiento.

Gamache asintió.

—Sin embargo, dejó la investigación, se fue a la India y, al volver, en vez de incorporarse de inmediato al laboratorio y completar su investigación, se unió al hermano Albert en LaPorte.

El inspector jefe dejó un libro en la mesa y lo empujó hacia Beauvoir.

Éste lo volvió cara arriba. En la contraportada se veía un rostro ceñudo, arrogante. Exactamente la misma mirada que Beauvoir había visto al apoyar la rodilla en el pecho de aquel hombre sólo una hora antes.

—*Ser* —leyó, y luego volvió a dejarlo.

—Es sobre el tiempo que pasó en LaPorte —informó Gamache.

—He leído algo de eso —dijo Beauvoir—. Para las personas con síndrome de Down. Gilbert estuvo allí como voluntario, como director médico, cuando volvió de la India. Después, se negó a continuar su investigación. Yo pensaba que al haber trabajado allí estaría todavía más decidido a obtener un remedio.

Gamache dio unos golpecitos en el libro.

—Tendrías que leerlo.

El inspector le dedicó una sonrisa pícara.

—Debería contármelo usted.

Gamache dudó, recapacitando.

—*Ser*, en realidad, no habla de LaPorte. Ni siquiera de Vincent Gilbert. Habla de arrogancia y humildad y de lo que significa ser humano. Es un libro bello, escrito por un hombre bello.

—¿Cómo puede decir eso del hombre que acabamos de conocer? Una mierda de hombre.

El jefe se echó a reír.

—No te llevaré la contraria. La mayor parte de los santos eran así. San Ignacio tenía antecedentes criminales, san Jerónimo era un hombre horrible, malo y mezquino, san Agustín se acostó con más de una. Una vez inventó esta oración: «Señor, dame castidad, pero todavía no.»

Beauvoir resopló.

—Pues como mucha gente. ¿Y por qué uno es un santo y el otro sólo un gilipollas?

—Eso ya no lo sé. Es uno de esos misterios.

—Bobadas. Ni siquiera va a la iglesia. ¿Qué piensa en realidad?

Gamache se echó hacia delante.

—Creo que ser santo es ser humano, y Vincent Gilbert lo es, ciertamente.

—Pero piensa algo más, ¿verdad? Lo veo. Lo admira.

Gamache recogió el gastado ejemplar de *Ser*. Miró alrededor y vio al Viejo Mundin bebiendo una Coca-Cola y comiendo queso y paté sobre una rebanada de pan. Recordó la diminuta mano de Charles Mundin, agarrada a su dedo. Lleno de confianza, lleno de gracia.

E intentó imaginarse un mundo sin todo eso. El doctor Vincent Gilbert, el Gran Hombre, casi con toda seguridad habría ganado un premio Nobel de haber continuado su investigación. Sin embargo, la había abandonado, haciéndose merecedor, a cambio, del desprecio de sus colegas y de gran parte del mundo.

Y sin embargo, *Ser* no era una disculpa. Ni siquiera era una explicación. Simplemente, era. Como Charles Mundin.

—¿Ya lo saben? —Apareció Gabri.

Pidieron y, cuando el camarero estaba a punto de irse, llegó el agente Morin.

—Espero que no le importe...

—No, en absoluto —dijo Gamache.

Gabri anotó su pedido también, y estaba de nuevo a punto de irse cuando llegó la agente Lacoste. El camarero se pasó una mano por el pelo.

—Madre mía... —dijo Beauvoir—. Salen hasta del armario.

—Ni se imagina —repuso Gabri, y apuntó también el pedido de Lacoste—. ¿Es todo? ¿No esperáis a la banda musical de la Policía Montada?

—Es todo, *patron* —lo tranquilizó Gamache—. *Merci*. No te esperaba —dijo a Lacoste cuando Gabri ya no podía oírlos.

—No iba a venir, pero quería comentar esto en persona. He hablado tanto con el jefe de Olivier como con su padre.

Bajó la voz y les contó lo que le había dicho el ejecutivo de la Banque Laurentienne. Cuando acabó, había llegado su ensalada. Gambas, mango y cilantro sobre espinacas *baby*. Pero miró con envidia el humeante plato de pasta de elaboración casera, coronado con una salsa de champiñones, ajo, albahaca y parmesano, que pusieron delante del jefe.

—Así que no quedó claro si Olivier iba a robar el dinero o a devolverlo —resumió Beauvoir contemplando su bistec al carbón mientras masticaba unas patatas fritas de corte fino y muy condimentadas.

—El hombre con el que he hablado creía que Olivier había invertido aquel dinero para el banco. Pero aun así es probable que, de no dimitir él, lo hubiesen despedido.

—¿Están seguros de que entregó al banco todo el dinero que hizo con el negocio de Malasia? —preguntó Gamache.

—Creen que sí, y hasta el momento no hemos podido encontrar otra cuenta a su nombre.

—Así que seguimos sin saber de dónde salió el dinero para comprar todas estas propiedades —dijo Beauvoir—. ¿Qué dice el padre de Olivier?

Ella les contó su visita a Habitat. Cuando acabó, ya se habían llevado los platos vacíos y cada uno tenía delante su carta de postres.

—No, yo paso. —Lacoste sonrió a Havoc Parra.

Él le devolvió el saludo mientras avisaba por señas a otro camarero para que limpiase y preparase una mesa cercana.

—¿Quién quiere compartir unos profiteroles conmigo? —preguntó Beauvoir. Si no resolvían pronto el caso iba a necesitar un armario nuevo.

—Yo misma —contestó Lacoste.

Llegaron los profiteroles rellenos de helado y cubiertos con salsa de chocolate caliente. Gamache lamentó no habérselos pedido. Contempló hipnotizado a Beauvoir y Lacoste coger cucharadas del helado, ya medio derretido, mezclado con los pastelitos y el chocolate oscuro y caliente.

—Así que el padre de Olivier nunca ha estado aquí —dijo Beauvoir, limpiándose la boca con la servilleta—. No tiene ni idea de dónde vive Olivier, ni sabe a qué se dedica. ¿Tampoco sabe que su hijo es gay?

—No creo que sea el único hijo que tiene miedo de contárselo a su padre —comentó Lacoste.

—Secretos —terció Beauvoir—. Más secretos...

Gamache vio que Morin, sin dejar de mirar por la ventana, cambiaba de expresión. A continuación, el murmullo de las conversaciones en el *bistrot* fue apagándose. El jefe siguió la mirada de su agente.

Un alce avanzaba hacia el pueblo con rápidos pasos torpes por la rue du Moulin. Al confirmar que se acercaba, Gamache se levantó. Alguien iba subido a su lomo, agarrado al enorme cuello.

—Tú quédate aquí. Vigila la puerta —le dijo al agente Morin—. Vosotros, venid conmigo —ordenó a los demás.

Antes de que nadie más pudiera reaccionar, Gamache y su equipo habían salido por la puerta. Cuando todos los demás quisieron seguirlos, el agente Morin se interpuso en la puerta. Bajito, enclenque, pero decidido. Nadie iba a pasar por allí.

A través de los cristales vieron que la criatura movía sus largas patas arriba y abajo, torpe y frenética. Gamache avanzó, pero el animal no aminoró el paso. Su jinete ya no lo controlaba. El jefe extendió los brazos para acorralarlo y, al acercarse, vio que era uno de los animales de los Gilbert. Un caballo, supuestamente. Tenía los ojos desorbitados, en blanco, y movía los cascos espasmódicamente, hundiéndolos en el suelo. Beauvoir y Lacoste flanquearon al jefe y levantaron también las manos.

Desde su puesto junto a la puerta, el joven agente Morin no podía distinguir lo que ocurría fuera. Sólo veía las caras de los clientes que miraban. Había presenciado una cantidad suficiente de accidentes para saber que, cuando pasa algo malo de verdad, la gente chilla. En cambio, cuando ocurre lo peor, se hace el silencio.

El *bistrot* estaba en silencio.

Los tres policías aguantaron con firmeza. El caballo fue directo hacia ellos y luego giró, relinchando como un poseso. El jinete cayó a la hierba del parque y la agente Lacoste consiguió agarrar las riendas mientras el caballo resbalaba y se retorcía. A su lado, Gamache sujetó también las riendas y entre los dos consiguieron que el animal se estuviera quieto.

El inspector Beauvoir estaba de rodillas en la hierba, agachado junto al jinete caído.

—¿Se encuentra bien? No se mueva, quédese donde está.

Pero, como la mayoría de las personas que reciben ese consejo, el jinete se incorporó y se quitó el casco. Era Dominique Gilbert. Igual que el caballo, tenía los ojos desorbitados, con expresión alucinada. Gamache dejó que Lacoste calmara al asustadizo animal, se acercó rápidamente a Beauvoir y se arrodilló a su lado.

—¿Qué ha ocurrido?

—En el bosque... —jadeó Dominique Gilbert—. Una cabaña. He mirado dentro. Había sangre. Mucha sangre.

DIECIOCHO

El joven, poco más que un muchacho, oyó el viento. Oyó el gemido y le prestó atención. Se quedó. Al cabo de un día entero, sus parientes, temiendo lo que podían encontrar, fueron a mirar y lo hallaron en la falda de la terrible montaña. Vivo. Solo. Le rogaron que se fuera, pero por increíble que parezca se negó.

—Lo han drogado —dijo su madre.

—Le han echado una maldición —dijo su hermana.

—Está hipnotizado —dijo su padre, retrocediendo.

Pero se equivocaban. De hecho, estaba seducido. Por la montaña desolada. Y por su propia soledad. Y por los diminutos brotes verdes que tenía bajo los pies. Él había conseguido aquello. Él había devuelto la gran montaña a la vida. Allí era necesario.

Y por lo tanto, el muchacho se quedó, y poco a poco el calor volvió a la montaña. Volvieron la hierba, los árboles, las flores fragantes. Zorros, conejos y abejas regresaron también. Allí donde pisaba el joven brotaban los retoños; donde se sentaba, aparecían estanques nuevos.

El chico era la vida de la montaña. Y la montaña lo amaba. Y el chico también amaba a la montaña.

A lo largo de los años, la terrible montaña fue volviéndose cada vez más hermosa y empezó a correr la voz. Decían que algo aterrador se había vuelto pacífico. Y amable. Y seguro. Poco a poco volvió la gente, incluida la familia del chico.

Surgió una aldea y el Rey de la Montaña, que llevaba tanto tiempo solo, protegió a todos sus habitantes. Y cada noche, mientras los demás dormían, el chico, que ya era un hombre, subía hasta la mismísima cima de la montaña y, tumbado en el suave y verde musgo, escuchaba la profunda voz que resonaba en el interior.

Entonces, una noche, mientras estaba allí tumbado, el joven oyó algo inesperado. El Rey de la Montaña le contó un secreto.

Como todos los demás clientes del *bistrot*, Olivier contempló el caballo enloquecido y al jinete caído. Se le erizó la piel y deseó salir de allí, chillar, abrirse paso a empujones entre la gente. Y alejarse corriendo. Correr, correr, correr. Hasta caer exhausto.

Porque, a diferencia de los demás, él sabía lo que estaba pasando.

Sin embargo, se quedó de pie mirando, como si fuera todavía uno más entre ellos. Aunque sabía que ya nunca volvería a serlo.

Armand Gamache entró en el *bistrot* y examinó los rostros.

—¿Está aquí todavía Roar Parra?

—Sí —dijo una voz en la parte trasera del *bistrot*.

La gente se apartó para dejar pasar a aquel hombre robusto.

—Madame Gilbert ha encontrado una cabaña en lo más profundo del bosque. ¿Le suena eso?

Parra se quedó pensando, como todos los demás. Luego, tanto él como los demás negaron con la cabeza.

—Que yo sepa, aquí nunca ha habido ninguna cabaña.

Gamache pensó un momento y luego miró al exterior, donde Dominique intentaba recuperar el aliento.

—Un vaso de agua, por favor —dijo, y Gabri apareció con uno—. Venga conmigo —dijo el inspector jefe a Parra.

—¿A qué distancia está la cabaña? —preguntó a Dominique en cuanto ésta se hubo bebido el agua—. ¿Podemos llegar allí con quads?

Dominique negó.

—No, el bosque es demasiado denso.

—¿Y usted cómo ha llegado hasta allí?

—Me ha llevado *Macaroni*. —Acarició el sudoroso cuello del caballo—. Después de lo que ha ocurrido esta mañana necesitaba estar sola un rato y he decidido averiguar adónde conducen los antiguos senderos de herradura.

—No ha sido muy inteligente por su parte —dijo Parra—. Podría haberse perdido.

—De hecho, me he perdido. Así es como he encontrado la cabaña. Iba por uno de los caminos que usted ha desbrozado. El sendero se acabó, pero como aún distinguía un poco el camino antiguo he seguido avanzando. Y entonces lo he visto.

La mente de Dominique estaba llena de imágenes. De la cabaña oscura, de las oscuras manchas en el suelo. Se veía subiendo al caballo, intentando encontrar el camino de vuelta, controlando el pánico. Las advertencias que todos los canadienses oyen desde pequeños. Nunca, nunca jamás entres solo en el bosque.

—¿Puede volver a encontrar el camino hasta allí? —preguntó Gamache.

¿Podía? Lo pensó bien y luego asintió.

—Sí.

—Bien. ¿Quiere descansar un poco?

—No, preferiría acabar con esto.

Gamache asintió y luego se volvió hacia Roar Parra.

—Venga con nosotros, por favor.

Al subir por la colina, Dominique iba delante con *Macaroni*, Parra caminaba a su lado y los oficiales de la Sûreté detrás. Beauvoir susurró al jefe:

—Si no podemos entrar con los quads, ¿cómo lo haremos?

—¿Sabes decir «arre»?

—Sé decir «so». —Beauvoir miró a Gamache como si éste hubiera sugerido algo obsceno.

—Pues te sugiero que practiques.

221

. . .

Al cabo de media hora, Roar había ensillado a *Buttercup* y *Chester*. *Marc*, el caballo, no estaba a la vista, pero Marc, el marido, salió del establo con un casco de montar puesto.

—Voy con ustedes.

—Me temo que no puede ser, monsieur Gilbert —dijo Gamache—. Es pura matemática. Hay tres caballos. Su mujer necesita uno, y el inspector Beauvoir y yo tenemos que ir con ella.

Beauvoir miró a *Chester*, que cambiaba el peso de un casco al otro como si le resonara una banda de Dixieland dentro de la cabeza. El inspector nunca había montado a caballo y no le apetecía lo más mínimo hacerlo entonces.

Salieron, Dominique en cabeza, Gamache tras ella con un rollo de cinta rosa fosforescente para marcar su camino y Beauvoir cerrando la retaguardia, aunque Gamache prefirió no describírselo así. El jefe había montado muchas veces. Cuando empezaba a salir con Reine-Marie, iban a cabalgar por los caminos de herradura de Mont Royal. Llevaban comida para hacer un picnic y tomaban los caminos hacia el bosque desde el centro de Montreal. Se detenían en algún claro donde pudieran atar los caballos, contemplar la ciudad desde arriba, beber vino bien frío y comerse unos bocadillos. Con el tiempo habían cerrado los establos de Mont Royal, pero, de vez en cuando, Reine-Marie y él salían un domingo por la tarde y buscaban algún sitio para cabalgar.

Montar en *Buttercup*, sin embargo, era una experiencia totalmente distinta. Más bien como navegar en alta mar con un bote pequeño. Cuando *Buttercup* se balanceaba hacia delante y atrás, le daba un poco de náusea. Cada diez pasos, más o menos, se inclinaba y ataba una cinta rosa a un árbol.

Dominique iba muy adelantada con *Macaroni*, y Gamache no se atrevía a mirar hacia atrás, pero sabía que Beauvoir estaba allí por el constante flujo de palabrotas que le iba llegando.

—¡*Merde, tabarnac*, joder!

Las ramas restallaban contra su cuerpo al pasar, de manera que parecía que la naturaleza los azotaba.

Beauvoir, que había recibido instrucciones de mantener los talones bajos y las manos firmes, pronto perdió ambos estribos y se quedó agarrado a la crin gris. Recuperó los estribos y se enderezó a tiempo de recibir el golpe de otra rama en la cara. A partir de entonces, se inició un ejercicio poco elegante y vergonzoso que consistía en encontrar la manera de agarrarse.

—¡*Tabarnac, merde*, joder!

El camino se estrechó, el bosque se sumió en la oscuridad y su paso se hizo más lento. El jefe no estaba nada convencido de que aún se hallaran en el camino, pero ya no podía hacer nada. Los agentes Lacoste y Morin estaban recogiendo el equipo necesario para los análisis y acudirían a su encuentro con los quads en cuanto Parra hubiese abierto el camino. Pero aquello costaría un poco.

¿Cuánto tiempo iba a tardar Lacoste en darse cuenta de que se habían perdido? ¿Una hora? ¿Tres? ¿Cuánto faltaba para que se hiciera de noche? ¿Tan perdidos estaban? El bosque era cada vez más oscuro y frío. Parecía que llevaran horas cabalgando.

Gamache miró su reloj, pero con aquella oscuridad no veía la esfera.

Dominique se detuvo y los caballos que la seguían se apelotonaron.

—¡Sooo! —dijo Beauvoir.

Gamache alargó un brazo para coger las riendas y calmar al caballo del inspector.

—Ahí está —susurró la mujer.

Gamache se inclinó a uno y otro lado, intentando ver entre los árboles. Al final desmontó, ató su caballo a un árbol y fue a situarse ante Dominique. Pero seguía sin verla.

—¿Dónde?

—Ahí —susurró Dominique—. Justo al lado de esa zona iluminada por el sol.

Un rayo de sol muy ancho se colaba entre los árboles. Gamache miró a su lado y entonces la vio. Una cabaña.

—Quédese aquí —le dijo.

Luego hizo señas a Beauvoir, que miraba a su alrededor con la intención de averiguar cómo bajar al suelo. Al final se inclinó, se abrazó a un árbol y se bajó de lado. Cualquier otro caballo se habría preocupado, pero *Chester* había visto cosas peores. Cuando el inspector logró bajar resbalando por el lomo, parecía que el animal ya le estaba tomando cariño. Beauvoir no le había dado una patada, ni un solo azote o un puñetazo. En toda la vida de *Chester*, Beauvoir había sido, de lejos, el jinete más amable y gentil que había tenido.

Los dos hombres se quedaron mirando la cabaña. Era una construcción de troncos. En el porche delantero había una mecedora solitaria con un cojín grande. A ambos lados de la puerta cerrada había ventanas con jardineras en plena floración. A un lado de la cabaña se alzaba una chimenea de piedra, pero no salía humo.

A sus espaldas sonaba el suave roce de los caballos y el susurro de sus colas. También se oía a algunas criaturas pequeñas que corrían en busca de cobijo. Les llegaba el olor del musgo, el aroma dulce de las agujas de pino y la podredumbre de las hojas.

Avanzaron un poco. Hacia la veranda. Gamache examinó las tablas del suelo. Unas cuantas hojas secas, pero nada de sangre. Llamó la atención de Beauvoir con un movimiento de cabeza y le indicó una de las ventanas. Beauvoir se situó en silencio junto a la misma, de espaldas a la pared. Gamache se acercó a la otra ventana y luego hizo una pequeña señal. Juntos, miraron hacia el interior.

Vieron una mesa, sillas, una cama en el extremo más alejado. Ninguna luz, tampoco movimiento.

—Nada —dijo Beauvoir.

Gamache asintió. Buscó el pomo de la puerta. Ésta se abrió un par de centímetros con un ligero crujido. El jefe metió un pie y la abrió del todo. Luego miró en el interior.

La cabaña tenía una sola habitación y Gamache vio de inmediato que allí no había nadie. Entró. En cambio, Beauvoir mantuvo la mano en la pistola. Por si acaso. Era un hombre precavido. Haberse criado en medio del caos lo había hecho así.

El polvo formaba remolinos en la escasa luz que entraba por la ventana. El inspector, por costumbre, buscó un interruptor y luego se dio cuenta de que no había ninguno. Pero encontró algunas lámparas y las encendió. Bajo su luz se reveló una cama, un tocador, unas estanterías para libros, un par de sillas y una mesa.

La habitación estaba vacía. Excepto por lo que había dejado tras de sí el hombre muerto. Sus pertenencias y su sangre. Había una mancha enorme y oscura en el suelo de madera.

Sin duda, al fin habían encontrado la escena del crimen.

Una hora más tarde, Roar Parra había hallado las cintas rosa del jefe y se había puesto a ensanchar el camino con su sierra mecánica. Llegaron los quads y con ellos la policía científica. El inspector Beauvoir tomó fotografías mientras Lacoste, Morin y otros agentes peinaban toda la habitación en busca de pruebas.

Roar Parra y Dominique Gilbert habían montado en los caballos y se habían vuelto a casa, llevándose también a *Chester* con ellos. El animal miraba hacia atrás, esperando ver a aquel hombre tan raro que se había olvidado de pegarle.

Cuando el catacloc-catacloc de los cascos fue apagándose en la distancia, el silencio los envolvió.

Mientras su equipo trabajaba dentro de la cabaña abarrotada, Gamache decidió explorar el exterior de la misma. Había unas jardineras de madera finamente tallada, llenas de alegres capuchinas y hierbas aromáticas. Frotó con los dedos una planta, luego las demás. Olían a cilantro, romero, albahaca y estragón. Se dirigió al ancho rayo de luz que penetraba entre los árboles, junto a la pequeña construcción.

Una valla de ramas retorcidas delimitaba un amplio rectángulo de más o menos seis metros de ancho por doce de largo.

En la valla crecían unas plantas trepadoras y, al acercarse, Gamache vio que estaban cargadas de guisantes. Abrió la cancela de madera y entró en el huerto. Allí alguien había plantado y cultivado unas cuidadas hileras de verduras, destinadas a una cosecha que ya nunca llegaría. A lo largo del huerto, la víctima había sembrado tomates, patatas, guisantes y judías, brócoli y zanahorias. Gamache abrió una vaina de judías y se las comió. Junto al camino había una carretilla con algo de tierra y una pala, y en el extremo más alejado se veía un asiento hecho con ramas curvadas, con unos cojines cómodos y descoloridos. Resultaba tentador, y Gamache imaginó a aquel hombre trabajando en el huerto y luego descansando. Sentado tranquilamente en la silla.

El inspector jefe bajó la mirada y vio la huella del hombre en los cojines. Se había sentado allí. Quizá durante horas. Bajo aquel rayo de sol.

Solo.

No mucha gente, pensó Gamache, podía hacer algo semejante. Había muchas personas incapaces de soportar la tranquilidad, aunque fuera deseada y escogida por propia voluntad. Se ponían nerviosas, se aburrían. Pero aquel hombre no, sospechó Gamache. Lo imaginó allí, mirando su huerto. Pensando.

¿En qué pensaría?

—¿Jefe?

Al volverse, Gamache vio a Beauvoir caminando en dirección a él.

—Hemos hecho el registro preliminar.

—¿Arma?

Beauvoir negó.

—Pero hemos encontrado unos botes de conservas y parafina. Bastante. Supongo que ya sabemos por qué.

El inspector miró hacia el huerto y pareció impresionado. El orden siempre lo impresionaba.

Gamache asintió.

—¿Quién era?

—No lo sé.

Entonces el inspector jefe se volvió por completo hacia su subalterno.

—¿Qué quieres decir? ¿Pertenecía o no esta cabaña a nuestra víctima?

—Creemos que sí. Es donde murió, casi con toda seguridad. Pero no hemos encontrado ninguna identificación. Nada. Ni fotos, ni certificado de nacimiento, pasaporte, permiso de conducir...

—¿Cartas?

Beauvoir negó de nuevo con un movimiento de cabeza.

—Hay ropa en los cajones. Ropa vieja, gastada. Pero remendada y limpia. De hecho, toda la cabaña está limpia y ordenada. Muchos libros, ahora vamos a examinarlos. Algunos llevan un nombre escrito, pero son nombres distintos. Debía de comprarlos en librerías de viejo. Hemos encontrado también herramientas para tallar madera y serrín junto a una de las sillas. Y un violín antiguo. Supongo que ya sabemos lo que hacía por las noches...

Gamache vio de nuevo al muerto, vivo. Incluso sano. Volviendo a casa después de trabajar en el huerto. Preparándose una comida sencilla, sentado junto al fuego y tallando madera con una navaja. Luego, a medida que avanzaba la noche, cogía el violín y tocaba. Para él solo.

¿Quién era aquel hombre a quien tanto gustaba la soledad?

—Este lugar es bastante primitivo —continuó Beauvoir—. Hay que bombear el agua en el fregadero de la cocina. No había visto nada igual desde hacía años. Y no hay inodoro ni ducha.

Gamache y Beauvoir miraron alrededor. Siguiendo un camino sinuoso, muy hollado, encontraron un retrete. Sólo de pensarlo, el inspector estuvo a punto de vomitar. El jefe abrió la puerta y miró dentro. Examinó el pequeño excusado de un solo agujero, luego cerró la puerta. También estaba limpio, aunque ya empezaban a formarse telarañas y, Gamache lo sabía bien, pronto comenzaría la invasión de criaturas y plantas, hasta que el retrete acabase por desaparecer, devorado por el bosque.

—¿Y cómo se lavaba? —preguntó Beauvoir mientras volvían a la cabaña. Sabían que lo hacía, y a menudo, según la forense.

—Hay un río —contestó Gamache, e hizo una pausa. Más adelante, la cabaña se alzaba como una gema diminuta y perfecta en medio del bosque—. Se oye. Probablemente sea el Bella Bella, que desde aquí se dirige al pueblo.

Y así era: Beauvoir prestó atención a un ruido extrañamente parecido al del tráfico. Era reconfortante. También había una cisterna junto a la cabaña, destinada a recoger el agua de la lluvia.

—Hemos encontrado huellas dactilares. —Al entrar en la cabaña, Beauvoir mantuvo la puerta abierta para que pasara el jefe—. Creemos que pertenecen a dos personas distintas.

Gamache enarcó las cejas. Todo hacía pensar que allí sólo vivía una persona. Pero, a juzgar por los acontecimientos, alguien más había encontrado la cabaña y, en ella, a aquel hombre.

¿Tendrían esa suerte? ¿Habría dejado sus huellas el asesino?

La cabaña estaba cada vez más oscura. Morin encontró un par de lámparas más y algunas velas. Gamache vio afanarse al equipo. Había cierta elegancia en aquel trabajo, aunque quizá sólo un policía de homicidios pudiera apreciarla. La fluidez de los movimientos, aquella manera de echarse a un lado, acercarse, separarse para poder agacharse y volver a levantarse y ponerse de rodillas. Era casi hermoso.

Se quedó en el centro de la cabaña y la recorrió con la mirada. Las paredes estaban hechas de troncos grandes, redondos. Por extraño que pareciera, había cortinas en las ventanas. Y sobre la de la cocina se apoyaba un cristal de color ámbar.

Había una bomba de mano junto al fregadero, sujeta a la encimera de madera, y unos estantes llenos de vasos y platos bien ordenados.

Gamache vio restos de comida en la encimera. Se acercó a mirar, sin tocar nada. Pan, mantequilla, queso. Mordisqueado, pero no por un humano. Un poco de té negro en una caja abierta. Una jarra de miel. Un cartón pequeño de leche, abierto. La olió. Estaba agria.

Pidió por señas a Beauvoir que se acercara.

—¿Qué opinas?

—Que el hombre iba de compras.

—¿Cómo? No creo que fuera a la tienda de monsieur Béliveau, y estoy convencido de que no iba andando a Saint-Rémy. Alguien le traía esta comida.

—¿Y lo mató? ¿Primero tomaron una taza de té y luego le aplastó la cabeza?

—Quizá, quizá... —murmuró el inspector jefe, mirando alrededor.

La luz de las lámparas de aceite no se parecía en nada a la de las bombillas. Aquella luz era amable. Los bordes del mundo parecían más suaves.

Una estufa de leña separaba la cocina rústica y la zona de estar. En el comedor había una mesa pequeña, con el mantel puesto. En la pared de enfrente, una chimenea hecha con piedras de río, con un sillón de orejas a cada lado. En el extremo más alejado de la cabaña había una cama enorme de latón y una cómoda.

La cama estaba hecha, las almohadas ahuecadas y bien dispuestas. De las paredes colgaban unas telas, presumiblemente para evitar las corrientes de aire, como podrían encontrarse en los castillos medievales. Había alfombras repartidas por un suelo dañado por una imperfección única y, sin embargo, profunda: una mancha oscura de sangre.

Una estantería llena de libros antiguos ocupaba una pared entera. Al acercarse, Gamache notó que algo sobresalía entre los troncos. Lo cogió y miró lo que tenía en la mano.

Un billete de un dólar.

Hacía años ya, decenios enteros, que en Canadá no se usaban billetes de un dólar. Examinó la pared más de cerca y vio que sobresalía otro papel. Más billetes de un dólar. Algunos de dos. En un par de casos, de veinte.

¿Era aquél el sistema bancario del hombre? ¿Como un viejo avaro, en lugar de rellenar el colchón, había rellenado las paredes? Tras dar una vuelta para comprobarlas todas, Gamache concluyó que la función de aquellos billetes era impedir la entrada del aire frío. La cabaña estaba hecha de madera y de moneda canadiense. Aquello sí que era un buen aislante.

A continuación se dirigió a la chimenea de piedras de río y se detuvo junto a uno de los sillones de orejas. El que tenía unos huecos más profundos en el asiento y el respaldo. Tocó la tela desgastada. Al mirar la mesita que había junto a la silla, se fijó en las herramientas de tallar madera que le había mencionado Beauvoir, así como en el violín y el arco que descansaban en la mesa. Junto a las herramientas había un libro cerrado, pero con un marcapáginas. ¿Estaba leyendo el hombre cuando lo interrumpieron?

Cogió el libro y sonrió.

—«Tenía tres sillas en mi casa» —leyó Gamache con calma—. «Una para la soledad, dos para la amistad, tres para la sociedad.»

—¿Perdón? —dijo Lacoste, que estaba agachada, mirando debajo de la mesa.

—Thoreau. De *Walden*. —Gamache levantó el libro—. Vivía en una cabaña, ¿sabes? No muy distinta de ésta, quizá.

—Pero tenía tres sillas. —Lacoste sonrió—. Nuestro hombre sólo tenía dos.

Sólo dos, pensó Gamache. Pero aquello bastaba, y era significativo. «Dos para la amistad.» ¿Tenía acaso un amigo?

—Creo que puede que fuera ruso —dijo la agente, enderezándose.

—¿Por qué?

—Porque hay unos cuantos iconos allí, en el estante, junto a los libros.

Lacoste señaló hacia su espalda, donde, efectivamente, ante los libros encuadernados en piel, había unos iconos rusos.

El jefe frunció el ceño y luego siguió examinando el interior de la pequeña cabaña. Al cabo de un momento se quedó muy quieto, inmóvil. Excepto por los ojos, que movía aquí y allá.

Beauvoir se acercó.

—¿Qué pasa?

El jefe no respondió. La habitación se fue quedando en silencio. Él volvió a pasear la mirada por la cabaña sin creer lo que estaba viendo. Tan grande era su sorpresa que cerró los ojos y volvió a abrirlos después.

—¿Qué pasa? —repitió Beauvoir.

—Mucho cuidado con eso —dijo al agente Morin, que había cogido un vaso de la cocina.

—Sí, lo tendré —respondió el agente preguntándose por qué el jefe diría algo así de pronto.

—¿Me lo pasas, por favor?

Morin se lo dio a Gamache, que lo acercó a una lámpara de aceite. Allí, con aquella luz tan suave, vio lo que se esperaba, aunque nunca había pensado que lo tendría en sus propias manos. Cristal de plomo, de corte experto. Tallado a mano. No distinguía bien la marca del fondo del vaso, aunque, por otra parte, tampoco le habría servido de mucho. No era un experto. Sin embargo, sabía lo suficiente para entender que lo que sostenía en la mano tenía un valor incalculable.

Era un cristal muy viejo, antiguo incluso. Hecho con un método que ya nadie usaba desde hacía cientos de años. Gamache lo dejó con mucha delicadeza y luego miró la cocina. En los estantes rústicos había al menos diez vasos, todos de distintos tamaños. Todos igualmente antiguos. Mientras su equipo iba examinándolo todo, Armand Gamache se desplazó a lo largo de los estantes y cogió platos, tazas y cubiertos, y luego se acercó a las paredes y examinó las colgaduras. Tocó las alfombras, levantando las esquinas y, finalmente, casi temeroso de lo que podría encontrar, fue hacia la librería.

—¿Qué pasa, *patron*? —preguntó Beauvoir acercándose a él.

—Esto no es una cabaña normal y corriente, Jean Guy. Es un museo. Cada pieza es una antigüedad, valiosísima.

—¡No me diga! —exclamó Morin, que soltó con cuidado una jarrita con forma de caballo.

¿Quién era aquel hombre, se preguntó Gamache, que había decidido vivir tan lejos de las demás personas? «Tres para la sociedad.»

Aquel hombre no quería formar parte de la sociedad. ¿De qué tenía miedo? Sólo el miedo podía expulsar a un hombre tan lejos de la compañía humana. ¿Era acaso un apocalíptico, como habían imaginado? Gamache creía que no. El contenido de la cabaña decía lo contrario. No había armas ni pistolas de ningún tipo. Ni revistas de cómo hacerte tú mismo las cosas, ni publicaciones acerca de nefastas conspiraciones.

Por el contrario, aquel hombre se había llevado a los bosques unos objetos delicados de cristal de plomo.

Gamache examinó los libros, sin atreverse a tocarlos.

—¿Habéis buscado huellas en estos libros?

—Sí, ya está —dijo Morin—. Y yo he buscado algún nombre dentro, pero no sirven de nada. En la mayoría de ellos hay nombres distintos. Está claro que son de segunda mano.

—Está claro —susurró Gamache para sí.

Observó el que tenía en la mano. Lo abrió por la página marcada y leyó: «Me fui a los bosques porque deseaba vivir a conciencia, enfrentarme sólo a los hechos esenciales de la vida y ver si era capaz de aprender sus enseñanzas para no encontrarme, llegada la hora de morir, con que no había vivido.»

Gamache miró la portada y cogió aire despacio.

Era una primera edición.

DIECINUEVE

—¿Peter? —Clara llamó con unos leves golpecitos a la puerta de su estudio.

Él abrió, intentando no parecer demasiado reservado, pero luego consideró que no valía la pena el esfuerzo. Clara lo conocía demasiado bien y sabía que él siempre se mostraba muy reservado con su arte.

—¿Qué tal va?

—No va mal —dijo él deseando cerrar la puerta y volver a lo que estaba haciendo. Llevaba todo el día cogiendo el pincel para acercarse a la pintura y soltarlo de nuevo. ¿Estaría terminado el cuadro? Era muy violento. ¿Qué pensaría Clara? ¿Qué pensaría su galería? ¿Y los críticos? No se parecía a nada que hubiera hecho antes. Bueno, eso no era del todo cierto. Pero sí desde la niñez.

No podía permitir que nadie lo viera.

Era ridículo.

Estaba claro que lo que necesitaba era más definición, más detalle. Más profundidad. El tipo de cosas que sus clientes y seguidores se habían acostumbrado a dar por hechas. Y a comprar.

Había cogido y vuelto a soltar el pincel una docena de veces aquel día. Nunca le había ocurrido nada parecido. Había visto a Clara, desconcertada, atormentada por la duda, luchar y acabar por producir alguna obra marginal. Su *Marzo de las felices orejas*, su serie inspirada por las

233

alas de las libélulas y, por supuesto, su obra maestra, sus *Úteros guerreros*.

Así funcionaba la inspiración.

En cambio, Peter tenía las cosas mucho más claras. Era más disciplinado. Planeaba cada obra, sabía con meses de antelación en qué trabajaría. No confiaba en inspiraciones fantasiosas.

Hasta aquel momento. En aquella ocasión, había ido a su estudio con un leño de la chimenea y lo había cortado limpiamente para que se vieran los anillos de la edad. Había cogido la lupa y se había acercado a él, ampliando una diminuta parte de aquel tronco hasta que ya no se reconocía. Era, como les gustaba decir a los críticos de arte en los muchos *vernissages* en los que sus obras se agotaban, una alegoría de la vida. De cómo hacemos que las cosas exploten más allá de toda proporción, hasta que la simple verdad se vuelve irreconocible.

Siempre se lo tragaban. Pero aquella vez no había funcionado. Él había sido incapaz de ver la simple verdad. En cambio, había pintado aquello.

Cuando Clara se fue, Peter se dejó caer en su silla, miró la asombrosa obra de arte de su caballete y repitió en silencio para sí mismo: «Soy genial, soy genial.»

Luego, susurró tan bajo que apenas se oyó él mismo:

—Soy mejor que Clara.

Olivier estaba de pie en la *terrasse* del *bistrot* y miraba hacia el oscuro bosque en la colina. De hecho, Three Pines estaba rodeado de bosque por todas partes, algo en lo que no había reparado hasta entonces.

Habían encontrado la cabaña. Él había rezado para que no ocurriera, pero había sucedido. Y por primera vez desde su llegada a Three Pines, notó que el oscuro bosque se cerraba en torno a él.

• • •

—Pero, si estas cosas son tan valiosas —Beauvoir señaló con un gesto hacia el interior de la única habitación—, ¿por qué no se las llevó el asesino?

—Eso me pregunto yo también —contestó Gamache desde la comodidad del gran sillón orejero frente al hogar vacío—. ¿De qué iba este crimen, Jean Guy? ¿Por qué matar a un hombre que al parecer llevaba una vida tranquila y secreta en el bosque desde hacía años, quizá incluso décadas?

—Y luego, una vez muerto, ¿qué sentido tiene llevarse el cuerpo, pero dejar los objetos de valor? —Beauvoir se sentó en el sillón que estaba enfrente del jefe.

—A menos que el cuerpo fuese más valioso que lo demás...

—Entonces, ¿por qué dejarlo en la antigua casa Hadley?

—Si el asesino se hubiera limitado a dejar el cuerpo aquí, jamás lo habríamos encontrado —razonó Gamache, perplejo—. Ni siquiera nos habríamos enterado del crimen.

—¿Por qué matar a ese hombre si no era por su tesoro? —preguntó Beauvoir.

—¿Tesoro?

—¿Y qué otra cosa es esto, si no? ¿Objetos de un valor incalculable en medio de la nada? Es un tesoro enterrado, pero, en lugar de ocultarlo la tierra, lo oculta el bosque.

Y el asesino lo había dejado todo allí. Y se había llevado la única cosa que deseaba de aquella cabaña. Se había llevado una vida.

—¿Ha notado esto?

Beauvoir se levantó y se dirigió hacia la puerta. La abrió y señaló hacia arriba, con una mirada divertida. En el dintel, por encima de la puerta, había un número.

16

—Bueno, no creo que tuviera correo, la verdad —dijo Beauvoir ante la mirada atónita de Gamache.

Los números eran de latón, con una pátina verde. Casi invisibles sobre el oscuro marco de madera de la puerta. Gamache negó con la cabeza y luego consultó su reloj. Eran casi las seis.

Tras algunas deliberaciones, se decidió que el agente Morin se quedaría en la cabaña a pasar la noche para custodiar sus posesiones.

—Ven conmigo —le dijo Gamache—. Yo te llevaré mientras los demás acaban el trabajo. Puedes preparar una bolsa para pasar la noche y buscar un teléfono por satélite.

Morin montó en el quad detrás del inspector jefe y, tras buscar un asidero, acabó por agarrarse al propio asiento. Gamache puso en marcha el motor. Sus investigaciones lo habían llevado a diminutos reductos pesqueros y asentamientos remotos. Había conducido motos de nieve, fuerabordas, motocicletas y quads. Aunque apreciaba su utilidad y su necesidad, todos le desagradaban. Todos alteraban la calma con sus gritos como de alma en pena, contaminaban las tierras salvajes con ruidos y humo.

Si había algún ruido capaz de despertar a los muertos era aquél.

Mientras iban de tumbo en tumbo, Morin se dio cuenta de que tenía un problema y, soltando el asiento, pasó sus delgados brazos en torno al hombre robusto que tenía delante y lo abrazó con fuerza, notando el tejido impermeable del chaquetón del jefe contra su mejilla y el cuerpo recio que había debajo. Y aspiró el aroma a sándalo y a agua de rosas.

El joven se incorporó, con una mano en la Montaña, la otra en la cara. No podía creerse lo que le había dicho la Montaña. Y se echó a reír.

Al oírlo, la Montaña se extrañó. No era el chillido de terror que normalmente emitían las criaturas que se acercaban a él.

Al oírlo, el Rey de la Montaña se dio cuenta de que aquél era un sonido feliz. Un sonido contagioso. Él también empezó a murmurar y sólo se detuvo cuando la gente del pueblo se asustó. Y él no quería asustarlos. No quería asustar a nadie nunca más.

Aquella noche durmió bien.

El chico, en cambio, no. Daba vueltas y más vueltas, y al final salió de su cabaña y se quedó mirando la cima.

Todas las noches, a partir de entonces, el chico notó la pesada carga del secreto de la Montaña. Estaba preocupado y débil. Sus padres y amigos lo comentaban. Hasta la Montaña lo notó.

Al final, una noche, mucho antes de que saliera el sol, el chico despertó a sus padres.

—Tenemos que irnos.

—¿Cómo? —preguntó su madre medio adormilada.

—¿Por qué? —preguntaron su padre y su hermana.

—El Rey de la Montaña me ha hablado de una tierra maravillosa donde la gente nunca muere, ni se pone enferma ni envejece. Es un lugar que sólo él conoce. Pero dice que tenemos que ir ahora mismo. Esta noche. Mientras dure la oscuridad. Y tenemos que ir deprisa.

Despertaron al resto del pueblo y mucho antes de amanecer lo habían recogido todo. El chico fue el último en irse. Dio unos pasos hacia el bosque y se arrodilló para tocar la superficie del Rey de la Montaña, que dormía.

—Adiós —susurró.

Se encajó el paquete que llevaba debajo del brazo y desapareció en la noche.

Jean Guy Beauvoir estaba de pie junto a la cabaña. Ya casi anochecía y estaba muerto de hambre. Habían acabado su trabajo y estaba esperando a que la agente Lacoste lo recogiera todo.

—Tengo que hacer pis —dijo ella acercándose a él en el porche—. ¿Alguna idea?

—Hay un retrete por ahí —señaló fuera de la cabaña.

—Fantástico —dijo ella, y cogió una linterna—. ¿No es así como empiezan las películas de terror?

—Ah, no, ya estamos en la segunda bobina —dijo Beauvoir con una sonrisa.

Se quedó mirando los pasos cuidadosos con que Lacoste se alejaba por el sendero hacia el retrete.

Le rugía el estómago. Al menos esperaba que fuera el estómago. Cuanto antes volvieran a la civilización, mejor. ¿Cómo podía vivir alguien en aquel sitio? Tampoco envidiaba a Morin, que iba a pasar allí la noche.

Una linterna oscilante le dijo que Lacoste volvía ya.

—¿Has estado en el retrete? —preguntó ella.

—¿Estás de broma? El jefe ha echado un vistazo, pero yo ni eso. —Sólo de pensarlo le daba náuseas.

—Así que no has visto lo que hay ahí.

—No me digas que el papel de váter también era dinero...

—Pues sí, así era, realmente. Billetes de un dólar y de dos.

—No me digas...

—Pues sí. Y he encontrado esto. —Llevaba un libro en la mano—. Una primera edición. Firmada por E. B. White. Es *La telaraña de Charlotte*.

Beauvoir se quedó mirándola. No tenía ni idea de lo que hablaba.

—Era mi libro favorito de pequeña. ¿La araña Charlotte? —preguntó—. ¿El cerdito Wilbur?

—Si no explotaban en pedazos, seguro que no lo leí.

—¿Quién se deja una primera edición firmada en un retrete?

—¿Y quién deja dinero allí? —Beauvoir sintió una repentina necesidad de ir al baño.

—*Salut, patron* —saludó Gabri desde el salón. Estaba doblando diminutas prendas de ropa y metiéndolas en una caja—. Así que la cabaña de los bosques... ¿Era allí donde vivía ese hombre? ¿El muerto?

—Eso creemos.

Gamache se acercó a él. Se quedó mirando a Gabri, que seguía doblando los pequeños jerséis.

—Para *Rosa*. Los recogemos para dárselos a Ruth. ¿Será ésta demasiado grande para *Rosa*? —Examinó una chaqueta de niño—. Es de Olivier. Dice que la hizo él mismo, pero yo no me lo creo, aunque la verdad es que se le dan muy bien los trabajos manuales.

Gamache pasó por alto aquella observación.

—Es un poco grande. Y demasiado masculino para *Rosa*, ¿no crees?

—Cierto. —Gabri la puso en la pila de los rechazados—. Dentro de unos cuantos años le valdrá a Ruth, me parece.

—¿Nadie había mencionado nunca una cabaña? ¿Ni siquiera la vieja señora Hadley?

Gabri negó con la cabeza, pero continuó trabajando.

—Nadie. —Luego paró de doblar ropa y dejó caer las manos sobre el regazo—. Me pregunto cómo sobrevivía ese hombre... ¿Iba andando hasta Cowansville o Saint-Rémy a buscar comida?

«Otra cosa que no sabemos», pensó Gamache mientras subía la escalera. Se duchó, se afeitó y llamó a su mujer. Anochecía ya, y de lejos le llegó un chillido que procedía del bosque. Los quads, que volvían. Al pueblo y a la cabaña.

En el salón del *bed & breakfast*, Gabri había sido sustituido por otra persona. Vincent Gilbert estaba sentado en el sillón cómodo que había frente al fuego.

—He estado en el *bistrot*, pero la gente no paraba de importunarme, así que he venido aquí a importunarlo a usted. He intentado dejar el camino libre a mi hijo. Es curioso, esto de volver de entre los muertos ya no causa tanta sensación como antes.

—¿Esperaba que él lo recibiera con los brazos abiertos?

—Bueno, pues sí. Es increíble, ¿verdad? Qué capacidad de engañarnos tenemos.

Gamache lo miró socarronamente.

—Bueno, la capacidad que tengo yo —admitió Gilbert.

Examinó a Gamache: alto, robusto. Le sobraban unos cinco kilos, quizá más. Si no tenía cuidado se pondría gordo y moriría de un ataque al corazón.

Se imaginó a Gamache agarrándose el pecho de repente, con los ojos muy abiertos, y luego cerrándolos, dolorido. Se tambaleaba, se apoyaba en la pared y jadeaba.

Y el doctor Vincent Gilbert, eminente galeno, permanecía cruzado de brazos y sin hacer nada mientras el jefe de homicidios caía al suelo. Lo reconfortaba saber que tenía ese poder, el de la vida y la muerte.

Gamache miraba a aquel hombre rígido. Tenía delante la misma cara que había visto en la contraportada de aquel libro encantador, *Ser*. Arrogante, desafiante, confiada.

Pero Gamache había leído el libro y sabía lo que se escondía detrás de aquel rostro.

—¿Se aloja aquí?

Le habían dicho a Gilbert que no dejase la zona, y el único alojamiento de por allí era el *bed & breakfast*.

—Pues en realidad no. Soy el primer huésped de Marc en su hostal y *spa*. No crea que voy a pedirle ningún tratamiento, eso no.

Tuvo el humor de sonreír. Como la mayoría de las personas serias, tenía un aspecto muy distinto cuando sonreía.

La sorpresa de Gamache resultó obvia.

—Ya lo sé —reconoció Gilbert—. En realidad, fue Dominique quien me invitó a quedarme, aunque también sugirió que fuese...

—¿Discreto?

—Invisible. Así que he venido al pueblo.

Gamache se sentó en una butaca.

—¿Por qué le ha dado por venir a ver a su hijo?

A nadie se le había escapado que Gilbert y el cadáver habían aparecido a la vez. Gamache vio la cabaña de nuevo, con sus dos cómodas butacas junto al fuego. ¿Se habrían sentado allí dos ancianos una noche de verano? ¿Habrían compartido una charla? ¿Una discusión? ¿Un asesinato?

Vincent Gilbert se miró las manos. Unas manos que habían estado en el interior de algunas personas. Manos que habían sostenido corazones. Reparado corazones. Que los habían hecho volver a latir y los habían devuelto a la vida. Temblaban, inseguras. Y notó un dolor en el pecho.

¿Le estaría dando un ataque al corazón?

Levantó la vista y vio a aquel hombre grande, firme, mirándolo. Y pensó que si le estaba dando un ataque al corazón, aquel hombre probablemente lo ayudaría.

¿Cómo explicar el tiempo que había pasado en La-Porte, viviendo con hombres y mujeres con síndrome de Down? Al principio creía que su trabajo era simplemente cuidar de sus cuerpos.

«Ayuda a los demás.»

Era lo que le había mandado hacer el gurú. Había pasado años en el *ashram* de la India, hasta que el gurú finalmente reconoció su presencia. Casi una década había permanecido allí, a cambio de una sencilla frase.

«Ayuda a los demás.»

De modo que aquello fue lo que hizo. Volvió a Quebec y se unió al hermano Albert en LaPorte. Para ayudar a los demás. Nunca, nunca se le pasó por la cabeza que serían ellos quienes lo ayudaran a él. Al fin y al cabo, ¿cómo podía tener aquella gente tan averiada algo que ofrecer al gran curador y gran filósofo?

Le había costado años, pero una mañana, al despertarse en su casita del recinto de LaPorte, algo había cambiado. Fue a desayunar y se dio cuenta de que conocía el nombre de todos. Y todos le hablaban o le sonreían. O se acercaban a enseñarle algo que habían encontrado. Un caracol, un palito, una brizna de hierba.

Trivial. Nada. Y sin embargo, el mundo entero había cambiado mientras él dormía. Se había ido a la cama ayudando a los demás y al despertarse estaba curado.

Aquella tarde, a la sombra de un arce, había empezado a escribir *Ser*.

—Siempre he vigilado a Marc. Seguía sus éxitos en Montreal. Cuando vendieron la casa y compraron esto, vi las señales.

—¿Las señales de qué? —preguntó Gamache.

—De que estaba quemado. Quise ayudar.

«Ayudar a los demás.»

Estaba empezando a apreciar apenas el poder de aquella simple frase. Y a ver que la ayuda adopta distintas formas.

—¿Haciendo qué? —preguntó Gamache.

—Asegurándome de que estaba bien —replicó Gilbert—. Mire, aquí todos están muy preocupados por ese cadáver. Marc hizo una estupidez al trasladarlo, pero yo lo conozco. No es un asesino.

—¿Cómo lo sabe?

Gilbert lo fulminó con la mirada. Volvió su rabia, a plena potencia. Pero Armand Gamache sabía lo que había detrás de aquella rabia. Lo que se escondía detrás de toda rabia.

Miedo.

¿De qué tenía tanto miedo Vincent Gilbert?

La respuesta era fácil. Tenía miedo de que arrestaran a su hijo por asesinato. Bien porque sabía que su hijo lo había cometido o bien por lo contrario.

Al cabo de unos minutos, en el abarrotado *bistrot* se alzó una voz dirigida al inspector jefe, que había acudido en busca de un vaso de vino tinto y tranquilidad para leer su libro.

—¡Eh, cabrón!

Más de una persona levantó la vista. Myrna atravesó como pudo la habitación y se quedó de pie junto a la mesa de Gamache, mirándolo ceñuda. Él se levantó y, con una ligera reverencia, le señaló una silla.

Myrna se dejó caer tan de golpe que la silla crujió un poco.

—¿Un vino?

—¿Por qué no me dijiste para qué lo querías?

Señaló el ejemplar de *Ser* que él tenía en la mano. Gamache sonrió.

—Era un secreto.

—¿Y cuánto tiempo creías que seguiría siéndolo?

—Lo suficiente. He oído decir que ha estado por aquí tomando una copa. ¿Lo has visto?

—¿A Vincent Gilbert? Si a mirarlo con adoración, farfullar y adularlo se le puede llamar «verlo», pues sí.

—Estoy seguro de que ya se habrá olvidado de que eras tú.

—¿Porque se me confunde fácilmente con otra persona? ¿Es de verdad el padre de Marc?

—Sí, lo es.

—¿Sabes que cuando he intentado presentarme no me ha hecho ni caso? Me ha mirado como si fuera una miga de pan. —Acababan de llegar el vino y un cuenco con anacardos—. Gracias a Dios, le he dicho que era Clara Morrow.

—Yo también —dijo Gamache—. A lo mejor empieza a sospechar...

Myrna se echó a reír y notó que su enfado se disipaba.

—El Viejo Mundin dice que era Vincent Gilbert el que estaba en el bosque espiando a su propio hijo. ¿Es verdad?

Gamache se preguntó hasta dónde debía contar, pero estaba claro que aquello ya no era secreto, así que asintió.

—¿Por qué espiar a su propio hijo?

—Porque no tenían relación.

—Es la primera cosa buena que oigo contar de Marc Gilbert —señaló Myrna—. Pero, aun así, es paradójico. El famoso doctor Gilbert, que ha ayudado a tantos niños, resulta que no tiene relación con su propio hijo.

Gamache pensó de nuevo en Annie. ¿Estaría haciéndole él lo mismo? ¿Escucharía siempre los problemas de los demás pero estaría sordo para los de su hija? Había hablado con ella la noche anterior para confirmar que estaba bien. Pero estar bien y encontrarse perfectamente eran dos cosas distintas. Era obvio que no se encontraba perfectamente, ya que estaba dispuesta incluso a escuchar a Beauvoir.

—*Patron* —saludó Olivier al tiempo que ofrecía las cartas a Gamache y Myrna.

—No, yo no me quedo —repuso ella.

Olivier vacilaba.

—He oído decir que han encontrado el sitio donde vivía el muerto. ¿Estaba en el bosque?

Lacoste y Beauvoir llegaron justo en aquel momento y pidieron bebidas. Con un último trago de vino y cogiendo un puñado de anacardos, Myrna se levantó, dispuesta a irse.

—Voy a prestar mucha más atención a los libros que compras —dijo.

—¿No tendrás *Walden*, por casualidad? —preguntó Gamache.

—No me digas que te has encontrado a Thoreau por ahí... ¿Alguien más se esconde en nuestros bosques? ¿Jimmy Hoffa, quizá? ¿Amelia Earhart? Ven a cenar esta noche y te daré mi ejemplar de *Walden*.

Se fue. Olivier les tomó nota y luego les trajo unos panecillos calientes untados con mantequilla de hierbas fundida y paté.

Beauvoir sacó de su cartera un fajo de fotos de la cabaña y se las tendió al jefe.

—He imprimido todas éstas en cuanto hemos vuelto.

Beauvoir dio un bocado a su panecillo caliente. Estaba hambriento. La agente Lacoste cogió uno también, bebió un trago de vino y miró por la ventana. Pero sólo se veía el reflejo del *bistrot*. La gente del pueblo estaba cenando, algunos en la barra, con cerveza o whisky. Otros se relajaban al lado del fuego. Nadie les prestaba atención. Pero entonces se encontró con unos ojos reflejados en el cristal. Más de espectro que de persona. Se volvió justo cuando Olivier desaparecía en la cocina.

A los pocos minutos, Beauvoir tenía delante un plato de *escargots* bañados en mantequilla de ajo y llegaba un cuenco de sopa de guisantes con menta para Lacoste y otro de sopa de coliflor con Stilton, pera y salsa de dátiles para Gamache.

—Hum —dijo Lacoste tras tomar una cucharada—. Recién cogidos del huerto. Los tuyos también, probablemente —señaló los caracoles de Beauvoir.

Éste sonrió, pero se los comió de todos modos, mojando el pan crujiente en la mantequilla de ajo fundida.

Gamache miraba las fotos. Poco a poco fue entrando en ellas. Era como penetrar en la tumba del rey Tutankamón.

—Tengo que llamar a la superintendente Brunel —dijo.

—¿La jefa de delitos patrimoniales? —preguntó Lacoste—. Buena idea.

Thérèse Brunel era una experta en robos de arte, amiga de Gamache.

—Va a quedarse de piedra cuando vea esa cabaña —comentó Beauvoir entre risas.

Olivier retiró los platos.

—¿Cómo pudo juntar todas esas cosas el muerto? —se preguntó Gamache—. ¿Y guardarlas allí?

—¿Y por qué? —añadió Beauvoir.

—Pero no había objetos personales —puntualizó Lacoste—. Ni una sola foto, ni cartas, ni extractos bancarios. Ni un documento de identidad. Nada.

—Ni algo que pareciera una posible arma del crimen —dijo Beauvoir—. Hemos enviado a examinar el atizador de la chimenea y un par de utensilios del huerto, pero no prometen demasiado.

—Pero yo he encontrado algo cuando os habéis ido. —Lacoste puso una bolsa encima de la mesa y la abrió—. Estaba metido debajo de la cama, pegado a la pared. Se me ha pasado la primera vez que he mirado —explicó—. Lo he examinado en busca de huellas y he sacado unas cuantas muestras. Están de camino hacia el laboratorio.

Encima de la mesa había un trozo de madera tallada, manchada con algo que parecía sangre.

Alguien había tallado una palabra en la madera.

Woe.

VEINTE

El agente Morin daba vueltas por el interior de la cabaña, tarareando. En una mano llevaba el teléfono por satélite, en la otra, un leño. No era para la estufa, que estaba encendida y calentaba bastante. Tampoco para la chimenea, también encendida e iluminada. Era por si algo lo atacaba desde las sombras, desde los rincones.

Había encendido todas las lámparas de aceite y las velas. Parecía que el muerto se las hacía él mismo con la parafina que le quedaba después de sellar las conservas.

Morin echaba de menos su televisor. Su móvil. A su novia. A su madre. Se llevó el teléfono a la boca de nuevo y luego lo bajó por enésima vez.

No podía llamar al inspector jefe. ¿Qué iba a decirle? ¿Que tenía miedo de estar solo en una cabaña en los bosques, donde habían asesinado a un hombre?

Y tampoco podía llamar a su madre. La mujer se las arreglaría para llegar hasta la cabaña, y al día siguiente el equipo lo encontraría allí con ella. Planchándole las camisas y preparándole huevos con beicon.

No, antes muerto.

Dio unas vueltas más, tocando algunas cosas aquí y allá, pero con mucho mucho cuidado. Recorrió la cabaña con sigilo, a lo Elmer Fudd, cogiendo un vaso y mirando los cachivaches. Un cristal ámbar en la ventana de la cocina, un candelabro de plata labrada... Al final sacó un bocadillo de su bolsa de papel marrón y desenvolvió el papel encerado que lo cubría. Baguete de jamón y brie. No estaba mal... Cogió la Coca-Cola, la abrió y luego se sentó junto al fuego.

La silla era excepcionalmente cómoda. Mientras comía se fue relajando y al llegar a los pastelitos ya se sentía de nuevo como siempre. Buscó el violín que tenía a su lado, pero se lo pensó mejor. Por el contrario, cogió un libro al azar de la librería y lo abrió.

Era de un autor que no le sonaba de nada. Un hombre llamado Currer Bell. Empezó a leer algo sobre una joven llamada Jane que vivía en Inglaterra. Al cabo de un rato se le cansaron los ojos, que tenían que esforzarse para leer con aquella luz tan débil. Pensó que probablemente era hora de irse a dormir. Ya debía de ser más de medianoche.

Miró el reloj. Las ocho y media.

Dudó un poco, pero luego cogió el violín. La madera era densa y parecía caliente al tacto. Pasó su mano joven por encima del instrumento, suavemente, acariciándolo, y le dio la vuelta con manos hábiles. Lo dejó enseguida. No debería ni tocarlo. Volvió al libro, pero al cabo de un minuto ya tenía el violín de nuevo entre las manos. Sabiendo que no debía hacerlo, rogándose a sí mismo no tocarlo, cogió el arco de crin de caballo. Ya no había vuelta atrás: se puso en pie.

El agente Morin se encajó el violín bajo la barbilla y colocó el arco encima de las cuerdas. El sonido era profundo y rico, seductor. El joven agente no pudo resistirlo. Pronto, los reconfortantes compases de la canción *Colm Quigley* llenaron la cabaña. Casi hasta el último rincón.

Habían llegado los platos principales. Pollo Rock Cornish relleno de fruta y asado al espetón para Gamache, *fetuccini* con brie fundido, tomate fresco y albahaca para Lacoste, y un tajín de cordero y ciruelas para Beauvoir. También les llevaron a la mesa una bandeja de verduras frescas recién cogidas a la parrilla.

El pollo de Gamache estaba muy tierno y sabroso, delicadamente perfumado con mostaza Pommery y vermut.

—¿Qué significa esa talla de madera? —preguntó Gamache a su equipo mientras comían.

—Bueno, es lo único de toda la cabaña que no es antiguo —dijo Lacoste—. Y como encontramos todas esas herramientas de tallar, supongo que la hizo él.

Gamache asintió. Él creía lo mismo.

—Pero ¿por qué *Woe*?

—¿Podría ser su nombre? —preguntó Beauvoir, aunque sin entusiasmo.

—¿Monsieur Woe? —dijo Lacoste—. Eso explicaría también por qué vivía solo en una cabaña.

—¿Por qué iba a tallar eso para sí mismo? —Gamache dejó el cuchillo y el tenedor—. ¿No habéis encontrado nada más en la cabaña que pareciera tallado a mano?

—Nada —contestó el inspector—. Hemos encontrado hachas, martillos y sierras. Todo muy usado. Creo que debió de hacerse la cabaña él mismo. Pero, desde luego, no la talló con su navajita.

Woe, pensó Gamache dándole vueltas al significado de aquella palabra mientras volvía a coger los cubiertos: aflicción, calamidad, infortunio. ¿Tan triste estaba el ermitaño?

—¿Se ha fijado en las fotos que hemos hecho en el arroyo, señor? —preguntó Lacoste.

—Sí, me he fijado. Al menos ahora sabemos cómo mantenía fresca la comida el hombre.

La agente Lacoste, al investigar el arroyo, había encontrado una bolsa sujeta allí. Dentro había frascos con comestibles perecederos. Colgando en el agua fría.

—Pero desde luego él no se hacía la leche ni el queso, y nadie recuerda haberlo visto en las tiendas locales —dijo Beauvoir—. Así que sólo nos queda una conclusión posible.

—Alguien le llevaba suministros —dijo Lacoste.

—¿Está todo bien? —preguntó Olivier.

—Estupendo, *patron, merci* —respondió Gamache con una sonrisa.

—¿Necesitáis más mayonesa o mantequilla?

Olivier le devolvió la sonrisa intentando no parecer un loco. Intentando decirse a sí mismo que, por muchos condimentos, o bollos calientes, o vasos de vino que les llevara, daba igual. Nunca podría congraciarse con ellos.

—*Non, merci* —contestó Lacoste, y Olivier se retiró de mala gana.

—Al menos tenemos las huellas de la cabaña. Mañana averiguaremos algo —dijo Beauvoir.

—Creo que ya sabemos por qué lo han matado precisamente ahora —anunció Gamache.

—Los caminos —dijo Lacoste—. Roar Parra estaba abriendo los caminos de herradura para Dominique. Uno de ellos llegaba casi hasta la cabaña. Lo suficientemente cerca para verla.

—Y madame Gilbert la vio, en efecto —agregó Beauvoir—. Pero sólo tenemos su palabra de que no había visto la cabaña en algún paseo a caballo anterior.

—Antes no tenían caballos —dijo Lacoste—. No llegaron hasta el día después del asesinato.

—Pero podría haber ido andando por esos viejos caminos —sugirió Gamache—, preparándose para cuando llegaran los caballos, para poder indicarle a Roar cuáles debía abrir.

—Quizá Roar los recorriera también —apuntó Beauvoir—. O su hijo, ese tal Havoc. Parra decía que iba a ayudarlo.

Los otros dos se quedaron pensando. Aun así, no parecía haber ningún motivo de peso para que alguno de los dos Parra hubiera recorrido a pie los antiguos caminos de herradura antes de desbrozarlos.

—Pero ¿por qué matar al ermitaño? —preguntó Lacoste—. Aun suponiendo que alguno de los Parra o Dominique Gilbert lo encontraran. No tiene sentido. Matar por el tesoro, quizá. Pero entonces, ¿por qué dejarlo allí?

—Quizá no fuera así —aventuró Beauvoir—. Sólo hemos visto lo que hemos encontrado, pero a lo mejor había algo más...

Aquella frase golpeó a Gamache como una tonelada de ladrillos. ¿Por qué no lo había pensado él mismo? Estaba tan abrumado por lo que había en la cabaña que ni siquiera había pensado en que podía faltar algo.

El agente Morin estaba echado en la cama intentando ponerse cómodo. Le resultaba extraño dormir en una cama hecha por un muerto.

Cerró los ojos.

Se dio la vuelta. Se puso de espaldas. Abrió los ojos y miró el fuego que parpadeaba en el hogar. La cabaña ya le daba menos miedo. De hecho, le resultaba casi acogedora.

Golpeó la almohada unas cuantas veces para ahuecarla, pero algo se le resistía.

Se incorporó, cogió la almohada y la estrujó. Claro, había algo dentro además de las plumas. Se levantó, encendió una lámpara de aceite y sacó la almohada de su funda. En el interior, alguien había cosido un bolsillo muy hondo. Con mucho cuidado, tanteando como un veterinario que atendía a una yegua preñada, metió el brazo hasta el codo. La mano tocó algo duro y nudoso.

Retiró el objeto y lo puso a la luz de la lámpara de aceite. Era una escultura de madera muy historiada. Hombres y mujeres en un barco. Todos mirando hacia la proa. Morin se maravilló ante su factura. Quienquiera que hubiese tallado aquel objeto había captado la emoción de un viaje. La misma emoción que sentían Morin y su hermana de pequeños cuando viajaban con el coche familiar al Abitibi o el Gaspé.

Reconoció la feliz anticipación en las caras de los embarcados. Mirándola más de cerca, vio que muchos llevaban bolsas y sacos y que había una gran variedad de edades, desde recién nacidos a hombres viejos y achacosos. Algunos estaban eufóricos, otros expectantes, otros calmados y tranquilos.

Estaban todos contentos. Era un barco lleno de esperanza.

Por increíble que pareciera, las velas del barco también eran de madera, limada hasta quedar finísima. Dio la vuelta a la escultura. En el reverso había unas letras grabadas. La acercó más a la lámpara.

OWSVI

¿Sería ruso? La agente Lacoste creía que el hombre podía ser ruso, por los iconos. ¿Sería su nombre escrito en ese alfabeto tan raro que usan ellos?

Luego tuvo una idea. Volvió a la cama y tocó la otra almohada, que estaba debajo de la primera. También en aquélla había algo duro. Sacó otra escultura, también de madera, con la misma calidad de detalle. En ella se veía a hombres y mujeres reunidos ante una extensión de agua, mirándola. Algunos parecían perplejos, pero la mayoría parecían simplemente contentos de estar allí, sin más. Encontró asimismo unas letras talladas en el reverso.

MRKBVYDDO

La volvió del derecho de nuevo y la puso en la mesa, al lado de la otra. Aquellas obras producían una sensación de alegría, de esperanza. Las miró con más fascinación que si hubiera tenido un televisor.

Pero, cuanto más las miraba, más inquieto se sentía, hasta que tuvo la sensación de que algo lo vigilaba. Miró hacia la cocina y luego repasó rápidamente la habitación. Al volverse hacia las tallas, le sorprendió comprobar que la sensación de aprensión procedía de ellas.

Notó como si algo le recorriera sigilosamente la espalda, arriba y abajo, y se volvió deprisa hacia la habitación vacía, lamentando al instante no haber encendido más lámparas. Un brillo atrajo su atención. Arriba, en lo alto. En el rincón más alejado de la cabaña. ¿Eran unos ojos?

Cogió el leño y, con un caminar encogido, se acercó un poco más. A medida que se aproximaba al rincón, el brillo empezó a adoptar una forma concreta. Era una telaraña que reflejaba la suave luz de la lámpara. Pero había algo raro en ella. Cuando los ojos de Morin se adaptaron a la oscuridad, notó que se le ponían los pelos de punta.

Había una palabra tejida en la telaraña.

Woe.

VEINTIUNO

Todo el mundo estaba ya sentado a la mesa la mañana siguiente cuando llegó Morin, bastante desaliñado. Lo miraron y la agente Lacoste le señaló el asiento contiguo al suyo, donde, milagrosamente para el joven policía hambriento, lo esperaba un tazón de fuerte *café au lait* junto con un plato de huevos revueltos, beicon y tostadas gruesas con mermelada.

Morin devoró la comida y escuchó los informes hasta que llegó su turno.

Puso las dos tallas de madera encima de la mesa y las movió lentamente hacia el centro. Tan llenas de vida estaban las esculturas que parecía que el barco se hubiese hecho a la mar y se moviera por sí solo. Y parecía que la gente de la costa esperase ansiosamente la llegada del barco.

—¿Qué es esto? —preguntó Gamache mientras se levantaba de su silla y rodeaba la mesa para examinarlo más de cerca.

—Las encontré anoche. Estaban escondidas en las almohadas de la cama.

Los tres policías se quedaron asombrados.

—No me digas... —dijo Lacoste—. ¿En las almohadas?

—Cosidas dentro de las almohadas de la cama. Bien escondidas, aunque no estoy seguro de si las escondía o las protegía.

—¿Por qué no llamaste? —preguntó Beauvoir, apartando los ojos de las tallas para mirar a Morin.

—¿Tendría que haberlo hecho? —Parecía afligido, y su mirada iba de un policía a otro—. Pensé que de todos modos no podríamos hacer nada hasta ahora.

Había tenido muchas ganas de llamar; sólo un gran esfuerzo le había permitido no marcar el número del *bed & breakfast* y despertarlos a todos. Pero no había querido ceder a su miedo. Sin embargo, por sus caras comprendió que había cometido un error.

Toda la vida había tenido miedo, y toda la vida el miedo le había nublado el juicio. Esperaba que aquello hubiera quedado atrás, pero al parecer no era así.

—La próxima vez —dijo el jefe mirándolo con severidad—, llama. Somos un equipo. Tenemos que saberlo todo.

—*Oui, patron.*

—¿Están ya empolvadas? —preguntó Beauvoir.

Morin asintió y les tendió un sobre.

—Las huellas.

Beauvoir se lo arrebató de las manos y se fue al ordenador para escanearlas. Pero ni siquiera desde allí les quitaba ojo a las dos tallas.

Gamache se inclinó por encima de la mesa para mirarlas a través de sus gafas de lectura.

—Son extraordinarias.

La alegría de los pequeños viajeros de madera era palpable. Gamache se arrodilló y quedó al mismo nivel que las tallas, que navegaban hacia él. Tuvo la sensación de que eran las dos mitades de un conjunto. Un barco lleno de gente que navegaba hacia una costa. Y más gente feliz esperándolos.

¿Por qué, entonces, se sentía intranquilo? ¿Por qué quería advertir al barco que retrocediera?

—Hay algo escrito en la parte de abajo de cada talla —dijo Morin.

Cogió una y se la enseñó al jefe, que la miró y luego se la tendió a Lacoste. Beauvoir cogió la otra y vio una serie de letras. No tenían sentido para él, aunque sin duda debían de tenerlo. Significaban algo. Simplemente tenían que averiguar qué.

—¿Es ruso? —preguntó Morin.

—No. El alfabeto ruso es cirílico. Éste es el alfabeto latino —contestó Gamache.

—¿Y qué significa?

Los tres policías más experimentados se miraron entre sí.

—No tengo ni idea —reconoció el inspector jefe—. La mayoría de los artesanos marcan sus obras, las firman de alguna manera. Quizá fuera así como firmaba sus tallas el escultor.

—Entonces, ¿no habría las mismas letras grabadas debajo de cada talla? —preguntó Morin.

—Es verdad. No tengo ni idea. Quizá la superintendente Brunel pueda ayudarnos. Vendrá esta mañana.

—Anoche encontré otra cosa —dijo Morin—. Tomé una foto. La tengo en la cámara. No sé si podrán verlo demasiado bien, pero...

Encendió su cámara digital y se la tendió a Beauvoir, que miró brevemente la imagen.

—Demasiado pequeña. No la distingo. La pasaré al ordenador.

Siguieron hablando del caso mientras el inspector, sentado ante el monitor, descargaba la imagen.

—*Tabarnac* —lo oyeron susurrar.

—¿Qué pasa? —Gamache se acercó al escritorio. Lacoste se unió a él y se apelotonaron en torno a la pantalla plana.

Allí estaba la telaraña, y la palabra.

Woe.

—¿Qué significa esto? —preguntó Beauvoir casi como si pensara en voz alta.

Gamache negaba con la cabeza. ¿Cómo podía haber tejido una palabra una araña? ¿Y por qué aquélla? La misma palabra que habían encontrado en un trozo de madera arrojado bajo la cama...

—¡Vaya cerdo!

Miraron a Lacoste.

—*Pardon?* —preguntó Gamache.

—Ayer en el retrete encontré una primera edición firmada.

—¿De un libro sobre una chica que se llamaba Jane? —preguntó Morin, y luego deseó no haberlo hecho. Todos lo miraron como si hubiera dicho «vaya cerdo»—. Encontré un libro en la cabaña —explicó—. De un tal Currer Bell.

Lacoste se quedó impasible, Gamache parecía perplejo y Morin ni siquiera quiso imaginar qué mirada le estaría echando Beauvoir.

—No importa. Sigue.

—Era *La telaraña de Charlotte*, de E.B. White —prosiguió la agente Lacoste—. Uno de mis libros favoritos de pequeña.

—También de mi hija —dijo Gamache.

Recordaba haber leído aquel libro una y otra vez a la pequeña, que fingía no tener miedo de la oscuridad, del armario cerrado, de los crujidos y gemidos de la casa. Le leía cada noche hasta que por fin se quedaba dormida.

El libro que más consolaba a la niña, y que él casi había llegado a aprenderse de memoria, era *La telaraña de Charlotte*.

—Vaya cerdo —repitió, y soltó una carcajada grave, retumbante—. Es un libro sobre un cerdito solitario destinado al matadero. Una araña llamada Charlotte se hace amiga suya e intenta salvarle la vida.

—Tejiendo cosas sobre él en su telaraña —explicó Lacoste—. Pone «¡vaya cerdo!» para que el granjero piense que Wilbur es especial. El libro del retrete estaba firmado por el autor.

Gamache hizo un gesto de incredulidad.

—¿Y funcionó? —preguntó Morin—. ¿Se salvó el cerdito?

Beauvoir lo miró con desdén. Aunque, tenía que admitirlo, él también quería saberlo.

—Pues sí —dijo Gamache.

Luego frunció el ceño. Obviamente, en la vida real las arañas no tejen mensajes en sus telas. Así que, ¿quién lo habría puesto allí? ¿Y por qué? ¿Y por qué escribir «*Woe*»?

Se moría de ganas de ir a verlo.

—Y hay algo más...

Todos los ojos se volvieron de nuevo hacia el agente que parecía algo tonto.

—Es sobre el retrete. —Se volvió hacia Lacoste—. ¿No notó nada?

—¿Quieres decir además de la primera edición firmada y de los billetes que usaba como papel?

—No, dentro no. Fuera.

Ella pensó y luego negó con la cabeza.

—Quizá estuviera demasiado oscuro —dijo el agente Morin—. Lo usé anoche y no noté nada tampoco. No ha sido hasta esta mañana.

—¿Qué pasa, por el amor de Dios? —saltó Beauvoir.

—Que hay un camino. Va hasta el retrete, pero no acaba ahí. Sigue adelante. Lo he recorrido esta mañana y llega hasta aquí.

—¿Hasta el Centro de Operaciones? —preguntó Beauvoir.

—Bueno, no exactamente. Va dando vueltas por los bosques y sale por allí.

Y señaló hacia la colina que se alzaba junto al pueblo.

—He marcado el lugar por donde sale. Creo que sería capaz de volver a encontrarlo.

—Ha sido una tontería por tu parte —dijo Gamache. Parecía muy serio y su voz no tenía calidez alguna. Al instante, Morin enrojeció—. Nunca, nunca te metas solo en el bosque, ¿entiendes? Podrías haberte perdido.

—Pero usted me habría encontrado, ¿no?

Todos sabían que sí, que lo habría encontrado. Gamache los había encontrado a todos una vez, y podía volver a hacerlo.

—Ha sido un riesgo innecesario. Nunca más vuelvas a bajar la guardia. —Los profundos ojos castaños de Gamache estaban muy serios—. Un error puede costarte la vida. O la vida de otras personas. No bajes la guardia nunca. Hay amenazas por todas partes, de los bosques y del asesino que andamos buscando. No perdonarán ni un solo error.

—Sí, señor.

—Bien —dijo Gamache. Se levantó y los demás se pusieron en pie de un salto—. Ahora tienes que enseñarnos exactamente por dónde sale el camino.

Abajo en el pueblo, Olivier estaba ante la ventana del *bistrot*, abstraído de las conversaciones y risas de los que desayunaban tras él. Vio a Gamache y los demás caminar por el borde de la colina. Hicieron una pausa y luego siguieron andando hacia delante y hacia atrás un rato. Desde allí se percibían los gestos furiosos que hacía Beauvoir al joven agente que siempre parecía tan despistado.

«No pasará nada —se repetía a sí mismo—. No pasará nada. Tú sonríe.»

Sus pasos se detuvieron. Miraron hacia el bosque, igual que él los miraba a ellos.

Y una ola rompió contra Olivier, quitándole el aliento que llevaba conteniendo tanto tiempo. Quitándole la sonrisa fija del rostro.

Casi era un alivio. Casi.

—Aquí es —dijo Morin.

Había atado su cinturón en torno a una rama. Le había parecido una solución muy ingeniosa, pero, después, buscar un cinturón estrecho y marrón en el borde de un bosque no resultaba una idea tan buena.

Pero lo habían encontrado.

Gamache miró hacia el sendero. Cuando ya sabías que estaba allí, resultaba obvio. Casi clamoroso. Como esas ilusiones ópticas colocadas deliberadamente en los cuadros, que, una vez las encuentras, ya no puedes dejar de verlas. El tigre en la vajilla, la nave espacial en el jardín.

—Me reuniré con vosotros en la cabaña cuando pueda —dijo Gamache, y se quedó con Lacoste viendo cómo Beauvoir y Morin se internaban en el bosque. Como las monjas, tenía la sensación de que estaban a salvo si no iban solos. Ya suponía que no era más que una presunción. Pero lo consolaba. Se quedó mirándolos hasta que ya no pudo distinguirlos. Aun así, siguió esperando hasta que dejó también de oírlos. Y sólo entonces bajó de nuevo hacia Three Pines.

Peter y Clara Morrow estaban en sus respectivos estudios cuando sonó el timbre de la puerta. Era un sonido extraño, que casi los sobresaltó. Ninguno de sus conocidos llamaba al timbre, simplemente entraban como si estuvieran en su casa. ¿Cuántas veces habían encontrado Clara y Peter a Ruth en su salón? Con los pies en el sofá, leyendo un libro y bebiéndose un Martini a las diez de la mañana, con *Rosa* acurrucada en la alfombra a su lado. Habían pensado en llamar a un exorcista para librarse de ellas.

Más de una vez encontraban también a Gabri en su baño.

—¿Hay alguien en casa? —llamó una profunda voz masculina.

—Ya voy yo —dijo Clara.

Peter ni siquiera se molestó en responder. Estaba remoloneando en su estudio, dando vueltas en torno al caballete, acercándose, luego alejándose de nuevo. Tal vez tuviera la mente concentrada en su arte, como siempre, pero en el corazón tenía otra cosa. Desde que las noticias de la traición de Marc Gilbert habían llegado al pueblo, Peter no había pensado en nada más.

Marc le gustaba de verdad. Se sentía atraído por él de la misma forma que lo atraían el amarillo cadmio, el azul celeste y Clara. Se emocionaba, casi se le iba la cabeza al pensar en visitar a Marc. Tomar una copa tranquilamente los dos juntos. Hablar. Salir a pasear.

Marc Gilbert había echado por tierra también su relación. Intentar arruinar a Olivier ya era bastante terrible por sí mismo. Sin embargo, en su más secreta conciencia, Peter no podía evitar la sensación de que aquello estaba igual de mal. Era como meter un clavo oxidado en un objeto adorable. Y raro. Al menos para Peter.

Ahora odiaba a Marc Gilbert.

En el exterior de su estudio oyó hablar a Clara y la respuesta de una voz familiar.

Armand Gamache.

Decidió sumarse a ellos.

—¿Café? —ofreció Clara al inspector jefe tras el intercambio de saludos entre Peter y él.

—*Non, merci*. No puedo quedarme mucho rato. Es una visita de trabajo.

Clara pensó que era una forma curiosa de plantearlo. El trabajo del crimen.

—Ayer tuviste un día muy ajetreado —comentó Clara mientras los tres se sentaban a la mesa de la cocina—. En Three Pines no se habla de otra cosa. Es difícil decir qué fue lo más chocante: que fuera Marc Gilbert quien cambió de sitio el cuerpo, que Vincent Gilbert esté aquí o que al parecer el muerto viviera en el bosque todo este tiempo. ¿De verdad vivía allí?

—Eso creemos, pero todavía esperamos la confirmación. Seguimos sin saber quién era.

Gamache los examinó de cerca. Parecían tan sorprendidos como él mismo.

—No puedo creerme que nadie supiera que estaba ahí —dijo Clara.

—Pensamos que alguien lo sabía. Alguien le llevaba comida. Encontramos restos en la encimera.

Intercambiaron miradas de asombro.

—¿Uno de nosotros? ¿Quién?

«Uno de nosotros», pensó Gamache. Sólo tres palabras, pero potentes. Esas pocas palabras, más que cualquier otra cosa, habían botado mil barcos, lanzado mil ataques. Uno de nosotros. Y un círculo dibujado. Y cerrado. Una frontera marcada. Los que están dentro y los que no.

Familias, clubes, bandas, ciudades, Estados, países. Un pueblo.

¿Qué le había dicho Myrna? El desafuero...

Pero no se trataba de una simple pertenencia, era algo más. La razón de la «pertenencia» era tan potente, tan atractiva, tan integrante del anhelo humano, que también significaba seguridad y lealtad. Si eras «uno de nosotros», estabas protegido.

Gamache se preguntó si sería aquello lo que tendría que superar. No sólo debía encontrar al asesino, sino también vencer los esfuerzos de los que estaban dentro para protegerlo. ¿Se estaría levantando el puente levadizo? ¿El círculo cerrado? ¿Estaría Three Pines protegiendo a un asesino? ¿A uno de los suyos?

—¿Por qué iba alguien a llevarle comida y luego matarlo? —preguntó Clara.

—No tiene ningún sentido —secundó Peter.

—Es posible que el asesino no apareciera con la intención de matar —dijo Gamache—. A lo mejor ocurrió algo que lo provocó.

—Vale, pero entonces, si arremetió contra ese hombre y lo mató, ¿por qué no salir simplemente huyendo? ¿Por qué llevarse el cuerpo por el bosque a casa de los Gilbert? —preguntó Clara.

—Eso es, ¿por qué? —preguntó a su vez Gamache—. ¿Alguna teoría?

—Porque quería que encontrasen el cuerpo —contestó Peter—. Y la casa de los Gilbert es el lugar más cercano.

El asesino quería que encontrasen el cuerpo... ¿Por qué? La mayoría de los asesinos se toman enormes molestias para ocultar su crimen. ¿Por qué lo habría publicitado aquel hombre?

—Que encontraran el cuerpo —continuó Peter— o la cabaña.

—Supongo que la habrían encontrado de todos modos al cabo de unos días —dijo Gamache—. Roar Parra estaba desbrozando los caminos de herradura de esa zona.

—No estamos ayudando demasiado —comentó Clara.

Gamache buscó en su cartera.

—En realidad he venido para enseñaros algo que encontramos en la cabaña. Me gustaría que me dierais vuestra opinión.

Sacó dos toallas y las puso cuidadosamente encima de la mesa. Parecían como recién nacidos protegidos de un mundo helador. Desenvolvió ambos paquetes con mucho cuidado.

Clara se inclinó hacia delante.

—Mira las caras... —Levantó la vista y clavó la mirada en los ojos de Gamache—. Qué hermosas.

Él asintió. Verdaderamente, lo eran. No sólo sus rasgos. Era también su alegría, su vitalidad, lo que las hacía hermosas.

—¿Puedo? —preguntó Peter, que fue a cogerlas.

Gamache asintió. Morrow cogió una de las esculturas y le dio la vuelta.

—Hay algo grabado, pero no sé qué es. ¿Una firma, quizá?

—Parece algo así —dijo Gamache—. No hemos conseguido interpretar qué significan esas letras.

Peter examinó las dos obras, el barco y la costa.

—¿Las talló el muerto?

—Eso creemos.

Sin embargo, dado todo lo demás que habían encontrado en la cabaña, a Gamache no le habría sorprendido que las hubiera tallado el propio Miguel Ángel. La diferencia era que todas las demás piezas estaban a la vista, pero el hombre muerto había escondido muy bien aquellas dos. De algún modo, por tanto, eran distintas.

Vio que la sonrisa de Clara y luego la de Peter iban desvaneciéndose hasta que los dos adoptaron un aspecto casi triste. Desde luego, incómodo. Clara se removía en su asiento. A los Morrow les había costado mucho menos tiempo que a los policías de la Sûreté aquella mañana notar que algo iba mal. No era de extrañar, pensó Gamache. Los Morrow eran artistas, y por tanto estaban más en sintonía con sus sentimientos.

Las tallas emanaban deleite y alegría. Pero por debajo había algo más. Una tonalidad menor, una nota oscura.

—¿Qué ocurre? —preguntó Gamache.

—Hay algo raro en estas obras —respondió Clara—. Algo que no encaja.

—¿Puedes decirme lo que es?

Peter y Clara siguieron mirando las dos piezas y luego intercambiaron una mirada. Al final se volvieron hacia Gamache.

—Lo siento —se disculpó Peter—. A veces en el arte estas cosas pueden ser subliminales, no planeadas siquiera por el propio artista. Una ligera desproporción. Un color que desentona.

—Sin embargo, puedo decirte que como obras de arte son extraordinarias —añadió Clara.

—¿Y cómo lo sabes? —preguntó Gamache.

—Pues porque provocan una emoción muy intensa. El arte de calidad siempre lo hace.

Clara examinó de nuevo las tallas. ¿Había demasiada alegría, quizá? ¿Era aquél el problema? ¿El exceso de belleza, deleite y esperanza resultaba inquietante?

Pensaba que no, esperaba que no. No, era algo distinto.

—Eso me recuerda una cosa... —dijo Peter—. ¿No tenías una reunión con Denis Fortin dentro de unos minutos?

—Ah, ¡mierda, mierda, mierda! —respondió Clara poniéndose en pie de un salto.

—No quiero entreteneros —dijo Gamache. Volvió a envolver las esculturas.

—Tengo una idea —dijo ella, acercándose a Gamache en la puerta—. Monsieur Fortin quizá sepa más de escultura que nosotros. En realidad, nosotros no tenemos ni idea. ¿Puedo enseñarle una de las piezas?

—Es buena idea —dijo Gamache—. Muy buena idea. ¿Dónde vas a reunirte con él?

—En el *bistrot*, dentro de cinco minutos.

Gamache sacó una de las toallas de su cartera y se la tendió a Clara.

—Estupendo —dijo ella mientras salían por el caminito que iba hasta la carretera—. Le diré que la he hecho yo.

—¿Te habría gustado hacerla?

Clara recordó el horror que había florecido en su pecho al mirar las tallas.

—No —aseguró.

VEINTIDÓS

Gamache volvió al Centro de Operaciones y encontró a la superintendente Thérèse Brunel sentada a la mesa de juntas, rodeada de fotos. Al verlo entrar, la mujer se levantó, sonriente.

—Inspector jefe... —Avanzó con la mano tendida—. La agente Lacoste me ha acogido tan bien que creo que podría quedarme a vivir aquí.

Thérèse Brunel había llegado a la edad de la jubilación, aunque nadie en la Sûreté se atrevería jamás a señalarlo. No por miedo a aquella mujer, que era encantadora, ni por delicadeza, sino porque precisamente ella, más que nadie, era irreemplazable.

Se había presentado en la oficina de reclutamiento de la Sûreté dos décadas antes. El joven policía de guardia había creído que era una broma. Ante él se encontraba una señora sofisticada, de cuarenta y tantos años, vestida de Chanel, que le pedía un formulario de solicitud de ingreso. Se lo había dado, convencido de que, con toda seguridad, sería una amenaza para un hijo o una hija que la hubieran decepcionado, y luego vio, cada vez más asombrado, que la señora se sentaba, con las piernas cruzadas a la altura de los tobillos, dejando en el aire un leve toque de un delicado perfume, y rellenaba el formulario de su puño y letra.

Thérèse Brunel había sido jefa de adquisiciones del famosísimo Musée des Beaux Arts de Montreal, pero siempre había alimentado una pasión secreta por los enigmas.

Enigmas de todo tipo. Y en cuanto sus hijos se fueron de casa para asistir a la universidad, fue directa a la Sûreté y rellenó un formulario de petición de ingreso. ¿Qué enigma podía ser más interesante que desentrañar un crimen? Luego, mientras recibía clases del inspector jefe Armand Gamache en la escuela policial, descubrió otro enigma, otra pasión. La mente humana.

Ahora había sobrepasado en rango a su mentor y estaba a la cabeza de la unidad de delitos patrimoniales. Tenía ya más de sesenta años y era tan vehemente como siempre.

Gamache le estrechó la mano con calidez.

—Superintendente Brunel...

Thérèse Brunel y su marido, Jérôme, iban con frecuencia a cenar a casa de los Gamache, y a su vez los recibían en su apartamento de la rue Laurier. Pero en el trabajo eran «inspector jefe» y «superintendente».

Él se acercó entonces a la agente Lacoste, que se había puesto también de pie al verlo entrar.

—¿Hay algo ya?

Ella negó con la cabeza.

—Pero acabo de llamar y los resultados del laboratorio estarán muy pronto.

—*Bon. Merci.*

Gamache hizo una seña a la agente Lacoste y ella se sentó de nuevo ante su ordenador. Luego centró su atención en la superintendente Brunel.

—Esperamos los resultados de las huellas dactilares. Te estoy muy agradecido por haber venido tan rápido.

—*C'est un plaisir.* Además, ¿hay algo más emocionante? —Lo llevó de nuevo hasta la mesa de juntas y, acercándose mucho a él, susurró—: *Voyons*, Armand, ¿esto va en serio?

Y señaló las fotos extendidas sobre la mesa.

—Sí —susurró también él—. Y quizá necesitemos la ayuda de Jérôme.

Jérôme Brunel, ya retirado de la práctica médica, compartía desde hacía mucho tiempo el amor de su esposa por los enigmas, pero, mientras el de ella se inclinaba hacia la mente humana, el suyo se asentaba firmemente en las claves. Los códigos. En su cómodo y desordenado estudio de su hogar de Montreal, recibía a diplomáticos desesperados y gente de seguridad. A veces descifraba códigos crípticos y a veces los creaba.

Era un hombre culto y jovial.

Gamache sacó la talla de su bolsa, la desenvolvió y la colocó encima de la mesa. Una vez más, los felices pasajeros navegaron por la mesa de juntas.

—Muy bonita —dijo ella poniéndose las gafas y acercándose un poco más—. Preciosa, realmente —murmuró para sí, mientras examinaba la pieza y la tocaba—. Muy bien hecha. Quienquiera que sea el artista, conoce bien la madera y la lleva dentro. Y tiene conocimientos artísticos.

Se echó un poco atrás y miró desde allí. Gamache esperó a ver qué pasaba y, efectivamente, su sonrisa se desvaneció y la mujer incluso se apartó un poco más para alejarse de la pieza.

Era la tercera vez que veía aquella reacción aquella mañana. Y él mismo también la había tenido. Las tallas parecían penetrar hasta la médula, hasta la parte más oculta y la parte más compartida. Llegaban a la humanidad de la gente. Y luego, como un dentista, empezaban a perforar. Hasta que la alegría se convertía en temor.

Al cabo de un momento, el rostro de Brunel se aclaró y volvió a aparecer la máscara profesional. La solucionadora de problemas sustituyó a la persona. Se inclinó hacia la obra, desplazándose en torno a la mesa, sin tocar la talla. Al final, cuando la hubo visto desde todos los ángulos, la levantó y, como todos los demás, miró debajo.

—OWSVI —leyó—. Mayúsculas. Grabado en la madera, no pintado. —Parecía un forense diseccionando y dictando sus conclusiones—. Es una madera pesada, noble. ¿Cerezo, quizá? —La miró más de cerca e incluso la olisqueó—. No, el grano no es de cerezo. ¿Cedro? No, el color es otro, a menos que... —La llevó hasta la ventana y la colocó bajo un rayo de sol. Entonces la bajó y sonrió a Gamache por encima de sus gafas—. Cedro. Cedro rojo. De la Columbia Británica, casi con toda seguridad. Es una madera estupenda, ¿sabes? El cedro dura eternamente, sobre todo el cedro rojo. Además, es muy duro. Y sin embargo, es sorprendentemente fácil de esculpir. Los haida, de la Costa Oeste, la usaron durante siglos para hacer tótems.

—Y todavía siguen en pie.

—Lo estarían si el gobierno y la Iglesia no hubieran destruido la mayoría a finales del siglo XIX. Pero todavía puede verse uno muy bonito en el Museo de la Civilización, en Ottawa.

A ninguno de los dos se les escapó la ironía de aquel hecho.

—Bueno, entonces, ¿qué estás haciendo tú aquí? —preguntó la mujer a la escultura—. ¿Y de qué tienes miedo?

—¿Por qué dices eso?

En su escritorio, la agente Lacoste levantó la vista, deseosa asimismo de conocer la respuesta.

—Seguro que tú también lo has notado, ¿verdad, Armand? —Había usado su nombre de pila, señal de que, aunque parecía serena, en realidad estaba desconcertada—. En esta obra hay algo muy frío. Dudo si decir incluso maligno...

Gamache inclinó la cabeza, sorprendido. «Maligno» era una palabra que no se oía muy a menudo si no era en un sermón. Brutal, malvado, cruel, sí. Horrible, incluso: los investigadores a veces se referían al horror de algún crimen.

En cambio, maligno nunca. Pero era eso precisamente lo que convertía a Thérèse Brunel en una investigadora brillante, capaz de resolver enigmas y crímenes. Y amiga suya. Ella ponía siempre la convicción por encima de las convenciones.

—¿Maligno? —preguntó Lacoste desde su escritorio.

La superintendente Brunel miró a la agente.

—He dicho que dudaba si calificarlo así.

—¿Y sigues dudando? —preguntó Gamache.

Brunel cogió la talla una vez más y la levantó a la altura de los ojos para examinar a los pasajeros liliputienses. Todos vestidos para un largo viaje, los bebés con sus mantitas, las mujeres con bolsas con pan y queso, los hombres fuertes y decididos. Todos mirando hacia delante, mirando algo maravilloso. Los detalles eran exquisitos.

Le dio la vuelta y luego la apartó con un movimiento brusco, como si le hubiese mordido la nariz.

—¿Qué pasa? —preguntó Gamache.

—He encontrado el gusano —dijo ella.

Ni Carole Gilbert ni su hijo habían dormido bien la noche anterior, y ella sospechaba que Dominique tampoco. A Vincent, que dormía en la habitación pequeña al otro lado del rellano, no le había dedicado ni un solo pensamiento. O más bien podía decirse que cada vez que aparecía en su mente consciente lo empujaba de vuelta a su pequeña habitación e intentaba cerrar la puerta.

El amanecer había sido precioso, suave. Ella se había paseado por la cocina arrastrando los pies mientras se preparaba un café bien fuerte con una cafetera de émbolo, y luego, con un chal de angora por encima de los hombros, había sacado la bandeja para instalarse en el tranquilo patio que daba al jardín y a los campos cubiertos de niebla.

Había vivido el día anterior en estado de urgencia permanente, como si un concierto de bocinas resonara en su cabeza durante horas sin fin. Habían permanecido unidos como familia y se habían enfrentado juntos a una revelación tras otra.

Que el padre de Marc seguía vivo.

Que Vincent, de hecho, estaba ahí mismo.

Que el cadáver había aparecido en su nuevo hogar.

Y que Marc lo había trasladado. Al *bistrot*. En un intento deliberado de hacer daño e incluso arruinar a Olivier.

Cuando el inspector jefe Gamache se marchó al fin, todos se sentían como atontados. Demasiado confusos y cansados para atacarse entre ellos. Marc había dejado bien claros sus sentimientos y luego se había ido a la zona de *spa*, a enyesar, pintar y martillear. Vincent había tenido también la sensatez de desaparecer y no volver hasta última hora de la noche. Y Dominique había encontrado la cabaña mientras montaba al menos estropeado de los caballos.

«Sonarían las campanas en el cielo», pensó Carole para sí mientras miraba los caballos, ahora en el campo neblinoso. Pastando. Recelosos los unos de los otros. Incluso desde tan lejos se veían sus llagas.

Alocadas como nunca en un repique
si al perder el juicio el párroco
y recuperarlo sus feligreses
juntos se arrodillaran
para alzar sus rezos fervientes
por los tigres tiñosos y amaestrados,
por los perros y los osos bailarines.

—Madre...

Carole dio un respingo, perdida como estaba en sus pensamientos y encontrada de pronto por su hijo. Se puso en pie. Él parecía adormecido, pero se había duchado y afeitado. Su voz sonaba fría, distante. Se miraron. ¿Acabarían por parpadear, sentarse, servirse un café y hablar del tiempo? ¿De las noticias del día? O de los caballos... ¿Intentarían fingir que no estaban a merced del temporal? ¿Que no era obra suya?

¿Quién lo había hecho peor? ¿Carole al mentir a su hijo durante años y decirle que su padre estaba muerto? ¿Marc al trasladar un cadáver al *bistrot* y con un solo acto arruinar todas sus posibilidades de ser aceptados en la pequeña comunidad?

Ella les había estropeado el pasado y él les había estropeado el futuro.

Formaban un buen equipo.

—Lo siento mucho —dijo Carole, y abrió los brazos. En silencio, Marc se acercó como si fuera saltando de piedra en piedra y casi se dejó caer en ellos. Él era alto y ella no, pero aun así lo abrazó, le frotó la espalda y le susurró—: Ya está, ya está...

Luego se sentaron, con la bandeja de *croissants* y mermelada de fresa entre los dos. El mundo tenía un aspecto muy verde aquella mañana, muy fresco, desde los altos arces y robles hasta el parque. Marc se sirvió café mientras

Carole se arrebujaba en el chal de angora que le rodeaba los hombros y observaba a los caballos pastar la hierba del campo y de vez en cuando levantar los ojos para contemplar un día que no deberían haber visto, un mundo que tendrían que haber dejado dos días antes. En aquel momento, de pie entre la niebla, parecían pisar los dos mundos a la vez.

—Casi parecen caballos —dijo Marc—, si entornas los ojos.

Carole miró a su hijo y se echó a reír. Él esbozaba muecas raras, intentando metamorfosear las criaturas que pastaban en el campo en los magníficos caballos de caza que tanto había esperado.

—¿De verdad que eso es un caballo? —Señaló a *Chester*, que con aquella luz incierta parecía un camello.

Carole de pronto se puso muy triste al pensar que quizá tuvieran que dejar aquella casa, expulsados por sus propios actos. El jardín nunca le había parecido más bonito, y con el tiempo no haría más que mejorar a medida que floreciera y las diversas plantas se mezclaran y creciesen juntas.

—Me preocupa ése. —Marc señaló el caballo más oscuro, que estaba apartado—. *Trueno*.

—Sí, bueno... —Carole se volvió, incómoda, para mirar a su hijo—. La verdad es que...

—¿Y si decide morder a un huésped? No es que no valore lo que le hizo a papá...

Carole contuvo una sonrisa. Ver al Gran Hombre con baba de caballo en el hombro era lo único bueno que les había deparado aquel día tan malo.

—¿Qué sugieres? —preguntó.

—No lo sé.

Carole se quedó callada. Ambos sabían lo que estaba sugiriendo Marc. Si el caballo no aprendía buenos modales en un mes, por Acción de Gracias habría que sacrificarlo.

—«Por los perros y osos bailarines» —murmuró ella—. «Y la pequeña liebre perseguida.»

—*Pardon?* —preguntó Marc.

—Vaya, bueno, es que en realidad no se llama *Trueno*. Se llama *Marc*.

—Estás de broma.

Pero ninguno de los dos se reía. Marc miró hacia el campo para observar a aquel animal maligno y loco que mantenía la distancia con los demás. Un borrón negro en la niebla de la pradera. Como un error. Una mácula.

Un Marc.

Más tarde, cuando Marc salió con Dominique a comprar comida y otros suministros, Carole encontró cuatro zanahorias en la cocina y se las dio a los caballos, que al principio no se atrevieron a acercarse. Pero primero *Buttercup*, luego *Macaroni* y finalmente *Chester* se acercaron poco a poco y parecieron besar la zanahoria que tenía en la palma.

Pero quedaba uno.

Susurró a *Marc*, el caballo, arrullándolo. Atrayéndolo. Rogándole. De pie en la valla, se inclinó hacia delante y le acercó la zanahoria tanto como pudo.

—Por favor —lo incitó—. No te haré daño.

Pero él no la creyó.

Carole entró en la casa, subió la escalera y llamó a la puerta de la habitación pequeña.

Armand Gamache cogió la escultura y miró con atención la multitud que se apiñaba en el embarcadero.

Era fácil no darse cuenta, pero él podría haberlo visto. Ahora le resultaba obvio. Una figura pequeña, en la parte más baja del barco, agachada, justo enfrente de la mujer con aspecto de matrona que llevaba un saco grande.

Notó que se le ponían los pelos de punta al examinar el rostro del diminuto hombre de madera, poco más que un muchacho, que volvía la cara para mirar hacia atrás. Más allá de la matrona. Miraba detrás del barco. Mientras todos los demás miraban hacia delante, él estaba acurrucado y miraba hacia atrás. Al lugar de donde venían.

Y la expresión de su cara le heló la sangre a Gamache. Hasta el hueso, hasta la médula. Hasta lo más hondo.

Aquél era el aspecto que tenía el terror. Así era como se sentía. El pequeño rostro de madera era un transmisor.

Y su mensaje era horripilante. Gamache tuvo de repente la incontrolable necesidad de mirar a su espalda, ver lo que podía agazaparse allí. No obstante, se puso las gafas y estudió el objeto más de cerca.

El joven llevaba un paquete aferrado entre los brazos.

Finalmente, Gamache lo soltó y se quitó las gafas.

—Ya veo lo que quieres decir.

La superintendente Brunel suspiró.

—El mal. Hay algo maligno en este viaje.

Gamache no disintió.

—¿Te resulta familiar? ¿Podría estar esta talla en tu actual lista de arte robado?

—Hay miles de artículos en esa lista. —Sonrió—. De todo, desde Rembrandt a palillos de dientes grabados.

—Y apuesto a que te acuerdas de memoria de todos ellos.

Abrió aún más su sonrisa e inclinó ligeramente la cabeza. Él la conocía bien.

—Pero nada como esto. Destacaría.

—¿Es arte?

—Si quieres decir si es valioso, yo diría que sí, que es de un valor casi incalculable. Si una cosa semejante hubiera aparecido en el mercado mientras yo estaba en el Musée des Beaux Arts, me habría lanzado por ella. Y habría pagado una pequeña fortuna.

—¿Por qué?

Ella miró al hombre alto, tranquilo, que tenía delante. Parecía un erudito. Casi lo veía con toga y birrete moviéndose con majestuosidad por las aulas de alguna antigua universidad, con ansiosos alumnos tras él. Cuando lo conoció, dando clases en la academia de policía, tenía veinte años menos, pero ya era una figura imponente. Ahora transmitía aquella autoridad con mucha más facilidad aún. Su pelo ondulado y oscuro empezaba a clarear, y sus sienes iban volviéndose grises, igual que su cuidado bigote. Su cuerpo se expandía. «Igual que su influencia», pensó.

Él le había enseñado muchas cosas. Pero una de las más valiosas fue no sólo a ver, sino también a escuchar. Como él hacía ahora.

—Lo que hace única una obra de arte no es sólo el color, o la composición, o el tema. No tiene nada que ver en absoluto con lo que vemos. ¿Por qué hay cuadros que son obras maestras mientras que otros, quizá mucho mejor realizados, han quedado en el olvido? ¿Por qué algunas sinfonías siguen siendo veneradas años después de que haya muerto su compositor?

Gamache se quedó pensativo. Y lo que le vino a la mente fue el cuadro colocado con despreocupación en un caballete después de cenar, unos cuantos días antes. Mal iluminado, sin marco.

Y sin embargo, se habría pasado la vida entera mirándolo.

Era un cuadro que representaba a una mujer anciana, con el cuerpo inclinado hacia delante pero la cara vuelta hacia atrás.

Él conocía aquella añoranza. La misma sensación que lo atormentaba cuando miraba la talla lo había invadido al mirar a aquella mujer. Clara no había pintado sólo a una mujer, ni un sentimiento siquiera. Había creado un mundo. Con aquella única imagen.

Era una obra maestra.

De repente sintió mucha pena por Peter y deseó con todo su corazón que no siguiera intentando competir con su mujer. Ella no luchaba en aquel campo de batalla.

—Esto... —la superintendente Brunel señaló la talla con su dedo de manicura perfecta— será recordado mucho después de que tú y yo hayamos muerto. Mucho después de que este encantador pueblecito se haya convertido en polvo.

—Hay otra, ¿sabes? —dijo él, y tuvo el raro placer de ver sorprendida a Thérèse Brunel—. Pero, antes de verla, creo que deberíamos ir a la cabaña.

Él le miró los pies. Llevaba unos elegantes zapatos nuevos.

—Me he traído unas botas, inspector jefe —dijo ella, y en su voz flotaba un débil y burlón reproche mientras se encaminaba a la puerta por delante de él y a paso rápido—. ¿Cuándo me has llevado a algún sitio donde no hubiera barro?

—Creo que la última vez que fuimos a escuchar una sinfonía al Palace des Arts habían pasado la manguera —contestó él cuando ya se iban, volviendo el rostro para dedicar una sonrisa a la agente Lacoste.

—Me refería a las salidas profesionales. Siempre barro, siempre cadáveres.

—Bueno, esta vez hay barro, desde luego, pero no hay ningún cadáver.

—¡Señor! —Lacoste se acercó al coche corriendo con un listado en la mano—. Me ha parecido que le gustaría ver esto.

Le tendió el papel y señaló un punto. Era un informe del laboratorio. Empezaban a llegar resultados en un goteo que iba a durar todo el día. Y aquel dato le provocó una sonrisa de satisfacción. Se volvió hacia Thérèse Brunel.

—Han encontrado virutas de madera, serrín en realidad, junto a una silla de la cabaña. También han encontrado residuos en la ropa del hombre. El laboratorio dice que se trata de cedro rojo. De la Columbia Británica.

—Supongo que hemos hallado al artista —comentó ella—. Y ahora, si supiéramos por qué talló una cara con semejante expresión de terror...

«Sí, ¿por qué?», pensó Gamache mientras entraba en el coche y subían por Du Moulin. Montaron en los quads que allí los esperaban y se adentraron en lo más profundo del bosque de Quebec. Un profesor y una elegante experta en arte. Ninguno de los dos era lo que parecía, y se dirigían hacia una cabaña rústica que, ciertamente, tampoco lo era.

Gamache detuvo el quad justo antes de la última curva del sendero. La superintendente Brunel y él desmontaron y anduvieron el resto del camino. El interior del bosque era otro mundo y el inspector jefe quería que ella tuviera una percepción del lugar en que la víctima había escogido vivir. Un mundo de sombras frescas y luz difusa, de ricos y oscuros aromas a cosas en descomposición. De criaturas que uno oía sin llegar a ver, que correteaban y se escabullían.

Gamache y Brunel eran muy conscientes de que allí los extraños eran ellos.

Y sin embargo, no resultaba nada amenazador. En aquel momento no. Al cabo de doce horas, cuando el sol se pusiera, la sensación sería totalmente distinta.

—Ya te entiendo. —Brunel miró alrededor—. Un hombre podría vivir aquí fácilmente sin que lo encontrara nadie. Es muy pacífico, ¿verdad? —Sonaba casi nostálgica.

—¿Tú podrías vivir aquí? —le preguntó Gamache.

—Creo que podría, sí. ¿Te sorprende?

Gamache se quedó callado, pero sonrió mientras caminaba.

—No necesito gran cosa —continuó ella—. Antes sí. Cuando era más joven. Viajes a París, un piso bonito, ropa buena. Ahora ya tengo todo eso. Y soy feliz.

—Pero no porque tengas esas cosas —sugirió Gamache.

—A medida que me hago mayor necesito cada vez menos cosas. Realmente, creo que podría vivir aquí. Entre nosotros, Armand... hay una parte de mí que anhela algo así. ¿Tú podrías?

Él asintió y contempló de nuevo la sencilla cabaña. Una sola habitación.

—Una silla para la soledad, dos para la amistad y tres para la sociedad —dijo.

—*Walden*. ¿Y cuántas sillas necesitarías tú?

Gamache pensó un momento.

—Dos. No me importa la sociedad, pero sí necesito a otra persona.

—Reine-Marie —señaló Thérèse—. Y yo sólo necesito a Jérôme.

—Hay una primera edición de *Walden* en la cabaña, ¿sabes?

Thérèse suspiró.

—*Incroyable*. ¿Quién era este hombre, Armand? ¿Tienes alguna idea?

—No.

Se paró y ella también se detuvo a su lado, siguiendo su mirada.

Al principio le costó verla, pero luego, poco a poco, distinguió la sencilla cabaña de troncos, como si acabara de materializarse para ellos. Y los invitase a entrar.

—Adelante —dijo él.

Carole Gilbert respiró con fuerza y luego dio un paso al frente, saliendo del terreno firme que había cultivado durante décadas. De los tranquilos almuerzos con amigas de toda la vida, de las noches de bridge y turnos voluntarios, de las tardes agradables de lluvia leyendo junto a la ventana y contemplando los barcos llenos de contenedores que se desplazaban arriba y abajo por el río San Lorenzo. Salió de aquella amable vida de viuda dentro de las murallas fortificadas de la ciudad de Quebec, construidas para impedir la entrada de cualquier cosa desagradable.

—Hola, Carole.

El hombre, alto y esbelto, se encontraba de pie en el centro de la habitación, contenido. Como si estuviera esperándola. El corazón de Carole latía con fuerza, y tenía las manos y los pies fríos y entumecidos. Le daba miedo caer al suelo. No desmayarse, sino perder toda capacidad de mantenerse en pie.

—Vincent. —Su voz sonó firme.

El cuerpo de él había cambiado. Aquel cuerpo que conocía mejor que cualquier otro. Se había encogido, arrugado. El cabello antes era espeso y brillante, ahora raleaba y casi se había puesto blanco del todo. Todavía tenía los ojos castaños, pero su mirada, antes penetrante y segura, ahora estaba llena de dudas.

Él tendió una mano. Todo parecía transcurrir con una lentitud exasperante. La mano tenía en el dorso manchas que ella no reconocía. ¿Cuántas veces había cogido entre las suyas aquella mano en los primeros años? Y luego, ¿cuántas veces había añorado volver a tocarla? ¿Cuántas veces la había mirado de reojo, mientras sujetaba *Le Devoir* delante de la cara? Su único contacto con el hombre a quien había entregado el corazón, aquellos dedos largos, sensibles, que sujetaban un periódico que, sin lugar a dudas, contenía unas noticias mucho más importantes que las que ella pudiera aportar. Aquellos dedos eran una prueba de que en la habitación se encontraba otro ser humano, pero a duras penas. Apenas estaba allí, y apenas era humano.

Y de repente un día él bajó el periódico, la miró con ojos penetrantes y dijo que no era feliz.

Ella se echó a reír.

Era una risa auténtica, de gran regocijo, según recordaba. No porque creyera que era una broma. Sino precisamente porque hablaba en serio. Aquel hombre genial parecía pensar que el hecho de que él no fuera feliz era una catástrofe.

Hasta entonces, todo había sido perfecto. Como muchos hombres de su edad, él tenía una aventura. Ella lo sabía desde hacía años. Pero aquella aventura era consigo mismo. Se adoraba a sí mismo. De hecho, era casi lo único que tenían en común. Los dos amaban a Vincent Gilbert.

Sin embargo, de pronto ya no bastaba con eso. Necesitaba más. Y como era un gran hombre, la respuesta no podía encontrarse cerca de casa. Tenía que estar escondida en alguna cueva de una montaña de la India.

Como él era extraordinario, su salvación también tendría que serlo.

Pasaron el resto del desayuno tramando la muerte de él. La idea atraía a Vincent por su sentido del melodrama y a ella le suponía un alivio. Paradójicamente, fue la mejor conversación que habían tenido desde hacía años.

Por supuesto, ambos cometieron un enorme error. Tendrían que habérselo dicho a Marc. Pero ¿quién iba a pensar que le importaría?

Ahora, demasiado tarde (¿podía ser que ni siquiera hubiera pasado un día entero?), se daba cuenta de la profunda herida que había supuesto para Marc la muerte de su padre. No la muerte en sí, claro. Eso lo había aceptado con facilidad. No, era la resurrección de su padre la que había creado las cicatrices, como si Vincent, al levantarse de nuevo, hubiera atravesado el corazón de Marc.

Y ahora aquel hombre estaba allí de pie, arrugado, manchado y quizá incluso chiflado, tendiéndole una mano firme. Invitándola a entrar.

—Tenemos que hablar —dijo ella.

Él bajó la mano y asintió. Ella esperaba que Vincent le señalara todos sus defectos y fallos, todos los errores que había cometido, la inmensa herida que le había producido.

—Lo siento —dijo Vincent. Y ella asintió.

—Ya sé que lo sientes. Yo también.

El hombre se sentó en el borde de la cama y dio unas palmaditas. Carole se sentó a su lado. Al estar tan cerca podía ver las arrugas que la preocupación trazaba en su rostro. Le resultó interesante que los pliegues causados por la preocupación sólo aparecieran en la cabeza.

—Te veo muy bien. ¿Lo estás? —preguntó él.

—Ojalá no hubiera ocurrido nada de todo esto.

—¿Incluyendo mi regreso? —Vincent sonrió y le cogió la mano.

Sin embargo, Carole notó que, en vez de acelerarse, su corazón se volvía duro como una piedra. Y se dio cuenta de que no confiaba en aquel hombre, aparecido de pronto como un estallido del pasado y dispuesto a comer de sus platos y dormir en sus camas.

Era como Pinocho. Un hombre hecho de madera, a imitación de la humanidad. Brillante, sonriente y falso. Si se cortaba, seguramente se le vieran los anillos. Círculos de engaño, maquinaciones y justificaciones. De eso estaba hecho. No había cambiado.

Dentro de aquel hombre no había más que mentiras, mentiras y más mentiras. Y ahora estaba allí, en el interior de su hogar. Y de pronto sus vidas se desenmarañaban.

VEINTITRÉS

—*Bon Dieu...*

Fue lo único que atinó a decir la superintendente Brunel, y lo dijo una y otra vez mientras recorría la cabaña de troncos. De vez en cuando se detenía y cogía un objeto. Abría mucho los ojos mientras lo miraba fijamente y luego volvía a dejarlo. Con mucho cuidado. Y pasaba al siguiente.

—*Mais, ce n'est pas possible.* Esto pertenece a la Cámara de Ámbar, estoy segura. —Se acercó al cristal de color naranja brillante apoyado en la ventana de la cocina—. ¡*Bon Dieu*, es verdad! —susurró.

Sólo le faltaba santiguarse.

El inspector jefe la miró un momento. Sabía que en realidad la mujer no había siquiera imaginado lo que iba a encontrarse. Había intentado advertírselo, aunque era consciente de que las fotos no hacían justicia al lugar. Le había hablado de la porcelana finísima.

Del cristal de plomo.

De las primeras ediciones firmadas.

Los tapices.

Los iconos.

—¿Eso es un violín? —preguntó señalando el instrumento situado junto a la butaca, con su madera oscura y cálida.

—Alguien lo ha movido —dijo Beauvoir, y clavó su mirada en el agente más joven—. ¿Lo tocaste anoche?

Morin se sonrojó. Parecía asustado.

—Un poco. Sólo lo cogí y...

La superintendente Brunel lo sostenía ahora ante la luz de la ventana, e iba dándole vueltas.

—Inspector jefe, ¿puedes leer esto?

Le pasó el violín y le señaló una etiqueta. Mientras Gamache intentaba leerla, ella cogió el arco y lo examinó.

—Es un arco Tourte —dijo casi en un resoplido antes de fijarse en sus caras inexpresivas—. Cuesta un par de cientos de miles. —Lo agitó hacia ellos y luego se volvió hacia Gamache—. ¿Pone Stradivari?

—No, me parece que no. Parece que dice Anno 1738. —Hizo un esfuerzo—. Carlos algo. *Fece in Cremona.* —Se quitó las gafas y miró a Thérèse Brunel—. ¿Te dice eso algo?

Ella sonreía, todavía con el arco en la mano.

—Carlos Bergonzi. Era un lutier. El mejor alumno de Stradivari.

—Entonces, ¿no es un buen violín? —preguntó Beauvoir, que había oído hablar de los violines Stradivarius, pero no de los del otro tipo.

—Quizá no tan bueno como los de su maestro, pero aun así un Bergonzi vale un millón.

—¿Un Bergonzi? —dijo Morin.

—Sí. ¿Los conoces?

—No, en realidad no, pero hemos encontrado una partitura original de música para violín con una nota en la que se menciona a un tal Bergonzi.

Morin fue a la estantería y rebuscó un momento para luego regresar con una partitura musical y una tarjeta. Se las tendió a la superintendente, que las miró y se las pasó a Gamache.

—¿Alguna idea del idioma en el que está escrita? —preguntó—. No es ruso, ni tampoco griego.

Gamache leyó. Parecía dirigida a un tal B, mencionaba a Bergonzi y estaba firmada con la letra C. El resto era ininteligible, aunque parecía incluir algunas expresiones cariñosas. Estaba fechada el 8 de diciembre de 1950.

—¿Podría ser B la víctima? —preguntó Brunel.

Gamache negó.

—Las fechas no cuadran. No habría nacido todavía. Y supongo que B no puede ser Bergonzi...

—No, demasiado tarde. Había muerto mucho antes. Entonces, ¿quiénes eran esos B y C, y por qué nuestro hombre guardaba la música y la tarjeta? —se preguntó Brunel.

Observó la partitura y sonrió. Se la pasó a Gamache y señaló la línea superior. La música estaba compuesta por BM.

—Bueno —dijo Gamache dejando las hojas—. Esta partitura original fue compuesta por un tal BM. La nota adjunta iba dirigida a un tal B, y menciona un violín Bergonzi. Parece lógico suponer que B tocaba el violín y componía, y que alguien, C, le hizo este regalo. —Señaló el violín—. ¿Quién era BM y por qué nuestra víctima tenía su música y su violín?

—¿Y es buena? —preguntó Brunel a Morin.

Gamache le tendió la partitura. El joven agente, con la boca ligeramente abierta, los gruesos labios brillantes, tenía un aspecto especialmente estúpido. Se quedó mirando la partitura y tarareó. Luego levantó la vista.

—Parece que sí.

—Tócala —ordenó Gamache tendiéndole el violín de un millón de dólares. Morin lo cogió con algo de reticencia—. Lo tocaste anoche, ¿no? —le recordó el jefe.

—¿Cómo? —preguntó Beauvoir.

Morin se volvió hacia él.

—Ya le habían sacado las huellas y lo habían fotografiado, así que pensé que no importaba.

—¿También te pusiste a hacer malabarismos con la porcelana o a hacer prácticas de bateo con los vasos? Las pruebas no se tocan.

—Lo siento.

—Toca esa partitura, por favor —dijo Gamache.

La superintendente Brunel le entregó el valioso arco.

—Anoche no toqué eso. Yo en realidad sólo sé música popular.

—Haz lo que puedas —insistió el jefe.

El agente Morin dudó un poco y luego se colocó el violín bajo la barbilla, y curvando el cuerpo, levantó el arco. Y luego lo bajó. Sobre las cuerdas de tripa.

Las notas lentas y plenas de una melodía brotaron del instrumento. El sonido era tan intenso que las notas resultaban casi visibles al elevarse por el aire. La melodía que oyeron sonaba más lenta de lo deseado por BM, sospechaba Gamache, porque al agente Morin le costaba un poco seguir la partitura. Pero aun así era hermosa, compleja y meritoria. Obviamente, BM sabía lo que hacía. Gamache cerró los ojos y se imaginó al hombre muerto allí, solo. Una noche de invierno. La nieve acumulándose fuera. Una sencilla sopa de verduras en el fogón, el calor que emanaba de la chimenea encendida. Y la pequeña cabaña llena de música. De aquella música.

¿Por qué aquella música y no otra?

—¿La conoces? —Gamache miró a la superintendente Brunel, que escuchaba con los ojos cerrados.

Ella negó con la cabeza y abrió los ojos.

—*Non*, pero es bonita. Me pregunto quién sería BM.

Morin bajó el violín, aliviado de poder dejarlo.

—¿Estaba afinado el violín cuando lo tocaste ayer o tuviste que afinarlo tú? —preguntó ella.

—Estaba afinado. Él debió de tocarlo recientemente.

Iba a soltar el instrumento, pero el inspector jefe lo detuvo.

—¿Qué tocaste anoche, si no era eso? —Señaló la partitura.

—Sólo una tonada popular que me enseñó mi padre. No es gran cosa. Sé que no tendría que haber...

Gamache levantó una mano para acallar sus disculpas.

—No pasa nada. Tócanos lo que tocaste anoche.

Morin lo miró sorprendido y Gamache explicó:

—Lo que has tocado ahora no ha sido una buena prueba para el violín, ¿verdad? Ibas siguiendo la melodía nota a nota. Me gustaría oír el violín tal como lo oía la víctima. Tal como se debe tocar.

—Pero, señor, yo toco el violín folclórico, no el clásico.

—¿Y qué diferencia hay? —preguntó Gamache.

Morin dudó.

—Bueno, en realidad ninguna, al menos en el instrumento. Pero el sonido es diferente, claro. Mi padre siempre decía que el violín clásico canta y el otro baila.

—Baila, pues.

Morin, sonrojándose de la manera más indigna, se colocó una vez más el violín clásico reconvertido en folclórico bajo la barbilla. Hizo una pausa. Luego pasó el arco por las cuerdas.

Lo que surgió los sorprendió a todos. Un lamento celta salió del arco, del violín, del agente. Llenó la cabaña, llenó las vigas. Llegó casi hasta los rincones. La sencilla melodía revoloteaba en torno a ellos como colores, sabores deliciosos, conversación. Y se alojaba en sus pechos. No en sus oídos, tampoco en sus cabezas. En sus corazones. Lenta, digna, pero boyante. La tocaba con confianza. Con aplomo.

El agente Morin había cambiado. Su cuerpo desmañado, de miembros torpes, se adaptaba perfectamente al violín, como si hubiera sido creado y diseñado para tal fin. Para tocar. Para producir aquella música. Tenía los ojos cerrados y un aspecto que cuadraba con lo que sentía Gamache. Lleno de alegría. Incluso de arrebato. Tal era el poder de aquella música. De aquel instrumento.

Y mientras miraba a su agente, de pronto el inspector jefe se percató de a qué le recordaba su estampa.

Una nota musical. La cabeza grande, el cuerpo delgado. Era una nota ambulante, en espera de un instrumento. Y ahí estaba. El violín tal vez fuera una obra maestra, pero el agente Paul Morin lo era seguro.

Al cabo de un minuto se detuvo y la música se desvaneció, absorbida por los troncos, los libros, los tapices. Las personas.

—Qué bonito —dijo la superintendente Brunel.

Él le tendió el violín.

—Se llama *Colm Quigley*. Es mi favorita.

En cuanto el violín abandonó su mano, el agente volvió a ser un joven desgarbado y extraño. Aunque ya nunca del todo para quienes lo habían oído tocar.

—*Merci* —dijo Gamache.

La superintendente Brunel dejó el instrumento.

—Hazme saber lo que averigüéis de todo esto. —Gamache le devolvió a Morin la nota y la partitura.

—Sí, señor.

Thérèse Brunel recorrió el resto de la habitación examinando los tesoros y murmurando «*Bon Dieu*» de vez en cuando. Cada exclamación parecía más asombrada que la anterior.

Sin embargo, al inspector jefe Gamache lo esperaba todavía una sorpresa mayor. En el rincón más alejado de la cabaña, junto a las vigas. Si el equipo de investigación lo hubiera visto el día anterior lo habría despreciado por ser la cosa más normal de todo aquel lugar. ¿Qué podía ser más natural que una telaraña en una cabaña?

Pero resultó ser lo menos normal, lo menos natural.

—*Bon Dieu* —oyeron decir a la superintendente mientras sostenía una bandeja con ranas—. De la colección de Catalina la Grande. Perdida hace cientos de años. Increíble.

Pero, si quería ver algo increíble de verdad, pensó Gamache, tenía que mirar hacia arriba. Beauvoir había encendido su linterna.

Gamache casi se había negado a creérselo mientras no lo viera por sí mismo. Pero allí estaba, reluciendo casi feliz bajo el rigor de la luz artificial, como burlándose de ellos.

Woe, decía la telaraña.

—*Woe* —susurró Gamache.

La superintendente Brunel encontró a Armand Gamache una hora más tarde en la silla hecha con ramas torcidas, en un rincón del huerto.

—Ya he acabado de mirarlo todo.

Gamache se puso en pie y ella tomó asiento con gesto cansado, suspirando con fuerza.

—Nunca había visto nada igual, Armand. Hemos desarticulado bandas de ladrones de arte y hemos encontrado colecciones realmente asombrosas. ¿Recuerdas el caso de Charbonneau, del año pasado, en Lévis?

—Los Van Eyck...

Ella asintió, y luego movió un poco la cabeza como para despejarla.

—Hallazgos fabulosos. Dibujos originales, incluso un óleo que nadie sabía que existía.

—¿No había un Tiziano también?

—*Oui*.

—¿Y dices que esto es más sorprendente todavía?

—No quiero soltarte una charla, pero no estoy segura de que ni tú ni tus subordinados seáis verdaderamente conscientes del alcance de este hallazgo.

—Pues suéltamela —la tranquilizó Gamache—. Para eso te he traído.

Sonrió, y no por primera vez la mujer pensó que lo más raro que había encontrado en toda su vida era precisamente el inspector Gamache.

—Quizá prefieras sentarte... —dijo. Él encontró un tronco serrado, lo volvió del revés y se sentó en él—. El caso Charbonneau fue espectacular —siguió la superintendente Brunel—, pero rutinario en muchos aspectos. La mayoría de las bandas de ladrones de arte y coleccionistas del mercado negro tiene una o quizá dos especialidades. Porque el mercado está muy especializado y hay mucho dinero en juego, así que los ladrones se convierten en expertos, pero sólo de una o dos áreas muy pequeñas. Escultura italiana del siglo XVII. Maestros holandeses. Antigüedades griegas. Pero nunca todo a la vez. Se especializan. De lo contrario, ¿cómo podrían estar seguros de que no están robando una falsificación o una réplica? Por eso, aunque encontramos algunas cosas asombrosas en lo de Charbonneau, todas eran de la misma «familia». *Vous comprenez?*

—*Oui*. Eran todos cuadros del Renacimiento, casi todos del mismo artista.

—*C'est ça*. Así de especializados están la mayoría de los ladrones. En cambio, aquí... —Señaló hacia la cabaña—. Aquí hay tapices de seda hechos a mano, cristal de plomo antiguo. Bajo el mantel bordado, ¿sabes lo que he encontrado? Nuestra víctima comía en la mesa taraceada más exquisita que he visto jamás. Debe de tener quinientos años de antigüedad por lo menos, y la hizo un maestro. Incluso el mantel es una obra maestra. La mayoría de los museos lo conservarían en una vitrina. El Victoria and Albert, de Londres, pagaría una fortuna por él.

—A lo mejor ya la pagaron...

—¿Quieres decir que es posible que fuera robado allí? Quizá. Tengo mucho trabajo que hacer.

Daba la sensación de que se moría de ganas de empezar. Y sin embargo también parecía que no tuviera prisa alguna por abandonar aquella cabaña, aquel huerto.

—Me pregunto quién sería. —Levantó una mano, cogió un par de vainas de una mata y le tendió una a su compañero—. «Toda la infelicidad del hombre se deriva de no saber estar tranquilamente sentado en una habitación.»

—Pascal —dijo Gamache, que reconoció la cita y lo adecuada que resultaba—. Ese hombre sí sabía hacerlo. Pero se rodeaba de objetos que tenían mucho que decir. Que tenían historia.

—Es una forma interesante de expresarlo.

—¿Qué es la Cámara de Ámbar?

—¿Cómo te has enterado de eso? —Ella le dirigió una mirada inquisidora.

—Cuando ibas mirando las cosas la has mencionado.

—¿Ah, sí? Puede verse desde aquí. Ese cristal naranja apoyado en la ventana de la cocina. —Él miró y, efectivamente, allí estaba, con su brillo cálido pese a que apenas le daba la luz. Parecía cristal de color, grande y grueso. Ella continuó mirándolo, hipnotizada, y al final logró seguir—: Lo siento. Es que nunca me imaginé que sería yo quien la encontrara.

—¿Qué quieres decir?

—La Cámara de Ámbar fue creada a principios del siglo XVIII en Prusia por Federico I. Era una enorme habitación hecha toda de ámbar y oro. Tardaron años en construirla entre numerosos artistas y artesanos y, una vez terminada, se convirtió en una de las maravillas del mundo. —Por su manera de dejar la mirada perdida en la distancia, Gamache se dio cuenta de que su amiga se estaba imaginando el aspecto que debía de tener—. La hizo construir para su esposa, Sophia Charlotte. Pero unos años después se la regaló al emperador ruso y permaneció en San Petersburgo hasta la guerra.

—¿Qué guerra?

Ella sonrió.

—Buena pregunta. La Segunda Guerra Mundial. Al parecer, los soviets la desmantelaron cuando se dieron cuenta de que los nazis iban a tomar la ciudad, pero no consiguieron esconderla. Los alemanes la encontraron.

Ella calló.

—Sigue —la animó Gamache.

—Eso es todo. No sabemos más. La Cámara de Ámbar desapareció. Historiadores, buscadores de tesoros y anticuarios han ido tras ella desde entonces. Sabemos que los alemanes, cumpliendo órdenes de Albert Speer, se llevaron la Cámara de Ámbar. La escondieron. Quizá para guardarla en un lugar seguro. Pero no volvió a aparecer nunca más.

—¿Qué teorías hay? —preguntó el inspector jefe.

—Bueno, la más aceptada es que fue destruida por el bombardeo aliado. Pero hay otra teoría. Albert Speer era muy listo, y muchos dicen que no era un auténtico nazi. Era leal a Hitler, pero no a la mayoría de sus ideales. Speer era internacionalista, un hombre culto cuya prioridad era salvar los tesoros del mundo de la destrucción, por parte de ambos lados.

—Albert Speer quizá fuera muy culto —concedió Gamache—, pero también era nazi. Sabía lo de los campos de la muerte, conocía las matanzas, lo aprobaba. Tan sólo consiguió quedar mejor que los demás.

La voz del inspector jefe sonaba fría y su mirada se había vuelto dura.

—No estoy en desacuerdo contigo, Armand. Más bien al contrario. Me limito a contarte las teorías que hay. La que implica a Speer dice que escondió la Cámara de Ámbar muy lejos tanto del ejército alemán como del aliado. En los montes Metálicos.

—¿Dónde?

—Una cordillera montañosa entre Alemania y lo que ahora es la República Checa.

Ambos se quedaron pensando y al final Gamache habló:

—¿Y cómo ha llegado una pieza de la Cámara de Ámbar hasta aquí?

—¿Y dónde está el resto?

Denis Fortin estaba sentado frente a Clara Morrow. Era más joven de lo que le habría correspondido en justicia. Cuarenta y pocos, probablemente. Un artista fracasado que había descubierto otro talento suyo, más grande: detectar el talento en los demás.

Era un egoísmo inteligente. De la mejor clase, por lo que le parecía a Clara. No había mártir alguno, nadie era deudor ni acreedor. Ella no se hacía ilusiones de que Denis Fortin estuviera tomándose una cerveza St. Amboise en el *bistrot* de Olivier, en Three Pines, por otro motivo que la posible obtención de un beneficio.

Y el único motivo por el que Clara estaba allí, además de un ego desenfrenado, era obtener también algo de Fortin. Sobre todo, fama y fortuna.

En el peor de los casos, una cerveza gratis.

Sin embargo, antes de verse atrapada en la gloria sin parangón de Clara Morrow tenía algo que hacer. Metió una mano en el bolso y sacó aquel objeto, envuelto en su toalla.

—Me han pedido que te enseñe esto. Encontraron a un hombre muerto aquí hace un par de días. Asesinado.

—¿De verdad? Qué raro, ¿no?

—No es tan raro como podría parecer. Lo raro es que no lo conocía nadie. Pero la policía acaba de hallar una cabaña en el bosque, y esto estaba allí. El jefe de la investigación me ha pedido que te lo enseñe, por si puedes decirnos algo.

—¿Una pista?

Parecía muy interesado y la miró atentamente mientras ella desenvolvía el paquete. Pronto los hombres y mujeres diminutos aparecieron de pie en la costa, a lo largo de la extensión de madera, mirando hacia la cerveza artesanal que Fortin tenía delante.

Clara lo miró. Él entornó los ojos y se inclinó hacia la talla con los labios prietos, en un gesto de concentración.

—Muy bonito. Buena técnica, diría yo. Detallado, todas las caras son distintas, con carácter. Sí, en conjunto, me parece una talla bien hecha. Ligeramente primitiva, pero es lo que se puede esperar de un tallista rústico.

—¿Ah, sí? —dijo Clara—. Yo pensaba que era muy buena. Excelente, incluso.

Él se echó hacia atrás y le sonrió. No con condescendencia, sino como se sonríe a un amigo demasiado ingenuo.

—Quizá sea demasiado duro, pero he visto muchas de éstas en mi carrera.

—¿De éstas? ¿Exactamente las mismas?

—No, pero sí parecidas. Imágenes talladas de gente pescando, o fumando una pipa, o a caballo. Son las más valiosas. Siempre se puede encontrar comprador para un buen caballo o perro. O cerdo incluso. Los cerdos son populares.

—Es bueno saberlo. Hay algo escrito debajo. —Clara le dio la vuelta y se lo tendió a Fortin.

Él entornó los ojos, se puso las gafas de leer, frunció el ceño y se la devolvió.

—No sé lo que quiere decir.

—¿Alguna idea? —Clara no estaba dispuesta a rendirse. Quería llevarle algo a Gamache.

—Casi con toda seguridad una firma o un número de lote. Algo para identificar la talla. ¿Era la única?

—Había dos. ¿Cuánto crees que podrían valer?

—Es difícil decirlo. —Volvió a cogerla—. Es bastante buena en su estilo. Pero no es un cerdo.

—Lástima.

—Hum. —Fortin pensó un momento—. Yo diría que doscientos, quizá doscientos cincuenta dólares.

—¿Nada más?

—Podría equivocarme.

Clara se dio cuenta de que el hombre le respondía con educación, pero se estaba aburriendo. Envolvió la talla de nuevo y se la guardó en el bolso.

—Bueno... —Denis Fortin se inclinó hacia delante, con una mirada ansiosa en el hermoso rostro—. Hablemos de arte de verdad. ¿Cómo quieres que coloquemos tus obras?

—He hecho algunos bocetos. —Clara le tendió su cuaderno y al cabo de unos momentos Fortin alzó los ojos, con aquella mirada llena de brillo e inteligencia.

—Es maravilloso. Me gusta cómo has agrupado los cuadros y luego dejado un espacio. Como para que respiren, ¿verdad?

Clara asintió. Era un alivio hablar con alguien a quien no hacía falta explicarle todo.

—En particular me gusta que no hayas colocado juntas a las tres ancianas. Sería lo obvio, pero las has repartido por ahí, cada una anclada a su propia pared.

—Quería rodearlas de otras obras —dijo Clara, emocionada.

—Como acólitos, o amigos, o críticos —dijo Fortin, también emocionado—. No está claro cuáles son sus intenciones...

—Y si podrían cambiar —añadió Clara inclinándose hacia delante.

Le había enseñado a Peter sus ideas y él se había mostrado educado y alentador, pero ella sabía que en realidad no entendía lo que estaba haciendo. A primera vista, su diseño para la exposición podía parecer desequilibrado. Y lo era. Intencionadamente. Clara quería que la gente entrase, viese las obras, que parecían bastante tradicionales, y poco a poco fuese apreciando que en realidad no lo eran.

Había en ellas una profundidad, un sentido, un desafío.

Durante una hora o más, Clara y Fortin hablaron intercambiando ideas sobre la exposición, sobre el camino que llevaba el arte contemporáneo, sobre algunos nuevos artistas de gran interés, entre los que, según se apresuró a asegurarle Fortin, ella podía contarse en primera fila.

—No iba a decírtelo porque quizá no llegue a pasar, pero he enviado tu carpeta a FitzPatrick, en el MoMA. Es un viejo amigo mío, y dice que vendrá al *vernissage*...

Clara soltó una exclamación y estuvo a punto de tirar su cerveza. Fortin se echó a reír y levantó una mano.

—Pero espera, no era eso lo que quería decirte. Le he sugerido que corra la voz y parece que asistirá Allyne, de *The New York Times*...

Dudó si continuar, porque parecía que a Clara le estuviera dando un ataque. Cuando la mujer pudo cerrar la boca de nuevo, él siguió:

—Y, por suerte, Destin Browne estará en Nueva York este mes, preparando una exposición en el MoMA, y ha mostrado interés.

—¿Destin Browne? ¿Vanessa Destin Browne? ¿La comisaria jefe de la Tate Modern de Londres?

Fortin asintió y agarró bien fuerte su cerveza. Pero Clara ya no parecía a punto de tirar nada, sino totalmente paralizada. Estaba sentada en aquel pequeño y alegre *bistrot*, por cuyas ventanas cuarteadas se colaba a raudales la luz de finales de verano. Por detrás de Fortin veía las casas antiguas, calentándose al sol. Los arriates de plantas perennes con rosas, clemátides y malvarrosas. Veía a los habitantes del pueblo, cuyos nombres conocía y con cuyas costumbres estaba tan familiarizada. Y los tres pinos altos, como faros. Imposible dejar de verlos, aunque estuvieran rodeados de bosque. Si sabías lo que buscabas y necesitabas orientarte.

La vida estaba a punto de llevársela de allí. Del lugar donde había llegado a ser quien era. Aquel pueblo pequeño y compacto que nunca cambiaba, pero que ayudaba a sus habitantes a cambiar. Ella había llegado allí directamente desde la facultad de Bellas Artes, llena de ideas de vanguardia, vestida de distintos tonos de gris y viendo el mundo en blanco y negro. Segura de sí misma. Pero allí, en medio de la nada, había descubierto el color. Y los matices. Lo había aprendido de las gentes del pueblo, dotadas de la generosidad suficiente para prestarle sus almas para que las pintara. No como seres humanos perfectos, sino como hombres y mujeres defectuosos, apurados. Llenos de miedo y de incertidumbre y, al menos en uno de los casos, de Martinis.

Pero que permanecían en pie. En aquellas tierras silvestres. Con sus bondades, con su grupito de pinos.

De pronto se sintió abrumada por la gratitud hacia sus vecinos y hacia la inspiración que le había permitido hacerles justicia.

Cerró los ojos e inclinó la cara para recibir el sol.

—¿Estás bien? —preguntó él.

Clara abrió los ojos. El galerista parecía bañado en luz, con el pelo rubio brillante y una sonrisa cálida y paciente en el rostro.

—¿Sabes qué? Tal vez no debería decirte esto, pero hace unos años nadie quería mis obras. Todo el mundo se reía de mí. Fue brutal. Casi lo dejo.

—La mayoría de los grandes artistas han vivido esa misma historia —dijo él, amable.

—Casi suspendo en la facultad de Bellas Artes, ¿sabes? No se lo he dicho a mucha gente.

—¿Otra cerveza? —preguntó Gabri recogiendo el vaso vacío de Fortin.

—No, para mí no, *merci* —dijo él, y luego se volvió hacia Clara—. ¿Entre nosotros? La mayor parte de los mejores suspendieron. ¿Cómo puedes hacer un examen o un test a un artista?

—Siempre se me han dado muy bien los test —dijo Gabri recogiendo ahora el vaso de Clara—. ¡Ah, no, calla, que eran los test... ículos!

Dedicó una mirada pícara a Clara y se alejó.

—Mariconas de mierda —dijo Fortin cogiendo un puñado de anacardos—. ¿No te dan ganas de vomitar?

Clara se quedó helada. Miró a Fortin para ver si lo decía en broma. No era así. Pero lo que acababa de decir era cierto. De repente tenía ganas de vomitar.

VEINTICUATRO

El inspector jefe Gamache y la superintendente Brunel volvieron andando a la cabaña, cada uno perdido en sus pensamientos.

—Te he dicho lo que he encontrado —dijo la superintendente—. Ahora te toca a ti. ¿Qué susurrabais el inspector Beauvoir y tú en un rincón, como niños traviesos?

No había muchas personas que se atrevieran a llamar «niño travieso» al inspector Gamache. Sonrió. Luego recordó la cosa que brillaba, burlona, colgada del rincón de la cabaña.

—¿Quieres verlo?

—No, creo que volveré al huerto y cogeré unos nabos... ¡Por supuesto, claro que me gustaría verlo!

Ella se echó a reír y, mientras él la llevaba hasta el rincón de la cabaña, no dejó de pasear la mirada por todas partes, atisbando las obras maestras al pasar. Hasta que se detuvieron en el rincón más oscuro.

—No veo nada.

Beauvoir se unió a ellos y encendió la linterna. Ella siguió la luz. Subiendo por la pared, hasta las vigas.

—Sigo sin ver nada.

—Sí, sí que lo ves —dijo Gamache.

Mientras esperaban, Beauvoir pensó en otras palabras que alguien había dejado para que las encontraran. Enganchadas en la puerta de su dormitorio del *bed & breakfast* aquella mañana.

Le había preguntado a Gabri si sabía algo del trocito de papel que había encontrado clavado en la madera con una chincheta, pero Gabri se había quedado perplejo y había contestado que no.

Beauvoir se lo había guardado en el bolsillo, sin atreverse a leerlo hasta después del primer *café au lait* del día.

> *y el suave cuerpo de una mujer,*
> *y al lamerte cure tu fiebre,*

Lo que preocupaba más a Beauvoir no era la idea de que la loca y vieja poeta hubiese entrado en el *bed & breakfast* y le hubiera puesto aquello en la puerta. Ni tampoco que no entendiese ni una palabra de todo aquello. Lo que más lo preocupaba era la última coma.

Significaba que había más.

—Lo siento, de verdad que no veo nada.

La voz de la superintendente Brunel devolvió a Beauvoir a la cabaña.

—¿No ves la telaraña? —preguntó Gamache.

—Sí.

—Entonces, lo estás viendo. Fíjate más.

Le costó un momento, pero al final su cara cambió de expresión. Abrió mucho los ojos y arqueó las cejas. Inclinó la cabeza un poco, como si no pudiera verlo del todo bien.

—Pero hay una palabra ahí, escrita en la telaraña... ¿Qué dice? ¿*Woe*? ¿Cómo es posible? ¿Qué tipo de araña hace eso? —preguntó, aunque estaba claro que no esperaba respuesta, y no la obtuvo.

Justo entonces sonó el teléfono por satélite y, después de responder, el agente Morin se lo tendió al inspector jefe.

—La agente Lacoste para usted, señor.

—*Oui, allô?* —dijo éste, y escuchó unos momentos—. ¿Ah, sí? —Escuchó un poco más, miró a su alrededor y luego de nuevo la telaraña—. *D'accord. Merci.*

Gamache colgó, pensó un momento y fue a coger una escalera que tenía a mano.

—Si quiere, yo... —Beauvoir hizo un gesto.

—No es necesario.

Gamache respiró hondo y empezó a subir aquella escalera al Annapurna. Cuando hubo subido dos escalones estiró una mano insegura, y Beauvoir se desplazó hacia delante hasta que los grandes dedos temblorosos se apoyaron en su hombro. Ya estabilizado, el jefe levantó la mano y tocó la telaraña con un bolígrafo. Lentamente, sin que lo viera la gente que estiraba el cuello allá abajo, movió un solo hilo de la misma.

—*C'est ça* —murmuró.

Bajó de la escalera a tierra firme y señaló hacia el rincón. La linterna de Beauvoir iluminó la telaraña.

—¿Cómo lo ha hecho? —preguntó Beauvoir.

El mensaje de la telaraña había cambiado. Ya no decía «*Woe*». Ahora decía «*Woo*».

—Se había soltado un hilo.

—Pero ¿cómo lo ha sabido? —insistió Beauvoir.

Todos habían mirado la telaraña muy de cerca. Estaba claro que no la había tejido ningún insecto. Parecía hecha de hilo, quizá con un sedal de pesca, a imitación de una telaraña. Pronto la cogerían y la harían analizar adecuadamente. Tenía muchas cosas que decirles, aunque no parecía que cambiar la palabra «*Woe*» por «*Woo*» aclarase demasiado las cosas.

—Están llegando más resultados al Centro de Operaciones. Resultados de huellas dactilares que os comunicaré dentro de un minuto, pero ¿os acordáis del trozo de madera que encontramos debajo de la cama?

—¿Donde también ponía «*Woe*»? —preguntó Morin, que se había unido a ellos.

Gamache asintió.

—Tiene sangre. Sangre de la víctima, según el laboratorio. Pero cuando la quitaron descubrieron algo más. No habían tallado la palabra «*Woe*» en el bloque de madera. La mancha de sangre había emborronado las letras. Cuando quitaron la sangre, decía...

—*Woo* —terminó Beauvoir—. Así que ha pensado que, si en un sitio decía eso, en el otro debía de decir lo mismo...

—Valía la pena intentarlo.

—Creo que prefiero *Woe*. —Beauvoir miró de nuevo la telaraña—. Al menos es una palabra. ¿Qué significa *Woo*?

Pensaron. Si alguien hubiese entrado en la cabaña y mirado dentro por casualidad, habría visto a un grupo de adultos de pie, muy quietos, mirando al infinito y murmurando de vez en cuando: «*Woo!*»

—¿Como un fantasma? —propuso Brunel.

—No, eso sería «buuu» —dijo Beauvoir.

—¿«Guau», como cuando te sorprendes? —preguntó Morin.

—«Guau» sería más bien como un perro ladrando... ¿Y qué tal «uau»...? —sugirió Beauvoir.

—*Chalice!** —maldijo Brunel.

—Woo... woo... —repetía Morin en voz baja, rezando para encontrar algo que no fuera como un tren haciendo chu-chu. Sin embargo, cuanto más hablaba, más tonto le parecía todo—. Woo... —susurró.

Gamache era el único que no decía nada. Los escuchaba, pero su mente seguía dirigiéndose a la otra noticia. Su cara adoptó una expresión muy seria al pensar en las revelaciones obtenidas al analizar las huellas ensangrentadas de la madera.

—No puede quedarse aquí.

Marc pasó los brazos por debajo del chorro del grifo, en el fregadero de la cocina.

—Yo tampoco quiero que se quede, pero al menos aquí podemos vigilarlo —dijo su madre.

Los tres miraron por la ventana de la cocina al anciano que meditaba sentado en la hierba con las piernas cruzadas.

---

* En el francés hablado en Quebec es relativamente común el uso de términos de procedencia religiosa para maldecir. Entre las interjecciones de origen autóctono, además de este *chalice!* («cáliz»), destacan *tabarnac!* («tabernáculo», «sagrario»), *ciboire!* («ciborio», «copón»), *ostie!* («hostia»). *(N. de la t.)*

—¿Qué quieres decir con eso de «vigilarlo»? —preguntó Dominique.

Estaba fascinada por su suegro. Desprendía una especie de magnetismo algo desarmado. Se daba cuenta de que en tiempos debió de tener una personalidad muy fuerte y una influencia muy poderosa sobre los demás. Y se comportaba como si aquello todavía fuese cierto. En él había cierta dignidad venida a menos, pero también algo de astucia.

Marc cogió la pastilla de jabón y se frotó los antebrazos con ella, como un cirujano que se preparara para una operación. De hecho, se estaba quitando el polvo y el yeso después de levantar un tabique.

Era un trabajo duro que, además, casi con toda seguridad, estaba haciendo para otra persona. El siguiente propietario del hostal y *spa*. Cosa que ya le daba igual, porque él lo había hecho fatal.

—Quiero decir que a Vincent siempre le pasan cosas —dijo Carole—. Siempre ha sido así. Ha ido navegando por la vida como si fuera un transatlántico. Sin preocuparse por los naufragios que iba dejando atrás.

Aunque no lo pareciera, se trataba de un comentario caritativo. Por el bien de Marc. La verdad es que no estaba del todo convencida de que Vincent no se diera cuenta del daño que causaba. Había llegado a creer que en realidad quería atropellar a la gente deliberadamente. Destruirla. Que se desvivía por hacerlo.

Ella había sido su enfermera, ayudante y mula de carga. Su testigo y al final su conciencia. Seguro que por eso él había llegado a odiarla. Y viceversa.

Una vez más, miraron al hombre que seguía sentado tranquilamente, con las piernas cruzadas, en su jardín.

—Ahora mismo no puedo soportarlo —dijo Marc secándose las manos.

—Tenemos que dejar que se quede —lo contradijo Dominique—. Es tu padre.

Marc la miró con una mezcla de regocijo y tristeza.

—A ti también te ha pasado, ¿verdad? Te ha seducido.

—No soy ninguna colegiala inocente, ¿sabes?

Marc se quedó pensativo. Sí, era verdad que ella se había enfrentado a algunos de los hombres más ricos y manipuladores de las finanzas canadienses. Pero el doctor Vincent Gilbert era distinto. Tenía una especie de hechizo.

—Lo siento. Están pasando muchas cosas.

Antes pensaba que trasladarse al campo sería pan comido, comparado con la codicia, el miedo y la manipulación del distrito financiero. Pero hasta el momento había encontrado un cadáver, lo había trasladado, había arruinado su reputación en el pueblo y lo habían acusado de asesinato. Ahora estaba a punto de expulsar a un santo de su hogar y apenas cabía duda de que los tabiques le estaban quedando fatal.

Y todavía no habían caído las hojas.

Pero, cuando ocurriera, ellos ya se habrían ido. Encontrarían otro hogar en algún sitio, y esperaba que les fuera mejor. Añoraba la relativa tranquilidad del mundo de los negocios, donde en cada cubículo acechaban los tiburones. Aquí todo parecía agradable y pacífico, pero no lo era.

Miró de nuevo por la ventana. Al otro lado estaba su padre, sentado en el jardín; y tras él, en el campo, dos viejos caballos destrozados, uno de los cuales quizá fuera un alce; y a lo lejos, un caballo rebozado en barro que, según toda lógica, a aquellas horas tendría que haberse convertido ya en comida para perros. No era lo que tenía pensado cuando se fue a vivir al campo.

—Marc tiene razón, ¿sabes? —dijo Carole a su nuera—. Vincent intimida, o seduce, o hace que la gente se sienta culpable. Pero siempre consigue lo que quiere.

—¿Y qué es lo que quiere? —preguntó Dominique.

Parecía una pregunta sensata. ¿Por qué era tan difícil responderla, pues?

Sonó el timbre de la puerta. Se miraron unos a otros. En las últimas veinticuatro horas habían llegado a temer aquel sonido.

—Ya abro yo —anunció Dominique, y salió rápidamente de la cocina para reaparecer al cabo de un momento seguida por un niño pequeño y el Viejo Mundin.

—Creo que ya conocen a mi hijo —dijo el Viejo, después de saludar a todo el mundo con una sonrisa—. Vamos, Charlie, ¿qué te ha dicho mamá que les digas a todas estas personas tan amables?

Todos esperaron mientras Charlie pensaba un momento y luego les enseñaba el dedo corazón.

—En realidad lo ha aprendido de Ruth —explicó el Viejo.

—Buen modelo. ¿Le apetece un whisky? —preguntó Carole.

La hermosa y bronceada cara del Viejo Mundin se abrió en una sonrisa.

—No, Ruth acaba de darle un Martini e intentamos que no mezcle bebidas. —Entonces el joven pareció sentirse algo incómodo, apoyó las manos en los hombros de su hijo y lo atrajo hacia sí—. He oído decir que él está aquí. ¿Les importaría...?

Marc, Dominique y Carol parecían confusos.

—¿Que si nos importaría...? —preguntó Dominique.

—El doctor Gilbert. Lo había visto en el bosque, ¿saben? Sabía quién era, pero no sabía que era su padre.

—¿Por qué no dijo nada? —preguntó Dominique.

—Porque no era asunto mío. Parecía que no quería que lo viesen.

Y Marc pensó que a lo mejor allí las cosas eran más sencillas y al final el que las complicaba era él. De alguna manera el mundo de los negocios lo había hecho pensar que todo era asunto suyo cuando en realidad no era así.

—No quiero molestarlo —continuó Mundin—, pero me preguntaba si quizá podría verlo. Presentarle a Charlie, a lo mejor. —Parecía que aquel esfuerzo le causaba dolor al digno y joven padre—. He leído y releído el libro, *Ser*. Su padre es un gran hombre. Lo envidio.

Y Marc lo envidió a él. Su manera de tocar a su hijo, de abrazarlo. De protegerlo y quererlo. De estar dispuesto a humillarse por él.

—Está en el jardín —dijo Marc.

—Gracias. —El Viejo Mundin se detuvo en la puerta—. Tengo herramientas. Quizá pueda venir mañana y ayudar un poco. Siempre viene bien tener ayuda, ¿no?

«Serás un hombre, hijo mío.» ¿Por qué no le había dicho su padre que siempre viene bien tener ayuda?

Marc asintió, consciente de la importancia de lo que acababa de suceder. El Viejo Mundin estaba ofreciéndose a ayudar a los Gilbert a construir su hogar, no a abandonarlo. Porque su padre era Vincent Gilbert. Su puto padre los había salvado.

Mundin se volvió a Dominique.

—La Esposa le manda saludos, por cierto.

—Sí, salúdela también de mi parte, por favor —dijo Dominique, y luego dudó un segundo—. A La Esposa.

—Se lo diré. —Charlie y él salieron al jardín, y los otros tres se quedaron mirándolos.

El doctor Vincent Gilbert, difunto del bosque, se había convertido en el centro de toda atención.

Cuando el joven y su hijo se acercaron, Vincent Gilbert abrió un ojo y los miró a través de la rendija entre sus largas pestañas. No sólo a los dos que andaban despacito hacia él, sino también a los tres que seguían al otro lado de la ventana.

«Ayuda a los demás», le habían dicho. Y él quería hacerlo. Pero primero tenía que ayudarse a sí mismo.

En el *bistrot* todo estaba tranquilo. Había unos cuantos vecinos sentados a las mesas de fuera, al sol, disfrutando de sus cafés y sus Camparis y de la tranquilidad reinante. Dentro, Olivier estaba de pie junto a la ventana.

—Pero, hombre de Dios, parece que nunca hayas visto el pueblo —dijo Gabri desde detrás de la barra, donde estaba limpiando la madera y rellenando los botes de dulces, la mayoría de los cuales él mismo había contribuido a vaciar.

A lo largo de los últimos días, cada vez que Gabri buscaba a Olivier lo encontraba de pie en el mismo sitio, en la ventana saliente, mirando hacia fuera.

—¿Una pipa?

Gabri se acercó a su compañero y le ofreció una pipa de regaliz, pero Olivier parecía como hechizado. Gabri mordió el regaliz y se comió el dulce empezando por la cazoleta rellena de caramelo, como mandan los cánones.

—¿Qué te preocupa?

Siguió la mirada del otro hombre y vio sólo lo que era de esperar. Ciertamente, nada fascinante. Sólo los clientes en la *terrasse* y luego el parque con Ruth y *Rosa*. La pata llevaba un jersey tejido a mano.

Olivier entornó los ojos al concentrar la mirada en la pata. Luego se volvió hacia Gabri.

—¿No te suena ese jersey?

—¿Cuál?

—El de la pata, claro.

Olivier miró atentamente a Gabri. El grandullón era incapaz de mentir. Se comió el resto de la pipa y puso cara de perplejidad.

—No sé de qué me hablas.

—Es mi jersey, ¿verdad?

—Vamos, Olivier. ¿De verdad crees que la pata y tú usáis la misma talla de ropa?

—Ahora no, pero cuando yo era niño, sí. ¿Dónde está mi ropa de cuando era pequeño?

Entonces Gabri se quedó callado, maldiciendo a Ruth por exhibir a *Rosa* con su nuevo guardarropa. Bueno, quizá no tan nuevo.

—Pensé que ya era hora de librarnos de ella —dijo Gabri—. Ruth necesitaba jerséis y cosas para *Rosa*, para mantenerla caliente en otoño e invierno, y pensé en tu ropa de pequeño. ¿Para qué la guardabas, en realidad? No hacía más que ocupar sitio en el sótano.

—¿Cuánto espacio podía ocupar eso? —preguntó Olivier sintiendo que se rompía por dentro, que su reserva se desmoronaba—. ¿Cómo has podido? —gruñó a Gabri, que retrocedió conmocionado.

—Pero tú decías que querías darlo todo...

—Yo, yo. Quería darlo yo. No tú. Tú no tenías derecho.

—Lo siento, no sabía que significaba tanto para ti.

—Pues sí. ¿Qué voy a hacer ahora?

Olivier miró a *Rosa*, que iba contoneándose detrás de Ruth mientras ésta murmuraba a la pata, diciéndole Dios sabe qué. Notó el picor de las lágrimas en los ojos y una oleada de emoción le subió a la garganta. No podía recuperar aquella ropa. Ya no. La había perdido. Para siempre.

—¿Quieres que intente recuperarla? —preguntó Gabri cogiéndole la mano.

Olivier negó con la cabeza. Ni siquiera sabía por qué lo sentía tanto. Tenía muchas cosas de las que preocuparse. Además, era cierto, había pensado en regalar aquella caja de ropita infantil antigua. Si no lo había hecho había sido sólo por pereza y porque no estaba seguro de a quién darle todo aquello.

¿Por qué no a *Rosa*? En el cielo se oyó un graznido lejano, y tanto *Rosa* como Ruth levantaron la cabeza. En lo alto, una formación de patos se dirigía hacia el sur.

La tristeza invadió a Olivier. Desaparecido. Todo desaparecido. Todo.

Durante semanas y semanas, los habitantes del pueblo viajaron por los bosques. Al principio, el joven los instaba a ir deprisa y volvía la vista atrás de vez en cuando. Lamentaba haber propuesto a su familia y a sus amigos que partieran con él. Podría haber llegado ya mucho más lejos sin los ancianos, las mujeres y los niños. Pero, a medida que pasaban las semanas y los días iban sucediéndose en paz, empezó a preocuparse menos e incluso agradeció la compañía.

Casi se había olvidado de volver la vista atrás cuando apareció la primera señal.

Había llegado el crepúsculo, pero no terminaba de anochecer. La noche no caía del todo. No estaba seguro de si alguien más lo habría notado. A fin de cuentas, sólo era un leve resplandor en la distancia. En el horizonte. Al día siguiente el sol salió, pero no del todo. Había cierta oscuridad en el cielo. Pero, de nuevo, sólo en el horizonte. Como si una sombra se hubiese derramado desde el otro lado.

Entonces el joven lo supo.

Agarró su hato con más fuerza, metió prisa a todo el mundo y avanzó a toda velocidad. Tiraba de ellos adelante.

Todos estaban dispuestos a apurarse. Al fin y al cabo, los esperaban la inmortalidad, la juventud y la felicidad. Casi estaban mareados de tanta alegría. Y en aquella alegría se escondía él.

Por la noche creció la luz en el cielo. Y durante el día la sombra fue extendiéndose hacia ellos.

—¿Es ahí? —preguntó con afán su anciana tía cuando coronaron una colina—. ¿Hemos llegado ya?

Frente a ellos había agua. Nada más que agua.

Y detrás se alargaba la sombra.

VEINTICINCO

—¿Olivier?

La cabeza rubia estaba agachada, repasando los ingresos del día hasta el momento. Se acercaba la hora de la comida y el *bistrot* olía a ajo, hierbas y pollo asado.

Olivier los había visto venir, incluso los había oído. Aquel chillido, como si el propio bosque gritara. Habían salido de los bosques con sus quads y los habían aparcado en la antigua casa Hadley. Gran parte de la gente había dejado lo que estaba haciendo para ver al inspector jefe Gamache y el inspector Beauvoir dirigirse hacia el pueblo. Iban enfrascados en su conversación, sin que nadie los molestara. En aquel momento, Olivier se había dado la vuelta y se había adentrado más en el *bistrot* para situarse detrás de la barra. En torno a él, los jóvenes camareros ponían las mesas mientras Havoc Parra anotaba los platos del día en la pizarra.

Al abrirse la puerta, Olivier se volvió de espaldas. Aprovechando hasta el último momento.

—¿Olivier? —dijo el inspector jefe—. Tenemos que hablar. En privado, por favor.

El hombre se volvió y sonrió, como si congraciándose con ellos consiguiera evitar lo que iban a hacer. El inspector jefe le devolvió la sonrisa, pero el gesto no llegó hasta sus ojos pensativos. Los condujo a la habitación de atrás, que daba al río Bella Bella, señaló las sillas y la mesa y él mismo tomó asiento.

—¿Qué se os ofrece?

El corazón le golpeaba el pecho con fuerza, y tenía las manos frías y entumecidas. Ya no notaba las extremidades, y unas motitas le bailaban ante los ojos. Hizo un esfuerzo por respirar y notó que estaba mareado.

—Háblanos del hombre que vivía en la cabaña —dijo el inspector jefe con naturalidad—. El muerto.

Gamache cruzó las manos, acomodándose. Un buen compañero de mesa que se disponía a oír tus historias.

No había escapatoria y Olivier lo sabía. Lo había sabido nada más ver al ermitaño muerto en el suelo del *bistrot*. Había visto aquella avalancha deslizarse hacia él, cogiendo velocidad. No podía escapar. Jamás podría haber escapado de lo que se le venía encima.

—Fue uno de mis primeros clientes cuando Gabri y yo nos trasladamos a Three Pines.

Aquellas palabras, que se había guardado dentro durante tanto tiempo, salieron a rastras. Podridas. A Olivier lo sorprendía que su aliento no apestase.

Gamache hizo una pequeña seña con la cabeza para animarlo.

—Entonces teníamos una tienda de antigüedades. Todavía no habíamos convertido esto en un *bistrot*. Alquilábamos el espacio de encima para vivir. Era espantoso. Lleno de basura y de suciedad. Alguien había tapado todos los rasgos originales. Pero trabajamos día y noche para restaurarlo. Creo que llevábamos sólo unas pocas semanas aquí cuando entró él. No era ese hombre que vieron en el suelo. Entonces era distinto. Hace años de esto.

Olivier lo vio todo de nuevo. Gabri estaba arriba, en su nuevo hogar, limpiando las vigas y quitando los tabiques para que se vieran las magníficas paredes de ladrillo originales. Cada descubrimiento era más emocionante que el anterior. Pero ninguno podía rivalizar con la certeza creciente de que habían encontrado un hogar. Un lugar donde establecerse por fin. Al principio estaban tan ocupados deshaciendo el equipaje que en realidad no se habían fijado en los detalles del pueblo. Pero, poco a poco, durante las primeras semanas y meses, Three Pines se fue revelando ante ellos.

—Yo estaba todavía preparando la tienda y no tenía demasiados artículos, sólo algunos cachivaches recogidos a lo largo de los años. Siempre había soñado con abrir un negocio de antigüedades, desde que era niño. Y entonces surgió la oportunidad.

—No surgió sin más —dijo Gamache en voz baja—. Alguien te ayudó.

Olivier suspiró. Tendría que haber sabido que Gamache lo averiguaría.

—Yo había dejado mi trabajo en la ciudad. Tenía bastante éxito, como supongo que os habrán dicho.

Gamache asintió de nuevo.

El hombre sonrió recordando aquellos días emocionantes. De trajes de seda y gimnasios caros, de visitas al concesionario de Mercedes cuando el único problema que tenía era el color del coche.

Pero había ido demasiado lejos.

Fue humillante. Se deprimió tanto que incluso tuvo miedo de lo que podía hacerse a sí mismo, de modo que buscó ayuda. Y allí, en la sala de espera del terapeuta, estaba Gabri. Grande, voluble, vanidoso y lleno de vida.

Al principio sintió rechazo. Gabri era todo lo que despreciaba. Olivier consideraba que él y sus amigos eran gais. Discretos, elegantes, cínicos.

Gabri era sólo un maricón. Vulgar. Y gordo. No había nada discreto en él.

Pero tampoco había maldad alguna. Y con el tiempo Olivier llegó a apreciar lo hermosa que era la amabilidad.

Y se enamoró de Gabri. De manera profunda, total, indiscreta.

Su pareja accedió a dejar su trabajo en el gimnasio YMCA de Westmount y se fueron de la ciudad. No importaba adónde. Se metieron en el coche y se dirigieron hacia el sur. Y allí, en un cambio de rasante, pararon el vehículo. Admitieron por fin que se habían perdido. Aunque, como no tenían un destino concreto, no podían estar perdidos, le dijo Gabri, risueño, a Olivier, que estaba muy ocupado en el asiento del conductor luchando con una Carte Routière du Québec. Al final se dio cuenta de que Gabri estaba de pie fuera y daba suaves golpecitos en la ventanilla de su lado. La bajó y su compañero hizo un gesto.

Enfadado, Olivier dejó el mapa en el asiento trasero y salió.

—¿Qué pasa? —soltó a Gabri, que miraba hacia delante.

Olivier siguió su mirada. Y encontró su hogar.

Lo supo de inmediato.

Era el lugar de todos los cuentos de hadas que había leído de niño, bajo las mantas, cuando su padre creía que estaba leyendo sobre batallas navales. O mirando chicas desnudas. Sin embargo, él leía cosas de pueblos, y casitas de campo, y jardines. Y nubecillas de humo, y muros de piedra seca más antiguos que cualquier persona de las que vivían en el pueblo.

Lo había olvidado todo hasta aquel preciso momento. Y en aquel instante recordó su otro sueño de niñez. Abrir una tienda de antigüedades. Una tiendecita modesta, donde pudiera colocar sus hallazgos.

—¿Vamos, *ma belle*? —Gabri cogió la mano de Olivier, dejaron el coche donde estaba y se internaron por la carretera de tierra hacia Three Pines.

—Me decepcioné mucho cuando vi al ermitaño por primera vez...

—¿El ermitaño? —preguntó Gamache.

—Yo lo llamaba así.

—Pero ¿no sabías su nombre?

—Nunca me lo dijo y yo no se lo pregunté.

Gamache miró a Beauvoir a los ojos. El inspector parecía decepcionado e incrédulo a la vez.

—Continúa —dijo el jefe.

—Tenía el pelo un poco largo e iba un poco desaliñado. No parecía uno de esos clientes que compran mucho. Pero era una persona tranquila, y hablé con él. Volvió al cabo de una semana, y luego una vez a la semana, más o menos, durante varios meses. Al final me llevó aparte y me dijo que tenía algo que quería vender. Aquello me resultó también bastante decepcionante. Yo había sido amable con aquel hombre, y a cambio me pedía que le comprara alguna porquería. Me molestó. Estuve a punto de echarlo, pero resultó que llevaba aquella cosa en la mano.

Olivier recordaba que miró hacia abajo. Estaban en la parte del fondo y la luz no era buena, pero aquella cosa no resplandecía ni brillaba. De hecho, parecía bastante anodina. Fue a cogerla, pero el ermitaño retiró la mano. Y entonces al objeto le dio la luz.

Era una miniatura. Los dos hombres se acercaron a la ventana, y Olivier pudo verla bien.

Estaba en un marco antiguo y deslustrado, y debían de haberla pintado con un solo pelo de caballo, tan fino era el detalle. Mostraba a un hombre de perfil, con una peluca empolvada y ropa descuidada.

Sólo de recordarlo, el corazón de Olivier se aceleraba.

—¿Cuánto quiere?

—¿Quizá un poco de comida? —le pidió el ermitaño, y cerraron el trato.

Olivier miró al inspector, cuyos ojos castaños y pensativos no vacilaban.

—Y así fue como empezó todo. Accedí a quedarme la pintura a cambio de unas cuantas bolsas de comestibles.

—¿Y cuánto valía en realidad?

—No mucho.

Olivier recordaba haber sacado cuidadosamente la miniatura de su marco y haber visto la antigua inscripción por detrás. Era un conde polaco. Con una fecha. 1745.

—La vendí por unos cuantos dólares.

Sostuvo la mirada a Gamache.

—¿Dónde?

—En una tienda de antigüedades en la rue Notre Dame, en Montreal.

El jefe asintió.

—Sigue.

—Después, el ermitaño fue trayéndome cosas a la tienda de vez en cuando, y a cambio yo le daba comida. Pero cada vez se puso más paranoico. Ya no quería venir al pueblo. Así que me invitó a visitar su cabaña.

—¿Por qué accediste a ir? Era una molestia para ti.

Olivier temía aquella pregunta.

—Porque las cosas que me traía resultaron ser bastante buenas. Nada espectacular, pero sí de una calidad decente, y yo tenía curiosidad. Cuando visité la cabaña por primera vez me costó un rato darme cuenta de todo lo que tenía. Parecía que todo encajaba allí, era curioso. Luego lo examiné más de cerca. Comía en unos platos que valían decenas de miles, cientos de miles de dólares. ¿Has visto los vasos? —Los ojos de Olivier brillaban de emoción—. *Fantastique.*

—¿Te explicó alguna vez cómo llegó a tener esos objetos de valor incalculable?

—Nunca, y yo no se lo pregunté. Tenía miedo de asustarlo.

—¿Conocía él el valor de lo que tenía?

Era una pregunta interesante, y Olivier ya la había debatido consigo mismo. El ermitaño trataba la plata labrada más fina como Gabri la vajilla de Ikea. No trataba las cosas con mimo. Pero tampoco era displicente. Era un hombre cauto, eso sin duda.

—No estoy seguro —dijo Olivier.

—¿Así que tú le dabas alimentos y él te daba antigüedades valiosísimas?

La voz de Gamache era neutra, curiosa. Carecía del tono de censura que habría podido y debido tener, y Olivier lo sabía.

—Él no me daba las mejores cosas, al menos al principio. Y yo hacía algo más que proporcionarle comestibles. Lo ayudaba a cavar en su huerto y le llevaba semillas para que las plantara.

—¿Cada cuánto tiempo lo visitabas?

—Cada dos semanas.

El inspector jefe pensó un momento y luego habló:

—¿Por qué vivía en aquella cabaña, lejos de todo el mundo?

—Supongo que se escondía.

—¿De qué?

Olivier negó con la cabeza.

—No lo sé. Intenté preguntárselo, pero no me hacía caso.

—¿Qué puedes contarnos?

La voz de Gamache no sonaba ya tan paciente como antes. Beauvoir levantó la vista de su libreta y Olivier se removió en su asiento.

—Sé que el ermitaño construyó la cabaña y que tardó varios meses. Luego llevó allí todas las cosas él mismo. —Olivier miraba a Gamache, ansioso de obtener su aprobación, ansioso de deshielo. El hombre alto se inclinó ligeramente hacia delante, y su interlocutor siguió hablando a toda prisa—: Me lo contó él mismo. La mayoría de sus cosas no eran grandes. Sólo los sillones, en realidad, y la cama. El resto podía transportarlo cualquiera. Y él era fuerte.

Gamache seguía guardando silencio. Olivier se retorció.

—Te estoy diciendo la verdad. No me explicó cómo había conseguido todas esas cosas, y me daba miedo preguntar, pero es obvio, ¿no? Debió de robarlas. De otro modo, ¿por qué esconderse?

—¿De modo que creías que eran robadas y aun así no dijiste nada? —preguntó Gamache con una voz todavía carente de crítica—. No llamaste a la policía.

—No. Sé que debería haberlo hecho, pero no lo hice.

Por una vez, Beauvoir no se burló. Lo encontraba totalmente natural y comprensible. ¿Cuántas personas lo habrían hecho, después de todo? A Beauvoir siempre le sorprendía cuando oía hablar de gente que se encontraba una maleta llena de dinero y la devolvía. Le parecía obligatorio preguntarse si estarían locos.

Por su parte, Gamache pensaba en el otro lado del negocio. En los antiguos dueños de aquellos objetos. El fabuloso violín, la vajilla de valor incalculable, la porcelana, la plata, las tallas de madera... Si el ermitaño se escondía en los bosques, alguien lo había perseguido hasta allí.

—¿Te dijo de dónde era? —preguntó Gamache.

—No. Se lo pregunté una vez, pero no me contestó.

El policía caviló.

—¿Qué acento tenía?

—¿Perdón?

—Su voz.

—Era normal. Hablábamos en francés.

—¿Francés de Quebec o de Francia?

Olivier dudó. Gamache esperó.

—De Quebec, pero...

El inspector jefe estaba tranquilo, como si pudiera esperar todo el día. Toda la semana. Toda la vida.

—Pero tenía un poco de acento. Checo, creo —dijo Olivier precipitadamente.

—¿Estás seguro?

—Sí. Era checo —contestó Olivier con un murmullo—. Estoy seguro.

Gamache vio que Beauvoir tomaba notas. Era la primera pista sobre la identidad del hombre.

—¿Por qué no nos dijiste que conocías al ermitaño cuando encontramos el cuerpo?

—Tendría que haberlo hecho, pero pensaba que no encontraríais la cabaña.

—¿Y por qué esperabas tal cosa?

Olivier intentaba respirar, pero el oxígeno no llegaba a sus pulmones. O a su cerebro. Tenía fríos los labios apretados y le ardían los ojos. ¿Acaso no les había contado ya suficiente? Pero Gamache seguía sentado frente a él, esperando. Y Olivier lo vio en su mirada. Lo supo. Gamache conocía la respuesta y aun así exigía a Olivier que la dijera él mismo.

—Porque en la cabaña había cosas que yo quería. Para mí.

El hombre parecía exhausto, como si hubiera tosido hasta echar las tripas. Pero Gamache sabía que había más.

—Háblanos de las tallas.

Clara iba andando por la carretera desde el Centro de Operaciones, pasó por el puente hacia Three Pines y se quedó mirando primero a un lado, luego al otro.

¿Qué hacer?

Acababa de estar en el Centro de Operaciones para devolver la talla.

«Mariconas de mierda.»

Tres palabras.

Podía no darse por enterada, claro. Fingir que Fortin no las había dicho. O mejor aún, tal vez encontrara a alguien que le asegurase que había actuado bien.

No había hecho nada. No había dicho nada. Sencillamente, había dado las gracias a Denis Fortin por dedicarle tanto tiempo, había dicho que todo aquello era muy emocionante, había accedido a mantenerse en contacto a medida que fuera acercándose la exposición. Se habían estrechado la mano y se habían besado en ambas mejillas.

Y ahora estaba de pie, perdida, sin saber ni adónde mirar. Se había planteado contárselo a Gamache, pero lo había descartado. Era un amigo, pero también un policía, metido en la investigación de un crimen más grave que unas palabras desagradables.

Y sin embargo, Clara seguía preguntándose: ¿era así como empezaban la mayoría de los asesinatos? ¿Empezaban por unas palabras? Algo dicho, que permanecía, que se pudría. Que se agriaba. Y que mataba.

«Mariconas de mierda.»

Y ella no había hecho nada.

Clara torció a la derecha y se encaminó hacia las tiendas.

—¿Qué tallas?

—Ésta, por ejemplo.

Gamache colocó el barco de vela, con su pasajero desgraciado escondido entre todas las sonrisas, encima de la mesa.

Olivier se quedó mirándolo.

Acamparon al mismo borde del mundo, apiñados, mirando hacia el mar. Excepto el joven, que volvía la vista atrás. Hacia el lugar de donde habían partido.

Ya era imposible no ver las luces en el cielo oscuro. Y estaba oscuro casi a todas horas. No había ya distinción entre

la noche y el día. Y sin embargo, era tal la alegría y la anti-
cipación de la gente del pueblo que no parecían notarlo o
darle importancia.

La luz cortaba como un sable la oscuridad, las som-
bras que corrían hacia ellos. Que ya casi se les echaban
encima.

El Rey de la Montaña se había despertado. Había
reunido un ejército hecho de Cólera y Rabia y conducido
por el Caos. Trinchaban con su ira el cielo en la distancia,
buscando a un hombre, a un hombre joven. Apenas un
muchacho. Y el paquete que llevaba.

Avanzaban sin parar, cada vez estaban más cerca. Y las
gentes del pueblo se arremolinaban en la orilla, esperando
que las llevaran al mundo prometido. Donde nunca ocu-
rría nada malo, nadie enfermaba, nadie envejecía.

El joven corría de un lado a otro en busca de un escon-
dite. Una cueva, quizá, algún lugar donde poder acurru-
carse y esconderse, volverse pequeño, muy pequeño. Y que-
darse quieto.

—Ah —dijo Olivier.

—¿Qué puedes decirme de esto? —preguntó Gamache.

Una pequeña colina separaba el espantoso ejército de los
habitantes del pueblo. Una hora, quizá menos.

Olivier oyó de nuevo la voz, la historia que llenaba la cabaña hasta los rincones más oscuros.

—¡Mirad! —*gritó uno de los habitantes del pueblo, seña-*
lando hacia el agua.

El joven se volvió preguntándose qué horror vendría del mar. Pero en realidad vio un barco. A toda vela. Veloz a su encuentro.

—Enviado por los dioses —dijo su tía anciana mientras subía a bordo.

Y él supo que era verdad. Uno de los dioses se había apiadado de ellos y les había enviado un barco fuerte y un viento fuerte. Se apresuraron a abordarlo y el barco zarpó de inmediato. En alta mar, el joven miró hacia atrás a tiempo para ver, alzándose tras la última colina, una silueta oscura. Se alzó más y más, y en torno a su cima volaban las Furias, y en su flanco, ahora desnudo, caminaban el Dolor, la Pena y la Locura. Y a la cabeza de aquel ejército iba el Caos.

Cuando la Montaña distinguió el diminuto barco en el océano chilló, y su aullido infló las velas de tal modo que la nave surcó veloz el agua. En la proa, los felices habitantes del pueblo oteaban en busca de su nuevo mundo. Pero el joven, acurrucado entre ellos, miraba atrás. La Montaña de Amargura que él había creado. Y la rabia que llenaba sus velas.

—¿Dónde lo has encontrado? —preguntó Olivier.

—En la cabaña. —Gamache lo miró con atención. Aquel hombre parecía asombrado por la talla. Casi aterrorizado—. ¿La habías visto?

—Nunca.

—¿Y alguna parecida?

—No.

Gamache se la entregó a Olivier.

—Es un tema bastante raro, ¿no te parece?

—¿Por qué?

—Bueno, todo el mundo está feliz y alegre. Excepto él.

El policía puso el índice en la cabeza de la figura agazapada. Olivier lo miró de cerca y frunció el ceño.

—No sé nada de arte. Tendrás que preguntarle a otro.

—¿Qué tallaba el ermitaño?

—No gran cosa. Sólo trocitos de madera. Intentó enseñarme una vez, pero yo me cortaba siempre. No se me da bien trabajar con las manos.

—Eso no es lo que dice Gabri. Me ha contado que antes te hacías tu propia ropa.

—Cuando era pequeño. —Se puso rojo—. Y era horrible.

Gamache cogió la talla de las manos de Olivier.

—Hemos encontrado herramientas para tallar madera en la cabaña. El laboratorio está trabajando en ellas, y pronto sabremos si se usaron para hacer esto. Pero los dos sabemos la respuesta, ¿verdad?

Los dos hombres se quedaron mirándose.

—Tienes razón —concedió Olivier riendo—. Me había olvidado. Sí que hacía estas extrañas tallas, pero ésta no me la enseñó.

—¿Y qué te enseñó?

—No me acuerdo.

Gamache no solía dar muestras de impaciencia, pero el inspector Beauvoir sí. Cerró de golpe su cuaderno con un sonido poco satisfactorio, aunque sin duda no lo suficiente para transmitir su frustración ante un testigo que estaba comportándose como su sobrino de seis años al acusarlo de robar unas galletas. Negarlo todo. Mentir en todo, por muy trivial que fuese, como si fuera superior a sus fuerzas.

—Inténtalo —propuso Gamache.

Olivier suspiró.

—Es que todo esto hace que me sienta mal. A él le gustaba mucho tallar, y me pidió que le consiguiera madera. Una madera muy determinada. Cedro rojo de la Columbia Británica. La conseguí del Viejo Mundin. Pero cuando el ermitaño empezó a darme estas cosas, me llevé una buena decepción. Sobre todo porque ya no me ofrecía tantas antigüedades de su cabaña. Sólo estas cosas.

Señaló la talla con un vaivén despectivo de la mano.

—¿Y qué hacías con ellas?

—Las tiraba.

—¿Dónde?

—En el bosque. De vuelta a casa, las tiraba por el bosque. No las quería.

—Pero él no te dio ésta, ni te la enseñó, ¿no?

Olivier negó.

Gamache hizo una pausa. ¿Por qué había ocultado el ermitaño aquella talla y la otra? ¿Qué las hacía distintas? Tal vez se hubiera dado cuenta de que Olivier había tirado las demás. Tal vez supiese ya que no podía confiar sus creaciones a su visitante.

—¿Y esto qué significa?

El inspector jefe señaló las letras grabadas debajo del barco.

OWSVI

—No lo sé. —Olivier parecía perplejo—. Las otras no tenían nada así.

—Cuéntame algo de *Woo* —pidió Gamache, tan bajo que Olivier pensó que lo había oído mal.

Sentada en el sillón hondo y cómodo, Clara veía a Myrna atender a monsieur Béliveau. El viejo tendero había acudido a buscar algo para leer, pero sin saber muy bien qué quería. Él y Myrna hablaron, y ella le hizo algunas sugerencias. La mujer conocía los gustos de todo el mundo: los que confesaban, pero también los que escondían.

Finalmente, monsieur Béliveau se fue con sus biografías de Sartre y de Wayne Gretzky. Se despidió de Clara con una pequeña reverencia y ella le devolvió el gesto desde su sillón, no muy segura de cómo debía responder cuando el distinguido anciano hacía aquello.

Myrna tendió a Clara una limonada fresca y se sentó en la butaca de enfrente. El sol de la tarde entraba a raudales por el ventanal de la tienda. De vez en cuando se veía a un perro perseguir una pelota para devolvérsela a un vecino, o viceversa.

—¿No tenías que verte esta mañana con monsieur Fortin?

Clara asintió.

—¿Qué tal ha ido?

—No ha estado mal.

—¿No hueles a humo? —preguntó Myrna, olisqueando. Clara, alarmada, miró alrededor—. Ah, ya sé... —Myrna miró a su amiga—. Te arden las bragas.

—Muy graciosa —contestó.

Sin embargo, era justo el estímulo que necesitaba. Intentó mantener la voz tranquila al describir la reunión. Cuando enumeró la gente que, casi con toda seguridad, iba a acudir a la inauguración en la galería de Fortin, Myrna soltó una exclamación y la abrazó.

—¿No te parece increíble?

—Maricona de mierda.

—Mala puta. ¿Es un juego nuevo? —Myrna se echó a reír.

—¿No te ofende lo que he dicho?

—¿Lo de llamarme maricona de mierda? No.

—¿Por qué no?

—Pues porque sé que no lo dices en serio. ¿O sí?

—¿Y si fuera en serio?

—Pues me preocuparía mucho por ti. —Myrna sonrió—. ¿De qué va esto?

—Cuando estábamos sentados en el *bistrot* nos ha atendido Gabri y, cuando se ha ido, Fortin ha dicho que era una maricona de mierda.

Myrna cogió aire con fuerza.

—¿Y tú qué has dicho?

—Nada.

Myrna asintió con una leve inclinación de cabeza. Era su turno de no decir nada.

—¿Cómo?

—*Woo* —repitió el inspector jefe.

—¿*Woo*?

Olivier parecía desconcertado, pero había fingido lo mismo en cada fase del interrogatorio. Ya hacía rato que Beauvoir no se creía nada de lo que decía.

—¿No lo dijo nunca el ermitaño? —le preguntó Gamache.

—¿Que si dijo «*Woo*»? —preguntó Olivier—. Ni siquiera sé qué me estás preguntando.

—¿Viste una telaraña en un rincón de la cabaña?

—¿Una telaraña? ¿Cómo? No, nunca vi ninguna. Y te diré una cosa: me sorprendería mucho que hubiera alguna. El ermitaño tenía la cabaña inmaculada.

—*Propre* —dijo Gamache.

—*Propre* —repitió Olivier.

—*Woo*, Olivier. ¿Qué significa eso para ti?

—Nada.

—Y sin embargo es la palabra que aparece en el pedazo de madera que le quitaste de la mano al ermitaño. Después de que lo asesinaran.

Era peor de lo que Olivier había imaginado, y eso que había imaginado cosas muy malas. Parecía que Gamache lo sabía todo. O casi todo.

«Dios quiera que no lo sepa todo», pensó.

—Sí, lo cogí —admitió Olivier—. Pero no lo miré. Estaba en el suelo, al lado de su mano. Cuando vi que tenía sangre, lo dejé caer. ¿Decía «*Woo*»?

Gamache asintió y se inclinó hacia delante, con sus potentes manos entrelazadas sin presión, mientras apoyaba los codos en las rodillas.

—¿Lo mataste tú?

VEINTISÉIS

Al fin, Myrna habló. Se echó hacia delante y cogió la mano de Clara.

—Lo que has hecho es natural.

—¿Ah, sí? Pues me siento como una mierda.

—Bueno, la mayor parte de nuestra vida es una mierda —afirmó Myrna moviendo la cabeza con expresión de sabiduría—. Por eso es natural.

—Ja, ja.

—Escucha, Fortin te está ofreciendo todo lo que soñabas, todo lo que querías.

—Y parecía tan agradable...

—Probablemente lo sea. ¿Estás segura de que no era broma?

Clara negó con la cabeza.

—A lo mejor él mismo es gay —sugirió su amiga.

Clara volvió a negar con la cabeza.

—Ya lo he pensado, pero tiene mujer y un par de niños y, sencillamente, no parece gay.

Tanto Clara como Myrna tenían un «radar gay» muy bien afinado. Las dos sabían que no era perfecto, pero seguramente habría captado la señal de Fortin. Pero no. Sólo había captado la señal inmensa e inconfundible que emitía Gabri al alejarse.

—¿Qué hago? —preguntó Clara.

Myrna guardó silencio.

—Tengo que hablar con Gabri, ¿no?

—Tal vez te sirva.

—Quizá mañana.

Al salir, pensó en lo que Myrna le había dicho. Fortin estaba ofreciéndole todo lo que ella había deseado, su único sueño desde la niñez. El éxito, el reconocimiento como artista. Mucho más dulce aún tras los años transcurridos en tierra salvaje. Objeto de burlas, marginada.

Y lo único que tenía que hacer era no decir nada.

Podía hacerlo.

—No, no lo maté yo.

Pero incluso mientras lo decía, Olivier se dio cuenta de las consecuencias desastrosas de lo que había hecho. Al mentir a cada momento, había vuelto irreconocible la verdad.

—Ya estaba muerto cuando llegué.

Dios mío, incluso a él le sonaba a falso. No, yo no he cogido la última galleta, no he roto el jarrón de porcelana china, no he robado el dinero de tu monedero. No soy gay.

Todo mentiras. Toda su vida. Constantemente. Hasta llegar a Three Pines. Durante un instante, durante unos maravillosos días, había vivido una vida de verdad. Con Gabri. En su pequeño y destartalado apartamento alquilado, encima de la tienda.

Pero luego había llegado el ermitaño. Y con él, un rastro de mentiras.

—Oye, es la verdad. Era sábado por la noche y esto estaba abarrotado. El puente del Día del Trabajo siempre es una locura. Pero hacia medianoche ya no quedaban más que unos pocos rezagados. Entonces llegó el Viejo Mundin con las sillas y una mesa. Cuando se fue, el local ya estaba vacío y Havoc estaba acabando de limpiar. Así que decidí visitar al ermitaño.

—¿Después de medianoche? —preguntó Gamache.

—Es cuando solía ir. Para que nadie me viera.

Sentado delante de Olivier, el inspector jefe se fue echando hacia atrás poco a poco, distanciándose. El gesto

319

era elocuente. Decía en un susurro que Gamache no lo creía. Olivier miró a aquel hombre, a quien tenía por amigo, y notó una tensión, una constricción.

—¿No te daba miedo la oscuridad?

Gamache lo preguntó con total sencillez, y en aquel instante Olivier comprendió el talento de aquel hombre. Era capaz de introducirse bajo la piel de los demás y hurgar por debajo de la carne, la sangre y el hueso. Y de hacer preguntas de una sencillez engañosa.

—No era la oscuridad lo que me daba miedo —contestó.

Y recordó la libertad que sólo llegaba al ponerse el sol. En los parques de las ciudades, en cines a oscuras, en dormitorios. El deleite que procedía de ser capaz de despojarse de la cáscara exterior y ser él mismo. Protegido por la noche.

No era la oscuridad lo que le daba miedo, sino más bien lo que la luz podía mostrar.

—Conocía el camino y sólo me costó veinte minutos recorrerlo.

—¿Y qué viste al llegar?

—Todo parecía normal. Había luz en la ventana y el farol del porche estaba encendido.

—Esperaba compañía.

—Me esperaba a mí. Siempre encendía el farol para que yo pudiera ver. No me di cuenta de que algo iba mal hasta que entré por la puerta y lo vi allí. Entendí que estaba muerto, pero pensé que se había caído, que quizá había tenido un ataque o un infarto y se había dado un golpe en la cabeza.

—¿No había arma?

—No, nada.

Gamache se inclinó de nuevo hacia delante.

Olivier se preguntó si tal vez empezaban a creerlo.

—¿Le llevabas comida?

La mente de Olivier estaba acelerada, a toda máquina. Asintió.

—¿Qué era?

—Lo habitual. Queso, leche, mantequilla. Algo de pan. Y como extra, un poco de miel y de té.

—¿Y qué hiciste con todo eso?

—¿Con las provisiones? No sé. Estaba conmocionado. No me acuerdo.

—Las encontramos en la cocina. Abiertas.

Los dos hombres se miraron. Luego Gamache entrecerró los ojos para dirigirle una mirada que a Olivier le pareció espantosa.

El inspector jefe estaba furioso.

—Aquella noche estuve allí dos veces —murmuró mirando hacia la mesa.

—Más alto, por favor —dijo el jefe.

—Volví a la cabaña, ¿vale?

—Ya va siendo hora, Olivier. Dime la verdad.

El sospechoso respiraba con breves jadeos, como un pez atrapado en el anzuelo, sacado del agua y a punto de ser descuartizado.

—La primera vez que fui, el ermitaño estaba vivo. Tomamos una taza de té y hablamos.

—¿De qué hablasteis?

«Se acerca el Caos, viejo amigo, y nadie puede detenerlo. Ha tardado mucho, pero ya está aquí.»

—Siempre me preguntaba por la gente que venía al pueblo. Me hacía muchas preguntas sobre el mundo exterior.

—¿El mundo exterior?

—Sí, ya sabes, ahí fuera. No se había alejado más de quince o veinte metros de su cabaña desde hacía años.

—Sigue —dijo Gamache—. ¿Qué pasó entonces?

—Se me hacía tarde, así que me fui. Él quiso darme algo a cambio de las provisiones. Al principio me negué, pero insistió. Al salir del bosque me di cuenta de que me lo había dejado y decidí volver. —No había necesidad alguna de hablarles del objeto guardado en el saco de lona—. Cuando volví ya estaba muerto.

—¿Cuánto tardaste en regresar?

—Una media hora. No me entretuve.

Vio de nuevo las ramas de los árboles que lo golpeaban al pasar, olió las agujas de pino y oyó el ruido por el bosque, como un ejército a la carrera. A toda velocidad.

Primero había creído que era su propio ruido, ampliado por el miedo y la noche. Pero quizá no fuese así.

—¿No viste ni oíste nada?

—No.

—¿Qué hora era? —preguntó Gamache.

—Las dos, supongo, quizá las dos y media.

Gamache cruzó los dedos.

—¿Qué hiciste al ver lo que había pasado?

El resto de la historia salió rápidamente, de un tirón. Al darse cuenta de que el ermitaño estaba muerto, a Olivier se le había ocurrido otra idea. Una forma de que el ermitaño pudiera servirle de algo. Había cargado el cuerpo en la carretilla y se lo había llevado por el bosque hasta la antigua casa Hadley.

—Me costó un poco, pero al final llegué. Pensaba dejarlo en el porche, pero cuando probé la puerta resultó que estaba abierta, así que lo dejé en el vestíbulo principal.

Lo contaba como si hubiera sido un acto de delicadeza, pero sabía bien que no era así. Fue un acto brutal, feo, vengativo. La violación de un cuerpo, la violación de una amistad, una violación para los Gilbert. Y por último, era una traición contra Gabri y contra su vida en Three Pines.

Había tal silencio en la habitación que casi podía considerar que estaba solo. Levantó la vista y se encontró con Gamache, que le devolvía la mirada.

—Lo siento —dijo Olivier.

Se riñó a sí mismo, desesperado por no interpretar el papel del gay que se echa a llorar. Pero sabía que sus actos lo habían llevado mucho más allá de cualquier cliché o caricatura.

Y entonces Armand Gamache hizo algo absolutamente extraordinario. Se inclinó hacia delante hasta que sus manos, enormes y firmes, casi llegaron a tocar las de Olivier, como si no estuviera mal acercarse a alguien tan vil, y le habló con voz tranquila, profunda.

—Si tú no mataste a ese hombre, ¿quién pudo ser? Necesito tu ayuda.

Con aquella única frase, el policía se había colocado junto a Olivier. Quizá estuviera aún en el lugar más remoto del mundo exterior, pero al menos no estaba solo.

El inspector jefe le creía.

Clara estaba de pie ante la puerta cerrada del estudio de Peter. Casi nunca llamaba, casi nunca lo interrumpía. A menos que fuera una emergencia. En Three Pines no solía haberlas, y por lo general tenían algo que ver con Ruth y eran difíciles de evitar.

Clara había dado la vuelta al jardín unas cuantas veces y luego había entrado para seguir dando vueltas al salón, y luego a la cocina, en círculos cada vez más pequeños, hasta que al final se encontró allí. Quería mucho a Myrna, confiaba en Gamache, adoraba a Gabri y a Olivier y a muchos otros amigos. Pero a quien necesitaba era a Peter.

Llamó. Hubo una pausa y luego se abrió la puerta.

—Tengo que hablar contigo.

—¿Qué pasa? —Peter salió de inmediato y dejó la puerta cerrada—. ¿Qué te ocurre?

—Me he reunido con Fortin, como sabes, y ha dicho una cosa...

A Peter le dio un vuelco el corazón. Y en aquel vuelco había algo mezquino. La esperanza de que el galerista hubiese cambiado de opinión. De que cancelase la exposición de Clara. De que hubiera dicho que se trataba de un error y de que a quien quería realmente era a Peter.

Su corazón latía por Clara a todas horas, todos los días. Pero de vez en cuando daba un vuelco como aquél.

La cogió de las manos.

—¿Qué ha dicho?

—Ha dicho que Gabri era una maricona de mierda.

Peter siguió esperando el resto. Lo de que Peter era mejor artista. Pero Clara se quedó mirándolo sin más.

—Cuéntamelo bien.

La llevó hasta un sillón y tomaron asiento.

—Todo iba muy bien. Le encantaban mis ideas para colgar las obras, me había dicho que asistiría FitzPatrick, del MoMA, y también Allyne, del *Times*. Y cree que incluso Vanessa Destin Browne, ya sabes, de la Tate Modern. ¿No te parece increíble?

Sí se lo parecía.

—Cuéntame más.

Era como arrojarse una y otra vez contra un muro lleno de pinchos.

—Y entonces ha dicho que Gabri era una maricona de mierda, a sus espaldas. Y que le daban ganas de vomitar.

El muro de pinchos se volvió suave y blando.

—¿Y tú que has dicho?

—Nada.

Peter bajó la mirada, pero enseguida la alzó de nuevo.

—Probablemente yo tampoco habría dicho nada.

—¿De verdad? —preguntó Clara mirándolo a la cara.

—De verdad. —Él sonrió y le apretó las manos—. Te ha pillado por sorpresa.

—Ha sido un poco chocante —dijo Clara, ansiosa por explicarse—. Y ahora ¿qué hago?

—¿Qué quieres decir?

—¿Debo olvidarme sin más o le digo algo a Fortin?

Y Peter entendió la ecuación de inmediato. Si ella se enfrentaba al propietario de la galería, corría el riesgo de que se enfadara. De hecho, era casi seguro que se cabrearía. Como mínimo, enturbiaría su relación. Incluso podía ser que él cancelara la exposición.

Si no decía nada, estaba a salvo. Pero Peter conocía bien a Clara. Tendría grandes remordimientos de conciencia. La conciencia, cuando se despierta, puede llegar a ser terrible.

Gabri asomó la cabeza en la sala del fondo.

—*Salut*. ¿Por qué estáis tan serios?

Olivier, Gamache y Beauvoir lo miraron. Ninguno de ellos sonreía.

—Esperad un momento, ¿le estáis contando a Olivier lo de la visita a su padre? —Gabri se sentó junto a su compañero—. Yo también quiero oírlo. ¿Qué ha dicho de mí?

—No hablábamos del padre de Olivier —aclaró Gamache. Frente a él, los ojos de Olivier suplicaban un favor que Gamache no podía concederle—. Hablábamos de su relación con el muerto.

Gabri miró a Gamache y luego a su pareja, y después a Beauvoir. Y luego de nuevo a Olivier.

—¿Cómo?

Gamache y Olivier intercambiaron una mirada, y finalmente este último habló. Le contó a Gabri lo del ermitaño, sus visitas a la cabaña y lo del cuerpo. Su compañero escuchaba en silencio. Era la primera vez que Beauvoir lo veía aguantar más de un minuto sin hablar. Ni siquiera habló cuando Olivier terminó su historia. Se quedó allí sentado como si no fuera a volver a hablar nunca.

Pero al final lo hizo:

—¿Cómo has podido ser tan idiota?

—Lo siento. Fue una estupidez.

—Ha sido algo más que una estupidez. No puedo creer que no me hayas contado lo de la cabaña...

—Tendría que habértelo contado, ya lo sé. Pero es que tenía miedo, era todo tan secreto... No lo conocías...

—Supongo que no.

—Si se hubiera enterado de que se lo había contado a alguien, no habría querido verme más.

—¿Y por qué querías seguir viéndolo? Era un ermitaño que vivía en una cabaña, por el amor de Dios. Espera un momento... —Hubo un silencio mientras Gabri relacionaba los hechos—. ¿Por qué ibas a verlo?

Olivier miró a Gamache y éste asintió con un gesto. De todos modos acabaría sabiéndose.

—Tenía la cabaña llena de tesoros, Gabri. Era increíble. Dinero metido entre los troncos, como aislante. Cristal de plomo y tapices. Era fantástico. Todo lo que tenía era valiosísimo.

—Te lo estás inventando...

—No. Comíamos en platos de porcelana de Catalina la Grande. El papel de váter eran billetes de dólar.

—*Sacré!* Es como tu sueño húmedo. Ahora ya sé que estás de broma.

—No, no. Era increíble. Y a veces cuando lo visitaba me daba alguna cosita.

—¿Y tú la cogías? —La voz de Gabri subió de tono.

—Pues claro que la cogía —saltó Olivier—. No la robaba, y esas cosas a él no le servían para nada.

—Pero es probable que estuviera loco. Es como robar.

—Eso que dices es horrible. ¿Crees que sería capaz de robarle cosas a un pobre viejo?

—¿Por qué no? Dejaste su cuerpo en la casa Hadley. Quién sabe de qué otras cosas serías capaz...

—¿De verdad? ¿Y tú eres inocente en todo esto? —La voz de Olivier se había vuelto fría y cruel—. ¿Cómo crees que pudimos permitirnos comprar el *bistrot*? ¿O el *bed & breakfast*? ¿Eh? ¿Nunca te has preguntado cómo pasamos de vivir en aquella mierda de apartamento...?

—Yo lo arreglé. Ya no era una mierda.

—¿...a abrir el *bistrot* y un *bed & breakfast*? ¿Cómo crees que pudimos permitírnoslo de repente?

—Pensaba que el negocio de las antigüedades iba bien. —Hubo un silencio—. Tendrías que habérmelo contado —dijo Gabri al final, y se preguntó, como Gamache y Beauvoir, qué otras cosas se estaría callando Olivier.

A última hora de la tarde, Armand Gamache andaba por el bosque. Beauvoir se había ofrecido voluntario para ir con él, pero el inspector jefe prefería ir solo con sus pensamientos.

Después de dejar a Olivier y a Gabri, habían vuelto al Centro de Operaciones, donde los esperaba el agente Morin.

—Ya sé quién es BM —les había dicho siguiéndolos con afán, sin dejarles apenas quitarse el abrigo—. Miren.

Los llevó hasta su ordenador. Gamache se sentó y Beauvoir se agachó para ver la pantalla por encima de su hombro. Vieron una foto formal, en blanco y negro, de un hombre fumando un cigarrillo.

—Se llamaba Bohuslav Martinů —explicó Morin—. Escribió la pieza de violín que encontramos. Cumplía años el ocho de diciembre, de modo que el violín debió de ser un regalo de cumpleaños de su mujer. C. Charlotte, se llamaba.

Mientras escuchaba, el inspector jefe iba leyendo una frase de la biografía que había encontrado su agente.

Martinů había nacido el 8 de diciembre de 1890. En Bohemia. En lo que ahora era la República Checa.

—¿Tuvieron algún hijo? —preguntó Beauvoir, que también había observado la referencia.

—Ninguno.

—¿Estás seguro?

Gamache se retorció en su silla para mirar a Morin, pero el agente negó con la cabeza.

—He hecho más de una y más de dos comprobaciones. Allí es casi medianoche, pero he concertado una entrevista telefónica con el Conservatorio Martinů de Praga para pedir más información y les preguntaré. En cualquier caso, parece que no tuvieron.

—Pregunta por el violín también, ¿de acuerdo? —pidió Gamache, que se levantó y volvió a ponerse el abrigo.

Se había acercado a la cabaña andando despacio por el bosque, pensando.

Un oficial de la Sûreté que custodiaba la cabaña lo saludó desde el porche.

—Venga conmigo, por favor —dijo Gamache, y llevó al agente hasta la carretilla que había en el huerto.

Le explicó que la habían usado para transportar un cuerpo y le pidió que tomase muestras. Mientras lo hacía, Gamache entró en la cabaña.

Iban a vaciarla a la mañana siguiente, y se llevarían todo para catalogarlo y guardarlo. Iban a meterlo en una oscura cámara acorazada. Vedado a cualquier mano, a cualquier mirada.

Antes de que aquello ocurriera, Gamache quería contemplarlo todo por última vez.

Una vez dentro, cerró la puerta y esperó a que sus ojos se acostumbraran a la penumbra. Como siempre, lo primero que notó fue el olor. Madera y humo de leña. Luego, el trasfondo amargo del café y, finalmente, un olor mucho más dulce a cilantro y estragón, procedente de las jardineras de las ventanas.

Aquel espacio era pacífico, tranquilo. Incluso alegre. Estaba lleno de obras maestras, pero todas parecían encajar en la cabaña, por rústica que fuera. El ermitaño tal vez no conociera su valor, pero desde luego sí conocía su función, daba a cada utensilio el uso que le correspondía. Vasos, platos, vajilla de plata, jarrones. Todo bien usado.

Gamache cogió el violín Bergonzi y, acunándolo entre los brazos, se sentó en la butaca del ermitaño, junto a la chimenea.

«Una para la soledad, dos para la amistad.»

El muerto no tenía necesidad ni deseo alguno de sociedad. Pero sí de compañía.

Ahora sabían quién se sentaba en aquella otra butaca tan cómoda. Gamache había pensado que podía ser el doctor Vincent Gilbert, pero se equivocaba. Era Olivier Brulé. Se presentaba allí para hacer compañía al ermitaño, para llevarle semillas, víveres y compañía. A cambio, el ermitaño le daba a él lo que quería. Tesoros.

Era un trato justo.

Pero ¿lo habría descubierto alguien más? Si no era así, o si el inspector jefe no podía probarlo, Olivier Brulé sería arrestado por asesinato. Arrestado, juzgado y probablemente condenado.

Gamache no podía evitar pensar que resultaba demasiado oportuno que el doctor Vincent Gilbert hubiese aparecido justo cuando acababan de matar al ermitaño. ¿No decía Olivier que a la víctima le preocupaban mucho los desconocidos? A lo mejor se refería a Gilbert.

El policía echó la cabeza atrás y pensó un poco más. Supongamos que el ermitaño no estuviera escondiéndose de Vincent Gilbert. Supongamos que fuera de otro Gilbert. Al fin y al cabo, la antigua casa Hadley la había comprado Marc. Había abandonado un trabajo de éxito en la ciudad para mudarse allí. Dominique y él tenían mucho dinero; podrían haber comprado cualquier casa de la zona. ¿Por qué comprar entonces una vieja y destartalada? A menos que no fuera la casa lo que querían, sino el bosque...

¿Y los Parra? Olivier había dicho que el ermitaño hablaba con un ligero acento. Con acento checo. Y Roar estaba limpiando los caminos. Que conducían hasta allí mismo.

Tal vez hubiera encontrado la cabaña. Y el tesoro.

Tal vez supieran que él estaba por allí y anduviesen buscándolo. Cuando Gilbert compró la casa, quizá Roar aceptara aquel trabajo para poder explorar el bosque. Para buscar al ermitaño.

Y Havoc. ¿Había algún argumento contra él? Parecía un joven bastante normal, a todos los efectos. Pero un joven que había decidido quedarse allí, en aquel lugar apartado, mientras la mayoría de sus amigos se iban. A la universidad, a emprender una carrera. Servir mesas no puede considerarse una carrera. ¿Qué hacía allí un chico tan afable e inteligente?

Gamache se inclinó hacia delante. Contempló la última noche de vida del ermitaño. La multitud en el *bistrot*. El Viejo Mundin, que llegaba con los muebles y luego se iba. Olivier, que se marchaba. Havoc, que cerraba el local. Y luego veía que su jefe hacía algo inusual. Algo extraño, incluso.

¿Había visto Havoc que Olivier se dirigía hacia el bosque en lugar de irse a casa?

En tal caso, lo habría seguido, movido por la curiosidad. Directo a la cabaña. A los tesoros.

Gamache lo vio todo como si se proyectara ante sus ojos. Olivier se iba y Havoc se enfrentaba al hombre asustado. Le pedía una serie de cosas. El ermitaño se negaba. Quizá empujaba a Havoc. Quizá Havoc lo atacaba, cogía un arma y golpeaba al ermitaño. Asustado, huía. Justo antes de que volviera Olivier.

Pero aquello no lo explicaba todo.

Gamache dejó el violín y levantó la vista hacia la telaraña del rincón. No, aquel crimen no se había producido por casualidad. Había cálculo en él. Y crueldad. El ermitaño fue torturado primero y luego asesinado. Torturado por una diminuta palabra.

Woo.

Al cabo de unos minutos, Gamache se levantó y fue paseando lentamente por la habitación, cogiendo objetos aquí y allá, tocando cosas que nunca había pensado que vería y mucho menos que tendría en la mano. El cristal de la Cámara de Ámbar que arrojaba en la cocina una luz del color de las calabazas. La vajilla antigua, que el ermitaño usaba para las tisanas. Asombrosas cucharas esmaltadas y tapicería de seda. Y primeras ediciones. Había una en la mesilla. Gamache la cogió con gesto indolente y la miró.

El autor era Currer Bell. El agente Morin había mencionado aquel libro. Lo abrió. Otra primera edición. Luego se fijó en el título del libro.

Jane Eyre: una autobiografía. Currer Bell. Era el seudónimo que usaba...

Abrió el libro de nuevo. Charlotte Brontë. Tenía en sus manos una primera edición de *Jane Eyre.*

Armand Gamache se quedó plantado en la cabaña, sin pronunciar palabra. Sin embargo, el silencio no era absoluto. Oía una palabra en un susurro, la había oído desde el mismo momento en que encontraron la cabaña. Repetida una y otra vez. En el libro infantil encontrado en el retrete, en el cristal de ámbar, en el violín, y ahora en el libro que tenía en la mano. Una palabra. Un nombre.

Charlotte.

VEINTISIETE

—Estamos recibiendo más resultados del laboratorio —dijo Lacoste.

A su regreso, el jefe había reunido a su equipo en torno a la mesa de juntas, y en aquel momento la agente Lacoste repartía los listados.

—La telaraña estaba hecha de hilo de pescar de nailon. Fácil de conseguir. No hay huellas, por supuesto, ni rastros de ADN. Quien la hizo posiblemente usó guantes quirúrgicos. Sólo encontraron un poco de polvo y una telaraña. —Sonrió.

—¿Polvo? —preguntó Gamache—. ¿Tenéis idea de cuánto tiempo llevaba allí?

—No más de unos cuantos días, suponen. Salvo que el ermitaño quitara el polvo a diario, cosa que parece improbable.

Gamache asintió.

—¿Y quién la puso ahí? —preguntó Beauvoir—. ¿La víctima? ¿El asesino?

—Hay algo más —dijo Lacoste—. El laboratorio está examinando el trozo de madera con la palabra «Woo». Dicen que fue tallado hace años.

—¿Lo hizo el ermitaño? —quiso saber Gamache.

—Aún están examinándolo.

—¿Algún progreso con el significado de «Woo»?

—Hay un director de cine que se llama John Woo. Es chino. Hizo *Misión imposible II* —contestó Morin, muy serio, como si les estuviese dando una información vital.

—*Woo* puede significar *World of Outlaws*, o sea, «Mundo de forajidos». Es una organización que se dedica a las carreras de coches. —Lacoste miró al jefe, que le devolvió la mirada, inexpresivo. Ella bajó la vista a toda prisa hacia sus notas, buscando algo que decir que resultara más útil—. También hay un videojuego que se llama Woo.

—Oh, no... No puedo creer que se me haya olvidado... —dijo Morin volviéndose hacia Gamache—. Woo no es el nombre del juego, es el nombre de uno de los personajes. El juego se llama Rey de los Monstruos.

—¿Rey de los Monstruos? —A Gamache le parecía improbable que el ermitaño o su torturador tuvieran un videojuego en mente—. ¿Algo más?

—Bueno, también hay un cóctel que se llama Woo —comentó Lacoste—. Se hace con aguardiente de melocotón y vodka.

—Y luego está lo de *woo-woo*. En jerga coloquial —añadió Beauvoir.

—*Vraiement?* —dijo Gamache—. ¿Y qué significa?

—Gagá —respondió Beauvoir con una sonrisa.

—Y luego está el verbo, que significa «cortejar». «Seducir» —agregó Lacoste, y luego negó con la cabeza. No se estaban acercando.

Gamache disolvió la reunión y luego volvió a su ordenador y tecleó una palabra.

«Charlotte.»

Gabri cortó los tomates, pimientos y cebollas. Troceó, troceó y troceó. Ya había cortado antes las ciruelas doradas y las fresas, las remolachas y los encurtidos. Y había afilado el cuchillo para seguir troceando.

Toda la tarde, hasta llegar la noche.

—¿Podemos hablar ya? —le preguntó Olivier, de pie en la puerta de la cocina.

El olor era reconfortante, pero todo parecía extraño.

Gabri, de espaldas a la puerta, no se detuvo. Cogió una coliflor y también la troceó.

—Encurtidos de mostaza —señaló Olivier aventurándose a entrar en la cocina—. Mis favoritos...

Chas, chas, chas, y la coliflor acabó arrojada a la olla con agua hirviendo para blanquearla.

—Lo siento —se disculpó Olivier.

En el fregadero, Gabri lavó unos limones, luego los cortó a cuartos, los metió en un bote y echó sal gorda por encima. Finalmente, exprimió los limones que quedaban y vertió el zumo encima de la sal.

—¿Quieres que te ayude? —se ofreció Olivier alargando una mano hacia la tapa del bote.

Pero Gabri interpuso su cuerpo entre Olivier y los botes y comenzó a sellarlos en silencio.

Todas las superficies de la cocina estaban repletas de tarros muy coloridos llenos de mermeladas y gelatinas, encurtidos y *chutneys*. Y parecía que Gabri seguiría así para siempre. Conservando en silencio todo lo que pudiera.

Clara cortó las puntas de las zanahorias frescas y miró a Peter, que echaba las diminutas patatas nuevas en el agua hirviendo. Aquella noche tenían una cena sencilla: verduras del huerto con hierbas y mantequilla dulce. Era uno de sus platos favoritos a finales del verano.

—No sé quién se siente peor, si Olivier o Gabri —dijo ella.

—Yo sí —repuso Peter quitando la vaina a unos guisantes—. Gabri no ha hecho nada. ¿Puedes creer que Olivier haya estado visitando a ese hombre en el bosque desde hace años y no se lo haya contado a nadie? ¿Qué otras cosas no nos habrá contado?

—¿Seguro que es gay?

—A lo mejor es hetero y no nos lo ha dicho.

Clara sonrió.

—Pues eso sí que cabrería a Gabri de verdad, aunque conozco a un par de mujeres que estarían muy felices. —Hizo una pausa, con el cuchillo en el aire—. Creo que Olivier se siente fatal.

—Venga... Seguiría haciéndolo si no hubieran asesinado al viejo.

—No hacía nada malo, ¿sabes? —dijo Clara—. El ermitaño se lo regalaba todo.

—Eso dice él.

—¿Qué quieres decir?

—Bueno, el ermitaño está muerto. ¿No te parece muy oportuno?

Su mujer dejó de cortar.

—¿Qué estás diciendo?

—Nada. Sólo estoy enfadado.

—¿Por qué? ¿Porque no nos lo ha contado?

—¿A ti no te cabrea?

—Un poco. Pero creo que estoy más sorprendida que otra cosa. Mira, todos sabemos que a Olivier le gustan las cosas buenas.

—Quieres decir que es codicioso y avaro.

—Lo que me sorprende es lo que hizo con el cadáver. Es que no puedo imaginármelo arrastrándolo por el bosque y soltándolo en la antigua casa Hadley —explicó Clara—. No creía que tuviera tanta fuerza...

—Yo no creía que tuviera tanta mala leche —dijo Peter.

Clara asintió.

Ella tampoco. Y también se preguntaba qué otras cosas les habría ocultado su amigo. Y además, con todo lo que había pasado, Clara no podía preguntarle a Gabri por lo de que lo hubieran llamado «maricona de mierda». Cenando se lo contó todo a Peter.

—Bueno —concluyó con el plato casi intacto—, no sé qué hacer con Fortin. ¿Debo ir a Montreal y hablar con él directamente de esto o dejarlo pasar?

Peter cogió otra rebanada de baguete, tierna por dentro, pero con la corteza crujiente. Untó la mantequilla hasta los bordes, cubriendo cada milímetro, regularmente. Metódicamente.

Mientras lo miraba, Clara sintió que estaba a punto de chillar o de explotar, o al menos de coger la puta baguete y tirarla contra la pared, a ver si dejaba una mancha grasienta.

Peter seguía pasando el cuchillo por encima del pan. Asegurándose de que la mantequilla quedaba perfecta.

¿Qué decirle a Clara? ¿Que lo olvidase? ¿Que lo que había dicho Fortin no era tan malo? Ciertamente, no valía la pena arriesgar su carrera por ello. Tan sólo había que dejarlo pasar. Además, aunque le dijera algo, Fortin desde luego no cambiaría de opinión con respecto a los gais, y quizá se volviera en contra de Clara. Y lo que le estaba preparando no era una pequeña exposición sin importancia. Era todo lo que había soñado Clara en su vida. Lo que soñaba todo artista. Todo el mundo del arte estaría presente allí. La carrera de su mujer nacería allí.

¿Debía decirle que lo dejase correr o bien que tenía que hablar con Fortin? Por Gabri y Olivier y todos sus amigos gais. Pero, sobre todo, por ella misma.

Pero, si lo hacía, Fortin podía enfadarse, podía cancelar la exposición.

Peter hundió la punta del cuchillo en un agujero del pan para sacar la mantequilla.

Sabía lo que quería decir, pero no sabía si lo diría por él mismo o por Clara.

—Bueno, ¿qué? —preguntó ella, y él notó la impaciencia en su voz—. ¿Qué? —preguntó más bajo—. ¿Qué opinas?

—¿Y qué opinas tú?

Clara escrutó su cara.

—Creo que debería dejarlo correr. Si lo dice otra vez, quizá entonces le diga algo. Es un momento muy delicado para todos nosotros.

—Estoy seguro de que tienes razón.

Clara miró su plato intacto. Había notado la duda en la voz de Peter. Pero no era él quien lo arriesgaba todo.

Rosa graznó en sueños. Ruth ahuecó un poco el camisón de franela que llevaba la pata, y *Rosa* aleteó y luego volvió a dormirse metiendo el pico debajo del ala.

Olivier había ido a visitarla, sonrojado y disgustado. Ella había quitado los viejos ejemplares de *The New Yorker* de una silla y él se había sentado entonces en su salón, como un fugitivo. Ruth le ofreció un vaso de jerez de cocina y un tronco de apio untado con queso y se acomodó a su lado. Durante casi una hora se quedaron allí sentados los dos, sin hablar, hasta que *Rosa* entró en la habitación. Pasó contoneándose, vestida con una chaqueta de franela gris. Ruth se fijó en los labios prietos de Olivier, en su barbilla arrugada. No escapó de sus labios ni un sonido. En cambio, sí se le escaparon unas lágrimas que trazaron líneas cálidas por sus hermosas facciones.

Y después él le contó lo que había pasado. Lo de Gamache, la cabaña, el ermitaño y sus pertenencias. Lo de trasladar el cuerpo y lo de ser el propietario del *bistrot*, la panadería y casi todo lo demás en Three Pines.

A Ruth no le importaba. Sólo pensaba qué podría ofrecerle a cambio de sus palabras. Decir algo. Decir la palabra adecuada. Decirle a Olivier que lo quería. Que Gabri también lo quería, y que nunca nunca lo dejaría. Que el amor no te abandona nunca.

Se imaginó a sí misma levantándose y sentándose a su lado para cogerle la mano temblorosa y decirle: «Ea, ea.»

Ea, ea. Y frotarle suavemente la espalda encorvada hasta que recuperase el aliento.

En vez de eso, se sirvió otra copa de jerez de cocina y se quedó mirándolo.

Y luego, cuando ya se había puesto el sol y Olivier se había ido, Ruth se sentó en su cocina, en la silla de jardín de plástico, ante la mesa de plástico que había encontrado en la basura. Suficientemente borracha, se acercó el cuaderno y mientras *Rosa*, tapada con una mantita de punto, graznaba un poco de fondo, escribió:

Alzó el vuelo y la tierra, abandonada, suspiró.
Alzó el vuelo más allá de los postes, de los tejados
de las casas, donde lo terrenal se esconde.
Alzó el vuelo, pero se acordó de despedirse con un
gesto educado…

Y luego besó a *Rosa* en la cabeza y subió cojeando la escalera para acostarse.

VEINTIOCHO

Cuando Clara bajó a la mañana siguiente se sorprendió de encontrar a Peter en el jardín, con la mirada perdida en el horizonte. Había preparado ya una cafetera y ella sirvió un par de tazas y se unió a él.

—¿Has dormido bien? —preguntó tendiéndole una taza.

—Pues no, en realidad no. ¿Y tú?

—Yo sí. ¿Por qué no has dormido?

Era una mañana nublada, fresca. La primera mañana en la que realmente daba la sensación de que el verano se había acabado y el otoño se acercaba ya. Le encantaba el otoño. Las hojas esplendorosas, los hogares encendidos, el olor a humo de leña en todo el pueblo. Le encantaba acurrucarse en una mesa en el exterior del *bistrot*, envuelta en jerséis, y tomarse a sorbitos su *café au lait*.

Peter frunció los labios y se miró los pies, calzados con botas de goma para protegerlos del denso rocío.

—Pensaba en tu pregunta. Qué hacer con Fortin.

Clara se quedó quieta.

—Dime.

Peter había pensado en ello casi toda la noche. Se había levantado y había bajado la escalera para pasear luego por la cocina y terminar en su estudio. Su refugio. Conservaba su olor. El de su cuerpo, pero también el de la pintura al óleo y los lienzos. Olía también un poco a pastel de merengue de limón, cosa que no podía explicar. Olía como ningún otro sitio en el mundo.

Y eso lo reconfortaba.

Aquella noche había ido a su estudio a pensar y, finalmente, a dejar de pensar. A apartar de su mente aquel aullido que había ido en aumento, como algo enorme que se aproximara. Y al final, justo antes del amanecer, había entendido qué debía decirle a Clara.

—Creo que deberías hablar con él.

Vale. Ya lo había soltado. A su lado, Clara guardaba silencio sujetando la taza caliente entre las manos.

—¿De verdad?

Peter asintió.

—Lo siento. ¿Quieres que vaya contigo?

—Ni siquiera estoy segura de que vaya a ir, todavía —soltó Clara en tono brusco, y se alejó unos pasos.

Peter quiso correr hacia ella, retirar lo que acababa de decir, admitir que se había equivocado. Que debía quedarse allí con él, no decir nada. Hacer la exposición sin más.

¿Cómo se le había ocurrido?

—Tienes razón. —Ella le dio la espalda, abatida—. No le importará, ¿verdad?

—¿A Fortin? No. No tienes que abroncarlo, sólo decirle cómo te sientes, eso es todo. Estoy seguro de que él lo entenderá.

—Puedo decirle que a lo mejor lo oí mal. Y que Gabri es uno de nuestros mejores amigos.

—Eso es. Fortin probablemente ni siquiera se acuerde de haberlo dicho.

—Estoy segura de que no le importará.

Clara entró para llamar a Fortin.

—¿Denis? Soy Clara Morrow. Sí, fue muy divertido. ¿Ah, sí? ¿Ése sería un buen precio? Claro, se lo diré al inspector jefe. Oye, tengo que ir a Montreal hoy y he pensado que quizá podamos vernos otra vez. Tengo... Bueno, algunas ideas. —Hizo una pausa—. Ajá. Ajá. Sí, me parece bien. A las doce y media en el Santropole de Duluth. Perfecto.

«¿Qué he hecho?», se preguntó Peter.

• • •

El desayuno en el *bed & breakfast* fue lúgubre: tostadas quemadas, huevos como de goma y beicon negro. El café estaba flojo y la leche parecía agria, igual que Gabri. De mutuo y tácito acuerdo no habían vuelto a hablar sobre el caso, habían decidido esperar hasta que se encontrasen de nuevo en el Centro de Operaciones.

—Ay, gracias a Dios —dijo la agente Lacoste echándose sobre los cafés Tim Horton con doble azúcar y crema que había llevado el agente Morin. Y los donuts bañados en chocolate—. Nunca pensé que preferiría esto a los desayunos de Gabri. —Dio un gran bocado al donut tierno y suave—. Si esto sigue así, tal vez tengamos que resolver el caso y largarnos.

—Bien pensado —dijo Gamache al tiempo que se ponía sus gafas de lectura.

Beauvoir fue a su ordenador a comprobar los mensajes. Allí, sujeto a la pantalla con cinta adhesiva, se encontró un trocito de papel con una letra familiar. Lo arrancó, lo estrujó y lo tiró al suelo.

El inspector jefe Gamache miró también su pantalla. Los resultados de su búsqueda de «Charlotte» en Google.

Mientras se tomaba el café, leyó acerca de Good Charlotte, grupo musical, y Charlotte Brontë, la iglesia de Charlotte y *La telaraña de Charlotte*, la ciudad de Charlotte en Carolina del Norte y Charlottetown en la isla de Prince Edward, y las islas Queen Charlotte, al otro lado del continente, junto a la Columbia Británica. Descubrió que la mayor parte de esos lugares recibían su nombre de la reina Charlotte.

—¿Significa algo para vosotros el nombre de Charlotte?

Después de pensar un momento, todos negaron con la cabeza.

—¿Y la reina Charlotte? Estaba casada con el rey Jorge.

—¿Jorge III? ¿El loco? —preguntó Morin. Los otros lo miraron asombrados. El agente Morin sonrió—. Se me daba bien la historia en el colegio.

«También ayuda —pensó Gamache— que no haga mucho tiempo que saliste de ese colegio.»

Sonó el teléfono y el agente Morin lo cogió. Era el Conservatorio Martinů, de Praga. Gamache estuvo atento a lo que Morin aportaba a la conversación hasta que sonó su propio teléfono.

Era la superintendente Brunel.

—He llegado a mi despacho y parecía la cueva de Alí Babá. Apenas puedo moverme con tantas cosas del ermitaño, Armand. —No parecía disgustada—. Pero no te llamo por eso. Tengo una invitación. ¿Te gustaría comer con Jérôme y conmigo en nuestro apartamento? Tiene algo que le gustaría enseñarte. Y yo también tengo noticias.

Confirmaron que se reunirían a la una en punto en el apartamento de Brunel, en la calle Laurier. En cuanto colgó, volvió a sonar el teléfono.

—Clara Morrow pregunta por usted, señor —informó el agente Morin.

—*Bonjour*, Clara.

—*Bonjour*. Sólo quería decirte que he hablado con Denis Fortin esta mañana. De hecho, vamos a comer juntos hoy. Me ha dicho que ha encontrado comprador para las tallas de madera.

—¿Ah, sí? ¿Quién?

—No se lo he preguntado, pero dice que están dispuestos a pagar mil dólares por las dos. A él le parecía un buen precio.

—Qué interesante. ¿Quieres que te lleve a la ciudad? Yo también tengo que reunirme con alguien.

—Claro, gracias.

—Estaré listo dentro de media hora.

Cuando colgó, el agente Morin había acabado ya de hablar.

—Han dicho que Martinů no tenía hijos. Sabían que existía el violín, pero desapareció después de su muerte en... —Morin consultó sus notas— 1959. Yo les he dicho que lo hemos encontrado, junto con una copia original de la partitura. Se han emocionado mucho y han dicho que valdrá un montón de dinero. De hecho, podría considerarse un tesoro nacional checo.

Otra vez aquella palabra. «Tesoro.»

—¿Has preguntado por su mujer, Charlotte?

—Sí. Estuvieron juntos mucho tiempo, pero en realidad sólo se casaron en el lecho de muerte de él. Ella falleció hace pocos años. No tenía familia.

Gamache asintió y se quedó pensativo. Luego se dirigió de nuevo al agente Morin:

—Necesito que investigues la comunidad checa de aquí, especialmente a los Parra. Averigua cosas de sus vidas en la República Checa. Cómo se fugaron, a quién conocían aquí, sus familias. Todo.

Luego le dijo a Beauvoir:

—Hoy me voy a Montreal, a hablar con la superintendente Brunel y a seguir algunas pistas.

—*D'accord*. En cuanto Morin consiga la información de los Parra, iré a verlos.

—No vayas solo.

—No.

Gamache se agachó y recogió el trocito de papel del suelo, junto al escritorio de Beauvoir. Lo abrió y leyó: «que en medio de tu pesadilla».

—«Que en medio de tu pesadilla» —repitió tendiéndoselo a Beauvoir—. ¿Qué crees que significa?

El inspector se encogió de hombros y abrió el cajón de su escritorio. Dentro había un montón de notas hechas una bola.

—Me las encuentro por todas partes. En el bolsillo de mi abrigo, clavadas en mi puerta por la mañana. Ésta estaba sujeta con cinta adhesiva a mi ordenador.

Gamache buscó en el escritorio y sacó un trocito de papel al azar.

que la deidad que mata por placer
cure también,

—¿Todas son así?

Beauvoir asintió.

—Cada una más loca que la anterior. ¿Qué debo hacer con ellas? Está enfadada porque hemos invadido su parque de bomberos. ¿Cree que podríamos pedir una orden de alejamiento?

—¿Contra una poeta de ochenta años, ganadora del premio del Gobernador General, para que deje de mandarte versos?

Dicho así no parecía probable.

Gamache volvió a mirar las bolitas de papel, que eran como granizos.

—Bueno, me voy.

—Gracias por su ayuda —le dijo Beauvoir cuando ya salía.

—*De rien* —contestó Gamache, y desapareció.

En el trayecto a Montreal, que duró en torno a una hora, Gamache y Clara hablaron de la gente de Three Pines, de los veraneantes y de los Gilbert, de quienes Clara empezaba a creer que se quedarían.

—El Viejo Mundin y Charles estuvieron en el pueblo el otro día. El Viejo está encantado con Vincent Gilbert. Parece que sabía que era él quien andaba por los bosques, pero no quería decir nada.

—¿Y cómo lo había reconocido?

—Por *Ser* —respondió Clara.

—Ah, lógico... —dijo Gamache mientras entraba en la autopista hacia Montreal—. Charles tiene síndrome de Down.

—Cuando nació, Myrna les regaló un ejemplar de *Ser*. Leerlo les cambió la vida. Cambió muchas vidas. Myrna dice que el doctor Gilbert es un gran hombre.

—Seguro que él no discreparía.

Clara se echó a reír.

—Aun así, creo que no me gustaría que me criara un santo.

Gamache tuvo que estar de acuerdo. La mayoría de los santos eran mártires. Y se llevaban por delante a mucha gente. En cordial silencio pasaron junto a los carteles de Saint-Hilaire, Saint-Jean y un pueblo que se llamaba Ange Gardien.

—Si te dijera «Woo», ¿qué pensarías? —preguntó Gamache.

—¿Además de lo obvio? —Ella le dirigió una mirada de fingida preocupación.

—¿Significa algo para ti esa palabra?

El hecho de que él hubiera vuelto al tema alertó a Clara.

—Woo... —repitió—. Se usaba antiguamente para hablar del cortejo.

—¿Como si la palabra «cortejo» no fuera antigua? —Gamache se rió—. Bueno, ya sé lo que quieres decir. No creo que sea eso lo que busco.

—Lo siento, no puedo ayudarte.

—Bah, es igual, probablemente no importe.

Estaban pasando por el puente Champlain. Gamache subió por el bulevar Saint-Laurent, torció a la izquierda, luego de nuevo a la izquierda y la dejó en el restaurante Santropole, donde iba a comer.

Cuando ya subía la escalera, ella dio media vuelta y bajó de nuevo. Se agachó para apoyarse en la ventanilla del coche y preguntó:

—Si una persona insultara a alguien que quieres, ¿le dirías algo?

Gamache pensó un poco.

—Espero que sí.

Ella asintió y se alejó. Pero conocía a Gamache y sabía que no era una cuestión de «esperanza».

VEINTINUEVE

Después de almorzar sopa de pepino con hierbas, gambas a la plancha y ensalada de hinojo y por último tarta de melocotón, Gamache y los Brunel se sentaron en el luminoso salón del apartamento, en el piso superior.

Estaba lleno de estanterías con libros. Repartidos por la habitación, había algunos *objets trouvés*: trozos de cerámica envejecida y rota, tazas descascarilladas. Era una sala llena de vida, un lugar donde la gente leía y hablaba, pensaba y reía.

—He investigado los objetos de la cabaña —dijo Thérèse Brunel.

—¿Y...? —Gamache se inclinó hacia delante en el sofá, con una *demi-tasse* de café exprés.

—Hasta ahora nada. Por asombroso que parezca, ninguno de los artículos ha sido denunciado como robado, aunque todavía no he acabado. Me costará semanas seguir la pista de todos con rigor.

Gamache se echó hacia atrás poco a poco y cruzó sus largas piernas. Si no eran robados, ¿de dónde habían salido?

—¿Qué otras opciones quedan? —preguntó.

—Bueno, que todas esas piezas pertenecieran de verdad al muerto. O quizá procedan de robos a muertos, gente que no podría haber denunciado su desaparición. En una guerra, por ejemplo. Como la Cámara de Ámbar.

—O quizá se las regalaran —sugirió su marido, Jérôme.

—Pero eran valiosísimas —objetó Thérèse—. ¿Por qué iban a regalárselas?

—¿Por los servicios prestados? —dijo él.

Los tres se quedaron callados, imaginando qué tipo de servicio podía conllevar tal pago.

—*Bon*, Armand, tengo que enseñarte una cosa.

Jérôme se levantó, irguiéndose en toda su estatura de apenas metro sesenta y siete. Formaba un cuadrado casi perfecto, pero movía su masa abultada con facilidad, como si lo que llenase su cuerpo fueran los pensamientos que derramaba su cabeza.

Se encajó a presión en el sofá junto a Gamache. Llevaba las dos tallas en las manos.

—En primer lugar, son unas obras notables. Casi hablan, ¿no te parece? Mi trabajo, según me ha dicho Thérèse, consiste en averiguar qué están diciendo. O, más concretamente, qué significa esto.

Volvió las tallas del revés y aparecieron las letras allí grabadas:

MRKBVYDDO tallado bajo la gente de la costa.

OWSVI bajo el barco navegando.

—Es un código —prosiguió Jérôme poniéndose las gafas y mirando de cerca las letras otra vez—. He empezado con el más fácil: Qwerty. Es el que usaría un aficionado, probablemente. ¿Lo conoces?

—Es el teclado de una máquina de escribir. Y también de un ordenador —contestó Gamache—. Qwerty son las primeras letras de la fila superior.

—Lo que normalmente hace la persona que usa el Qwerty es ir al teclado y pulsar la letra que está junto a la que realmente quiere escribir. Muy fácil de descodificar. Pero no es éste el caso, por cierto. No. —Jérôme se levantó y Gamache estuvo a punto de hundirse en el hueco que había dejado su cuerpo—. He probado un montón de claves y, francamente, no he encontrado nada. Lo siento.

Gamache esperaba que aquel maestro de los códigos fuera capaz de resolver el del ermitaño. Pero, como con tantas otras cosas en aquel caso, la verdad no se revelaba con facilidad.

—Pero creo que sí sé a qué categoría de códigos pertenece. Creo que es un cifrado de César.

—Sigue.

—*Bon* —dijo Jérôme disfrutando del desafío y de la audiencia—. Julio César era un genio. Realmente, fue el emperador más fanático de los códigos. Brillante. Usaba el alfabeto griego para enviar mensajes secretos a sus tropas en la Galia. Pero más tarde refinó sus claves. Se pasó al alfabeto latino, el que usamos ahora, pero cambiando las letras a tres de distancia. De modo que si quisieras enviar tu apellido codificado con el cifrado de César se convertiría en...

Cogió un trozo de papel y escribió el alfabeto.

A B C D E F G H I J K L M N O P Q R S T U V W X Y Z

Luego rodeó con un círculo las letras: JDPDFKH.

—¿Lo veis?

Gamache y Thérèse se inclinaron sobre su desordenado escritorio.

—Así que cambiaba las letras —dijo Gamache—. Si el código que las tallas llevan debajo es un cifrado de César, ¿podrías descodificarlo simplemente así? ¿Buscando las letras que están tres posiciones antes?

Miró las letras talladas bajo el barco.

—Sería lo siguiente... L, T, P. Vale, no hace falta que siga. No tiene sentido.

—No, César era listo y creo que el ermitaño también. O al menos conocía bien su código. La genialidad del cifrado de César es que resulta casi imposible de descifrar, porque el cambio de letra puede ser de la longitud que quieras. O mejor aún: puede usarse una palabra clave. Una que no es probable que tu contacto y tú olvidéis. La escribes al principio del alfabeto y luego empiezas a cifrar. Supongamos que fuera «Montreal».

Volvió a su alfabeto y escribió «Montreal» debajo de las ocho primeras letras, y luego rellenó el resto de las veintiséis empezando con la A.

346

—Entonces, si quisiéramos volver a codificar tu apellido con esta clave, ¿cómo quedaría? —preguntó Jérôme a Gamache.

El inspector jefe cogió el lápiz y rodeó las siguientes letras: AMEMNLR.

—Exacto. —El doctor Brunel sonrió.

El policía se quedó mirando las letras, fascinado. Thérèse, que ya lo había visto antes, se echó atrás y sonrió, orgullosa de la sabiduría de su marido.

—Necesitamos la palabra clave.

Gamache se incorporó.

—Sí, nada más. —Jérôme se echó a reír.

—Bueno, creo que la tengo.

Jérôme asintió, cogió una silla y tomó asiento. Con letra clara, escribió el alfabeto una vez más.

A B C D E F G H I J K L M N O P Q R S T U V W X Y Z

Se quedó con el lápiz levantado en la línea siguiente.

—Charlotte —dijo Gamache.

Clara y Denis Fortin alargaron el café y la sobremesa. El jardín trasero del restaurante Santropole estaba casi vacío. El ajetreo de los comensales, casi todos gente joven y bohemia del quartier Plateau Mont Royal, había finalizado.

Acababa de llegar la cuenta y Clara sabía que ya no dispondría de más oportunidades.

—Me gustaría hablar contigo de otra cosa...

—¿De las tallas? ¿Las has traído? —Fortin se inclinó hacia delante.

—No, todavía las tiene el inspector jefe, pero le he hablado de tu oferta. Creo que el problema es que son una prueba en el caso de homicidio.

—Por supuesto. No hay prisa, aunque sospecho que quizá este comprador no esté interesado mucho tiempo. En realidad, me parece extraordinario que alguien las quiera.

Clara asintió y pensó que igual podía irse sin más. Volver a Three Pines, empezar a pensar en la lista de invitados para el *vernissage* y olvidarlo todo. El comentario de Fortin sobre Gabri ya se estaba evaporando. Seguro que la cosa no era tan seria.

—Bueno, ¿de qué querías hablarme? ¿De si deberías comprarte una casa en la Provenza o en la Toscana? ¿Qué tal un yate?

Clara no tenía del todo claro si él bromeaba, pero desde luego no se lo estaba poniendo fácil.

—Es una tontería, en realidad. Debí de oír mal, pero me pareció que cuando viniste a Three Pines ayer dijiste algo sobre Gabri.

Fortin parecía interesado, preocupado y desconcertado.

—El camarero que nos atendió —explicó Clara—. Nos trajo las bebidas.

Fortin seguía mirándola. Ella notó cómo se le iba licuando el cerebro. De repente, después de practicar toda la mañana lo que iba a decirle, no recordaba siquiera su propio nombre.

—Bueno, yo pensaba, ya sabes...

Su voz fue apagándose. No podía hacerlo. Tenía que ser una señal, pensó, una señal de Dios diciéndole que no debía decir nada. Que iba a hacer una montaña de un grano de arena.

—No importa. —Sonrió—. Se me ha ocurrido que querrías saber su nombre.

Afortunadamente, pensó, Fortin estaba acostumbrado a tratar con artistas borrachos, locos, drogadictos. Clara parecía las tres cosas en aquel momento. A ojos de aquel hombre, ella debía de ser una artista muy brillante para estar tan desequilibrada.

Fortin firmó la cuenta y dejó una propina muy generosa, Clara se dio cuenta.

—Sí, me acuerdo de él. —El galerista cruzó a su lado todo el restaurante, con su madera oscura y su aroma a tisana—. El marica.

VDTK? MMF/X

Miraban fijamente las letras. Cuanto más las miraban, más absurdas les parecían, y aquello ya indicaba algo.

—¿Alguna otra sugerencia? —Jérôme levantó la vista desde su escritorio.

Gamache estaba estupefacto. Estaba seguro de que lo tenía, de que «Charlotte» era la clave para descifrar el código. Pensó un momento, recordando todo el caso.

—Woo —dijo.

La probaron también.

Nada.

—Walden.

Pero sabía que estaba desvariando. Y claro, tampoco salió nada.

Nada, nada, nada. ¿Qué estaba pasando por alto?

—Bueno, seguiré intentándolo —dijo Jérôme—. A lo mejor no es un cifrado de César. Hay muchísimos códigos más.

Le dedicó una sonrisa tranquilizadora y el inspector jefe tuvo la sensación de que entendía lo que debían de sentir los pacientes del doctor Brunel. La noticia era mala, pero contaban con un hombre que no se rendiría jamás.

—¿Y qué puedes contarme de un colega tuyo, el doctor Vincent Gilbert? —preguntó Gamache.

—No era colega mío —contestó Jérôme, irritado—. Ni de nadie, que yo recuerde. No soportaba a los idiotas. ¿No has notado que la mayoría de la gente como él considera idiota a todo el mundo?

—¿Tan malo es?

—Jérôme está molesto porque el doctor Gilbert pensaba que era Dios en persona —dijo Thérèse sentándose en el brazo de la butaca de su marido.

—Era difícil trabajar con él —aventuró Gamache, que también había trabajado con unos cuantos dioses.

—Ah, no, no era eso —dijo Thérèse con una sonrisa—. A Jérôme le molestaba porque sabe que el único dios verdadero es él, y Gilbert se negaba a adorarlo.

Se rieron, pero Jérôme fue el primero en recuperar la seriedad.

—Es un hombre muy peligroso, Vincent Gilbert. Creo que realmente tiene complejo de Dios. Megalómano. Muy listo. Ese libro que escribió...

—*Ser* —dijo Gamache.

—Sí. Estaba diseñado, cada palabra calculada para producir un efecto determinado. Y eso tengo que reconocerlo: funcionó. La mayor parte de la gente que lo ha leído está de acuerdo con él. Como mínimo es un gran hombre, y quizá incluso un santo.

—¿No lo crees así?

El doctor Brunel resopló.

—Su único milagro consiste en convencer a todo el mundo de su santidad. No es una hazaña pequeña, dado lo gilipollas que es. ¿Que si yo me lo creo? No.

—Bueno, es hora de que te dé mi noticia. —Thérèse Brunel se levantó—. Ven conmigo.

Gamache la siguió y dejó a Jérôme luchando con el código. El estudio estaba lleno de papeles y revistas. Thérèse se sentó ante su ordenador y, después de unos cuantos clics, apareció una foto. Era una talla de un naufragio.

Gamache cogió una silla y se sentó a su lado.

—¿Es...?

—¿Otra talla? *Oui.*

Ella sonrió, como un mago que acaba de sacar de la chistera un conejo especialmente vistoso.

—¿La hizo también el ermitaño? —Gamache se retorció en su silla y la miró. Ella asintió. Volvió a mirar la pantalla. La talla era compleja. En un lado se veía el naufragio, después un bosque, y al otro lado un pueblecito en construcción—. Aunque es una foto, parece llena de vida. Veo a esas personas pequeñas. ¿Son las mismas que en las otras tallas?

—Eso creo. Pero no encuentro al chico asustado.

Gamache recorrió con la vista el pueblo, el barco en la costa, el bosque. Nada. ¿Qué había sido de él?

—Tenemos que conseguir esa talla —dijo.

—Está en una colección privada, en Zúrich. Me he puesto en contacto con el propietario de una galería de allí, al que conozco. Es un hombre muy influyente. Me ha dicho que nos ayudará.

Gamache sabía que no debía presionar a la superintendente Brunel con sus contactos.

—No es sólo lo del chico —dijo—. Es que necesitamos saber qué tiene escrito debajo.

Como en las otras tallas, al menos a primera vista, la escena era bucólica y pacífica. Pero algo acechaba en sus contornos. Un desasosiego.

Y sin embargo, una vez más, las pequeñas personitas de madera parecían felices.

—Aquí hay otra. En una colección de Ciudad del Cabo. —La pantalla parpadeó un poco y apareció otra talla. Un chico tumbado, a saber si dormido o muerto, en la ladera de una montaña. Gamache se puso las gafas, se acercó más y entornó los ojos.

—Es difícil decirlo con seguridad, pero creo que se trata del mismo joven.

—Sí, yo también —coincidió la superintendente.

—¿Está muerto?

—Yo también me lo he preguntado, pero no lo creo. ¿No ves nada raro en esta talla, Armand?

Gamache se acercó y respiró con fuerza, liberando parte de la tensión que sentía. Cerró los ojos y volvió a abrirlos de nuevo. Pero no para mirar la imagen en la pantalla. Quería sentirla.

Al cabo de un momento, supo que Thérèse Brunel tenía razón. Aquella talla era distinta. Era el mismo artista, aquello estaba claro, no había error posible, pero había cambiado un elemento significativo.

—No hay miedo.

Thérèse asintió.

—Sólo paz. Felicidad.

—Incluso amor —dijo el inspector jefe.

Anhelaba tener en sus manos aquella talla, poseerla incluso, aunque sabía que no era posible. Y sentía, no por primera vez, el suave impulso del deseo. De la codicia. Sabía que nunca se dejaría llevar por ella. Pero era consciente de que otros tal vez sí lo hicieran. Era una talla que valía la pena poseer. Todas ellas, sospechaba.

—¿Qué sabes de ellas? —preguntó.

—Se vendieron a través de una empresa de Ginebra. La conozco bien. Muy discreta, de muy alto nivel.

—¿Cuánto sacó por ellas?

—Vendieron siete. La primera, hace seis años. Se vendió por quince mil. Los precios siguieron subiendo, y se llegaron a pagar trescientos mil por la última. Se vendió el invierno pasado. Dice que podría conseguir hasta medio millón por la siguiente.

Gamache exhaló aire con asombro.

—Quien las pusiera a la venta debió de sacar cientos de miles...

—La sala de subastas de Ginebra se lleva una buena comisión, pero he hecho un cálculo rápido. El vendedor habría podido conseguir un millón y medio aproximadamente.

El cerebro de Gamache se había disparado. Y entonces tropezó con una declaración. O más bien una afirmación:

«De vuelta a casa, las tiraba por el bosque.»

Lo había dicho Olivier. Y una vez más, Olivier había mentido.

«Qué estúpido, pero qué estúpido», pensó Gamache. Y luego volvió a mirar la pantalla del ordenador y al chico tumbado boca arriba en la montaña, casi acariciándola. ¿Era posible?, se preguntó a sí mismo.

¿De verdad podía ser que lo hubiera hecho Olivier? ¿Que hubiera matado al ermitaño?

Un millón de dólares era un motivo poderoso. Pero ¿por qué matar al hombre que le proporcionaba todas aquellas obras de arte?

No, Olivier se estaba guardando más cosas y, si Gamache tenía alguna esperanza de encontrar al auténtico asesino, ya era hora de saber la verdad.

· · ·

«¿Por qué tendrá que ser Gabri una puta reina? —pensó Clara—. Y con tanta pluma. ¿Y por qué tengo que ser yo una cobarde tan asquerosa?»

—Sí, ése —se oyó decir a sí misma en un instante extracorpóreo.

El día se había caldeado un poco, pero se apretó el abrigo contra el cuerpo mientras estaban allí de pie, en la acera.

—¿Adónde quieres que te lleve? —preguntó Denis Fortin.

¿Adónde? Clara no sabía dónde estaría Gamache, pero tenía su número de móvil.

—Ya volveré por mi cuenta, gracias.

Se estrecharon la mano.

—Esta exposición va a ser importante para los dos. Me alegro mucho por ti —dijo él con calidez.

—Queda una cosa más. Gabri. Es amigo mío. —Notó que él le soltaba la mano. Pero mantenía la sonrisa—. Sólo quería decirte que no es ninguna maricona.

—¿Ah, no? Pues parece gay.

—Bueno, sí, es gay.

Se sentía cada vez más confusa.

—¿Qué estás queriendo decirme, Clara?

—Que lo llamaste «maricona de mierda».

—¿Y?

—Pues que no me pareció muy agradable.

Se sentía como una colegiala. En el mundo del arte no se solía usar demasiado la palabra «agradable».

—No estarás tratando de censurarme, ¿no?

La voz de él se había vuelto como la melaza. Clara notaba que aquellas palabras se pegaban a ella. Y su mirada, antes tan atenta, se había endurecido. Como si le mandara una advertencia.

—No, sólo digo que me llevé una sorpresa y que no me gustó que insultaras a mi amigo.

—Pero es maricón. Tú misma lo has admitido.

—He dicho que es gay.

Notó un ardor en las mejillas y dio por hecho que estaba roja como una remolacha.

—Ah... —suspiró él. Y meneó la cabeza—. Ya entiendo... —La miró con tristeza, como se podría mirar a un animalito enfermo—. Ahí sale la chica de pueblo... Llevas demasiado tiempo en ese sitio, Clara. Te ha vuelto estrecha de miras. Te autocensuras y ahora tratas de ahogar también mi voz. Y eso es muy peligroso. Lo políticamente correcto, Clara. Un artista tiene que romper las fronteras, tener empuje, desafiar, golpear. Y tú no quieres hacer nada de eso, ¿verdad?

Ella se quedó mirándolo, incapaz de comprender lo que le estaba diciendo.

—No, ya me lo parecía —añadió él—. Yo digo la verdad, y la digo de una manera que quizá te sorprenda, pero al menos es la verdad. Pero tú habrías preferido algo bonito. Y agradable.

—Insultaste a un hombre que es un encanto, y a sus espaldas —dijo ella.

Sin embargo, ya notaba las lágrimas. Eran de rabia, pero Clara sabía lo que debían de parecer. Debían de parecer debilidad.

—Voy a tener que pensarme lo de la exposición —dijo él—. Estoy muy decepcionado. Creía que eras auténtica, pero veo que no, que obviamente estabas fingiendo. Eres superficial. Convencional. No puedo arriesgar la reputación de mi galería con alguien que no está dispuesto a correr riesgos artísticos.

Se abrió un extraño hueco entre el tráfico y Denis Fortin atravesó corriendo Saint-Urbain. Al otro lado ya, miró hacia atrás y negó con la cabeza. Luego se alejó con paso rápido hacia su coche.

El inspector Jean Guy Beauvoir y el agente Morin se acercaron a la casa de los Parra. Beauvoir había esperado algo tradicional. Un sitio donde podía vivir un leñador checo. Una especie de chalet suizo, quizá. Para Beauvoir, existían los *québécois* y los «otros». Los extranjeros. Los chinos eran todos iguales, y los africanos también. Los sudamericanos, si es que se acordaba de ellos, también tenían la misma pinta, comían la misma comida y vivían en las mismas casas. Hogares mucho menos atractivos que el suyo. Los ingleses que conocía también eran todos iguales. Unos locos.

Suizos, checos, alemanes, noruegos, suecos, todos se confundían. Eran todos altos, rubios, buenos atletas, aunque un poco fondones, y vivían en casas con el tejado a dos aguas, con muchos revestimientos de madera y mucha leche.

Fue aminorando la marcha y acabó parando frente a la casa de los Parra. Sólo alcanzaba a ver cristal: una parte brillaba al sol, otra reflejaba el cielo y las nubes, los pájaros y los bosques, las montañas de más allá y la aguja de un campanario, pequeña y blanca. La iglesia de Three Pines, en la distancia, atraída hacia el primer plano por aquella preciosa casa convertida en reflejo de toda la vida que tenía en torno.

—Me han pillado por los pelos. Me iba a trabajar —dijo Roar al abrir la puerta.

Hizo entrar a Beauvoir y Morin en la casa. Estaba llena de luz. Los suelos eran de cemento pulido. Firmes, sólidos. Hacían que la casa pareciese muy segura al tiempo que le permitían flotar. Y flotaba.

—*Merde* —susurró Beauvoir al entrar en la enorme sala.

Comedor y salón con la cocina integrada. Las paredes de cristal en tres de sus lados producían la impresión de que no había frontera entre aquel mundo y el otro. Entre lo de fuera y lo de dentro. Entre el bosque y el hogar.

¿Dónde iba a vivir un leñador checo sino en el bosque? En un hogar hecho de luz.

Hanna Parra estaba ante el fregadero, secándose las manos, y Havoc acababa de dejar a un lado los platos del almuerzo. La casa olía a sopa.

—¿No trabajas en el *bistrot*? —preguntó Beauvoir a Havoc.

—Hoy tengo jornada partida. Olivier me ha preguntado si no me importaba.

—¿Y te importa?

—¿Importarme? —Recorrieron la larga mesa de comedor y se sentaron—. No. Creo que está bastante agobiado.

—¿Qué tal se trabaja para él?

Beauvoir vio que Morin sacaba la libreta y un bolígrafo. Había sugerido al joven agente que lo hiciera nada más llegar. Ponía nerviosa a la gente, y Beauvoir quería que los Parra estuvieran nerviosos.

—Muy bien, aunque yo sólo puedo compararlo con mi padre...

—¿Y qué significa eso? —preguntó Roar.

Beauvoir examinó al hombre bajo pero robusto en busca de señales de agresividad, pero parecía una broma familiar.

—Al menos Olivier no me hace trabajar con sierras, hachas y machetes.

—La tarta de chocolate y el helado de Olivier son mucho más peligrosos. Al menos, con el hacha sabes que debes tener cuidado.

Beauvoir se dio cuenta de que acababa de dar con el meollo de aquel caso. Lo que parecía amenazador no lo era. Y lo que parecía maravilloso tampoco lo era.

—Me gustaría enseñarles una foto del hombre muerto.

—Ya la hemos visto. Nos la enseñó la agente Lacoste —dijo Hanna.

—Pues me gustaría que volvieran a mirarla.

—¿De qué va todo esto, inspector? —preguntó Hanna.

—Ustedes son checos.

—¿Y qué?

—Llevan aquí bastante tiempo, según me consta —continuó el inspector, ignorándola—. Muchos vinieron después de la invasión rusa.

—Hay una buena comunidad checa aquí —afirmó Hanna.

—De hecho, es tan grande que incluso hay una Asociación Checa. Se reúnen ustedes una vez al mes y celebran comidas en las que cada uno lleva un plato.

Todo aquello y mucho más lo sabía por la investigación del agente Morin.

—Es cierto —dijo Roar mirando con detenimiento a Beauvoir y preguntándose adónde querría ir a parar.

—Y usted ha sido presidente de la asociación unas cuantas veces —dijo Beauvoir a Roar, y luego se volvió hacia Hanna—. Los dos lo han sido.

—No es que sea precisamente un honor, inspector. —Hanna esbozó una sonrisa—. Nos toca por turno. Es un sistema rotativo.

—¿Podría decirse que conocen a todas las personas de la comunidad checa local?

Los dos se miraron entre sí, precavidos, y asintieron.

—Entonces, tenían que conocer a nuestra víctima. Era checo.

Beauvoir se sacó la foto del bolsillo y la puso encima de la mesa. Pero ellos no la miraron. Los tres lo miraban a él. Sorprendidos. ¿Por el hecho de que él lo supiera? ¿O por el hecho de que el hombre fuese checo?

Beauvoir tuvo que admitir que podía ser cualquiera de las dos cosas.

Entonces Roar cogió la foto y la miró. Negó con la cabeza y se la tendió a su mujer.

—Ya la vimos y le dijimos a la agente Lacoste lo mismo. No lo conocemos. Si era checo, no vino a ninguna comida. No tuvo ningún tipo de contacto con nosotros. Tendrá que preguntar también a los demás, claro.

—Ya lo estamos haciendo. —Beauvoir se metió la foto en el bolsillo—. Algunos agentes están hablando con otros miembros de su comunidad ahora mismo.

—¿Buscan un retrato robot? —preguntó Hanna Parra. No sonreía.

—No, es una simple investigación. Si la víctima era checa, es razonable preguntar primero en la comunidad checa, ¿no le parece?

Sonó el teléfono. Hanna se acercó y miró el número.

—Es Eva.

Lo cogió y habló en francés diciendo que en aquel momento estaban con un oficial de la Sûreté y que ella tampoco había reconocido al hombre de la foto. Y que también le sorprendía que el hombre fuera checo.

«Muy astuta», pensó Beauvoir. Hanna colgó e, inmediatamente, el teléfono volvió a sonar.

—Es Yanna —dijo, y lo dejó sonar.

Se dieron cuenta de que el teléfono sonaría toda la tarde sin parar. A medida que los agentes iban llegando, hacían sus preguntas y se despedían. Y los miembros de la comunidad checa se llamaban unos a otros.

Parecía vagamente siniestro, pero Beauvoir tuvo que admitir, de mala gana, que él habría hecho lo mismo.

—¿Conocen a Bohuslav Martinů?

—¿Quién?

Beauvoir lo repitió y luego les enseñó el listado.

—Ah, Bohuslav Martinů —dijo Roar, pronunciándolo de una manera que resultó ininteligible para Beauvoir—. Es un compositor checo. No me diga que sospechan de él...

Roar se echó a reír, pero Hanna no, y Havoc tampoco.

—¿Alguien de aquí tiene algo que ver con él?

—No, nadie —respondió Hanna con certeza.

La investigación de los Parra por parte de Morin había dado muy pocos resultados. Sus parientes en la República Checa parecían limitados a una tía y unos cuantos primos. Habían huido a los veintipocos años, habían solicitado el estatus de refugiados en Canadá y se les había concedido. Ahora eran ciudadanos.

Nada especial. Ningún vínculo con Martinů. Ningún vínculo con nadie famoso o infame. Ni *Woo*, ni Charlotte, ni tesoro. Nada.

Y sin embargo, Beauvoir estaba convencido de que sabían más de lo que contaban. Más de lo que Morin había conseguido averiguar.

Mientras se alejaban en el coche, reflejados en las paredes de cristal al ir retirándose, Beauvoir se preguntó si los Parra serían tan transparentes como su casa.

• • •

—Tengo que hacerte una pregunta —dijo Gamache al entrar de nuevo en el salón de los Brunel.

Jérôme levantó la vista brevemente y luego volvió a intentar encontrar el sentido a aquellas letras crípticas.

—Pregunta.

—Denis Fortin...

—¿De la Galería Fortin? —lo interrumpió la superintendente.

Gamache asintió.

—Visitó Three Pines ayer y vio una de las tallas. Dijo que no tenía ningún valor.

Thérèse Brunel hizo una pausa.

—No me sorprende. Es un marchante de arte muy respetado. Se le da bien encontrar nuevos talentos. Pero su especialidad no es la escultura, aunque lleva a algunos escultores importantes.

—Pero incluso yo me he dado cuenta de que estas tallas son buenas... ¿Por qué él no ha sido capaz de verlo?

—¿Qué estás sugiriendo, Armand? ¿Que mintió?

—¿Es posible?

Thérèse se quedó pensativa.

—Supongo que sí. Siempre me ha parecido divertida, y a veces útil, la percepción que se tiene en general del mundo del arte. La gente de fuera cree que está lleno de artistas arrogantes y locos, compradores zoquetes y galeristas que los ponen en contacto. De hecho, se trata de un negocio, y quien no lo entienda así y no lo tenga en cuenta, se hunde. En algunos casos están en juego cientos de millones de dólares. Pero más enormes aún que las montañas de dinero son los egos. Pon juntos una inmensa riqueza y unos egos todavía más inmensos, y tendrás una mezcla inestable. Es un mundo brutal, a veces feo, a menudo violento.

Gamache pensó en Clara y se preguntó si ella se habría dado cuenta de todo aquello. Se preguntó si sabía lo que la esperaba, allá fuera, desaforada.

—Pero no todo el mundo es así, claro... —dijo él.

—No. Pero a ese nivel... —ella indicó las tallas que estaban en la mesa, junto a su marido—, sí. Ha muerto un hombre. Es posible que cuando lo investiguemos más veamos que otros también han sido asesinados.

—¿Por estas tallas? —Gamache cogió el barco.

—Por el dinero.

El policía miró la escultura. Sabía que no todo el mundo se movía sólo por el dinero. Había otras divisas en juego. Celos, ira, venganza... Optó por no observar a los pasajeros que navegaban hacia un futuro feliz, sino al que miraba hacia atrás. Hacia el lugar del que procedían. Con terror.

—Tengo buenas noticias para ti, Armand.

Gamache dejó el barco y miró a la superintendente.

—He encontrado tu *Woo*.

TREINTA

—Aquí está. —Thérèse Brunel lo señaló.

Habían ido en coche al centro de Montreal y en aquel momento la superintendente señalaba un edificio. Gamache disminuyó la velocidad e inmediatamente provocó un bocinazo. En Quebec era casi un crimen conducir despacio. Pero él no aceleró, ignorando los cláxones, e intentó mirar lo que ella le indicaba. Era una galería de arte. Heffel's. En el exterior se veía una escultura de bronce. Sin embargo, cuando pasaron en coche por delante no tuvo tiempo de echarle un buen vistazo. Durante los veinte minutos siguientes estuvo buscando un aparcamiento.

—¿No puedes aparcar en doble fila, sencillamente? —preguntó la superintendente Brunel.

—Si quieres que nos asesinen, sí.

Ella refunfuñó, pero no se lo discutió. Al final aparcaron y caminaron por la calle Sherbrooke hasta que se encontraron frente a la galería de arte Heffel's, mirando la escultura de bronce.

Gamache la había visto antes, pero nunca se había detenido a observarla.

Su móvil vibró.

—*Pardon* —dijo a la superintendente, y respondió.

—Soy Clara. ¿Cuándo estarás listo?

—Dentro de unos minutos. ¿Estás bien?

Parecía alterada, preocupada.

—Estoy bien. ¿Dónde podemos reunirnos?

—Estoy en Sherbrooke, justo en la puerta de la galería Heffel's.

—La conozco. Llegaré dentro de unos minutos. ¿Te parece bien?

Se la notaba ansiosa, incluso angustiada por irse.

—Perfecto. Aquí estaré.

Gamache guardó el teléfono y volvió a la obra. Caminó en silencio alrededor de ella mientras Thérèse Brunel lo contemplaba con cara de diversión.

Lo que estaba viendo era una escultura de bronce de tamaño casi natural de una mujer de mediana edad, bastante desaliñada, de pie junto a un caballo, con un perro a su lado y un mono a lomos del caballo. Cuando llegó de nuevo ante la superintendente Brunel, se detuvo.

—¿Esto es *Woo*?

—No, ésta es Emily Carr. Es una obra de Joe Fafard y se llama *Emily y sus amigos*.

Gamache sonrió, negando con la cabeza. Claro, claro que sí. Ahora lo veía. La mujer, corpulenta, achaparrada, fea, era una de las artistas más notables de Canadá. Con talento y visión, se había dedicado a la pintura, sobre todo a principios del siglo XX, y llevaba muerta muchos años. Pero su arte no hacía más que crecer en significado e influencia.

Miró con más atención a la mujer de bronce. Era mucho más joven que en las imágenes que había visto de ella, en antiguas y granulosas fotos en blanco y negro. En ellas siempre se veía a una mujer masculinizada, sola. En un bosque. Y que no sonreía, no era feliz.

Aquella mujer, en cambio, era feliz. Quizá fuese una fantasía del escultor.

—Es maravilloso, ¿no te parece? —dijo la superintendente Brunel—. Por lo general, Emily Carr siempre parece espantosa. Creo que es genial que aquí la muestre feliz, como sólo lo era cuando estaba rodeada de animales, al parecer. A quienes odiaba era a las personas.

—Has dicho que has encontrado *Woo*. ¿Dónde?

Gamache estaba decepcionado y no veía nada claro que la superintendente Brunel tuviese razón. ¿Cómo podía tener algo que ver con el caso una pintora del otro lado del continente que llevaba muerta mucho tiempo?

Thérèse Brunel se dirigió hacia la escultura y colocó una mano, con su manicura bien cuidada, encima del mono.

—Éste es *Woo*. El compañero constante de Emily Carr.

—¿*Woo* era un mono?

—Ella adoraba a todos los animales, pero a *Woo* más que a ningún otro.

Gamache cruzó los brazos y se quedó mirándola.

—Es una teoría interesante, pero el *Woo* de la cabaña del ermitaño podría significar cualquier cosa. ¿Qué te hace pensar que se refiere al mono de Emily Carr?

—Esto.

Abrió el bolso y le tendió un folleto satinado. Era de una retrospectiva de las obras de Emily Carr en la Vancouver Art Gallery. Gamache miró las fotos de los inconfundibles cuadros de los paisajes agrestes de la Costa Oeste que Carr había pintado hacía casi un siglo.

Su obra era extraordinaria. Los verdes y los pardos opulentos trazaban remolinos, de modo que el bosque parecía a la vez frenético y tranquilo. Era un bosque desaparecido hacía mucho tiempo. Aserrado, talado, destrozado. Pero todavía vivo gracias al pincel y el genio de Emily Carr.

Pero no era aquello lo que la había hecho famosa.

Gamache hojeó el folleto hasta que las encontró. Sus series características. La representación de algo que obsesionaba el alma de cualquier canadiense que los contemplara.

Los tótems.

Erigidos en la costa de un remoto pueblo de pescadores haida, en el norte de la Columbia Británica. Carr había ido a pintarlos donde los habían colocado los haida.

Y luego, un dedo perfecto señaló tres palabras.

Islas Queen Charlotte.

Allí estaban.

Charlotte.

Gamache sintió una gran emoción. ¿Podía ser que hubiesen encontrado su *Woo*?

—Las esculturas del ermitaño estaban talladas en cedro rojo —dijo Thérèse Brunel—. Y también la palabra *Woo*. El cedro rojo crece en unos cuantos lugares, pero aquí no. En Quebec no. Uno de los lugares donde crece es en la Columbia Británica.

—En las islas Queen Charlotte... —susurró Gamache, hipnotizado por las pinturas de los tótems.

Rectos, altos, magníficos. Todavía no los habían derribado por ser paganos, no los habían arrancado los misioneros o el gobierno.

Las pinturas de Emily Carr eran las únicas imágenes de los tótems tal como los haida los querían. Ella no pintaba personas, pero sí lo que éstas creaban. Casas largas. Y altos tótems.

Gamache se quedó mirándolos, sumergiéndose en su belleza salvaje y el desastre que se aproximaba.

Luego volvió a mirar la inscripción. Poblado haida. Queen Charlotte.

Y supo que Thérèse tenía razón. *Woo* señalaba hacia Emily Carr, y Carr señalaba hacia las islas Queen Charlotte. Por eso debía de haber tantas referencias a Charlotte en la cabaña del ermitaño. *La telaraña de Charlotte*, Charlotte Brontë, Charlotte Martinů, que había regalado a su marido aquel violín. La Cámara de Ámbar también se había construido para una Charlotte. Todo conducía allí. A las islas Queen Charlotte.

—Quédatelo. —La superintendente Brunel señaló el folleto—. Tiene mucha información biográfica sobre Emily Carr. Podría serte útil.

—*Merci.*

Gamache cerró el catálogo y miró la escultura de Carr, la mujer que había captado la vergüenza de Canadá no pintando los pueblos desplazados y destruidos, sino retratando su gloria.

Clara miró las grises aguas del río San Lorenzo mientras pasaban por encima del puente de Champlain.

—¿Y qué tal ha ido la comida? —le preguntó Gamache cuando ya estaban en la autopista de camino hacia Three Pines.

—Bueno, podría haber ido mejor...

El humor de Clara oscilaba locamente entre la furia, la culpa y luego el arrepentimiento. En un momento sentía que tendría que haberle dicho a Denis Fortin más claramente que era un pedazo de *merde*, y al momento siguiente se moría por llegar a casa y así poder llamar y disculparse.

Clara era un imán para los problemas. Críticas, descalificaciones, todo volaba por el aire y se quedaba pegado a ella. Parecía atraer lo negativo, quizá porque era muy positiva.

Bueno, ya estaba bien. Se incorporó en su asiento. A la mierda con Fortin. Y sin embargo, quizá debería disculparse y quejarse sólo después de la exposición.

Qué idiota había sido. ¿Cómo se le había ocurrido la brillante idea de cabrear al propietario de la galería que estaba ofreciéndole fama y fortuna? Reconocimiento. Aprobación. Atención.

Maldita sea, ¿qué había hecho? ¿Sería reversible? Podría haber esperado hasta el día después de la exposición, cuando ya hubieran salido las críticas en *The New York Times* y en el *Times* de Londres. Cuando el enfado de él no pudiera hundirla como podía hacer ahora.

Como sin duda haría ahora.

Lo había oído bien. Y lo peor era que lo había visto en la cara de Fortin. Sí, iba a destrozarla. Aunque la idea de un destrozo implicaba la existencia previa de algo que destrozar. No, él iba a hacer algo peor. Iba a asegurarse de que el mundo no oyera hablar nunca de Clara Morrow. De que nunca se vieran sus cuadros.

Miró la hora en el salpicadero de Gamache.

Las cuatro menos diez. El denso tráfico de salida de la ciudad iba disminuyendo. Estarían en casa al cabo de una hora. Si llegaban antes de las cinco podría llamar a su galería y postrarse a sus pies.

O quizá podría llamarlo y decirle que era un gilipollas.

El camino de regreso se estaba haciendo muy largo.

—¿Quieres hablarlo? —preguntó Gamache al cabo de media hora de silencio. Habían salido de la autopista y ya se dirigían hacia Cowansville.

—Pues no sé muy bien qué decir. Denis Fortin dijo ayer en el *bistrot* que Gabri era una maricona de mierda. Gabri no lo oyó, pero yo sí, y no dije nada. Se lo conté a Peter y Myrna y los dos me escucharon, pero dejaron la decisión en mis manos. En cambio, esta mañana Peter ha insinuado que debía hablar con Fortin.

Gamache salió de la carretera principal. Empezaban a esparcirse las casas y los negocios y el bosque iba cerrándose en torno a ellos.

—¿Y cómo ha reaccionado Fortin? —preguntó.

—Ha dicho que iba a cancelar la exposición.

Gamache suspiró.

—Lo siento mucho, Clara.

Atisbó de reojo el rostro amargo de su amiga, que miraba por la ventanilla. Le recordaba a su hija Annie la otra noche. Un león cansado.

—¿Qué tal te ha ido a ti? —quiso saber ella.

Estaban ya en el camino de tierra, dando botes. Era una pista que no usaba demasiada gente. Sólo las personas que sabían perfectamente adónde iban, o que se habían perdido del todo.

—Ha sido productivo, creo. Tengo que hacerte una pregunta.

—Dime.

Clara parecía aliviada de tener algo que hacer, aparte de ver cómo, paso a paso, el reloj iba acercándose a las cinco.

—¿Qué sabes de Emily Carr?

—Vaya, no habría imaginado que ésa pudiera ser la pregunta... —Sonrió y luego caviló—. La estudiamos en la facultad de Bellas Artes. Fue una enorme inspiración para muchos artistas canadienses, sobre todo para las mujeres. Para mí también.

—¿Cómo?

—Se adentró en las tierras vírgenes, adonde nadie más se atrevía a ir, sólo con su caballete.

—Y su mono.

—¿Es un eufemismo, inspector jefe?

Gamache se echó a reír.

—No. Sigue.

—Bueno, pues era muy independiente. Y su trabajo fue evolucionando. Al principio era descriptivo. Un árbol era un árbol, una casa era una casa. Casi como un documental. Quería captar a los haida, ¿sabes?, en sus pueblos, antes de que los destruyeran.

—Tengo entendido que la mayor parte de su trabajo lo realizó en las islas Queen Charlotte.

—Muchas de sus obras más famosas, sí. En un momento dado, se dio cuenta de que pintar exactamente lo que veía no bastaba. De modo que se dejó ir del todo, rechazó todas las convenciones y pintó no sólo lo que veía, sino también lo que sentía. La ridiculizaron por ello. Paradójicamente, ésas son ahora sus obras más famosas.

Gamache asintió, recordando los tótems ante el bosque arremolinado y vibrante.

—Una mujer notable...

—Creo que todo empezó con la revelación brutal —continuó Clara.

—¿La qué?

—La revelación brutal. Se habla mucho de ello en los círculos artísticos. Era la más pequeña de cinco hermanas y estaba muy unida a su padre. Al parecer, mantenían una relación maravillosa. Nada hace pensar que no fuera simplemente una relación de cariño y apoyo.

—Nada sexual, quieres decir.

—No, sólo un vínculo muy estrecho entre padre e hija. Y luego, cuando tenía poco menos de veinte años, de repente ocurrió algo y se fue de casa. Nunca más volvió a hablarle ni a verlo.

—¿Qué ocurrió?

Gamache fue aminorando la marcha. Clara lo notó, y vio que el reloj marcaba casi las cinco menos cinco.

—Nadie lo supo nunca. Ella no se lo contó a nadie, y su familia tampoco dijo nada. Pero ella pasó de ser una niña feliz y despreocupada a una mujer amargada. Muy solitaria y no demasiado simpática, al parecer. Luego, hacia el final de su vida, escribió a una amiga. En la carta decía que su padre le había contado algo. Algo horrible e imperdonable.

—Una revelación brutal.

—Así lo describía ella.

Ya habían llegado. Gamache detuvo el coche frente a la casa de Clara y los dos se quedaron allí sentados en silencio un momento. Eran las cinco y cinco. Demasiado tarde. Podía intentarlo, pero sabía que Fortin no respondería.

—Gracias —dijo él—. Me has ayudado mucho.

—Tú también.

—Ojalá fuera verdad.

Gamache le dedicó una sonrisa. Sin embargo, lo extraordinario era que Clara se sentía mejor de verdad. Se bajó del coche y, en lugar de entrar en su casa, se detuvo en el camino y luego echó a andar de nuevo, despacio. En torno al parque. Recorrió su perímetro hasta que el círculo se cerró por completo y se encontró de vuelta en el inicio. Y mientras andaba pensaba en Emily Carr. Y en el escarnio que había sufrido por parte de los propietarios de galerías, críticos y un público demasiado asustadizo para ir a donde ella quería llevarlos.

A lo más hondo. A lo más hondo de las tierras vírgenes.

Y entonces Clara se fue a su casa.

Ya era noche cerrada cuando, en Zúrich, un coleccionista de arte cogió la pequeña y extraña talla por la que había pagado tanto dinero. Aquella que, según le habían asegurado, era una obra de arte magnífica y, más importante aún, una gran inversión.

Al principio la exhibió en su casa, hasta que su mujer le pidió que la quitara. Que la escondiese. De modo que la trasladó a su galería privada. Una vez al día se sentaba allí con un coñac y miraba sus obras maestras. Los Picasso, los Rodin, los Henry Moore.

Pero sus ojos volvían siempre a la alegre talla, al bosque y a la gente feliz que construía el pueblo. Al principio le producía placer, pero ahora la encontraba espeluznante. Estaba pensando en cambiarla otra vez de sitio. A un armario, quizá.

Aquella misma mañana lo había llamado el marchante para preguntarle si estaba dispuesto a plantearse la posibilidad de enviarla de vuelta a Canadá para una investigación policial, pero se había negado. Era una inversión, al fin y al cabo. Y no podían obligarlo. No había hecho nada malo y no tenían jurisdicción.

Sin embargo, el marchante le había transmitido dos peticiones de la policía. Aunque sabía la respuesta de la primera, cogió la talla y miró su base lisa. Ni una letra, ni una firma. Nada. Pero la otra pregunta parecía ridícula. Aun así, lo intentó. Estaba a punto de volver a dejar la escultura en su sitio y enviar un correo electrónico para decir que no había encontrado nada, cuando sus ojos captaron algo claro entre los pinos oscuros.

Miró más de cerca. Allí, en lo más profundo del bosque, alejado del pueblo, halló lo que la policía buscaba.

Una diminuta figura de madera. Un joven, apenas un muchacho, escondido en el bosque.

TREINTA Y UNO

Se hacía tarde. La agente Lacoste se había ido ya, y el inspector Beauvoir y el agente Morin estaban informándole de lo que habían hecho aquel día.

—Hemos hablado con los Parra, los Kmenik, los Mackus... Con toda la comunidad checa —dijo Beauvoir—. Nada. Nadie conoce al ermitaño, nadie lo había visto. Todos habían oído hablar del hombre del violín...

—Martinů —apuntó Morin.

—... porque es un famoso compositor checo, pero nadie lo conocía personalmente.

—He hablado con el Instituto Martinů y he comprobado el origen de las familias checas —dijo Morin—. Todos son lo que dicen ser. Refugiados de los comunistas. Nada más. De hecho, parecen más respetuosos con las leyes que la mayoría. No tienen conexión alguna con Martinů.

Beauvoir negó con la cabeza. Si las mentiras molestaban al inspector, la verdad parecía cabrearlo más aún. Sobre todo cuando no le parecía oportuna.

—¿Qué impresión has sacado? —preguntó Gamache al agente Morin, que miró al inspector Beauvoir antes de contestar.

—Creo que el violín y la música no tienen nada que ver con la gente de aquí.

—Quizá tengas razón —concedió Gamache, que sabía que tenían que tocar muchas teclas antes de encontrar a su asesino. Quizá aquélla fuese una—. ¿Y los Parra? —preguntó, aunque sabía la respuesta. Si hubieran encontrado algo, Beauvoir ya se lo habría dicho.

—No hay nada en su historial —confirmó Beauvoir—. Pero...

Gamache esperó.

—Parecían a la defensiva, cautelosos. Les ha sorprendido mucho que el muerto fuese checo. A todo el mundo le ha sorprendido.

—¿Y qué piensas? —preguntó el jefe.

Beauvoir se pasó una mano por la cara con gesto cansado.

—No consigo juntar todas las piezas, pero imagino que encajarán de alguna manera.

—¿Crees que hay alguna conexión? —lo presionó Gamache.

—¿Cómo podría no haberla? El hombre muerto era checo, la partitura, el violín valiosísimo, y además hay una comunidad checa muy grande aquí, que incluye a dos personas que podrían haber encontrado la cabaña. A menos que...

—¿Sí?

El inspector se echó hacia delante, las manos nerviosas entrelazadas con fuerza encima de la mesa.

—Supongamos que lo estamos enfocando mal. Supongamos que el muerto en realidad no fuera checo.

—¿Quieres decir que Olivier nos hubiera mentido? —dijo Gamache.

Beauvoir asintió.

—Ha mentido en todo lo demás. Quizá lo dijera para alejarnos de la pista verdadera, para que sospechásemos de otros.

—Pero ¿qué me dices del violín y de la música?

—¿Y qué? —Beauvoir estaba cogiendo impulso—. Hay muchísimas más cosas en la cabaña. Quizá Morin tenga razón. —Pero lo dijo en el mismo tono que habría usado para admitir que quizá un chimpancé tuviera razón. Un tono de duda, mezclado con la reverencia propia de quien presencia un milagro—. Quizá la música y el violín no tengan nada que ver con todo esto. A fin de cuentas, había platos de Rusia, cristal de otros lugares. Las cosas en sí no nos dicen nada. Podrían ser de cualquier parte. Sólo tenemos la palabra de Olivier para corroborarlo. Y quizá Olivier nos haya mentido del todo. A lo mejor el hombre tenía acento, pero no era checo. Quizá fuera ruso, o polaco, o de algún país de ésos.

Gamache se echó atrás, pensando, y luego asintió y se inclinó de nuevo hacia delante.

—Es posible. Pero ¿es probable?

Era la parte que más le gustaba de la investigación, y la que más lo asustaba también. No el sospechoso acorralado y dispuesto a matar, sino más bien la posibilidad de girar a la izquierda cuando tendría que haber girado a la derecha. O de no tener en cuenta una pista, o abandonar un camino que resultaba prometedor. O de no ver un camino determinado en las prisas por llegar a una conclusión.

No, en aquel momento tocaba pisar con mucho cuidado. Como cualquier explorador, sabía que el peligro no estaba en caer por un acantilado, sino en acabar perdido sin remedio. Confundido. Desorientado por un exceso de información.

Al final, la respuesta a una investigación criminal era siempre espantosamente sencilla. Siempre estaba a la vista, obvia. Escondida entre los hechos, las pruebas, las mentiras y los errores de percepción de los investigadores.

—Dejémoslo por ahora —dijo— y mantengamos la mente abierta. El ermitaño quizá fuera checo o quizá no. En cualquier caso, eso no cambia el contenido de la cabaña.

—¿Qué tiene que decir la superintendente Brunel? ¿Algún objeto robado? —preguntó Beauvoir.

—No ha encontrado nada, pero sigue investigando. Jérôme Brunel ha estudiado las letras que hay bajo las tallas y cree que se trata de un cifrado de César. Es un tipo de código.

Explicó cómo funcionaba.

—¿Así que sólo necesitamos encontrar la palabra clave? —preguntó Beauvoir—. Es bastante sencillo. *Woo*.

—No. Ésa ya la hemos probado.

Beauvoir fue a la hoja de papel de la pared y destapó el rotulador. Escribió todo el alfabeto. Luego, el rotulador se quedó en el aire.

—¿Y si es violín? —preguntó Morin.

Beauvoir lo miró de nuevo como si fuera un chimpancé que se hubiera vuelto listo inesperadamente. Escribió «violín» en una hoja de papel aparte. Luego apuntó Martinů, Bohuslav.

—Bohemia —sugirió Morin.

—Buena idea —dijo Beauvoir.

En un instante tenían docenas de posibilidades, y al cabo de diez minutos las habían probado todas sin ningún resultado.

Algo enojado, Beauvoir daba golpecitos con su rotulador y miraba el alfabeto como si éste tuviera la culpa.

—Bueno, seguiremos intentándolo —dijo Gamache—. La superintendente Brunel está tratando de averiguar el paradero de las demás tallas.

—¿Cree que lo mataron por eso? —preguntó Morin—. ¿Por las tallas?

—Quizá —contestó Gamache—. Hay gente que por algo tan valioso sería capaz de casi cualquier cosa.

—Pero cuando encontramos la cabaña no la habían registrado —señaló Beauvoir—. Si encuentras al hombre, encuentras la cabaña, vas allí y lo matas, ¿no serías capaz de destrozarlo todo con tal de dar con las tallas? Tampoco es que el asesino tuviera que preocuparse por si molestaba a los vecinos...

—A lo mejor quería hacerlo, pero oyó a Olivier que volvía y tuvo que salir corriendo —dijo Gamache.

Beauvoir asintió. Se había olvidado del regreso de Olivier. Parecía lógico.

—Eso me recuerda una cosa —dijo, sentándose—. Ha llegado el informe del laboratorio sobre las herramientas de talla y la madera. Dicen que las herramientas se usaron para crear esas esculturas, pero no para grabar la palabra *Woo*. Las incisiones no coinciden, y la técnica, al parecer, tampoco. Sin duda, es de otra persona.

Era un alivio que algún elemento del caso no admitiera dudas.

—Pero todas son de cedro rojo, ¿no?

Gamache quería oír la confirmación.

Beauvoir asintió.

—Y han sido incluso más concretos aún, al menos con la talla de la palabra *Woo*. Examinando el contenido de agua, los insectos, el crecimiento de los anillos y un montón de cosas más, pueden decir incluso de dónde procede exactamente la madera.

Gamache se inclinó hacia delante y escribió tres palabras en una hoja de papel. La deslizó sobre la mesa y Beauvoir la leyó y resopló.

—¿Ha hablado con el laboratorio?

—He hablado con la superintendente Brunel.

Les contó lo de *Woo* y Emily Carr. Lo de los tótems de los haida, tallados en madera de cedro rojo.

Beauvoir bajó de nuevo la mirada a la nota que había escrito el jefe.

«Islas Queen Charlotte», había puesto.

Y aquello mismo había dicho el laboratorio. La madera tallada hasta formar la palabra *Woo* había empezado su vida como pimpollo, cientos de años antes, en las islas Queen Charlotte.

Gabri caminaba, casi corría, rue du Moulin arriba. Había tomado una decisión y quería llegar antes de que le diera por cambiarla, como le había ocurrido a lo largo de la tarde.

Apenas había intercambiado cinco palabras con Olivier desde que el interrogatorio del inspector jefe le había revelado las muchas cosas que su compañero le había ocultado. Al fin llegó y contempló el flamante exterior de lo que antaño había sido la casa de los Hadley. Ahora en la entrada había un letrero de madera balanceándose ligeramente en la brisa.

Auberge et Spa.

La caligrafía grabada era de buen gusto, clara, elegante. Era el tipo de letrero que siempre había deseado encargar al Viejo Mundin para el *bed & breakfast*, pero no había encontrado el momento. Encima de las letras había tres pinos grabados, en fila. Inconfundible, fácil de recordar, clásico.

A él también se le había ocurrido para el *bed & breakfast*. Al menos su establecimiento estaba realmente en Three Pines. Aquel otro sitio, en cambio, se alzaba por encima. En realidad no formaba parte del pueblo.

Sin embargo, ya era demasiado tarde. Y él no había subido hasta allí para buscar defectos. Más bien al contrario.

Dio unos pasos hacia el porche y recordó que Olivier había estado también allí de pie, con el cadáver. Intentó apartar de su mente aquella imagen. La de su dulce, amable y tranquilo Olivier. Haciendo algo espantoso.

Gabri llamó al timbre y esperó, observando el latón brillante del pomo, el cristal biselado y la pintura roja reciente de la puerta. Alegre y acogedora.

—*Bonjour?*

Abrió la puerta Dominique Gilbert, su rostro era la viva imagen de la suspicacia, aunque educada.

—¿Madame Gilbert? Nos conocimos en el pueblo cuando llegaron. Me llamo Gabriel Dubeau.

Tendió su enorme mano y ella se la estrechó.

—Ya sé quién es. Lleva ese maravilloso *bed & breakfast*.

Gabri se daba cuenta cuando alguien intentaba adularlo, al fin y al cabo, era su especialidad. Aun así, era agradable ser el receptor de un cumplido, y él nunca los rechazaba.

—Cierto. —Sonrió—. Aunque, comparado con lo que han hecho aquí, eso no es nada. Es asombroso.

—¿Le gustaría entrar?

Dominique se apartó y Gabri entró en el enorme vestíbulo. La última vez que estuvo allí la casa estaba destrozada y él también. Pero era obvio que la antigua casa de los Hadley ya no existía. La tragedia, el suspiro triste de la colina, se había convertido en una sonrisa. Un *auberge* cálido, elegante y lleno de encanto. Un sitio donde él mismo reservaría una habitación para darse un capricho. Para una escapada.

Pensó en su *bed & breakfast*, algo envejecido. Lo que poco antes consideraba cómodo, encantador y acogedor ahora parecía simplemente desgastado. Como una gran dama cuyo mejor momento ha pasado ya. ¿Quién querría visitar la casa de una vieja tía pudiendo alojarse en el hostal y *spa* de los chicos guapos?

Olivier tenía razón. Era el fin.

Y mirando a Dominique, amable, confiada, supo que no fracasaría. Parecía nacida para el éxito, para tener éxito.

—Estábamos en el salón tomando algo. ¿Quiere apuntarse?

Él estuvo a punto de rechazar la invitación. Había ido con la intención de decirles una cosa a los Gilbert y marcharse rápidamente. No era una visita de sociedad. Pero ella ya se había dado la vuelta, dando por hecho que aceptaba, y había echado a andar por el pasillo abovedado.

No obstante, pese a la relajada elegancia tanto del lugar como de la mujer, había algo que no encajaba.

Observó a su anfitriona mientras se alejaba. Una blusa de seda de color claro, pantalones Aquascutum, pañuelo suelto. Y cierta fragancia. ¿Qué era?

Entonces se dio cuenta y sonrió. En lugar de a Chanel, aquella hacendada olía a Cheval. Y no sólo al animal en sí; se notaba también un potente trasfondo de boñigas de caballo.

Gabri recuperó el ánimo.

Al menos su establecimiento olía a magdalenas.

—Es Gabriel Dubeau —anunció Dominique a la sala. El fuego estaba encendido y había un anciano de pie, mirándolo. Carole Gilbert estaba sentada en un sillón, y Marc junto a la bandeja de las bebidas. Todos levantaron la vista.

El inspector jefe Gamache nunca había visto el *bistrot* tan vacío. Se sentó en una butaca junto al fuego y Havoc Parra le llevó una bebida.

—¿Una noche tranquila? —preguntó mientras el joven le servía el whisky y un plato de queso de Quebec.

—Muerta —dijo Havoc, y se sonrojó un poco—. Pero es probable que se anime luego.

Ambos sabían que no era verdad. Eran las seis y media. Era el momento álgido, la hora en que la gente solía acudir a tomarse un cóctel antes de la cena. Había otros dos clientes sentados en el gran salón y un pequeño batallón de camareros atentos. Esperaban una avalancha de gente que no iba a llegar. Aquella noche, no. Quizá ninguna otra.

Three Pines había perdonado muchas cosas a Olivier. Lo del cuerpo se había achacado a la mala suerte. Se habían encogido de hombros para no dar demasiada importancia al hecho de que conociera al ermitaño y supiese de la existencia de la cabaña. No había sido fácil, desde luego. Pero Olivier era muy querido y cuando hay amor hay mucho margen. Incluso le habían perdonado que trasladara el cadáver. Se había aceptado como una especie de *grand mal* por su parte.

Pero todo se acabó cuando se enteraron de que Olivier había ganado muchos millones de dólares en secreto aprovechándose de un ermitaño que probablemente estuviera loco. A lo largo de varios años. Y luego, con discreción, había comprado casi todo Three Pines. Era el casero de Myrna, Sarah y monsieur Béliveau.

Aquello era Olivierville y los nativos estaban inquietos. El hombre al que creían conocer al final resultaba ser un extraño.

—¿Está Olivier?

—En la cocina. Ha dado la noche libre al chef y ha decidido cocinar él mismo hoy. Lo hace de maravilla, ya sabe.

Gamache lo sabía, pues había disfrutado de sus invitaciones privadas unas cuantas veces. Pero también sabía que la decisión de cocinar permitía a Olivier ocultarse. En la cocina. Donde no tenía que ver los rostros preocupados y acusadores de gente que antes eran sus amigos. O peor aún: ver vacías las sillas que antes ocupaban sus amigos.

—¿Puedes pedirle que venga a verme, por favor?

—Haré lo que pueda.

—Por favor.

Con aquellas dos palabras, el inspector jefe Gamache transmitió que, aunque pudiera parecer una simple petición educada, en realidad no lo era. Un par de minutos más tarde, Olivier se dejaba caer en la silla que Gamache tenía enfrente. No debían preocuparse de bajar la voz. El *bistrot* ya estaba vacío.

El policía se inclinó hacia delante, bebió un sorbo de whisky y contempló a Olivier atentamente.

—¿Qué significa para ti el nombre de «Charlotte»?

Olivier enarcó las cejas, sorprendido.

—¿Charlotte? —Pensó un momento—. Nunca he conocido a ninguna Charlotte. Una vez conocí a una chica que se llamaba Charlie.

—¿Mencionó alguna vez ese nombre el ermitaño?

—Nunca mencionaba ningún nombre.

—¿Y de qué hablabais?

Olivier volvió a oír la voz del muerto, no profunda, pero sí tranquilizadora.

—Hablábamos de huertos, de construcción, de fontanería. Él sabía cosas de los romanos, de los griegos, de los primeros pobladores. Era fascinante.

No por primera vez, Gamache deseó que hubiera habido una tercera silla en la cabaña, para él.

—¿Mencionó alguna vez el cifrado de César?

Una vez más, Olivier pareció perplejo. Negó con un movimiento de cabeza.

—¿Y las islas Queen Charlotte? —insistió Gamache.

—¿En la Columbia Británica? ¿Por qué iba a hablarme de ellas?

—¿Hay alguien en Three Pines que sea de allí, que tú sepas?

—Hay gente de todas partes, pero no recuerdo a nadie de la Columbia Británica... ¿Por qué?

Gamache sacó las esculturas y las colocó encima de la mesa, de modo que el barco parecía navegar por un mar de whisky hacia una isla de queso.

—Porque estas piezas son de allí. O al menos la madera. Es cedro rojo de las Queen Charlotte. Empecemos de

378

nuevo —dijo Gamache con calma—. Dime lo que sepas de estas esculturas.

El rostro de Olivier permanecía impasible. Gamache conocía aquella expresión. Era la de un mentiroso al que han pillado, que intentaba encontrar la última salida, la puerta trasera, la rendija. Gamache esperó. Bebió un poco de whisky y untó un poco de queso en el pan de nueces, que era excelente. Colocó una rebanada frente a Olivier y luego se preparó otra para él. Dio un mordisco y aguardó.

—Las talló el ermitaño —dijo Olivier con voz inexpresiva y neutra.

—Ya nos lo dijiste. También nos dijiste que te dio algunas y que las tiraste en el bosque.

Gamache esperó, convencido de que el resto saldría a continuación. Miró por la ventana y vio a Ruth, que paseaba a *Rosa*. La pata, a saber por qué, llevaba un impermeable diminuto, de color rojo.

—No las tiré. Las guardé —susurró Olivier.

Fue como si, más allá del círculo de luz de la chimenea, el mundo desapareciera. Daba la sensación de que los dos hombres estuviesen en su propia y pequeña cabaña.

—Llevaba un año visitando al ermitaño cuando me regaló la primera.

—¿Recuerdas qué era?

—Una colina, con árboles. En realidad más bien una montaña. Y un chico tumbado en la ladera.

—¿Ésta? —Gamache sacó la foto que le había dado Thérèse Brunel.

Olivier asintió.

—Lo recuerdo bien porque no sabía que el ermitaño hiciera cosas así. Su cabaña estaba llena de objetos maravillosos, pero todos hechos por otras personas.

—¿Y qué hiciste con ella?

—La guardé un tiempo, pero tenía que esconderla para que Gabri no me hiciera preguntas. De modo que supuse que sería mejor venderla. Así que la puse en eBay. Salió por mil dólares. Entonces un marchante se puso en contacto conmigo. Dijo que había compradores, si tenía más tallas. Pensé que no hablaba en serio, pero cuando el ermitaño me dio otra talla, ocho meses más tarde, me acordé de aquel hombre y contacté con él.

—¿Era Denis Fortin?

—¿El dueño de la galería de Clara? No. Era alguien de Europa. Puedo darte sus datos.

—Estaría bien. ¿Cómo era la segunda talla?

—Muy sencilla. A primera vista. Yo me quedé un poco decepcionado. Era un bosque, pero si mirabas con atención por debajo de los árboles veías gente andando en fila.

—¿Era el chico uno de ellos?

—¿Qué chico?

—El de la montaña.

—Pues no. Ésa era otra pieza.

—Ya, lo entiendo —dijo Gamache, preguntándose si tal vez no se estuviera explicando bien—. Pero cabe la posibilidad de que el ermitaño grabase las mismas figuras en cada una de sus esculturas.

—¿El chico?

—Y la gente. ¿Algo más?

Olivier se quedó pensativo. Había algo más. La sombra por encima de los árboles. Algo que acechaba justo detrás de ellos. Algo que se alzaba. Y Olivier sabía lo que era.

—No, nada. Sólo un bosque y la gente dentro. El marchante se emocionó mucho.

—¿Por cuánto la vendió?

—Por quince mil. —Buscó la conmoción en el rostro de Gamache.

Sin embargo, el inspector jefe mantuvo la mirada firme, y Olivier se felicitó por haber dicho la verdad. Estaba claro que Gamache ya conocía la respuesta a aquella pregunta. Decir la verdad siempre suponía correr un alto riesgo. Igual que decir sólo mentiras. Era mejor, según había averiguado Olivier, ir mezclándolas.

—¿Cuántas tallas hizo?

—Yo creía que ocho, pero ahora que habéis encontrado estas dos, supongo que diez.

—¿Y vendiste todas las que te dio?

Olivier asintió.

—Nos dijiste que empezó a regalarte cosas de su cabaña como pago por la comida. ¿Adónde fueron a parar esas cosas?

—Las llevé a las tiendas de antigüedades de la calle Notre Dame, en Montreal. Pero, en cuanto me di cuenta de que eran muy valiosas, encontré marchantes privados.

—¿Quién?

—No recurro a ellos desde hace años. Tendré que mirarlo. Gente de Toronto y de Nueva York. —Se reclinó y echó un vistazo a la sala vacía—. Supongo que debería dar la noche libre a Havoc y a los demás.

Gamache guardó silencio.

—¿Crees que la gente volverá?

El inspector jefe asintió.

—Están dolidos por lo que has hecho.

—¿Yo? Lo de Marc Gilbert es mucho peor. Ten cuidado con él. No es lo que parece.

—Ni tú tampoco, Olivier. Mientes desde hace mucho. Quizá estés mintiendo ahora mismo. Voy a hacerte una pregunta y quiero que te pienses mucho la respuesta.

Olivier asintió y se irguió.

—¿Era checo el ermitaño?

Olivier abrió la boca de inmediato, pero Gamache levantó una mano y lo detuvo.

—Te he dicho que pienses la respuesta. Considérala. ¿Podrías estar equivocado? Quizá no tuviera acento. —Gamache miró fijamente a su acompañante—. Quizá hablase con acento, pero no necesariamente checo. Quizá sólo sean suposiciones tuyas. Ten cuidado con lo que dices.

Olivier miró primero la mano grande y tranquila de Gamache y, cuando ésta terminó su recorrido descendente, pasó a mirar al hombre grande y tranquilo.

—No hay duda. He oído hablar en checo durante muchos años a amigos y vecinos. Era checo.

Desde el inicio de su conversación, Olivier no había afirmado nada con tanta certeza. El inspector jefe siguió mirando al hombre esbelto que tenía delante. Observó su boca, sus ojos, las arrugas de su frente, el color de su piel. Luego, asintió con una inclinación de cabeza.

—Qué noche tan fría... —comentó Ruth al tiempo que se dejaba caer en el asiento junto a Gamache y conseguía golpearlo en la rodilla, con bastante fuerza, con su bastón embarrado—. Lo siento —dijo justo antes de volver a hacerlo.

No se había dado ni cuenta de que estaba interrumpiendo una conversación, ni de la tensión que había entre los dos hombres. Miró a Olivier y luego a Gamache.

—Bueno, ya basta de bromitas gais. ¿Puedes creer lo que hizo Olivier con ese cadáver? Su idiotez eclipsa incluso la tuya. Me produce una sensación de infinitud. Es casi una experiencia espiritual. ¿Queso?

Cogió el último trocito de Saint-André de Gamache y se lanzó por su vaso de whisky, pero él lo alcanzó primero. Llegó Myrna, y luego Clara y Peter se dejaron caer por allí y contaron a todo el mundo lo de Denis Fortin. Todos se lamentaron mucho y estuvieron de acuerdo en que Clara había obrado bien. Después también estuvieron de acuerdo en que debía llamar a la mañana siguiente y rogar que la perdonara. Y a continuación en que no debía hacerlo.

—He visto a *Rosa* fuera —dijo Clara, ansiosa por cambiar de tema—. Está muy elegante con su impermeable.

Había llegado a preguntarse por qué una pata podía necesitar impermeable, pero suponía que sencillamente Ruth quería que *Rosa* se acostumbrase a llevar prendas de abrigo.

Al final la conversación volvió a Olivier, y el ermitaño muerto, y el ermitaño vivo. Ruth se inclinó hacia delante y le cogió la mano.

—No pasa nada, cariño, todos sabemos que eres muy codicioso. —Y luego se volvió hacia Clara—. Y todos sabemos que tú eres muy insegura, y que Peter es quisquilloso, y que aquí Clouseau... —añadió mientras se volvía hacia Gamache— es un arrogante. Y tú eres... —Se encaró a Myrna y luego se dirigió a Olivier, susurrando, pero en voz alta—: ¿Quién es ésta, por cierto? Siempre anda rondando por aquí.

—Usted es una bruja borracha, desagradable y loca —dijo Myrna.

—No estoy borracha... todavía.

Se acabaron las bebidas y se fueron, pero antes Ruth tendió a Gamache un trocito de papel, doblado con cuidado y precisión, con los bordes marcados.

—Dale esto a ese tipejo que va siguiéndote por ahí.

Olivier no hacía más que mirar hacia el pueblo, al parque donde *Rosa* esperaba tranquilamente a Ruth. No había señal alguna del que faltaba, de aquel a quien él deseaba ver.

Gabri tenía mucha curiosidad por conocer al santo. Vincent Gilbert. Myrna lo reverenciaba, y no era algo que le ocurriera con demasiadas personas. El Viejo Mundin y La Esposa decían que les había cambiado la vida con su libro, *Ser*, y con su trabajo en LaPorte. Y por extensión había cambiado también la vida del pequeño Charlie.

—*Bonsoir* —saludó Gabri, nervioso.

Miró a Vincent Gilbert. Criado en la Iglesia católica, había pasado interminables horas mirando las vidrieras luminosas que mostraban las desdichadas vidas y gloriosas muertes de los santos. Al alejarse de la iglesia, Gabri se había llevado una cosa: la certeza de que los santos eran buenos.

—¿Qué quieres? —preguntó Marc Gilbert.

Se quedó de pie junto a su esposa y su madre, al lado del sofá. Formando un semicírculo. Su padre era un satélite que quedaba fuera. Gabri esperó a que Vincent Gilbert calmara a su hijo, a que le dijera que debía saludar a su huésped con educación. A que invitara a Marc a ser razonable.

Pero Gilbert no dijo nada.

—¿Y bien? —insistió Marc.

—Siento mucho no haber venido antes a daros la bienvenida.

Marc resopló.

—El comité de bienvenida ya nos dejó su tarjeta de visita.

—Marc, por favor... —dijo Dominique—. Es nuestro vecino.

—Porque no puede elegir. Si dependiera de él, ya nos habríamos ido hace tiempo.

Y Gabri no lo negó. Era cierto. Sus problemas habían empezado con los Gilbert. Pero estaban allí, y había que decir algo.

—He venido a disculparme —dijo irguiéndose en toda su estatura de metro ochenta y cinco—. Siento mucho no haber contribuido a que os sintierais mejor acogidos. Y siento mucho también lo del cadáver.

Sí, decididamente, aquello sonaba tan penoso como había temido. Pero esperaba que al menos sonara sincero.

—¿Y por qué no ha venido Olivier? —preguntó Marc—. No lo hiciste tú. No eres tú quien debe disculparse.

—Marc, de verdad... —volvió a intervenir Dominique—. ¿No ves lo que le está costando?

—No, no lo veo. Probablemente Olivier lo haya mandado aquí para que no lo denunciemos. O para que no le digamos a todo el mundo que es un psicópata.

—Olivier no es un psicópata —protestó Gabri, que iba sintiendo una especie de vibración interior a medida que su paciencia se agotaba—. Es un hombre maravilloso. No lo conocéis.

—Tú eres quien no lo conoce, si te parece maravilloso. ¿Los hombres maravillosos se dedican a meter cadáveres en casa de los vecinos?

—Tú sabrás...

Los dos hombres avanzaron el uno hacia el otro.

—Yo no llevé el cadáver a una casa particular para dar un susto de muerte a sus ocupantes. Aquello fue terrible.

—Olivier se vio obligado a hacerlo. Intentó ganarse vuestra amistad cuando llegasteis, pero quisisteis robarnos el personal y abristeis este hotel enorme, con *spa*.

—Diez habitaciones para huéspedes no es tanto —dijo Dominique.

—En Montreal a lo mejor no, pero aquí sí. Es un pueblo pequeño. Nosotros llevamos mucho tiempo viviendo aquí tranquilamente. Habéis llegado vosotros y lo habéis cambiado todo. Sin hacer ningún esfuerzo para adaptaros.

—¿Con «adaptarnos» te refieres a haceros una reverencia y dar gracias de que nos permitáis vivir aquí? —preguntó Marc.

—No, quiero decir respetar lo que ya había. Lo que la gente había establecido antes, con mucho trabajo.

—Queréis retirar el puente levadizo, ¿no? —dijo Marc indignado—. Estáis dentro y queréis dejar fuera a todos los demás.

—No, eso no es cierto. La mayor parte de la gente de Three Pines ha venido de otros lugares.

—Pero sólo aceptáis a gente que sigue vuestras normas. Que hace lo que vosotros decís. Nosotros vinimos a vivir nuestro sueño y vosotros no nos dejáis. ¿Por qué? Porque choca con el vuestro. Os sentís amenazados por nosotros y por eso tenéis que echarnos del pueblo. No sois más que matones, pero muy sonrientes, eso sí.

Marc casi escupía.

Gabri lo miró asombrado.

—No esperarías que encima nos alegráramos, ¿no? ¿Por qué habéis venido aquí a angustiar deliberadamente a quienes iban a ser vuestros vecinos? ¿No nos queríais como amigos? Debíais suponer cómo reaccionaría Olivier.

—¿Qué? ¿Que dejaría un cadáver en nuestra casa?

—Eso estuvo mal. Ya lo he dicho. Pero vosotros lo provocasteis. Todos vosotros. Queríamos ser amigos vuestros, pero nos lo pusisteis realmente difícil.

—Entonces, sólo seréis amigos nuestros si... ¿qué? ¿Si no tenemos más que un éxito relativo? ¿Si tenemos pocos huéspedes, un par de tratamientos al día? ¿Quizá un comedor pequeño, con suerte, pero nada que compita con Olivier y contigo?

—Eso es —dijo Gabri.

Al oírlo, Marc se quedó callado.

—Oye, ¿por qué crees que nosotros no hacemos *croissants*? —continuó Gabri—. ¿O tartas? ¿Por qué no hacemos nada al horno? Podríamos hacerlo. Es lo que más me gusta, en realidad. Pero la Boulangerie de Sarah ya estaba antes. Ella ha vivido toda su vida en el pueblo. La panadería pertenecía a su abuela. De modo que nosotros abrimos un *bistrot*. Todos nuestros *croissants*, tartas y pan son de Sarah. Nosotros ajustamos nuestros sueños para que encajaran con los que ya existían antes. Sería mucho más barato y divertido hacer nuestro propio pan, pero no se trata de eso.

—¿Y de qué se trata, entonces? —preguntó Vincent Gilbert hablando por primera vez.

—No se trata de hacer una fortuna —dijo Gabri volviéndose hacia él, agradecido—. Se trata de saber cuándo tiene uno bastante. De ser feliz.

Hubo una pausa, y Gabri dio silenciosamente las gracias al santo por haber creado un espacio para que volviera la razón.

—Quizá deberías recordárselo a tu compañero —apuntó Vincent Gilbert—. Hablas muy bien, pero no te atienes a tus palabras. A ti te conviene culpar a mi hijo. Revistes tu conducta de moral, amabilidad y cariño, pero ¿sabes lo que es en realidad?

Vincent Gilbert avanzaba, dirigiéndose hacia Gabri. Al acercarse parecía crecer, y Gabri sintió que se encogía.

—Es egoísmo —siseó Gilbert—. Mi hijo ha tenido mucha paciencia. Ha contratado a trabajadores locales, ha creado empleos. Éste es un lugar de curación, y tú lo que quieres es arruinarlo, intentas que se sienta culpable.

Vincent se acercó a su hijo, después de encontrar por fin el precio de lo que significa formar parte de algo.

No había nada más que decir, de modo que Gabri se fue.

Las luces iluminaban las ventanas cuando volvía hacia el pueblo. En el cielo, los patos volaban hacia el sur formando una V, alejándose del frío polar que se preparaba ya para descender. Gabri se sentó en un tocón junto a la carretera y vio ponerse el sol por encima de Three Pines. Pensó en *les temps perdus* y se sintió muy solo, sin la certeza siquiera de que los santos pudieran consolarlo.

Colocaron una cerveza en la mesa para Beauvoir, y Gamache sostenía su whisky en la mano. Se sentaron en sus cómodas butacas y examinaron el menú de la cena. El *bistrot* estaba desierto. Peter, Clara, Myrna y Ruth se habían marchado, y Olivier se había retirado a su cocina. Havoc, el último camarero que quedaba, les tomó el pedido y luego los dejó para que hablaran.

Gamache partió una baguete pequeña y contó a su subalterno la conversación que había mantenido con Olivier.

—Así que él sigue empeñado en que el ermitaño era checo. ¿Lo cree?

—Pues sí —dijo Gamache—. Al menos, creo que Olivier está convencido de que era así. ¿Ha habido suerte con el cifrado de César?

—No.

Habían abandonado después de probar con sus propios nombres. Ambos ligeramente aliviados al ver que tampoco funcionaban.

—¿Qué pasa? —preguntó Gamache.

Beauvoir se había arrellanado en su asiento y acababa de arrojar la servilleta de lino a la mesa.

—Estoy frustrado. Parece que cada vez que progresamos en algo, todo se enfanga. Todavía no sabemos siquiera quién era el muerto.

El inspector jefe sonrió. Eran los inconvenientes habituales. Cuanto más avanzaban en un caso, más pistas recogían. Llegaba un momento en que parecía que oían un alarido, como si hubieran atrapado a algún ser salvaje que les chillaba, arrojándoles pistas. Era, como sabía muy bien Gamache, el chillido de alguien acorralado y asustado. Estaban entrando en la última fase de aquella investigación. Pronto las pistas, las piezas, dejarían de rebelarse y empezarían a traicionar al asesino. Estaban muy cerca.

—Por cierto, mañana me voy —dijo el inspector jefe después de que Havoc les llevara los primeros platos y se fuera.

—¿De vuelta a Montreal?

Beauvoir hincó el tenedor en su plato de calamares a la brasa mientras Gamache se comía su *prosciutto* con pera.

—Un poco más lejos. Voy a las islas Queen Charlotte.

—¿Está de broma? ¿En la Columbia Británica? ¿Tocando a Alaska? ¿Por lo del mono que se llamaba *Woo*?

—Hombre, dicho así...

Beauvoir ensartó un trozo de calamar tiznado y lo mojó en salsa de ajo.

—*Voyons*, ¿no le parece un poco... no sé, exagerado?

—No, no me lo parece. El nombre de Charlotte no deja de repetirse. —Gamache fue enumerando, tocándose la punta de los dedos—. La primera edición de Charlotte Brontë; la primera edición de *La telaraña de Charlotte*; el cristal de la Cámara de Ámbar, hecha para una princesa que se llamaba Charlotte; la nota que guardaba el ermitaño sobre el violín, escrita por una tal Charlotte. He intentado deducir qué podía significar todo eso, esa repetición del nombre de Charlotte, pero esta tarde la superintendente Brunel me ha dado la respuesta. Las islas Queen Charlotte. Donde pintaba Emily Carr. De donde viene la madera para las tallas. Podría ser un callejón sin salida, pero sería un idiota si no siguiera esa pista.

—Pero ¿quién va en cabeza? ¿El asesino o usted? Creo que quieren alejarlo de aquí. Creo que el asesino está aquí, en Three Pines.

—Yo también, pero creo que el asesinato empezó en las islas Queen Charlotte.

Beauvoir resopló, exasperado.

—Está cogiendo un puñado de pistas y juntándolas para que cuadren con su propósito.

—¿Qué me estás sugiriendo?

Beauvoir tenía que andarse con cuidado. El inspector jefe Gamache era más que su superior. Tenían una relación que iba más allá que cualquier otra de las que tenía Beauvoir. Y sabía que la paciencia de Gamache tenía sus límites.

—Creo que ve lo que quiere ver. Ve cosas que no están ahí.

—Quieres decir que no son visibles.

—No, quiero decir que no existen. Se puede dar un pequeño salto para llegar a una conclusión, no es el fin del mundo, pero es que usted está saltando mucho, ¿y adónde va a llevarlo eso? Al puto fin del mundo. Señor.

Beauvoir miró por la ventana, intentando tranquilizarse. Havoc les retiró los platos, y el inspector esperó a que se fuera antes de continuar.

—Sé que le gustan la historia, la literatura y el arte, y que la cabaña del ermitaño debe de parecerle una tienda de golosinas, pero creo que en este caso está viendo muchas más cosas de las que existen. Creo que se está complicando la vida. Sabe que lo seguiría a cualquier parte, que todos lo haríamos. Usted diga adónde hay que ir, y allí estoy yo. Confío totalmente en usted. Pero hasta usted puede cometer errores. Siempre dice que el asesinato, en el fondo, es muy sencillo. Es una emoción. Y la emoción está aquí, donde se encuentra el asesino. Tenemos muchísimas pistas que seguir sin necesidad de pensar en un mono, un trozo de madera y una isla dejada de la mano de Dios al otro lado del país.

—¿Has terminado? —preguntó Gamache.

Beauvoir se enderezó y respiró hondo.

—De momento, sí.

Su jefe sonrió.

—Estoy de acuerdo contigo, Jean Guy, el asesino está aquí. Alguien de aquí conocía al ermitaño y alguien de aquí lo mató. Tienes razón. Cuando quitas todos los adornos, la cosa es sencilla. Un hombre se hace con unas antigüedades que valen una fortuna. Quizá las haya robado. Quiere esconderse, así que viene a un pueblo donde nadie lo conoce. Pero no basta con eso. Va un paso más allá y construye una cabaña en medio del bosque. ¿Se oculta de la policía? Quizá. ¿De algo o de alguien peor? Eso creo. Pero no puede hacerlo solo. Necesita noticias, al menos. Necesita unos ojos y unos oídos en el exterior. De modo que recluta a Olivier.

—¿Por qué él?

—Ruth lo ha dicho esta noche.

—¿Más whisky, gilipollas?

—Bueno, eso también. Pero lo que ha dicho es que Olivier es codicioso. Y es verdad. También lo era el ermitaño. Probablemente se reconoció en Olivier. Ese tipo de codicia. Esa necesidad de poseer. Y sabía que podía dominarlo. Prometerle más antigüedades cada vez, y mejores. Pero con el paso de los años ocurrió algo.

—¿Se volvió loco?

—Quizá. Pero tal vez fuese justamente lo contrario. Quizá se volviera cuerdo. El lugar que había construido para esconderse se convirtió en un hogar, un refugio. Tú lo notaste. Había algo pacífico e incluso consolador en la vida del ermitaño. Era muy sencilla. ¿Quién no añora algo así hoy en día?

Llegaron los segundos platos y la pesadumbre de Beauvoir se disipó cuando le colocaron delante el aromático buey a la borgoñona. Miró al inspector jefe, que sonreía al otro lado de la mesa ante su langosta a la termidor.

—Sí, la sencilla vida del campo... —Beauvoir levantó su copa de vino tinto en un pequeño brindis.

Gamache inclinó su copa de vino blanco hacia el inspector y luego cogió un bocado suculento. Mientras comía pensó en aquellos primeros minutos en la cabaña del ermitaño. Y en el momento en que se había dado cuenta de lo que estaba viendo. Tesoros. Y sin embargo, todo era de uso común. Allí dentro todo tenía un motivo, ya fuera práctico o de placer, como los libros o el violín.

Pero había una cosa. Una sola cosa que no parecía tener objetivo.

Gamache bajó lentamente el tenedor y miró más allá de Beauvoir. Al cabo de un momento el inspector también bajó su tenedor y miró detrás de él. No había nada. La sala vacía.

—¿Qué pasa?

Gamache levantó un dedo, una petición de silencio sutil y amable. Luego buscó en su bolsillo del pecho y sacó un bolígrafo y una libretita y escribió algo, rápidamente, como si tuviera miedo de que se le escapase. Beauvoir se esforzó por leerlo. Luego, emocionado, vio lo que era.

El alfabeto.

Silenciosamente, vio a su jefe escribir una línea debajo. Su rostro se abrió, maravillado. Maravillado de que hubiera podido ser tan estúpido. De haber pasado por alto algo que parecía tan evidente.

Debajo del alfabeto, el inspector jefe Gamache había escrito las letras del número dieciséis: SIXTEEN.

—El número de encima de la puerta —susurró Beauvoir como si también tuviera miedo de espantar aquella pista crucial.

—¿Cuáles eran las letras cifradas? —preguntó Gamache a toda prisa, ansioso de llegar al final.

Beauvoir buscó en el bolsillo y sacó su libreta.

—MRKBVYDDO debajo de la gente de la costa. Y OWSVI debajo del barco.

Vio trabajar a Gamache descodificando los mensajes del ermitaño.

```
A B C D E F G H I J K L M N O P Q R S T U V W X Y Z
S I X T E E N A B C D E F G H I J K L M N O P Q R S
```

Gamache leyó las letras a medida que las iba encontrando.

—T, Y, R, I, etcétera...

—Tyri —murmuró Beauvoir—. Tyri...

—No sé qué más, K, K, V. —Levantó la vista y miró a Beauvoir.

—¿Qué significa? ¿Es un nombre? ¿Un nombre checo, quizá?

—A lo mejor es un anagrama —dijo Gamache—. Tenemos que recomponer las letras.

Dedicaron unos minutos a intentarlo, comiendo bocados de su cena mientras trabajaban. Al final, Gamache dejó el bolígrafo y negó con la cabeza.

—Pensaba que lo había encontrado...

—A lo mejor sí que sirve —dijo Beauvoir, todavía reacio a abandonar. Cambió más letras, probó el otro nombre en clave. Reordenó de nuevo las letras y finalmente llegó a la misma conclusión.

—La clave no era «sixteen».

—Aun así —dijo Beauvoir mojando un trozo de crujiente baguete en la salsa—, me pregunto qué hacía ahí ese número.

—Quizá algunas cosas no han de tener propósito alguno —dijo Gamache—. A lo mejor ése es su propósito.

Pero aquello era demasiado esotérico para Beauvoir. Igual que el razonamiento del inspector jefe sobre las islas Queen Charlotte. De hecho, Beauvoir no lo llamaba siquiera razonamiento. En el mejor de los casos era intuición por parte del jefe; en el peor de los casos, una simple suposición, quizá incluso manipulada por el asesino.

La única imagen que tenía el inspector del brumoso archipiélago al otro lado del país eran unos bosques densos, montañas e interminables extensiones de agua gris. Pero, sobre todo, niebla.

Y Armand Gamache iba a adentrarse en aquella niebla, solo.

—Casi me había olvidado: Ruth Zardo me ha dado esto.

Gamache le tendió el trocito de papel. Beauvoir lo desdobló y leyó en voz alta:

levante entre sus fauces suaves tu alma como un
cachorro
y te lleve con sus caricias a la oscuridad y al pa-
raíso.

Al menos después de «paraíso» había un punto. ¿Sería el final, de verdad?

TREINTA Y DOS

Armand Gamache llegó a última hora de la tarde a las inquietantes islas, después de haber ido cogiendo aviones cada vez más pequeños, hasta que el último parecía apenas un sencillo fuselaje que le rodeaba el cuerpo y que salió disparado al final de la pista de aterrizaje de Prince Rupert.

Mientras el diminuto hidroavión sobrevolaba el archipiélago, alejándose de la costa norte de la Columbia Británica, Gamache miró hacia abajo, al paisaje de montañas y densos bosques antiguos. Llevaba milenios escondido detrás de las nieblas, casi tan impenetrables como los árboles. Había permanecido aislado. Pero no solo. Era un hervidero de vida que había producido los osos negros más grandes del mundo y los búhos más pequeños. Estaba repleto de vida. En realidad, los primeros hombres fueron descubiertos por un cuervo en una concha de almeja gigante, acercándose a la punta de una de las islas. Así fue como los haida habían llegado a vivir allí, según su cosmogonía. Más recientemente se habían encontrado también leñadores en las islas. Aquello no formaba parte de la cosmogonía. Aquellos hombres habían mirado más allá de las espesas nieblas y habían visto dinero. Habían llegado a las islas Charlotte hacía un siglo, incapaces de percibir el crisol con el que habían tropezado y viendo sólo tesoros. Los antiguos bosques de cedro rojo. Árboles muy preciados por su resistencia, que ya eran altos y rectos mucho antes de que naciera la reina Charlotte y se casara con su monarca loco.

Pero entonces cayeron bajo la sierra para convertirse en tejas, suelos y revestimientos. Y diez pequeñas esculturas.

Después de bajar suavemente a la superficie del agua, la joven piloto ayudó al hombre corpulento a salir trabajosamente de su pequeño aeroplano.

—Bienvenido a Haida Gwaii —dijo.

Cuando Gamache se levantó, a primera hora de la mañana, en Three Pines, y encontró a Gabri grogui en la cocina preparando un pequeño picnic para el viaje al aeropuerto de Montreal, no sabía nada de aquellas islas que se encontraban a medio mundo de distancia. Pero en los largos vuelos desde Montreal a Vancouver, y luego a Prince Rupert y al pueblo de Queen Charlotte, había leído sobre las islas y ahora conocía bien aquella frase.

—Gracias por traerme a su tierra natal.

Los profundos ojos castaños de la piloto se mostraban suspicaces, tal como era de esperar, pensó Gamache. La llegada de otro hombre blanco de mediana edad y con traje a su isla no era buena señal. No había que ser haida para darse cuenta.

—Usted debe de ser el inspector jefe Gamache.

Un hombre robusto con el pelo negro y la piel del color del cedro atravesaba el muelle y le tendía la mano. Se la estrecharon.

—Soy el sargento Minshall, de la Real Policía Montada del Canadá. Nos hemos escrito.

Su voz era profunda y tenía cierto tono cantarín. Era haida.

—*Ah, oui, merci*. Gracias por venir a recibir el avión.

El policía montado cogió la bolsa de viaje que le tendía la piloto y se la echó al hombro. Dieron las gracias a la piloto, que no se dignó contestar, y los dos hombres se dirigieron al extremo del muelle, subieron por una rampa y luego recorrieron un camino. El frío era intenso y Gamache recordó que en realidad estaban más cerca de Alaska que de Vancouver.

—Veo que no se quedará mucho tiempo.

Gamache miró hacia el océano y supo que el continente había desaparecido. No, no es que hubiera desaparecido: es que nunca había existido. Aquél era el continente.

—Ojalá pudiera quedarme más, esto es precioso. Pero tengo que volver.

—Bien. Le he reservado una habitación en el refugio. Creo que le gustará. No hay muchas personas en las Queen Charlotte, como ya sabrá. Quizá cinco mil, la mitad haida y la otra mitad... —dudó ligeramente—, no. Tenemos algunos turistas, pero la temporada está terminando ya.

Los dos hombres habían ido acortando el paso, y entonces se detuvieron. Habían pasado ante una ferretería, una cafetería, un edificio pequeño con una sirena delante. Pero era el puerto lo que llamaba la atención de Gamache. Nunca había visto un paisaje como aquél, en toda su vida, y eso que conocía algunos lugares de belleza espectacular en Quebec. Pero ninguno, tenía que admitirlo, se acercaba siquiera a aquello.

Eran las tierras vírgenes. En toda la extensión que abarcaba la vista, las montañas se alzaban desde el agua, cubiertas de bosques oscuros. Se veía una isla, y también barcos de pesca. Por encima sobrevolaban las águilas. Los hombres se dirigieron a la playa, cubierta de guijarros y conchas, y guardaron silencio unos minutos, oyendo las aves y el chapoteo del agua y oliendo aquella combinación de algas, pescado y bosque que impregnaba el aire.

—Hay más nidos de águila aquí que en cualquier otro lugar de Canadá, ¿sabe? Es una señal de buena suerte.

Un oficial de la RPMC no solía hablar de señales, a menos que fueran de tráfico. Gamache no se volvió a mirar al hombre porque estaba demasiado seducido por la vista, pero lo escuchaba.

—Los haida tienen dos clanes. El águila y el cuervo. Le he preparado una reunión con los ancianos de ambos clanes. Lo han invitado a cenar.

—Muchas gracias. ¿Estará usted también?

El sargento Minshall sonrió.

—No. Me ha parecido que se sentiría más cómodo sin mí. Los haida son una gente muy acogedora, ya lo verá.

Han vivido aquí miles de años sin que nadie los molestara. Hasta hace poco.

Era interesante, pensó Gamache, que se refiriese a los haida como «ellos» y no como «nosotros». Quizá fuera por cortesía hacia Gamache, para no parecer parcial.

—Intentaré no molestarlos esta noche.

—Es demasiado tarde.

Armand Gamache se duchó, se afeitó y limpió el vaho del espejo. Era como si la niebla que invadía los antiguos bosques se hubiese colado en su habitación. Quizá para vigilarlo. Para adivinar sus intenciones.

Abrió un pequeño agujero en el vaho y vio a un oficial de la Sûreté muy cansado, muy lejos de su casa.

Se cambió, se puso una camisa limpia y unos pantalones oscuros, escogió una corbata y se sentó en un lado de la cama doble, cubierta con lo que parecía un edredón cosido a mano.

La habitación era sencilla, limpia y cómoda. Pero podría haber estado llena de nabos, habría dado igual. Nadie se fijaría en nada que no fuera la vista. Daba directamente a la bahía. La luz del atardecer llenaba el cielo de oro, morado y rojo, ondulantes y cambiantes. Vivos. Todo parecía vivo allí.

Se dirigió hacia la ventana y observó mientras con las manos se hacía el nudo de la corbata de seda vede. Alguien llamó a la puerta. La abrió, esperando que fuese la propietaria o el sargento Minshall, así que se sorprendió al ver a la joven piloto.

—Noni, mi bisabuela, me ha pedido que lo acompañe a cenar.

Continuaba sin sonreír. De hecho, parecía muy disgustada.

Él se puso una chaqueta gris y el abrigo, y los dos salieron mientras iba oscureciendo. La luz ya estaba encendida en las casas que abrazaban el puerto. El aire era frío y húmedo, pero limpio, y lo despertó mucho, de modo que se sintió mucho más atento que en toda la tarde. Montaron en una furgoneta vieja y salieron de la ciudad.

—¿Así que es usted de las Charlotte?

—Soy de Haida Gwaii —repuso ella.

—Claro, lo siento. ¿Es del clan del águila?

—Cuervo.

—Ah —dijo Gamache.

Se dio cuenta de que sonaba ligeramente ridículo, pero a la joven que tenía al lado no parecía importarle. Parecía más interesada en no hacerle ningún caso.

—Su familia debe de estar muy contenta de que sea piloto.

—¿Por qué?

—Bueno, volar y todo eso...

—¿Porque soy una cuervo? Aquí vuela todo el mundo, inspector jefe. Simplemente, yo necesito más ayuda.

—¿Hace mucho que es piloto?

Hubo un silencio entonces. Evidentemente, no valía la pena responder a su pregunta. Y él tuvo que estar de acuerdo. Era mejor el silencio. Sus ojos se acostumbraron a la noche, y pudo distinguir la línea de montañas que atravesaba la bahía mientras avanzaban. Al cabo de unos minutos llegaron a otro pueblo. La joven piloto detuvo la furgoneta frente a un edificio blanco bastante corriente que tenía un letrero delante. «Salón Comunitario Skidegate.» Ella salió y se dirigió hacia la puerta sin mirar atrás para asegurarse de que él la seguía. O bien confiaba en que lo hiciera o bien, lo más probable, no le importaba en absoluto.

Él dejó a su espalda el puerto en penumbra, la siguió y entró por la puerta del Salón Comunitario. Y teatro de ópera. Gamache se volvió para cerciorarse de que, efectivamente, había una puerta allí y no había emergido a otro mundo por arte de magia. Estaban rodeados de grandes palcos por tres lados. Gamache dio una lenta vuelta de 360 grados y el suelo de madera pulida crujió bajo sus pisadas. Sólo entonces se dio cuenta de que tenía la boca un poco abierta. La cerró y miró a la joven que tenía a su lado.

—Pero esto es extraordinario...

—*Haw'aa.*

Una escalinata amplia y grácil conducía hasta los palcos, y en el extremo más alejado de la sala se veía un escenario. Detrás de él había una pintura mural.

—Es un poblado haida —dijo ella dirigiéndose hacia allí.

—*Incroyable...* —susurró Gamache.

Al inspector jefe lo sorprendía y asombraba la vida a menudo. Pero raramente se quedaba estupefacto. En aquel momento lo estaba.

—¿Le gusta?

Gamache bajó la vista y se dio cuenta de que se había acercado a ellos otra mujer, mucho más vieja que su acompañante y que él mismo. Y, a diferencia de la piloto, aquella mujer sonreía. Por lo poco que parecía costarle, daba la sensación de que había encontrado mucha diversión en la vida.

—Muchísimo.

Tendió una mano y estrechó la de la anciana.

—Es mi noni —dijo la piloto.

—Esther —aclaró la mujer.

—Armand Gamache —contestó el jefe con una leve inclinación de cabeza—. Es un honor.

—El honor es mío, inspector jefe. Por favor.

Señaló hacia el centro de la sala, donde se había preparado una mesa. De ella procedía un exquisito aroma a comida y la sala estaba llena de personas que hablaban, se saludaban y se llamaban unas a otras. Y reían.

Él había esperado que los ancianos haida acudiesen a la reunión con los trajes tradicionales. Ahora se sentía avergonzado al darse cuenta de que era un tópico. Por el contrario, hombres y mujeres iban vestidos tal como habían salido del trabajo, con camisetas y jerséis gruesos, algunos con traje. Unos trabajaban en el banco, en la escuela, la clínica, otros en las aguas frías. Otros eran artistas. Pintores, pero sobre todo escultores.

—Es una sociedad matrilineal, inspector jefe —explicó Esther—. Pero la mayoría de los jefes son hombres. Aunque eso no significa que las mujeres carezcan de poder... Más bien al contrario.

Lo miró con sus ojos claros. Sólo era una afirmación. No se estaba jactando de ello.

Entonces ella le presentó a todo el mundo, uno por uno. Él repitió sus nombres e intentó recordarlos, aunque la verdad era que al cabo de media docena se había perdido del todo. Finalmente, Esther lo llevó a la mesa del bufet, donde habían colocado la comida.

—Éste es Skaay —le dijo presentándole a un hombre anciano y diminuto que levantó la vista de su plato. Tenía los ojos lechosos, ciegos—. Del clan del águila.

—Robert, si lo prefiere —dijo Skaay. Su voz era fuerte, y también su apretón de manos. Sonrió—. Las mujeres de ambos clanes han preparado un festín tradicional haida para usted, inspector jefe. —El ciego condujo a Gamache por la larga mesa nombrando cada plato—. Esto es *k'aaw*. Son huevas de arenque con algas. Esto de aquí es salmón ahumado con pimienta o, si quiere, también hay por ahí salmón ahumado con leña. Lo ha pescado Reg esta mañana y se ha pasado el día ahumándolo. Para usted.

Fueron recorriendo lentamente el bufet. Albóndigas de pulpo, pastel de cangrejo, fletán. Ensalada de patatas, pan todavía caliente. Zumos, agua. Nada de alcohol.

—Celebramos bailes. Aquí también es donde la mayoría de la gente celebra su banquete de bodas. Y los funerales. Y también muchas cenas. Cuando el clan del águila es anfitrión, el clan del cuervo sirve. Y viceversa, claro. Pero esta noche todos somos anfitriones. Y usted es nuestro invitado de honor.

Gamache, que había asistido a cenas oficiales en grandes palacios, banquetes celebrados en su honor, presentaciones de premios, nunca se había sentido tan agasajado.

Cogió un poco de cada cosa y se sentó. Para su sorpresa, la joven piloto se reunió con él. Mientras cenaban, hablaron, pero él notó que los ancianos haida se dedicaban más a preguntar que a responder. Estaban interesados en su trabajo, su vida, su familia. Le preguntaron por Quebec. Estaban muy informados y eran muy atentos. Amables y reservados.

Mientras tomaban el pastel, frutas del bosque frescas y crema chantilly, Gamache les habló del crimen. Del ermitaño en la cabaña perdida en los bosques. Los ancianos, siempre atentos, fueron quedándose más callados a medida que iba hablándoles del hombre, rodeado de tesoros, pero solo. Un hombre cuya vida había sido arrebatada, dejando todos sus bienes. Un hombre sin nombre, rodeado por historias, pero sin historia propia.

—¿Cree usted que era feliz? —preguntó Esther.

Era casi imposible deducir si había un líder en aquel grupo, por elección o por mutuo acuerdo. Pero Gamache supuso que, si lo había, debía de ser ella.

Dudó. En realidad no se había hecho aquella pregunta a sí mismo.

¿Era feliz el ermitaño?

—Creo que se daba por contento. Llevaba una vida pequeña, pacífica. Una vida que a mí también me atrae.

La joven piloto se volvió para mirarlo. Hasta aquel momento sólo había mirado al frente.

—Estaba rodeado de belleza —continuó Gamache—. Y tenía compañía, de vez en cuando. Alguien que le llevaba lo que no podía conseguir por sí solo. Pero tenía miedo.

—Es difícil ser feliz y tener miedo —dijo Esther—. Pero el miedo puede conducir al valor.

—Y el valor a la paz —dijo un joven a continuación.

Le recordó a Gamache lo que había escrito un pescador en la pared de la cafetería de Mutton Bay unos cuantos años antes. Había observado a Gamache a través de la habitación y le había dedicado una sonrisa tan radiante que el inspector jefe se había quedado sin habla. Luego, el pescador había escrito algo en la pared antes de irse. Después el policía se había acercado para leer:

> *Donde hay amor hay valor,*
> *donde hay valor hay paz,*
> *donde hay paz está Dios.*
> *Y si tienes a Dios, lo tienes todo.*

Gamache pronunció aquellas palabras, y en la sala se hizo el silencio. Los haida estaban a gusto en silencio. Y también Gamache.

—¿Es una oración? —preguntó al final Esther.

—Un pescador la escribió en la pared de un lugar que se llama Mutton Bay, muy lejos de aquí.

—Quizá no esté tan lejos —dijo Esther.

—¿Un pescador? —preguntó el hombre del traje con una sonrisa—. Cómo no. Están todos locos...

Un hombre más viejo, sentado a su lado, vestido con un grueso jersey, le dio un manotazo y los dos se rieron.

—Todos nosotros somos pescadores —aclaró Esther, y Gamache tuvo la sensación de que lo estaba incluyendo a él también. La mujer pensó un momento y luego preguntó—: ¿Y qué era lo que amaba su ermitaño?

Gamache se quedó pensando.

—No lo sé.

—Quizá cuando lo sepa averigüe quién es su asesino. ¿Cómo podemos ayudarlo?

—Hay un par de referencias a *Woo* y a Charlotte en la cabaña del ermitaño. Esas referencias me llevaron a Emily Carr, y ella aquí.

—Bueno, no es usted el primero, ni mucho menos —dijo un anciano, riendo. No era una risa petulante ni desdeñosa—. Sus cuadros han traído gente a Haida Gwaii desde hace años.

Costaba saber si aquello le parecía bien.

—Creo que el ermitaño estuvo en las islas Queen Charlotte, quizá haga quince años o más. Creemos que era checo. Que hablaba con acento.

Gamache sacó las fotos tomadas en el depósito de cadáveres. No les había advertido de lo que iban a ver, pero no le preocupaba. Aquella gente había convivido cómodamente con la vida y la muerte en un lugar donde la línea está borrosa y personas, animales y espíritus caminan juntos. Donde los hombres ciegos ven y todo el mundo tiene el don de volar.

Mientras tomaban un té fuerte, todos miraron al muerto. Lo miraron largo y tendido. Hasta la joven piloto dedicó toda su atención a las imágenes.

Y mientras miraban las fotos, Gamache los miraba a ellos. Intentando ver un asomo de reconocimiento. Un gesto, un cambio en su respiración. Se fijó con gran detenimiento en cada uno de ellos. Pero lo único que vio fue a gente empeñada en ayudar.

—Lo hemos decepcionado, me temo —dijo Esther a Gamache, que volvió a guardar las fotos en su cartera—. ¿Por qué simplemente no nos ha mandado esto por correo electrónico?

—Bueno, se las envié al sargento Minshall y él las hizo circular entre la policía, pero yo quería venir. Hay algo que no podía enviarse por correo electrónico. Algo que he traído.

Y sacó los dos envoltorios de toallas, los puso encima de la mesa y con mucho cuidado desempaquetó el primero.

Ni una cucharilla tintineó contra una taza, ni un envase de leche en polvo se abrió, nadie respiraba. Era como si alguien se hubiera unido a ellos en aquel preciso momento. Como si el silencio se hubiese aposentado.

Desenvolvió con delicadeza la siguiente. Y la escultura fue navegando por la mesa y se unió a su hermana.

—Hay otras. Ocho, creemos.

Si lo oyeron, no dieron señal de ello. Entonces un hombre robusto, de mediana edad, fue a coger una de las tallas. Se detuvo y miró a Gamache.

—¿Puedo?

—Por favor.

La cogió y, con unas manos grandes y gastadas, sujetó en alto el barco en plena travesía. Lo levantó hasta su rostro, de modo que pudo fijarse en los ojos de los diminutos hombres y mujeres que miraban al frente con tal placer y alegría.

—Es Haawasti —susurró la piloto—. Will Sommes.

—¿Ése es Will Sommes? —preguntó Gamache.

Había leído algo sobre aquel hombre. Era uno de los mayores artistas vivos de todo Canadá. Sus tallas haida rebosaban de vida y se las quitaban de las manos coleccionistas privados y museos del mundo entero. El inspector jefe había supuesto que Will Sommes sería un ermitaño que, al hacerse tan famoso, seguramente viviría oculto. Pero Gamache empezaba a darse cuenta de que en Haida

Gwaii las leyendas cobraban vida y caminaban entre la gente, y a veces tomaban té negro y comían crema chantilly.

Sommes cogió la otra pieza y le dio la vuelta una y otra vez.

—Cedro rojo.

—De aquí —confirmó Gamache.

Sommes miró bajo el barco.

—¿Es una firma?

—Quizá usted pueda decírmelo.

—Sólo letras. Pero tienen que significar algo...

—Parece estar en clave. Todavía no hemos averiguado qué significa.

—¿Las hizo el muerto? —Sommes levantó la talla.

—Sí.

Sommes miró lo que tenía en la mano.

—No puedo decirle quién era, pero sí puedo decirle una cosa: su ermitaño no tenía miedo, estaba aterrorizado.

TREINTA Y TRES

Al despertarse a la mañana siguiente, Gamache se encontró una brisa fresca, cargada de aire marino, y el chillido de las aves que se alimentaban, todo ello a través de su ventana abierta. Se revolvió en la cama y, tras atraer el edredón cálido hacia él, se quedó mirando la ventana. El día anterior le había parecido un sueño. Despertarse en Three Pines y acostarse en aquel pueblo haida, junto al océano...

El cielo era de un azul brillante y veía deslizarse por él águilas y gaviotas. Salió de la cama, se puso la ropa más abrigada que tenía y se maldijo por haberse olvidado de llevarse unos calzoncillos largos.

Abajo encontró un desayuno completo, con beicon, huevos, tostadas y café fuerte.

—Ha llamado Lavina para decir que esté en el muelle a las nueve y que, si no, se va sin usted.

Gamache miró a su alrededor para ver con quién hablaba la propietaria.

Estaba solo en la habitación.

—*Moi?*

—Sí, usted. Lavina ha dicho que no se retrase.

Gamache miró su reloj. Eran las ocho y media y no tenía ni idea de quién era Lavina, dónde estaba el muelle o por qué debía acudir allí. Tomó otra taza de café, subió a su habitación para ir al baño y ponerse el abrigo y el sombrero y luego bajó a hablar con la propietaria.

—¿Lavina ha dicho qué muelle?

—Supongo que es el que usa siempre. No tiene pérdida.

¿Cuántas veces había oído aquello Gamache y luego se había perdido? Aun así, de pie en el porche, cogió aire con fuerza y examinó la costa. Había varios muelles.

Pero sólo en uno se veía un hidroavión. Y a la joven piloto mirando su reloj. ¿Sería ella Lavina? Avergonzado, se dio cuenta de que no le había preguntado cómo se llamaba.

Fue andando y, cuando sus pies tocaron las tablas del muelle, vio que ella no estaba sola. La acompañaba Will Sommes.

—He pensado que le gustaría ver de dónde salieron esas piezas de madera —dijo el escultor invitando a Gamache a subir al pequeño hidroavión—. Mi nieta ha accedido a llevarnos. El avión en el que vino usted ayer es un vuelo comercial. Éste es nuestro.

—Yo también tengo una nieta —dijo Gamache mientras buscaba, esperaba que no demasiado frenéticamente, el cinturón de seguridad. El avión se alejó del embarcadero y avanzó hacia el estrecho—. Y otra de camino. Mi nieta me pinta cuadros con los dedos.

Estuvo a punto de añadir que al menos con un cuadro pintado con los dedos no es probable que te mates, pero pensó que sería descortés.

El avión cogió velocidad y empezó a rebotar en las pequeñas olas. Entonces Gamache se fijó en las correas de lona desgarradas en el avión, los asientos oxidados, el relleno destripado. Miró por la ventanilla y deseó no haber desayunado tanto.

Y en aquel momento despegaron y, con el avión inclinado hacia la izquierda, se elevaron por el cielo y se alejaron hacia la costa. Volaron cuarenta minutos. Dentro de la diminuta cabina el ruido era tan intenso que sólo podían hablarse a gritos. De vez en cuando, Sommes se inclinaba hacia él y le señalaba algo. Indicaba una pequeña bahía y decía cosas como: «Ahí es donde apareció el hombre por primera vez, en la concha de almeja. Es nuestro Jardín del Edén.» Y un poco más tarde: «Mire hacia abajo. Ésos son los últimos cedros rojos vírgenes que existen, el último bosque antiguo.»

Gamache contempló aquel mundo a vista de águila. Miró desde arriba los ríos y las ensenadas, bosques y montañas excavadas por glaciares. Al final descendieron hacia una bahía con unos picos envueltos en niebla incluso en un día tan claro como aquél. Cuando empezaron a bajar y rozaron el agua para dirigirse a la oscura línea de la costa, Will Sommes se inclinó de nuevo hacia Gamache y gritó:

—¡Bienvenido a Gwaii Haanas! La tierra de las maravillas.

Y, efectivamente, lo era.

Lavina los acercó tanto como pudo, y entonces en la costa apareció un hombre que empujó un bote y saltó a su interior en el último momento. Junto a la puerta del hidroavión, tendió la mano para ayudar al inspector jefe a bajar a la barca y se presentó:

—Me llamo John. Soy el Vigilante.

Gamache se fijó en que iba descalzo y vio que Lavina y su abuelo se quitaban los zapatos y los calcetines mientras John remaba. Enseguida comprendió por qué. El bote sólo podía acercarse relativamente. Tenían que bajarse y andar los últimos tres metros. Se quitó los zapatos y los calcetines, se remangó las perneras de los pantalones y pasó por encima de la borda. Casi. En cuanto tocó el agua con los dedos de los pies, reculó. Ante él, vio sonreír a Lavina y Sommes.

—Está fría —admitió el Vigilante.

—Venga, vamos, princesa, no se arrugue —dijo Lavina.

A Gamache le recordó a Ruth Zardo. ¿Es que siempre tenía que haber una de aquéllas?

Gamache no se arrugó y se reunió con ellos en la playa, con los pies amoratados tras haber pasado sólo un minuto sumergidos en el agua. Caminó ágilmente por las piedras hasta que encontró un tocón en el que sentarse para quitarse la tierra y los trocitos de concha de las plantas de los pies y calzarse de nuevo. No recordaba la última vez que había sentido un alivio semejante. En realidad, la última vez había sido cuando la avioneta aterrizó.

Estaba tan preocupado por el sitio, por el Vigilante, por el agua congelada, que no había visto aún lo que había allí en realidad. Pero entonces lo vio. De pie, justo en el mismo borde del bosque, se encontraba un solemne semicírculo de tótems.

Gamache notó que la sangre le corría veloz por las venas, dirigiéndose hacia el centro de su ser.

—Esto es Ninstints —susurró Will Sommes.

Gamache no respondió. No podía. Miró los altos tótems, en los cuales se encontraba tallado el tiempo mítico, el matrimonio entre animales y espíritus. Ballenas asesinas, tiburones, lobos, osos, águilas y cuervos, todos lo miraban. Y algo más. Cosas con lenguas largas y ojos enormes, y con dientes. Criaturas desconocidas fuera del tiempo mítico, pero muy reales allí.

Gamache tuvo la sensación de encontrarse de pie ante el mismísimo perfil de la memoria.

Algunos tótems eran altos y rectos, pero la mayoría se habían caído o estaban inclinados hacia algún lado.

—Todos somos pescadores —dijo Will—. Esther tenía razón. El mar alimenta nuestros cuerpos, pero esto es lo que alimenta nuestras almas.

Abrió las manos en un gesto sencillo y pequeño hacia el bosque.

John el Vigilante hablaba bajito mientras se abrían camino entre los tótems.

—Ésta es la colección de tótems en pie más grande del mundo. Este lugar está ahora protegido, pero no siempre lo ha estado. Algunos tótems conmemoran una ocasión especial, otros son mortuorios. Cada uno de ellos cuenta una historia. Las imágenes se superponen y están dispuestas en un orden específico, intencionado.

—Aquí es donde Emily Carr pintó gran parte de sus obras —afirmó Gamache.

—He pensado que le gustaría verlo —dijo Sommes.

—*Merci*. Se lo agradezco muchísimo.

—Este asentamiento fue el último en caer. Era el más aislado y quizá el más obstinado —continuó John—. Pero al final también cayó. Una marea de enfermedad, alcohol y misioneros desoló también al fin este lugar, igual que todos los demás. Tumbaron los tótems, destruyeron las «casas largas». Esto es lo único que queda. —Señaló una protuberancia en el bosque, cubierta de musgo—. Aquí había una casa larga.

Durante una hora, Armand Gamache paseó por aquel lugar. Le permitieron tocar los tótems y, levantando mucho su mano firme y grande, la apoyó en aquellos rostros magníficos con la intención de percibir por medio del tacto a quien hubiera tallado aquellas criaturas.

Al final se dirigió a John, que había pasado aquella hora sentado en un mismo sitio, mirándolos.

—Estoy investigando un crimen. ¿Puedo enseñarle un par de cosas?

El Vigilante asintió.

—La primera es la foto del muerto. Quizá pasara algún tiempo en Haida Gwaii, aunque creo que él lo llamaba Charlotte.

—Entonces no era haida.

—No, creo que no.

Gamache le enseñó la foto a John. Éste la cogió y la examinó atentamente.

—Lo siento, no lo conozco.

—Puede que fuera hace mucho tiempo. Quince, veinte años.

—Era una época difícil. Había mucha gente por aquí. Fue cuando los haida pararon finalmente a las compañías madereras bloqueando las carreteras. Tal vez fuera un leñador.

—Es posible. Ciertamente, parecía que se encontraba a gusto en el bosque. Y se construyó una cabaña de troncos. ¿Quién pudo enseñarle a hacerlo?

—¿Es una broma?

—No.

—Pues cualquiera. La mayoría de los haida viven en pueblos ahora, pero casi todos tenemos cabañas en los bosques. Las construimos nosotros mismos, o nuestros padres.

—¿Usted vive en una cabaña?

¿Dudó John un momento?

—No, tengo una habitación en el Holiday Inn Ninstints. —Se rió—. Sí. Me construí una cabaña hace unos
años. ¿Quiere verla?

—Si no le importa...

Mientras Will Sommes y su hija daban una vuelta,
John el Vigilante llevó a Gamache a lo más profundo del
bosque.

—Algunos de estos árboles tienen más de mil años de
edad, ¿sabe?

—Vale la pena salvarlos —dijo Gamache.

—No todos estarían de acuerdo. —Se detuvo y señaló
hacia una pequeña cabaña, en el bosque, con un porche y
una mecedora.

La viva imagen de la del ermitaño.

—¿Lo conocía usted, John? —preguntó Gamache, de
pronto consciente de que estaba solo en el bosque con un
hombre muy fuerte.

—¿Al muerto?

Gamache asintió.

John sonrió de nuevo.

—No.

Pero se había acercado mucho a Gamache.

—¿Le enseñó usted a construir una cabaña de troncos?

—No.

—¿Le enseñó a tallar?

—No.

—¿Me lo diría si lo hubiera hecho?

—No tengo nada que temer de usted. Nada que ocultar.

—Entonces, ¿por qué está aquí, solo?

—¿Y usted, por qué está usted aquí?

La voz de John era apenas un susurro, un siseo.

Gamache desenvolvió una de las tallas. John se quedó
mirando a los hombres y mujeres del barco y retrocedió.

—Está hecho de cedro rojo. De Haida Gwaii —dijo
Gamache—. Quizá de esos árboles, de este mismo bosque.
Lo hizo el hombre asesinado.

—Eso no significa nada para mí —dijo John, y, echando un último vistazo a la talla, se alejó.

Gamache lo siguió y encontró a Will Sommes en la playa, sonriendo.

—¿Ha tenido una charla agradable con John?

—No ha dicho gran cosa.

—Es un Vigilante, no un charlatán.

Gamache sonrió y empezó a envolver de nuevo la talla, pero Sommes le tocó la mano para impedírselo y examinó la talla una vez más.

—Dice usted que es de aquí. ¿Es madera antigua?

—No lo sabemos. En el laboratorio no pueden averiguarlo. Tendrían que destruir la talla para obtener una muestra lo suficientemente grande, y yo no se lo permitiría.

—¿Vale esto más que la vida de un hombre?

Sommes levantó la talla.

—Pocas cosas valen más que la vida de un hombre, monsieur. Pero esa vida ya se ha perdido. Espero averiguar quién lo hizo sin tener que destruir también su creación.

Aquello pareció satisfacer a Sommes, que volvió a tenderle la talla, pero de mala gana.

—Me habría gustado conocer al hombre que hizo esto. Tenía un don.

—Quizá fuese un leñador. Tal vez ayudase a talar sus bosques.

—Muchos de mi familia fueron leñadores. Cosas que pasan. Eso no los convierte en hombres malos ni en enemigos para toda la vida.

—¿Enseña usted a otros artistas? —preguntó Gamache como al descuido.

—¿Cree que quizá ese hombre viniera aquí para hablar conmigo? —preguntó Sommes.

—Creo que vino aquí. Y hacía tallas.

—Primero era un leñador, ahora resulta que hacía tallas... ¿En qué quedamos, inspector jefe?

Lo dijo con humor, pero a Gamache no se le escapó la crítica que contenían sus palabras. Había echado el anzuelo al azar, y lo sabía. Y también Sommes. Y también Esther. Todos somos pescadores, había afirmado ella.

¿Había averiguado algo en aquella visita? Gamache empezaba a dudarlo.

—¿Enseña usted a tallar? —insistió.

Sommes negó con la cabeza.

—Sólo a otros haida.

—El ermitaño usaba madera de aquí. ¿No le sorprende?

—En absoluto. Algunas zonas están ahora protegidas, pero hemos accedido a que se talen otras. Y se replanten. Es una buena industria, si se lleva como es debido. Y los árboles jóvenes son buenos para el ecosistema. Yo aconsejo a todos los escultores que usen cedro rojo.

—Deberíamos irnos. El tiempo está cambiando —dijo Lavina.

Mientras el hidroavión despegaba y se alejaba de la recoleta bahía, Gamache miró hacia abajo. Parecía que uno de los tótems había cobrado vida y lo saludaba. Pero entonces reconoció a John, que custodiaba aquel lugar evocador, pero había tenido miedo de la pequeña pieza de madera que Gamache llevaba en la mano. John, que se había colocado fuera a sí mismo, desaforado.

—Estuvo implicado en el conflicto de la tala, ¿sabe? —gritó Sommes por encima del ruido del viejo motor.

—Parece alguien a quien quisieras tener de tu parte.

—Y lo estaba. De su parte, quiero decir. John era un policía montado. Se vio obligado a arrestar a su propia abuela. Todavía lo veo cuando se la llevaba.

—John es mi tío —gritó Lavina desde la cabina.

A Gamache le costó un momento relacionarlo todo. El hombre tranquilo, sombrío, solitario, al que había conocido, el hombre que veía alejarse el avión, había arrestado a Esther.

—Y ahora es un Vigilante que conserva los últimos tótems —dijo Gamache.

—Todos intentamos conservar algo —respondió Sommes.

● ● ●

411

En la pensión, el sargento Minshall había dejado un mensaje y un sobre para él. Mientras comía pescado fresco y maíz en lata, lo abrió y sacó más fotos, impresas desde el ordenador del sargento. Y también había un correo electrónico.

Armand:

Hemos seguido la pista de las demás tallas. Hay dos que todavía no hemos encontrado, la que vendió Olivier en eBay y una de las que se subastaron en Ginebra. Ninguno de los coleccionistas ha accedido a enviarnos la obra de arte original, pero sí nos han mandado algunas fotos (ver adjuntos). Ninguna otra talla tiene letras grabadas debajo.

Jérôme sigue trabajando en el código. Tampoco ha habido suerte todavía.

¿Qué piensas de todas estas fotos? Son sorprendentes, ¿verdad?

He trabajado en los objetos de la cabaña. Hasta el momento ninguno de ellos ha sido denunciado como robado, y no soy capaz de encontrar ninguna conexión entre ellos. Había pensado que un brazalete de oro podría ser checo, pero resulta que es dacio. Un hallazgo impresionante. Anterior a los rumanos actuales.

Pero es muy extraño. Los artículos no parecen relacionados entre sí. A menos que ésa sea precisamente la clave... Tendremos que pensar algo más. Intento mantener en secreto todo esto, pero ya estoy recibiendo llamadas de todo el mundo. Agencias de noticias, museos... No sé cómo se habrá corrido la voz, pero así ha sido. Sobre todo lo de la Cámara de Ámbar. Ya verás cuando averigüen lo demás...

Me han dicho que estás en las islas Queen Charlotte. Afortunado tú. Si conoces a Will Sommes dile que adoro su obra. Lleva una vida recluida, así que dudo que lo veas.

THÉRÈSE BRUNEL

Sacó las fotos y las observó mientras comía. Cuando llegó el pastel de crema de coco, ya las había repasado todas. Las dejó en la mesa ante él, en forma de abanico. Y se quedó mirándolas.

El tono había cambiado. En una las figuras aparentaban cargar unos carros, empaquetar sus pertenencias domésticas. Parecían muy emocionados. Excepto el joven, que hacía gestos ansiosos para que se apresuraran. Pero en la siguiente talla había una creciente inquietud entre la gente. Y las dos últimas eran muy distintas. En una, las figuras ya no caminaban. Estaban en chozas, en casas. Pero unas cuantas miraban por las ventanas. Precavidas. Sin miedo. Todavía. El miedo se había reservado para la última que le había enviado la superintendente Brunel. Era la talla de mayor tamaño, y las figuras estaban de pie, mirando. Hacia arriba. A Gamache, al parecer.

Era una perspectiva extrañísima. Parecía que el espectador formaba parte de la obra. Y no una parte agradable, precisamente. Daba la impresión de que él era el motivo de que tuvieran tanto miedo.

Porque lo tenían. ¿Qué había dicho Will Sommes la noche anterior al ver al chico acurrucado dentro del barco?

No es que tuvieran miedo, es que estaban aterrorizados.

La gente de las tallas se había enfrentado a algo terrible. Su creador se había enfrentado a algo terrible.

Lo más extraño era que Gamache no veía al chico en las dos últimas tallas. Pidió una lupa a la propietaria y se sintió como Sherlock Holmes, encorvado hacia delante y examinando minuciosamente las fotos. Pero nada.

Se recostó en la silla y bebió un sorbo de té. El pastel de crema de coco permanecía ante él, intacto. El terror que se había llevado la felicidad de aquellas tallas le había robado también el apetito.

El sargento Minshall se reunió con él al cabo de unos minutos, y una vez más pasearon por la ciudad, deteniéndose ante la empresa Construcciones Greeley.

—¿Qué se le ofrece? —preguntó un hombre anciano de barba, pelo y ojos grises, pero de cuerpo recio y potente.

—Queríamos hablar con usted de unos trabajadores que quizá tuviera en los ochenta y a principio de los noventa —dijo el sargento Minshall.

—¿En serio? Ya sabe cómo son los leñadores. Vienen y van. Especialmente entonces.

—¿Por qué especialmente entonces, monsieur? —preguntó Gamache.

—Es el inspector jefe Gamache, de la Sûreté du Québec.

Minshall presentó a los hombres y ellos se estrecharon la mano. Gamache tuvo la clara impresión de que Greeley era un hombre a quien no convenía enojar.

—Muy lejos de casa —dijo Greeley.

—Sí, es verdad. Pero me siento muy bien acogido. ¿Qué tenía de especial aquella época?

—¿Finales de los ochenta y principios de los noventa? ¿No lo sabe? ¿No ha oído hablar de la isla de Lyall? ¿Los cortes de carreteras, las protestas? Hay miles de hectáreas de bosque, y, de repente, los haida empezaron a preocuparse por las talas. ¿No ha oído hablar de todo eso?

—Sí, claro, pero yo no estaba aquí. Quizá pueda contarme lo que ocurrió.

—No fue culpa de los haida. Los liaron unos alborotadores. Esos ecologistas fanáticos. Terroristas, en realidad. Reclutaron a un puñado de matones y chicos que sólo querían llamar la atención. No tenía nada que ver con los bosques. Oiga, nosotros no queríamos matar a nadie, ni siquiera matar animales. Lo único que hacíamos era talar árboles. Que vuelven a crecer. Y éramos los que dábamos más empleo de toda la zona. Pero los ecologistas consiguieron que los haida se exaltaran. Les calentaron la cabeza con un montón de estupideces.

Junto a Gamache, el sargento Minshall meneaba los pies. Pero no dijo nada.

—Sin embargo, el promedio de edad de los haida arrestados fue de setenta y seis años —dijo Gamache—. Los ancianos se colocaron entre los jóvenes manifestantes y usted.

—Un truco propagandístico. No significa nada —saltó Greeley—. Creía que había dicho que no sabía nada de todo esto.

—He dicho que no estuve aquí. He leído los reportajes, pero, claro, no es lo mismo.

—Tiene usted razón, joder. Los medios se lo tragaron todo. Nosotros quedamos como los malos, y lo único que queríamos era talar unas cuantas hectáreas sobre las que teníamos derecho.

Greeley iba alzando la voz. La herida y la rabia estaban muy cerca de la superficie.

—¿Hubo violencia? —preguntó Gamache.

—Algo. Era inevitable. Pero no empezamos nosotros. Nosotros sólo queríamos hacer nuestro trabajo.

—¿Iba y venía mucha gente, por aquel entonces? Leñadores y manifestantes, supongo.

—Había gente por todas partes. ¿Y quiere usted encontrar a uno? —Greeley resopló—. ¿Cómo se llamaba?

—No lo sé.

Gamache ignoró la risa burlona de Greeley y los suyos. Más bien se limitó a enseñarles una foto del muerto.

—Quizá hablase con acento checo.

Greeley la miró y se la devolvió.

—Por favor, mírela mejor —dijo el inspector jefe.

Los dos hombres se miraron un momento.

—Quizá si mirase usted la foto, en lugar de mirarme a mí, monsieur... —Su voz, aunque razonable, también sonaba dura.

Greeley volvió a cogerla y la miró más rato.

—No lo conozco. Quizá estuviera aquí, pero ¿quién sabe? Sería mucho más joven, claro... Francamente, no me parece un leñador ni un guarda forestal. Es demasiado menudo.

Era la primera cosa útil que le había dicho aquel hombre. Gamache miró de nuevo al ermitaño muerto. Tres tipos de visitantes acudían a las Queen Charlotte en aquella época: leñadores, ecologistas y artistas. Lo más probable era que el hombre fuera uno de los últimos. Dio las gracias a Greeley y se fue.

Una vez en la calle, miró su reloj. Si podía hacer que Lavina lo llevase en el avión a Prince Rupert, aún podría coger el vuelo de la mañana a Montreal. Pero Gamache esperó un momento e hizo una llamada más.

—¿Monsieur Sommes?

—Sí, inspector jefe. ¿Sospecha ahora que nuestro hombre tal vez fuese un ecoterrorista?

—*Voyons*, ¿cómo lo sabe usted?

Will Sommes se echó a reír.

—¿Qué necesita?

—John, el Vigilante, me enseñó su cabaña en el bosque. ¿La ha visto?

—Sí.

—Es exactamente igual a la de nuestro muerto, al otro lado del país, en los bosques de Quebec. —Hubo un silencio en la línea—. ¿Monsieur Sommes? —Gamache no estaba seguro de si se había cortado la conexión.

—Me temo que eso no significa gran cosa. Mi cabaña también es igual. Todas lo son, con pocas excepciones. Siento decepcionarlo.

Gamache colgó, nada decepcionado. Ya sabía algo sin ningún género de dudas: que el ermitaño había estado en las islas Queen Charlotte.

El inspector jefe Gamache cogió por los pelos el vuelo matutino que salía de Vancouver. Se introdujo como pudo en el asiento central de la fila y, en cuanto despegó el avión, el hombre que tenía en el asiento de delante echó atrás el respaldo hasta que quedó casi encima del regazo de Gamache. Las dos personas que tenía a ambos lados se apoderaron cada uno de un reposabrazos, con lo cual el inspector jefe tuvo que pasar siete horas oyendo al niño que estaba al otro lado del pasillo jugar con su GI Joe.

Se puso las gafas de lectura y leyó algo sobre Emily Carr, su arte, sus viajes, su «revelación brutal». Miró sus cuadros de las islas Queen Charlotte y apreció las imágenes potentes y poéticas. Examinó con atención sus cuadros de Ninstints. Había captado todo aquello justo antes de la caída, cuando los tótems eran altos y rectos y las casas largas todavía no estaban cubiertas de musgo.

Cuando sobrevolaban Winnipeg, sacó las fotos de las esculturas del ermitaño.

Las miró dejando que su mente vagara en libertad. Como trasfondo, mientras tanto, el niño iba imaginando una historia muy intrincada de guerra, ataques y heroísmos. Gamache pensó en Beauvoir, allí, en Three Pines, acosado por una avalancha de hechos, y en las palabras de Ruth Zardo. Cerró los ojos y apoyó la cabeza pensando en los versos que Ruth seguía enviando como si la poesía fuera un arma. Que lo era, por supuesto. Para ella.

> *levante entre sus fauces suaves tu alma como un*
> *   cachorro*
> *y te lleve con sus caricias a la oscuridad y al pa-*
> *   raíso.*

Qué hermosos eran, pensó Gamache, que comenzó a dejarse mecer por un sueño inquieto mientras Air Canada lo llevaba a casa. Y, justo cuando ya se dormía, apareció flotando otro par de versos:

> *que la deidad que mata por placer*
> *cure también,*

Cuando el avión surcaba el cielo sobre Toronto, Gamache ya sabía lo que significaban las tallas y lo que debía hacer a continuación.

TREINTA Y CUATRO

Mientras Gamache se hallaba entre las nieblas de las islas Queen Charlotte, Clara había estado también sumida en su particular bruma. Había pasado el día entero dando vueltas en torno al teléfono, acercándose más cada vez para alejarse al fin de nuevo.

Peter la veía desde el estudio. Ya no sabía qué esperaba que ocurriese. Que Clara llamase a Fortin o no. Ya no sabía qué sería mejor. Para ella, para él.

Miró el cuadro que tenía en su caballete. Cogió el pincel, lo mojó en pintura y se acercó. Decidido a dar el detalle que esperaba la gente de sus obras. La complejidad. Las capas.

Añadió un solo punto y luego se apartó.

—Ay, Dios mío... —suspiró mirando el punto que acababa de poner en el lienzo blanco.

Clara se estaba acercando una vez más al teléfono, tras pasar por el frigorífico. Chocolate con leche en una mano y galletas Oreo en la otra, mirando el teléfono.

¿Actuaba así por tozudez? ¿Por pura terquedad? ¿O defendía aquello en lo que creía? ¿Era una heroína o una cabrona? Era curioso que a menudo costara tanto distinguirlo.

Clara salió al jardín y dedicó unos minutos a arrancar malas hierbas sin entusiasmo. Luego se duchó, se cambió, se despidió de Peter con un beso, montó en el coche y se fue a Montreal. A la Galerie Fortin a recoger su portafolio.

De camino, se desvió en el último momento para visitar a la señorita Emily Carr. Clara se quedó mirando la escultura de aquella mujer patosa y excéntrica con su caballo, su perro y su mono. Y su convicción a partir de una revelación brutal.

El inspector Beauvoir se reunió con Gamache en el aeropuerto Trudeau.

—¿Alguna noticia de la superintendente Brunel? —preguntó el inspector jefe mientras Beauvoir guardaba su maleta en el asiento trasero.

—Ha encontrado otra talla. La tenía un tipo de Moscú. Se niega a soltarla, pero ha enviado algunas fotos. —Beauvoir tendió un sobre al inspector jefe—. ¿Y usted? ¿Qué ha averiguado?

—¿Te has dado cuenta de que los versos sueltos que te ha ido dando Ruth forman un poema?

—¿Eso ha averiguado en las islas Queen Charlotte?

—Indirectamente. ¿Los has guardado?

—¿Los trocitos de papel? Claro que no. ¿Por qué? ¿Son importantes para el caso?

Gamache suspiró. Estaba cansado. Tenía que recorrer una gran distancia aquel día y no podía permitirse ni un tropiezo. Ahora no.

—No. Supongo que no. Pero es una lástima perderlos.

—Sí, eso lo dice usted... Espere a que lo apunte a usted con su pluma...

—«...levante entre sus fauces suaves tu alma como un cachorro / y te lleve con sus caricias a la oscuridad y al paraíso» —susurró Gamache.

—¿Adónde vamos? —preguntó Beauvoir mientras iban rebotando por la carretera que conducía a Three Pines.

—Al *bistrot*. Tenemos que hablar otra vez con Olivier. ¿Has examinado sus finanzas?

—Tiene cuatro millones. Uno y medio por la venta de las tallas, un poco más de un millón por las antigüedades que le dio el ermitaño y sus propiedades valen otro millón. No hemos avanzado demasiado —dijo Beauvoir en tono lastimero.

En cambio, Gamache sabía que en realidad estaban muy cerca. Y sabía que cuando llegaba aquel momento el suelo podía volverse muy sólido de repente, o desaparecer bajo sus pies.

El coche se detuvo ante el *bistrot*. El inspector jefe había estado tan callado en el asiento del pasajero que Beauvoir pensaba que a lo mejor se había echado una siestecita. Parecía cansado, ¿y quién no lo estaría después de un largo vuelo en Air Canada? La compañía aérea que cobraba por todo. Beauvoir estaba convencido de que pronto pondrían una ranura para las tarjetas de crédito al lado del oxígeno de emergencia.

El inspector echó un vistazo y, efectivamente, Gamache iba con la cabeza gacha y los ojos cerrados. Beauvoir no quería molestarlo, parecía tan sereno... Entonces notó que el pulgar del jefe iba rozando suavemente la foto que sostenía en la mano, sin apretar demasiado. El inspector se fijó un poco más. Los ojos del jefe no estaban cerrados, no del todo.

Estaban muy entrecerrados y estudiaban con mucha intensidad la imagen que tenía en la mano.

En ella se veía la talla de una montaña. Baldía, desolada. Como si hubiera sido arrasada. Sólo unos escuálidos pinos en la base. Había una gran tristeza en ella, Gamache lo notaba, un gran vacío. Y sin embargo, aquella obra tenía algo que la hacía muy distinta de las demás. Cierta levedad. Entrecerró los ojos para mirar con más precisión y al fin lo vio. Lo que había tomado por un pino más al pie de la montaña en realidad no lo era.

Era un joven. Un chico que pisaba indeciso la base de la talla.

Y allí donde pisaba, aparecían algunos brotes.

Le recordaba el retrato de Ruth que Clara había pintado. Captando aquel momento en que la desesperación se convertía en esperanza. Aquella talla tan especial era triste, pero también extrañamente esperanzadora.

Y sin necesidad de mirar más de cerca, el inspector jefe supo que aquel chico era el mismo que en las otras obras. Pero el miedo había desaparecido. ¿O no había llegado todavía?

Rosa graznó en el parque. Aquel día llevaba un conjunto de jersey y chaqueta de un color rosa claro. Sólo le faltaban las perlas.

—*Voyons* —dijo Beauvoir moviendo la cabeza hacia la pata mientras salían del coche—. ¿Puede imaginarse oír eso todo el santo día?

—Espera a tener niños... —dijo Gamache, e hizo una pausa para contemplar a *Rosa* y Ruth antes de entrar en el *bistrot*.

—¿Graznan?

—No, pero hacen mucho ruido, desde luego. Y otras cosas. ¿Estás pensando en tener hijos?

—A lo mejor algún día. Enid no está por la labor. —Se sentó al lado del jefe y los dos se quedaron mirando el pacífico pueblecito. Pacífico excepto por los graznidos—. ¿Alguna novedad de Daniel?

—Madame Gamache habló con ellos ayer. Todo bien. El bebé llegará dentro de un par de semanas. Iremos a París en cuanto nazca.

Beauvoir asintió.

—Dos para Daniel. ¿Y Annie? ¿No tiene planes?

—Ninguno. Creo que a David le gustaría tener familia, pero a Annie no se le dan bien los niños.

—La vi con Florence —dijo Beauvoir recordando una ocasión en que Daniel había ido de visita con la nieta del inspector jefe. Había visto a Annie coger en brazos a su sobrina, cantarle—. Adora a Florence.

—Dice que no quiere. Y la verdad, no queremos presionarla.

—Es mejor no meterse.

—No es eso... Organizaba una buena cada vez que tenía que hacer de canguro cuando era más joven. En cuanto el niño lloraba, Annie nos llamaba y teníamos que ir corriendo. Como niñeros, ganábamos más nosotros que ella. Y además, Jean Guy... —Gamache se inclinó hacia su inspector y bajó la voz—. Sin entrar en detalles, ocurra lo que ocurra, por favor, no permitas que Annie me ponga nunca un pañal.

—Ella me pidió lo mismo —dijo Beauvoir, y entonces Gamache sonrió. Luego la sonrisa se fue apagando.

—¿Vamos? —El jefe hizo una seña hacia la puerta del *bistrot*.

Los cuatro hombres decidieron sentarse lejos de las ventanas. En el interior fresco y tranquilo. En las dos chimeneas, a ambos extremos de la sala, murmuraba un pequeño fuego. Gamache recordó la primera vez que había entrado en el *bistrot*, años antes, y había visto los muebles desparejados, las butacas y sillones de orejas y las sillas Windsor. Las mesas redondas, cuadradas y rectangulares. Los hogares de piedra y las vigas de madera. Y las etiquetas de los precios colgando de todos los objetos.

Todas las cosas estaban a la venta. ¿Y las personas? Gamache no lo creía, pero a veces se lo preguntaba.

—*Bon Dieu*, ¿estás diciendo que no le has hablado de mí a tu padre? —preguntó Gabri.

—Sí. Le dije que estaba con Gabriel.

—Tu padre cree que estás con una tal Gabrielle —dijo Beauvoir.

—*Quoi?* —replicó Gabri fulminando a Olivier con la mirada—. ¿Cree que soy una mujer? Eso significa... —Miró a su compañero, incrédulo—. ¿No sabe que eres gay?

—Nunca se lo he dicho.

—Quizá no con esas mismas palabras, pero estoy seguro de que se lo has dicho —dijo Gabri, y luego se volvió hacia Beauvoir—. Casi cuarenta años, soltero, anticuario... Dios mío, si me dijo que cuando otros chicos excavaban para encontrar porcelana él buscaba vajillas de la marca Royal Doulton... ¿Te parece poco gay? —Se volvió hacia Olivier otra vez—. Si tenías un horno Easy Bake y te cosías tú mismo los disfraces de Halloween...

—No se lo he dicho ni pienso hacerlo —saltó Olivier—. No es asunto suyo.

—Vaya familia... —suspiró Gabri—. En realidad, son tal para cual. Uno no quiere saber nada, y el otro no quiere contarle nada.

Pero Gamache sabía que era algo más que simplemente no querer contar nada. Todo iba de un niño con secretos. Que se había convertido en un chico con secretos. Que luego se había convertido en un hombre. Sacó un sobre de su cartera y puso siete fotos en la mesa, delante de Olivier. Luego desenvolvió las tallas y las dejó también allí.

—¿En qué orden van?

—No me acuerdo de cuál me dio en cada momento —respondió Olivier. Gamache lo miró y luego habló en voz baja.

—No te he preguntado eso. Te he preguntado en qué orden van. Porque tú lo sabes, ¿verdad?

—No sé qué quieres decir. —Olivier parecía confuso.

Entonces Armand Gamache hizo algo que Beauvoir raramente le había visto hacer. Dio un golpe en la mesa con su enorme mano, tan fuerte que las pequeñas figurillas de madera dieron un salto. Y los hombres que lo rodeaban también.

—¡Basta! Ya he aguantado bastante.

Y se notaba. Tenía el rostro endurecido, recortado y filoso, y bruñido por las mentiras y los secretos.

—¿Tienes idea del lío en el que estás metido? —Su voz era grave, tensa, obligada a salir por una garganta que amenazaba con cerrarse—. Aquí se acaban tus mentiras. Si quieres tener esperanza, una mínima esperanza, debes contarnos toda la verdad. Ahora.

Gamache movió la mano por encima de las fotos y las empujó hacia Olivier, que lo miró como si estuviera petrificado.

—No lo sé —tartamudeó.

—¡Por el amor de Dios, Olivier, por favor! —suplicó Gabri.

Gamache estaba furioso. Furia, frustración y miedo de que el auténtico asesino se les escapara, escondido tras las mentiras de otro hombre. Olivier y el inspector jefe se miraron entre sí. Un hombre que se había pasado la vida enterrando secretos y otro que se había pasado la vida desenterrándolos.

Sus acompañantes se quedaron mirándolos, conscientes de la batalla, pero sin saber cómo ayudar.

—La verdad, Olivier —ordenó Gamache en tono áspero.

—¿Cómo lo has sabido?

—La tierra de las maravillas. Ninstints, en las islas Queen Charlotte. Me lo han contado los tótems.

—¿Que te lo han contado?

—A su manera. Cada imagen construida encima de la anterior. Cada una cuenta su propia historia, una maravilla en sí misma. Pero tomadas en su conjunto cuentan una historia más grande.

Mientras lo escuchaba, Beauvoir pensó en los versos sueltos de Ruth. El jefe le había dicho lo mismo. Si se ponían juntos, en el orden preciso, también contaban una historia. Se metió una mano en el bolsillo y tocó el trocito de papel que habían metido por debajo de su puerta aquella misma mañana.

—¿Qué historia cuentan, Olivier? —repitió Gamache.

Todo se le había revelado en el avión, mientras oía al niño y el enmarañado mundo que había creado con su soldadito. Pensaba en el caso, pensaba en los haida, en el Vigilante. Que, movido por su conciencia, finalmente había encontrado la paz. En las tierras vírgenes.

El inspector jefe sospechaba que al ermitaño le había ocurrido lo mismo. Había llegado al bosque llevado por la codicia, para esconderse. Pero se había encontrado. Años atrás. A sí mismo. Y por eso usaba el dinero como aislante y como papel higiénico. Usaba sus primeras ediciones para obtener conocimiento y compañía. Usaba sus antigüedades como vajilla de diario.

Y en aquellas tierras vírgenes había encontrado la libertad y la felicidad. Y la paz.

Pero todavía se le escapaba algo. O quizá, por decirlo de un modo más preciso, algo seguía adherido a él. Se había descargado de las «cosas» de esta vida, pero quedaba una última carga. La verdad.

De modo que había decidido contársela a alguien. Olivier. Pero no podía ir tan lejos. Había escondido la verdad en una fábula, una alegoría.

—Me hizo prometer que no lo contaría nunca. —Olivier había bajado la cabeza y hablaba mirando a su regazo.

—Y no lo has contado. Al menos mientras él estaba vivo. Pero ahora tienes que hacerlo.

Sin una palabra más, Olivier fue moviendo las fotos. Dudó un poco en un par de ellas y cambió el orden al menos una vez. Al final, expuesta ante él, se encontraba la historia del ermitaño.

Y entonces Olivier se la contó, apoyando la mano en cada una de las imágenes a medida que avanzaba. Y mientras la voz suave y casi hipnótica del hombre llenaba el espacio que los separaba, Gamache vio al muerto, vivo de nuevo. En su cabaña, a altas horas de la noche. Su único visitante sentado frente al parpadeo de la chimenea. Atento a su relato de orgullo desmedido, de castigo y de amor. Y de traición.

Gamache contempló cómo los habitantes del pueblo, felices en su ignorancia, abandonaban sus hogares. Y el joven corría ante ellos, agarrando su pequeño paquete, animándolos a apresurarse. Hacia el paraíso, pensaban. Pero el chico sabía que no era así. Había robado el tesoro de la Montaña.

Y algo peor.

Había traicionado la confianza de la Montaña.

Cada figura que había tallado el ermitaño adquiría un significado. Los hombres y mujeres que esperaban en la costa porque se habían quedado sin tierra. Y el chico encogido de miedo porque se había quedado sin esperanza.

Entonces llegó el barco, enviado por los dioses celosos de la Montaña.

Pero detrás se hallaba la sombra omnipresente. Y la amenaza de algo no visto, pero muy real. El ejército fantasmal reclutado por la Montaña. Formado por la Furia y la Venganza, que prometían una catástrofe. Impulsado por la Ira. Y tras ellos, la Montaña misma. Nadie podía detenerla ni negar su existencia.

Encontraría a todos los habitantes del pueblo y encontraría al joven. Y daría también con el tesoro que éste le había robado.

Mientras el ejército avanzaba provocando guerras, hambruna, inundaciones y peste. Llevaba consigo la destrucción del mundo. Era un ejército regido por el caos y a su paso no dejaba más que caos.

Beauvoir escuchaba la historia. Seguía estrujando el papel que llevaba en el bolsillo con el último verso de Ruth y notó que el sudor le había humedecido la mano. Miró las fotos de las tallas y vio a los habitantes del pueblo, felices e ignorantes, transformándose lentamente a medida que ellos experimentaban primero la sensación y luego la certeza de que algo se aproximaba.

Y compartió su horror.

Finalmente, la guerra y la hambruna llegaron a las costas del Nuevo Mundo. Durante años, las guerras arreciaron en torno a su nuevo hogar, sin tocarlo apenas. Pero entonces...

Todos miraron la imagen final. La de los habitantes del pueblo apiñados, juntos. Escuálidos, con la ropa hecha jirones. Mirando hacia arriba. Horrorizados.

Hacia ellos.

La voz de Olivier se detuvo. La historia se detuvo.

—Sigue —susurró Gamache.

—Eso es todo.

—¿Y qué pasó con el chico? —preguntó Gabri—. Ya no está en las tallas. ¿Adónde fue?

—Se ocultó en el bosque, sabiendo que la Montaña encontraría a los habitantes del pueblo.

—¿También los traicionó? ¿A su propia familia? ¿A sus amigos? —preguntó Beauvoir.

Olivier asintió.

—Pero había algo más.

—¿El qué?

—Algo detrás de la Montaña. Algo que la empujaba. Algo que aterrorizaba incluso a la Montaña.

—¿Peor que el Caos? ¿Peor que la muerte? —preguntó Gabri.

—Peor que todo.

—¿Y qué era? —preguntó Gamache.

—No lo sé. El ermitaño murió antes de que llegásemos ahí. Pero creo que lo esculpió.

—¿Qué quieres decir? —preguntó Beauvoir.

—Había algo en un saco de lona que no me enseñó nunca. Pero vio que yo lo miraba. No podía evitarlo. Se reía y me decía que algún día me lo enseñaría.

—¿Y cuando encontraste al ermitaño muerto, dónde estaba? —preguntó Gamache.

—Había desaparecido.

—¿Por qué no nos habías contado esto antes? —saltó Beauvoir.

—Porque me obligaba a reconocerlo todo. Que lo conocía, que había cogido las tallas y las había vendido. Era su manera de asegurarse de que yo volviera, ¿sabéis? Dividir su tesoro en pequeñas porciones.

—Como un camello con un adicto —dijo Gabri, sin rencor, pero también sin sorpresa.

—Como Sheherezade.

Todos se volvieron hacia Gamache.

—¿Quién? —preguntó Gabri.

—Es una obra, de Rimsky-Kórsakov. Cuenta la historia de *Las mil y una noches*.

Todos lo miraron perplejos.

—El rey tomaba una esposa cada noche y la mataba por la mañana —contó el inspector jefe—. Una noche eligió a Sheherezade. Ella conocía sus costumbres y sabía que estaba en peligro, pero entonces se le ocurrió un plan.

—¿Matar al rey? —preguntó Gabri.

—Mejor. Cada noche le contaba un cuento, pero lo dejaba sin terminar. Si quería saber el final, tenía que mantenerla viva.

—¿Y el ermitaño hacía eso mismo para salvar la vida? —preguntó Beauvoir, confuso.

—Supongo que en cierto modo sí —respondió el jefe—. Como la Montaña, anhelaba tener compañía y quizá conocía lo suficiente a Olivier para darse cuenta de que la única forma de obligarlo a volver era prometerle más.

—Eso no es justo. Tal como lo contáis parezco una puta. Yo hacía algo más que coger sus cosas. Lo ayudaba en el huerto, le llevaba comida. Él sacaba muchas cosas de aquella relación.

—Sí, así es. Pero tú también. —Gamache cruzó las manos y lo miró—. ¿Quién era el muerto?

—Me lo hizo prometer.

—Y los secretos son importantes para ti. Lo entiendo. Fuiste un buen amigo para el ermitaño. Pero ahora tienes que decírnoslo.

—Era de Checoslovaquia —dijo Olivier al fin—. Se llamaba Jakob. Nunca supe su apellido. Llegó aquí justo cuando estaba cayendo el muro de Berlín. Creo que no entendimos lo caótico que fue todo aquello. Recuerdo que yo pensaba que para la gente debía de ser muy emocionante eso de tener libertad por fin. Pero él contaba otra cosa. Todos los sistemas que conocía se vinieron abajo. No había leyes. Nada funcionaba. Los teléfonos, el ferrocarril... Los aviones caían del cielo. Según él, era horrible. Pero también era un momento perfecto para huir. Para escapar de allí.

—¿Y se lo trajo todo con él, a esa cabaña?

Olivier asintió.

—A cambio de dinero norteamericano, «divisas fuertes», lo llamaba él, se podía conseguir todo. Tenía contactos con marchantes de antigüedades aquí, de modo que les vendió algunas de sus cosas y usó el dinero para sobornar a los funcionarios de Checoslovaquia. Para poder sacar sus tesoros. Los metió en un contenedor y los embarcó al puerto de Montreal. Luego los almacenó y esperó.

—¿A qué?

—A encontrar un hogar.

—Primero se fue a las islas Queen Charlotte, ¿verdad? —preguntó Gamache. Tras una pausa, Olivier asintió—. Pero no se quedó allí —continuó el inspector jefe—. Quería paz y tranquilidad, pero empezaron las protestas y acudió gente de todas partes del mundo. De modo que se fue. Volvió a la península. Con sus tesoros. Y decidió encontrar un lugar en Quebec. En estos bosques.

Olivier asintió una vez más.

—¿Por qué Three Pines? —preguntó Beauvoir.

Olivier negó con la cabeza.

—No lo sé. Se lo pregunté, pero no me lo dijo.

—¿Qué ocurrió luego? —preguntó Gamache.

—Como os decía antes, vino aquí y empezó a construir su cabaña. Cuando estuvo lista, sacó las cosas del almacén y las trajo aquí. Le costó un poco, pero tenía tiempo.

—¿Los tesoros que sacó de Checoslovaquia eran suyos? —preguntó Gamache.

—Nunca se lo pregunté y él no me lo dijo, pero no lo creo. Tenía demasiado miedo. Sé que se escondía de algo. O de alguien. Pero no sé de quién.

—¿Tienes alguna idea del tiempo que nos has hecho perder? Dios mío, ¿en qué estabas pensando? —preguntó Beauvoir.

—Pensaba que averiguaríais quién lo había matado y así no haría falta que saliera a la luz ninguno de estos asuntos.

—¿Estos asuntos? —protestó el inspector—. ¿Así es como los ves? ¿Como si no fueran más que detalles? ¿Cómo creías que íbamos a encontrar al asesino si tú no parabas de mentir y nos tenías correteando a todas horas de aquí para allá?

Gamache levantó un poco la mano y, con gran esfuerzo, Beauvoir se contuvo y respiró hondo.

—Háblanos de *Woo* —pidió Gamache.

Olivier levantó la cabeza, con los ojos cansados. Estaba pálido y demacrado, y había envejecido veinte años en una semana.

—Pensaba que habías dicho que era ese mono de Emily Carr.

—Eso creía, pero lo he estado pensando. Creo que significaba algo más para el muerto. Algo más personal. Terrorífico. Creo que lo dejaron en la telaraña y lo grabaron en la madera como amenaza. Algo que quizá sólo él y su asesino podían entender.

—Entonces, ¿por qué me lo preguntas a mí?

—Porque Jakob podría habértelo contado. ¿Te lo contó, Olivier?

Gamache perforó los ojos de Olivier con la mirada, insistiendo en hallar la verdad.

—No me contó nada —dijo al fin el dueño del *bistrot*.

Su afirmación fue recibida con incredulidad.

Gamache lo miró intentando, con una voluntad considerable, traspasar la neblina de mentiras para ver más allá. ¿Estaba Olivier diciendo la verdad al fin?

Gamache se levantó. Al llegar a la puerta, se volvió y miró hacia atrás a los dos hombres. Olivier exhausto, vacío. Ya no se guardaba nada. Al menos, Gamache esperaba que no le quedase nada. Cada mentira era como arrancarle un trozo de piel a Olivier, hasta que al final había quedado sentado en el *bistrot*, descuartizado.

—¿Qué le ocurrió al joven? —preguntó Gamache—. El de la historia. ¿Lo encontró la Montaña?

—Supongo que sí. Está muerto, ¿no? —dijo Olivier.

TREINTA Y CINCO

En el *bed & breakfast*, Gamache se duchó, se afeitó y se cambió de ropa. Miró brevemente su cama, con las sábanas limpias y pulcras y el embozo de la funda nórdica retirado. Esperándolo. Pero evitó el canto de sirena y al poco rato Beauvoir y él volvían a cruzar el parque del pueblo de camino al Centro de Operaciones, donde los esperaban los agentes Lacoste y Morin.

Se sentaron a la mesa de juntas, con unas tazas de café fuerte y las tallas del ermitaño delante. El inspector jefe les hizo un resumen sucinto de su viaje a las islas Queen Charlotte y de su conversación con Olivier.

—De modo que el muerto estaba contando una historia. Con sus tallas —concluyó Lacoste.

—Vamos a repasar todo esto —propuso Beauvoir acercándose a las hojas de papel de la pared—. El ermitaño sale de Checoslovaquia con sus tesoros mientras la Unión Soviética se desmorona. Aquello es el caos, de modo que soborna a los funcionarios del puerto para que lo dejen sacar sus artículos y enviarlos al puerto de Montreal. Una vez allí, los almacena.

—Si era un refugiado o un inmigrante, sus huellas tendrían que haber aparecido en algún registro —dijo el agente Morin.

La agente Lacoste se volvió hacia él. Era joven e inexperto, lo sabía.

—Hay inmigrantes ilegales por todo Canadá. Algunos ocultos, otros con documentos falsos que parecen auténticos. Con un poco de dinero a las personas adecuadas...

—Así que el hombre entró ilegalmente —dijo Morin—. Pero ¿y las antigüedades? ¿Eran robadas? ¿De dónde las había sacado? ¿El violín, por ejemplo, o esa cosa de la Cámara de Ámbar?

—La superintendente Brunel dice que la Cámara de Ámbar desapareció durante la Segunda Guerra Mundial —aclaró Gamache—. Hay muchas teorías de lo que le ocurrió. Por ejemplo, que la escondió Albert Speer en una cordillera montañosa. Entre Alemania y Checoslovaquia.

—¿Ah, sí? —dijo Lacoste. Su mente se puso a funcionar rápidamente—. ¿Y si el tal Jakob la encontró?

—En ese caso, se la habría quedado entera —respondió Beauvoir—. Supongo que fue otro quien la encontró y le vendió un trozo al ermitaño.

—¿Y si la robó? —propuso Morin.

—Quizá tengas razón —dijo Gamache—. Supongamos que alguien la encontró, hace décadas quizá. Y la dividió en partes. Y lo único que le quedó a una familia fue uno de los cristales. Supongamos que alguien le confió ese cristal al ermitaño para que lo sacara del país.

—¿Por qué? —preguntó Lacoste inclinándose hacia delante.

—Para poder empezar una nueva vida —intervino Beauvoir—. No serían los primeros que sacan un tesoro familiar de contrabando y lo venden para iniciar un negocio o comprarse una casa en Canadá.

—Así que se lo dieron al ermitaño para que lo sacara del país —dijo Morin.

—¿Y pertenecían a distintos dueños? —se preguntó Lacoste—. ¿Un libro por aquí, un mueble precioso o un objeto de cristal o porcelana por allá? ¿Procedían todas esas cosas de distintas personas que esperaban empezar aquí una nueva vida y él las trajo todas de contrabando...?

—Eso respondería a la pregunta de la superintendente Brunel: por qué hay una variedad tan grande de artículos —dijo Gamache—. No es una sola colección, sino varias.

—Nadie confiaría a otra persona unos bienes tan valiosos —aseguró Beauvoir.

—A lo mejor no tenían otro remedio —dijo el jefe—. Necesitaban sacarlos del país. Si hubiese sido un desconocido, quizá no habrían confiado en él. Pero a lo mejor era un amigo...

—Como el chico del relato —apuntó Beauvoir—. Que traiciona a todos los que confían en él.

Todos miraron hacia delante. En silencio. Morin no se había dado cuenta de que a los asesinos se los atrapa en silencio. Pero así era.

¿Qué habría ocurrido? Las familias esperarían en Praga, en pequeñas ciudades y pueblos. Esperarían un recado. De su amigo de confianza. ¿En qué momento habían empezado a desesperar? ¿Cuándo se habían puesto furiosos finalmente? ¿Cuándo decidieron vengarse?

¿Había conseguido salir uno de ellos, llegar al Nuevo Mundo y encontrar al ermitaño?

—Pero ¿por qué vino aquí? —preguntó el agente Morin.

—¿Por qué no? —preguntó a su vez Beauvoir.

—Bueno, aquí hay una gran población checa. Si traía todo tipo de objetos robados, cosas que se había llevado de la gente de Checoslovaquia, ¿no hubiera sido más lógico que se apartase todo lo posible de ellos?

Se dirigían a Gamache, que iba pensando mientras los escuchaba. Él se inclinó hacia delante y atrajo hacia sí las fotos de las tallas. Sobre todo la de la gente feliz, construyendo un nuevo pueblo en su nuevo hogar. Sin el joven.

—Quizá Olivier no sea el único que miente —dijo, y se puso de pie—. Tal vez el ermitaño no estuviera solo cuando llegó aquí. A lo mejor tenía cómplices.

—Que todavía siguen en Three Pines —dijo Beauvoir.

Hanna Parra estaba recogiendo la cocina después de hacer la comida. Había hecho una sopa sustanciosa, y toda la casa olía como la de su madre en su pueblo checo. A caldo, a perejil y a laurel, a verduras del huerto.

Su resplandeciente hogar de metal y cristal no podía ser más distinto del chalet de madera en que se había criado. Lleno de maravillosos aromas y de un toque de miedo. Miedo de llamar la atención. De sobresalir. Sus padres, sus tías, sus vecinos, todos tenían vidas cómodas, llenas de conformidad. El temor a ser diferente, sin embargo, creaba una fina película entre la gente.

En cambio, allí todo era transparente de verdad. Se había sentido muy ligera en cuanto llegaron a Canadá. Allí la gente sólo se ocupaba de sus cosas.

O eso pensaba ella, al menos. Su mano se quedó inmóvil encima de la encimera de mármol cuando un reflejo de sol le dio en los ojos. Un coche que subía por el camino de entrada.

Armand Gamache se quedó mirando el cubo de cristal y metal que tenía delante. Había leído los informes de los interrogatorios a los Parra, incluidas descripciones de su hogar, pero aun así estaba asombrado.

La casa brillaba al sol. No cegaba, pero parecía que resplandecía, como si existiera en un mundo ligeramente distinto del suyo. Un mundo de luz.

—Es preciosa —dijo Gamache casi sin aliento.

—Pues si la viera por dentro...

—Creo que debería.

Gamache asintió y los dos hombres cruzaron el jardín. Hanna Parra los hizo pasar y les cogió los abrigos.

—Inspector jefe, es un placer.

Tenía un ligero acento, pero su francés era perfecto. El de alguien que no sólo había aprendido el idioma, sino que también lo amaba. Y lo demostraba con cada sílaba. Gamache sabía que era imposible separar lengua de cultura. Que sin la una, la otra se marchitaba. Amar una lengua es respetar su cultura.

Por eso él había aprendido a hablar inglés tan bien.

—Nos gustaría hablar con su marido y también su hijo, si fuera posible.

Hablaba con suavidad, pero en cierta medida era precisamente su cortesía lo que daba gravedad a sus palabras.

—Havoc se ha ido al bosque, pero Roar sí está.

—¿A qué parte del bosque, madame? —preguntó Beauvoir.

Hanna parecía algo aturullada.

—Pues por ahí. A cortar leña para el invierno.

—¿Puede hacer que venga, por favor? —dijo Beauvoir. Sus esfuerzos por parecer cortés le daban un aire siniestro.

—No sabemos dónde está.

La voz había surgido a sus espaldas y, al volverse, ambos vieron a Roar de pie en la puerta del vestidor. Era cuadrado, robusto y fuerte. Tenía las manos apoyadas en las caderas y los codos hacia fuera, como un animal amenazado que intenta parecer más grande.

—Entonces quizá podamos hablar con usted —sugirió Gamache.

Roar no se movió.

—Por favor, vengan a la cocina —dijo Hanna—. Allí se está más caliente.

Los llevó hacia el interior de la casa y lanzó a Roar una mirada de advertencia al pasar.

El sol que inundaba la cocina esparcía por la estancia su calor natural.

—*Mais, c'est formidable...* —dijo Gamache.

Por las ventanas que iban del suelo al techo podía ver los campos, luego el bosque y a lo lejos el campanario de Saint Thomas, en Three Pines. Parecía que vivían en plena naturaleza, que la casa no representaba una intrusión. Era algo inesperado, inusual. Pero no impostado. Más bien al contrario. Aquella casa pertenecía a aquel lugar. Era perfecta.

—*Félicitacions.* —Se volvió hacia los Parra—. Es un gran logro. Seguro que llevaban mucho tiempo soñando con algo así.

Roar dejó caer los brazos e indicó un asiento junto a la mesa de cristal.

Gamache aceptó.

—Sí, estuvimos un tiempo hablándolo. No era mi primera opción. Yo quería algo más tradicional.

Gamache miró a Hanna, que se había adjudicado la silla que estaba a la cabecera de la mesa.

—Supongo que le costó un poco convencerlo. —Sonrió.

—Sí, es verdad —dijo ella, devolviéndole la sonrisa. Una sonrisa por educación, sin calor ni humor—. Unos cuantos años. En estos terrenos había una cabaña y vivimos en ella hasta que Havoc tenía unos seis años, pero se estaba haciendo mayor y yo quería un sitio que pudiéramos considerar propio.

—*Je comprends*, pero ¿por qué esto?

—¿No le gusta? —Ella no parecía a la defensiva, sólo curiosa.

—No, al contrario. Creo que es realmente magnífica. Parece la casa ideal para este sitio. Pero debe admitir que no es habitual. Nadie más tiene una casa así.

—Queríamos algo completamente distinto del lugar donde nos criamos. Queríamos cambiar.

—¿Queríamos? —preguntó Gamache.

—Me convencieron —dijo Roar con la voz dura y un punto de cautela en la mirada—. ¿De qué va todo esto?

Gamache asintió y se inclinó hacia delante, extendiendo sus grandes manos encima de la fría superficie de la mesa.

—¿Por qué trabaja su hijo para Olivier?

—Porque necesita el dinero —contestó Hanna.

Gamache asintió.

—Ya, lo entiendo. Pero ¿no ganaría mucho más dinero trabajando en el bosque? ¿O en la construcción? Seguramente de camarero cobra muy poco, aun con las propinas.

—¿Por qué nos lo pregunta a nosotros? —preguntó Hanna.

—Bueno, se lo preguntaría a él si estuviera aquí.

Roar y Hanna intercambiaron una mirada.

—Havoc ha salido a su madre —dijo Roar al final—. Se parece a mí, pero tiene el carácter de su madre. Le gusta la gente. Disfruta trabajando en el bosque, pero prefiere trabajar con gente. El *bistrot* le va perfecto. Es feliz allí.

Gamache asintió con una lenta inclinación de cabeza.

—Havoc trabajaba hasta tarde en el *bistrot* cada noche —dijo Beauvoir—. ¿A qué hora llegaba a casa?

—A la una más o menos, raramente más tarde.

—Pero ¿a veces sí llegaba más tarde? —preguntó el inspector.

—A veces sí, supongo —respondió Roar—. No lo esperaba levantado.

—Ya me imagino que no.

Beauvoir se volvió hacia Hanna.

—Yo sí —reconoció ella—. Pero no recuerdo que llegara nunca a casa después de la una y media. Si los clientes se retrasaban, sobre todo cuando había una fiesta, tenía que limpiar después, de modo que volvía algo más tarde de lo habitual, pero no mucho.

—Tenga cuidado, madame —dijo Gamache con calma.

—¿Cuidado?

—Necesitamos la verdad.

—Y eso es lo que estamos diciendo, inspector jefe —dijo Roar.

—Eso espero. ¿Quién era el muerto?

—¿Por qué se empeñan en preguntar eso? —protestó Hanna—. No lo conocíamos.

—Se llamaba Jakob —dijo Beauvoir—. Era checo.

—Ya —dijo Roar, con el rostro congestionado por la ira—. ¿Y todos los checos se conocen entre sí? ¿Tiene idea de lo insultante que resulta eso?

Armand Gamache se inclinó hacia él.

—No es insultante. Es la naturaleza humana. Si yo viviera en Praga, intentaría juntarme con los quebequeses que hubiese allí, sobre todo al principio. Él vino hace más de una década y construyó una cabaña en el bosque. La llenó de tesoros. ¿Tienen ustedes idea de dónde podían proceder?

—¿Cómo íbamos a saberlo?

—Creemos que pudo robarlos a otras personas de Checoslovaquia.

—Y, como vienen de Checoslovaquia, ¿nosotros tenemos que saber algo?

—Si había robado esas cosas, ¿realmente cree que lo primero que habría hecho es venir a una cena en la Asociación Checa? —preguntó Hanna—. No conocíamos a ese tal Jakob.

—¿A qué se dedicaban ustedes antes de venir aquí? —les preguntó Gamache.

—Los dos éramos estudiantes. Nos conocimos en la Universidad Carolina de Praga —respondió Hanna—. Yo estudiaba Ciencias Políticas, y Roar Ingeniería.

—Usted es concejal de la zona —dijo Gamache a Hanna. Luego se volvió a Roar—. Pero usted no parece que haya seguido cultivando sus intereses aquí. ¿Por qué no?

Parra hizo una pausa y luego se miró las manos, grandes y rudas, y se toqueteó un callo.

—Estaba harto de la gente. No quería tener nada que ver con nadie. ¿Por qué cree que hay una gran comunidad checa aquí, lejos de las ciudades? Porque acabamos asqueados de lo que puede hacer la gente. La gente incitada por los demás, envalentonada. Infectada por el cinismo, el miedo y la sospecha. Por los celos y la codicia. Se vuelven unos contra otros. Yo no quiero nada con ellos. Prefiero trabajar discretamente en un jardín, en los bosques. La gente es horrible. Usted tiene que saberlo, inspector jefe. Usted ha visto lo que son capaces de hacerse unos a otros.

—Sí, es verdad —reconoció Gamache. Calló, y en aquel momento cobraron vida todas las cosas terribles que podía ver un jefe de homicidios—. Sé lo que es capaz de hacer la gente. —Sonrió entonces y bajó la voz—. Lo malo, pero también lo bueno. He visto sacrificio y he visto perdón allí donde no parecía posible. Existe la bondad, monsieur Parra. Créame.

Y durante un momento pareció que Roar Parra lo creía. Se quedó mirando a Gamache con los ojos muy abiertos, como si aquel hombre grande, tranquilo, estuviera invitándolo a visitar un hogar en el que deseaba mucho entrar. Pero luego se echó atrás.

—Usted es un ingenuo, inspector jefe. —Y se rió con sorna.

—Pero soy feliz —repuso Gamache—. Y ahora, ¿de qué estábamos hablando? Ah, sí. Del asesinato.

—¿De quién es ese coche de la entrada?

La voz juvenil flotó hasta ellos desde el vestidor y un momento después se oyó un portazo.

Beauvoir se puso de pie. Hanna y Roar también se levantaron, y se miraron. Gamache fue a la puerta de la cocina.

—Es mi coche, Havoc. ¿Podemos hablar un momento?

—Claro.

El joven entró en la cocina quitándose la gorra. Tenía la cara sudorosa y sucia, y una sonrisa que desarmaba.

—¿Por qué estáis tan serios? —Entonces cambió su expresión—. ¿Ha habido otro crimen?

—¿Por qué dices eso? —preguntó Gamache observándolo.

—Bueno, están todos tan preocupados... Parece que sea el día de llevar las notas a casa.

—Supongo que lo es, en cierto modo. Es hora de hacer balance.

Gamache señaló una silla junto a la del padre de Havoc y el joven se sentó. El inspector jefe también tomó asiento.

—¿Olivier y tú fuisteis los últimos en salir del *bistrot* el sábado pasado por la noche?

—Sí, así es. Olivier se fue y yo cerré.

—¿Y adónde fue Olivier?

—A casa, supongo.

Dio la sensación de que a Havoc le hacía gracia la pregunta.

—Ahora sabemos que Olivier solía visitar al ermitaño en plena la noche. Las noches de los sábados.

—¿En serio?

—Sí, en serio. —La compostura del joven era demasiado perfecta. Demasiado ensayada, pensó Gamache—. Pero alguien más sabía lo del ermitaño. No sólo Olivier. Había un par de maneras de saber dónde se encontraba Jakob. Una era seguir los senderos de herradura cubiertos de hierbas. La otra, seguir a Olivier. Hasta la cabaña.

La sonrisa de Havoc flojeó.

—¿Está diciendo que yo seguí a Olivier?

El joven miró a Gamache y luego a sus padres, observando la cara que ponían, y de nuevo al inspector jefe.

—¿Dónde estabas ahora?

—En el bosque.

Gamache asintió despacio.

—¿Qué hacías?

—Cortar leña.

—Pero no hemos oído la sierra.

—Ya estaba cortada, sólo la estaba apilando.

La mirada del chico se desplazó entonces más rápidamente de Gamache a su padre y luego de vuelta a éste.

El policía se levantó, dio un par de pasos hacia la puerta de la cocina, se agachó y recogió algo. Volvió a sentarse y depositó el objeto en la mesa pulida. Era una astilla de madera. No. Una viruta. Se enroscaba sobre sí misma.

—¿Cómo pudieron costear esta casa? —preguntó Gamache a Roar.

—¿Qué quiere decir? —dijo Parra.

—Ha debido de costar cientos de miles de dólares. Sólo los materiales ya valen eso. Añada el diseño y los planos para una construcción tan poco habitual, y luego el trabajo... Dice que la levantaron hace unos quince años. ¿Qué ocurrió entonces que les permitió hacerlo? ¿De dónde sacaron el dinero?

—¿Y a usted qué le parece? —Roar se inclinó hacia el inspector jefe—. Usted es quebequés, un poco cerrado. ¿Qué ocurrió hace todos esos años? Veamos. Hubo un referéndum sobre la soberanía de Quebec, un incendio forestal enorme en Abitibi, unas elecciones provinciales. No hay mucho más que contar.

La viruta de la mesa tembló mientras sus palabras la rozaban, de camino hacia Gamache.

—Vamos —dijo Roar—. Dios mío, ¿cómo es posible que no sepa lo que ocurrió entonces?

—Checoslovaquia se rompió —dijo Gamache—. Y se convirtió en Eslovaquia y la República Checa. Eso en realidad ocurrió hace veinte años, pero el impacto tardó en producirse. Aquellos muros cayeron, y éstos en cambio —añadió mirando hacia la pared de cristal— se alzaron.

—Pudimos ver de nuevo a nuestra familia —dijo Hanna—. Pudimos recuperar muchas de las cosas que dejamos atrás. Familia, amigos.

—Arte, plata, objetos heredados —agregó Beauvoir.

—¿Cree que importaban esas cosas? —preguntó Hanna—. Habíamos vivido mucho tiempo sin ellas. Lo que echábamos de menos era a la gente, no las cosas. Apenas nos atrevíamos a pensar que pudiera ser real. Ya nos habían engañado antes. En verano de 1968. Y ciertamente, la información que venía de occidente era distinta de las historias que oíamos de la gente, allí en casa. Aquí sólo nos decían lo maravilloso que era todo. Veíamos a la gente ondeando banderas y cantando. Pero mis primos y mis tías contaban una historia distinta. El sistema antiguo era horrible. Corrupto, brutal. Pero al menos era un sistema. Cuando desapareció, no quedó nada. El vacío. El caos.

Gamache inclinó ligeramente la cabeza al oír aquella palabra. Caos. Otra vez.

—Era terrorífico. Pegaban a la gente, los mataban y les robaban, y no había policías ni tribunales.

—Buen momento para sacar cosas de contrabando —señaló Beauvoir.

—Quisimos avalar a nuestros primos, pero ellos decidieron quedarse —dijo Roar.

—Y mi tía quiso quedarse con ellos, claro.

—Claro —repitió Gamache—. Si no sacaron gente, ¿al menos sacaron cosas?

Al cabo de un momento, Hanna asintió.

—Conseguimos sacar algunas pertenencias familiares. Mi madre y mi padre las habían escondido después de la guerra y nos dijeron que había que guardarlas para hacer trueques o para negociar si las cosas se ponían mal.

—Y las cosas se pusieron mal.

—Las sacamos de contrabando y las vendimos. Así pudimos construirnos la casa de nuestros sueños —explicó Hanna—. Nos resistimos a esa decisión durante mucho tiempo, pero al final me di cuenta de que mis padres lo habrían comprendido y aprobado. Sólo eran cosas. Lo que importa es el hogar.

—¿Qué tenían ustedes? —preguntó Beauvoir.

—Algunos cuadros, muebles buenos, iconos. Nos hacía más falta una casa que un icono —dijo Hanna.

—¿Y a quién se lo vendieron todo?

—A un marchante de Nueva York. Amigo de un amigo. Puedo darle su nombre. Se llevó una pequeña comisión, pero nos consiguió un precio justo —contestó Parra.

—Por favor. Me gustaría hablar con él. Ciertamente, han hecho muy buen uso del dinero. —El inspector jefe se volvió a Roar—. ¿También se dedica a la carpintería?

—Sí, un poco.

—¿Y tú? —preguntó Gamache a Havoc, que se encogió de hombros—. Necesito una respuesta más concreta.

—Sí, un poco.

Gamache levantó la mano y lentamente empujó la viruta de madera por la mesa de cristal hasta situarla delante de Havoc. Éste esperó.

—Estaba en el bosque, tallando —reconoció Havoc—. Cuando acabo mi trabajo me gusta sentarme tranquilamente y tallar un trozo de madera. Es muy relajante. Me da tiempo para pensar. Para calmarme. Hago juguetes y cosas pequeñas para Charles Mundin. El Viejo me da trocitos de madera vieja y me enseñó a hacerlo. La mayor parte de las cosas que hago son muy feas, así que las tiro o las quemo. Pero a veces no me salen del todo mal, y entonces se las doy a Charles. ¿Por qué le preocupa tanto que me dedique a tallar?

—Junto al hombre muerto se encontró un trozo de madera. Tenía la palabra «*Woo*» grabada. No lo hizo Jakob. Creemos que lo hizo el asesino.

—¿Ustedes creen que Havoc...? —Roar no pudo acabar la frase.

—Tengo una orden de registro y un equipo de camino.

—¿Qué es lo que busca? —preguntó Hanna palideciendo—. ¿Las herramientas de tallar? Podemos entregárselas.

442

—Es algo más, madame. Faltan dos cosas de la cabaña de Jakob. El arma asesina y un pequeño saco de lona. Buscamos también esos objetos.

—No los hemos visto nunca —dijo Hanna—. Havoc, trae tus herramientas.

Havoc condujo a Beauvoir hasta el cobertizo mientras Gamache esperaba al equipo de investigación, que apareció al cabo de unos minutos. El inspector volvió con las herramientas y con algo más.

Unos trozos de madera. Cedro rojo. Tallado.

Se acordó que Beauvoir dirigiría el registro mientras Gamache volvía al Centro de Operaciones. En el coche, los dos hombres hablaron.

—¿Quién de ellos cree que lo hizo? —preguntó el inspector mientras pasaba las llaves a Gamache—. Havoc pudo seguir a Olivier y encontrar la cabaña. Pero también pudo ser Roar. Quizá la encontrara mientras limpiaba el camino de herradura. O bien la madre, claro. Para matar así no hace falta demasiada fuerza. Rabia, adrenalina, eso sí, pero fuerza no. Supongamos que Jakob había robado a la familia allá, en Checoslovaquia, y luego cuando vino aquí lo reconocieron. Y él a ellos también. Así que se metió en el bosque y se escondió allí.

—O quizá Jakob y los Parra estuvieran juntos en esto —dijo Gamache—. A lo mejor entre los tres convencieron a amigos y vecinos de Checoslovaquia para que les entregaran sus objetos preciosos y luego desaparecieron con ellos.

—Y una vez aquí, Jakob engañó a sus socios y luego huyó al bosque. Pero Roar encontró la cabaña al ir despejando caminos.

Gamache vio que el equipo de investigación empezaba su trabajo metódico. Al cabo de un rato no habría nada de los Parra que no supieran.

Tenía que ordenar sus pensamientos. Devolvió las llaves del coche a su subordinado.

—Iré andando.

—Pero... ¿qué dice? —preguntó Beauvoir, para quien andar era un castigo—. Son varios kilómetros...

—Me irá muy bien, así me aclaro un poco. Ya nos veremos en Three Pines.

Echó a andar por el camino de tierra, dedicando un saludo final a Beauvoir. Las avispas zumbaban en el aire otoñal, pero no suponían ninguna amenaza. Estaban gordas y perezosas, casi borrachas del néctar de las manzanas, peras y uvas.

Parecía un poco como si el mundo estuviera a punto de pudrirse.

A medida que Gamache iba andando, los aromas y sonidos familiares fueron retirándose y se unieron a él John el Vigilante y Lavina, que sabía volar, y el niñito que estaba al otro lado del pasillo en el avión de Air Canada. Que también volaba y además contaba historias.

Aquel asesinato parecía relacionado con un tesoro. Pero Gamache sabía que no era así. Tan sólo era una apariencia externa. En realidad estaba relacionado con algo que no se podía ver. El crimen siempre era así.

Aquel crimen tenía que ver con el miedo. Y las mentiras que produce. Pero sobre todo, y de una manera más sutil, con las historias. Las historias que las personas contaban al mundo y se contaban a sí mismas. El tiempo mítico y los tótems, aquella frontera dudosa entre la fábula y el hecho. Y la gente que caía en el abismo. Aquel crimen trataba de las historias que contaban las tallas de Jakob. Del Caos y las Furias, de la Montaña de la Desesperación y la Ira. De traición. Y de algo más.

Algo que horrorizaba incluso a la propia Montaña.

Y allí, en su corazón, se encontraba, Gamache lo supo en aquel momento, una revelación brutal.

TREINTA Y SEIS

El grupo de investigación ya había registrado la estructura un par de veces, pero volvieron a repasarla. Con más atención todavía. Debajo de las tablas del suelo, debajo de los aleros, detrás de los cuadros. Buscaron, buscaron y buscaron.

Y al final lo encontraron.

Estaba detrás de los ladrillos, en la enorme chimenea de piedra. Detrás de lo que parecía un fuego perpetuo. Tuvieron que apagarlo y quitar los troncos que ardían despacio. Pero allí el grupo de la Sûreté encontró primero un ladrillo suelto, luego dos, luego cuatro. Al quitarlos apareció un pequeño compartimento.

El inspector Beauvoir metió la mano enguantada, con cuidado, no sin antes mancharse de hollín el brazo y el hombro.

—Tengo algo —dijo.

Todos los ojos estaban clavados en él. Todo el mundo miraba su brazo, que iba saliendo lentamente de la cavidad. En la mesa que quedaba delante del inspector jefe, Beauvoir dejó un candelabro de plata. Una *menorah*. Hasta el inspector, que no sabía nada de plata, se dio cuenta de que era algo extraordinario. Era un objeto sencillo, refinado y antiguo.

Aquella *menorah* había sobrevivido a asedios, pogromos, asesinatos, el holocausto. La gente la había atesorado, escondido, conservado, había rezado ante ella. Hasta que una noche, en un bosque de Quebec, alguien la había mancillado.

Aquella *menorah* había matado a un hombre.

—¿Parafina? —El inspector Beauvoir señaló unos trocitos de un material translúcido pegados al objeto. Mezclados con sangre seca—. Fabricaba sus propias velas. Para eso era la parafina que había en la cabaña, no para hacer conservas, sino velas.

El jefe asintió.

El inspector volvió a la chimenea y metió de nuevo la mano en el agujero negro. Todos miraron su rostro y finalmente notaron el pequeño cambio, la sorpresa cuando su mano tocó algo más.

Puso un pequeño saco de arpillera junto a la *menorah*. Nadie habló, hasta que finalmente el inspector jefe Gamache hizo una pregunta al hombre que tenía sentado al otro lado de la mesa.

—¿Miraste dentro?

—No.

—¿Por qué no?

Hubo otra larga pausa, pero Gamache no lo acució. Ya no tenía prisa.

—No me dio tiempo. Simplemente lo saqué de la cabaña del ermitaño y lo escondí con el candelabro pensando que ya lo miraría más detenidamente por la mañana. Pero entonces encontraron el cuerpo, y había demasiada atención.

—¿Por eso encendiste fuego en los dos hogares, Olivier? ¿Antes de que llegara la policía?

Olivier bajó la cabeza. Todo había acabado. Por fin.

—¿Cómo has sabido dónde mirar? —preguntó.

—Al principio no lo sabía. Pero sentado aquí, he recordado que dijiste que el *bistrot* antes era una ferretería. Y que hubo que reconstruir los hogares de leña. Eran la única cosa nueva de toda la habitación, aunque parecieran viejos. Y me acordé de que encendiste fuego una mañana húmeda, pero no fría. Lo primero que hiciste cuando se descubrió el cuerpo. ¿Por qué? —Señaló con un gesto ligero las cosas que había encima de la mesa—. Para asegurarte de que no encontrásemos esto.

Armand Gamache se inclinó hacia delante, hacia Olivier, que estaba al otro lado de la *menorah* y el saco de arpillera. Desaforado.

—Cuéntanos qué ocurrió. Esta vez la verdad.

Gabri se sentó junto a Olivier, todavía conmocionado. Al principio le había parecido gracioso ver aparecer al grupo de investigación de la Sûreté, trasladado desde la casa de los Parra al *bistrot*. Hizo algunas bromas. Pero, a medida que la búsqueda se volvía más y más intensa, la diversión de Gabri desapareció, reemplazada por la irritación y luego la ira. Y al fin, la conmoción.

Pero nunca había dejado de estar del lado de Olivier, y entonces tampoco.

—Estaba ya muerto cuando lo encontré. Lo reconozco, cogí esas cosas. —Olivier hizo un gesto hacia los objetos que había encima de la mesa—. Pero no lo maté.

—Ten cuidado, Olivier. Te ruego que tengas mucho cuidado. —La voz de Gamache tenía un filo que dejó helados incluso a los policías de la Sûreté.

—Es la verdad.

Olivier cerró los ojos, casi convencido de que si no los veía era como si no estuvieran ahí. La *menorah* de plata y el pequeño saco dejarían de estar en la mesa de su *bistrot*. La policía no estaría allí. Sólo Gabri y él. Por fin en paz.

Al final abrió los ojos y vio que el inspector jefe lo miraba directamente.

—No fui yo, lo juro por Dios, yo no fui.

Se encaró a Gabri, que le devolvió la mirada, y luego le tomó una mano y miró al inspector jefe.

—Mira, tú conoces a Olivier. Yo conozco a Olivier. No ha sido él.

Los ojos de su compañero iban del uno al otro. Habría una salida, ¿no? Alguna rendija, aunque fuera mínima, por la que pudiera escabullirse...

—Cuéntame qué ocurrió —repitió Gamache.

—Ya lo he hecho.

—Otra vez —insistió el policía.

Olivier cogió aliento con fuerza.

—Dejé que cerrara Havoc y me fui a la cabaña. Estuve allí unos cuarenta y cinco minutos, tomé una taza de té y, cuando me iba, él quiso darme una jarrita para la leche. Pero me la dejé. Cuando volví al pueblo, me di cuenta de lo que había pasado y me puse furioso. Estaba cabreado porque él seguía prometiéndome eso —dijo señalando el saco con un gesto violento—, pero no me lo daba nunca. Sólo me daba cosas pequeñas.

—Esa jarrita para la leche estaba valorada en cincuenta mil dólares. Perteneció a Catalina la Grande.

—Pero no era eso. —Olivier volvió a echarle una mirada al saco—. Cuando volví, el ermitaño estaba muerto.

—Nos dijiste que el saco había desaparecido.

—Mentí. Estaba allí.

—¿Habías visto la *menorah* antes?

Olivier asintió.

—Él la usaba siempre.

—¿Como objeto de culto?

—Para alumbrarse.

—También es un objeto de valor incalculable. Supongo que ya lo sabías...

—¿Quieres decir que por eso lo cogí? No, lo cogí porque tenía mis huellas por todas partes. Lo había tocado cientos de veces para encender las velas, para renovarlas...

—Ve contándolo todo por orden —dijo Gamache, con voz tranquila y calmada.

Mientras Olivier hablaba, la escena se iba desplegando ante ellos. Olivier llegaba a la cabaña. Veía la puerta medio abierta, una rendija de luz que salía hacia el porche. Entonces empujaba la puerta y veía al ermitaño. Y sangre. Olivier se acercaba, estupefacto, y recogía el objeto de la mano del ermitaño. Y al ver la sangre, demasiado tarde, lo dejaba caer. El objeto rebotó y se metió debajo de la cama, donde lo encontró la agente Lacoste. *Woo*.

El dueño del *bistrot* también había visto la *menorah*, caída en el suelo. Cubierta de sangre.

Había retrocedido para abandonar la habitación y salir al porche, a punto de echar a correr. Luego se había detenido. Ante él veía aquella escena horrible. Un hombre al que conocía, con el que había llegado a encariñarse, muerto de manera violenta. Tras él, un bosque oscuro y el sendero que lo recorría.

Y atrapado entre los dos, ¿quién?

Olivier.

Se desplomó en la mecedora del porche, pensando. De espaldas a la terrible escena de la cabaña. Sus pensamientos avanzaban a toda prisa.

¿Qué hacer?

El problema, y Olivier lo sabía, era el camino de herradura. Lo sabía desde hacía semanas. Desde que los Gilbert, inesperadamente, habían comprado la antigua casa Hadley, y más inesperadamente aún, habían decidido reabrir los caminos de herradura.

—Ahora comprendo por qué los odiabas tanto —dijo Gabri suavemente—. Me parecía una reacción tan exagerada... No era por la competencia con el *bistrot* y el *bed & breakfast*, ¿verdad?

—Eran los caminos. Yo tenía miedo y estaba furioso con ellos por haber encargado a Roar que los desbrozara. Sabía que encontraría la cabaña y todo habría terminado.

—¿Y qué hiciste? —preguntó Gamache.

Y Olivier se lo contó.

Se había quedado sentado en el porche durante lo que le parecieron siglos, pensando. Dando vueltas a la situación. Hasta que por fin llegó a su *coup de grâce*. Decidió que el ermitaño podía hacerle un favor más. Podía arruinar a Marc Gilbert y detener el asunto de los caminos de herradura, todo a la vez.

—De modo que lo puse en la carretilla y lo llevé a la antigua casa Hadley. Sabía que si aparecía otro cadáver allí, les arruinaría el negocio. Sin hostal ni *spa*, no habría caminos de herradura. Roar abandonaría la tarea. Los Gilbert se irían. La maleza volvería a tragarse los caminos.

—¿Y luego qué? —preguntó Gamache de nuevo.

Olivier dudó.

—Podría coger lo que quisiera de la cabaña. Todo saldría bien.

Tres personas lo miraron. Ninguna de ellas con admiración.

—Pero, Olivier... —empezó Gabri.

—¿Qué otra cosa podía hacer? —Dedicó una mirada suplicante a su compañero—. No podía dejar que encontraran aquel sitio.

Cómo explicar lo razonable, lo brillante incluso que le había parecido todo aquello a las dos y media de la madrugada. En plena oscuridad. Con un muerto tres metros más allá.

—¿Te das cuenta de lo mal que pinta esto? —jadeó Gabri.

Olivier asintió y agachó la cabeza.

Gabri se volvió hacia el inspector jefe Gamache.

—Si de verdad lo hubiera hecho él, no se habría llevado el cadáver allí. Tú tampoco lo habrías hecho, ¿verdad? Habrías querido ocultar el crimen, no darlo a conocer.

—¿Qué pasó luego? —prosiguió el policía.

No menospreciaba la intervención de Gabri, pero tampoco quería que los desviara del tema.

—Volví a llevarme la carretilla, cogí esas dos cosas y me fui.

Los dos miraron la mesa. Los objetos más condenatorios. Y los más preciosos. El arma del crimen y el saco.

—Los traje aquí y los escondí en el hueco detrás de la chimenea.

—¿Y no miraste dentro del saco? —volvió a preguntar Gamache.

—Pensé que me sobraría tiempo cuando toda la atención se centrara en casa de Gilbert. Pero cuando Myrna encontró el cuerpo aquí, a la mañana siguiente, casi me muero. No podía sacar las cosas. Así que hice fuego en las dos chimeneas para asegurarme de que nadie las mirara. Durante los días siguientes había demasiados ojos pendientes del *bistrot*. Y para entonces yo ya sólo quería fingir que no existían. Que todo esto no había ocurrido.

Terminado el relato, se impuso el silencio.

Gamache se echó atrás y miró a Olivier un momento.

—Cuéntame el resto de la historia, la que contaba el ermitaño en sus tallas.

—No sé cómo sigue. No lo sabré hasta que abra eso.

Olivier a duras penas conseguía apartar la mirada del saco.

—No creo que haga falta, todavía. —El inspector jefe se inclinó hacia delante—. Cuéntame la historia.

Olivier miró a Gamache, atónito.

—Ya te he dicho todo lo que sé. Él me contó sólo hasta el momento en que el ejército encontraba a los habitantes del pueblo.

—Y el horror se aproximaba, ya me acuerdo. Ahora, quiero oír el final.

—No sé cómo termina.

—¿Olivier? —Gabri miró fijamente a su compañero.

Éste sostuvo la mirada de Gabri y luego se centró en Gamache.

—¿Tú lo sabes?

—Lo sé —respondió el policía.

—¿Qué es lo que sabes? —preguntó Gabri desplazando la mirada desde el inspector jefe hasta Olivier—. Dímelo.

—El que contaba la historia no era el ermitaño.

Gabri miró a Gamache, sin comprender, y luego a Olivier. Que asintió.

—¿Eras tú? —susurró Gabri.

Olivier cerró los ojos y el *bistrot* se desvaneció. Oyó el murmullo del fuego del ermitaño. Olió la madera de la cabaña de troncos, el arce dulzón que ardía en el hogar. Notó la taza de té caliente entre las manos, como la había sentido cientos de veces. Vio el violín brillando a la luz del fuego. Frente a él se sentaba el hombre cansado, con ropa limpia aunque remendada, rodeado de tesoros. El ermitaño se inclinaba hacia delante, con los ojos relucientes y llenos de temor. Y escuchaba. Y Olivier hablaba.

Olivier abrió los ojos y volvió al *bistrot*.

—El ermitaño tenía miedo de algo, lo supe desde el momento en que lo conocí en esta misma sala. A medida que pasaron los años, se fue volviendo más huraño, hasta que apenas salía de su cabaña para ir a la ciudad. Me pedía noticias del mundo exterior. Así que le hablaba de política, de guerras y de algunas de las cosas que ocurrían en la localidad. Una vez le hablé de un concierto que se celebraría en la iglesia, aquí. Cantabas tú —añadió mirando a Gabri—, y él quiso asistir.

Allí estaba, en el punto sin retorno. Una vez dichas, aquellas palabras no podrían retirarse jamás.

—Yo no podía permitirlo. No quería que alguien lo conociera y se hiciese amigo suyo. De modo que le dije al ermitaño que el concierto se había cancelado. Quiso saber por qué. No sé lo que me pasó, pero el caso es que empecé a inventarme esa historia sobre la Montaña, la gente del pueblo y el chico que robaba algo, huía y se ocultaba.

Olivier bajó la mirada hacia el borde de la mesa y se concentró en él. Veía la veta de la madera, desgastada. Por las manos que la habían tocado, frotado, descansado en ella, durante generaciones. Como las suyas en aquel momento.

—El ermitaño tenía miedo de algo, y las historias hicieron que tuviera más miedo todavía. Se había trastornado, era impresionable. Sabía que si le contaba que ocurrían cosas terribles fuera del bosque, él me creería.

Gabri se apartó un poco para poder mirar de arriba abajo a su compañero.

—¿Lo hiciste a propósito? ¿Hiciste que se asustara tanto del mundo exterior que no quisiera salir? Olivier...

Soltó la última palabra en una exhalación, como si apestara.

—Pero había algo más —dijo Gamache en voz baja—. Tus palabras no sólo mantuvieron prisionero al ermitaño y su tesoro a salvo de otras personas, sino que además inspiraron las tallas. Me gustaría saber qué pensaste al ver la primera.

—Es cierto que estuve a punto de tirarla cuando me la dio. Pero luego me convencí a mí mismo de que era buena señal. Las historias estaban inspirándolo. Lo ayudaban a crear.

—¿Tallas con montañas que caminan, monstruos y ejércitos que se le echaban encima? Seguro que el pobre hombre tenía pesadillas —dijo Gabri.

—¿Qué significaba *Woo*? —preguntó Gamache.

—Pues no lo sé, en realidad. Pero a veces, cuando le contaba la historia, él lo susurraba. Al principio pensé que sólo era un suspiro, pero luego me di cuenta de que decía una palabra. «*Woo*.»

Olivier imitó al ermitaño diciendo aquella palabra en voz muy baja: «*Woo*.»

—Por eso hiciste la telaraña con esa palabra, imitando *La telaraña de Charlotte*, un libro que él te había pedido que encontrases.

—No. ¿Cómo iba a hacer yo eso? No tengo ni idea de cómo se hace.

—Pero Gabri nos dijo que de niño te cosías la ropa... Si hubieras querido, podrías haberte inventado una manera.

—No —insistió Olivier.

—Y reconoces que el ermitaño te enseñó a tallar, a grabar la madera.

—Pero no se me daba nada bien —admitió Olivier, suplicante.

Veía la incredulidad en los rostros de los demás.

—No estaba muy bien hecho. Fuiste tú quien talló la palabra *Woo* —siguió Gamache—. Hace años. No tenías que saber lo que significaba, sólo que significaba algo para el ermitaño. Algo horrible. Y te guardaste esa palabra para usarla algún día. Igual que los países almacenan las armas más destructivas para el día en que puedan necesitarlas. Esa palabra tallada en la madera fue tu arma definitiva. Tu Nagasaki. La última bomba que le tiraste a un hombre cansado, asustado y loco.

»Te aprovechaste de su culpabilidad, magnificada por el aislamiento. Como sabías que había robado todo aquello, te inventaste la historia del chico y de la Montaña. Y funcionó. Lo mantuvo allí encerrado. Pero también lo inspiró para realizar esas tallas que, paradójicamente, resultaron ser su mayor tesoro.

—Yo no lo maté.

—Sólo lo tuviste prisionero. ¿Cómo pudiste? —dijo Gabri.

—No le dije nada que él no estuviera dispuesto a creer.

—¿De verdad crees eso? —dijo Gabri.

Gamache miró los objetos que había en la mesa. La *menorah*, arma homicida. Y el pequeño saco. El móvil para el asesinato. No podía posponerlo más. También a él le había llegado la hora de la revelación brutal. Se puso de pie.

—Olivier Brulé —dijo el inspector jefe Gamache con la voz cansada y el rostro sombrío—. Quedas detenido, acusado de homicidio.

TREINTA Y SIETE

Una capa gruesa de escarcha cubría el suelo cuando Armand Gamache volvió a aparecer en Three Pines. Aparcó su coche junto a la antigua casa Hadley, cogió el camino y se adentró más y más en el bosque. Las hojas, caídas de los árboles, yacían, secas y rumorosas, bajo sus pies. Cogió una y se maravilló, no por primera vez, de la perfección de una naturaleza que daba a las hojas su momento de mayor belleza al final de su vida.

Hacía una pausa de vez en cuando, no para orientarse, pues sabía perfectamente adónde iba y cómo llegar hasta allí, sino para disfrutar del entorno. De la tranquilidad. La suave luz que se colaba entre los árboles y tocaba un suelo que no solía ver el sol. El bosque tenía un olor almizclado, intenso y dulce. Caminó lentamente, sin prisa, y al cabo de media hora llegó a la cabaña. Hizo una pausa en el porche, notando de nuevo con una sonrisa que había un número de latón encima de la puerta.

Y entonces entró.

No había vuelto a entrar allí desde que la habían vaciado, una vez catalogados todos los objetos tras fotografiarlos y registrar las huellas dactilares que contenían.

Hizo una pausa ante la mancha de color borgoña intenso, en el suelo de tablas.

Luego recorrió la sencilla habitación. Habría podido llamar hogar a aquel sitio, lo sabía muy bien, si hubiera contenido algo absolutamente precioso. Reine-Marie.

Dos sillas para la amistad.

Allí de pie, en silencio, vio cómo la cabaña iba llenándose poco a poco de hermosas antigüedades y primeras ediciones. Y de una evocadora melodía celta. El inspector jefe vio de nuevo al joven Morin convertir el violín clásico en uno folclórico con sus largos miembros torpes, nacidos para tal fin.

Luego vio al ermitaño Jakob, solo, tallando madera junto al fuego. Thoreau encima de la mesa taraceada. El violín apoyado en las piedras de río de la chimenea. Aquel hombre, que tenía su misma edad, pero parecía mucho más viejo. Desgastado por el temor. Y por algo más. Por esa cosa que hasta la propia Montaña temía.

Recordó las dos tallas que había ocultado el ermitaño. Distintas de las demás por alguna razón. Distinguidas por el misterioso código que tenían escrito debajo. Se había convencido de que la clave para descifrar el cifrado de César era «Charlotte». Y luego se había empeñado en que se trataba de *sixteen*, «dieciséis». Aquello habría explicado el porqué de los extraños números colocados encima de la puerta.

Pero el Cifrado de César seguía sin resolverse. Un misterio.

Gamache hizo una pausa en el curso de sus pensamientos. El cifrado de César... ¿Cómo lo había explicado Brunel? ¿Qué había hecho César con su primer código? No había usado una palabra clave, sino un número. Había cambiado las letras del alfabeto de tres en tres.

Gamache caminó hasta la repisa de la chimenea, se llevó una mano al bolsillo de la pechera y sacó un cuaderno y un bolígrafo. Y escribió. Primero el alfabeto y luego, por debajo, contó los espacios. Aquélla era la clave. No la palabra «dieciséis», sino el número: 16.

A B C D E F G H I J K L M N O P Q R S T U V W X Y Z
K L M N O P Q R S T U V W X Y Z A B C D E F G H I J

Con mucho cuidado, sin permitir que la precipitación lo hiciera caer en un error, comprobó las letras. El ermitaño había grabado MRKBVYDDO bajo la talla de la gente agrupada en la costa. C, H, A, R... Gamache se concentró más aún, obligándose a ir más despacio. L, O, T, T, E.

Un largo suspiro se escapó con la palabra: «Charlotte.»

Luego trabajó con el código escrito bajo los esperanzados navegantes del barco: OWSVI.

Al poco, lo tenía también.

«Emily.»

Sonriendo, recordó su vuelo por encima de las montañas cubiertas de niebla y leyenda. Espíritus y fantasmas. Recordó el lugar apartado del tiempo y a John el Vigilante, a quien nunca podría olvidar. Y los tótems, capturados para siempre por una pintora desaliñada.

¿Qué mensaje pretendía enviar el ermitaño Jakob? ¿Sabía que corría peligro y quería transmitir aquel mensaje, aquella pista? ¿O bien, como sospechaba Gamache, se trataba de algo mucho más personal? ¿Incluso algo reconfortante?

Aquel hombre había guardado las tallas por un buen motivo. Había escrito debajo de ellas por una razón. Había escrito «Charlotte» y «Emily». Y había hecho las tallas de cedro rojo, de las islas Queen Charlotte, por algo.

¿Qué necesita un hombre solo? Tenía todo lo demás. Comida, agua, libros, música. Sus aficiones, arte. Un bonito jardín. ¿Qué le faltaba?

Compañía.

Comunidad. Estar con los demás. Dos sillas para la amistad. Aquellas tallas le hacían compañía.

Quizá nunca pudiera probarlo, pero Gamache sabía, sin ningún tipo de duda, que el ermitaño había estado en las islas Queen Charlotte, casi con toda seguridad nada más llegar a Canadá. Y allí había aprendido a tallar y a construir cabañas de troncos. Y allí había encontrado su primer atisbo de paz, perturbado más adelante por los manifestantes. Como el primer amor, el lugar donde encuentras la paz por primera vez no se olvida nunca, nunca.

Había llegado a aquellos bosques para recrear esa sensación. Había construido una cabaña exactamente como las que había visto en las islas Charlotte. Había tallado cedro rojo para consolarse con su olor y su tacto familiar. Y había tallado personas que pudieran acompañarlo. Personas felices.

Excepto una.

Aquellas creaciones se habían convertido en su familia. Sus amigos. Los guardaba, los protegía. Les ponía nombre. Dormía con ellos bajo la cabeza. Y ellos a su vez le hacían compañía en las noches largas, frías y oscuras, cuando aguzaba el oído intentando captar el chasquido de una rama, la llegada de algo peor que una matanza.

Entonces Gamache oyó el chasquido de una ramita y se puso tenso.

—¿Puedo entrar?

De pie en el porche se encontraba Vincent Gilbert.

—*S'il vous plaît.*

Gilbert entró y los dos hombres se estrecharon la mano.

—Estaba en casa de Marc y he visto su coche. Espero que no le importe. Lo he seguido.

—No, en absoluto.

—Parecía muy pensativo, ahora mismo.

—Tengo muchas cosas en que pensar —dijo Gamache con una leve sonrisa mientras guardaba de nuevo la libretita en el bolsillo de la pechera.

—Lo que hizo fue muy duro. Lamento que fuera necesario.

Gamache no dijo nada y los dos hombres se quedaron callados, de pie, en la cabaña.

—Lo dejaré solo —dijo Gilbert al final, dirigiéndose hacia la puerta.

Gamache dudó y luego lo siguió.

—No hace falta. Ya he terminado.

Cerró la puerta sin volver la vista una sola vez y se unió a Vincent Gilbert en el porche.

—Le he firmado esto. —Gilbert le tendió un libro de tapa dura—. Lo han reeditado después de toda la publicidad en torno al crimen y el juicio. Parece que es un *bestseller.*

—*Merci.*

Gamache dio la vuelta al satinado ejemplar de *Ser* y miró la foto del autor. No había ninguna expresión desdeñosa. Ni tampoco tenía el ceño fruncido. Más bien al contrario, lo miraba un hombre guapo, distinguido. Paciente, comprensivo.

—*Félicitations* —dijo Gamache.

Gilbert sonrió y luego desplegó un par de sillas de jardín de aluminio.

—Acabo de traerlas. Las primeras de otras muchas cosas. Marc dice que puedo vivir en la cabaña. Convertirla en mi hogar.

Gamache se sentó.

—Me lo imagino bien aquí.

—Apartado de la sociedad cortés. —Gilbert sonrió—. Los santos disfrutamos de la soledad.

—Y sin embargo ha traído dos sillas...

—Ah, ¿usted también conoce esa cita? —preguntó Gilbert—. «Tenía tres sillas en mi casa, una para la soledad, dos para la amistad, tres para la sociedad.»

—Mi cita favorita de Thoreau también es de *Walden* —dijo Gamache—. «Un hombre es rico en proporción al número de cosas de las que puede prescindir.»

—En su trabajo no se puede prescindir de muchas cosas, ¿verdad?

—No, pero, una vez liquidadas, pueden soltarse.

—Entonces, ¿por qué está usted aquí?

Gamache se quedó sentado en silencio un momento, y luego habló:

—Porque algunas cosas son más difíciles de soltar que otras.

Vincent Gilbert asintió, pero no dijo nada. Mientras el inspector jefe dejaba la mirada perdida en el horizonte, el médico sacó un pequeño termo de su mochila y sirvió una taza de café para cada uno.

—¿Qué tal están Marc y Dominique? —preguntó Gamache tras sorber el fuerte café solo.

—Muy bien. Han llegado los primeros huéspedes. Parece que disfrutan mucho. Y Dominique está en su elemento.

—¿Y *Marc*, el caballo? —Casi temía preguntarlo. Y la lenta negativa de Vincent con la cabeza confirmó sus temores—. Menudo caballo... —murmuró Gamache.

—Marc no ha tenido más remedio que librarse de él.

Gamache vio de nuevo a la criatura salvaje, medio ciega, medio loca, herida. Y supo que la decisión se había tomado hacía años.

—Dominique y Marc se están adaptando bien, y tienen que agradecérselo a usted —continuó Gilbert—. Si no hubiera resuelto el caso, se habrían arruinado. En el juicio he visto que ésa era la intención de Olivier al trasladar el cuerpo. Quería que el hostal y *spa* cerrase.

Gamache no dijo nada.

—Pero había algo más, claro —prosiguió Gilbert sin querer dejar el tema—. Era codicioso, supongo.

Y Gamache siguió sin decir nada, pues se negaba a aumentar la condena de un hombre a quien todavía consideraba un amigo. Que los abogados, jueces y jurados decidieran esas cosas.

—El Fantasma Hambriento —dijo Gilbert.

Aquello llamó la atención del inspector jefe, que se volvió en su silla de jardín para mirar al hombre digno que tenía a su lado.

—*Pardon?*

—Es una creencia budista. Uno de los estados del hombre, de la Rueda de la Vida. Cuanto más comes, más hambre tienes. Se considera la peor de las vidas. Intentar llenar un hueco que no para de hacerse más hondo. Llenarlo de comida, de dinero, de poder. De la admiración de los demás. Lo que sea.

—El Fantasma Hambriento —dijo Gamache—. Qué horror.

—No tiene usted idea... —concedió Gilbert.

—¿Usted sí?

Al cabo de un momento, Gilbert asintió. No parecía ya tan magnífico. Pero sí considerablemente más humano.

—Tuve que abandonarlo todo para conseguir lo que quería de verdad.

—¿Y qué era?

Gilbert pensó mucho rato.

—Compañía.

—¿Y viene a una cabaña en los bosques para encontrar compañía? —preguntó Gamache con una sonrisa.

—Para aprender a ser una buena compañía para mí mismo.

Se quedaron los dos sentados en silencio hasta que al final Gilbert volvió a hablar:

—Entonces, ¿Olivier mató al ermitaño por el dinero?

Gamache asintió.

—Temía que lo encontraran. En cuanto su hijo se trasladó aquí y Parra empezó a abrir los caminos, supo que sólo era cuestión de tiempo.

—Hablando de los Parra, ¿ha pensado en ellos?

Gamache miró la humeante taza de café que le calentaba las grandes manos. Nunca le había contado a aquel hombre la historia completa. No costaba nada reconocer que Havoc Parra en particular había sido su sospechoso principal. El chico trabajaba hasta tarde. Podía haber seguido a Olivier hasta la cabaña después de cerrar el *bistrot*. Y aunque las herramientas de tallar de Havoc habían dado resultados negativos, quizá hubiera usado otras. ¿Y acaso no era checo el ermitaño?

Y si no había sido Havoc, entonces tal vez su padre, Roar, que desbrozaba los caminos y casi con toda seguridad se dirigía hacia la cabaña. Quizá la había encontrado él.

Quizá, quizá, quizá.

Un amplio rastro de «quizás» conducía directamente a los Parra.

Pero Gamache decidió no confesar a Gilbert que él también había sido sospechoso, igual que su hijo y su nuera. La cabaña estaba en sus tierras. ¿Por qué habían comprado aquella vieja casa arruinada cuando podrían haberse quedado cualquier otra? ¿Por qué habían ordenado que se reabrieran los caminos de herradura tan deprisa? Era casi lo primero que habían hecho.

¿Y por qué el santurrón del doctor Gilbert y el cadáver habían aparecido al mismo tiempo?

461

Por qué, por qué, por qué.

Un amplio rastro de «porqués» conducía directamente a la puerta principal de la antigua casa Hadley.

Todos cumplían bien el papel de sospechosos. Pero las pruebas apuntaban a Olivier. Las huellas, el arma del crimen, el saco de lona, las tallas. No habían encontrado herramientas de tallar en posesión de Olivier, pero aquello no significaba nada. Podría haberse librado de ellas años antes. En cambio, sí que habían encontrado hilo de nailon en el *bed & breakfast*. Del mismo peso y resistencia que el usado en la telaraña. La defensa de Olivier argumentó que era el grosor más habitual y que no probaba nada. Gabri testificó que lo usaba para el jardín, para atar la madreselva.

No demostraba nada.

—Pero ¿por qué poner esa palabra en la telaraña y por qué tallarla en madera? —preguntó Vincent.

—Para asustar al ermitaño y que le diera el tesoro que guardaba en el saco.

Era una solución increíblemente sencilla. El sendero llegaba cada día más cerca. Olivier sabía que se le estaba acabando el tiempo. Tenía que convencer al ermitaño de que le entregase aquello antes de que encontraran la cabaña. Porque, en cuanto ocurriera, el ermitaño se daría cuenta de la verdad: Olivier había estado mintiéndole. No había ejército del Terror y la Desesperación alguno. No había Caos. Sólo un marchante de antigüedades muy codicioso, que nunca tenía bastante.

No se aproximaba a él ningún horror, sólo otro Fantasma Hambriento.

La última esperanza de conseguir el saco de arpillera del ermitaño era convencerlo de que el peligro era inminente. Para salvar su vida, Jakob tendría que librarse del tesoro. De modo que cuando llegase la Montaña encontrase al ermitaño, pero no hubiera ningún saco.

Sin embargo, al ver que la historia no lo aterrorizaba lo suficiente, que el camino llegaba ya demasiado cerca, Olivier sacó el napalm, el gas mostaza, la bomba volante. Su *Enola Gay*.

Puso la telaraña en el rincón. Y colocó la palabra tallada en algún lugar de la cabaña para que Jakob la encontrara. Sabiendo que cuando el ermitaño la hallase... ¿qué? ¿Moriría? Quizá. Pero le entraría el pánico, eso seguro. Por saber que habían dado con él. La cosa de la cual se ocultaba, la cosa de la que había huido. La cosa que más temía. Lo había encontrado. Y había dejado su tarjeta de visita.

¿Qué había salido mal? ¿El ermitaño no había visto la telaraña? ¿Excedía la codicia del ermitaño a la del propio Olivier? Fuera cual fuese la razón, había algo que Gamache daba por cierto: Olivier, con la paciencia ya agotada, los nervios extenuados, la rabia desbocada, había alargado un brazo para coger la *menorah*. Y había descargado el golpe.

Su abogado había optado por un juicio con jurado. Una buena estrategia, en opinión de Gamache. A un jurado se lo podía convencer de que había sido un rapto de locura. El propio Gamache argumentó que Olivier debía ser juzgado por homicidio, no por asesinato, y la fiscalía había accedido. El inspector jefe sabía que Olivier le había hecho muchas cosas terribles a propósito al ermitaño. Pero no matarlo. Mantener prisionero a Jakob, sí. Manipularlo y aprovecharse de él, sí. Desequilibrar una mente ya de por sí muy frágil, sí. Pero el asesinato no. Gamache estaba convencido de que eso había sorprendido e incluso horrorizado a Olivier.

Qué palabra más apropiada. Homicidio.

Era lo que había hecho Olivier en el sentido que remitía al origen de la palabra en latín: matar a un hombre. No con aquel golpe terrible, sino a lo largo del tiempo. Desgastarlo de tal modo que su cara se había ido llenando de arrugas y bastaba el chasquido de una rama para que se le encogiera el alma.

Pero el asesinato se había ido convirtiendo en un suicidio. Olivier se había matado a sí mismo en el proceso. Había tallado y eliminado su parte buena y amable, y el odio había acudido a llenar el vacío dejado por su incapacidad de respetarse. El hombre que pudo haber sido había muerto. Consumido por el Fantasma Hambriento.

Lo que finalmente condenó a Olivier no fueron especulaciones, sino hechos. Pruebas. La única persona de cuya presencia en la cabaña había constancia era él. Habían encontrado sus huellas allí y en el arma del crimen. Conocía al ermitaño. Había vendido algunos de sus tesoros. Había vendido las tallas. Había robado el saco de arpillera. Y al final el arma del crimen había aparecido escondida en el *bistrot*, junto con el saco. Su abogado intentaría librarlo con todo tipo de argumentos, pero la acusación estaba bien fundamentada. Gamache no tenía duda alguna.

Sin embargo, los hechos podían bastarle a un fiscal, un juez o un jurado, pero no a Gamache. Él necesitaba algo más. Necesitaba el motivo. Eso que no podía probarse nunca porque no podía verse.

¿Qué llevaba a un hombre a cometer un asesinato?

Y así había resuelto el caso Gamache. Al volver andando a Three Pines, después de ordenar que registrasen una vez más la casa de los Parra, había repensado todo el caso. Las pruebas. Pero también el espíritu malévolo que se escondía tras ellas.

Se había dado cuenta de que todos los detalles que insinuaban la autoría de los Parra también podían aplicarse a Olivier. Miedo y codicia. Pero lo que decantaba la balanza hacia Olivier era que, mientras que los Parra habían mostrado cierta inclinación a la codicia, él se había regodeado en ella.

Gamache sabía bien que Olivier tenía dos temores: verse descubierto y tener que renunciar a algo.

Ambas posibilidades se aproximaban, ambas amenazaban.

Gamache bebió un sorbo de café y pensó de nuevo en aquellos tótems de Ninstints, carcomidos, vencidos, caídos. Pero empeñados todavía en contar una historia.

Ahí había nacido la idea. La noción de que aquel asesinato tenía que ver con los relatos. Y las tallas del ermitaño eran la clave. No eran tallas sueltas, de orden aleatorio. Formaban una comunidad. Cada una tenía su entidad, pero juntas contaban una historia mucho mayor. Como los tótems.

Olivier había contado alguna historia para controlar y encerrar al ermitaño. Éste las había usado para crear sus notables tallas. Y Olivier había usado aquellas esculturas para hacerse más rico de lo que jamás había soñado.

Sin embargo, Olivier no se había dado cuenta de que sus historias eran ciertas. Alegóricas, claro. Pero no por ello menos reales. Se aproximaba una montaña de desdicha. Y crecía con cada nueva mentira, con cada nuevo cuento.

Un Fantasma Hambriento.

Cuanto más se enriquecía Olivier, más quería. Y lo que más quería era precisamente lo que se le negaba. El contenido del pequeño saco de arpillera.

Jakob había llegado a Three Pines con sus tesoros casi con toda seguridad robados a amigos y vecinos de Checoslovaquia. Gente que había confiado en él. Tras la caída del Telón de Acero, cuando por fin pudieron salir del país, habían empezado a pedirle su dinero. A exigirlo. Habían amenazado con ir a verlo. Tal vez alguno incluso hubiese cumplido la amenaza.

De modo que él había cogido su tesoro, o —mejor dicho— los tesoros de aquella gente, y los había escondido en el bosque. Esperando que todo cayera en el olvido, que la gente se rindiera. Que volviesen a casa. Que lo dejaran en paz.

Después podría venderlo todo. Comprar aviones privados, yates de lujo. Una preciosa casa en Chelsea, un viñedo en la Borgoña.

¿Habría sido feliz entonces? ¿Habría tenido al fin suficiente?

Averigüe qué amaba y quizá así encuentre a su asesino, le había dicho Esther, la anciana haida, a Gamache. ¿Amaba el dinero el ermitaño?

Tal vez al principio.

Y sin embargo... ¿Acaso no había usado el dinero en el retrete? ¿Como papel higiénico? ¿No habían encontrado billetes de veinte dólares metidos en las paredes de la cabaña de troncos para hacer de aislante?

¿Amaba su tesoro el ermitaño? Quizá al principio.

Pero luego había ido regalándolo. A cambio de leche, queso y café.

Y compañía.

Cuando se llevaron a Olivier, Gamache se quedó sentado mirando el saco. ¿Qué podía ser peor que el Caos, la Desesperación, la Guerra? ¿De qué podía huir incluso la Montaña? Gamache había dedicado mucho tiempo a pensar en ello. ¿Qué era lo que más angustiaba a las personas, incluso en su lecho de muerte, o especialmente en él? ¿Qué las perseguía, las torturaba y ponía a algunas de rodillas? Y Gamache pensó que tenía la respuesta.

El arrepentimiento.

El arrepentimiento por lo dicho, por lo hecho, por lo que se había quedado sin decir. El arrepentimiento por la persona que cada uno podría haber sido. Y que no había conseguido ser.

Finalmente, tras quedarse solo, el inspector jefe había abierto el saco y, al mirar en su interior, se había dado cuenta de que estaba equivocado. Lo peor no era el arrepentimiento.

Clara Morrow llamó a la puerta de Peter.

—¿Preparado?

—Preparado —contestó él, y salió secándose la pintura al óleo de las manos.

Le había dado por salpicarse las manos de pintura para que Clara creyera que estaba trabajando mucho cuando en realidad había terminado el cuadro hacía semanas.

Al fin lo había admitido ante sí mismo. Pero no se lo había reconocido a nadie.

—¿Qué tal estoy?

—Estupenda.

Peter quitó un trocito de tostada del pelo de Clara.

—Me lo estaba guardando para el almuerzo...

—Ya te invitaré yo a comer —dijo él, y salió tras ella por la puerta—. Para celebrarlo.

Se metieron en el coche y se dirigieron a Montreal. Aquel día terrible en que había tenido que ir a ver a Fortin para recoger su portafolio, se había detenido ante la escultura de Emily Carr. Había otra persona allí, almorzando, y Clara se había sentado en el extremo más alejado del banco y se había quedado mirando la pequeña mujer de bronce. Y el caballo, el perro y el mono. *Woo*.

Emily Carr no se parecía en nada a los artistas visionarios de cualquier época. Parecía más bien una persona que podía sentarse frente a ti en el autobús número 24. Era bajita. Un poco regordeta. Un poco desaliñada.

—Se parece un poco a usted —comentó una voz a su lado.

—¿Usted cree? —preguntó Clara, no muy dispuesta a creer que fuera un cumplido.

La mujer tenía unos sesenta años. Iba muy bien vestida. Muy cuidada, muy arreglada. Elegante.

—Me llamo Thérèse Brunel. —La mujer le tendió la mano. Clara la miró perpleja y la otra añadió—: Superintendente Brunel. De la Sûreté du Québec.

—Claro, perdóneme. Estuvo en Three Pines con Armand Gamache.

—¿Son obras suyas? —preguntó señalando el portafolio.

—Fotos de mis obras, sí.

—¿Puedo verlas?

Clara abrió el portafolio y la oficial de la Sûreté lo fue hojeando entre sonrisas, comentarios y algún que otro suspiro. Pero se detuvo al mirar un cuadro. Era el de una mujer alegre orientada hacia delante, pero con el rostro vuelto atrás.

—Es muy guapa —dijo Thérèse—. Me gustaría conocerla...

Clara no dijo nada. Esperó. Al poco, su acompañante parpadeó, luego sonrió y miró a Clara.

—Qué curioso... Está llena de gracia, pero acaba de ocurrirle algo, ¿verdad?

Clara seguía silenciosa, mirando la reproducción de su propia obra.

Thérèse Brunel también la miraba. Entonces tomó aire con fuerza y miró a Clara.

—La caída. Dios mío, ha pintado usted la caída. Ese momento. Ella ni siquiera es consciente, ¿verdad? En realidad no lo es, pero sí que ve algo, un atisbo del horror que se avecina. La caída en desgracia.

Thérèse se quedó muy callada, mirando a aquella mujer encantadora y dichosa. Y aquella conciencia diminuta, casi invisible.

Clara asintió.

—Sí.

Thérèse la miró más de cerca.

—Pero hay algo más. Ya sé lo que es. Es usted, ¿verdad? Es usted.

Clara asintió.

Al cabo de un momento, Thérèse susurró. Clara ni siquiera estuvo segura de que aquellas palabras se hubiesen pronunciado en voz alta. Quizá hubiera sido el viento.

—¿De qué tiene miedo?

Clara esperó largo rato antes de hablar, y no porque no supiera la respuesta, sino porque nunca la había dicho en voz alta.

—Tengo miedo de no reconocer el paraíso.

Un momento de silencio.

—Yo también —confesó la superintendente Brunel.

Escribió un número y se lo tendió a Clara.

—Voy a hacer una llamada cuando vuelva a mi despacho. Aquí tiene mi número. Llámeme esta tarde.

Clara lo hizo y, para su asombro, la mujer elegante, la oficial de policía, había dispuesto que el conservador jefe del Musée d'Art Contemporain de Montreal viese su portafolio.

Hacía semanas de aquello. Desde entonces habían pasado muchas cosas. El inspector jefe Gamache había arrestado a Olivier por asesinato. Todo el mundo sabía que había sido un error. Pero, a medida que aumentaban las pruebas, también lo hacían sus dudas. Mientras ocurría todo aquello, Clara había llevado sus obras al MAC. Y ahora le habían propuesto una reunión.

—No dirán que no —dijo Peter, que circulaba a alta velocidad por la autopista—. Nunca he oído decir que una galería invite a un artista a una reunión para rechazarlo. Es una buena noticia, Clara. Una gran noticia. Mucho mejor de lo que Fortin podría haber hecho por ti.

Y Clara se atrevió a pensar que era cierto.

Mientras conducía, Peter pensaba en el cuadro que tenía en su propio caballete. El que ahora sabía que estaba terminado. Igual que su carrera. En el lienzo en blanco, Peter había pintado un enorme círculo negro, casi cerrado, pero no del todo. Y allí donde tenía que haberse cerrado había puesto unos puntos.

Tres puntos. Por el infinito. Por la sociedad.

Jean Guy Beauvoir estaba en el sótano de su casa mirando las tiras de papel rasgado. Arriba oía a Enid preparando la comida.

A lo largo de las últimas semanas, había bajado al sótano siempre que había tenido oportunidad. Ponía un partido en la televisión y se sentaba de espaldas al aparato. Ante su escritorio. Hipnotizado por los trocitos de papel. Esperaba que la vieja poeta hubiese escrito todo el poema en una sola hoja y simplemente lo hubiera roto a tiras para así poder recomponerlo como un rompecabezas. Pero no, los trocitos de papel no encajaban unos con otros. Tenía que encontrar el sentido de las palabras.

Beauvoir había mentido al jefe. No lo hacía a menudo, y no tenía ni idea de por qué lo había hecho en aquella ocasión. Le había dicho que los había tirado todos, aquellos estúpidos versos que Ruth le había clavado en la puerta, metido en el bolsillo o dado a otros para que se los entregaran a él.

Sí había tenido ganas de tirarlos, pero el deseo de saber qué significaban había sido mayor todavía. Sin embargo, era casi imposible. Quizá el jefe pudiera descifrarlo, pero a Beauvoir la poesía nunca le había parecido otra cosa que un montón de zarandajas. Incluso cuando podía leerla entera. ¿Cómo iba a conseguir reconstruir un poema?

Pero lo había intentado. Durante semanas enteras.

Metió una tira entre otras dos y subió otra al encabezamiento.

> *Donde me dejen quedo, hecha*
> *de piedra y de ingenuos deseos:*
> *que la deidad que mata por placer*
> *cure también,*

Bebió un trago de cerveza.

—Jean Guy —lo llamó su mujer—. La comida...

—Ya voy.

> *que en medio de tu pesadilla,*
> *la última, un león amable*
> *traiga en su boca los vendajes*
> *y el suave cuerpo de una mujer,*

Enid volvió a llamarlo y él no contestó, sino que se quedó mirando el poema. Entonces su mirada se desplazó hasta los pequeños piececitos peludos que colgaban por encima del estante que tenía encima del escritorio. A la altura de los ojos, donde podía verlos. El león de peluche que se había llevado disimuladamente del *bed & breakfast*. Primero a su habitación, como compañía. Lo sentaba en la silla, donde podía verlo desde la cama. Y se imaginaba que ella estaba allí. Exasperante, apasionada, llena de vida. Llenando los rincones vacíos y silenciosos de su vida. Insuflándoles vida.

Y al terminarse el caso había metido el león en la maleta y se lo había llevado allí. Adonde Enid no bajaba nunca.

El león amable. Con su piel suave y su sonrisa. «*Wimoweh, a wimoweh*», canturreó entre dientes mientras leía la estrofa final.

y al lamerte cure tu fiebre,
levante entre sus fauces suaves tu alma como un
*   cachorro*
y te lleve con sus caricias a la oscuridad y al pa-
*   raíso.*

Una hora más tarde, Armand Gamache salió andando del bosque y bajó la cuesta hacia Three Pines. En el porche del *bistrot* cogió aliento, se calmó y entró.

Sus ojos tardaron un poco en adaptarse. Cuando lo hicieron, vio a Gabri detrás de la barra, donde siempre estaba Olivier. El enorme hombre había disminuido, había perdido peso. Parecía agobiado. Cansado.

—Gabri —dijo Gamache, y los dos viejos amigos se quedaron mirándose.

—Monsieur —contestó él.

Desplazó un bote con chucherías surtidas de regaliz y otro de gominolas por el mostrador de madera pulida, y luego lo rodeó. Y ofreció a Gamache una pipa de regaliz.

Myrna entró al cabo de unos minutos y encontró a Gabri y Gamache sentados tranquilamente junto al fuego. Hablando. Con las cabezas juntas. Con las rodillas casi tocándose. Con una pipa de regaliz intacta entre ellos.

Los dos levantaron la vista cuando ella entró.

—Lo siento. —La mujer se detuvo—. Ya volveré. Sólo quería enseñarte esto. —Le tendió un papel a Gabri.

—Yo también lo he recibido —dijo él—. El último poema de Ruth. ¿Qué crees que significa?

—No lo sé.

Ella no se acostumbraba a entrar en el *bistrot* y ver sólo a Gabri. Con Olivier en la cárcel, parecía como si faltara algo vital, como si hubiesen cortado uno de los pinos.

Era espantoso lo que estaba ocurriendo. Todo el pueblo se sentía desgarrado y enfurecido. Queriendo apoyar a Olivier y Gabri. Anonadados por el arresto. Incrédulos. Y sin embargo, sabían que el inspector jefe Gamache no lo habría hecho si no hubiera estado seguro.

También estaba claro lo mucho que le había costado a Gamache arrestar a su amigo. Parecía imposible apoyar al uno sin traicionar al otro.

Gabri se levantó, y Gamache también.

—Estábamos poniéndonos al día. ¿Sabes que el inspector jefe tiene otra nieta? Zora.

—Felicidades. —Myrna besó al reciente abuelo.

—Necesito aire fresco —dijo Gabri, inquieto de pronto. En la puerta se volvió hacia Gamache—. ¿Qué?

El inspector jefe y Myrna lo acompañaron y juntos caminaron lentamente por el parque. Por donde todos pudieran verlos. A Gamache y a Gabri juntos. Aún no se había curado la herida, pero tampoco estaba haciéndose más profunda.

—No ha sido Olivier, y lo sabes —dijo Gabri tras detenerse a mirar directamente a Gamache.

—Te admiro por apoyarlo así.

—Reconozco que hay muchas cosas en él que apestan. Aunque, claro, precisamente esas cosas suyas son las que más me gustan... —Gamache lanzó una pequeña carcajada—. Pero quería preguntarte una cosa.

—*Oui?*

—Si Olivier mató al ermitaño, ¿por qué trasladar el cadáver? ¿Por qué llevarlo a la casa Hadley para que lo encontraran allí? ¿Por qué no dejarlo en la cabaña? ¿O esconderlo en el bosque?

Gamache se fijó en que el ermitaño se había convertido en «el cadáver». Gabri no podía aceptar que Olivier hubiese matado, y ciertamente no podía aceptar que Olivier hubiese matado a un «él» y no a un «eso».

—Eso ya se respondió en el juicio —contestó Gamache con paciencia—. Estaban a punto de encontrar la cabaña. Roar iba a despejar un camino que llevaba justo hasta allí.

Gabri asintió de mala gana. Myrna se quedó mirándolo y deseó que su amigo fuese capaz de aceptar la verdad, ya innegable.

—Ya lo sé —dijo Gabri—. Pero ¿por qué llevarlo a la casa Hadley? ¿Por qué no meterlo en lo más profundo del bosque y dejar que los animales se ocuparan de él?

—Porque Olivier se dio cuenta de que el cadáver no era la prueba más condenatoria. Era la cabaña. Años de pruebas, de huellas, de pelos, de comida. No podía limpiarlo todo, al menos en tan poco tiempo. Pero si nuestra investigación se centraba en Marc Gilbert y la casa Hadley, podía detener el progreso de los caminos. Si los Gilbert se arruinaban, nadie necesitaría los caminos de herradura.

La voz de Gamache sonaba tranquila. No había señal de aquella impaciencia de la que Myrna lo sabía capaz. Era al menos la décima vez que oía al inspector jefe explicar aquello a Gabri, y éste seguía sin creerlo. Incluso en aquel preciso momento, Gabri negaba con la cabeza.

—Lo siento —se disculpó Gamache, y era evidente que lo sentía—. No puede haber otra conclusión.

—Pero Olivier no es un asesino.

—En eso estoy de acuerdo. Pero mató. Fue un homicidio. No intencionado. ¿De verdad crees que no es capaz de matar en un ataque de rabia? Había trabajado años y años para conseguir que el ermitaño le diese su tesoro y temía perderlo. ¿Estás seguro de que Olivier no se habría dejado llevar por un impulso violento?

Gabri dudó. Ni Gamache ni Myrna se atrevían a respirar, por miedo a ahuyentar el tímido razonamiento que revoloteaba en torno a su amigo.

—Olivier no fue. —Gabri suspiró con fuerza, exasperado—. ¿Por qué iba a trasladar el cuerpo?

El inspector jefe miró a su amigo. Le faltaban las palabras. Si había alguna forma de convencer a aquel hombre atormentado, la probaría. Ya lo había intentado. No quería que Gabri tuviera que soportar aquella carga innecesaria, el horror de creer que su compañero estaba en prisión acusado falsamente. Era mejor aceptar la horrible verdad que luchar y debatirse tratando de convertir un deseo en realidad.

Gabri dio la espalda al inspector jefe y se dirigió hacia el parque, hasta el centro mismo del pueblo, y se sentó en un banco.

—Qué hombre tan magnífico —comentó Gamache mientras Myrna y él seguían andando.

—Lo es. Esperará eternamente, ya sabes. A que vuelva Olivier.

Gamache no dijo nada y los dos caminaron en silencio.

—Me he encontrado con Vincent Gilbert —dijo él finalmente—. Dice que Marc y Dominique se están adaptando bien.

—Sí. Resulta que cuando no se dedica a trasladar cadáveres por el pueblo, Marc es bastante agradable.

—Lástima lo de *Marc*, el caballo.

—Bueno, probablemente así sea más feliz.

Aquello sorprendió a Gamache, que se volvió y miró a Myrna.

—¿Muerto?

—¿Cómo que muerto? Vincent Gilbert lo hizo mandar a LaPorte.

Gamache resopló y negó con la cabeza. Menudo gilipollas, el santo.

Mientras pasaban por el *bistrot*, pensó en la bolsa de lona. El objeto que más había contribuido a la condena de Olivier, al encontrarlo escondido detrás de la chimenea.

Se abrió la puerta de Ruth y la anciana poeta, envuelta en un abrigo de tela bastante viejo, salió renqueando, seguida por *Rosa*. Pero aquel día la pata no llevaba ropa. Sólo sus plumas.

Gamache se había acostumbrado a ver a *Rosa* con sus trajes, de modo que le pareció casi antinatural que no llevara ninguno. Las dos atravesaron la carretera hasta el parque, y entonces Ruth abrió una pequeña bolsa de papel y empezó a tirarle pan a *Rosa*, que andaba balanceándose detrás de las migas, aleteando. Por encima oyeron unos graznidos que se acercaban. Gamache y Myrna se volvieron al oírlos. Pero los ojos de Ruth permanecieron clavados en *Rosa*. En el cielo, los patos se aproximaban en formación, en V, volando hacia el sur para pasar el invierno.

Y entonces, con un grito que pareció casi humano, *Rosa* se elevó y echó a volar. Dio una vuelta y durante un instante todos pensaron que volvería. Ruth levantó la mano, ofreciéndole migas de pan en la palma. O despidiéndola. Adiós.

Y *Rosa* desapareció.

—Ay, Dios mío... —suspiró Myrna.

Ruth se quedó mirándola, de espaldas a ellos, con la cara y la mano vueltas hacia el cielo. Las migas de pan cayeron al césped.

Myrna sacó un papel arrugado que llevaba en el bolsillo y se lo tendió a Gamache.

Alzó el vuelo y la tierra, abandonada, suspiró.
Alzó el vuelo más allá de los postes, de los tejados
de las casas,
donde lo terrenal se esconde.
Alzó el vuelo, más lustrosa que los gorriones que
revoloteaban en torno a ella
como un ciclón exultante.
Alzó el vuelo más allá de los satélites y en la tierra
sonaron al unísono todos los teléfonos móviles.

—*Rosa* —susurró Myrna—. Ruth.

Gamache contempló a la vieja poeta. Sabía lo que acechaba detrás de la Montaña. Aquello que destruía todo a su paso. La cosa que más temía el ermitaño. Lo que más temía la Montaña.

La conciencia.

Gamache recordó el momento en que abrió el saco rústico y su mano tocó la suave madera que se encontraba en el interior. Era una escultura sencilla. Un joven sentado en una silla, escuchando.

Olivier. Le dio la vuelta y encontró tres letras grabadas en la madera. GYY.

Las había descodificado en la cabaña justo unos minutos antes y se había quedado mirando la palabra.

Woo.

Escondida en aquel saco basto, era mucho más hermosa aún que las esculturas más detalladas. Era la propia simplicidad. Su mensaje era elegante y horrible. La talla era hermosa, y sin embargo, el joven parecía totalmente vacío. Sus imperfecciones borradas. La madera dura y lisa para que el mundo resbalara en su superficie. No habría contacto, y por tanto tampoco sentimientos.

Era el Rey de la Montaña hecho hombre. Invulnerable, pero también inaccesible. Gamache tuvo la tentación de arrojarla a lo más profundo del bosque. Que descansara en el lugar escogido por el ermitaño. Un lugar donde esconderse de un monstruo que él mismo había fabricado.

Pero no hay donde ocultarse de la conciencia.

Ni en casas nuevas, ni en coches nuevos. Ni en viajes. Ni en la meditación o en la actividad frenética. Ni en niños, ni en buenas obras. De puntillas o de rodillas. En una carrera importante. O en una pequeña cabaña.

Al final te encuentra. El pasado siempre acaba encontrándote.

Y por eso, Gamache lo sabía muy bien, era fundamental ser consciente de las acciones del presente. Porque el presente se convierte en el pasado, y el pasado va creciendo. Y se alza, y te sigue.

Y te encuentra. Como había encontrado al ermitaño. Y a Olivier. Gamache se quedó mirando el tesoro frío, duro y carente de vida que tenía en las manos.

¿Quién no se asustaría de aquello?

Ruth fue cojeando por el parque hasta el banco y se sentó. Con una mano nudosa se llevó el abrigo de tela azul a la garganta mientras Gabri le tomaba la otra mano, se la frotaba suavemente y murmuraba: «Ea, ea.»

Alzó el vuelo, pero se acordó de despedirse con un gesto educado...

AGRADECIMIENTOS

Una vez más, este libro es el resultado de una enorme ayuda por parte de muchísima gente. Necesito y deseo dar las gracias a Michael, mi marido, por leer y releer el manuscrito, y decirme siempre que era maravilloso. Gracias a Lise Page, mi ayudante, por su incansable y animoso trabajo y sus grandes ideas. A Sherise Hobbs y Hope Dellon por su paciencia y sus comentarios editoriales.

Quiero dar las gracias, como siempre, a la mejor agente literaria del mundo, Teresa Chris. Ella me envió un corazón de plata cuando mi último libro entró en la lista de más vendidos de *The New York Times* (¡de paso, aprovecho para mencionarlo!). Teresa es mucho más que una agente, es una persona encantadora y amable.

También quiero dar las gracias a mis buenas amigas Susan McKenzie y Lili de Grandpré por su ayuda y apoyo.

Y finalmente, quiero decir unas palabras sobre los poemas que he usado en este libro, y en los demás. Aunque preferiría no decir nada y dejarles creer que los he escrito yo, en realidad tengo que dar las gracias a los maravillosos poetas que me han permitido usar sus obras y sus palabras. Me encanta la poesía, como se habrán imaginado ya. Me aporta una gran inspiración con sus palabras y sus emociones. Siempre digo a los aspirantes a escritores que lean poesía, y creo que a ellos les suena como el equivalente literario de aconsejarles que coman coles de Bruselas. No muestran demasiado entusiasmo. Pero es una lástima que un escritor no intente al menos encontrar algún poema que le hable. Los poetas consiguen decir con un pareado lo que a duras penas logro comunicar en un libro entero.

Me ha parecido que ya era hora de reconocerlo.

En este libro uso, como siempre, obras del pequeño volumen de Margaret Atwood *Morning in the Burned House* («Amanecer en la casa quemada»). No es un título muy alegre, pero los poemas son geniales. También he citado una obra antigua y encantadora llamada *The Bells of Heaven* («Las campanas del cielo»), de Ralph Hodgson. Y un poema maravilloso que se llama *Gravity Zero* («Gravedad cero»), de un emergente poeta canadiense llamado Mike Freeman, de su libro *Bones* («Huesos»).

Quería que lo supieran. Y espero que estos poemas les hablen igual que me hablaron a mí.